민족문학의
새 단계

민족문학의 새 단계
민족문학과 세계문학 3

초판 1쇄 발행 / 1990년 7월 5일
개정판 1쇄 발행 / 2022년 6월 30일

지은이 / 백낙청
펴낸이 / 강일우
책임편집 / 정편집실·박지영
조판 / 박아경
펴낸곳 / (주)창비
등록 / 1986년 8월 5일 제85호
주소 / 10881 경기도 파주시 회동길 184
전화 / 031-955-3333
팩시밀리 / 영업 031-955-3399 편집 031-955-3400
홈페이지 / www.changbi.com
전자우편 / lit@changbi.com

민족문학과
세계문학
3

민족문학의
새 단계

백낙청
평론집

창비

개정판을 내면서

『민족문학과 세계문학 2』의 개정판 『민족문학의 현단계』와 함께 '민족문학과 세계문학 3'을 부제로 달고 나갔던 『민족문학의 새 단계』도 새로 간행하게 된 것은 나로서 큰 기쁨이요 도전이다. 도전이라고 말하는 것은, 처음 나왔을 때도 큰 반향을 일으켰다고 보기 어려운 책을 30년이 넘은 오늘 다시 내는 일에 얼마나 많은 독자의 공감을 얻을 수 있을지 모르겠기 때문이다. 내용이 크게 달라진 것도 없는 개정판 발간이 한갓 종이 낭비가 아니라고 독자를 어떻게 설득할 것인지?

남을 설득하려면 자신부터 설득할 수 있어야 한다. 그래서 자화자찬의 혐의를 무릅쓰고 한두가지 상념을 밝히려 한다. 제목의 '새 단계'라는 표현도 말해주듯이 이 책은 1975년의 평론 「민족문학의 현단계」에서 본격적으로 시작된 현단계 진단작업의 계속이다. 권두의 「민중·민족문학의 새 단계」(1985) 자체는 제목과 달리 아직 '새 단계'라고 규정할 만한 시기가 도래하지는 않았다는 취지였다. 광주민주항쟁을 겪고 노동운동과 학생운동의 급진화 등 새로운 상황이 곳곳에서 전개되며 문학에서도 전과 다른 뜻있는 성과들이 나타나고는 있었지만 새 단계가 임박했다는 조짐일망정 아직 새 단계의 도래는 아니라는 주장이었다. 이는 대다수 급진적 후배 세대 평론가의 진단과 거리가 있는 입장으로서, 내가 '소시민적 민족문학론자'라는 고정관념을 강화하는 효과도 없지 않았다.

새 단계의 도래를 적극적으로 주장하기 시작한 것은 6월항쟁 이듬해에 발표한 「오늘의 민족문학과 민족운동」이었다. 뒤이어 「통일운동과 문학」(1989)이 그 논의를 더 상세하게 펼쳤다. 하지만 이때도 어느 특정 작품이나 작가군의 출현만을 기준으로 삼기보다 전체적 시대상황의 전환과 각종 문화적 여건의 변화, 그리고 국내외 한국문학의 성취를 종합적으로 검토한 판단이었다.

1987년의 민주항쟁과 노동자대투쟁을 계기로 한국사회가 일대 전환을 이루어 흔히 87년체제라 부르는 것이 성립되었다는 게 지금은 거의 정설로 굳어졌다. 문학에서는 뚜렷한 변곡점을 이루는 사건을 집어내기가 한층 힘들다. 「통일운동과 문학」도 그 어려움을 전제한 논의였는데, 6월항쟁 이후로 한국의 문예와 사상에 새로운 시대적 요구가 더해졌음을 강조한 것이 훗날 분단체제론과 분단시대 내의 시대구분을 더 본격적으로 시도하는 계기가 되었다고 할 수 있다. 바꿔 말하면 이는 본서의 통일과 분단 논의가 아직은 한참 더 심화될 여지와 필요성을 남기고 있었다는 뜻이기도 하다.

개정판 『민족문학의 현단계』에서 주장했듯이 그 무렵 내가 쓴 긴 평문들은 정세론과 작품론 그리고 필요한 이론적 성찰을 결합하려는 노력이었는데 본서에 수록된 글들에서도 그런 노력은 지속되었다. 1990년대 이후로는 사정이 좀 달라졌다. 한편으로 문학의 영역에서나 겨우 가능하던 언론활동에 대한 제약이 점차로 풀렸고, 다른 한편 나 개인의 경우 『분단체제 변혁의 공부길』(1994)을 필두로 문학평론과의 접점이 적은 글들을 따로 묶는 방향으로 나아간 것이다. 그러나 본서의 내용이 생산된 80년대까지는 문학평론에 훨씬 몰두했을 뿐 아니라 당시의 중요한 작가와 작품을 꽤나 열심히 읽고 평했던 것 같다.

최근에 와서 한층 절실하게 느끼는 바지만, 오늘의 언론 상황이 더 좋아졌는지는 의문이다. 정치권력에 의한 직접적인 탄압이 6월항쟁 이후 많이 줄고 2016~17년 촛불대항쟁으로 거의 불가능해진 것은 사실이다. 새 정부 아래 어떤 반전 시도가 이루어질지는 아직 모를 일이지만 옛날처럼 당국이 언론기관에 직접 개입하는 세상으로 되돌리지는 못하리라 본다. 반면에 자본의 위력이 나라 구석구석으로 퍼져들어가 언론인을 포함한 사회 엘리트층의 체질을 바꿔놓고 언론뿐 아니라 지식계 전반이 기득권 카르텔에 가담한 징후가 두드러져가는 가운데, 공식 언론매체들이 진실을 추구하고 진리를 실현해주기를 기대하기가 1970년대, 80년대에 비해 오히려 어려워진 면이 있는 것이다.

이 현실에 대한 대응이 나의 70, 80년대식 그대로일 수 없음은 물론이다. 당연히 새로운 상황에 대한 객관적이고 세밀한 분석과 창의적인 대응책을 따로 내놓아야 한다. 동시에 지식 자체의 '매판성'을 적발하는 문학 특유의 후각이 더욱 많은 사람들에게 체질화되는 일이 긴요할 터이다.

1970년대 말엽에 쓴 글에서 나는 '매판상인' '매판자본'이라는 용어로 출발한 '매판'의 개념을 한층 확대할 것을 제안한 바 있다. "형이상학이건 형이하학이건 지식이 진리 자체로 오인될 때 그것은 곧 인간에 의한 진리의 망각이며, 지식이 진리를 망각한 인간의 단순한 도구가 되고 기계가 됨을 뜻한다. 비유컨대 지식은 자기를 낳아준 진리를 배반하고 진리와는 남이 된 인간의 앞잡이가 된다. 한마디로 '매판'이 되어 '만백성의 살림 마을인 대지'를 파괴하고 진리의 터전인 인간의 마음을 황폐화하는 것이다"(「역사적 인간과 시적 인간」, 『민족문학과 세계문학 1』 236면)라고 나는 첫 평론집에서도 주장한 바 있는데, 그 초심은 1980년대에도 변하지 않았고 지금도 그대로다. 나 개인과 글의 부족함이 그때나 지금이나 아무리 심각하다 할지라도 그 점에서는 지금도 일정한 희소가치를 주장할 수 있지 않은가 한다.

제2부의 「영미문학 연구와 이데올로기」는 한국영어영문학회에서의 발제와 토론시간 답변의 기록인데, 토론자의 질의가 복원된 한층 충실한 문답 내용이 『백낙청 회화록』 제2권(창비 2007)에 실렸기 때문에 본서에는 발제문만 실었다. 그밖의 내용들은 초판 그대로다.

이 개정판이 정편집실 김정혜 실장의 지성스러운 교정을 거칠 수 있어 고맙고 다행스럽다. 이번에도 강일우 사장의 결단이 필요했고 문학출판부 전성이 차장, 박지영 과장 등 여러분의 노고가 많았다.

글을 쓰고 책으로 묶는 일에 수많은 분들의 은덕과 희생이 있었음을 기억한다. 일일이 거명할 수 없을 정도인데, 그중에 이미 고인이 된 분들도 참 많다는 사실이 새삼 떠오르고 근년에 부쩍 많아진 슬픈 현실이 눈시울을 적신다. 금생에서 허락됐던 인연에 감사하며 명복을 빈다.

2022년 5월
백낙청 삼가 씀

3년 전 이맘때는 '독재타도'를 외치는 국민의 함성이 온 나라를 뒤흔들고 있었다. 도시마다 자욱한 최루탄 연기도 그 아우성을 어쩌지 못했다. 지금도 기억에 새로운 6월항쟁의 빛나는 날들이었다.

6월의 거리에서 나 자신이 해낸 몫은 극히 미미하였다. 개인적인 몸사림도 없지 않았지만, 『창작과비평』 57호라는 부정기간행물을 내고 폐쇄당했다가 겨우 소생한 출판사에서 또 한권의 '무크'를 엮어내는 일로 때마침 여념이 없었던 것이다. 고심 끝에 '창비 1987'이라 이름지은 그 부정기간행물의 머리말 원고를 써서 넘긴 날이 바로 6·29 직전 최후의 '국민대행진'이 선포된 26일이었던 것을 기억한다. 그때는 물론 항쟁의 귀결이 6·29선언이 될지 다른 무엇이 될지 예측할 수 없었고, 다만 시시각각으로 변하는 정세를 일일이 점치고자 애태우느니보다 좀더 긴 앞날을 내다보며 살피고 다지는 몫도 누군가는 맡아야 하리라는 뜻을 당시의 머리말에 피력하였다.

거의 3년이 지난 오늘의 상황이 그때처럼 긴박하달 수는 없다. 그러나 이 땅의 너무나 많은 사람들이 6·29 전보다 결코 못지않은, 때로는 그 이상의 고통을 겪으며 살아가고 있고, 이 사회에 무언가 극적인 변화가 없이 그대로 나가기는 힘들겠다는 난국설 또한 자자하다. 물론 6·29 이후로 군사독재가 철폐되었으니 무슨 극적인 변화를 기대하기보다 참고 기다리는 자세가 더 중요하다는 생각들도 만만찮게 자리 잡고 있다. 아마 이 점이 3년 전과의 가장 두드러진 차이일 것이다.

이처럼 여전히 괴로우면서 옛날처럼 명료한 맛도 없는 세월에 '민족문학의 새 단계'라는 이름으로 네번째 평론집을 내놓는다. 구성이나 내용으로는 앞서 '민족문학과 세계문학'이란 제목을 달았던 두권에 이어 그 3집이라 일컬음직하지만, 동일한 제목이 판매에 이롭지 않다는 출판사측의 지적도 있어, '민족문학과 세계문학 3'은 부제로 돌린 것이다. 민족문학의 현단계를 어떻게 이해할 것이냐는 문제는 70년대에 민족문학 논의가 본격화되면서부터 나의 관심사였고, 특히 광주 5월항쟁을 겪고 난 80년대에 와서는 줄곧 평단의 핵심적 논제 가운데 하나로 되었다. '5월'의 민족사적 의의에 충분히 유의하면서 동시에 문학적 성과로 뒷받침할 수 있는 민족문학의 새 단계를 언제부터 설정하느냐는 것이 논란거리였다. 이 책의 서두인 「민중·민족문학의 새 단계」도 1985년 시점에서 그 문제를 다룬 글인데, 표제와는 달리 아직 본격적인 새 단계라기에는 이르다는 논지였다. 6월항쟁을 거친 이듬해 가서야 나는 6월 이후 우리 문학이 드디어 새로운 단계에 진입하지 않았을까 조심스레 묻기 시작했다.

조심스러울 수밖에 없는 것이, 그전에 비해 많이 달라진 듯도 하고 아무것도 안 달라진 듯도 한 헷갈리는 세월이 작금의 3년이다. 거기에 '새 단계'의 명칭을 달아줌으로써 아직도 엄연한 반독재·민주화의 과제를 얼버무려서도 안 되고, 87년 훨씬 전에 이미 새로운 민중·민족문학의 단계를 주장하던 성급한 논리에 뒤늦게 합류하는 꼴이 되어서도 곤란한 것이다. 그러나 남한사회 내부의 민주화가 여전히 급선무라 해도, 분단극복운동 속에서 여타 과제들과의 연관이 달라지고 한결 긴밀해진 것이 6월 이후의 상황이다. 자주화의 진전 없이 민주화가 어렵다는 점은 광주에서도 이미 뼈저리게 배운 교훈이지만, 이제는 국제화의 현실 속에서 자주화의 구체적 의미를 매겨나가는 과제가 맡겨졌으며, 6공화국의 제한된 개량조치에 안주하지 않고 민주화를 위해 앞으로도 피땀을 쏟을 주체세력을 찾는 문제도 노동자계급의 경제적·정치적 요구가 표면화되면서 그야말로 실질적인 지혜를 발휘해야 할 때가 되었다. 게다가 북한사회에 대한 인식 문제도 당장의 민주화투쟁이 바쁘니 일단 보류하자거나 독재정권의 선전을 무조건 불신하면 된다는 식으로는 반민주진영의 한층 세련된 응전력을 못 따를 형편이다. 6월 이후 정권교체를 놓치고도 우리가 끈덕지게 얻어낸 것 또한 적지 않지만, 무엇보다 민족사적 과업의 복합적인 성격이 비로소 구체적으로 현실화되는 공간이 열렸다는 점이 6·29 이후의 가장 큰 새로움인 것이다. 그리고 '자유민주주의의 쟁취'든 '노동계급 주도성의 관철'이든, 이런 복합적 양상보다 더 간단명료한 그 어떤 고전적 기준도 좀체로 안 들어맞는 사회가 바로 우리의 분단사회인 것이다.

이러한 새로운 상황에 걸맞은 전반적 활기와 진전된 문제의식이 문학에서도 감지된다는 것이 '민족문학의 새 단계'를 들먹이는 취지이다. 그러나 문학에서 역시 이를 판정하는 기준은 국내의 작품생산만을 위주로 할 만큼 확실한 것이 못 된다. 어쨌든 중요한 것은 정확히 언제부터 새 단계가 시작했느냐가 아니라, 어째서 우리의 분단시대에는 그러한 단계구분이 유달리 모호할 수밖에 없는지를 모호하지 않게 인식하는 일이며, 비평가로서는 구체적인 작품에 대한 정직한 반응을 근거로 그때그때의 정세에 대응하는 일이다. 대부분 1985년 이후에 쓴 글들을 여기 모아본 것은, 90년대의 우리 문학이 새로운 단계의 임무를 완수하는 데 다소나마 도움이 되었으면 하는 생각에서다.

　제1부는 거의 편편이 '민족문학'이라는 낱말이 제목에 나오듯이, 민족문학운동의 이념 정립에 기여하면서 민족문학의 현단계를 구체적으로 짚어보는 노력을 다분히 명시적으로 수행한 글들이다. 또한, 본격적인 작가론·작품론을 따로 써내지 못한 나로서는 한국문학에 대한 실제비평을 주로 이런 식으로 해온 셈이다. 이렇게 모아놓고도 전혀 푸짐한 느낌이 안드는 것이 아쉬울 뿐, 실제비평과 이론비평에다 더러 시국론까지 뒤범벅이 된 문학평론들이 책의 가장 큰 몫을 차지하는 데 대한 후회는 없다. 또한 이들 문건 중 대부분이 80년대를 통해 '소시민적' 입론으로 꼬리표가 붙여진 데 대해서도, 본문에서 충분히 드러날 터이므로 따로 변명을 않겠다. 우리 사회와 문학을 아직도 알게 모르게 지배하고 있는 소시민적 세계관을 극복하려는 이 문건들 나름의 노력이 더욱 줄기차고 힘차지 못했던 것은 나 스스로 반성하여 시정할 일이나, 90년대에는 민족문학론을 둘러싼 논쟁도 새 단계에 걸맞은 실질을 획득했으면 하는 바람이다.

　제2부에는 서양의 문학을 어떻게 주체적으로 읽을 것인가에 대한 '교양적'인 글들을 실었다. 네편 모두 비슷한 제목으로 각기 다른 청중을 상대로 행한 강연을 토대로 한 것이어서 다소 중복되는 내용이 있음이 민망스럽다. 그러나 일정한 되풀이를 감내하면서 동시에 일정한 논의의 진전을 처음부터 의도했던 것임을 변명하고 싶다.

　제3부야말로 많은 변명이 필요한 대목이다. 이 빈약한 모음의 그 어느 한 품목도 본격적인 작가론이나 작품론을 쓴 것이 아닌 소품들임을 먼저 밝혀야겠다. 그리고 제1부까지 합쳐도 국내 작품들의 구체적인 논의가 뜻한 만큼 풍성치 못했음에 대해서도 한마디 덧붙이고 싶어진다. 정성과 기운이 모자란 점은 물론 변명할 길이 없다. 다만 나로서는 영국소설 분야

의 작가론·작품론 역시 민족문학적 작업의 일부로 치면서도 아직껏 한권 분량을 못 채워서 제쳐둔 상태이고, 아울러 계간『창작과비평』복간 이후로는 본의 아니게 편집위원 중 문학 이외 분야 전담위원 비슷이 돼버리는 통에 문학평론가의 주 임무를 더욱 소홀히 하게 되기도 했다. 90년대에는 나 스스로도 분발하고 동지들의 협력도 얻어 좀더 나은 성과를 올려보고자 한다.

제4부의 내용은『인간해방의 논리를 찾아서』라는 또다른 졸저의 제목에 더 걸맞을지 모르겠다. '이론비평'이라는 딱지가 붙을 법도 하고 엄밀히 따져 '문예비평'이 아니랄 수도 있다. 동시에 본격적인 학술논문이 아닌 것만은 저자로서 확언할 수 있다. 해당 주제에 대한 기초적인 자료 섭렵을 전제하는 학술논문으로서의 요건을 처음부터 갖출 시도조차 안 했으려니와, 나로서는 민족문학운동의 그때 그 지점에서 긴요한 쟁점을 어디까지나 일반독자들과 진지하게 의논한다는 평론가의 자세로 임한 작업들인 것이다. 그래서 어쩔 수 없이 단편적인 대신, 본서의 나머지 부분들과도 이어지는 일관된 평론작업일 수가 있지 않을까 싶다. 80년대 들어 유행한 표현을 빌린다면 이런 글로도 '장르 확산'의 한 예가 될는지 모를 일이다.

어쨌든 그전 평론집들과 마찬가지로 여기 실린 글 역시 모두가 그때 그곳에서의 발언이라는 성격이 짙은 만큼 발표 지면과 연도를 매편 끝에 밝혀놓았다.(중간표지에는 집필연도를 표시했기 때문에 더러 어긋나는 수도 있다.) 내용 역시 부분적인 표현들을 손질했을 뿐 당시의 논지를 그대로 두었고, 꼭 필요하다 싶은 경우에는 덧글을 달거나 괄호〔 〕안에 별도의 주를 붙였다.

끝으로, 이 책이 진정 명분없는 또 하나의 간행물이 안 되어야 할 터인데 하는 조심스러운 마음과 더불어, 저서 하나를 더 내는 기쁨이 염치불

고하고 나선다. 이거나마 가능하기까지는 여러 사람들의 은공이 있었고 그 점에서 나는 꽤나 복이 많은 인간이라는 생각이다. 머리말을 마치며 특별히 떠오르는 얼굴들 가운데는 가까운 식구도 있고 벌써 유명을 달리한 친구도 있으며 고맙게도 여전히 동시대를 숨쉬고 사는 선배·동료도 있다. 그들의 이름을 굳이 열거하지는 않겠고, 단지 이 책을 펴내주고 여기 담긴 작업의 요긴한 일터를 늘 마련해준 창비사의 여러 벗들에게 특별한 감사의 뜻을 전하며, 편집·교정의 과정에서는 김이구형의 수고가 남달랐음을 덧붙인다.

1990년 6월
지은이 씀

차 례

제3부

제4부

제1부

민중·민족문학의 새 단계

1. 머리말

70년대의 민족문학론은 처음부터 민중지향적인 것이었고 어떤 의미에서는 종전의 다분히 추상적이던 민중문학론이 내실을 얻어가는 과정이었다. 적어도 필자 자신은 뒤늦게 민족문학 논의에 끼어들기에 앞서 「문학적인 것과 인간적인 것」(『민족문학과 세계문학 1』) 같은 글에서 일종의 (말할 나위 없이 미숙한) 민중문학론을 시도했었다. 어쨌든 민족문학론이 처음부터 민중지향적이었다는 이야기는, 참다운 민중성과의 거리를 스스로 느끼면서도 꾸준히 그 간격을 좁혀나감으로써 드디어는 민중 자신의 문학에 대한 민중 자신의 논의와 다름없게 되는 일을 자기 임무로 설정했다는 뜻이 된다. 동시에 70년대를 통해 민족문학론에 일정한 성숙이 있었다고 한다면, 이는 그러한 임무의 달성에 얼마간의 진전이 있었다는 뜻도될 것이다.

80년대 초에 이 땅의 민중운동·민족운동이 겪은 참담한 패배는 문학에서건 다른 분야에서건 70년대에 우리가 이룩했던 진전이 10·26 이후의 역사적 격변을 주도할 만한 수준에는 멀리 못 미침을 실증해주었다. 그러나 5년 넘어 지난 시점에서 다시 생각해보아도, 그것은 어디까지나 일시적 패배였지 아예 마음을 바꾸어 새살림을 시작해야 할 만큼 우리의 민중·민족운동이 방향을 잘못 잡았던 것은 아니었다. 마찬가지로 80년대의 새로운 현실을 수용하기 위해 민족문학론의 기본논리가 달라질 이유는 없다는 것이 필자의 생각이다. 물론 '민중 자신이 만들고 민중을 위하는 민중의 문학'을 겨냥한 노력은 전보다 한결 본격화되어야 옳다. 하지만 엄밀한 의미로 '인민의, 인민에 의한, 인민을 위한 정부'만큼이나 그러한 민중문학이 단시일에 성취되기 힘든 것이라면, "그때그때의 시대적 제약 속에서는 최대한도로 민중의 것이었고 그리하여 민중이 각성해갈수록 자신이 작가로서나 독자로서나 혹은 미처 깨닫지 못했던 후원자로서나 그 문학의 주인이었음을 인정하게 되는" 민중문학이라는, '제3세계 민족문학'과의 동의어로서의 개념설정(졸고 「제3세계와 민중문학」, 『인간해방의 논리를 찾아서』 586면)을 마다할 까닭은 없다고 보는 것이다.

그러나 이런 기본적인 연속성을 지닌 가운데서, 민중이 미처 못 깨달은 후원자이기보다는 의식적인 지원자요 독자가 되고 문학의 생산자까지 될 가능성과 필요성은 오늘날 70년대와는 또다른 수준에 와 있다. 민중역량의 성장은 당연히 문학의 생산 및 향수 과정에서도 민중의 참여가 늘어남을 뜻할 것이요, 민중의 소외가 심화된 상황일수록 민중이 자기 것으로 알며 자기 것으로 알아 마땅한 문학의 창조가 기층민중의 더 많은, 더 직접적인 참여 없이 이룩되기를 기대하기 힘든 것이다. 즉 우리 문학에서 '민족문학의 시대'가 80년대에도 여전히 지속되고는 있다 하더라도 이제 우리는 80년대의 새로운 현실에 부응하여 민중적 민족문학의 새로운 비약을 이룰 시기에 다다랐다고 보겠다.

그러면 오늘의 민족문학은 과연 그러한 새 단계에 들어섰다고 할 것인가? 이제까지의 논리에 따를 때 이 물음은, 분단극복이라는 '민족적' 과제와 다수 국민의 인간해방이라는 '민중적' 과제를 종전과는 다른 차원으로 수행하는 80년대 민족·민중운동에 전에 없던 피냄새와 돈독한 열기를 아울러 가져다준 '광주'의 기억이 어떻게 구체화되느냐가 하나의 결정적인 요인이 될 것이다. 그러나 이 모든 것은 결코 소재의 문제가 아니라 의식의 문제이며 그것도 새로운 차원, 곧 새로운 형식의 작품으로 나타나는 구체적인 의식의 문제이다.

잠정적인 것이긴 하지만 필자의 결론부터 말한다면, 우리 문학은 아직 그러한 새 단계에 제대로 올라서지는 못했고 바로 그 목전에까지 이르렀다고 생각된다. 뒤에 다시 논하겠지만 이는 결코 80년대에 들어와 이룩된 우리 문학의 많은 성과들, 예컨대 『대설(大說) 남(南)』을 포함한 김지하(金芝河)의 작업이라든가 황석영(黃晳暎)의 역사소설 『장길산(張吉山)』의 완성, 『노동의 새벽』의 박노해 시인을 비롯한 노동자·농민 저자들의 대거 진출, 또는 새로운 민중극의 실험이나 유능한 기성 문인들의 지속적인 활약 등을 과소평가하여 하는 말은 아니다. 바로 그런 성취가 있기 때문에 우리는 민중·민족문학의 새 '단계'를 내다볼 수 있는 것이며, 80년대 초 우리 문단의 침체와 방황을 한때의 고비로 넘길 수 있었던 것이다.

사실 '단계'라는 말은 사람에 따라 얼마든지 달리 쓰이고 문학의 역사가 — 역사 전체가 그렇기도 하지만 — 시멘트 계단처럼 반듯반듯하게 올라가는 것도 아니므로, 단계설정을 둘러싼 논의는 한갓 입씨름으로 끝날 염려가 없지 않다. 그러나 역사학에서 시대구분의 문제가 어떤 의미로 구체적 역사이해의 관건이 되듯이, 우리가 사는 시대 속에서 다시 몇개의 단계를 가르고 이를 세분화한 '국면'과의 차이를 식별하려는 노력은 현재를 역사로서 이해하여 대처하는 데 필수적인 작업이다. 그리고 이는 전체 역사에 대한 인식을 전제하면서 각자의 분야마다 그 특수성을 살리는 논의로 나아가야 할 것이다.

문학의 역사에서는 어디까지나 창조적 작품의 출현과 수용이 일차적이니만큼 우리의 논의도 그러한 특수성에 입각해야 함은 물론이다. 그러나 다른 한편 전체 역사와의 연관을 위해서는 무엇보다도 정치사적 계기와 경제구조의 문제를 감안해야 할 터인데, 그럴 경우에도 '단계'의 개념을 비교적 넓게 잡는다면 80년대 중반의 우리가 어떤 문턱을 넘어섰다기보다는 그 앞에 와 있다는 가설이 유력하지 않은가 한다. 정치적인 계기로만 본다면 1980년 5월은 과연 획기적인 사건이었고 실제로 우리 사회에서 이를 새 시대의 개막으로 선포하는 목소리도 결코 만만치 않은 게 사실이다. 그런데 경제 면에서는 한 논자에 따르면 1973년 이래로 오늘까지 "민간부문에서의 독점의 완성과 산업구조의 재개편"이라는 동일한 단계가 지속되고 있으며, 논자 스스로 "자본주의의 전개의 기본적인 경제적 제(諸)지표와 관련없이 (…) 정치적인 계기와 관련지어지는 것"이었다고 비판한 또다른 구분방식에 따르더라도 1977년 이래로 "세계경제의 불황과 위기의 심화"라는 단계가 지속되고 있다(박현채 「한국자본주의의 제단계와 그 구조적 특징」, 변형윤 외 『한국사회의 재인식 1』, 한울 1985, 23~24면 참조). 이는 물론 어디까지나 한 특정 논자의 견해로서 학계에서도 논란이 많은 것으로 안다. 그러나 설혹 1980년의 충격적인 '마이너스 성장'에서 한국경제의 새로운 국면 — 또는 '기본단계' 속에서의 '부차적 단계 또는 양상'(같은 글 23면) — 을 찾아본다 할지라도 그것이 어떤 구조적 변화를 가져오지 않았음은 분명하다 하겠다. 게다가 정치적으로도 80년 5월의 의미가 범국민적 의식으로 번지기 시작한 것은 지난 2·12총선〈1985년〉을 전후해서이며 그러한 확산은 아직껏 결정적인 열매 맺음을 기다리고 있다고 볼 때, 문학에서 우리의 단계인식이 우리 살림살이의 다른 분야로부터 크게 벗어나 있지 않음을 수긍함직하다. 그러나 거듭 말하거니와 우리의 논의는 어디까지나 문학 자체의 특수성에 충실하며 전개됨이 옳을 것이다.

2. 민중문학론의 진전과 혼미

문학사에서는 작품이 '일차자료'의 위치를 갖는 것이 특징이지만 문학에 관한 비평적 논의도 문학의 전개과정에서 빼놓을 수 없는 일부이다. 편의상 이 글에서는 우선 그간의 문학 논의에 대한 논의로부터 출발할까 한다.

대체로 80년대 평단에서는 민족문학론 자체의 획기적 심화랄 것이 아직껏 없었던 대신, 리얼리즘의 문제라든가 제3세계문학, 농민문학 등과의 관련에서 기왕의 논의가 진척되는 한편, 본격적인 민중문학 및 민중극에 대한 요구가 어느 때보다 높아져왔다고 생각된다. 이런 추세에 힘입어 작년에는 『민중문학론』(성민엽 편, 문학과지성사 1984)이라는 모음이 엮여 나오기도 했는데, 정작 80년대의 민중문학론에 해당하는 부분은 엮은이 자신의 비판적 정리와 채광석(蔡光錫)·김도연(金度淵)에 의한 몇가지 문제제기 말고는 큰 성과가 없는 셈이다. 또 좀더 최근에 나온 『80년대 대표평론선 1·2』(김병걸·채광석 편, 지양사 1985)을 훑어보아도 '생명사상'에 입각한 김지하 시인의 민중예술론과 경제학자 박현채(朴玄埰)의 기여가 좀 특이한 편이고, 대개의 민중문학 논의는 다분히 운동적 당위성에 치우친 주장이거나 그러한 치우침을 염려하는 충고의 선에 머물고 있는 듯하다. 앞시대에 비해 민중문학 논의가 크게 활기를 띤 가운데도 상당한 혼미와 답보의 상태가 지속되고 있다는 느낌을 지울 수 없다.

이러한 답보 상태에서 벗어나보려는 노력으로 여기서는 더욱 최근의 발언인 김병익(金炳翼)의 「민중문학론의 실천적 과제」(자유실천문인협의회 편 『민족문학 5』, 이삭 1985)에서 제기된 몇가지 문제를 살펴볼까 한다. 이 글은 때마침 우리 사회의 일각에서 민중문학·민중예술 앞에 느닷없이 퍼부어진 민망스러운 저질 공격과 동시에 나왔기 때문에 그 냉정하고 선의에 기초한 문제제기는 한결 값진 것이며, 이 시점에서 이성적인 토론을 계속할 필요 또한 새삼스러운 것이다. 더욱이 필자 자신 김병익이 근자의 민중문학론에 대해 제기한 비판과 얼마간 유사한 발언을 한 일도 있는 터라, 상호간 견해의 일치점과 차이점을 분명히 해둘 책임을 느낀다.

먼저, 민중문학론처럼 "소수의 급진적인 젊은 세대에 의해 문화적 재야권의 제창으로만 보여지던 발언들이 우리의 공식 문화권에 그 보수의 두터운 벽을 넘어 진입해 들어왔으며 기존의 문화체계로부터 공식적인 인정을 받게 되었다"(44면)라는 김병익의 상황진단은 최근의 정세변동에 불구하고 유효하다고 믿는다. 물론 이는 "공식 문화권으로의 진입"(46면)이라든가 "공식 문화권으로 인정"(55면)받는 일 따위가 그다지 대수로우리만큼 튼실한 '공식 문화권'이 우리 사회에 있지가 않다는 나 자신의 선입관 때문일는지도 모르겠고, 글에서 지적된 긍정적인 사례 중 예컨대 무크지 『실천문학』의 계간지 등록 같은 것이 삽시간에 원점으로 돌아가버린 이제 글쓴이 자신은 앞서의 진단을 오히려 수정할 생각이 있을지 어떨지는 모르겠다. 하지만 그가 진단한 큼직한 진전이 일단 이루어졌던 것만은 사실이며, 민중문학의 주장들이 그러므로 "새로운 점검 또는 자체 정비의 단계에 와 있다"(46면)는 지적은 어쨌든 타당한 것이다.

민중문학론의 문제성을 짚어보면서 김병익은 자신의 이야기가 "때로는 민중문학론의 일부 의견에만 국한된 경우도 있을 것"(47면)임을 전제하고 있다. 그런데 이 문제를 "70년대의 이론가들"과 "80년대에 문단에 등장한 소장 세대"의 대립, "가령, 민중문학을 민중적 현실의 드러냄으로 개념화하고 있는 선배 세대의 태도와, 더욱 급격하게, 민중 혹은 기층민에 의해 이루어진 문학으로 한정하려는 전위적 후배 제창자들의 주장 간의 거리"(47면)라는 맥락에서 이해하는 태도는 약간 바로잡아둘 점이 있다. 대체로 소장 세대에서 과도한 주장들이 더 많이 나온 것은 사실이고 이에 대해 고은(高銀)·김지하나 구중서(具仲書)·염무웅(廉武雄), 필자 자신 등 "선배 세대"의 비판이 있었던 것도 어김없는 사실이다. 그러나 실제로 견해가 세대의 차이를 따라 고스란히 갈라지지도 않았고 그런 식의 세대싸움이 벌어져서도 안 될 일이다. 더욱 중요한 것은, 만약 "민중문학을 민중적 현실의 드러냄으로 개념화하고 있는 선배 세대" 속에 나 같은 사람도 들어가는 것이라면, 그것은 민중문학을 "민중 혹은 기층민에 의해 이루어진 문학으로 한정하려는" 편협성에 반대하는 태도이긴 하지만 동시에 민중적 현실의 온전한 드러냄을 위해서는 민중 자신의 능동적 참여가 나날이, 그리고 급속히 늘어가지 않으면 안 된다는 태도를 겸하고도 있다는 점이다. 필자가 전문 문인들의 분발을 촉구한 바로 그 자리에서, "작품의 민중성이라는 것이 곧 작가의 신원에 달린 것은 아니라고 했지만 그것은 어디까지나 원론적인 이야기이고, 개개인의 민중성이나 민중지향성이 어느 정도인가 하는 것이 그의 손을 거쳐 만들어진 작품의 민중성과 밀접한 관련이 있는 것만은 어쩔 수 없는 사실입니다"(「민족문학과 민중문학」, 『민족문학의 현단계』 377면)라는 단서를 붙였던 것도 그 때문이었다.

이처럼 '70년대 이론가들' 쪽의 민중문학관에 대해서도 피상적인 이해에 멈추고 있기 때문에 김병익의 문제제기는 그야말로 가장 차원 낮은 '일부' 민중문학론에밖에 해당이 안 되는 이야기가 되기 십상이다. 예컨대 그는 80년대에 와서 특히 강조되는 '실천'의 의미를 물으면서, 이와 관련된 '글쓰기' 행위의 종류들을 "ㄱ) 성명서·르뽀·수기 등 가장 직접적으로 폭로 또는 고취하는 주장과 기록들; ㄴ) 민중적 현실을 드러내고 개혁

의지를 심어주는 문학적 형상물; ㄷ) 민중적 현실에 대해 직접 묘사하지 않으나 현실의 잘못된 구조를 반성·비판적으로 바로 보게 하는 문학작품 등이 그 몇 단계이다"(48면)라고 구분한다. 이어서 "ㄱ)에 전적인 비중을 둔다면 우리가 통상적으로 불러온 '문학'의 대부분은 폐지화되어야 할 것이고 ㄷ)에만 가치를 줄 때 '실천'에 대한 우리의 정의는 상당히 수정되어야 한다"고 덧붙인다.

ㄱ)에 대한 강조가 80년대 민중문학 논의의 두드러진 특징임은 분명하고 사람에 따라서는 그 자신이 ㄱ) 이외의 것을 못 내놓은 경우도 있겠다. 그러나 문학이 그것에 "전적인 비중"을 두어야 한다고 주장하는 논자가 소장 세대에도 과연 몇이나 될는지는 의심스럽다. 김병익 자신은 "ㄷ)에만" 가치를 부여하는 입장은 아니겠지만 ㄷ) 쪽에 남다른 애착을 느끼는, 그리하여 '실천'의 정의에 상당한 수정을 요구하는 입장임이 명백하다. 이는 뒤이은 루카치(G. Lukács)와 프랑크푸르트학파의 (내가 보기에 다소 부정확한) 대비에서도 드러나고(49면) ㄱ) ㄴ) ㄷ)을 은연중에 등급을 매겨 '단계'라고 부르는 데서도 엿보이지만, 무엇보다도 ㄴ) 자체에 대한 설명이나 ㄴ)과 ㄷ)의 구분 내지 상황관계에 대한 검토가 전혀 없음이 주목된다. ㄴ)이 정작 "문학적 형상물"로서 성공하자면 ㄱ)에서와 같은 직접적인 폭로나 주장보다 ㄷ)에서처럼 "현실의 잘못된 구조를 반성·비판적으로 바로 보게 하는 문학작품"에 가까워지지 않을 수 없지 않을까? 그렇다면 ㄴ)과 ㄷ)은 다 같이 '반성·비판적인 문학적 형상물'로서 "민중적 현실을 드러내고 개혁의지를 심어주는" 작품과 "민중적 현실에 대해 직접 묘사하지"는 않는 작품의 차이가 있을 따름인데, 이것은 첫째, 해당 대상이 서로 뚜렷이 갈리는 논리적 구분이 아니며 둘째로, 굳이 양자 간의 범주적 등급을 따진다면 ㄴ) 가운데에 민중현실을 직접 드러내어 성공하는 문학적 형상물과 직접 묘사하지는 않으나 현실의 잘못된 구조를 직시

하고 (추측건대) 이를 시정하려는 의지 또는 욕망을 심어주기도 하는 문학적 형상물이 있을 터이니 ㄷ)은 ㄴ)의 하위범주라 보아야 옳을 것이다. 그렇다면 먼저 ㄴ)에 대해 진지하게 생각해보면서 그중 ㄷ)이 얼마큼의 비중을 가질 수 있고 가져야 좋을지를 묻는 것이 순서일 게다.

논의의 이러한 피상성은 구비문학·서민연희의 활용 문제와 관련하여 "하위권 문화"와 "고급문화나 순수문학"을 대비시키는 데서도 드러나지만(50~51면), 다음으로 그가 제기하는 전문성과 소인성(素人性)의 문제야말로 기왕의 민중문학 논의에서도 거듭 다루어졌던 핵심적인 주제이다. 전문성의 폐해에 대한 당연한 반발이 일종의 소인주의로 흘러서는 안 되겠다는 이야기는 나 자신도 오래전부터 해왔던 것이고 원칙적으로는 민중문학론의 내부에서 거의 합의에 달해 있다고 본다. 동시에, 얼마 전 그간의 논란을 김사인(金思寅)이 정리하는 가운데서도 분명해졌듯이(「전문성에 대한 비판과 옹호」, 『실천문학』 1985년 봄호), 전문성에 대한 비판은 비판대로 여전히 무시 못 할 호소력을 갖는 것이다. 그러므로 지금 필요한 것은, 너무 그렇게 전문성을 외면해서야 되겠느냐는 나무람을 한번 더 되풀이한다거나 어느 한쪽에 너무 치우쳐도 안 된다는 식의 무난한 절충론에 머물기보다, 이 논의를 어떻게든지 한걸음 전진시키는 일이다. 이를 위해서는 "두 입장이 대다수 전문 문인을 포함한 양심적 지식인의 계층적 한계 — 소시민 급진주의라고들 지칭하는 — 문제에까지 연루된다"(같은 글)는 지적에 유의하여 개별적인 주장들의 '지식사회학적' 분석을 해보는 것도 한 가지 방법이겠지만, 필자는 그보다 전문성의 문제를 '매판성'이라는 각도에서 한번 살피는 일도 어떤 계기가 되지 않을까 싶다.

문학이건 예술이건 자신이 몸담은 분야에서 정진을 거듭하여 남다른 기량을 쌓는다는 의미에서의 전문성을 부정하는 것은 도대체가 말이 안 되는 이야기다. "이것은 엄청난 직무유기예요. 서투를 바에야 무슨 짓을 못 해요? 민중작가나 민중문화운동을 하는 사람일수록 예술적으로 피나는 노력을 해야 합니다." 필자와 대담하는 자리에서 김지하가 내놓은 이 주장(『실천문학』 1985년 봄호 권두대담 「민중, 민족 그리고 문학」 56면)에 원칙적으로 동의하지 않을 사람이 누가 있을까? 그런데도 전문성이란 것이 거듭거듭 문제되고 그에 대한 비판이 끊이지 않는 것은 우리 사회에서 '전문성'이 '매판성'의 대명사로 쓰임직한 구석이 있기 때문이 아닌가 한다. 그 밑바닥에는 현대세계에서 지식 및 기술이 지니는 어떤 본원적 매판성이 개재한다고 필자는 생각해왔는데(졸고 「역사적 인간과 시적 인간」, 『민족문학과 세계문학 1』 235~36면 및 「1983년의 무크운동」, 『민족문학의 현단계』 153~59면 또는 백낙청·염무웅 편 『한국문학의 현단계 3』 28~33면 참조), 그러한 성향이 한층 제멋대로 활개칠 수 있는 것이 제3세계의 문화식민지적 상황이다. 따라서 김지하 시인과의 대담에서 필자는 방금 인용한 그의 지적에 동의하면서도, "지금 우리가 아는 형태의 전문가적 존재라는 것이 궁극적으로 극복되어야 한다"는 원론적 단서와 함께, 실제로 우리에게는 "전문가다운 전문가가 너무 없다는 현실도" 고려해볼 것을 제의했었다(57면). 어쨌든 '전문성'의 문제는 '소인성'과의 단순대비로 거론하기보다는, 한편으로 지식·기술과 근원적 진리의 관계를 새로이 사색하면서 다른 한편 사이비 전문가들이 그토록 창궐·횡행하는 우리 사회의 구조와 그 세계사적 맥락에 대한 구체적인 검증으로 나아갈 필요가 있겠다.

끝으로 김병익은 민중문학 및 민중운동이 성취하려는 체제의 모형과 그 실현방법이 설득력 있게 제시되기를 요망한 다음(52~54면), 몇가지 "외적인 비판적 고려"를 덧붙인다. 즉 상당수 민중문학론자들의 배타성, 민중문학이 "우리 문학 전체가 되어야 하는가 우리 문학의 하나의 하위 카테고리가 되는가"의 문제, 그리고 '민중'의 개념과 사회적 통합에의 그 적합성 여부 등을 제기한다(54면 이하). 이중 첫번째의 '배타성' 문제는 가급적 포용력과 개방성을 갖는 게 좋겠다는 두말할 여지 없는 충고쯤으로 들을 수도 있으나, 사실은 나머지 두 문제 및 앞서의 '체제선택' 문제와 연결될 때 그 어느 하나도 민중운동·민중문학의 성격과 방향에 대한 가장 기본적인 성찰을 요구하지 않는 것이 없다. 그런 점에서 논자의 극히 온건하고 상식적인 표현방식이 오히려 문제의 심각성을 놓치게 만들 수 있다. 예컨대 민중문학이 우리 문학에서 주도성을 갖겠다는 것은 좋으나 우리 문학 전체가 민중문학으로 귀일될 수야 없지 않느냐는 제언은 얼핏 너무나 온당한 상식으로 들린다. 그러나 민중문학이 진심으로 주도성을 지향하고 실제로 주도력을 행사하게 되려면 무엇보다도 먼저 (김병익도 누누이 충고해주었듯이) 기층민중이 쓴 문학만이 민중문학이라거나 민중적 소재를 택해야만 민중문학이 된다는 둥의 도식주의에서 벗어나 그야말로 성숙성과 개방성을 획득해야 한다. 그러나 민중문학론이 이런 주문을 실제로 받아들이는 순간 '민중문학'은 이미 여러 문학장르 중의 하나이거나 "우리 문학의 하나의 하위 카테고리"는 아닌 것이 된다. 현실적으로 그것이 우리 문학의 전부 또는 심지어 대다수도 아님을 정직하게 인정하고 또 억지로 전부로 만들 수도 없음을 시인하기는 해야겠지만, 동시에 장기적으로 순리에 따라 우리 문학 전체가 민중문학으로 "귀일"하기를 지향하지 않는대서야 도식적·분파적 민중문학론밖에 못 되는 것이다.

이러한 결론이 다시 저 소문난 '배타성'을 연상시킨다면, 우리는 오히려 배타성과 개방성의 문제 역시 그렇게 간단치만은 않다는 증거로 이를 수용해봄직하다. 일부 민중문학론자의 배타성·편협성에 대해서는 나 자신도 더러 비판을 가해왔지만 덮어놓고 배타성을 기피하는 것도 배타성의 한 형태이며, 실은 일정한 배타적 선택을 통해서만 진정한 포용성에 도달할 수 있기도 하다. 특히 「민중문학론의 실천적 과제」 끝부분에서 열거하는 것과 같은 힘겨운 과제의 경우, 시종 무난한 상식으로만 임하는 것은 어떻게든 문제를 새롭게 풀어나가려는 노력에 아무런 도움이 안 되기 쉽다. 예컨대 민중문학론에서의 체제선택 문제에 관해 논자는 가능한 여러 체제유형이나 그 추진전략을 간단히 언급만 한 채,

　　우리는 여기서 굳이 어떤 것이 좋고 현명하며 어떤 것이 위험하고 비현실적이라고 분석해서 대조할 필요는 없을 것이다. 그러나 분명히 말할 수 있는 것은, 변화와 변혁이 두렵기 때문에 현실고수와 체제순응을 수락해서도 안 되지만, 타락된 체계에 대한 증오가 격렬하고 이상사회를 향한 꿈이 정열적이라고 해서 이념의 실제에 대한 판단과, 사회와 인간 혹은 역사와 미래의 본질에 대한 정확한 인식을 포기해서도 안 된다는 점이다. (53~54면)

라는 제의로 끝맺는다. 물론 옳은 말이다. 그러나 정작 바람직하기로는 그야말로 "사회와 인간 혹은 역사와 미래의 본질에 대한 정확한 인식"에 입각하여 어떤 것이 좋고 어떤 것이 나쁜지를 굳이 분석·대조하는 작업을 좀 분명하게 시작이라도 해주는 일이었을 것이다. 그랬더라면 적어도 한반도에서의 모든 체제선택 논의가 통일문제를 떠나서는 공리공론에 그치게 된다는 사실만은 쉽사리 드러났을 것이다. 민중사회 건설의 모델이 자본주의체제 중에서도 미국·일본형, 영국·프랑스·서독형, 북구형, 그리고 더 나아가 동구의 사회주의체제, "이런 유형 중의 어떤 것인지, 혹은 또다른 이상적 모델을 갖고 있는지"를 알고 싶다는 물음에는 어딘가 분단문제쯤은 이미 해결되었거나 당국자들 간의 현안 정도로 내제쳐진 편한 신세가 느껴진다. 그러나 민중문학이 꿈꾸는 체제는 민중이 제대로 주인 노릇하는 사회이자 무엇보다도 민족이 하나로 합쳐진 국가체제이기 때문에 미국·일본·서구·북구·동구 그 어느 것도 아닌 '다른 모델'일 수밖에 없

음은 사실이나, 반면에 국내외의 변화하는 여건에 최대한의 주체적 역량으로 대처하면서 통일을 추구하는 현실주의적 구상이지 무슨 '이상적 모델'을 미리부터 만들어놓고 시작할 일은 아닌 것이다. 또한 전략의 차원에서도 통일문제가 끼어드는 순간, "점진적·수정주의적 방법을 통할 것인지 극적이고 역사단층적인 방법을 기해야 할 것인지"라는 설문이 매우 관념적 내지는 기성관념 수호적임이 드러난다. 통일이 평화적으로 이루어져야 한다는 점에서 그 방법은 "점진적·수정주의적"이라 일컬어 마땅하지만, 동시에 어떤 형태의 통일이건 그것이 "극적이고 역사단층적인" 현상타파이게 마련임을 인정하지 않는다면 영영 통일을 않겠다는 말밖에 안 되는 것이다. 게다가 현실적으로는 일거에 통일헌법을 만든다는 급진적 구상은 얼마든지 용인되면서도 그보다 점진적·수정주의적 방안들에 대한 개방된 국민적 토론은 '북괴측 연방제에의 동조·고무·찬양' 위험에 묶여 억눌리고 있는 헛갈리는 상황이기도 하니, 민중문학론의 미래구상이 가급적 구체화되기를 바라는 온당한 충고가 한치만 삐끗하면 곧 민중문학론은 위험하고 비현실적인 것임을 자인하라는 '과격한' 다그침으로 떨어질 수 있는 것이다.

물론 짤막한 글에서 이런 온갖 난제들에 대한 충분한 고찰을 바라는 것은 무리다. 거듭 말하지만 필자는 이 시끄럽고 혼잡한 바닥에서 김병익이 이성적인 목소리로 선의의 토론을 제기한 데에 — 그것도 자유실천문인협의회가 마련한 지면을 통해 그리한 데에 — 경의를 표하고 싶으며, 바로 그러한 경의가 이 토론에 필자 나름의 기여를 해볼 의욕을 낳기도 했던 것이다. 이제 토론의 좀더 알찬 진전을 위해서는 김병익의 글에 대한 직접적인 논평의 범위를 벗어나 민중 및 민중문학의 문제를 따로 좀 파고들어볼 필요가 있겠다.

3. 민중문학과 노동현실

필자는 한 10년 전만 해도 '민중'이 무슨 불온단어냐고 제법 목청을 돋운 일이 있지만(『창작과비평』 1976년 봄호, 권두좌담 21~22면 참조), 요즘은 도무지 그럴 생각이 없다. 사람이 더 원숙해져서가 아니라 이미 수많은 이들이 멀쩡하게 쓰고 있는 낱말을 굳이 변호하려는 것 자체가 촌스러워져버렸기 때문이다. 중요한 것은 이 말을 어떻게 정확·적절하게 사용함으로써 실제로 민중에게 도움이 되고 국가와 사회에도 이바지하느냐는 것일 터이다.

작년에 나온 『한국민중론』(한국신학연구소 편·간)과 『민중』(류재천 편, 문학과지성사) 두 글모음은 용어의 정착은 물론 논의의 정리를 위해서도 크게 도움이 되는 것이었다. 하지만 두 책에서 보듯이 민중의 개념 자체에 대해서조차 아직도 합의가 이룩되지 못했으며 특히 '계급'과의 관련 문제는 상당한 혼란에 싸여 있다. 이는 물론 우리 현실에서 '계급'이란 말이 '민중'보다 훨씬 더 위태로운 운명을 감수해온 탓도 크다. 어쨌든 민중의 실제 구성과 현실적 역할을 과학적으로 규명하는 개별적 공헌은 더러 있었으나 충분한 상호토론은 이루어지지 못했고, 그 와중에서 기본적 개념의 혼란이 지속되고 있다.

여기서 '민중적 민족주의'라는 부제를 달고 최근에 나온 『한국민족주의론 3』(박현채·정창렬 편, 창작과비평사 1985)의 편자 서문에 피력된 정창렬(鄭昌烈) 교수의 견해를 잠깐 살펴보는 것이 도움이 되리라 본다. 정교수는 일찍이 「백성의식·평민의식·민중의식」(변형윤·송건호 편 『역사와 인간』, 두레 1982 및 『한국민중론』에 수록. 그에 앞서 『현상과 인식』 1981년 겨울호에 발표)이라는 논문에서 조선왕조 이래 일제식민지 시대를 거치면서까지의 우리 역사 속에서 대다수 주민들의 생활과 의식이 어떻게 단계적으로 변화하며 발전해왔는가를 명쾌하게 정리해주었는데, 그때도 나는 "민중을 피지배계층 일반이나, 또는 지배계층에 의하여 왜곡되고 억눌리며 소외되는 인간집단 일반으로 광범위하게 규정하면, 민중이 초역사적인 존재로 됨으로써 그 실체가 애매하게 될 우려도 있다"(『역사와 인간』 12면, 『한국민중론』 158면)라는 기본전제가 도무지 납득이 가지 않았다. 민중을 '피지배계층 일반' 정도로 광범위하게 규정할뿐더러 그들의 구체적 생활상이나 의식상태가 역사를 통해 변한다는 사실을 부정하기까지 한다면 모를까, 역사적으로 변화하는 인간집단을 여러 시대에 걸쳐 총괄하는 개념을 설정한다고 해서 "민중이 초역사적인 존재로" 될 이유는 없는 것이다. 물론 개념의 외연이 넓어짐으로써 그 대상의 구체적 파악을 위해서는 그중 근대의 민중(정교수의 '민중')과 이전 시대의 민중('백성' '평민' 등)을 다시 구별할 필요가 생기는 것이지만, 이는 정창렬식의 개념규정을 위해서도 어차피 수행해야 할 작업으로서 "실체가 애매하게" 되는 것 — 즉 논리학의 용어로 개념의 '내포' 자체에 무슨 혼란이 생기는 것 — 은 아니다. 이것이 단순히 민중이라는 낱말의 뜻매김을 둘러싼 취향의 문제가 아니라는 점은 이번 『한국민족주의론 3』의 머리말에서 다시 확인된다.

우리 시대의 '민중'이 어느 특정 계급의 대명사도 아니요 한두 계급의 연합체도 아닌, 한층 광범위하고 복합적인 구성체임에는 누구나 동의할 터이다. 그러나 문제는 복합적으로라도 계급적·계층적 분석을 주로 요구하는 개념인가 아니면 주로 정치적·운동사적 개념인가 하는 점이다. 이에 대한 정창렬의 일차적 대답은 다음과 같다.

민중은 어느 특정 계급·계층만을 가리키는 것이 아니라 여러 계급·계층의 연합된 운동체를 가리키는 경우가 많다. 즉, 계급·계층으로서의 역량의 연합체가 민중인 것이다. 따라서 하부구조의 조건의 변화에 따른 계급적 이해의 변화에 따라 민중의 구성은 유동적이다. 이와 같이 민중의 구성내용은 기본적으로는 하부구조의 조건에 규정되고 제약되는 것일 수밖에 없다. 그러나 민중의 구성내용은 상부구조에의 대응에 따라서 보다 더 규정된다. 즉, 하부구조에 일방적·수동적으로만 규정되지 않고 상부구조에의 대응에 따라 민중구성의 내용이 달라지게 된다는 것이다. 민중의 한 구성부분으로서의 계급·계층은 하부구조에 규정되는 계급·계층으로서만 존재하는 것이 아니라 민족해방을 위한 운동체로서도 존재하게 된다는 것이다. (같은 글 10~11면)

양쪽 입장을 모두 일정하게 수용하고는 있지만 "상부구조에의 대응에 따라 보다 더 규정된다"는 점은 분명히 했고, 이어서 "민중은 전형적으로 식민지 종속국의 역사적 산물이다"(11면)라든가 "민중은 변혁과 반변혁의 정세와 관련된 정치적·운동사적 개념이다"(12면)라는 말에서 그의 입장은 더욱 뚜렷해진다.

식민지시대 및 분단시대의 한국 민중이 "민족해방을 위한 운동체로서도" 존재하게 되었다는 데는 딴말이 있을 수 없다. 그런데 이러한 운동체를 이해함에 있어 가령 자본주의 사회 일반에 적용 가능한 계급적·계층적 분석이 과연 어떤 비중을 차지해야 옳은가? 필자가 이 물음에 제대로 답할 수는 없다. 다만 민중·민족문학을 생각하는 필자의 관점은 오늘의 민중문학이 어떤 의미로 '제3세계 민족문학'의 동의어요 당연히 '운동으로서의 문학'이 되어야 한다고 믿기는 하지만, 그것이 가령 서구문학 내부의 민중적 산물과 범주적으로 구별되는 "전형적으로 식민지 종속국의 역사적 산물"이라고는 보기 어려우며 그 운동성은 무엇보다도 민중의 생활현실을 드러내는 예술의 민중성에서 비롯하는 것이지 운동체의 지향성이 민중예술을 고취 또는 인도하는 일은 부차적이라는 생각이다. 따라서 민중과 계급·계층에 관한 정창렬의 논의가 비록 문학 이야기는 아닐지라도 올바른 민중문학론의 전개를 위해 재론의 여지가 있겠다는 것이다.

필자의 옅은 지식으로도 자본주의 경제라는 것이 자본을 소유·지배하는 일부 사람들이 자본은 없고 노동력만 있는 나머지 사람들을 고용하여 움직여나가는 경제체제인 이상, 그 두 부류의 인간들 간에 이해관계의 차이가 나고 이른바 모순이 생기는 것은 뻔한 이치이다. 일단 자본주의 시대에 어떤 형태로건 들어선 사회를 거론할 때 이러한 계급적 모순을 제쳐놓고 도대체 어떤 과학적 인식이 가능할지는 문학도의 상식으로도 납득이 안 가는 일이다. 그러나 실재하는 모든 사회는 — 제3세계뿐 아니라 선진자본주의 나라들도 — 자본가와 절대적 무산자만 사는 데가 아니라 각양각색의 중간 부류들이 섞여 사는 세상이며, 그때그때의 국가적·민족적·인종적·지역적 대립 상태에 따라 — 그리고 때로는 천재지변이라거나 핵전쟁·생태계 파괴 등 '범사회적' '범인류적' 위기에 따라 — 여러 계급·계층 간의 운동체적 이합집산이 얼마든지 가능하기도 하다. 주어진 사회에서의 이러한 구체적 양상을 제쳐놓고서 과학적인 사회인식이 불가능하다는 것 또한 당연한 상식이다. 문학인들은 학술적으로는 이러한 상식선을 넘어 멀리 나가기 힘들지 몰라도 당대의 계급적 모순과 여타의 모순들을 날카롭게 체득하여 작품으로 구현하는 능력만은 사회과학자들보다 훨씬 앞서야 할 것은 물론이다. 이 과정에서 사회과학자들의 논의에 대한 비판적 검토도 필요해지는 것인데, 앞서 지적했듯이 정창렬은 계급적 분석의 요구와 당면한 정치적·운동사적 요구에 모두 유념하고 있지만 후자에 치우쳐 민중운동 및 민중문학의 과학적 인식에 혼란을 주는 면도 있는 듯하다. 예컨대 식민지 종속민족의 특수성을 강조한 나머지 "기본적으로 일국사(一國史)적인 발전에 즉하여 근대사회를 성립시킨 이른바 선진자본주의 사회에서는 하부구조에 상부구조가 직접 대응·조응되는 구조로서의 사회구성체가 성립됨에 반하여 식민지 종속사회에서는 그 양자가 대응·조응되지 못하는 인류사적으로는 독특한 사회구성체가 성립되는 것이다"(같은 글 8면)라는 대담한 가설을 내놓기에 이른다. 필자가 알기로 하부구조에 의한 상부구조의 규정이라는 원리는 어디까지나 하나의 관념으로서 설혹 선진자본주의 사회에서도 그것이 완벽하게 또는 동일한 정도로 구현되었다고 보는 것은 도식주의적인 오류일 따름이며, 그런 의미에서 무릇 인류역사상의 사회구성체치고 엄밀히 말해 '독특'하지 않은 사회구성체는 없다고 단언할 수 있다. (마찬가지로 계급이라고 해서 "하부구조에 일방적·수동적으로만 규정"된다고 보는 것은 계급을 그 '즉자적' 측면에만 한정하여 파악하는 일이 된다.) 물론 식민지 사회는 '일국사적'으로 볼 때 '독특'한 정도가 한층 심하다. 그러나 이는 식민지 또는 반(半)식민지가 됨으로써 이미 제대로 '일국'이 아닌 사회로 변했기 때문이지 하부구조에 의한 일정한 규정성이라는 사회경제사 일반의 원리가 돌변한 것은 아닐 게다. 어떻게 보면 여기서 문제가 되는 것은 종주국의 더 발전되고 강력한 '하부구조'가 식민지 통치구조를 포함한 그 자체의 '상부구조'를 촉진제로 삼아 원래는 독립된 구조였던 식민지 지역의 '하부구조'를 자신과의 종속적 관계로 편입시켜가는 현상으로서, 이때 우리는 한 사회구성체에서 상·하부구조의 관계가 얼마나 대응적이냐를 논란하기에 앞서 그러한 관계가 검출되는 '사회구성체'의 단위를 어떤 범위에, 얼마나 확고부동하게 설정할지부터 합의할 필요가 있는지도 모른다.

어쨌든 민중문학론에서는 민중구성의 과학적 인식과 민중소외의 실상에 대한 계층별·계급별 검토를 빼놓을 수 없다. 이는 민중문학이 어느 한 계급 또는 두어 계급의 문학이어서가 아니라 바로 다양한 계급적·계층적 구성을 지닌 광범위한 연합세력의 문학이며 그들의 인간해방을 목표로 하는 문학이기 때문이다. 우리 역사의 현시점에서 이 연합체의 존재는 민족통일의 대의와 직결되어 있음은 더 말할 나위 없지만, 통일의 대의 자체는 또 각 계급 및 계층의 개별화된 생활상의 이해관계를 통해서만 제대로 현실적인 힘을 발휘하는 것이다. 그러면 오늘날 이러한 힘을 최대한으로 결집시키고 더욱더 키워나갈 생활상의 논리를 우리는 어디서 찾아낼 것인가?

80년대의 민중·민족문학론에서 크게 고조된 노동운동 및 노동문학에의 관심도 이런 각도에서 추구되어야 옳다. 즉, 민중구성의 일부분인 노동자계급을 민중의 전체인 양 절대시하는 계급주의적 독단을 피해야 함은 물론이려니와, 그렇다고 우리 국민이 이만큼 잘살게 되었는데 노동자들도 좀 살림이 피도록 해줘야 할 것 아니냐는 인도주의 내지 (노동자들 쪽에서의) 조합주의여서는 큰 의미가 없다. 어디까지나 전체 민중의 인간해방·민족해방을 위해 노동자들의 자기인식과 계급적 자기주장이 얼마만큼 기여할 수 있느냐는 차원에서 접근할 문제인 것이다. 그런데 노동자계급이 한정된 경제적 목표를 벗어난다거나, 기존의 민권운동에 지원병력을 보태주는 것 이상의 정치성을 띤 적극적 참여로 나올 때 민중·민족운동의 광범위한 통합을 깨뜨리지 않을까 하는 염려는 우리 주변에서 흔히 들리는 이야기다. 그러나 분단을 반대하는 온갖 세력들뿐 아니라 분단을 고수하는 세력까지 민족운동에 포용하며 배타적 특권에 집착하는 소수마저 민주화운동에 끌어넣는 허구적 통합을 꿈꾸는 게 아니라면, 정작 염려해야 할 일은 노동자들의 각성이 오히려 부족한 데서 생기는 민중운동 분열의 가능성이다. 예컨대 노동운동의 조합주의는 주어진 경제잉여를 놓고 다른 계층·계급들과, 아니, 노동자들 자신끼리도 누가 많이 차지하느냐는 내분을 초래하게 마련이며, 노동자 대중의 어설픈 급진화에 따른 분파주의의 위험은 더욱 겁나는 일이다. 오직 "이제 노동운동은 한쪽으로 자본에 대응하는 것이 아니라 자본과 정치권력의 유착에 대응하는 것이어야 하며 정치권력의 민주적 운용을 위한 참여를 요구하는"(박현채

「노동문제를 보는 시각」, 박현채 외 『한국자본주의와 노동문제』, 돌베개 1985, 37면) 수준에까지 이르고 "임노동계급이 자기들의 한정된 경제적 이해의 실현만이 아니라 민중·민족적 요구까지를 포괄하여 이 땅 위에 민주주의를 구체화시키고 민족의 분단까지를 극복하려는 노력을 함으로써 임노동계급 자신의 인간적 해방, 소외로부터의 해방이 된다는 것을 자명한 논리로"(같은 글 41면) 터득할 때에만 그러한 분열의 위험이 극복되는 것이다.

　이러한 각성의 과정에서 노동자들 자신이 쓴 글들의 출현이 막중한 역할을 할 것임은 더 말할 나위 없다. 이는 그 자체로서도 성장하는 민중역량의 중요 지표이자 촉진제이거니와, 기성 문인들이 무슨 이유로든 노동현실을 제대로 다룬 작품을 거의 못 내놓고 있는 상황에서 그 문학사적 의의는 더욱 커지게 마련이다. 동시에, 집필자가 노동자라거나 농민이라는 사실만으로 그들의 자기표현이 ―― 비록 자기표현으로서 정직하고 충실하달지라도 ―― 곧바로 민중·민족문학의 새 단계를 보장하는 것은 아니다. 정말 새로운 단계란 단순히 노동자들에게도 자기표현의 기회가 주어져야 한다는 추상적 인도주의나 노동현실의 정직한 고발만 있으면 그 개선은 저절로 이뤄질 수 있다는 안이한 개량주의의 입장을 넘어서, 노동자들의 집단적 자기해방의 노력이 "민중·민족적 요구까지를 포괄"하는 경지의 인식과 실천에 이를 때만 가능한 것이기 때문이다. 필자가 다른 기회에 『어느 돌멩이의 외침』이나 『빼앗긴 일터』 같은 노동자 수기들을 소설독자의 안목으로 읽고 비판해볼 필요가 있다고 말했던 것도 그런 뜻이었는데(『민족문학의 현단계』 369~70면 참조), 그뒤에 나온 많은 노동자들의 수기·좌담들도 마땅히 이런 각도에서 평가되어야 할 것이다. 예컨대 무크지 『현장』(돌베개)에서 1~4집에 걸쳐 줄곧 시도해온 노동자(및 제4집의 경우 농민)들의 집단적 체험기는 기왕의 작가들에 의해 버림받다시피 되었던 삶의 진실이 듬뿍 담겨 있어 우선 감동적이다. 그뿐 아니라 각자의 체험기와 이를 함께 읽고 나서의 좌담, 특정 주제에 대한 발제와 뒤이은 토론 등 여러날에 걸친 여러 사람들의 '나눔'을 정리한 그 형식도 노동자·농민만이 아니라 누구나 시도해봄직한 일종의 '공동창작'으로서의 가능성을 보여준다. 다른 한편, 1집의 「나 태어나 이 강산에 노동자 되어」, 2집의 「우리는 '선진조국'의 후진 일꾼들」, 3집의 「노동자는 이 땅의 노예인가」를 계속 보노라면 적잖은 중복의 느낌이 들기도 한다.(『민주노동』이나 무크지 『함성』에 나온 체험기·현장보고까지 읽는 경우에는 더욱 그렇다.) 여기에는 기획과 편집의 과정에서 약간의 잔손질로써 한결 달라질 기술적인 문제도 있지만, 바쁜 독자들로서는—근로자들은 일하기에 바쁘고 유한계층은 그들대로 읽을거리가 쌓였으니까—무언가 이 많은 이야기들을 훨씬 집약적으로 해줄 형식, 바꿔 말해 좀더 '문학적인' 형식에 대한 갈증이 남기도 한다. 그리고 실제로 박노해 시집 『노동의 새벽』(풀빛 1984)에서 「손무덤」 같은 시를 읽으면, 『현장』의 체험기에서 거듭거듭 만나는 끔찍한 노동재해의 장면과 그에 뒤따르게 마련인 통분의 경험이 더없이 생생하게 집약되었음을 본다. 그렇다고 개별적인 증언들이 소용없어지는 것은 물론 아니다. 그러나 대다수 독자들의 경우는 여러편의 산재 체험기를 계속 읽어나가기보다 한두개의 현장기록과 더불어 「손무덤」 한 편을 소화함으로써 훨씬 탄탄하고 홀가분하게 그날그날의 싸움에 임할 수 있는 것이 사실이다.

물론 박노해의 시 자체도 새 단계의 민중·민족문학의 요구라는 기준에 따라 평가되어야 한다. 즉 노동현실의 문학적 표현이 노동자 및 여타 민중·민족 성원들의 인간해방에 기여하는 종전과는 다른 차원의 성과에 달했느냐는 것이다. 서두에도 말했듯이 이는 항상 예술적 성과의 문제이며 구체적인 새 형식의 성취 문제이기도 하다. 필자와의 대담에서 김지하가 제기한 비판은 바로 이런 기준에서의 비판이었다고 생각된다. 그것은 박노해 시인을 논할 때에 "우선 경의를 갖고 얘기해야겠죠"라는 전제 위에서 그 '형식' 문제를 노동운동의 성격과도 연관지은 것이었다.

또 문학 안에 들어 있는 속셈 그 자체를 평가해야 할 것 같아요. 그런데 중요한 것은 그 속을 표현하는 것입니다. 그 속셈이 요구하는 형식을 시인이 아직 얻지는 못한 것 같습니다. 독자가 읽을 때 좁쌀알 같은 속셈으로 퍼지는 것이 시의 울림인데 이 울림에서 가장 결정적으로 작용하는 것이 형식이에요. 형식이 내용을 확산시켜주어야 하는데 박노해 씨의 경우 오히려 이것을 깎아먹고 들어가는 것 같아요. 박노해 씨의 시의 형식은 소외된 노동자의 불안정한 생활을 의미연관에 따라서 단편적으로 끊어가지고 축조하는 시적 전개를 가지고 있어요. 그런데 시적 전개를 따라가다보면 자칫 요즈음 노동운동에서 주장하는 슬로건 차원에 머물기 쉬워요. 그걸 뛰어넘을 수가 없어요. 박노해 씨의 속셈이 가진 신선한 활기 속에서 밀고 나오는 노동자만의 활기가 거기에 걸맞은 어떤 형식을 찾았더라면 요즈음 노동운동의 새로운 방향까지 제기할 수 있는 어떤 예감까지도 나타날 수 있었을 텐데 결국 통상의 노동운동이 제기하고 있는 슬로건 이상의 시적 결말에 이르지 못하고 말았어요. (『실천문학』 1985년 봄호 37면)

김지하 시인의 이 날카로운 지적에는 기존의 "시적 전개" 양식 일반에 대한 '대설' 작가 특유의 비판의식과 "통상의 노동운동"에 대한 '생명사상' 주창자 나름의 불신감이 작용하여 부정적인 쪽으로 다소 치우친 느낌도 없지는 않다. 그러나 『노동의 새벽』이 80년대 한국시의 빛나는 성과지만 새 단계의 민중·민족문학으로 뛰어오르기에는 모자람이 있다는 판단은 옳은 것이라고 믿는데, 이 점에서 같은 호 『실천문학』의 '시대와 형식'

특집의 일부로 실린 최원식(崔元植)의 평론「노동자와 농민 ─ 박노해와 김용택」에서도 김지하와 비슷한 견해가 나온 것은 흥미롭다. 최원식 역시 박노해 시인의 등장이 1920년대 최서해(崔曙海)의 등단만큼 획기적이라는 기본전제를 깔고 출발하지만, "그의 시에 전통적인 형식이 거의 사용되지 않은 점"(138면)에 주목하면서 우리 시대의 새로운 형식을 성취하기 위해서나 노동운동의 건강한 전진을 위해서나 극복되어야 할 어떤 한계가『노동의 새벽』에 있다고 말한다.

현실적으로도 오늘날 한국 노동자의 대부분은 농민의 아들딸이다. 한국의 노동운동이 더 깊이 뿌리내리기 위해서는 노동자의 몸과 마음 속에 숨어 있는 농민적 기억을 단지 극복해야 할 장애로 규정하기보다는 싱싱한 힘의 원천으로 감싸안고 넘어서는 적극적 태도가 요청된다.
　이런 점에서 일터의 현실을 탁월하게 반영하고 있는 박노해의 작품에 농촌과 농민에 대한 관심이 매우 희박하다는 사실은 이미 언급했듯이 그의 시에 전통적 형식이 거의 살아 있지 않다는 것과 긴밀히 호응한다. (139면)

이것 역시 나로서 대체로 공감하는 판단이고 뒤이어 김용택(金龍澤) 시집『섬진강』(창작과비평사 1984)과의 대비는 매우 설득력이 높다. 그런데『노동의 새벽』이 곧 우리 문학의 새 단계를 확보한 것이 아니라는 필자 논지의 다른 한면은 이 시집이야말로 우리가 새 단계의 쟁취를 바로 눈앞에 두고 있다는 몇몇 결정적 증거의 하나라는 주장이다. 이제 그러한 측면에 무게중심을 옮겨 한두가지 논평을 덧붙일까 한다.
　먼저, 박노해의 시는 작업장 안팎에서의 노동자의 일상생활을 주로 다루고 있지만 이미 주제 면에서도 여러 방향으로의 확산이 시작되고 있으며 그때마다 다소간에 언어의 새로움도 달성되고 있다. 예컨대 「썩으러 가는 길 ─ 군대 가는 후배에게」라는 시에서는 노동자의 시각이 군대생활 및 사회생활 일반으로 확대되면서,

> 굵은 눈물 흘리며
> 떠나가는 그대에게
> 이 못난 선배는 줄 것이 없다
> 쓴 소주 이별잔밖에는 줄 것이 없다
> 하지만 철수야
> 그대는 썩으러 가는 것이 아니다
> 푸른 제복에 갇힌 3년 세월 어느 하루도
> 헛되이 버릴 수 없는 고귀한 삶이다 (제2연)

라는 소중한 예지에 힘입어, 군대생활도 노동자답게 성실히 하라는 그의 충고는 '실천적 사랑' '희생정신' '성실' '부지런' '협동' 등등 그야말로 아무 맛도 멋도 없이 흔해져버린 낱말에 그 본래의 위엄을 되돌려주기까지 하는바, 이는 여간 힘든 시적 성취가 아니다.

> 몸으로 움직이는 실천적 사랑과
> 궂은일 마다 않는 희생정신으로
> 그대는 좋은 벗들을 찾고 만들어라
> 돈과 학벌과 빽줄로 판가름나는 사회 속에서
> 똑같이 쓰라린 상처 입은 벗들끼리
> 오직 성실과 부지런한 노동만이
> 진실하고 소중한 가치임을 온몸으로 일깨워

끈끈한 협동 속에 하나가 되는 또다른 그대,
좋은 벗들을 얻어라 (제6연)

라는 평범에 가까우나 평범치 않은 대목은 곧이어 한층 대담한 시어의 구사를 거쳐 "달빛 쏟아지는 적막한 초소 아래서"의 "분단의 비극"을 눈에 선하게 살려놓기도 한다.

걸진 웃음 속에 모험과 호기를 펼치고
유격과 행군과 한딱가리 속에 깡다구를 기르고
명령의 진위를 분별하여 행하는 용기와
쫄따구를 감싸주는 포용력을 넓혀라
시간 나면 읽고 생각하고 반성하며
열심히 학습하거라
달빛 쏟아지는 적막한 초소 아래서
분단의 비극을 깊이깊이 새기거라 (제7연)

이러한 제재의 확산은 80년대 초 역사의 잊지 못할 기억으로도 남을 「삼청교육대 1」에서 역시 발견되는데, 여기서도 가령

김형은 체불임금 요구하며 농성 중에
사장놈 멱살 흔들다가 고발되어 잡혀오고
열다섯 난 송군은 노가다 일 나간
어머니 마중길에 불량배로 몰려 끌려오고
딸라빚 밀려 잡혀온 놈
시장 좌판터에서 말다툼하다 잡혀온 놈

술 한잔 하고 고함치다 잡혀온 놈
춤추던 파트너가 고관부인이라 잡혀온 놈

운운하는 대목은 김지하의 담시나 대설(더 나가서는 본래의 판소리)에 흔한 말투를 상기시키는 가락이면서도 어디까지나 서정시의 절제된 운율을 견지하고 있다.

  실제로 자유시가 거의 대부분인 한국의 현대시에는 판소리·민요·가사 등 전통양식을 원용하거나 한시 또는 서양 정형시의 규격을 수용 또는 참고한 새로운 시형식을 창출하지 않는 한, 자유시 자체의 (정형시에서처럼 뭐라고 꼭 집어 말하기는 힘든) 개성 있는 가락이 해당 시인의 형식적인 새로움을 결정적으로 좌우하게 마련이다. 요즘의 허다한 시들이 너무나 비슷비슷하다는 비판을 받기도 하는 것은 '민중' '분단' 등의 닮은 주제가 너무 되풀이된다는 '내용'의 문제도 있지만, 어딘가 김수영(金洙暎)·신동엽(申東曄)·고은·신경림(申庚林)·김지하 등 원래 개성이 두드러진 몇몇 시인들의 가락을 합성한 듯한 일종의 공용 가락이 퍼져 있음을 느끼기 때문이 아닌가 한다. 박노해 시집에도 그러한 귀에 익은 가락이 없는 것은 아니나, 전체적으로 그의 시는 김수영을 방불케 하는 속도감에다 평범을 두려워 않는 대담성이 합쳐 가락의 신선함을 느끼게 하며, 때로 재치 있는 시행의 변화를 구사하기도 한다. 「지문을 부른다」에서 대체로 일정한 시행으로 나가다가,

  평생토록 죄진 적 없이
  이 손으로 우리 식구 먹여살리고
  수출품을 생산해 온
  검고 투박한 자랑스런 손을 들어

지문을 찍는다
아
없어, 선명하게
없어,
노동 속에 문드러져
너와 나 사람마다 다르다는
지문이 나오지를 않아
없어, 정형도 이형도 문형도
사라져버렸어
임석경찰은 화를 내도
긴 노동 속에
물 건너간 수출품 속에 묻혀
지문도, 청춘도, 존재마저
사라져버렸나봐

하는 제3연 중 6행 이하의 갑작스런 변화는 노동자들 자신의 충격을 독자
의 것으로 만드는 데 결정적인 역할을 한다.

끝으로 최원식이 농민에 대한 박노해의 준열성의 예로 들었던 「어머
니」도 나는 좀 다른 각도에서 주목하고 싶다. 사실 이 시에서의 어머니는
전형적인 농민 출신이기는 하지만 지금은 "환갑을 넘어서도 파출부살이
를 하는" 도시인이며, 시인의 감정은 노동자나 노동운동가뿐 아니라 농민
일지라도 어느 순간에는 느낄 것이고 진지한 농민운동가라면 마땅히 느
껴야 할 감정이다. 아니, "가난했기에 못 배웠기에/수모와 천대와 노동에
시퍼런 한 맺혔기에/오손도손 평온한 가정에의 바람은/마땅한 우리 모두
의 비원입니다"에서 연을 바꾸어 튀어나오는

오! 어머니
당신 속엔 우리의 적이 있습니다

라는 절규에는 정서적 충격뿐 아니라 두고두고 되새겨볼 통찰이 담겨 있
다. 필자도 어머니의 은공을 아주 모르는 놈은 아니요, 자식과 가정에 헌
신적인 우리의 어머니들에 대해서는 이시영(李時英)의 빼어난 최근작
「어머니」(『실천문학』 1985년 여름호)를 비롯하여 수많은 감동적인 시들이 씌
어졌으며 앞으로도 씌어져야 옳다고 본다. 그러나 어머니에 대한 자식들
의 이런 찬송이 절박한 싸움으로부터 한걸음 비켜선 데서 나오는 안이한
가락이어서는 안 될 것이며, 더구나 자식 중에서도 어머니 사랑을 줄곧
딸보다 더 받아온 아들들의 타성에 젖어든 가락은 아닌지를 따져볼 일이
다. 박노해 자신은 「이불을 꿰매면서」라는 시에서

투쟁이 깊어갈수록 실천 속에서
나는 저들의 찌꺼기를 배설해 낸다
노동자는 이윤 낳는 기계가 아닌 것처럼
아내는 나의 몸종이 아니고
평등하게 사랑하는 친구이며 부부라는 것을

이라는 깨달음을 말하면서도, 이를 「어머니」에서의 통찰과 연결지어 상
호발전시키지는 않는다. 굳이 직접 연결시키라는 건 아니지만 실상 이불
홑청을 꿰매고 앉은 '각성한' 아들의 모습에 가장 슬퍼하고 어쩌면 분개
할 사람은 그의 어머니이기 쉬우며, "오! 어머니/당신 속엔 우리의 적이
있습니다"라는 절규도 그의 시에서와 같은 '불효자'가 아닌 '불효녀'의

입에서는 또다른 울림을 지녔을 것이다. 새 단계의 민중·민족문학은 마땅히 이런 불효녀 아닌 불효녀의 음성도 새롭게 들려주어야 할 것인데, 그런 점에서도 박노해 시집은 만만찮은 새로움의 문턱까지 와 있음이 느껴진다.

4. 현단계 극복의 조짐들

앞에서 박노해 시집 한권을 두고 그처럼 길게 언급했던 것은 오늘의 현실을 각성된 노동자의 눈으로 보는 참다운 민중·민족문학의 작품들이 얼마나 나오느냐가 우리 문학이 새 단계로 비약하느냐 마느냐를 가름하는 열쇠라고 믿기 때문이다. 이는 노동현실을 다룬(또는 노동자들이 쓴) '노동문학'이라는 별개의 장르를 설정하고 그것이 전체 한국문학에서 차지하는 비율이 얼마 이상이 되어야 한다는 식의 논리와는 전혀 다르다. 어디까지나 민중·민족문학의 질적 수준의 문제이며 우리의 민주화운동·분단극복운동이 정서적인 민중주의, 관념적인 민족주의에서 얼마나 벗어나느냐는 운동의 차원 문제이기도 하다. 따라서 노동문제를 직접 ── 또는 중심적으로 ── 다루지 않은 문학에도 이러한 기준은 적용되게 마련이다. 필자는 분단문제를 소재로 삼은 '분단문학'이 별개 장르처럼 설정되어서는 안 됨을 누누이 지적한 바 있지만(졸고「80년대 소설의 분단극복의식」, 변형윤 외『분단시대와 한국사회』, 까치 1985; 〈본서 3부〉), 이는 '노동문학' '농민문학' '여성문학' 등의 낱말에도 그대로 적용되는 이야기다.

이러한 원칙론 자체에는 대체로 동의한다 하더라도, 그 구체적인 적용에서 '각성된 노동자의 눈'을 하나의 결정적 척도로 제시하는 것은 별도의 노동문학을 설정하고 이를 과대평가하는 것보다 더욱 독단적인 태도가 아닌가라는 반발이 나올 수 있다. 실제로 우리 현실에서 '각성된 노동자'란 —— 그 정확한 뜻매김이 무엇이건 간에 —— 아직은 전체 근로자의 극소수에 불과함에 틀림없으며, 분단문제·농민문제 또는 소시민의 일상 문제를 다룬 그간의 손꼽을 문학적 성과들이 대개 노동자의 입장에 선 것이 아니었음도 사실인 것이다. 그러나 바로 이런 현실이야말로 우리가 아직도 종전의 한계 안에 머물고 있다는 증거이며, 방금 지적한 두가지 사실은 서로 떼어 생각하기 힘든 것이기도 하다. 다시 말해, 그간에 이룩된 주목할 만한 문학적 성과가 흔히 노동현실이나 노동자의식과 무관한 채로 이루어졌다는 사실은 단순히 '노동문학'의 부재를 뜻한다기보다 차원 높은 민중운동의 결여에 따른 본격적인 장편문학의 부재를 말해주는 것이다. 사실 기왕의 문학적 성과가 나름대로의 성공을 인정받을 수 있었던 것은 저들이 대개는 당대 역사의 총체적 진실을 요구하는 장편소설 이외의 다른 장르에서 이루어진 업적이었던 까닭이다. 요는 저들 작품의 한계인 동시에 우리 민중역량의 한계인 이러한 문제점이 단시일 내에 극복되겠느냐는 것인데, 이 글에서는 주로 문학작품으로 드러나는 조짐들에 치중할 터이지만, 80년대 중반에 들어 노동현장이 보여주는 상당한 활기 속에서 한국 노동자들의 잠재적 운동력에 대한 이론적 재평가(예컨대 『한국자본주의와 노동문제』에 실린 임영일 「노동자의 존재조건과 의식」 참조)에도 유의할 필요가 있다고 본다. 이때에 우리가 주시하는 운동력이란 어디까지나 광범위한 국민대중에 의한 민주화운동·통일운동의 연대성을 강화하는 성질의 것임은 더 말할 것도 없다.

'본격적 장편문학'이라는 표현은 중·단편소설이나 마당극·촌극 그리고 시의 분야에서 이제까지 진행된 많은 작업에 처음부터 일정한 장르적 한계를 암시하는 표현임이 분명하다. 이는 한층 소규모의 장르에서 이루어진 업적들의 가치나 앞으로 어떠한 장편문학의 대작이 나오더라도 대치될 수 없는 소규모 작품 나름의 창조성을 부정하는 이야기는 아니다. 김지하가 박노해의 시에서 "단편적으로 끊어가지고 축조하는 시적 전개"를 비판한 말도 시의 길고 짧음을 일차적으로 겨냥한 것은 아니었다. 그러나 김지하 자신의 '대설' 작업에서도 짐작되듯이 작품의 규모와 최고의 예술이 드러내려는 전체적 진실 사이에 일정한 관련이 있는 것 또한 부인할 수 없다. 80년대에 들어 '대설' 이외에도 많은 서사시·굿시들이 씌어지게 된 것 역시 본격적 장편문학에의 요구를 반영한다고 보겠다. 여기서는 이러한 흐름을 세부적으로 검토하기보다 현단계 극복의 과제와 연관된 한두가지 이론적 문제를 언급하는 데 그치고자 한다.

먼저 우리는 시의 장편화를 위한 요구가 짧은 서정시들의 독특한 값 — 어떤 면에서 시의 진국일뿐더러 대중의 입으로 노래하고 암송하기에도 더없이 알맞은 그 특성 — 을 결코 떨구는 게 아니라는 앞서의 전제에 따라, 이러한 특성을 상당히 희생하게 마련인 장시의 시도는 막연한 장편화에의 욕망이 아닌 뚜렷한 명분이 있어야 함을 강조하고 싶다. 이 점에서 공연을 전제한 하종오(河鍾五)의 굿시들이나 판소리와의 관련이 처음부터 밀접한 김지하의 '담시' '대설' 들과는 달리, 서사시의 범주에 드는 장시들의 경우는 특히 문제가 많다. 근대적 장편서사문학의 대명사와도 같은 산문 장편소설이 서양에서 일단 확립을 보아 우리에게 소개되었고 동양의 고전문학과 우리 현대문학에서도 이미 그 나름의 장편소설 작품들이 씌어진 바 있는 오늘에 와서 장편서사문학을 굳이 운문으로 써야 할 이유를 찾기란 그리 쉽지 않은 것이다. 물론 유능한 시인에 의한 운문화에는 나름대로의 흥취가 따르겠지만, 이것이 산문소설로도 얼마든지 — 또는 더욱 충실하게 — 다뤄졌을 소재를 산문화하지 못한 저자의 개인적 모자람을 메꾸려는 정도라면 곤란하다. 무언가 그 소재의 서사성 자체가 산문보다 운문을 요구하는 성질이어야 하는데, 그렇다고 고전적인 영웅서사시의 경우처럼 애초부터 산문적 처리에 걸맞지 않은 현실은 근대사회에서 단편적으로밖에 발견되지 않는다는 게 일반적인 통설이다.[1]

우리의 근대문학에서 진정한 민족문학의 고전으로 꼽을 장편서사시가 없는 것은 바로 이러한 겹겹의 어려움 탓이 아닌가 한다. 즉, 필자 스스로 민족문학의 값진 성과로 꼽는 신동엽의 『금강』(錦江, 1967)이나 신경림의 「새재」「남한강」「쇠무지벌」 3부작(1980~85)도, 이것이 훌륭한 소설가에 의해 더 잘 씌어졌을 이야기가 아닌가를 미처 생각할 겨를도 없이 독자를 사로잡는 어김없는 고전은 못 된다는 말이다. 신경림의 경우 제3부 「쇠무지벌」에 이르러 서사적인 골격을 약화시키면서까지 산문소설이 흉내내기 힘든 온갖 시적 효과를 거두는 것도 시인 스스로 그 서사시로서의 문제점을 의식했기 때문이 아닌가 한다.

그러면 우리 시대의 서사시는 그 이상의 성과를 기대할 수 없는 것인가? 실은 서사시의 가능성에 대한 앞서의 몇가지 부정적 고찰에서 우리는 한가닥 성공의 길을 추리해볼 수 있지 않은가 한다. 다시 말해 이 시대의 성공적인 서사시는 지난날의 영웅서사시와는 달리 근대사회의 비영웅적이고 비인간화된 현실, 그중에서도 우리 사회의 분단과 민중소외의 인식에서 마땅히 출발하는 동시에, 어딘가 영웅서사시처럼 산문소설로서의 형상화를 거절하는 면이 그 이야기 자체에 들어 있는 것이라야 한다는 추론이 나온다. 그리고 이러한 추론이 단순한 탁상공론이 아닐 수 있으리라는 점을 우리는 고은이 새로 시도하는 서사시 『백두산』에서 실감케 된다.

이 작품은 편집자의 광고에 따르면 각 1만행 안팎의 3부작인데 이제 그

---

1 물론 이에 대한 논란이 끝난 것은 아니다. 여기서는 루카치의 『소설의 이론』(반성완 역, 심설당 1985)과 바흐찐의 「서사시와 소설」(M. M. Bakhtin, "Epic and Novel," tr. C. Emerson and M. Holquist, *The Dialogic Imagination*, University of Texas Press 1981)처럼 여러 면에서 대조적인 두 글이 공통으로 내리는 결론을 원용하기로 한다.

제1부 「바우」의 1·2회분(『실천문학』 1985년 봄호·여름호)이 발표되었을 뿐으로 작품 전체의 성공 여부를 말할 단계는 아니다. 그러나 지금까지 나온 부분(제1부의 4분의 1 정도)이 시인 자신이 턱없이 야심적이었던 장시 『대륙』(1977, 『고은 시전집 2』, 1983)과도 판이할뿐더러 종전의 다른 어느 장편서사시보다 감동적으로 읽히는 데는 그만한 이유가 있음을 생각해보는 것이 우리의 논의에 도움이 될 듯하다. 곧, 이 작품의 소재는 우리 시대 최고 수준의 리얼리즘 소설로 다루어지기에 모자람이 없는 역사적·현재적 의의를 지닌 것이지만, 위대한 리얼리즘 문학의 대열에 낄 역사소설을 만들기에는 우리 현대사의 단절이 너무 심하고 현실적 제약도 너무나 많다. 그렇다고 통일 이후로, 또는 좀더 풍부한 자료가 활용 가능한 다음날로 미루기에는 너무도 절실한 민족문학적 과제이기에, 시문학 특유의 대담한 상상력의 비약과 자유분방한 전개를 살려 이 과제를 감당할 일종의 역사적 시의성이 생긴다. 그뿐 아니라, 적어도 「바우」 부분에서 보는 한말 백두산 일대의 생활환경은 영웅서사시의 전형적 무대인 전근대적이고 심지어 원시적인 사회의 모습이 그대로 간직된 곳이다. 여기서 우리는 한반도 수천년래의 삶이 자본주의 세계경제로 편입되는 운명적 과정의 어느 한 계기가 소설로 다뤄지기 힘든 일정한 객관적인 여건과 더불어 산문 이상의 표현을 유도하는 영웅적·전설적 분위기와 합류하는 지점에, 성공적인 민족서사시의 한 가능성이 열림을 내다본다. 고은의 『백두산』이 만약 그러한 가능성을 현실로 만드는 데 성공한다면 이는 한국 서사시의 새로운 경지는 물론 민중·민족문학의 새 단계를 여는 일의 큰 몫을 차지할 것이다. 그리고 이때에, 고은 시인이 시집 『조국의 별』(1984)에서와 같은 눈부신 기여를 80년대 한국 서정시에 보태었음도 결코 무관하지 않은 사실로 기억될 것이다.

시의 장편화와 관련하여 빼놓을 수 없는 80년대 한국문화 특유의 현상은 김지하의 『대설 남』(1권 1982, 2권 1984, 3권 1985)이다. 이것 역시 언제 완성될지 짐작하기 힘든 거대한 기획인데, 필자는 제2권까지 읽은 시점에서 그 저자와 대담하면서 어느정도 구체적인 견해를 밝힌 바 있다(「민중, 민족 그리고 문학」 참조). 거기서 제기한 몇가지 비판이 박노해 시인에 대한 김지하 자신의 표현대로 기본적인 경의를 전제한 비판이었음은 더 말할 것도 없지만, 셋째권까지 나온 지금으로서도 먼저의 대체적인 평가를 크게 수정할 이유는 없다는 생각이다. 이 글의 제목과 관련시켜 달리 표현한다면, 『대설 남』은 현단계 민중·민족문학의 큰 성과이자 현단계 극복을 위한 더없이 대담하고 현란한 시도이기도 하지만 그 극복을 이미 완수한 예술적 성과로 보기에는 문제점이 있다는 것이다. 예컨대 그것은 근년에 시선집 『타는 목마름으로』(창작과비평사 1982)와 담시집 『오적』(五賊, 동광출판사 1985)으로 정리된 그 자신의 70년대의 우뚝한 업적과 견줄 때 반드시 발전이라고만 할 수 없는 면도 지니고 있다. 곧, 그 구상의 웅대·기발함이 놀랍고 그것이 탁월하게 구현된 대목들도 많은 반면에 70년대 최고작들의 서정적 또는 풍자적 긴장이 어느정도 풀어지는 느낌이 들 적도 많다. 그리하여 '문체혁명'을 겨냥하는 대설적 문체 스스로가 하나의 관습화된 양식으로 굳어지는 건지 어떤지 좀더 지켜볼 필요가 있는 것이다.

동시에 문체혁명을 포함한 형식 문제에 관한 접근방식도 이 글에서 제기한 새 단계 민중·민족문학에의 요구를 충족하기에는 부적합한 일면이 있다. '민족적 형식' 내지 '민중문학의 형식' 문제는 김지하 시인이 특별한 관심을 갖고 여러군데서 언급한 것인데, 최근 「생명사상의 전개」라는 대담에서도 민족적 형식의 문제가 "민중의 생명의 세계관과 반드시 관련이 있"음을 강조하면서 민중적 민족문학이란 "창조되고 향수되는 살아 있는 관계이기 때문에, 살아 있는 관계를 규정하는 세계관, 즉 미학적 견해가" 필요하다고 거듭 주장하고 있다(김지하 이야기모음 『남녘땅 뱃노래』, 두레

1985, 390, 391면). 그런데 민중·민족문학의 형식 문제가 더 큰 세계관의 문제와 직결됨은 두말할 바 없지만 일정한 '세계관' 또는 '미학적 견해'로부터 작품형식상의 실제 문제를 풀어나가려는 태도에는 상당한 위험이 따른다. 물론 시인이 말하는 '세계관'이란 그 자체가 자신의 실천적 시작 활동과 불가분의 관계로 뒤엉킨 발언이요 체계화된 이론이 아닌 만큼, 그 표현만 갖고서 관념론적 접근이라고 탓할 일은 아니다. 그러나 가장 근원적인 것에의 물음을 잊지 않으려는 마음가짐이 어느새 가장 포괄적인 견해에 의해 만사에 해답을 주는 자세로 변하지 않으려면 끊임없는 자기단속이 필요하다. 그런 의미에서 필자는『실천문학』대담에서도 '세계관의 제시'라는 표현에 줄곧 불만을 나타냈던 것이며(46면 이하), 이 글에서도 근원적인 일부라 할 노동현실의 인식에서 새 단계 민중·민족문학의 가능성을 이끌어내는 방식을 택해보았다. 곧, "창조되고 향수되는 (…) 살아 있는 관계를 규정하는 (…) 미학적 견해"에서 출발하는 대신, 자본주의 사회 양대 기본계급의 하나이며 민족공동체의 중요 구성분자인 이 땅의 노동자들이 지금 어떻게 살고 있고 그들의 자기해방을 위한 노력이 여타 민중·민족세력과 어떤 관계를 지니며 이는 또한 그간의 문학작품 속에 어떻게 나타났고 앞으로는 어떤 성과가 기대되며 소망되는가를 탐구하는 '역순'을 제시해본 것이다.

그런데 이러한 '역순'이야말로 사실주의 소설에서의 '정석 수순'에 가깝다. 사실주의가 곧 우리가 추구하는 진정한 리얼리즘과 동일한 것이 아님은 거듭 강조된 바 있지만, 사실주의적 기율을 인간해방의 노력에서 결코 가벼이 볼 수 없다는 점 또한 우리는 다시금 실감하게 된다. 진리를 탐구함에 있어 사실(事實) 속에 함몰되지 않는 것도 중요하지만, 사실 앞에 사(私)를 두지 않는 비워진 마음이 없어서도 안 되는 것이다. 우리가 남북분단이라든가 노동현장처럼 중요한 사항에서도 현실의 특정 부문을 소재

삼아 재현하는 개별 장르의 설정에 반대하는 것은 전자의 위험을 경계한 것이요, 민중·민족운동의 대의에 입각한 문학이 사회현실의 객관적 인식을 담고 역사적 사실의 은폐에 대한 줄기찬 도전을 겸하는 '리얼리즘'의 문학이 되라는 것은 후자의 요구를 따른 것이다.[2]

  '분단문학'이 하나의 독립 장르일 수 없다는 점에 대해서는 여기서 다시 긴 말을 않기로 한다. 다만 분단 및 동족상잔의 현실을 과거의 시기(대개는 6·25 때)로 거슬러 올라가 그려내는 소설이 너무나 흔해진 요즈음, 그러한 특정 현실의 묘사 자체는 그것이 역사적 사실 은폐에 도전하는 첨단에 선 동안에나 예술성으로 이어지는 것이며 이는 결국 오늘의 현실을 얼마나 과감하고 정당하게 보고 있느냐에 따라 좌우되는 것임을 새삼 강조하고 싶다. 그런데 '노동문학' 또한 마찬가지 원칙의 적용을 받음은 이 글에서 이미 자세히 논했지만, 소설 분야에서는 도대체 노동현실을 소재로 삼은 작품이 아직도 드문 실정이다. 필자가 널리 못 읽은 탓도 있겠으나 전문 문인들의 작품으로는 광산촌을 무대로 잡은 김향숙(金香淑)의 「겨울의 빛」(『여성문학』 1집, 전예원 1984)과 공장 부설학교 여선생의 경험을 그린 이혜숙(李惠淑)의 「부설학교」(염무웅·최원식 편 신작소설집 『슬픈 해후』, 창작과비평사 1985) 정도가 80년대 들어와 눈을 끈다. 그중 「겨울의 빛」은 실로 만만찮은 역작이라고까지 하겠지만, 주인공 혜자의 감수성과 사고에는 "부모 얼굴도 모른 채 고아원에서 중학교를 졸업한 뒤 스물넷이 되도록

---

2 서구어의 *realism, Realismus* 등을 '사실주의'와 여기서 말하는 '리얼리즘'으로 구별하는 일은 서구어 자체가 지닌 양의성을 정리한 것이지 원어의 뜻을 멋대로 바꾼 것은 아니다. 그러나 두 의미 중 하나에 '리얼리즘'이란 외래어를 그대로 쓴 것이 혼란의 소지를 남기고 모양이 덜 좋은 것도 사실이다. 문학에서는 '현실주의'라는 낱말이 '현실추수주의'와 분명히 구별되도록 한다는 약속 아래, '사실주의' 대 '현실주의'로 분간하는 것도 요즘 더러 채용되는 한가지 방법이다.

자립해서 살아온" 여자라는 설정에 어울리지 않는 면이 더러 발견되며, 이 작품 속의 현실이 실제로 광부 현규와 그의 가족들 및 혜자가 겪는 삶의 정확한 모습이라기보다 어딘가 지식인 작가의 눈을 거치면서 굴절된 것이라는 느낌을 받게 된다. 그러나 노동자들 자신의 발언들과 더불어 이만한 소설이 나왔다는 것은 노동현장 역시 사회적 금기 내지 작가의 자기검열 대상에서 풀려나 좀더 본격적인 소설적 성취를 내다볼 수 있게 되었음을 알려준다. 그리고 우리의 문학운동과 노동운동이 함께 성숙하는 과정에서 박노해 같은 '노동자 시인'뿐 아니라 '노동자 출신' 전문 작가(장편소설가)도 나와야 하리라 본다.

이 대목에서 조세희(趙世熙)의 제3작품집 『침묵의 뿌리』(열화당 1985)를 잠깐 살피고 넘어가는 것이 좋을 듯하다. '작품집'이라는 표현 그대로 이 책은 저자 자신의 생각과 경험을 직접 서술하는 도중에 남의 글이나 자신의 소설을 삽입하기도 하고(제1부) 그가 찍은 수많은 사진들을 제2부로 실었으며 이 사진에 대한 자세한 주석(제3부) 가운데는 가령 사북(舍北)사태의 공소장 같은 것도 그대로 들어 있는, 그야말로 온갖 종류의 작품들을 모아놓은 것이다. 그러나 이 모든 것이 어떤 일관된 관심으로 만들어졌음이 분명하며, 그런 의미에서 이 책은 르뽀 역시 장편소설처럼 온갖 장르를 포섭할 수 있음을 보여준 독특한 장편르뽀라 부를 만하다. 그러나 굳이 이를 '르뽀'로 못박을 필요는 어디 있는가? 이는 물론 "나는 작가로서가 아니라 이 땅에 사는 한 사람의 '시민'으로서 그동안 우리가 지어온 죄에 대해 말하고 싶었다"(11면)라는 저자의 머리말 자체에만 매달리는 이야기는 아니다. 그보다도 작품집 전체를 통해 전달되는 저자의 기본입장이 책 속의 「어린 왕자」라는 소품의 한 대목에서 말하는 바 1930년대 대공황기 미국의 사진작가들의 그것과 실제로 닮았다고 느껴지기 때문이다. 즉 그들은 당시의 어려운 국민 생활상을 찍어 잘사는 국민들에게 보였으며 부유층의 생활상도 함께 찍어 보여줌으로써 "그 사진들 가운데서 얼마가 공적인 분노를 야기시켰다. 어떤 상황 아래서는 부유한 사람들의 행복이 떳떳한 것이 못 되며, 어떤 행복은 바로 죄악이기도 하다는 사실을 깨닫도록 해준 셈"(28면)이라는 것이다. 『침묵의 뿌리』는 기법적으로도 흥미진진한, 양심적인 한 지식인의 보고서임에 틀림없으나 "우리가 지어온 죄"에 희생된 다수 쪽의 주체적 발언과는 다르며, 그들 자신이 아니면서도 그들의 체험까지 포괄하는 총체적 진실을 제시하려는 리얼리즘 소설가의 작업과도 다르다. 우리의 민중·민족문학은 노동현실을 『침묵의 뿌리』보다 더욱 '문학적으로' 다룬 장편소설을 여전히 기다리고 있는 것이다.

훌륭한 소설이 반드시 정치적으로 예민한 소재를 다뤄야 하는 게 아님은 물론이다. 최근의 예로 박완서(朴婉緖)의 「해산(解産) 바가지」(『세계의 문학』 1985년 여름호) 같은 단편은 이러한 평범한 진실을 다시금 깨우쳐주는 명작이다. 그러나 본격적인 장편소설을 쓰자면 정치적으로든 사회적으로든 예민한 영역을 전혀 안 건드리기는 불가능해지며, 억압이 심한 사회일수록 중·단편의 규모로라도 우선 들추고 볼 금기화된 사실들이 수두룩하게 마련이다. 80년대 한국사회의 경우 다름 아닌 사실확인의 차원에서조차 가장 예민한 쟁점이 되어 있는 것은 이른바 '광주사태'의 진상 문제다. 바로 그렇기 때문에 시인에 의한 열띤 고발 또는 기념의 낱말들이 많이 씌어졌으나 소설로 다뤄진 예는 5년이 넘은 이제까지 무척이나 드물다. 여기서도 필자의 과문을 전제해야겠지만 임철우(林哲佑)의 중편 「사산(死産)하는 여름」(『외국문학』 1985년 여름호)과 윤정모(尹靜慕)의 단편 「밤길」(염무웅·최원식 편 『슬픈 해후』)을 빼고는 도대체가 이 소재를 정면으로 건드린 작가가 없지 않은가 한다.(황석영의 경우 소설이 아니기도 하여 일단 논외로 하는데, 그가 정리한 『죽음을 넘어, 시대의 어둠을 넘어』(풀빛 1985)를 그의 소설가적 재능이 최대로 발휘되었을 경우를 상상, 비교하며 읽는

'문예비평적' 작업도 광주의 의미를 되새기며 저자의 노고에 보답하는 일을 배제하지는 않을 것이다.)

임철우는 앞서 「직선과 독가스」(『세계의 문학』 1984년 겨울호)라는 단편에서도 광주사태의 후유증을 연상시키는 병리적 현상을 제시한 바 있는데 이번 중편에서는 훨씬 명백하고 대대적으로 광주 문제를 다루었다. 이 껄끄러운 소재를 우리 문단에서 처음으로 중편 규모로 취급했다는 점에서 주목에 값하는 업적임이 틀림없다. 그러나 광주의 진실을 제대로 포착하고 작품화했느냐고 묻는다면 필자는 「직선과 독가스」나 대동소이한 수준, 곧 아직도 성공한 작품이라고 보기는 어려운 수준이라 말할 수밖에 없다. 이는 「사산하는 여름」(또는 「직선과 독가스」)의 비사실주의적 요소 자체를 탓하는 말이 아니다. 리얼리즘(내지 현실주의)가 우의적 요소를 처음부터 배격한다거나 사실성과 우의성의 일정한 비율을 고집하는 것은 아니다. 그러나 알레고리는 알레고리 나름의 논리가 있어야 하고 진지한 현실인식을 반영해야 하는데 「사산하는 여름」의 경우는 그게 아니다. 작가의 의도는 너무도 엄청난 사실은폐가 있는 곳에서는 온갖 유언비어가 그야말로 병적이고 우스꽝스러울 정도로 판을 친다는 진실을 부각시키려는 것이었을 테지만, 성교 중에 영영 유착되어버린 남녀가 '향민의원'에 입원해 있다는 소문이 끈질기게 퍼지고 불어간다는 기본적 설정부터가 그 엽기성을 떠나서 보면 너무나 작위적이고 앞뒤 안 맞는 데가 많다.(작가는 그것이 사실인지 헛소문인지 일부러 아리송하게 남기려 하지만, 사실이라면 진작에 종합병원으로 갔을 것이고 아니라면 적어도 향민의원으로서 그런 헛소문의 피해에서 벗어나는 방법은 얼마든지 더 있었을 것이다.) 이런 기본설정의 어설픔은 가령 패배한 운동가 '광서 형'의 의식의 흐름을 제시한다거나 무고하게 순화교육을 다녀와서 폐인이 되다시피 한 강진댁 남편의 사연을 묘사하는 식으로 작가가 지엽적인 재현의 솜씨를

뽐내면 뽐낼수록 더욱 두드러질 뿐이다.

　그러나 도대체가 1980년 5월 광주의 역사를 '상처'와 '병리'의 차원에서만 보는 것부터가 정말로 문제다. 광주의 진상을 다시 조사하는 게 그 상처를 아물리는 데 도움이 되느냐 안 되느냐 하는 여야 간 공방의 차원이라면 모를까, 민중·민족문학에서는 극히 피상적인 민중의식이요 역사의식이다. 광주사태의 정확한 경위와 진상이 어떠했건, 무릇 다수 민중이 일거에 집단행동으로 나선 역사적 사건에서는 민중의 희생과 상처가 큰 것에 못지않게 자신들도 몰랐던 엄청난 힘이 평범한 시민들 중에서 폭발적으로 솟아남을 경험하는 법이다. 이러한 폭발적인 에너지는 당국이 '무장폭동'으로 규정하는 전투의 과정에 드러나기도 하고 '치안부재'로 규정된 시간에 뜻밖의 일상생활을 해내는 의연함으로 나타나기도 한다. 광주사태의 경우 그 폭발성에 한해서만은 여야 간 딴말이 없는 실정인데, 「사산하는 여름」에서는 폭발성의 의미에 관한 통찰과 신념이 없을뿐더러 폭발성 자체가 '후유증'의 제시 속에 은폐되어버릴 위험이 있는 것이다. 여기서 윤정모의 「밤길」을 길게 논할 겨를이 없으나, 이 단편이 상당한 성공을 거두는 원인 가운데는 막판에 광주에서 탈출한 두 사람의 이야기이면서 이 탈출기 속에 현장의 참상에 대한 기억과 지속되는 과업에의 의지가 맞물려 있음을 꼽아야 할 것이다.

　어쨌든 우리의 소설문학은 이제 노동현실·분단문제·광주사태 등등의 힘겨운 주제에 도전하기 시작했으며 그 본격적인 작품화가 어떤 형태를 띠어야 할지를 전보다 훨씬 구체적으로 그려볼 지점에까지 온 것이 분명하다. 한마디로 그것은 앞의 온갖 주제들을 상호연관된 총체적 현실로 인식하는 본격적인 장편소설, 곧 리얼리즘 소설이어야 함이 분명해진 것이다. 실상 우리가 '장편문학'이라고 하면 흔히 '장편소설'과 같은 뜻으로 알 만큼 본격적인 장편문학의 성취는 리얼리즘에 투철한 장편소설의 생산에 크게 의존한다. 이것은 서양문학의 장르 개념에 얽매인 주장이라기보다 20세기 구미 비평에서는 차라리 도외시되는 제3세계문학의 가능성에의 믿음에 근거한 소설관인 것이다.[3]

황석영의 역사소설 『장길산』에 대한 평가도 이러한 시각에서 이루어질 때 우리에게 가장 절실한 비평작업이 될 것이다. 불행히도 필자 자신은 여기서 그런 비평을 해낼 처지가 못 된다. 다른 이유도 아니고 전10권(현암사 1984)의 대작 중 마지막 3분의 1의 분량은 연재 당시 간헐적으로 읽은 상태여서 아직 더 나가지 못했다는 기본적인 결격사유인 것이다. 이처럼 한심한 평론가로서의 직무태만을 하루바삐 시정하기로 나 자신 다짐하고 있기는 하다. 그런데 민중·민족문학의 단계를 논하는 이 글에서, 특히 본격적인 장편소설을 운위하는 이 대목에서 『장길산』에 대한 몇가지 잠정적인 견해표시마저 없이 지나갈 수는 없겠다는 생각이다. 『장길산』은 현단계가 극복되고 있다는 가장 큰 조짐의 하나인 동시에 그 역시 우리가 한층 높은 단계에서 기대하는 본격적인 장편문학에는 완전히 이르지 못했다는 필자 나름의 전제가 이 글에 깔려 있기 때문에, 이에 대한 약간의 설명이 필요하리라 보는 것이다.

10년에 걸친 『장길산』의 완성이 가난한 우리 현대문학사의 일대 경사임에는 의심의 여지가 없다. 벽초(碧初)의 『임꺽정(林巨正)』에 비해 물론 손색도 더러 있으나, 현시점에서 누구나 손쉽고 흥미진진하게 읽을 수 있는 책들 가운데 이처럼 '나라 사랑 국어 사랑'을 몸에 익혀주고 나라의 역사를 만들어가는 민중의 소중함을 깨우쳐주는 장편소설은 없지 않은가 한다. 이것만으로도 『장길산』 이전과 이후의 우리 독서경험에는 큰 차이

---

3 이에 관해서는 졸저 『민족문학의 현단계』에 실린 「모더니즘 논의에 덧붙여」 중 497~502면 및 백낙청·염무웅 편 『한국문학의 현단계 4』(창작과비평사 1985)의 좌담 「80년대의 민족운동과 한국문학」에서 38~48면의 토론을 참조하기 바람.

가 생긴 셈이며 이 새로운 경험의 혜택을 일찍부터 입고 자랄 세대에 대해 우리는 일말의 부러움마저 느낀다. 그러나 『장길산』 자체가 더욱 보람 있는 독서경험이 되고 뒤이어 최고의 리얼리즘 문학이 (황석영 자신에 의해서든 다른 작가에 의해서든) 창조되기 위해서는 현시점의 우리로서 가능한 가장 엄격한 비평이 덧붙여져야 할 것이다. 이를 위해 구체적인 대목대목의 선악도 가려야 할 것이며 그 미흡한 대목과 저자의 영웅주의·남성중심주의적인 측면의 관련도 살펴야 할 것이지만, 무엇보다도 이 작품의 민중인식이 우리가 현시점에서 요구하는 과학성·구체성과는 일정한 거리가 있음을 지적해야 하겠다. 즉 민중은 어느 특정 계급이 아니지만 그 계급적 구성에 따라 시대마다 더 기본적인 역사창조의 임무를 떠맡은 집단을 식별하는 일이 중요한데, 장길산의 시대에 기본계급에 해당하는 농민층의 주체성이 이 작품에는 제대로 반영되어 있지 않은 것이다.[4] 당시 광대·승려·노비들의 활약이 실제로 『장길산』에 그려진 만큼 대단한 것이었다손 쳐도 농민대중이 주로 그들에 의한 활빈과 구휼 활동의 객체로 남아 있는 상태에서라면 봉건사회 극복의 움직임이란 다분히 지엽적인 현상에 머물렀다고 보아야 할 것이다.

당대 민중의 기본구성에 대한 인식부족은 역사소설의 현실성에 상당한 손실을 가져온다. 일반적으로 역사소설이 한갓 야담류나 작가 개인의 사사로운 관심의 표현물 이상이 되려면 그것이 지금과는 다른 지난 시대를 정확히 인식함으로써 현재의 역사가 어떻게 그로부터 만들어져왔는가를 보여주거나, 제시된 역사가 다수인의 현재적 관심을 우의적·상징적으로 표현하는 데 성공해야 한다. 황석영 자신은 신문연재를 시작하면서 '우리

---

4 이 점에 관해서는 『세계의 문학』 1976년 가을 창간호 좌담 「민족, 세계 그리고 문학」 46면에서 필자의 지적 및 황광수 「삶과 역사적 진실성 ─ 장길산론」, 김윤수·백낙청·염무웅 편 『한국문학의 현단계 1』, 창작과비평사 1982, 132면 참조.

시대의 상징화'에 큰 관심을 피력한 것으로 기억하는데, 실제로 그는 반드시 숙종 연간은 아닐지라도 이조후기의 사회상을 상상케 하는 데도 실로 놀라운 재능을 과시해왔으려니와, 원래 역사소설이 진정한 리얼리즘 소설의 대열에 끼려면 앞서 말한 두개의 요건이 동시에 충족되어야 하는 것이다. 이는 또한 민중에 관한 불분명한 인식이 당대의 사회상을 정확히 재현하는 데 장애가 될뿐더러 과거의 시대로써 '우리 시대를 상징화'하려는 노력에도 일정한 차질을 빚는다는 말이 된다. 다시 말해『장길산』에서 천민층의 활약을 그들이 당대의 기본계급으로서 실제로 발휘한 주도성이라기보다 오늘날 민중세력 및 그 주체적 능력의 상징으로 읽어주는 일이 가능하고 또 필요하기는 하지만, 여기서도 그들 중 대다수의 성격이 우리 시대의 노동자나 근로농민들보다는 선진적 지식인, 민중지향적 예술가, 또는 아예 정상적인 생업에서 탈락한 빈민층을 상징하기에 더 적합한 면이 있음으로써,『장길산』의 상징성은 최고의 리얼리즘 문학이 지니는 상징성에 비해 다소 추상적인 성격을 갖게 되는 것이다.

그렇더라도 이만한 상징성과 사실성을 획득했다는 것은 이 소설이 70년대 민족문화운동의 한가운데서 착상되었을뿐더러 그 완성의 과정에는 80년대 광주권의 체험마저 가세했음을 상기시킨다. 이런 작품에 대한 필자의 몇가지 비판이 앞에 밝힌 바와 같은 부실한 근거에 서 있는 것은 거듭 유감스러운 일이다. 그러나 이 글 전체가 무슨 체계적인 정리가 아님을 강조하는 뜻에서라도 여기서 펜을 놓기로 한다.

—『창작과비평』 57호, 1985년

민족문학의 민중성과 예술성

　'민중문학'에 관한 논의가 70년대 초에 시작되어 아직껏 지속되고 있는 것은 우리 문단에 전례가 없는 현상이 아닐까 싶다. 소위 신문학(新文學)이 자리 잡던 금세기 초엽에는 외국 것을 먼저 굴러들은 인사가 하나 나타날 때마다 새로운 '문예사조'가 하나씩 출범하다시피 하는 형편이었다. 1920년대의 카프(KAPF)도 일관된 문학 논의를 정착시키기 전에 해체당하고 말았고, 30년대에 이르러 다소간 지속적인 논의들이 진행될 기미를 보였으나 이 또한 오래가지 못했다.[1] 논자 개개인의 지적 근력이 모자란 탓도 있겠지만 일제의 탄압이 극심해지는 가운데 '황도문학(皇道文學)'

---

1 〔몇 사람의 평자로부터 이미 비판을 받았듯이, 이 문장은 카프 및 그 주변인사들의 업적을 부당하게 깎아내릴 위험을 안고 있다. 그 업적은 반드시 카프라는 조직체의 존립 시기에 국한할 것이 아니고 1923년경부터 30년대 말엽까지 닿는 '지속적인 논의'였음을 우선 인정해야 할 것이다. 논의의 내용과 수준에 대해서는 여기서 길게 말할 수 없으나, 70년대 이래 민족문학론의 전개로 완전히 낡아버린 것도 아니지만 오늘의 민족문학론이 아직도 도달 못한 높이에 있는 것도 아니라는 저자의 소견을 밝혀두고자 한다.〕

으로의 통일을 강요받는 시기로 넘어갔던 것이다. 8·15 후도 지속적인 문학 논의가 어렵기는 마찬가지였으며, 6·25 직후는 신문학 초기를 거의 능가할 만큼 외국의 새것에 들뜬 사람들이 활개치는 분위기였다.

이런 과정에서 민족문학에 관한 진지한 논의도 물론 없지 않았다. 이에 대해서는 최원식 교수의「민족문학론의 반성」(송건호·강만길 편『한국민족주의론』, 창작과비평사 1982; 최원식 평론집『민족문학의 논리』, 창작과비평사 1982에도 수록)에서 일단의 정리가 잘 이루어졌다고 보는데, 그 글에서도 알 수 있듯이 70년대의 민족문학론은 지난날의 민족문학론들과 직접 잇닿기보다 4·19 이후의 참여문학론·리얼리즘론·시민문학론·민중문학론들의 연장선에서 출범하였다.

그런데 민족문학론의 본격화 시기를 7·4남북공동성명이 나온 1972년부터로 잡는다 하더라도, 그간의 열너덧해 또한 결코 순탄한 세월은 아니었다. 문단 안팎에서 외국의 새것을 직수입하여 한몫 잡으려는 세력이 적어도 양적으로는 그 어느 때보다 커진 시기였고, 뜻있는 문학활동과 논의에 대한 당국의 개입도 오히려 격화되고 있었다. 그런데도 우리 문단의 민족문학론이 60년대의 여러 새로운 논의들을 수렴하면서 1980년의 격변을 넘어 오늘까지 이어지고 있음은 분단이라는 악조건 속에서도 꾸준히 성장해온 한국 민중의 저력이요 우리 민족운동의 활기를 입증해준다 하겠다.

그러나 1986년의 현시점에서 냉정히 살펴볼 때, 민족문학 논의가 지속되고는 있지만 한창 그 생기를 자랑할 처지는 못 되는 것이 사실이다. '민족문학'은 다분히 일종의 구호로 머물고 논의의 주 대상은 '민중문학'으로 옮겨간 형국인데, 이는 물론 하나의 필요한 과정이랄 수도 있다. 그런데 이러한 관심의 이동이 아예 문학 자체에 대한 무관심 내지 몰이해에까지 내달아, 민중문학의 논의마저 별다른 진전을 보여주지 못하는 느낌을 주기도 한다. 아니, 민중문학론에 뚜렷한 진전이 없는 정도가 아니라, 민족운동·자유실천운동에 뜻을 둔 문인들이 문학인으로서 정당한 긍지를 갖지 못하고 다른 운동단체나 운동 종사자들 앞에서 무언가 기를 펴지 못하는 현상마저 있는 듯하다. 이는 문인들 자신에게 불편한 상황임은 더 말할 것도 없지만, 전체 운동을 위해서도 정녕 건전한 사태라 할 것인가? 과연 이것이 민중운동의 고양과 사회과학적 인식의 진전에 따른 당연한 발전인가? 아니면 문학에서는 물론 민중운동의 차원에서도 아직 충분히 성숙지 못한 단계의, 우리가 넘겨야 할 또 하나의 고비에 불과한 것인가?

여기서 민중성과 예술성의 관계를 어떻게 파악하느냐의 문제가 새롭게 절실해진다.

민중성과 예술성을 보는 시각들

일단 민족문학·민중문학을 표방할 경우 그 문제에 대해 다음과 같은 세가지 원칙적인 입장을 상정해볼 수 있겠다. 첫째, 민중성을 확보하는 것이 기본과제이고 이를 위해 다소간에 예술성을 희생하는 것은 불가피하다는 입장, 둘째, 민중성과 예술성은 별개의 것이지만 양자를 두루 갖추는 것이 가능하며 필요하다는 입장, 셋째로는 민중성과 예술성은 처음부터 떼어 생각할 수 없는 것이며 궁극적으로 합치한다는 입장. 이밖에 예술성의 확보가 기본이고 이를 위한 민중성의 희생을 불가피하게 보는 시각도 가능하겠으나, 이는 민중문학론 또는 민중적이고자 하는 민족문학론과는 애당초 방향이 다른 이야기다. 다만 유념해둘 일은 이 제4의 입장이 앞서의 첫번째 입장과 정반대이면서도 민중성과 예술성 간의 택일을 전제한다는 점에서는 오히려 맞아떨어지며, 현실적으로는 절충주의적인 제2의 관점과도 어울릴 여지가 많다는 사실이다. 따라서 민중성과 예술성의 본질적 일치를 주장하는 제3의 시각이야말로 예술주의·문학주의와 가장 철저히 맞서는 입장이라 하겠는데, 이 경우에도 '민중성과 예술성의 본질적 일치'라는 것을 관념적으로 설정하는 데 그친다면, 예술성이 곧 민중성이니까 따로 민중성을 생각할 필요가 없다는 식의 위장된 예술주의로 귀착하고 말 것이다.

어쨌든 70년대의 민족문학론은—아니, 나 자신의 경우로 국한할 때 「민족문학 개념의 정립을 위해」(1974)를 비롯한 일련의 논의는—처음부터 민중성과 예술성을 동시에 추구했고 양자의 분리를 인정하려 하지 않았다. 실제로, 진정 민족적인 것은 민중적이고 민중적인 것은 민족적일 수밖에 없다는 명제는 그 이전부터 여러 사람이 내세웠던 바다. 70년대의 민족문학론이 왕년의 일부 관념적 민족문학론과 구별되고 당시의 관변측 민족문학론과 갈라지는 점이 그 민중지향성이었음은 여기서 길게 설명할 필요도 없다. 이는 민족문학의 개념 자체에 내포된 것으로서, '민족'이라는 관념적 실체에서 도출된 민족문학이 아니고 살아 있는 민족성원들의 역사적 삶에 근거한 민족문학일 때는, 말하자면 민족의 역사에 매판적·반민중적 현실이 먼저 주어진 까닭에 민중적이고 반매판적인 한국문학으로서의 민족문학이 요구되는 것이다.

동시에 이러한 문학이 제3세계의 민중문학·민족문학으로서 세계문학의 전위에 설 수 있다는 민족문학론의 주장은 특정 민족이나 지역에 국한되지 않는 고차원의—흔히 하는 말로 '보편적'인—예술성을 내세우는 입장이었다. 여기서 종전 일부 참여문학론의 편협성에 대한 반성이 이루어지고 제3세계의 문학을 향해서뿐 아니라 서양문학의 모더니즘·리얼리즘에 대해서도 훨씬 개방적이고 주체적인 논의가 벌어질 수 있었던 것이다.

그렇다고 민중성과 예술성의 일치가 이론적으로 정립됐던 것은 아니고, 작품상의 성과도 민중성의 기준에서든 예술성의 기준에서든 미흡한 바가 많았다. 따라서 80년대에 들어와 논의의 무게중심이 민중문학론으로 이행하는 가운데 70년대에 대한 여러가지 비판이 나왔다. 필자 자신 「민족문학과 민중문학」(1985)이라는 강연에서 다음과 같은 자기반성을 시도하였다.

그런데 지금 시점에서 민족문학론의 주된 한계를 지적한다면, 민족의 분단문제, 또 이 분단을 극복하기 위한 민족운동과 민족문화운동을 이야기하면서도 민족운동의 주도세력으로서의 민중에 대한 과학적이고도 구체적인 인식이 부족했고, 따라서 운동의 이론이나 조직 또는 작품생산에 있어서 민중의 주도성이 제대로 반영되지 못했다는 점을 들 수 있겠습니다. 이것은 물론 저를 포함한 당사자들의 개인적인 역량의 한계도 있었고, 크게 보면 70년대 우리 민중역량의 어떤 절대적인 한계와도 관련된 문제라고 봅니다. 어쨌든 평단의 민족문학론 자체만 놓고 보더라도, 가령 민중의 생활현장에서의 일상적인 투쟁과 통일운동이 어떻게 연관을 맺어나가야 할 것인가 하는 데 대한 구체적인 비전이 없었다고 해야겠습니다. 또 70년대에 이미 노동현장에서 여러가지 참으로 중요한 발언들이 글로 씌어져 나오고 있었는데, 거기에 대한 충실하고 정확한 평가를 비평적인 논의로서 다루지 못했음을 지적할 수 있습니다. 그밖에도 민중문화전통의 발전적 계승 문제라든가, 또는 동양의 고전문학이나 서양 혹은 제3세계 문학을 민중의 시각에서 주체적으로 이해하고 평가하는 문제 등에서도 매우 한정된 성과밖에 거둘 수 없었다는 점을 인정해야 할 것입니다. (졸저 『민족문학의 현단계』 366~67면)

동시에 이러한 자기반성이 결코 민족문학론의 포기를 뜻하지 않음을 강조하고자 했다. "다시 말해서 70년대 민족문학론을 넘어설 새로운 민중 문학론에 대한 요구가 지금 느껴지고 있는데, 그것은 민족문학론 자체의 논리가 관철되는 과정의 일환으로서 대두된 것이지, 지금 시점에서 민족 문학론을 포기하고 민중문학론을 해야 한다는 것은 아닙니다. 동시에 오늘의 민중문학론이 성숙해가는 과정에서는 한 단계 높은 민족문학론에 대한 욕구가 반드시 대두하게 마련이고, 이러한 현상은 가령 민중문학운동을 지향하는 자유실천문인협의회에서 주관한 오늘의 이 행사가 '민족문학의 밤'이라고 불리고 있다는 사실이나, 또는 분단극복문학에 대한 최근의 활발한 논의 등에서도 이미 드러나고 있습니다."(367면)

다시 절실해진 민족문학론

그런데 가령 분단극복문학에 대한 논의만 해도 필자가 예의 강연에서 희망적으로 말했던 것만큼 활발히 진행되어온 것 같지는 않다. 민중문학론 자체도 금년 들어 한결 뜸해진 느낌이며, 당국의 강경일변도 대응과 운동권의 격앙되는 움직임 사이에서 민중·민족문학을 하겠다는 문인들이 오히려 초라하고 초조한 꼴을 보이는 일조차 더러 생기게 되었음은 서두에서 지적한 터이다.

이처럼 민족문학론이 다소 저조해진 시점에서 그 새로운 활성화를 촉구하는 기운이 오히려 문단 바깥으로부터 닥쳐온 것이 최근의 실정이다. 즉 올 들어 운동권 일각에서 본격적으로 제기되기 시작한 '민족해방'의 논리가 그것이다. 물론 분단문제는 민족문학론의 출발점이나 다름없었고, 민족문학론에서건 민중문학론에서건 8·15가 남북분단을 가져왔다는 점에서 진정한 해방이 못 된다는 사실을 강조해왔다. 그러나 분단문제와 일체의 민중문제를 민족해방의 차원에서 보는 시각은 종전의 입장과 분명히 다른 일면이 있는 것으로 보인다. 이에 대해 필자 자신 충분한 지식을 갖고 있지 못하지만, 70년대의 민족문학론에서 중점적으로 부각시켰고 80년대의 민중문학론에서는 더욱 구체화되기도 하는 일면 더러 소홀해지는 경향도 없지 않았던 민족문제가 이제 다시 논의의 핵심으로 되돌아오게 된 것만은 분명하다.

이처럼 일종의 외풍에 의해 민족문학론이 다시 절실해졌다는 사실은 문학 하는 사람들로서 마냥 떳떳한 일은 아니다. 그러나 민족운동의 전개과정에서의 문제제기가 순전한 바깥바람일 수도 없으려니와, 80년대의 문학 내에서도 '한 단계 높은 문학론에 대한 욕구'를 실감케 하는 성과가 그런대로 성숙해온 바 있다. 80년대의 신진 평론가들이 대거 참여한 민중문학 논의만 해도, 그것이 민족문학론과 표리관계에 있다는 필자의 주장에 동조한 것이든 아니든, 연행예술 및 미술 분야에서의 민중예술론과도 어울려 70년대와는 또다른 열기를 보여준 것이 사실이다. 여기에 김지하의 민중예술론이나 경제평론가 박현채의 민중문학론도 신선한 자극을 더해주었으며, 앞서 언급한 「민족문학론의 반성」에서도 보듯이 이제 민족문학·민중문학의 시각은 상당수의 뜻있는 학자들에 의해 국문학 연구에도 적용되기에 이르렀다. 특히 이 방면에서는 한국 한문학에 관한 활발한 연구가 눈에 뜨이는데, 다른 한편 필자가 관계된 서양문학 분야에서도 주체적인 비평적 논의가 전혀 없지는 않았다고 자부한다.

더욱 중요한 것은 80년대를 절반 넘어 지나오면서 새로운 작품들도 적지 않게 축적되어왔다는 사실이다. 1년여 전의 졸고 「민중·민족문학의 새 단계」에서는 그러한 80년대 문학의 성과가 민족문학의 완연한 새 '단계'를 이루기에는 아직 미흡하지만 그 문턱까지는 족히 와 있는 정도라는 전제 아래 몇몇 주요 작품과 쟁점들을 선별하여 살펴본 바 있다. 그때의 고찰도 부실한 데가 많았거니와 그후의 진전을 상론할 준비도 되어 있지 않고 여기서 그럴 겨를도 없다. 다만 그 글의 특히 부실했던 한두가지를 보완하는 말을 덧붙일까 하는데, 우선 거기서는 새 단계 민족문학의 결정적 징표의 하나로 본격적 장편문학을 요구하는 논지였기에 중·단편소설이나 시 분야의 성과에 대해서는 꽤나 소홀하였던 점을 지적할 수 있겠다. 그런데 박완서의 줄기찬 활약이나 최근에 나온 현기영(玄基榮), 김향숙 들의 창작집을 대할 때 새삼 느끼게 되듯이, 우리 문학에서 높은 예술성을 지니면서 일정한 대중성을 확보하고 있는 분야가 아직은 역시 중·단편소설이다. 그럴수록 이 분야의 많지 않은 참된 업적을 '문제작' '본격장편' 들의 홍수 속에서 건져내는 작업이 아쉬우며 평론가로서의 자책감이 한결 쓰라리기도 하다. 사실 이 일은 단순히 진품을 가려낸다는 소극적 의미보다, 일정한 예술성을 획득한 작품이 대중독자로부터 외면당하지 않게끔 모두가 자기 나름의 성의를 다함으로써 민중성과 예술성의 일치가능성을 현실 속에서 확인하며 동시에 민중의 명예를 수호하기도 한다는 적극적인 자세로 임할 문제인 것이다.

이 점에서 어느 소설보다도 뜻깊은 도전이 고은 시인의 최근 작업이 아닐까 한다. 서사시 『백두산』의 가망성에 대해서는 먼젓번 졸고에서도 언급했지만, 시집 『조국의 별』(1984) 이래로 그의 시는 『새벽길』(1978)의 다소 전투성에 치우친 민중지향성에서 확실히 진일보했을뿐더러 최근의 시집 『시여, 날아가라』(실천문학사 1986) 외에 『전원시편』(민음사 1986)에 이은 『만인보(萬人譜)』 연작의 폭발적 진행(『세계의 문학』 1986년 봄호·여름호에 부분 연재 후 첫 3권 300여편을 동시간행 예정)으로 그는 한국시의 새 경지를 열고 있다. 분량으로도 웬만한 장편소설에 뒤지지 않는 이들 업적이 필자의 판단대로 수준 높은 민족문학의 성과이기도 하다면, 그 예술성과 민중성을 정확히 가늠하는 비평작업의 이론적 흥미도 적지 않으려니와 오늘의 민족문학이 과연 얼마큼의 현실독자를 확보할 수 있느냐는 또 하나의 시험이 주어졌다고도 할 것이다.[2]

민중성과 예술성의 변증법적 인식

민족문학의 개념을 새로 절실하게 만든 '외풍'에 대해 필자는 어렴풋한 귀동냥으로밖에 아는 것이 없다. 그러나 그간의 일부 민중문학론이 민족문학론으로부터 이탈하여 최원식이 지적한 바 1920년대의 오류(『민족문학의 논리』 348~50면)를 되풀이할 위험이 없지 않았다고 할 때, 이에 대한 일정한 제동이 걸린 것만은 사실이다. 자주적인 평화통일을 위한 폭넓은 사회운동과 민족적 대단결은 민족문학론의 지향점이자 이 시대 민족운동의 기본요건인데, 분단과 무연한 사회들에 근거한 민중해방·계급해방론들의 적용이 편협한 계급문학론을 재현시킬 염려가 없지 않았던 것이다.

반면에 그간의 민족문학론·민중문학론이 힘겹게 쟁취한 우리 현실에의 과학적 인식을 '민족해방'의 이름으로 후퇴시키고 민중의 주체적 역량을 과소평가해버릴 위험도 다분히 있는 듯하다. 분단으로 8·15가 해방다운 해방 못 됐다고 해도 분단시대의 속박이 식민지시대의 그것과 전적으로 동일할 리는 없으며, 분단체제의 온갖 고난 속에 이 땅의 민중

---

2 다른 한편 졸고 「민중·민족문학의 새 단계」 집필 당시 미처 완독하지 못했던 『장길산』에 대해서는 그때의 비판이나 찬사를 기본적으로 바꿀 것은 없으리라 생각된다. 다만 홍벽초의 미완의 대작(1~9권, 사계절 1985)과의 격차는 끝내 두드러짐을 부언할 필요가 있겠다. 작년 이래로 벽초의 이 작품을 찾아 읽기가 한결 쉬워져 많은 독자들이 『장길산』과 『임꺽정』을 나란히 살필 수 있게 된 것은 우리 독서계의 큰 수확이다.

이 끊임없이 수행해온 자기해방의 싸움은 단순히 싸웠다는 사실만 남긴 것이 아니라 그 나름의 엄연한 전과를 올렸음을 간과할 수 없다. 예컨대 4·19를 '미완의 혁명'이라 부르는 것도 그러한, 흡족지는 못하나마 그 나름의 일정한 민중적·민족적 성취를 떠올린다. 70년대 이래의 민족문학론 스스로도 그런 성취의 일부임을 자부해온 터이며, 한 차원 높아진 80년대의 민족문학론은 민족해방의 과제와 계급문제의 도전이 이처럼 지난날 어느 '사회구성체'에서와도 다른 형태로 중첩·착종된 역사에 투철해질 임무를 띠고 있는 것이다.

이런 맥락에서 민중성과 예술성의 문제는 어떤 의의를 갖는가? 우선, 민중성에 무관심한 채 '예술성'만을 고집하는 입장이 민족문학론에 별반 기여할 바 없음은 명백하다. 동시에 작품의 예술성을 민중·민족운동의 수단으로밖에 안 보는 시각 역시 적어도 이론적으로 당면의 과제에 크게 도움이 될 것이 없다. 오로지 민중성과 예술성의 본질적 일치를 인정하는 시각만이 '민족해방' '계급해방' 또는 그 어떤 이름의 단선적 논리도 용납 않는 변증법적 인식을 그 자체 안에 함축하고 있다 하겠다.

이는 물론 민중성과 예술성을 관념적으로 동일시하지 않고 양자를 뿌리까지 파고들어감으로써 그야말로 변증법적인 통일을 달성할 때에나 해당되는 이야기다. 예컨대 막연히 민중의 창조성, 노동의 창조성 따위를 이야기할 것이 아니라 인간의 삶에서 노동이 차지하는 무게를 정확히 밝혀냄과 동시에, 노동이 '창조적'이라 하는 이유가 단순히 인간 생활에 필수적인 재화를 생산한다는 뜻인지 아니면 재화가 풍족한 상태에서도 휴식보다 노동이 오히려 더 본연의 인간다움을 지니는 것인지에 대해서까지 분명한 성찰이 있어야 한다. 다시 말해, 노동의 괴로움이 멈춘 놀이의 경지만이 완전히 인간다운 것이라면 인간답지 못한 노동의 존재를 어찌할 것인지에 대한 복안도 아울러 생각해야 할 것이며, 노동이 본래 인간다운 것이라면 무수한 사람들이 엄연히 싫어하는 비인간적 노동에 대해서는 또 어떻게 생각하고 대응할 것인지를 당연히 해명해야 하는 것이다.

예술성의 경우도 마찬가지다. 단순히 예술은 소중한 것이니까 민중에게 필요하다라는 논리는 차라리 온정주의적 민중관에 가깝거니와, 노동의 창조성에 대한 이론적 규명 끝에 그 당연한 결과로서 예술성의 민중적 본질을 논리적으로 끌어내는 것도 관념성을 충분히 떨쳐버린 예술론이라고는 하기 어렵다. 실재하는 민중생활의 한가운데서 창출되는 일과 놀이의 모습이 소위 고급예술에 속한다는 어떤 것들보다 실제로 얼마나 더 예술적인가를 구체적으로 보여주는 작업이 있어야 하며, 다른 한편 '고급예술' 중에서도 진정으로 뛰어난 것이 어떻게 민중생활과 민중문화의 활력에 힘입고 있는지를 실증하는 작업도 필요할 것이다. 그런데 이는 실증만이 문제지 이론적으로는 별로 특이할 바 없는 그런 작업이 아니라, 현대의 대다수 예술이론의 기본전제에 거슬리는 사고방식을 요구한다. '문학성'에 관한 러시아 형식주의자들의 정의를 보나 대다수 미국 신비평가 및 프랑스 구조주의자들의 시어(詩語) 개념들을 보나 그 출발점은 한결같이 일상언어와의 차이에 두어지곤 한다. 즉 구체적으로 무엇이 시적이고 예술적이냐에 대해서는 견해가 각각이지만, 어쨌든 보통 사람들이 보통 쓰는 말이 비창조적·비시적이라는 전제 아래 시나 예술의 언어가 그것과 어떻게 다른가로써 예술성을 규정하려는 점에서 놀라운 일치를 보이는 것이다. 물론 일상언어와 예술언어가 똑같을 수는 없다. 그러나 후자의 창조성은 전자 속에 이미 주어진 창조적 잠재력을 극대화한 것이라는 시각에서 보면, 일상언어는 본래부터 '지시적'이고 '기능적'일 따름인 데 반해 예술언어는 '자기지시적'이라느니 '사이비 진술'이라느니 하는 식으로 양자의 구별을 절대화하는 이론은 일상언어 중에서도 민중 본연의 활기와 창조력으로부터 가장 소외되어 굳어진 상태를 기준으로 잡음으로써 민중언어의 본질을 왜곡했거나, 시의 언어보다도 더욱 일상언어와 거리가 먼 특수언어인 자연과학의 언어를 일상언어의 표본으로 제시함으로써 민중언어의 존재 자체를 외면해버린 이론들이다. 생활하는 민중이 일상적으로 쓰는 언어가 무미건조한 상투어 내지 순전히 기능적인 도구로 타락하는 경향은 항상 존재하는 것이고, 이러한 타락을 적극적으로 조장하는 제도와 장치가 그 어느 때보다 강력한 시대에 우리가 살고 있는 것도 사실이다. 그러나 생활인의 언어와 예술인의 언어 사이에 본질적인 간극이 존재한다는 주장은 민속예술과 최고의 고급예술 그 어느 쪽의 실제비평으로도 입증 못 할 독단에 불과하다. 반면에 민중 자신의 산물만이 참된 예술이다라는 논리 역시 민중이 만들어낸 예술 중에 낫고 못한 것을 가려서 더 나은 미래의 삶을 이룩할 책임을 외면할뿐더러 민중 출신이 아닌 탁월한 예술가의 손을 거쳐 나온 문화적 자산을 깡그리 포기하는 단선적 사고라 아니할 수 없다.

민중운동과 문학인의 고민

민중성과 예술성의 본질적 일치라는 명제는 이처럼 어느 하나에 다른 하나를 귀속시키는 논리가 아니며, '본질적 일치'가 표면상의 완벽한 일치로 나타나는 것도 아니다. 가장 깊은 바닥에서 —또는 절정의 순간에 있어서는— 같은 것일지라도, 현실적으로는 항상 어느 한쪽에 치우치면서 완벽에 미달하게 마련이고, 단기적으로는 양자의 심한 마찰을 낳기조차 하는 것이다. 여기서 민중운동에 몸담고자 하는 문학인·예술인의 고민이 불가피해진다. 그러나 이런 고민 역시 긍지로써 감당할 일이지 회피하거나 회피하려다 못 해서 기가 죽을 일은 아니다. 왜냐하면 이때의 긍지는 문학의 문학성·예술성이 본질적으로 민중성과 통한다는 긍지이며, 그럼에도 민중성과 예술성에 별도의 노력을 기울여야 하고 그 통일의 쉽지 않음에 애태워야 한다는 고민 역시 모든 변증법적 인식과 실천에 으레 따르는 고민에 다름 아니기 때문이다.

현단계에 민중성과 예술성의 추구 사이의 갈등이 특히 심한 까닭이 반드시 문학 하는 개인의 탓만도 아니다. 물론 자신의 결점과 한계에 대해 먼저 정직할 일이지만, 이러한 정직의 의무는 민중운동의 현단계에 대한 냉정한 인식을 추구할 의무와 별개의 것이 아니다. 예컨대 문학인에 대한 전체 민중운동의 요구가 근년에 이르러 문학의 예술성, 문학운동의 독자성을 희생 않고서는 감당하기 어려울 정도로 드세어졌다고 할 때, 이것이 과연 민중운동이 충분히 성숙한 결과인지 아니면 아직도 그 초기적인 고양의 한 국면인지 냉정히 따져보는 일이 운동을 위해서건 착실한 자기혁신을 위해서건 필요한 것이다. 미숙한 단계의 민중운동이니까 아예 상대를 않겠다는 자세로는 자기혁신도 무엇도 안 되지만, 운동권에서 당장에 제일 두드러지게 부각된 요구부터 따르고 보려는 자세 역시 소시민적 기회주의의 폐단을 청산하지 못한 태도이다.

그러면 한국의 노동운동이나 농민운동 또는 범민중적 연합운동은 과연 어떤 단계에 와 있는가? 이에 대해 필자는 줏대 있는 답을 내놓을 처지가 전혀 못 되고 여기서는 이런저런 가능성을 따져볼 겨를조차 없다. 그러나 80년대에 들어와 노동현장의 열기가 부쩍 높아지고 문화판에서도 민중지향적 지식인의 활약이 크게 늘어났다는 것만으로 모든 뜻있는 문인들이 — 아니면 가령 자유실천문인협의회만이라도 — 기존의 어느 민중운동기구(공개·비공개를 막론하고)의 한 부서로 움직여야 할 만큼 상황이 진전된 것일까? 아니, 노동운동이나 농민운동이 그 나름의 문예노선을 확립할 만큼 성장했을 때 기성의 문인들과 과연 어떤 형태의 결합 또는 연합을 선호할지 우리가 예단할 수 있는 데까지라도 온 것인가? 필자가 생각건대 80년대의 상황은 분명히 70년대와 크게 다르고, 민중운동의 드높아진 열기에 스스로를 맡길 줄 아는 일은 개개 문인의 작가적 생명이 걸린 문제이기도 하다. 그러나 한 평론가가 원용했던 엽공(葉公)과 용(龍)의 고사를 빌려 말하자면(『한국문학의 현단계 4』, 창작과비평사 1985, 108~09면 참조), 우리가 지금 용이 실제로 나타난 상황에서 그림이나 이야기 속의 용만 좋아하던 사람들과 실물의 출현을 능히 감당해내는 사람들이 드디어 판별되고 있는 현실은 못 되지 않는가 한다. 그보다는 언제 용이 나타날지, 그리고 누가 과연 엽공인지가 여전히 분명치 못한 상태에서 모두가 다소간에 암중모색을 계속하고 있다는 것이 좀더 정확할 듯하다.

민중운동과의 관계에서 문인·예술가들이 갖는 착잡한 느낌은 민중이 주인이 되는 역사에서 특정 소수인의 몫을 얼마나 인정해야 좋을지에 관한 일반적인 의문에서 오는 바도 있다. 영웅주의·엘리트주의의 배격은 민중사관의 기본요건이다. 또한 전문화된 기능 자체가 반민중적인 것은 아니라 해도 그 습득의 기회가 다수에게 고루 주어지지 않는 현실에서 전문인의 반민중성을 배제하기 힘들 터이다. 더구나 '전문성'이 '매판성'의 실질적 대명사에 값하는 신식민지적 상황에서는(졸고 「민중·민족문학의 새 단계」 참조) 남다른 소수가 된다는 일이 극도로 수상쩍은 짓일 수밖에 없다. 그런데 누가 뭐라 해도 이제까지의 역사에서 문인·예술가들은 신분의 귀천을 막론하고 유별난 소수였고, 진정으로 창조적인 업적은 그중에서도 더욱 제한된 소수의 손을 거쳤다. 그렇다면 민중이 주인 노릇 하는 미래의 사회에서는 사정이 어떨 것이며, 그러한 사회를 지향한다는 오늘의 문학인·지식인의 자세는 또 어때야 하는가?

이런 물음에 무슨 간단한 답이 있다고는 믿지 않는다. 다만 한편으로 인간다운 사회를 건설하자면 기존의 많은 문인들이 지닌 일종의 특수신

분 의식 — 참된 예술적 재능이나 인간적 탁월성보다 불평등한 사회의 온갖 우연을 타고 성공한 사람이 갖는, 하지만 재능이나 자질과 아예 상관없이 성공한 것은 아니기에 더욱 무반성적인 특권의식 — 이 불식되어야 할 것은 분명하다. 다른 한편, 평등사회라고 해서 만인이 똑같이 훌륭한 시인이 되고 예술가가 되어야 한다는 주장은 그야말로 관념적인 평등주의라는 점 또한 명백하다. 원하는 사람은 누구나 운동경기를 하고 재능껏 기량을 신장시킬 수 있는 사회라고 해서 누구나 똑같은 속도로 달린다거나 똑같은 무게를 들어올릴 수 없는 것처럼, 또는 단거리 선수와 역도 선수가 따로 있는 것이 반드시 나쁘달 게 없는 것처럼, 모두가 자유로운 사회라 해서 누구나 다 시인이 될 필요도 없고 시인 중에 우열이 있음을 개탄할 이유도 없다. 오히려 엄연히 존재하는 우열이 부당하게 흐려지는 것이 불평등사회의 특징이며, 굳이 시를 안 써도 좋을 사람이 시인이 되어 자해·해타의 길을 걷게 하고 도저히 시인이 될 수 없는 사람에게 시를 쓰고 싶은 허욕을 심어주어 일생을 괴로이 보내게끔 만들기도 하는 것이 바로 잘못된 사회의 폭력인 것이다. 참된 재능이 제대로 피어나지 못한 채 짓밟히곤 하는 것은 그러한 폭력의 좀더 낯익은 일면일 따름이다.

그러므로 민중운동에 뜻을 둔 문인들은 어떻게 해서 진정으로 탁월한 작가가 되고 남보다 나은 평론가·독자가 될까를 고뇌할지언정 문인집단의 소수성, 거기서 요구되는 예술적 탁월성 그 자체를 죄스러워할 까닭은 없다. 다만 이때의 탁월성이란 민중성과 본질적으로 일치하며 현실적으로도 끊임없이 주고받는 관계에 놓인 예술성이라는 데에 문제의 어려움이 있을 뿐이다. 이러한 소수의 몫을 올바로 이해하고 감당하기 위해서는 예컨대 '전위당'의 개념 — 소수정예의 모임이지만 어디까지나 다수대중의 앞머리로서의 소수라는 개념 — 도 참조할 여지가 많다. 이는 물론 어디까지나 민족문학의 주체적 필요에 따라 얻을 것을 얻자는 것이며, 대중적 기반을 지닌 전위정당도 없는 현실에서 '당조직'을 운위하며 '당의 문학'을 요구하는 발상과는 사뭇 다른 것이다.

역사적 연속성의 문제

역사적 격변기에 문학인을 괴롭히는 또 하나의 문제는 예술이나 문학 등 모든 창조적 문화활동이 일정한 역사적 연속성을 전제한다는 사실에서 온다. 스승과 제자가 대대로 구전심수(口傳心授)하는 판소리 같은 예술은 더 말할 것도 없고, 시만 하더라도 오랜 세월 동안 쓰여온 언어의 연속성을 전제할뿐더러 일정하게 훈련된 독자층의 지속적 존재가 바탕이 되고서야 상당한 업적이 가능하다. 더구나 최고의 시적 성과를 위해서는 탁월한 시인들을 길러낼 만큼 활기찬 민중문화의 전통과 시문학 자체의 전통이 유지되고 있어야 하는 것이다. 그렇다면 문인이나 예술가는 역사의 격변과 단절을 직업적으로 꺼리는 체질을 지닌 것이 아닐까?

역사에서 단절이나 비약은 무조건 나쁘고 꾸준한 진화만이 바람직하다는 이론은 보수주의 학자·논객들의 이데올로기적 발언에 불과하다. 더구나 여러 면에서 식민지시대의 실질적 연속이기도 한 분단시대에 살면서도 결연한 현상타파를 통한 민족사의 일대 비약을 원칙적으로 배제하는 문학인이 있다면, 그는 분단과 민중소외의 극복을 지향하는 민족문학과는 애당초 동떨어진 위치에 선 것일밖에 없다. 하지만 역사의 '비약' 또는 '단절'이라는 문제도 관념적으로 이해할 일은 아니다. 엄밀히 말해서 역사에 절대적 단절이나 절대적 연속이 다 같이 있을 수 없는 것이지만, 특히 제3세계에서 민족운동을 표방할 경우 바로 자기 민족 고유의 삶과 그 보람의 연속성을 제국주의적 침탈로부터 지키려는 싸움이 혁명적 실천의 큰 부분을 이룬다는 역설적 상황이 벌어지기조차 한다. 이것은 제3세계 혁명의 현장에서는 '보수'와 '진보'에 대한 서구적 통념들이 뿌리째 흔들리게 마련이라는 일반적 진실을 다시 한번 보여주는 사례이기도 하며, 여기서 문학·예술 특유의 일정한 보수성이 당면의 역사적 실천과 무리 없이 결합할 근거가 주어진다.

그런데 사실은 민족운동뿐 아니라 민중운동 일반의 경우도 본질적으로는 마찬가지다. 지금 이 땅에서는 민족운동과 별개인 민중운동도 생각할 수 없지만, 민족문제가 완전히 빠져버린 어떤 이념형을 상정한다 하더라도 민중소외가 100퍼센트 진행된 상태에서 100퍼센트의 전환을 달성하는 혁명적 실천이란 한갓 관념의 유희, 아니, 더욱 엄밀히 말해 하나의 자가당착이라 보아야 옳다. 왜냐하면 소외의 극대화가 역사의 급격한 변혁 내지 단절을 낳는다는 논리는 바로 그처럼 극대화되는 소외의 한복판에 결코 소외되지 않은 본연의 현실이 엄연히 존속함을 전제하는 논리이기 때문이다. 그런 점에서 우리가 앞서 민중소외의 현실을 인정하면서도 민중성이 여전히 예술성과 일치할 수 있다고 주장했던 근거가 한결 뚜렷해지며, 역으로 예술 자체의 특성에 충실하는 것이 결코 민중운동의 기본방향에서 벗어나는 길이 아니라는 주장도 좀더 설득력을 지니게 된다. 그뿐 아니라 민중운동에 민족운동 특유의 요소가 개입하고 있다는 사실도 그 자체로서 하나의 예외적 현상에 해당한다기보다, 아무런 이질 요인의 개입 없이 '순수한' 민중소외→민중해방 모형이 현실에는 없다는 뜻에서 차라리 일반적인 법칙을 예시한다 하겠다. 다만 남북의 분단처럼 민족문제가 고약하게 중첩된 민중소외의 현실은 사례치고는 정녕 둘도 없는 사례임이 분명하며, 이런 경우일수록 뭇사람들의 크나큰 각성과 떨침이 없고서는 인간다운 삶의 성취가 이루어지지 않으려니와, 그 과정에서 먼저 깨닫고 남다른 일솜씨를 지닌 소수의, 가장 바람직한 의미로 보수적이자 전위적인 활약이 그만큼 더 아쉬워지기도 하는 것이다. 민족문학이 꿈꾸는 민중성과 예술성의 일치에서 우리는 바로 그러한 절실한 역사창조 활동의 한 방편이 문학인들에게도 주어졌다는 긍지를 갖게 된다. 물론 이러한 긍지를 갖는다는 것 자체는 기나긴 시련과 실험의 길에 나서는 하나의 필요조건을 갖추는 데 불과하다. 그러나 그것 없이는 아무것도 이뤄지지 못하는 필요조건인 것만은 분명하며, 그것이 없어 문학인의 기여가 빠질 때 민중의 삶이 더욱 가난해지고 그들이 벌이는 싸움도 한층 시들해지리라는 점 역시 확실하다고 믿는다.

—『성내운 선생 화갑기념논총 민족교육의 반성』, 학민사 1986

오늘의 민족문학과 민족운동

「민중·민족문학의 새 단계」라는 졸고가 세상에 나온 것이 85년 가을이었다. 발표 당시, 글 자체보다도 글이 실린 간행물의 성격이 큰 말썽거리가 되는 바람에 논지에 대해 저자가 소망하던 만큼의 토론을 기대할 처지도 못 되고 말았다. 글의 '민중문학적 성향'이 출판사에 시련을 가져오는 데 일조했다는 풍문도 들렸지만, 어디까지나 확인 안 된 소문이었고 공개적인 비판과는 거리가 멀었다. 다른 한편, 실제로 문단 내부에서 그후 틈틈이 벌어진 논의에는 오히려 내 글의 민중문학적 성향이 부족하다는 비판이 더 많은 것으로 안다. 예컨대 80년대의 민족문학과 민족운동이 새로운 단계에 이미 올라섰다기보다는 아직 그러한 비약을 목전에 둔 상태라는 졸고의 주장은, 80년대 민중세력의 대두와 역사적 전환점으로서 광주항쟁의 의미를 과소평가한 것이라는 비판을 받기도 했다.

80년 5월 이후 우리 현대사의 새로운 시기를 어떻게 정의할 것이냐는 논의는 자칫 '국면'이니 '단계'니 하는 개념의 정의를 둘러싼 현학적 말싸움으로 끝날 우려가 없지 않다. 중요한 것은 주어진 상황의 새로움과 그에 대한 주체적 대응의 새로운 성과를 다 함께 정확히 인식하는 일이며 그리하여 더욱 적절한 실천의 방안을 찾는 일이다. 그런 관점에서 2년 반 가량의 세월이 더 쌓인 지금의 자리에서 되돌아볼 때, 광주의 5월항쟁은 갈수록 더욱 빛을 발하는 민족사의 대사건임이 일층 뚜렷해진 반면, 적어도 85년 시점에서 완연히 새로운 단계의 문학적·운동적 성과를 논하는 것은 아무래도 때일렀다는 느낌도 분명하다. 아마 후세의 사가들이라면 80년대에 들어선 뒤의 몇해쯤에 크게 구애받지 않고 1980년을 시대구분의 큰 획으로 삼을는지 모른다. 그러나 그것도 85년과 86년을 거쳐 87년, 88년으로 한해한해씩, 그리고 하루하루씩 이 시대를 살아간 우리들이 우리 몫을 다한 끝에 5월의 참뜻을 살려놓았을 때라야 가능할 일이다.

85년 현재로도 주체적 대응의 성과가 이미 만만찮은 바 있기는 했다. 광주의 진상을 덮어두려는 집권층의 노력은 2·12총선에서부터 결정적으로 무너지기 시작했으며, 노동현장에서 대우자동차 파업과 구로지역 연대파업투쟁이 일어난 것도 그해였다. 하지만 다른 한편 범국민적 개헌운동이 본격화하지는 않은 상태였고, 민족자주에 관한 토론영역이 학생운동의 선도로 일거에 확대되기 이전의 시점이었으며, 87년 6월의 일차적 결실이 있기까지는 성고문 사건과 박종철(朴鍾哲)군 고문치사 사건 그리고 일련의 분신투쟁 등 아직도 숱한 고비를 앞에 두고 있었다.

무엇보다도 민중·민족운동의 핵심요소인 노동운동의 경우, 작년 7·8월의 엄청난 폭발을 겪고 난 이제, 종전의 몇몇 선구적 투쟁사례를 바탕으로 본격적인 민중운동이 이미 자리 잡았다거나 심지어 노동계급의 주도성이 현실로서 주어진 것처럼 이야기하는 것이 성급한 행위였음을 의심하기 힘들다. 첫째로 6·29 이후의 노동운동은 그 규모와 파급효과에 있어 이전의 사례들과 비할 바 없는 것이었고, 둘째로는 그런 7·8월 투쟁 역시 그 조직성이나 정치의식에 있어 전체 민중·민족운동을 주도할 만한 수준에는 현저히 미달했음이 사실이기 때문이다. 따라서 필자는 먼젓번 글에서 노동문학의 성취에 대해 내린 평가를 크게 수정할 필요가 없다고 믿는다(특히 본서 37~47면 참조). 가령 박노해의 시집이 "우리가 새 단계의 쟁취를 바로 눈앞에 두고 있다는 몇몇 결정적 증거의 하나"라고 주장하면서도 그로써 곧 "우리 문학의 새 단계를 확보한 것이 아니라는" 전제를 달았던 데 대해 비판도 많았고 마치 냉담에 근거한 평가인 듯 오해하는 일도 없지 않았지만, 노동현장을 다룬 작품들의 수가 늘어날수록 우선 이들 작품의 질적 우열을 가려낼 현실적 필요성이 절실해지며, 『노동의 새벽』 한권으로 민족문학의 단계 비약이 이루어진 것처럼 보는 과장된 평가나 그 한권이 대다수 노동자 시집들에 비해 단연 뛰어남을 외면하는 사이비 평등주의적 자세가 똑같이 무책임한 독서태도임이 점차 분명해진다고 믿는다. 그리고 비록 시 분야에서는 『노동의 새벽』을 능가할 노동문학의 성과가 박노해 자신에 의해서건 다른 시인에 의해서건 (적어도 과문한 필자가 아는 범위에서는) 아직껏 안 나오고 있지만, 최근에는 소설에서도 점차 좋은 작품이 발표되는 현상을 보면 노동문제·노동현장을 다루는 문학도 정작 이제부터라고 말해서 큰 무리가 없을 듯하다. 비슷한 이야기는 광주사태를 소재로 삼은 문학을 두고도 할 수 있겠다.

구체적인 예를 드는 일은 잠시 미룬다. 우선 강조하고 싶은 점은, 기왕에 나왔던 작품 성과에 대한 필자의 비평에 이런저런 개인적 결점이 작용했을 가능성은 얼마든지 있지만, 주어진 역량으로 최대한 엄정한 판단을 내리려는 비평가의 노력 자체는 문학을 위해서나 운동을 위해서나 절대로 필요하다는 사실이다. 이것이야말로 문학인·지식인에 의한 '비판적 지지'의 요체이며, 그러한 엄정성의 결여가 전체 운동에 얼마나 큰 혼란과 좌절을 가져올 수 있는지를 우리는 12·16대통령선거를 거치면서 뼈저리게 체험하였다. 새로운 민중문학·민중운동의 예비적 조짐들을 곧바로 그 본격적 전개와 혼동하는 조급성과 불철저성은 6·29의 한정된 승리를 군부독재의 결정적 몰락으로 착각하는 오류로 쉽게 이어졌고, '파쇼타도'를 목청 높여 외치는 사람들조차도 흡사 자유민주주의쯤은 이미 확립된 상황에서 야권 후보들끼리 경쟁하여 더 많은 표를 받은 사람이 당선되는 일만이 남은 양 행동하는 경우가 허다했던 것이다. 결과는 참으로 부끄러운 패배였다. 실상 부끄럽기로는 80년도보다 훨씬 더하다. 국민의 피눈물과 땀범벅으로 쟁취한 직선제가 고스란히 군정연장의 도구로 동원되고 말지 않았는가. 그것이 뻔한 부정선거였음에도 대다수 국민들이 움직이지 않는다고 원망하는 것 역시 도리가 아니다. 이제는 우리가 특정인들 간의 순위 번복과는 전혀 다른 차원의 싸움 채비를 서두를 때임을 민중은 오히려 직감하고 있다 할 것이며, 부정선거 규탄투쟁 역시 이러한 싸움의 일환으로 확실히 재정립됨으로써만 다시 타오를 수 있을 것이다.

6월의 드높았던 기대가 12월에 그토록 참담한 실망으로 돌아가고 난 마당에, 우리의 민족문학·민족운동이 바야흐로 새로운 단계로 진입하고 있다고 주장한다면 공연한 오기로 들릴는지 모른다. 아니면 정초의 덕담 정도나, 심지어는 집권층의 '민주화합' 구호에 가세하는 행위로 비칠 수도 있겠다. 그러나 6월의 부푼 기대에 헛꿈이 섞였었듯이 작금의 실의에도 자기기만이 개입했을 여지가 많다. 특정인의 당선에 과도하게 집착했던 끝의 반동도 있겠고, 생존을 위한 그날그날의 싸움이 덜 절박한 계층 특유의 자기탐닉도 경계해야 옳을 것이다.

너무나 당연한 이야기지만 6월항쟁의 역사적 승리는 12월선거의 패배로 뒤바뀔 성질이 아니다. 6월의 양대 구호였던 '호헌철폐'와 '독재타도'로만 본다면 전자를 달성하고도 군사정권의 재집권을 막지 못했으니 더 중요한 절반을 놓친 셈이다. 그러나 이 경우에도 직선제를 쟁취함으로써 패배의 과정 자체에 거대한 민중적 활력의 분출이 있었고 당선자에게는 아직 한참 더 남은 부정선거 시비, 결코 간단히 지워버릴 수 없는 온갖 과분한 '민주화' 공약, 그러고도 공인 기록으로 남은 63퍼센트의 반대표, 이런 실로 만만찮은 부담을 안겨주었음을 간과해서는 안 된다. 더구나 4·19가 그랬듯이 6월항쟁 역시 그 표출된 구호보다 저변의 민중생존권투쟁과 민족의 자주통일 의지가 더 중요한 동력이었다고 할 때, 7·8월의 노동운동을 비롯한 민중운동의 급격한 신장이야말로 6월의 성취를 능히 지켜내고 키워나갈 주체의 대두로 믿어도 좋을 것이다. 그리고 선거 국면에 역력히 드러난 보수정객들의 기만성과 지식층 활동가들의 소시민성에 대한 뼈저린 확인도 값나가는 쓴 약이라 하지 않을 수 없다.

이러한 믿음을 뒷받침할 문학적인 성과로 어떤 것이 있는가? 물론 한 사회의 여러 부문이 언제나 발걸음을 맞춰 전진하지는 않는다. 그러나 민중운동의 고양에 걸맞은 민중문학의 성취가 다소의 시차를 두고도 눈에 띄는 바 없다면, 이는 민중운동 자체의 내실과 성숙성을 의심케 할 터이며 그 지속적인 전진에 필수적인 활력소를 결한 셈이 될 것이다. 더구나 필자처럼 일찍이 85년의 시점에 민중·민족문학의 새 단계가 임박했다고 주장했던 처지에서는, 이미 상당한 대세를 이룬 문학적 성과를 제시하지 못한다면 12월의 패배가 6월의 성취를 일부밖에 훼손할 수 없었다는 논지 자체를 수정해야 할 판이다.

하기는 대중매체나 평단 이곳저곳에서 '획기적 거작'으로 선포하는 작품들은 그간에도 흔했고 앞으로도 줄어들 가망이 별로 없다. 필자는 이들 작품을 그때그때 부지런히 찾아 읽지 못했으므로 단정적인 언사를 삼가야겠으나, '분단문학'의 획기적 위업으로 치켜세워진 몇개의 장편을 보더라도 우리 시대가 그처럼 많은 대규모 걸작들이 쏟아져나오고 또 거의 나오는 족족 대대적인 관심을 모으는 황금시대가 아닌 것만은 분명하다. 오히려 그런 작품을 둘러싼 그런 식의 법석이야말로 기존의 체제가 민중의 각성을 막기 위해 알게 모르게 동원하는 그럴듯한 소음과 현란한 눈요기의 일부가 아닐까 한다.

6·25 등 민족의 이념적 분열을 소재로 한 이른바 분단문학과는 달리, 노동현장이나 광주사태를 다룬 소설의 경우는 아직도 그 양적인 증가 자체에 의의를 둘 여지가 있는 것이 사실이다. 그러나 여기서도 현실의 금기를 깨고 새로운 제재를 개척한다는 일차적인 요구가 채워지고 나면, 양적 증대가 갖는 주된 의미는 독자로 하여금 그중 나은 것을 골라서 보는 일을 불가피하게 만든다는 점이다. 희소가치가 줄면서 예술적인 질에 대한 평가가 절실해지는 것이다. 이때 '예술적 질'을 말하는 것이 민중적 시각에 위배되는 일은 아니다. 민족문학론에서 예술성의 강조는 소시민적 취향이라고 비판받기도 하지만, 정작 생경한 이념문학으로 쉽게 만족하는 것은 소시민적 지식인이요 계급적으로 각성한 노동자는 작품의 예술적 질에 대해 오히려 엄격하다고 보아야 옳다. 실생활에 근거한 투쟁으로 각성된 사람일수록 끊임없는 이념적 주입에 매달릴 필요가 적은 것이며, 이념적 입장만 옳고 온몸의 감동은 못 주는 작품을 읽고 있을 여가도 없을 것이다.

필자가 「민중·민족문학의 새 단계」라는 글에서 "오늘의 현실을 각성된 노동자의 눈으로 보는 참다운 민중·민족문학의 작품들"(본서 47면)이라는 평가기준을 제시한 것은 그러므로 민중성의 기준이자 예술성의 기준이었다. 그리고 이는 노동현장에 관한, 또는 노동자 자신에 의한 작품들뿐 아니라 여타 모든 작품에도 적용될 수 있는, 그런 의미에서 '보편성을 띤' 기준이라 할 것이다. 바로 그런 기준에 따른 검토를 감당할 만한 종전의 업적이 시집 『노동의 새벽』이었다면, 최근에 나온 정화진의 「쇳물처럼」(무크지 『전환기의 민족문학』, 풀빛 1987)이나 한백의 「동지와 함께」, 석정남(石正南)의 「불신시대」(둘 다 실천문학사의 무크지 『노동문학 1988』에 수록) 같은 작품들은 이제 소설에서도 비슷한 논의가 가능해지고 있음을 보여준다. 다시 말해 노동현장을 웬만큼 충실히 그려냈다는 사실만으로 노동문학 부재의 풍토에 충격을 주던 차원을 넘어, 상당한 의식수준의 노동자에게도 진지한 읽을거리·토론거리가 됨직한 작품들이 이제 여기저기서 나오기 시작하고 있는 것이다.

물론 앞에 든 세편 가운데 어느 것도 충분히 각성된 눈동자의 눈에 — 또는 그러한 시각을 체득했거나 체득해가고 있는 지식인의 눈에 — 아주 만족스럽게 비치지는 못할 것이다. 그중에서 「동지와 함께」는 규모로도 중편일뿐더러 전체적으로 가장 성공적인 작품이다. 이 소설은 주인공 필혁이 85년 구로지역 연대파업에 처음에는 다소 우발적으로 참여했다가 투쟁의 경험을 통해 각성하여 드디어 투사로 변모하는 과정을 감동적으로 그리고 있다. 게다가 이 변모가 결코 우연스러운 것이 아님을 필혁의 가족사 및 노동경력을 통해 보여준다.(이 점에서 다 같이 구로연대투쟁을 다룬 『전환기의 민족문학』 수록 공연대본 「선봉에 서서」에 비해서도 돋보인다. 이는 두 작품의 장르적 차이라든가, '극적 구성의 역동성'을 위해 원래 등장인물들의 가족사와 경력을 소상히 담으려던 노력을 1차 대본에서 2차 대본으로의 수정과정에서 바꾸었다는 대본 제작자의 의도를 감안하더라도 그렇다.) 또한 파업농성·강제해산의 과정이 숨가쁜 실감으로 다가오는 것은 이 소설이 단지 현장체험만이 아니고 그 체험에 대한 일정 수준의 의식적 정리를 거친 작품임을 말해준다. 예컨대 이혜숙이라는 '위장취업한 불순분자'가 노동자들 앞에서 자기 입장을 해명하는 긴 연설은 그 자체로도 무척 감동적이지만, 연설의 사이사이에 노동자들의 반응과 필혁 자신의 사무친 회상을 끼워넣음으로써 자칫 장황해질 위험을 피할 뿐 아니라 노동자 필혁의 각성과정에 작용하는 복합적 요인들을 자연스럽게 제시하고 있다.

그런데 이러한 복합적 인식과 기법상의 배려는 해고당한 동지들의 "투쟁을 향하여!"라는 우렁찬 함성으로 끝맺는 작품의 결말에 가면 적잖이 단순화되는 느낌이다. 필혁이 새 일자리를 찾아나섰다가 해고노동자의 소식지를 보고 동지들도 만나 투쟁에 적극 가담하기로 결심하는 줄거리 자체는 무리가 없다. 그러나 이 대목에 오면 필혁 자신의 생활이나 앞서 운동에 뛰어든 동료들의 생계문제에 대한 관심이 소설에서 홀연히 사라지고 만다. 또한 이번의 연대투쟁을 통해 "노동운동의 궁극적으로 가장 발달된 단계가 정치투쟁이라는 사실을 깊이 인식하게 되었습니다. 팔백만 노동자의 단결과 이를 바탕으로 한 정치투쟁만이 노동운동이 나아갈 길입니다"라는 한 노동자의 말은 원리적으로 옳기는 하겠지만, '궁극적으로 가장 발달된 단계'와 현실 사이에 얼마큼의 거리가 있는지, '팔백만 노동자의 단결'이라는 바탕을 마련하기 위해 무엇을 어떻게 할지에 대한 의식은 안 보인다. 작중의 그 인물이 그 대목에서 그런 의식을 안 보이는 것이야 당연하지만, 요는 저자 스스로도 그러한 문제의식이 부족하지 않은가 여겨지는 것이다.

작가가 이런 문제의식까지 갖는다는 것은 노동운동가·민중현실 탐구자로서의 성숙의 일환인 동시에 작품의 어색한 대목, 단조로운 부분 들을 샅샅이 바로잡는 예술가적 철저성의 진전을 뜻하기도 한다. 「동지와 함께」라는 중편 하나를 놓고 온갖 주문을 다 들이대는 것은 도리가 아니지만, 말하자면 이런 이야기에서 필혁이나 그의 친구 또는 어느 대학생 출신 노동자의 육성뿐 아니라 '구사대원'이나 경영자들까지도 좀더 개성화된 음성으로 기억되었으면 싶고 정치투쟁의 대상으로서 외세나 분단체제에 대한 함축적 규정도 있었으면 싶은 것이 독자들의 욕심이다.

새 단계에 이제부터 씌어질 노동문학에 대해서라면 이것은 지나친 욕심도 아니고 당연한 주문일 터이다. 노동자의 경험에 근거한 작품이 많아질수록 노동현장 또는 투쟁과정의 묘사에 한정되지 않고 총체적 현실의 핵심적 일부로서 노동현실을 다루는 일이, 노동자 출신의 작가에 의해서건 중산층 출신에 의해서건 훨씬 절실해지고 또 좀더 용이해질 것이기 때문이다. 그리고 이러한 결실을 촉진하기 위해서는, 그때그때 나타나는 노동문학의 성과와 협의의 노동문학이 아닌 온갖 민중·민족문학의 업적들을 일관된 눈으로 정확히 읽어주는 비평작업이 필요할 것이다.

이러한 비평적 책무를 다소라도 더는 뜻에서 최근의 소설 중 윤정모와 김향숙의 빼어난 작품에 잠시 주목하고 넘어가려 한다. 김향숙의 단편 「부르는 소리」가 단순히 분단문제를 소재로 써먹은 상투적 분단문학이 아니라 통일운동에 실질적으로 기여하는 분단극복문학의 하나로 꼽힘직하다는 말은 다른 자리에서도 잠깐 비친 바 있다(졸고 「80년대 소설의 분단극복의식」, 변형윤 외 『분단시대와 한국사회』, 까치 1985; 〈본서 3부〉 참조). 여기서 이 작품을 길게 논할 생각은 없다. 6·25 때 이웃과 자신에게 온갖 못할 짓을 다 하고 비명에 죽은 남편에 대한 웅촌댁의 원한이 30여년 만에 드디어 풀리는 어느 하루를 추적한 이 단편에서, 작가는 과거에 대한 주인공의 회상과 현시점에서의 관찰을 적절히 배합하여 실로 숱한 사연을 전해준다. 웅촌댁의 자기화해는 버림받은 소녀를 받아들이는 행위로써 확인되고 또 최종적으로 가능해지는데, 새벽에 남편 꿈을 꾼 날의 이런 결말은 실상 뜻밖의 우연만은 아니다. 남편을 잃은 뒤 겹겹으로 닥친 고난과 빈민촌에서의 오랜 생활, 그 과정에서 비록 이기적 폐쇄성의 일면이 없지 않으나 그보다는 내일을 위한 염려와 자신이 무엇이라는 아집에서 진심으로 벗어난 면이 더 많았던 그 여자의 인격적 성숙이 결말의 화해를 가능케 한 것이다. 또한 이 화해의 일부로 장애인 정군과 웅촌댁 옆방 색시가 결혼할 전망이 넌지시 열리고 있음도 간과해서는 안 된다.

「부르는 소리」와 더불어 창작집 『겨울의 빛』(창작사 1986)에 실린 「그물 사이로」연작 네편(1985~86)은 도시빈민층보다 소시민층의 세계를 무대로 삼는다. 여기서 이데올로기적 분열은 일본에 건너가 조총련에 가담, 고국방문과 부모상봉을 위한 전향을 끝내 거부하고 있는 아들과 국내에 남은 가족들 사이의 갈림으로 나타난다. 그런데 민영감의 관점에서 시작하여(「그물 사이로 1」) 언양댁의 관점을 거쳐(「2」「3」) 마지막에(「4」) 다시 민영감의 시선으로 돌아오는 네편의 이야기가 어느덧 하나의 얼개로 꿰어지면서 우리는 동족 간의 사상적 분열 자체가 그에 앞서 원천적으로 그릇된 사회구조와 생활양식에 기인한 것이고, 그러면서도 이런 잘못들이 남북분단의 문제와 결합되는 순간 온갖 새로운 내부분열과 인간적 비극을 낳는다는 평범한 진실을 거듭 깨닫게 된다. 이들의 경우 가장 큰 잘못은 물론 아버지 쪽에 있었다. 양반 가문이라는 것만 내세우며 평생을 게으르고 허랑하게 살아온 노인은 애초에 아들이 집을 나가게 만든 장본인이었고 지금도 아내 언양댁의 원망에 대꾸할 말이 없는 사람이다.「부르는 소리」의 죽은 남편처럼 악독한 짓은 해본 일이 없지만 그 나름으로는 아내에게 어처구니없이 잔인한 남편이었음을, 저자는 가령 다음과 같은 대목에서도 여성작가 특유의 예리함으로 보여준다.

그들이 끼니를 거르곤 했던 적빈의 시절에도 가장은 기방 출입을 빠뜨리지 않았기 때문이다. 그런데 그때 그 도락마저 없었다면(노인은 여기서 자신이 논 세 마지기를 날린 후 처로부터 단 한번도 따뜻한 눈길을 받아본 적이 없었다고 회상했다. 처는 오직 경제적 능력이 없는 가장은 헌 신발짝보다 가치가 없다고 여기는 듯했던 것이었다. 그런데 가장은 끊임없이 정겨운 보살핌을 받는다는 느낌을 원했으므로 기방을 드나들지 않을 수 없었던 것이었다) 자신은 사막을 맴도는 것 같다는 기분에서 벗어날 수 없었을 것이라는 이야기를 노인은 구태여 아들에

게 하지 않았다. (257면)

이러한 '가장' 나름의 '도락'이 ─ 그것은 어디까지나 도락 이상은 아니었다 ─ 언양댁에게 얼마나 깊은 상처를 주었으며 두 사람의 삶을 더욱 찢어놓았는지는 여자의 관점으로 옮아간 둘째 이야기에서야 좀더 분명해진다. 그러나 언양댁에게도 책임이 없었던 것은 아니며, 죽음을 앞두고 그는 남편에 대한 몰이해라든가 특히 아들을 사로잡은 그 사상에 대해 알고자 하지도 않았다는 뉘우침을 토로한다. 그렇다고 아들의 사상적 투철함이 작가에 의해 옹호되고 있는 것만도 아니다. 그 점에 대한 일정한 존중심과 노인의 눈에 뜨인 "지금까지 살아오는 동안의 지난한 역경이 그대로 아로새겨진 아들의 손"(255면)에 대한 응분의 인식을 전제하고도, 노인이 그를 만나 느끼는 거리감은 아들의 성격과 행태에 대한 비판도 되는 것이다. 특히 할아버지를 닮아 유약하다는 폐인 아들에 대한 그의 미움과 혐오는 사상적 분열과 개인들의 복잡한 애증의 질곡이 쉽사리 가려낼 수 없도록 뒤엉킨 것임을 실감케 한다.

어쨌든 마지막 이야기에서 늙은 부부 사이에 이루어지는 화해는 독자의 심금을 울린다. 어물쩍 덮어버려서는 안 될 모순이 엄존하는 세상에서 화해를 그린다는 것은 물론 위험한 일이다. 그러나 이 경우는 언양댁과 노인의 내면에 대한 끈덕진 추적과 그들 자신 및 주변인물의 생활에 대한 세심한 묘사로 준비된 것인데다, 화해 자체가 이제 인생을 다 산 노부부의 화해이지 남북분단이나 민족분열의 현실은 엄연히 남겨놓았다. 하지만 언양댁의 말 그대로 "기운이 없다보니" 그리된 것만은 아니다. 오랜 고난 끝에 마음이 크게 트이고 풀린 결과인 것이다. 남북통일의 역사적 과제라 한들 (이동순李東洵의 「나의 통일법」이라는 시도 말해주듯이) 사람 마음의 이런 홀연한 풀어짐을 어떤 식으로건 수반하지 않고서 어떻게 가능할 것인가. 아니, 이 땅의 곳곳에서 웅촌댁과 언양댁들의 그러한 화해가 오늘도 진행되고 있지 않다면 지금 수준의 삶조차도 유지되지 못할 것이다.

김향숙의 이들 작품에 특별히 주목한 것은, 분단현실의 탐구가 빈민층 또는 중산층의 생활정경에 대한 정확한 묘사에다 간혹 '심리소설'로 지목될 만큼 치밀한 내면분석을 겸함으로써, 굳이 '분단소설'로 행세하기보다 분단시대의 민족문학으로서 평가받을 수준에 달했다고 믿기 때문이다. 물론 인물의 심리묘사 그 자체가 목적이 되는 협의의 심리소설은 전형적인 소시민정신의 표현으로 비판받아야 옳다. 그러나 총체적 현실 규명의 한 방편으로서 특정 인물의 내면세계를 깊숙이 파고드는 것은 하나의 가능한 방법일 뿐 아니라, 그 인물에 대해 비로소 온전한 사람대접을 해주는 방법일 수도 있다. 그러므로 위대한 리얼리스트치고 탁월한 심리분석가 아닌 이가 없으며, 종전에는 섬세한 심리묘사의 상대로도 취급되지 못했던 부류의 인물이 그들 손에 와서 처음으로 내면세계를 선보이는 일도 허다한 것이다. 김향숙의 경우 「부르는 소리」에서 웅촌댁이 소녀의 시선과 야릇한 예감에 쫓겨 한참을 헤매고 다닐 때의 묘사 같은 것은 저자가 다소 지나치게 심리추적에 재미를 붙였다는 느낌도 준다. 그러나 전체적으로는 심리분석에 치중하는 방법 자체보다, 저자가 탐구하는 현실의 영역이 대체로 노동현장과 거리가 멀뿐더러 소시민이나 빈민층 또는 심지어 「겨울의 빛」에서처럼 탄광촌을 그릴 때에도 저자의 시선이 이 사회의 기본모순을 명확히 의식하는 눈은 아니라는 문제가 더 중요할 것이다.

윤정모의 중편 「님」(1986)은 세련된 기법적 배려와 심리묘사에의 대폭적인 의존이라는 점에서 김향숙의 작품과 일맥상통하면서 분단 상황과 정치권력의 횡포에 대해서는 훨씬 적극적인 저항의지를 드러낸다. 멋모르고 귀국했다가 수사기관에 쫓기는 몸이 된 재일유학생이 그를 숨겨준

교수의 도움으로 밀항자가 되어 탈출한다는 이야기 자체가 긴장미로 차 있거니와, 그런 줄거리를 통속에 흐르지 않으면서 숨가쁘게 끌어나가는 작가의 솜씨는 실로 능숙하다. 통속의 위험으로 말하자면 일본에서 래영과 사랑을 나누던 장면들도 그런 가능성이 충분하다. 하지만 래영의 성격이나 두 사람의 관계가 저자의 뚜렷한 주제의식에 따라 설정된데다, 이같은 저자의 의도는 또 그들의 열애 장면이 실질적인 감금생활을 하는 주인공 진국의 회상과 환상을 통해 전달된다는 기법상의 특징으로 인해, 분단현실의 답답하고 암울함과 대조되는 싱그러움을 지니게 된다. 동시에 광주사태, 각종 '간첩단' 사건, 학생 데모 등 여러 '심각한' 소재들이 사랑 이야기 덕분에 군데군데 생경하지 않게 끼어들면서 은연중에 작품의 무게를 더해준다.

「님」의 성공에 결정적으로 기여하는 장치는, 소설의 큰 부분이 진국의 관점으로 서술되었지만 사이사이에 문교수 부인의 입장에서 서술하는 대목들이 교차된다는 점이다. 이를 통해 서술의 단조로움을 피하게 됨은 물론, 분단현실에 안주하며 그 이데올로기에 깊이 젖어 있는 한 중산층(내지 특권층) 여성의 전형이 창조된다. 부인은 젊은 남자가 집 안에 있는 데 대한 경계심과 약간의 흥분을 느끼다가 나중에 간첩단을 연상하면서는 신고를 해버리고 싶은 충동도 맛보지만, 무엇보다 주된 감정은 귀찮고 성가시고 자신의 소시민적 안락이 침범당하는 게 억울하다는 생각이다.

설거지와 집 안 청소를 끝내면 한아름 안겨오는 달콤한 자유, 목욕을 하고 거실 유리창으로 일광욕을 하거나 음악에 맞추어 에어로빅을 하거나 건강이나 미용에 관한 책을 읽거나 경음악을 듣던 그 짧은 시간마저 이젠 누릴 수가 없었다. 청년이 차지하고 있는 건 결코 방 하나가 아니었다. 그는 집 안 분위기를 억압했고, 구속했다. 그래, 그가 오기 전 집

안 공기는 오롯이 자신의 체온이었다. 스스로 꾸미고 쌓아올린 자신의 아성이었다. 그러나 이젠 아니었다. (…) 가정은 은밀하게 지켜지는 성채여야 해. 그렇구말구. 그저 얻어지는 것도 아닌데. 남편과 아이에게 봉사하는 댓가로 누릴 수 있는 안락함인데…… 그 누구도 주부의 영역을 염탐하거나 훔칠 자격은 없는 거야. 오늘은 말하리라. 이젠 나가달라고. 여긴 남편의 보금자리 이전에 나의 요람이야. (창작집 『님』, 흔겨레 1986, 53~54면)

이러한 부인의 생각과 생활이 바로 진국으로 하여금 제 나라에 왔는데도 "이방인, 이방인처럼 이 땅에서 내몰림을 당하고"(100면) 도망가게 만드는 분단현실의 일부임을 작가는 어김없이 드러내는 것이다.

부인에 비해 문교수의 형상화는 부실한 편이다. 그런 점에서 교수가 차지하는 지면이 많음에도 불구하고 진국이나 부인의 시선을 통해서만 그가 독자에게 비치도록 만든 것은 현명한 선택이었다고 하겠다. 사실은 진국 자신도 조총련계 여성과 사귀고 광주사태 비디오를 보는 충격을 거쳤으며 사회주의자 친척과 토론도 나눈 유학생치고는 때로 너무 순진하게 그려진 것이 아닌가 의아스럽기도 하다. 어쨌든 노동문학과 여타의 작품들을 일관된 기준으로 보자던 취지에 맞춰, 여기서는 문교수의 형상화에 따르는 한두가지 문제점을 지적하고자 한다.

진국의 눈에 문교수가 다소 미화되어 나타날 수 있음은 당연한 일이다. 또한 그가 민족적 양심과 나름의 용기를 지닌 지식인으로 설정된 것 자체가 부당할 것도 없다. 그러나 '각성된 노동자의 눈'에는 대학교수와 그의 동창인 대기업주가 너무나 멋진 구원자로 부각되는 데에 일단 혐의를 품게 마련인데, 사실 진국과의 지적인 대화 가운데는 더러 설익은 냄새를 풍기는 대목도 있건만 이것이 저자로부터 비판의 눈총을 받는 기미는 안 보인다. 또한 그 부인을 지배하는 이데올로기가 분단체제의 산물인 동시에 '남편과 아이에게 봉사하는 댓가로서의 주부의 영역' 운운하는 가부장체제의 허위의식임을 날카롭게 드러내면서도, 정작 이 집 가부장에 대해서는 그런 비판의식이 적용되지 않는 듯하다. 교수가 진국을 데려온 데 대한 부인의 불만이 소시민적 이기심에 근거한 것일지라도, 첫날부터 이런 불만을 가중하는 교수의 일방적인 태도라든가(40면), 래영과의 사이에 아이까지 기다리는 처지인 진국을 두고 "원, 당신두. 그는 아직두 애숭이야. 그를 남자로 생각하면 안 돼"(54면)라고 훈계하는 엉뚱함이라든가, 그들이 언제 어떤 연유로 결혼해서 어떻게 살아왔는지는 밝혀져 있지 않지만 어쨌든 이미 공동 책임이 될 만큼은 되었을 아내의 인격에 대해 "우리 집사람, 얼핏 보기엔 잘 정돈된 사람 같지만 속은 텅 빈 소용돌이야"(101면)라고 진국에게 미안해하는 태도조차도, 억압적 사회체제의 또다른 일면인 가부장주의와 연결시키는 여성작가 특유의 노력이 더 있었으면 하는 아쉬움을 남긴다. 마지막에 가서 진국의 밀항이 일본행이 아니라 "자넨 자네의 님을 찾아가는 거야"(109면)라고 일러주는 것도 문교수다. 이 말을 진국이 감격스럽게 되뇌는 것은 당연하다. 또, 진국의 일본행이 남쪽 청년과 북한계 여성의 결혼을 뜻할뿐더러 진국에게만 아니라 교수에게도 분단현실의 질곡으로부터의 일정한 해방을 뜻함을 아는 독자도 어느정도의 공감을 거절할 이유가 없다. 그러나 진국의 탈출은 어디까지나 개인의 탈출이요 그 역사적 의미에 대한 판정을 내릴 문교수의 권위를 두말없이 인정하기는 힘들다고 믿는 독자일수록, '님'이라는 낱말이 지닌 온갖 울림을 작품의 결말이 완전히 밑받침해주지는 못한다고 느낄 것이다.

이제까지 몇몇 노동소설과 김향숙·윤정모의 근작에 논의를 국한한 것이 '일관된 기준'을 좀더 구체적으로 설명하기 위한 방편일 뿐, 현단계 민족문학의 성취를 개관하고자 한 것이 아님은 물론이다. 문학적 성취로 말한다면 질·양 어느 면에서나 근년의 가장 두드러진 업적은 고은의 시작 활동일 터인데, 실제로 이는 민중·민족문학의 개념을 편협하게 잡지 않음으로써만 제대로 평가할 수 있는 업적이기도 하다. 85년의 졸고가 씌어질 무렵 그는 이미 서사시『백두산』의 연재를 시작했었고 이에 대한 필자 나름의 기대를 그때 피력한 바 있다. 최근에 그는 연재분을 개작하고 백두산 일대에서 의병전투가 벌어지는 대목까지를 추가하여 제1부 두권을 완성했는데(『백두산』 1·2, 창작사 1987), 필자는 여기서 이 작품이 "한국 서사시의 새로운 경지는 물론 민중·민족문학의 새 단계를 여는 일의 큰 몫을 차지할 것이다"(본서 51면)라는 당초의 기대를 재확인하는 정도로 넘어가고자 한다. 더구나 이 장시는 시집『시여, 날아가라』앞부분의, 몇줄 사이에 섬광 하나씩을 담은 듯한 짧은 시들로부터『만인보』 1·2·3권(창작사 1986)의 연작시에 이르기까지 우리 시단에 일찍이 없었던 다양하고 풍성한 수확의 일부를 이루고 있다. 이에 대한 비평적 논의는 따로 자리를 만드는 것이 대접일 터이다.

고은 이외에도 오늘날 계속 문제작을 내놓는 50대 이상의 시인·소설가들이 상당수 있다는 사실은 우리 문학이 제법 원숙해간다는 또 하나의 증거이다. 전에도 노년까지 좋은 작품을 쓴 분들이 더러 없었던 것은 아니나, 대다수 문인들이 너무나 일찍 늙어버리거나 낯뜨겁게 변하기도 잘하는 우리 풍토에서는 하나의 중진 세대가 미흡한 대로나마 형성된 것은 새로운 현상일 듯하다. 이들에 대한 젊은 세대의 비판은 의당 엄정해야겠지만, 엄정한 비판이란 당연히 신구 세대가 공유할 수 있는 객관성을 띤 비판이어야 함은 물론이며, 이제 그러한 비판의 기준도 차츰 명료해져가는 단계가 아닌가 싶다.

오늘의 민족문학을 긍정적인 눈으로 보는 입장이라 해도, 노동현실을 통해 노자 간의 모순을 부각시키면서 동시에 그 극복을 위한 정치투쟁의 방향까지 실감나게 제시했다거나 분단문제의 절실성을 표출하면서 이를 자본주의 사회의 기본모순과 제대로 연결시켜 형상화한 작품이 아직껏 안 나온 것은 인정하지 않을 수 없다. 그런데 이런 현실문제들의 이론적 규명을 떠맡은 사회과학자나 역사학자·철학자들 간에도 독서인의 지침이 될 분명한 이론이 없는 듯하며 실천가들의 길잡이가 되기에는 더구나 까마득한 느낌이다. 필자는 이에 『창비 1987』의 좌담 「현단계 한국사회의 성격과 민족운동의 과제」에서나 지방사회연구회 제2회 심포지엄(1987.10.30. 대구)의 주제발표 「민족문학론과 분단문제」〈본서 1부〉에서 민족문학론자로서의 의문을 제기한 바 있지만, 아직껏 시원한 소득이 없었음이 사실이다.

민족문학론자로서의 의문이라고 말하는 것은, 현대 한국사회의 기본모순은 계급모순이고 주요모순은 민족모순이다라는 흔히 듣는 명제가 분단문제를 어떻게 해명하고 있는지가 석연치 않기 때문이다. 기본모순의 설정 자체는 노동현실을 핵심에 두는 민중문학의 시각과 일치하지만, '주요모순'과 별개로 이해되는 기본모순의 개념은 온갖 종류의 자본주의적 사회구성체에 통용되는 일반화된 개념일뿐더러 생산수단의 소유 여부를 기준으로 삼는 고도로 추상적인 개념이다. 이처럼 추상성이 높은 개념을 생활체험을 통해 터득하기 가장 쉬운 위치에 놓았다는 점에 이른바 노동계급의 선도성의 근거가 있을 것이다. 그러나 현장에서 노동하고 노사분규에 참여한다고 해서 반드시 기본모순에 대한 의식이 보장되는 것은 아니다. 현장에 밀착된 경우일수록 자본 대 임노동이라는 고도의 추상개념 대신에 특정 자본가(들) 대 특정 노동자들이라는 한 차원 낮은 — 때로는 관리자나 중간착취자 대 노동자라는 더욱 피상적인 — 인식에 머물 수도 있는 것이다. 여기서 노동계급은 순전히 그 자신의 노력만으로는 경제주의적 의식을 넘어설 수 없다는 유명한 주장이 나오기도 하고, 이 고전적 명제가 오늘날의 확대되고 다양화된 노동계급에는 그대로 적용될 수 없다는 해석도 제기된다(김종철·강순원 편역 『미국의 대학과 노동계급』, 창작사 1987, 231~35면 참조). 그러나 필자는 이 논의 자체의 시비를 가리기보다, '기본모순'이 현실적 과제로서의 주요모순과 구별되는 것인 한, 노동계급이 기본모순을 자력 또는 타력으로 인식한다더라도 주요모순의 정확한 인식으로 진행하지 않고서는 효과적인 정치투쟁과 무관한 추상적 인식에 멈추리라는 점을 기억하고자 한다. 바로 그렇기 때문에 기본모순·주요모순에 대한 기왕의 논의 중에서 특히 현단계 주요모순의 성격에 대한 해명이 미흡한 점이 심각한 문제라는 것이다. 이에 대해 필자는 앞의 심포지엄에서 다음과 같은 문제제기를 해보았다.

그런데 '주요모순으로서의 민족모순'이라는 것이 정확히 무엇이며 분단문제와 어떤 관련이 있는지 제대로 해명되지 않은 것 같다. 제국주의 시대에는 심각한 민족문제가 있게 마련임을 누구나 인정하는 터이지만, 제국주의로 인해 야기되는 ① 식민지와 점령국의 모순 ② 소위 신식민지와 제국주의 자본의 모순 ③ 제국주의 국가들 간의 모순을 일괄해서 '민족모순'으로 지칭하기는 힘들 것이다. ③의 경우 설혹 민족모순이라 부른다 해도 그것이 주요모순일 수 없음은 분명하며, ②의 경우도 특정한 국가 또는 민족이 ①의 경우와 비슷할 정도로 전체 제국주의 자본을 대표하지 않는 한 민족모순이란 명칭이 혼란을 낳을 우려가 있고, 더구나 그것이 주요모순인지 부차적 모순인지는 경우마다 다를 것이다.

더구나 한국처럼 분단된 상황일 경우 민족모순이라는 개념은 더욱 엄밀한 정의가 필요하다. 분단이 민족문제임은 틀림없지만 그것이 '외적 모순'인 민족모순의 내용에 해당한다고 하면 단선적인 민족해방론으로 귀착될 수밖에 없다. 그러지 않으려면 분단은 모순은 모순이되 민족 내부에 자리 잡은 모순이거나(물론 외압과 무관한 것은 아니지만), 아니면 진영모순의 일익을 맡았기는 하지만 '주요모순으로서의 민족모순'과는 일단 거리가 있는 양국관계로 설정하는 길이 남는다. (심포지엄 자료 『분단시대의 국가와 민족문제』 21면; 〈본서 193~94면〉)

그러나 남북한의 분단을 '양국관계'로 처리하는 것이 민족문학론의 기본 논지에 어긋나는 것임은 두말할 나위도 없다.

책임 없는 비전문가의 특권을 행사하여 이 문제제기를 부연해보면, 분단시대 민족운동의 주요과제가 분단극복이라는 상식에 입각하여 차라리 분단을 주요모순으로 설정하면 어떨까 하는 질문도 가능하다. 이는 어디까지나 순수한 질문이지 독자적인 주장은 아닌데, 다만 이 질의에 대한 부정적인 답변들이 대개는 미흡한 느낌이 드는 것도 사실이다. 예컨대 분단 자체가 내적 모순과 외적인 민족모순의 복합적 산물이라는 대답은 '분단모순'의 생성과정에 대한 설명으로는 타당하지만 내적 모순과 결합되기로는 '민족모순'도 마찬가지며, 나중 생긴 모순이 반드시 덜 중요하다거나 그 해결 순서도 나중이 되라는 법이 없는 한 분단모순이 주요모순일 가능성을 배제하는 논리는 못 된다. 물론 통일을 이루려면 일정한 민주화·자주화가 선행되어야 함은 사실이다. 그러나 이때의 '민주화' '자주화'가 극히 한정된 성격이 아니고 분단 상황에서도 차원 높은 민주주의와 민족자주가 가능하다는 뜻이라면 이는 분단영구화의 논리로 쉽게 이어질 수 있다.

분단모순을 주요모순으로 설정함으로써 너무도 특수한 모순에 '주요모순'의 칭호를 내리는 데 대해 정치경제학의 원리에 충실코자 하는 사회과학도일수록 거부감을 느끼는 것은 사실이다. 그러나 이것도 필자가 보기에는 이유가 안 된다. 기본모순일 경우에는 정치경제학의 족보에 없는 것을 발견해내는 일이 실없는 발명으로 끝나기 쉽지만, 각 사회가 그때그때 당면한 주요과제는 민족 간의 모순 말고도 성차별 문제·인종주의·종교대립·언어분쟁 등등 얼마든지 있을 수 있고 해당 기본모순과의 결합형태 역시 각양각색이게 마련인 것이다. 그중 동일한 단계의 기본모순을 지닌 사회일 경우는 주요모순이 기본모순과 동떨어진 것일수록 기본모순의 직접적인 해결이 어려운 낙후한 사회라는 해석도 가능한데, '분단모순'이 우리의 주요모순이라 가정하면 그야말로 족보에도 없는 모순을 지닌 극도로 기형적인 한심한 사회라는 부끄러움을 맛볼 수도 있으나, 다른 한편 경제구조가 상이한 양대 진영 간의 모순 및 제국주의 자본 대 신식민지 민중의 모순에 직결되었다는 점에서 문자 그대로의 '민족모순'(즉 점령민족 대 피점령민족의 모순)보다 기본모순에 근접한 모순과 대결하는 사회로서의 선진성을 자랑함직도 하다. 이런 식으로 따지더라도 분단한국은 참으로 종잡기 힘든 사회구성체임이 실감된다.

그러나 전문적인 지식이 부족한 처지에 분단모순이 한국사회의 주요모순이냐 아니냐는 말잔치에 끼어드는 것은 무모한 일이고, 무릇 그런 논쟁 자체가 현학적인 말잔치로 끝날 위험이 많다. 사실 필자로서는 현실문제마다 '모순'이란 낱말을 갖다붙이는 습성부터가 그리 달갑지 않으며, 실제로 이제까지 분단모순이란 용어 대신 그냥 분단문제라든가 민족문제라고 주로 표현해왔다. 반면에, 모순의 개념에 대한 엄밀한 이해가 전제되기만 한다면 남북분단을 '모순'의 차원에서 파악하는 것도 뜻있는 일이라고 생각하기는 한다. 첫째, 매사를 분단 탓으로 돌리며 통일만 되면 만사가 해결되고 통일 전에는 아무것도 안 될 듯이 말하는 데 대한 당연한 비판을 상기할 때, 분단문제를 '모순'으로 설정한다는 것은 그것이 특정한 역사단계에서 각기 근거 있는 구체적인 갈등요인 간의 부딪힘이며 그 해결은 반드시 역사적 진보를 ── 그러나 특정한 정도만큼의 진보를 ── 뜻한다는 해명이 된다. 다시 말해 통일은 역사적 진보의 내용을 담는 통일이어야 한다는 명제가 자동적으로 포함되는 것이며, 아울러 이러한 통일조차도 유구한 인류역사의 수많은 발전적 계기 가운데 하나일 따름이라는 시야가 확보되는 것이다. 둘째로는, 분단이 우리에게 아무리 절박한 문제이고 심지어 '주요모순'일 수 있을지라도 그것이 사회구성의 기본적인 모순은 아니라는 시각이 중요하다. 앞서 말했듯이 기본모순을 생산수단의 소유 여부에 연결짓는 것은 고도로 추상적인 개념을 도입하는 일이며, 나아가서 이처럼 소유 문제에 집착하는 것이 소유 그 자체를 중시함인지 아니면 '무소유'의 경지를 지향함인지라는 더욱 근원적인 물음을 떠올릴 수조차 있다. 절박한 현실문제일수록 모름지기 이런 근원적인 물음을 간직한 채 최고도의 추상적 사고에 의한 검증을 거칠 필요가 있는 것이다.

좀더 구체적인 제안으로 필자는 『창비 1987』좌담에서 식민지종속형 자본주의의 2차대전 후 발전유형 가운데 박현채가 말하는 '서방세계 잔류형'의 한 하위범주로서 '부분국가형'을 설정하고 여기에 관철되는 자본주의의 일반법칙을 확인해보자는 주문을 했었다(69~76면 참조). 그런데 지금 생각하면 '전체'에 맞서는 '부분'의 개념을 앞세워 부분 가운데 양쪽이 비슷하게 갈라진 '분단'의 개념을 거기에 종속시킨 것은 지나치게 형식논리에 매인 발상이었다. 물론 홍콩이나 싱가포르 같은 부분국가도 그 나름으로 일반이론에 입각한 사회성격 규명이 필요하겠지만, 한반도의 경우처럼 분단된 두쪽이 각기 다른 진영에 소속된 분단국가는 단순한 부분국가와는 전혀 다른 범주이며, 그것도 '서방세계 잔류형'의 하위범주가 아니라 '사회주의형' '서방세계 잔류형'과 동렬에 놓아 마땅한 제3의 유형이라 보아야 옳다. 즉 분단을 통해 양대 유형에 하나씩(또는 반쪽씩)

이 포함된 '분단국가형'이 되는 것이다. 이러한 분단국가형의 사례는—동·서독이 식민지종속형이 아닌 선진자본주의 국가의 분단이었음을 감안한다면—남북한과 중국·대만의 경우뿐인데, 그나마 대만은 중국대륙과의 상대적 규모로 보아 부분국가형에 근접하는 면이 있다고 할 때 결국 우리만이 유일 사례로 남는다. 그러나 단 하나의 사례밖에 없다고 '예외'로 처리하는 것이야말로 정태적·유형론적 발상이며, 독특한 사례일지라도 그것이 일반이론의 어느 추상 단계에서 가장 적절히 해명되는지를 밝히는 것이 과학적 연구자의 임무이다. 그런데 남북분단은 전세계에 둘도 없는 역사적 난제인 동시에 그 해결은 범인류적으로 막중한 의미를 갖는 대사건이 되리라는 것이 민족문학론의 지론인 것이다.

이러한 분단국가 내지 분단사회의 특이한 성격을 고도의 일반성을 갖는 이론으로 설명하는 일은 여전히 전공학도들에게 맡긴다. 단지 짐작건대 그러한 설명은 한반도의 분단이 구체적으로 어떠한 내적 모순과 외적 모순의 결합으로 이루어졌는가를 밝히는 동시에, 일단 새로운 모순으로 자리 잡은 분단은 남과 북 각기의 상이한 내적 모순과 외적 모순에 의해 어떻게 재생산되며 또 그들 모순을 재생산하는 데 기여하기도 하는지를 보여주어야 할 것이다. 그리고 남북한이 비록 생산양식부터 판이한 별개의 사회구성이지만 어쨌든 분단이라는 모순을 공유하는—물론 분단모순과 결합하는 내적 모순의 성격이 다르므로 공통된 모순일지라도 양측에 동일하게 작용하는 것은 아니라는 단서가 붙는다—특별한 사회이고 이로 인해 양자 모두 다소간에 불구화된 사회들이므로 각기 따로 이론화하기에는 무리가 있음을 인정하는 일이 과학적 설명의 출발점이 아닐까 싶다.

무엇보다도 그것은 현단계 민족운동이 구체적으로 어떤 세력을 주체로 어떻게 실행해나갈지를 제시하는 설명이어야 한다. 가령 기본모순에 대한 원론적 이해만으로 노동계급의 주도성을 강조할 것이 아니라 분단시대 한국 노동계급의 중요로운 정치적 과제가 무엇인지를 올바로 설정하여 그에 따른 범민족적 연합세력의 정확한 배합을 제시해야 한다. 또한 민족문제에 있어서도 남북한 각기의 내적 모순을 무시하고 특히 우리 자신의 생활영역인 이곳 민중의 주체성을 경시하는 단순논리 대신에, 외세문제와 분단국가 상호간의 적대, 화해 또는 결탁 문제를 정밀하게 분별하는 자주통일운동 지침이 나와야 할 것이다. 이렇게 말하는 것이 사회과학도에게는 도대체 무리한 주문으로 들릴 수도 있다. 남한사회에 대한 연구만도 힘겹고 툭하면 잡아간다는데 자료가 태무하고 논의의 자유도 극도로 제한된 북한연구까지 동시에 안 하고는 안 된다는 말인가! 그러나 주어진 과제가 너무 거대해서 사기가 떨어질 형편이라면, 문학에서도 우리 사회 노자 간 대립이 가장 직접적으로 표출되는 현장을 그린 작품들이 본격적 분단극복문학으로서의 모양을 아직 갖추지 못했고 분단현실을 집중적으로 탐구하는 작품은 노동문제를 정면으로 다루지 못하고 있다는 사실에서 다소의 위안을 찾아도 좋을 것이다. 동시에 오늘의 민중·민족문학이 점차 이 조건을 충족시켜가고 있는 것이 결코 문학 분야의 성취만일 리 없다는 추론에서 격려받을 여지도 있을 듯하다.

'주요모순'보다 좀더 낮은 차원에서 우리의 민족운동이 당면한 과제는 여전히 민주화요 군부지배의 청산이다. 그리고 이 점에서 광주의 5월은 변함없는 상징이자 현실의 숙제로 남아 있다. 문학에서도 5월항쟁을 민중의 시각에서 민족문제의 단적인 표출로 형상화하는 작품들이 나오는 것은 바야흐로 이제부터가 아닐까 한다.

'광주'에 관해서는 이미 상당량의 작품이 축적되었다. 수많은 시가 씌어졌고 '누가 그대 큰 이름 지우랴'라는 제목으로 한권의 광주항쟁시선집이 나오기도 했으며(문병란·이영진 편, 인동 1987), 뒤이어 광주항쟁소설집 『일어서는 땅』(인동 1987)과 자료집·기록물로서 『작전명령 — 화려한 휴가』(윤 재걸 엮음, 실천문학사 1988) 등이 출판되고 있다. 이런 글들은 앞으로도 점점 늘어날 것이 확실하다.

이 과정에서 특히 주목할 만한 한가지는 앞의 『작전명령』에 실린 「내가 보낸 '화려한 휴가' — 광주사태 당시 투입됐던 한 공수부대원의 수기」이 다. 진압에 직접 나섰던 체험자의 수기니만큼 그 피비린내 현장의 증언으 로서도 남다른 신빙성과 실감을 지니는 것이지만, 우리가 노동문학의 리 얼리즘적 총체성을 위해 노동자들뿐 아니라 억압자·가해자들의 생생한 모습도 보아야겠다는 것과 꼭 같은 이치로, 이 수기는 광주의 기록에 새 로운 차원을 더해준다. 물론 여기에 그려진 것이 가해자들의 전모와는 아 직 거리가 멀다. 오히려 탄압의 일선에 나선 공수부대원들 역시 어떤 의 미에서는 피해자였음이 실감된다.(가해자가 자기도 피해자 어쩌고 하며 나서는 것은 낯익은 변명술이지만 적어도 수기 필자의 경우는 자기변명 만이 아니다.) 그런데 바로 이런 실감을 하는 것도 가해자의 생생한 모습 을 알고 사태의 진상을 제대로 아는 데 필요한 과정이다. 야수적인 학살 의 첨병들이 같은 인간이요 각기 하나의 개인임을 깨달을 때 광주의 비극 은 오히려 더 생생해질 뿐 아니라, 이 만행의 진짜 가해자들을 밝혀내려 는 성난 싸움도 더욱 가열해질 수 있는 것이다.

흥미롭게도 『일어서는 땅』에 실린 소설 중 정도상(鄭道相)의 「십오방 이야기」에서도 우리는 비슷한 경험을 한다. 광주사태 당시 공수부대원이 었던 김만복이라는 인물을 통해 가해현장이 재현될 뿐 아니라 말단의 가 해자 역시 궁극적인 피해자임이 드러나는 것이다. 만복의 동생 만수는 금 남로의 중국집 배달원이었는데 총을 들고 전일빌딩 경비에 나섰다가 특 수임무를 위해 잠입한 형과 마주친 끝에 형의 소대장에게 사살되었다. 제 대 후 5년여를 타향으로 전전하면서 복수를 꿈꾸던 만복은 소대장인지 그를 닮은 사람인지를 정신없이 살해하고 감옥에 들어왔다. 소설은 대학생 출신 정치범들과 만복이 함께 겪는 감옥생활 이야기로 진행되는데, 같은 방의 정치범 원태는 만복이 공수대원이었다는 말을 듣는 순간부터 적개심을 느끼며, 만복은 만복대로 감옥에서까지 데모를 하고 저희들끼리 광주를 들먹이곤 하는 학생들을 못마땅하게 여긴다. 그러나 만복은 이들의 계속되는 투쟁을 지켜보고 죽은 동생의 기억이 집요하게 되살아나는 가운데 저도 모르는 사이에 정치범들과의 연대감을 형성하게 된다. 그래서 벌방에 갇힌 원태의 똥 묻은 빨래를 자청하게까지 되는 것이다.

5월의 기억에 가해자의 모습이 살아나기 시작했다는 점에서나 분단체제의 진정한 피해자들의 계급적 단결을 암시한다는 점에서나 이 단편은 5월문학의 새로운 수확이라 생각된다. 그리고 '노동문학' '분단문학'의 경우가 그렇듯이 '5월문학'도 원숙해질수록 그 소재가 5월의 현장에 국한될 필요가 없음을 확인해준다. 물론 현장의 참상을 고발하는 데 치중하는 작품도, 역시 『일어서는 땅』에 실린 박호재의 「다시 그 거리에 서면」 같은 것은 여전히 진한 감동을 준다. 그러나 피해양민이나 기껏해야 운동권 학생의 관점에서 분노를 토로하는 일이 주가 될 때, 5월문학도 소시민적 지식인의 번민을 해소하는 수단에 그칠 위험이 있다. 그런 점에서 예의 「십오방 이야기」가 보여준 가능성이라든가, 분노를 토로하는 경우라도 김남주(金南柱)의 시집 『나의 칼 나의 피』(인동 1987)가 체현하는 일관된 민중·민족적 시각은 새삼 돋보이는 바 있다.

돌이켜보건대 광주사태는 일차적으로 80년 봄 당시 국민들의 소박한 민주화 열망('계엄철폐 독재타도')에 대한 정치군부의 무자비한 탄압이요 이를 통한 군사독재의 확립이었다. 여기에 덧붙여 진압과 항쟁의 과정에서 지역감정이 크게 작용한 것이 사실이며, 특히 유혈사태가 주로 전남 일대로 한정됨으로써 호남이 오랜 역사적 피해의 현장이라는 사실과 더불어 지역문제의 성격이 무시 못 할 비중을 차지하게 되었다. 그러나 5월 역시 그 심층적 의미를 따진다면 반민주적·반민족적 분단체제에 대한 다분히 미성숙한 민중항쟁이었던 것이며, 이는 곧 올바른 민중·민족운동의 원칙에 따라 민중이 조직화됨으로써만 5월의 참뜻이 살아날 수 있다는 이야기가 된다.

12월의 선거 패배가 특히 뼈아팠던 이유 가운데 하나는, 선거과정에서 '광주'의 심층적 의미보다 일차적 의미가 주요 쟁점으로 되면서 이른바 지역감정이라는 그 부차적 성격이 더 강화된 면도 없지 않았다는 점이다. 6월항쟁은 광주 5월의 반군사독재·민주화 요구를 충실히 계승하면서 80년 당시보다 훨씬 성숙하고 조직화된 전국적 투쟁을 보여주었다. 그런데도 6·29 이후로는 야당의 두 지도자를 포함한 대다수의 민주화 추진 인사들이, 7·8월 노동자투쟁에의 대응이나 이후 선거 국면의 활용에서 보듯이 광주의 깊은 의미를 멀리하고 그 일차적 의미에 치중했으며, 결과적으로 그 지역문제적 성격이 오히려 강조되면서 선결과제로서의 문민화마저 놓치고 만 것이다. 드디어는 6월의 엄연한 성취조차 모두가 남 좋은 일이었던 듯싶은 허무감이 많은 사람들을 사로잡기에 이르렀다. 그러나 이 또한 부정확한 판단이요 민중·민족적 시각의 부실함이라는 것이 이 글의 주장이었다. 몇몇 문학작품을 선택적으로 다루면서 펼쳐본 이 주장의 옳고 그름은 한편으로 해당 작품들에 대한 실제비평의 설득력 여하에 따라, 다른 한편 전체 민족운동의 현단계에 대한 인식의 정확도에 따라 좌우될 것이다. 그러나 또 한편으로는, 우리가 지금부터 문학에서나 여타 분야에서나 5월의 참뜻을 얼마큼 살려나가느냐에 달린 문제이기도 하다. 이제 5월도 알맹이만 남기고 껍데기는 보내야 할 때인 것이다.

—『창작과비평』 1988년 봄호

한국의 민중문학과 민족문학에 관하여[*]

어제 우리 민족의 자랑스러운 기념일 삼일절을 일본에서의 첫 아침에 맞이하고, 오늘 이 자리에서 기념강연을 할 기회마저 얻게 되니, 저로서는 벅찬 감회를 누르기 어렵습니다. 본론에 들어가기에 앞서, 무엇보다도 그 동안 한국의 민주화운동을 지원해주신 일본의 여러분들께 이 자리를 빌려 뜨거운 감사를 드려야겠습니다. 한국의 민주화운동은 곧 민족운동으로 일컬어지기도 합니다만, 진정한 국제적 연대의 고마움을 모르는 배타적 민족주의는 아닙니다. 특히 이웃나라 일본 민중과의 연대는 앞으로 더욱 요긴해질 터인데, 한국의 민주화를 위한 여러분의 노력은 이제까지 실질적인 도움을 준 것에 못지않게, 미래의 연대를 준비하는 과정으로서도 뜻깊은 것이라 믿습니다.

모국의 민주화와 통일을 위한 재일동포 여러분의 노고에도 이 자리를

---

* 〔1988년 3월 2일 일본 토오꾜오 총평회관(總評會館)에서 행한 삼일절 기념강연. '일본을 다녀와서'라는 경과보고와 함께 '한국의 민족문학과 한일 민중의 연대'라는 큰 제목 아래 『창작과비평』 1988년 여름호에 게재된 바 있음.〕

빌려 깊은 경의를 표하고자 합니다. 자기 민족의 일을 염려하는 것이야 당연하다고 할 수도 있겠지요. 그러나 '재일'이라는 삶의 조건 자체가 많은 경우에 한국 민중수난사의 일환으로 발생하였고 모국의 분단·독재 체제에 의해 그 괴로움이 가중되고 있다는 사실에 대해, 우리 정부는 물론 한국의 이른바 민주화진영에서도 (저 자신을 포함하여) 이제까지 너무나 인식이 부족했다고 하겠습니다.

어쨌든 국내외의 수많은 사람들의 정성이 쌓여 한국 민중은 작년 6월 감격적인 승리를 쟁취했습니다. 그런데 6월항쟁의 가장 눈에 띄는 전과의 하나인 대통령직선제가 어이없는 결과를 낳는 바람에, 우리 국민들도 허탈했거니와 일본의 여러 벗들도 크게 실망하셨을 것입니다. 저 자신도 그때는 도대체 얼굴을 들고 외국에 나갈 심경이 아니었고 지금도 편한 마음은 아닙니다. 그러나 냉정히 생각하면, 6월이 단지 부분적인 승리임을 모르는 자기도취가 그때 있었던 것처럼, 요즘에는 12월의 패배로 6월의 성취와 지난 수십년의 노력이 전부 물거품이 된 것으로 착각하는 잘못도 있다고 봅니다. 한국의 새로 출범한 정부가 지금 민주화 시대를 제창하고 있는 것이 무슨 본질의 변화를 뜻하는 것은 아닙니다만, 표면상의 부분적 조치들이라도 저는 그것이 6월항쟁의 엄연한 전과이며 민중민족운동의 새로운 공간을 열어주고 있는 것이라고 보고자 합니다. 다만 우리의 운동 자체가 기초부터 다시 시작하는 자세로 전열을 가다듬어야 할 것이며, 실제로 지금 한국에서는 그러한 노력이 국내외 언론의 떠들썩한 보도와는 상관없이, 곳곳에서 진행되고 있음을 여러분께 말씀드릴 수 있습니다.

이런 중대한 고비에 저에게 일본 방문의 기회가 주어진 것을 저는 더없이 감사하게 생각합니다. 고은 시인과의 동행 계획이 어긋난 데서도 짐작하시듯이 저 자신이 이 자리에 서기까지에는 몇가지 곡절이 없지 않았고, 외국에 떳떳이 나다닐 형편이 못 된다는 생각이 거듭 들기도 했습니다.

그러나 지금은 저 자신을 포함한 한국의 지식인들이 민주화와 통일의 문제를 좀더 착실하게 감당할 수 있게끔 또 한번의 자기쇄신을 감행할 때이고, 한일 민중 간의 연대도 좀더 정확한 상호이해를 바탕으로 한 차원 높아져야 할 때라고 믿습니다. 그러므로 오랫동안 글이나 전해듣는 말로만 알던 이곳의 여러 선학·동지들을 직접 만나는 개인적인 행복을 떠나서라도, 저는 이번 방문을 통해 무엇보다도 일본에 대한 저의 무지를 덜면서 우리 자신의 문제를 좀더 객관적으로 바라보는 기회를 얻어야겠다고 생각했고, 아울러 이러한 저의 수학여행이 새로운 차원의 한일연대를 마련하는 데 일조가 되었으면 하는 마음으로 이곳에 왔습니다. 그리고 어쨌든 제가 오늘 이 자리에 설 수 있다는 사실 자체가 우리나라 민중의 힘이 그만큼 강해진 증거라는 긍지를 갖고 온 것입니다.

이런 자부심에 비해 제가 말씀드릴 내용이 너무 빈약할 것이 걱정됩니다. 그러나 오늘의 한국에 있어서 민중문학 및 민족문학의 문제에 대해 제가 생각하는 바 몇가지를 말씀드리기로 하겠습니다.

여기서 한국문학의 현황을 구체적으로 소개하기로 한다면, 사전지식이 없으신 분에게는 너무 지루할 것이고 한국문학을 잘 아시는 분들께는 너무 개략적인 이야기밖에 안 될 것입니다. 그래서 저는 주로, 제목에 나온 '민중문학'이라는 낱말과 '민족문학'이라는 낱말이 오늘의 한국문학에서 거의 동의어로 쓰이고 있는 사정을 설명하면서, 구체적인 사례에 대한 약간의 언급만을 곁들일까 합니다. 그리고 나서 마지막으로 한일연대의 장래에 대한 저 나름의 포부를 말해보겠습니다.

'민중'과 '민족'이 엄연히 별개의 개념이듯이 '민중문학'과 '민족문학'도 결코 정확한 동의어일 수는 없습니다. 그러나 어느 민족이든 그 대다수 성원은 민중이며, 특정 시기 특정 민족의 민중에게는 민족문제가 남달리 절실한 경우가 있습니다. 바로 여기서 일정한 역사적 상황에서 민중문학과 민족문학의 개념이 실질적으로 거의 합치할 가능성이 생깁니다. 즉 우리가 이야기하는 민족문학이란, 실제로 생활하는 대다수 민족성원 곧 민중을 떠나 '민족'이라는 어떤 실체가 따로 있는 것처럼 생각하는 관념적 민족주의를 부정하는 동시에, 일본의 식민지통치에 이어 국토의 분단과 외세의 압력에 시달리고 있는 한국의 민중에게는 민족자주와 통일의 문제가 무엇보다도 절실한 바로 민중 자신의 문제라는 입장인 것입니다. 이런 절박한 현실을 '문학의 보편성' 운운하며 외면하는 일이야말로 문학의 정도에서 벗어난 태도임을 강조하기 위해, 단순히 '한국의 문학'이 아닌 '민족문학'을 고집하는 것입니다. 아울러 분단 상황에서는 남북 어느 한쪽에서도 '한민족 전체의 문학'을 지향하지 않는 한쪽만의 '국민문학'이 성립할 수 없다는 뜻도 여기에 함축되어 있습니다.

그런데 이러한 민족문학 개념에 대해서는 한국 내에서도 논란이 없지 않습니다. 첫째는 '민족문학'이라는 용어를 스스로도 사용하면서 거기에 민중문학적 내용을 담는 것을 부당하다고 ─ 또는 '불온'하다고 ─ 보는 입장입니다. 이는 일본에도 낯설지 않은 관념적 민족주의 내지 복고적 민족주의자의 문학관인데, 한국의 상황에서는 그것이 너무나 쉽사리 외세에 순응하며 매판적 정권의 관변문화로 둔갑하는 것이 과거 일본이나 독일의 국수주의와 다른 점입니다. 둘째로는 앞서 말씀드린 '보편성'을 내세운 비판입니다. 개중에는 처음부터 정치적·사회적 문제를 외면하려는 탐미주의적 입장도 있습니다만, 그보다는 문학이 정치적 관심을 갖더라도 '민족'을 굳이 내세우는 것은 편협한 일이며 '민족문학'을 고집함으로써 작품의 예술적 가치를 제약할 우려가 있다고 하는, 한결 '원만한' 견해가 더 많은 편입니다. 예술적으로 열등한 문학을 '민족문학'의 이름으로 변호하는 것이 온당치 않다는 데는 저도 물론 동의합니다. 그러나 편협해질 위험을 피하기 위해 민족적 위기의 절박성을 과소평가하는 태도야말로 이 시대 문학에서는 그 예술성을 제약하고 심지어 허구화한다는 것이 민족문학론의 관점입니다. 어려운 것은 우리의 특수한 현실에 투철하면서도 편협하지 않고 저열하지 않은 작품을 생산하는 일이지, 이런 어려움 자체를 회피하는 원만주의는 매판적 지배문화의 또다른 변형에 불과한 것입니다.

이들 두가지 비판과는 달리 근년에 와서는 기존의 민족문학론에 대한 또 하나의 비판이 제기되고 있습니다. 즉 민중문학의 대의에는 적극 찬동하면서 이를 굳이 '민족문학'의 이름으로 추구할 필요를 느끼지 않거나, 민족문학이라는 용어 자체는 계속 쓰더라도 가령 저 같은 사람의 민족문학론은 충분히 민중적이지 못하다고 보는 입장입니다. 그리하여 종래의 민족문학이 분단문제에 초점을 둔 것도 기층민중의 관점과는 거리를 둔 소시민적 민족주의의 표현이며, 문학작품의 '예술성'에 대한 강조도 무엇이 '예술적'인가에 대한 기성 문단의 고정관념에 너무 얽매여 있다는 것입니다. 말하자면 저 자신이 '민족문학'의 이름으로 지배적인 문화의 이런저런 흐름에 대해 던지던 비판이 이제 젊은 세대로부터 고스란히 저에게 돌려지고 있는 셈입니다. 저는 이것이 크게 보아 민족문학 진영 내부의 상호비판이라고 보며 이런 토론이 벌어지게 된 것을 하나의 발전으로 환영하는 터입니다. 그리고 저 개인으로서 반성하고 시정할 점을 많이 배우고 있다고 생각합니다. 그러나 민족의 문제, 특히 민족통일의 문제를 핵심적 관심사로 삼는 것 자체가 비과학적 민중인식의 징표라거나, 문학의 예술성에 대한 문학인의 집념이 반드시 소시민적인 태도인 듯이 말하는 도식화된 논리는 결코 수긍하지 않습니다. 물론 이런 논리를 극단적인 형태로 제시하는 경우는 많지 않지요. 그러나 이런 식의 사고방식은 오늘날 한국의 젊은 세대 사이에 알게 모르게 상당히 퍼져 있는 것이 사실입니다. 더구나 이 문제는 한국에서 민중문학운동이 '민족문학'의 이름으로 진행되는 현상에 대한 일본의 일부 지식인들의 의혹과도 무관한 것이 아닐 터이므로, 여기서 좀더 자세히 살펴보기로 하겠습니다.

먼저 1970년대 이래 한국에서 민중적 민족문학의 개념이 어떤 역사적·문학적 정황에서 형성되고 발전되어왔는지를 훑어본 다음, 우리의 민족문학적 과제가 어떤 보편성을 내세울 수 있을지를 생각해보겠습니다.

한국에서 8·15 직후에 잠시 활발했던 '민족문학' 논의가 새로이 (그러나 앞서의 논의와 직접적인 관련이 없이) 본격화된 것은 1972~73년경의 일입니다. 저 자신은 1974년에 들어서야 「민족문학 개념의 정립을 위해」 등의 글을 쓰면서 이 논의에 가담했습니다. 다시 말해 민족문학 논의가 본격화된 것은 한국문학에서 민중적 내지 민중지향적 문학의 성과가 일정하게 축적된 뒤인 것입니다. 1960년대에 이미 시인 김수영·신동엽 들의 작업이 있었고 원로 소설가 김정한(金廷漢) 선생이 오랜 침묵 끝에 활동을 재개했으며 70년대 벽두에는 김지하의 「오적」과 이듬해 황석영의 「객지」 등 기념비적 성과가 이루어졌습니다. 신경림·천승세(千勝世)·이문구(李文求)·조태일(趙泰一) 등의 작업은 이 무렵에 이미 상당히 진행되어 있었지요. 평단에서도 저 자신을 포함한 몇몇 논자들이 비록 소박한 형태로나마 민중문학을 민족문학론에 앞서 주장하고 있었고, 1966년에 창간된 『창작과비평』지도 여기에 한몫을 하고 있었던 것입니다.

이처럼 민중문학의 기운이 점차 무르익어가는 가운데 1972년 7월 4일 조국의 자주평화통일 원칙을 천명한 7·4남북공동성명이 발표됨으로써 국민들의 통일에 대한 관심이 한껏 드높아졌고 일반 국민들의 통일 논의가 다소 수월해졌습니다. 이 대목에서, 한국 민중의 문제는 한반도 분단의 문제를 떠나 제대로 이해될 수도 없고 해결될 수도 없음을 강조하며 종전

민중문학론의 심화 및 구체화를 시도한 것이 70년대의 민족문학론이었던 것입니다. 그리고 이러한 민족문학론의 지속적인 전개가 가능했던 것은, 1972년 10월의 유신체제 선포에도 굴하지 않은 한국 민중의 성장과 이에 상응하는 문학 쪽에서의 작품적 성과가 있었기 때문입니다. 이 시기에 국제적으로 가장 주목을 끈 것은 김지하 시인의 작품과 옥중투쟁이고 국내에서도 그 영향은 막대했습니다만, 중요한 것은 그것이 한 영웅적 개인의 외로운 싸움이 아니라, 여러가지 한계에도 불구하고 '민중운동'의 이름에 값하는 폭넓은 움직임의 일부였다는 점입니다. 똑같은 움직임의 다른 한 쪽에서는 무명 노동자·농민들이 글을 통해 발언하기 시작했는가 하면, 또 다른 일각에서는 민중문학과 아무 연이 없어 보이던 고은 시인 같은 이가 민주화운동에 뛰어들고 오늘날 우리가 아는 『백두산』과 『만인보』의 저자로까지 눈부신 발전을 보여주게 되는 것입니다.

1980년 5월 광주를 겪고 난 뒤에는 70년대의 성과에 대한 시각조정이 필요해지는 것이 사실입니다. 70년대에 우리가 자랑하던 민족문학의 성과가 곧바로 민중의 승리로 이어질 만큼은 못 되었음이 분명해졌고, 광주 직후의 침묵과 적막 속에서는 그 모든 것이 이미 과거지사로 되어버린 느낌이 많은 사람들을 사로잡기도 했습니다. 그런가 하면 처음 한두해가 지나면서 군사정권의 철권정치 아래서도 다시 민중운동이 고개를 들고 오히려 더욱 그 터를 넓혀나가는 가운데서는, 이때 새로이 대두한 온갖 소집단운동이나 민중 자신의 자기표현들이야말로 민중문학·민중문화의 진정한 성과요 70년대 이래 기성 문인들의 활동은 이미 낡은 것이라는 생각도 상당한 호소력을 지니는 것이었습니다.

그러나 다시 몇해가 더 흘러 이제 80년대를 거의 마감해가는 시점에서 보면, 그러한 평가가 지닌 진실 또한 다소 일방적으로 받아들여졌다는 점을 지적하지 않을 수 없습니다. 80년대 한국의 민중문학은 70년대에 비해 그 독자층과 집필자의 폭이 훨씬 넓어졌고, 특히 노동문제에 대한 직접적인 관심, 노동자 출신 작가들의 진출을 통해 한국사회의 내적 모순에 대한 새로운 인식에 도달한 것이 사실입니다. 그러나 많은 기성 문인들이 낡아버리는 가운데서 꾸준한 정진을 계속해온 몇몇 탁월한 시인·소설가들의 업적을 외면해서도 안 되거니와, 계급적 모순의 문제를 정면으로 다룬 그 어떤 작품도 아직껏 분단현실의 총체적 모습을 보여주고 있지 못하다는 점에서 그것이 70년대에 비해 차원적인 비약을 이룩한 민중문학 또는 민족문학이라고 볼 수는 없다는 것이 저의 지론입니다. 그리고 단순히 감상적인 차원의 분단극복론보다는 한국사회 내부의 구조적 모순을 냉철하게 보는 것이 분명히 한걸음 진전이지만, 그 과정에서 우리의 온갖 내부문제들을 포괄적으로 규정하는 분단체제에 대한 인식이 엷어진다면 이는 민중현실의 과학적 이해에도 아직 미달한 결과라고 저는 생각합니다. 70년대 민족문학에 대한 비판과 자기비판을 통해 획득된 좀더 과학적이고 민중적인 인식은 이제 분단극복의 의지와 새롭게 결합함으로써 민중적 민족문학의 질적 비약을 이룩할 때인 것입니다.

민족문학의 이러한 과제에 대해 일본의 양심적 인사들은 대체로 공감과 지원을 보내고 있는 것으로 압니다. 그중에서도 제3세계와의 연대 문제에 깊은 관심을 가진 분들은 민중적 민족문학의 이념 자체에 대해서도 남다른 이해가 있으시리라 믿습니다. 하지만 심지어 이런 분들 중에도 한국문학에서 '민족문학'을 표방하는 데 대해 다소의 거리감을 느끼는 경우는 충분히 있으리라 짐작됩니다. 더구나 한반도의 통일 문제에 이르면, 그것이 한민족에게 절실한 문제임은 분명하지만 정확히 어떤 세계사적 의의를 지니는 문제인가에 대해서는 한국인들 자신으로서도 분명한 합의가 없는 상태입니다.

일본은 지리적·인종적으로 결코 구미 열강의 일원일 수 없으나 선진자본주의국의 하나임은 분명하므로, 제3세계의 민족주의가 그대로 자기 것이 될 수 없음은 물론입니다. 하지만 그러한 객관적 사실에 근거한 만큼의 거리감만이 아니고 자국민들 간에 엄연히 살아 있는 민족감정·민족의식을 외면하거나 이를 보수진영의 전유물로 넘겨주는 사상적 편향성이 여기에 작용하는 것이 아닐까라는 생각을 저는 더러 해보았고, 연전에 일본에서 나온 『민족문화운동의 상황과 논리』(御茶の水書房 1985)라는 졸저의 머리말에서 그런 뜻을 비치기도 했습니다. 물론 일본의 사정에 대해 전혀 모르는 제가 여러분들이 일본의 민족적 감정 문제를 어떻게 처리할지에 대해 이러쿵저러쿵한다는 것은 주제넘은 일입니다. 다만 저는 일본 내부에도 그 나름의 민중적 민족주의의 과제가 없는 것은 아님이 인정될 때 한일 양국 지식인 및 민중 간의 연대의식은 훨씬 자연스럽고 돈독해지지 않을까 기대해보는 것입니다. 동시에 남북통일이라는 한민족 특유의 과제를 해명하고 완수하는 데도 더욱 효과적인 도움을 얻을 수 있지 않을까 합니다.

그러나 이야기를 다시 우리 자신의 문제로 돌려, 한반도의 통일이 어떤 세계사적 의의를 지니는 사건일지에 관해 한두가지 토막진 생각을 덧붙이는 것으로 끝맺고자 합니다. 우리는 흔히 한반도의 통일은 아시아의 평화는 물론 세계의 평화에도 크게 기여할 것이라고 말합니다. 이는 상식적으로 생각해도 너무나 당연한 일입니다. 한반도에서 전쟁의 위협이 사라지고 핵무기를 포함한 온갖 과도한 무장 상태가 불필요해질 때 인류평화의 전망은 그만큼 밝아질 것이 분명합니다. 그러나 이런 식의 바람직한 상태를 꿈꾸기로 치면 한반도 통일 말고도 얼마든지 있으며, 반면에 어차피 바라는 대로 다 이루어지지 않는 세상이니 한반도에서의 전쟁 없는 분단의 고착화도 그 나름으로 세계평화에 기여하는 셈이라는 논리도 가능합니다. 실제로 이것이 한국·일본·미국 중 어느 나라를 보건 현재 지배적인 논리이기도 합니다. 그러므로 우리는 한반도의 통일이라는 그 바람직한 상태를 가져올 수 있는 현실적 동력이 한반도의 남북 각각에, 그리고 한반도 바깥의 세계에 어떤 형태로 주어져 있으며 통일을 추구해가는 과정 자체가 인류 전체의 문제를 푸는 일에 얼마나 밀접히 연관되어 있는지를 밝힘으로써만, 한반도 통일운동의 현실성과 세계사적 보편성을 주장할 수 있을 것입니다.

앞서 저는 민족문학의 당면과제가 80년대 들어 훨씬 투철해진 민중현실에 대한 과학적 인식을 분단극복의 의지와 새롭게 결합하는 일이라고 말했습니다. 이는 한국사회에 분단과 무관한 내부적 모순이 없다는 입장인 동시에, 내부적 모순의 극복과 무관한 분단극복도 없다는 입장입니다. 자칫하면 이것은 통일이 안 되는 한 민주주의가 안 되고 민주주의가 안 되기 때문에 통일이 될 수 없다는 절망적인 순환논리를 낳습니다. 그러나 역사의 획기적인 전진은 모두 일견 도저히 벗어날 수 없을 듯한 악순환의 고리를 깨뜨리는 데서 이룩된다고 봅니다. 다만 그러한 작업은, 주어진 악순환의 성격을 정확히 파악하는 작업을 반드시 수반해야겠지요. 우리의 통일운동이 아직도 뚜렷한 이념과 노선을 정립하고 있지 못한 것은 무엇보다도, 두개의 분단된 사회이면서 동시에 하나의 민족사회인 한반도 전체의 현실을 구체적으로 파악하지 못하고 있기 때문이라고 봅니다. 또 그러기에 너무도 불리한 여건이기도 합니다. 저 자신의 경우 가령 북한사회에 대한 무지는 부끄럽고 답답할 따름입니다. 그러나 남쪽의 온갖 내부문제들이 분단과 직결되고 분단체제의 재생산에 기여하고 있듯이, 북쪽은 북쪽대로 분단으로 인한 피해와 더불어 분단에 근거한 체제 재생산의 메커니즘이 있으리라고 저는 믿습니다. 그런 의미에서 분단체제는 한반도 전체를 망라하는 체제입니다. 그러나 생산양식 자체가 다른 두개의 사회를 막연히 '하나의 분단체제'로 규정하고 끝내는 것은, 맹목적으로 '하나의 민족'을 부르짖는 것만큼이나 비과학적입니다. 따라서 우리는 분단이라는 중대한 모순을 공유하면서도 그 공동의 모순이 각자에게 지니는 의미나 내부적으로 작용하는 방식이 상이한 두개의 사회를 '두개인 동시에 하나로' 보지 않고서는 그 어느 한쪽도 제대로 못 보는 어려운 처지에 놓입니다. 반면에 일단 그렇게 보기 시작하면 한쪽만 보아서는 도저히 풀릴 수 없을 듯하던 문제들이 뜻밖에 잘 풀릴 수도 있지 않을까 합니다. 여기에 시인의 상상력이 민족운동의 과학화에 직접적으로 기여할 소지도 있을 것입니다.

그렇다고 하더라도 이러한 한반도의 현실은 너무나 독특하여 보편성을 주장하기 힘든 것이 아닌가라는 의문도 가능합니다. 하지만 그 '독특성'이 실은 현대사의 보편적인 과제를 가장 잘 집약한 결과일 수도 있습니다. 이를테면 오늘날의 자본주의 세계가 사회주의의 도전 앞에서 자체 모순의 심화를 경험하면서 동시에 진영 간의 대립을 내부 모순의 완화에 이용하기도 하는 현상이라거나, 사회주의는 사회주의대로 애당초 낙후된 지역에서 출발함으로써 발생한 온갖 어려움이 자본주의 세계와의 대치를 통해 더러는 가중되고 더러는 억제되는 현상이, 분단된 한반도에서 가장 전형적으로 예시된다고도 볼 수 있습니다. 그런 의미에서는 동·서독의 좀더 '정상적인' 관계에 비해 남북한의 극단적 대립이 더욱 높은 전형성을 지닌다고 하겠습니다. 사실 독일의 경우는 분단으로 식민지·종속 상태가 연장된 것도 아니고, 통일의 역사가 짧은 파쇼국가의 붕괴를 수반하는 분단이었기 때문에, 한반도와는 달리 평화적 분단고착의 가능성이 상당히 크게 마련입니다. 그런데 한반도에서는 바로 그런 어중간한 평화가 자리 잡을 수 없다는 이유 때문에, 세계사 전체의 본질적인 문제해결에 훨씬 더 큰 영향을 주는 방식으로의 해결, 즉 자주적이고 평화적인 통일에의 현실적 요구가 그만큼 커지는 것입니다.

독일의 경우가 어중간한 평화라고 했습니다만, 동·서독 간의 긴장완화가 양대 진영의 평화공존에 기여하는 바는 무시할 수 없겠습니다. 그렇다면 독일식의 어중간한 평화도 아니고 그렇다고 베트남식의 무력통일도 아닌 한반도의 통일이 인류평화와 세계사의 발전에 기여할 바는 훨씬 클 것입니다. 일본만 하더라도 단순히 이웃나라에 전쟁의 위험이 사라졌다는 이득을 얻는 정도가 아닐 것이 분명합니다. 그때가 되면 일본 국민들은 중국 같은 큰 나라뿐 아니라 한반도만 한 나라도 이웃으로 가진 것을 진심으로 자랑스럽게 생각할 것이며, 어쩌면 그때야 비로소 일본이 서양을 뒤좇아가면서 아시아의 이웃은 지배나 착취의 대상으로 여기는 자세가 최종적으로 청산될는지도 모릅니다. 그리고 서구화의 오랜 실험과 그 나름으로 혁혁한 성공 끝에 마침내 다시 아시아로 돌아온 일본을 통일된 한반도와 더불어 망라하는 동아시아는, 새로운 인류문화의 중심지가 되기에도 모자람이 없을 것입니다. 이것이 한국의 한 민족문학론자가 일본에 대해, 그리고 한일연대의 장래에 대해 품어보는 꿈의 일단이기도 합니다.

—『창작과비평』 1988년 여름호

통일운동과 문학

1. 머리말

지난해(1988년) 12월 13일 민족문학작가회의 주최로 '통일과 문학'이라는 제목의 심포지엄이 있었다. 필자가 발제를 맡았고 약정토론자 두 사람과의 열띤 논의가 뒤따랐다. 장장 세 시간이 걸린 이 발제와 토론의 기록은 앞으로 작가회의에서 엮어낼 무크지 『민족문학운동』 창간호에 전문 게재될 예정이라고 한다. 그런데 본고 역시 그날의 발제를 바탕으로 한 것이니만큼 한두마디 해명을 앞세울 필요가 있겠다.

첫째, 본고가 발제의 골격을 대체로 따르기로 한 이상 실제 내용에도 더러 중복되는 바 있음은 불가피한 일이다. 그러나 '발제'는 공동토론을 위한 하나의 출발점을 제공하는 정도지 발제자가 할 말을 충분히 정리해서 내놓는 자리랄 수는 없다. 특히 구체적인 작품론이라든가 어떤 이론적 쟁점의 깊이 있는 분석은 토론과정에서 따로 기회가 나기를 바라는 수밖에 없었다.

실제로 그날의 진행도 훨씬 더 많은 시간이 토론에 할애되었다. 그러나 토론은 상대가 있는 만큼 발제자가 나중에 하려고 아껴두었던 이야기를 할 기회가 반드시 돌아오는 것은 아니다. 특히 그날의 토론은 주최측의 원래 의도대로 논쟁적인 열기를 띤 것은 좋았으나, 너무 원론적이고 관념적인 쟁점에 매달려 제대로 된 문학 논의로서는 미흡한 바가 많았다. 그러므로 발제의 원뜻을 살리기 위해서도 구체적인 작품 논의를 통한 밑받침이 필요한 실정이며, 필자 자신 좀더 많은 작품을 읽은 뒤에 이런 글을 따로 쓰기로 처음부터 마음먹고 있었던 것이다. 본고와 앞으로 간행될 심포지엄 기록이 중복되기보다 상호보완하는 자료가 되리라는 믿음에서 이 글을 쓴다.

심포지엄의 정해진 주제는 '통일과 문학'이지만 발제 당시부터 제목을 '통일운동과 문학'으로 바꾸었다. '운동'이란 말이 너무 쉽게 쓰이는 시류도 반성할 바 없지 않지만, 통일에 한해서는 그것이 남북한 민중의 지속적인 운동에 의해서만 성취될 수 있다는 당연한 사실을 한번 더 떠올리는 것이 중요하다고 보았기 때문이다. 즉 '민주화' 또는 '자주화'와 마찬가지로 '통일' 역시 온갖 우여곡절을 포함하는 하나의 역사적 과정이지, 통일이 되느냐 안 되느냐 양단간에 하나로만 단순화해서 생각할 일이 아니라는 것이다. 통일 자체가 어떤 내용을 갖고 얼마나 최종적인 또는 과도적인 형태로 이루어질지 미리 설정할 수 없는 일이거니와, 거기까지 못 간 상태에서도 분단체제가 허물어져가는 과정과 그것이 더욱 굳어지는 과정을 구별해야 한다. 그리고 이 모든 것이 우리의 주체적 실천에 달린 문제인 것이다. 민주화나 자주화와 달리 통일을 강조하는 일은 통일이 되기 전까지는 아무것도 못 할 듯한 패배의식을 낳기 쉽다고 염려하는 이들도 없지 않은데, 이런 염려는 통일문제를 구체적인 운동의 과제로 실감하지 못한 데서 나오는 것이라 본다.

동시에 '운동'이라는 말을 붙이면 그 과제에 대한 과학적 인식을 요구한다는 뜻이 당연히 포함된다. 어떤 사람들은 '분단'이나 '통일'이라는 개념이 사회과학의 원론에 없는 것들이므로 통일운동·분단극복운동을 중심과제로 설정하는 것 자체가 비과학적인 발상이라고 단정하기도 한다. 실제로 이제까지의 대다수 통일 논의가, 애당초 국민을 속이기 위한 술책이었던 것들은 제쳐두고라도, 곧잘 과학성과 계급적 내용을 결하고 있었던 것이 사실이다. 바로 이런 결함을 채워보려는 뜻에서 필자는 통일운동의 극복대상인 분단체제를 '모순'의 차원에서 파악할 필요성을 강조해왔고 또 그러한 모순론적 이해를 시도하기도 하였다.[1] 그러나 필자의 시도가 워낙 미약한 탓도 있겠지만, 이미 명백히 제시된 쟁점에 대해서도 찬반 간에 논리적으로 대응하는 일은 이제껏 극히 드물었던 것 같다. 예컨대 분단체제의 모순론적 파악이라고 하면 '남북한의 체제모순'이 아닌 '남북한 민중과 분단체제 간의 모순'에 대한 과학적인 인식을 목표로 삼는다는 것쯤은 필자의 거듭된 해명이 없어도 인정될 법한데, 분단모순론은 발상 자체가 비과학적이고 소시민적인 것이라는 주장의 되풀이에 안

---

1 졸고 「오늘의 민족문학과 민족운동」, 『창작과비평』 1988년 봄호 233~38면; 〈본서 95~102면〉 및 좌담 「민족통일운동과 민주화운동」, 『창작과비평』 1988년 가을호 45~49면; 〈『백낙청 회화록 2』, 창비 2007, 359~64면〉 참조. 이에 앞서 필자는 87년 10월 대구에서 열린 지방사회연구회 심포지엄 발제 「민족문학론과 분단문제」를 통해 '주요모순으로서의 민족모순'이라는 기존의 가설에 대한 의문제기의 형태로 분단문제의 좀더 과학적인 논의를 촉구한 바 있다. 뒤따른 여러가지 반론에 대해서는 올해 나올 지사연 무크지 2집에 앞의 발제문과 함께 나갈 '덧글'에서 다소나마 언급하게 될 것이다. '분단모순'의 개념은 작가회의 심포지엄에서도 장시간 논란거리가 되었다. 관심 있는 독자는 앞으로 나올 두 심포지엄의 관련 문건을 참조해주시기 바란다. 〔두 문건 모두 예정대로 출간되지 못했다. 그중 「민족문학론과 분단문제」는 본서 제1부 끝에 실었고, 작가회의 토론기록은 여전히 미간이다.〕

주하는 논자들이 놀라우리만큼 많다. 생각건대 이는 아직껏 우리의 사회과학 연구나 운동론이 우리가 사는 분단시대·분단사회의 구체적 현실에 육박하지 못한 까닭이 아닐까 한다.

어쨌든 앞에 말한 필자 나름의 취지에 따라 주어진 제목에서 '통일'을 '통일운동'으로 바꾸었는데, 다른 한편 '문학'에는 '민족문학'이라거나 '문학운동'식으로 앞뒷말을 달지 않고 그대로 두기로 했다. 이 시점에서는 그냥 '문학'이라고 한번 해보는 것도 뜻있는 일이라 생각되었던 까닭이다. 과학적 인식이 제대로 운동에 복무하기 위해서라도 과학의 근거와 한계에 대한 물음이 끊임없이 따를 필요가 있는데, 이는 과학 스스로가 못 하는 작업이며 창조적인 문학의 부단한 일깨움이 없이는 인간해방에 실답게 이바지하는 과학 — 단순히 도구적인 학문이 아니라 실천적 철학과 합일하는 과학 — 은 불가능한 것이다. 이것도 따지고 들자면 이야기가 길어진다. 그리고 이에 대해서 역시 그간 필자 나름으로 제기해온 단편적인 논점들이 응분의 검토를 받았다고는 생각되지 않는다. 하지만 본고에서는 그에 대한 이론적인 논의를 펼치기보다, '문학' 자체의 됨됨이에 대한 부단한 성찰이 과학이나 운동의 건강성을 지키는 데도 필요함을 다시 한번 상기시키는 선에 그치면서, 비록 선별적일 수밖에 없지만 실제 작품들에 대한 언급에 치중하고자 한다.

그러나 문학작품의 성과에 대한 논의가 작품의 예술적 질에 대한 논자 나름의 최대한 엄정한 판단을 포함한다는 필자의 지론에 대해서만은 한두마디 해명을 덧붙일 필요가 있겠다. 문단의 한쪽에서는 민족문학론자들이 정치적·역사적 판단으로써 문학적 판단을 대신한다는 공격이 아직도 들려오는 실정인데, 민족문학 진영 일각에서는 '작품의 예술적 질'에 대한 필자 나름의 고집을 불철저한 민중적 자세의 증거로 간주하는 경향도 없지 않다. 고집하는 질적 기준이 실제로 낡고 그릇된 것이라면 이는 마땅히 배격해야 한다. 그러나 작품의 질이라는 것이 마치 그 작품의 정치적·역사적 의미와 별개로 존재하며 그것만을 강조한다거나 따로 논의하는 것이 가능하다는 식의 발상은, 문학뿐 아니라 정치나 역사에 대해서도 극히 단선적인 사고에 머문 것이라 하겠다. 새삼 설명하기도 쑥스럽지만, 민족문학론에서 작품의 질을 강조하는 것은 심미주의자가 '미적 가치' 운운하는 것과는 판다르다. 비유컨대 후자는 어떤 음식이 먹는 이의 생명과 건강에 무슨 영향을 미칠지는 내버려두고 그 맛만을 따지는 미식가의 태도와 같다. 이것이 음식물 또는 식생활의 '질'을 올바로 이해하는 태도가 아님은 분명하다. 하지만 음식의 맛이 정신적·육체적 건강과 무관하지는 않으며 음식물의 질을 논할 때 그 맛을 빼놓는 것도 온당한 태도는 아니다. 문제가 더욱 복잡해지는 것은, 본인에게 맛있는 음식이 몸에 이로운지 해로운지는 일률적으로 정할 수 없다는 점이다. 그러므로 음식물의 질을 제대로 말한다는 것은 식생활 전반, 아니 생활 전반을 종합적으로 파악하는 능력을 요구하며, 이는 음식의 '맛'과 그것의 일반화된 '영양가'를 각기 절대화하는 사고방식을 극복함으로써 가능해진다 하겠다.

이것은 어디까지나 하나의 비유일 뿐이지만, 작품의 질에 대한 관심이 문학과 예술의 건강에 필수적임은 물론이고, 무릇 식생활에서부터 정치나 역사에 이르는 삶의 온갖 사항에 대한 정당한 인식은 필연적으로 그러한 질적 판단을 포함하는 것이다. 이것이야말로 변증법적 사고의 요체라 해도 과언이 아니다. 어떤 사물을 보든 그것을 나타난 사실로서만 보지 않고 그것이 무엇을 향한 어떤 성질의 자기운동을 내포한 사물인가를 평가함으로써 그 운동에 개입하기도 하는 것이 변증법적 사고가 아니겠는가.

2. 6월항쟁 이후 한국문학의 진전

1

6월항쟁 이후로 한국문학은 새로운 단계에 들어서고 있다는 것이 필자의 생각이다. 이는 작년 이맘때 『창작과비평』 복간호에 쓴 「오늘의 민족문학과 민족운동」에서 처음 내놓은 주장인데, 무엇보다도 문학적·운동적 성과를 기준으로 삼은 단계구분이었다. 큰 눈으로 보아 80년 광주의 5월항쟁이 한 시대의 획을 이미 그은 대사건임을 몰라서가 아니라, 그 역사적 의의가 전국적인 범위로 일차적인 열매나마 맺은 것이 87년의 6월항쟁이었고 문학의 영역에서는 항쟁 이후에야 본격적인 결실이 나타나고 있다는 판단이었던 것이다. 그러므로 이에 앞서 85년 가을의 시점에서 우리 문학이 새로운 단계의 문턱까지는 왔으나 새 단계로 진입하지는 못했다고 했던 입장(졸고 「민중·민족문학의 새 단계」 참조)은 그대로 견지했고, 기준을 '주체적 대응의 성과'에 둔다는 점이 전제되는 한 —— 그리고 '단계'의 변화란 단순한 '국면'의 바뀜보다 약간은 더 큰 규모의 전환이라고 이해하는 한 —— 지금도 포기할 이유가 없는 입장이라 믿는다.

문제는 항쟁 이후의 실제 성과가 그 이전과 뚜렷이 구별될 만한 수준에 달했느냐는 것이다. 먼저 기억할 점은, 문학에서의 단계 변화는 이따금씩 어떤 한 작품의 출현으로 일거에 성취되는 수도 있으나 대개는 정치사의 진전보다 더욱 완만하게 이루어진다는 사실이다. 우리의 경우에도 85년의 시점에서 필자가 새 단계를 예고하는 조짐이라 보았던 성과들과 88년의 졸고에서 새 단계 진입의 초보적 징표로 거론했던 작품들 사이에 어떤 뚜렷한 질적 비약이 있었는지는 말하기 어렵다. 아니, 89년에 들어선 지금의 위치에서 이제부터 검토하려는 몇몇 중요한 업적의 경우도 그 점은 마찬가지겠다. 더구나 필자가 보기에 지난해의 가장 두드러진 성과에 해당하는 고은의 『만인보』 4·5·6권이나 황석영의 『무기의 그늘』이 둘 다 낯익은 기성 작가들이 꾸준히 쌓아온 업적의 일부이고, 특히 두 작품 모두가 87년 6월 이전에 착수된 작업의 연속 또는 마무리인 것이다.

그러므로 필자 자신 88년 한해를 더 보내면서 우리 문학이 정녕 새 단계에 들어섰다는 확신이 굳어진 것이 사실이지만, 그렇다고 국내 창작계의 갑작스런 어떤 비약에서 그 근거를 찾고 있는 것은 아니다. 비약이라기보다는 몇몇 기성 작가들의 꾸준한 정진이 눈에 뜨이고, 여기에 신인들의 활발한 진출과 좁은 의미의 '국내 창작계' 바깥에서 이루어진 몇가지 중대한 상황 진전을 덧붙일 때, 바야흐로 우리 문학의 활력에는 종전과는 뚜렷이 다른 가속세가 붙었다고 결론지을 수 있겠다는 것이다. 이제 그러한 여러 요소들을 좀더 구체적으로 살펴보기로 한다.

2

먼저 기성세대 작가들의 업적을 대표하는 사례로 고은과 황석영의 경우를 들어볼 수 있겠다. 이들을 비롯한 선배 세대가 80년대 말엽에 이르도록 여전히 작품생산의 큰 비중을 맡고 있는 것이, '단계'의 변화 정도가 아닌 더욱 현저하고 혁명적인 전환을 요구하거나 제시하려는 논자들에게는 불만스러울 수도 있다. 그러나 수십년씩 활동을 지속하면서 꾸준히 뻗어가는 작가들의 수가 한둘이 아니게 되었다는 사실 자체가 우리 현대문학사에서는 비교적 새로운 일이며, 그러한 축적 없이 정말로 뜻있는 비약이나 혁명적 전환을 기대할 수도 없을 것이다.

물론 고은 시인이 80년대에 이룩한 업적도 동시대 다른 문학인들의 활동이 있었기에 가능했던 것이요, 그 자신의 70년대까지의 꾸준한 성장을 바탕으로 가능해진 것이다. 어쨌든 최근 몇년간 그의 업적이야말로 우리가 민족문학의 새 단계를 관념이 아닌 현실로 이야기할 수 있게 해주는 생생한 하나의 증거임이 분명하다. 개인사의 차원에서 본다면 그의 시작 생활에서 가장 큰 변화는 70년대에 일어났다 할 것이고, 80년대 초 출옥 이후 『고은 시전집』(1983) 두권을 새로 정리해내고 『조국의 별』(1984) 『전원시편』(1986) 『시여, 날아가라』(1986) 등을 잇달아 써내면서 새로운 단계에 들어섰다고 하겠다. 그러나 이 경의적인 과정에서도 연작시 『만인보』 1·2·3권의 간행(1986)은 또 하나의 새로운 출발이었으며, 그것이 6월항쟁 이후 서사시 『백두산』 제1부의 완성(1987)과 시집 『네 눈동자』(1988) 그리고 『만인보』 4·5·6권의 발간으로 이어지면서, 적어도 우리 한국 현대시의 역사에서는 전례 없는 성과라는 확신을 굳혀주고 있다.

『만인보』에 관해서는 처음 세권이 나올 당시 필자도 짤막한 발문을 썼고(제3권에 수록) 고은 문학선 『나의 파도소리』(나남 1987)에 실린 김영무(金榮茂) 교수의 「해방된 언어와 민중적 삶의 예술적 실천」이라는 매우 자상하고 적절한 작품론이 있었다. 그러나 민족문학에 관한 숱한 논의들 가운데 『만인보』에 대한 언급은 가부간에 드문 편이다. 민중문학의 일정한 도식에 들어맞지 않으면서도 민중민족문학이 아니라고 공격하기에도 마뜩잖은 것이 최근 고은 문학의 전반적 특징이기도 한데, 『만인보』의 경우는 이제까지의 작업이 대체로 시인의 고향 사람들에 한정되어 있는 만큼 더욱이나 80년대의 첨예한 논의에서 외면당하기 쉬웠던 것 같다. 하지만 이제까지의 고은 문학에서는 가장 큰 덩어리에 해당하는 『만인보』 여섯권을 빼놓고 오늘의 민족문학을 논하는 것은 공리공론에 흐르기 쉬울뿐더러, 작품의 제재가 곧바로 80년대의 계급문제나 민족문제를 담고 있지 않은 경우에도 그것이 훌륭한 문학임으로써 갖는 현재적 의미를 간파하는 것은 우리 문학의 더 큰 발전을 위해 특히 긴요한 훈련이라 믿는다. 그런 의미로 여기서는, 애당초 본격적인 작품론은 꾀하지 않더라도 『만인보』의 속간에 따른 몇가지 생각을 정리하기로 한다.

『만인보』가 민족문학의 새 단계를 여는 데 차지한 몫을 표현하는 한가지 방법은, 이미 나온 그 수많은 시들이(『월간경향』에 88년 한해 동안 연재된 것까지 합치면 1천편 안팎) 대부분 운문의 맛은 맛대로 살리면서 그 전체가 한편의 재미있는 소설처럼 읽힌다는 사실을 지적하는 길이겠다. 이는 막연한 찬사로서가 아니라, 필자가 85년의 졸고에서 우리 문학이 새 단계로 나가기 위해 성취해야 할 과제로서 '본격적인 장편문학'을 제시했던 점과 관련하여(본서 47면 이하) 엄격히 검증해볼 문제이다. 다만 좀더 엄밀한 검증은 『만인보』뿐 아니라 저자의 구도 속에서는 그것과 불가분의 작업인 『백두산』도 얼마간 더 진척된 뒤로 미룰 생각이다. 여기서는 『만인보』를 읽으면서 필자가 실제로 느낀 재미가 무엇보다도 홍명희(洪命熹)의 장편소설 『임꺽정』을 읽는 맛에 가장 흡사했다는 개인적 술회에다가 한두마디만 덧붙이는 것으로 족하겠다. 실제로 『만인보』에서 독자가 만나는 자연스럽고도 풍성한 우리말이나 거기 담긴 우리 민족의 정서, 민중의 애환은 종래의 그 어떤 시보다도 벽초의 세계에 가깝다는 점은 많은 독자들이 수긍하지 않을까 한다. 물론 『임꺽정』은 장편소설로서 『만인보』에 없는 일관된 줄거리와 구성이 있고 그밖에도 고은에게 없는 벽초 고유의 미덕과 강점을 지녔다. 그러나 『만인보』의 시들이 짧은 시로서의 개별적 생명을 지니면서 동시에 『임꺽정』을 연상시키는 지속적 흥미를 유지한다고 할 때는 『만인보』에는 또 그 나름으로 『임꺽정』이 못 가진 장점이 있다는 이야기가 된다. 우선 시적 격조와 압축미에서 『임꺽정』의 더러 지루한 대목들보다 뛰어나다는 결론이 되는데, 이는 단순히 장르의 차이에서 오는 이점이라기보다 80년대에 시인이 성취한 역사의식·작가의식이 30년대의 수준과는 또다른 면모가 있기 때문일 것이다. 실제로 리얼리스트로서의 정확성과 치열성이라는 면에서 보더라도, 『만인보』에는 『임꺽정』「피장편(皮匠篇)」의 이따금 황당한 장면이나 「양반편」에서 역사적 인물이나 사건들의 더러 무리한 연결,「화적편」중 꺽정의 서울 생활 대목에서 느껴지는 세태소설적 안이함 같은 것을 찾아볼 수 없다. 이는 벽초가 (물론 당시의 현실적 제약을 감안해야 하지만) 결국『수호지』류 의적소설의 테두리에 머문 데 반해, 고은이『만인보』에서 자기 동시대인들의 삶을 다루고『백두산』에서는 먼 과거나 도적 이야기가 아닌 항일무장투쟁의 서사시를 집필하게 된 차이와도 무관하지 않은 일이다.

그렇기 때문에 아직도 고향 사람들 이야기에 주로 머물고 있는『만인보』에서 이미, 현단계 통일운동의 문제의식이 곳곳에 표출된다. 작가의 역사의식은「정약전」「김춘추와 김유신」「홍대용」「광개토대왕」「도선」등 이따금씩 끼어드는 역사상 인물에 대한 평가에서 좀더 명시적으로 드러나지만, 평범한 시골사람들의 삶을 그처럼 엄정하면서도 구수하게 그려내는 작업 자체가 민족과 민중에 대한 남다른 신뢰의 증거인 셈이다. 그것은 — 전문 인용을 위해 짧은 시를 예로 든다면 —「이차돈」에서

원한의 피는 푸르고
순교의 피는 희다

그러나 이내 뭇 몸뚱어리
붉은 피만은 못하다

라는 간결한 신조로 정리되기도 하고,「미제 창순이」에서는

언 밤송아리인 듯
하얀 얼굴
하얀 기쁨 넘치며

긴 빨랫줄에

빨래 가득 널어

빨랫장대 솟아올리는 기쁨 넘치며

기어이 그 기쁨 노래 되어

낭랑하여라

남쪽나라 바다 멀리 물새가 날으며

와 같은 눈부심에 도달하기도 하지만, 다른 한편「어느 어머니」에서의 참혹한 민중의 삶과「하이하이 여편네」의 서글픈 민족적 현실, 그리고 "역사를 등진 자에게도 살 데를 주나니"라는「홍종우」의 교훈에 대한 냉정한 인식이 늘 함께하고 있다(이상 모두 제6권에 수록).『만인보』의 '재미'란 바로 이런 믿음, 이런 인식을 통해 얻어진 것이며, 그러한 넉넉함과 냉정성의 결합은 다름 아닌 일하고 싸우는 민중의 정서요 운동가가 몸에 익혀야 할 자세이기도 하다.『만인보』자체는 아직 우리 시대 분단극복운동 현장의 인물에까지 도달하지 않았지만, 그와 동시에 진행된 저자의 다양한 작품 활동 가운데『만인보』작업의 자연스러운 연장으로서 전태일(全泰壹)에서 박래전(朴來栓)까지 70, 80년대 민족민주운동 열사들을 노래한 연작시편「이 죽음으로 해방이여 살아오라」(『창작과비평』1988년 가을호)와 같은 뜻 깊은 이바지가 있음은 우연이 아니다.

거듭 말하지만 고은의 이러한 업적은 전체 운동의 진전에다가 박두진(朴斗鎭)·김규동(金奎東) 등 원로에서부터 신경림·민영·조태일·김지하·김남주를 비롯한 수많은 동료·후배 시인들의 분발이 이루어진 과정에서의 한몫으로 나온 것이다. 이들의 활약 또한 새 단계의 전개에 불가결의 기여를 하고 있지만, 본고에서는 시에 대한 논의는 이만 줄이고 아무래도 현대 장편문학의 본령이라고 할 소설 분야로 넘어가고자 한다.

3

우리 사회에서 장편소설의 엄청난 양적 팽창이 과연 얼마만큼의 질적 향상을 수반하고 있는지에 관해서는 필자처럼 읽은 것이 적은 처지로는 확언을 피할 수밖에 없다. 그러나 민족문학의 새 단계라는 개념이 국내 창작계의 성과만을 유일한 기준으로 삼은 것이 아님을 미리 전제한 이상, 최근의 여러 소설들에 대한 종합적 평가가 빠지는 것이 어느정도 용서될 수 있으리라고 본다. 다만 필자가 읽은 소설 중에 설혹 우리 시대의 총체적 모습을 유감없이 담은 장편소설까지는 아니더라도 그에 근접하는 작품조차 없다고 한다면, 아무리 다른 요인들이 있다 할지라도 필자의 전체적인 논지를 의심스럽게 만들기에 충분할 터이다. 다행히도 필자는 황석영이 여러해 만에 완성한『무기의 그늘』(형성사, 상권 1985, 하권 1988)을 읽으면서 우리의 소설문학 역시 종전의 수준에서 분명히 한걸음 더 나아갔음을 확인할 수 있었다.

종전의 수준이라 할 때는 황석영 자신의 역사소설『장길산』(1975~84)을 포함해서 하는 말이다.『장길산』이 우리 문학의 값진 성과임은 필자도 거듭 언명한 바이나, 작품 자체의 이런저런 면에 대해 제기할 수 있는 비판들을 차치하고도, 무엇보다「객지」(1971)나「한씨연대기」(1972)에서 보듯이 작가의 본령이어야 할 당대의 현실문제로부터 일단 떠나갔고 그것도 크게 보면『임꺽정』에 의해 틀지어진 세계로 회귀했다는 아쉬움이 있었던 것이다. 그런 점에서 베트남전쟁을 다룬『무기의 그늘』은 황석영의 동시대 복귀를 알리는 신호로서 우선 반갑다. 물론 저자가 직접 체험했고 소설에서 그려낸 베트남전쟁은 이미 20년 전의 일이다. 그러나 베트남 참전이 우리 현대사의 생생한 일부임은 물론, 참전 사실을 떠나서도 그 전쟁 자체가 반미·반제국주의 문제가 절실한 관심사로 대두된 오늘의 우리 사회에서 남의 일이 아님이 분명하다. 다시 말해서 베트남이라는 무대의 선택은 단순히 한국소설의 행동반경을 넓힌다는 의의만이 아니고 80년대의 한국 현실을 새롭게 조명하는 기능도 지니는데, 이는 물론 작가가 오늘의 민족민주운동에 적극 동참하는 자세로 이 소재를 다루었기 때문이다.

낯선 땅과 사회를 그린 소설로서는 그 묘사의 사실주의적 실감도 놀라운 바가 있다. 세목 하나하나의 정확성은 필자가 판단할 수 없는 일이나, 베트남의 독자나 베트남 전문가가 아닌 한국의 일반독자에게 읽히는 소설로서 그 나라의 전체적 분위기와 현지에서 겪는 전쟁의 대체적인 느낌을 실감 있게 전해주는 것이 세부사항의 정밀성보다 중요할 것이다. 베트남 독자의 반응을 굳이 추측해본다면, 팜 꾸엔 일가의 가족생활 같은 것은 베트남 사람 특유의 정서가 그다지 풍기지 않는다고 느낄 가능성이 많고, 반면에 한국인들도 관련된 다낭시 암시장의 분위기는 자국의 작가로서도 그만큼 생생하게 그려내기 어렵겠다고 인정하지 않을까 싶다.

어쨌든 작품의 무대를 외국으로 잡을 때 엄밀한 사실주의적 재현에는 어려움이 따르게 마련인 대신 독자 쪽의 기대수준도 그만큼 낮아지는 편리함이 없지 않다. 문제는 이런 상황에서 묘사의 사실성보다 더욱 본질적인 작품의 진실성이 훼손될 틈새가 생기지 않느냐는 것이다. 『무기의 그늘』에서 그런 약점을 찾는다면, 주인공 안영규 상병(나중에 병장)이 다분히 영웅주의의 냄새를 풍길 정도로 눈부신 수완과 활약상을 보여주고 있다는 점일 것이다. 예컨대 그가 본래 영어를 좀 아는데다가 무엇이든지 재빨리 배우는 영리한 인물임에 틀림없기는 하지만, 뒤로 갈수록 그는 어떤 어려운 토론이나 복잡한 계획 수행에서도 말 때문에 어려움을 겪는 기색은 조금도 없다.(영어로 진행되는 대화 자체는 일부러 딱딱한 번역체로 해놓음으로써 독자의 실감을 오히려 더해주는 수법이 동원되고 있다.) 범죄수사대 요원으로 영규가 그처럼 눈부신 활약을 하는 데는 토이라는 현지인 조수의 도움도 크다. 그런데 토이의 인물설정 역시 한국을 무대로 진행된 소설이라면 작가의 현실감각이 좀더 엄격하게 통제했을 것이 아닌가라는 느낌을 주는 부분이다. 그 정도로 유능한 인물이면 아예 해방전선에 들어가지 않는 한 대대적인 돈벌이로 나설 법한데 그는 시종 한국군 요원들의 충직한 심부름꾼으로 일하다가 막판에 가서야 해방전선측의 약점을 잡아 일확천금을 꾀한다. 그 결과 자신이 먼저 당하고 뒤이어 해방전선측 공작원 팜 민도 전사하는 결말을 가져온다. 이 대목의 숨가쁜 처리는 인물의 성격에 관한 의문을 일단 잠재우기에 충분하지만, 지나놓고 생각해보면 토이가 '한탕'을 하더라도 굳이 해방전선 쪽을 (그나마 이토록 어설프게) 건드릴 인물인지 납득하기 어려운 면이 있다.

주인공을 둘러싼 이런저런 의문의 저변에는 영규가 베트남에 오기 전에 한국에서 어떤 삶을 살았을까라는 궁금증이 깔려 있다. 저자는 이 궁금증을 의도적으로 외면하는 듯한데, 섣부른 회상을 삽입하여 소설을 장황하게 만들기보다는 아예 독자의 상상에 맡겨버리는 것도 분명히 하나의 방편이다. 다만 영규의 배경과 더불어 한국의 현실에 대한 인식 자체가 빠졌다거나 미흡해졌다면 이야기가 다르다. 필자가 보건대『무기의 그늘』이 생생하게 그려낸 베트남전쟁의 한 단면과 그곳에서 영규가 얻는 깨우침은 60년대 당시의 한국뿐 아니라 80년대의 한국 현실까지를 다시 생각하게 만들지만, 구체적으로 어떤 생각을 해야 좋을지에 대해 충분한 암시는 못 주는 것 같다. 다시 말해 이 소설의 반제·반미의식은 주로 베트남 민중의 시각에 의존하면서 한국에도 적용될 수 있는 그 일반적 유효성을 암시할 뿐, 좀더 구체적으로 한국의 현실에 어떻게 적용될 유효성인지에 대해 작품은 입을 다물고 있다. 물론 독자에 따라서는 베트남에서와 같은 민족해방의 대의가 거의 그대로 우리 현실에서 요구되므로 작품에서 이에 대한 태도 표명을 생략함으로써 더욱 효과적으로 베트남의 교훈을 부각시킨다고 보는 이도 있을 것이다. 그러나 베트남에서 민족해방의 대의가 그토록 당당하고 애국과 매국의 구별이 그처럼 확연했던 데에는 오늘의 한국과는 다른 베트남 특유의 역사적 조건이 작용했을 터이다. 외세의 개입으로 분단체제가 성립되고 그 일환으로 예속적이지만 일정한 자율성을 지닌 국가기구가 자리 잡은 한국과는 달리, 베트남전쟁은 그 주역이 프랑스에서 아메리카로 바뀐 뒤에도 여전히 구 식민지해방전쟁의 연속이었다 하겠으며, 한반도에서와 같은 분단체제를 창출해보려는 외세의 안간힘이었던 셈이다. 베트남과 한국 사이에 이러한 차별성이 실제로 존재한다면,『무기의 그늘』은 오늘의 분단극복운동에서 중요한 반제·반미의 문제를 제기하기는 했으나 운동이 요구하는 만큼의 구체화된 현실인식에는 못 미친 바 있다고 할 것이다.

4

이처럼 현단계 민족민주운동이 요구하는 현실인식의 문제는 작품의 '재미'라든가 '실감' 등 예술적 질에 해당하는 문제와 불가분의 관계이며, 여기서 사실주의적 정확성과 치밀성이라는 요인이 만만찮은 비중을 차지하게 된다. 그것이 리얼리즘의 전부는 아니고 모든 경우에 필수적인 구성요인도 아니지만, 애초부터 환상적 수법을 채택하지 않은 소설에서는 사실주의적 기율이 곧 작가적 성실성의 한 지표가 되며, 현실의 총체적 모습을 제시하려는 그의 노력이 도식주의나 구호주의에 흐르는 것을 막아주는 하나의 검증기준이 되는 것이다. 최근 우리 주변에는『무기의 그늘』보다 더 직접적으로 현단계 민족민주운동의 과제를 다룬 소설들이 많이 나오고 있음에도 불구하고 아직껏 황석영의 베트남전 소설을 능가하는 성과가 눈에 안 뜨이는 것은 우선 사실주의적 기율이라는 초보적 훈련에서 떨어지는 탓도 많은 것 같다. 이는 빨치산을 소재로 삼은 몇몇 장편이 이태(李泰)의 수기『남부군』(상·하, 두레 1988) 앞에서 빛을 잃는 것을 볼 때도 실감된다. 후자는 그 저자의 이념적 입장이 어떤 것이든 진실한 체험을 온몸으로 증언한 기록으로서의 감동만은 누구도 부인할 수 없는 데 반해, 사실의 기록이든 상상의 산물이든 그러한 감동의 결여는 그 어떤 '선진적' 입장의 표명으로도 대신하지 못하게 마련이다. 그런데 진실에 근거한 이런 감동의 부족이 — 저자 개인이 아닌 작품의 성향을 문제 삼을 때는 — 바로 참다운 선진성의 부재요 민중적 당파성의 실종임을 기억할 필요가 있을 것이다. 이런 점에 유의하면서 이제 몇몇 신예 작가들의 활동을 간략히 거론함으로써 6월항쟁 이후 국내 창작계에 대한 논의를 마무리지을까 한다.

최근에 주목을 끈 소설가 중 87년에 「십오방 이야기」로 각광을 받았던 정도상은 남다른 다산성의 작가로 활약하고 있다. 그러나 거둔 성과에는 기복이 많다. 예컨대 「여기, 식민의 땅에서」(『녹두꽃 1』, 녹두 1988) 같은 중편은 반미·반파쇼의식을 노출하기 위해 기본적인 사실주의적 기율마저 무시하고 성급하게 써낸 흔적이 역력하다.(작품에서는 카투사로 나간 한국인 사병들이 미군 상관들과 이들에게 빌붙은 '전대환' '노태욱' 두 병장들의 부패상을 목격하며 후자로부터 갖은 학대를 받는다.) 이에 비하면 '그랑프리 패션'이라는 미국인 소유 봉제회사에서의 노동자투쟁을 다룬 「새벽 기차」(『실천문학』 1988년 여름호)는 조금 더 실속이 있는 편이다. 반외세 자주화의 문제를 기본적으로 노동자의 생존권투쟁과 결부시켜 제기한 발상 자체도 타당하고, 순덕이라는 다분히 흔들거리는 노조원을 주인공으로 삼아 그녀가 어쩔 수 없이 더 굳센 투사로 바뀌어가는 과정을 그린 것도 실감나는 대목이 많다. 그러나 이 소설에서도 전반적으로 상투성의 냄새가 덜 가신 것 또한 사실이다. 소값 폭락으로 망한 아버지로부터 괴한들에 의한 여공의 습격·윤간에 이르기까지 이러한 상황에서 흔히 거론되는 사건들이 두루 동원되는 점도 그렇고, 특히 마지막에 괴한들이 '천만원' 운운하며 회사와의 관련을 스스로 밝히고 달아나는 것은 구사대원의 실수라기보다 소설의 마무리를 서둔 작가의 실족이 아닌가 싶다. 게다가 그랑프리 패션 파업의 의의를 미란이라는 학생 출신 노동자가 동료들에게 설명하면서 "미국에 대한 장기항전의 한 일환으로 우리는 패션의 싸움을 설정해야 합니다. 임금인상과 민주노조쟁취가 현재의 목표이긴 하지만 궁극적으로는 패션을 비롯한 모든 미제를 몰아내는 데에 목표를 두고 이에 따라서 우리의 역량을 유효적절히 배치해야 합니다" 운운하는 긴 대목은, 진정한 민중문학이 요구하는 현실성과는 거리가 멀다. 이런 식으로 발언하는 학출 노동자가 없다는 것이 아니라, 이런 말투에 대한 작가의 시선은 ─ 그것이 각성한 노동자의 눈과 일치하고자 한다면 ─ 상당한 불신과 풍자를 담아야 할 것이며, 노동운동이 마치 반미운동의 수단인 듯이 말한 발언 내용에 대해서도 독자의 재고를 촉구하는 기색이 있어야 할 것이다.

그러므로 정도상의 경우, 자주화운동과 노동운동이 각기 오늘의 화급한 쟁점이며 양자의 튼튼한 결합은 전체 운동의 주요과제이기조차 하다는 일반적인 인식은 있으나, 아직 이들 쟁점을 직접 다룬 작품을 통해 그 과제의 해결에 별다른 기여는 못 했다고 보겠다. 그보다는 노동자나 미국의 모습이 일단 제외된 「친구는 멀리 갔어도」(채광석·김명인 엮음 『밤길의 사람들』, 풀빛 1988)가 우회적으로나마 더 알찬 공헌을 한다. 이 소설은 학생운동 중에 강제징집당해 일선에 배치되었다가 이른바 녹화사업의 대상이 되는 김원태 이병의 끔찍스런 경험을 다루었는데, 보안대에서의 무자비한 고문뿐 아니라 그런 보안대의 존재를 가능케 하는 군대생활 전반의 비인간성을 드물게 핍진하게 그려내고 있다. 역시 최전선 사병생활을 실감 있게 다룬 유시민(柳時敏)의 「달」(『창작과비평』 1988년 여름호)에 비하더라도 그 묘사는 훨씬 생생하고 사건 자체도 더 충격적이다. 그뿐 아니라 「달」의 시각이 어딘가 군사문화에 대한 문민주의적 비판에 머문 인상을 남기는 데 반해, 「친구는 멀리 갔어도」가 보여주는 것은 좀더 명백히 파쇼폭압문화요 광기 어린 분단이데올로기이다. 그런데 작품의 끝맺음만은 적이 실망스럽다. 특별휴가를 다녀온 원태가 동지들을 배반하느냐 아니면 무서운 고문을 다시 감수하느냐는 갈림길에서 일단 후자 쪽으로 뜻을 정하지만, 그 뒤로 벌어질 사태에 대해서는 작가 스스로도 난감했던지 엉뚱한 지뢰사고로 문제를 회피하고 만다. 아직도 격리·감시의 대상인 원태의 작업출동 자체가 그날따라 어떻게 허용되었는지 설명이 없고, 원태의 죽음이 '타살성 자살'이나 '자살성 사고사'도 아닌 거의 순수한 우연임으로 해서 소설의 주제에서 벗어나버린다. 아무래도 이 작가는 작품에 뜸을 좀더 푹 들여서 내놓는 훈련이 필요할 것 같다.

실감을 앞지르는 주제의식보다는 부분적인 현실이나마 성실하게 재현하는 것이 더 바람직할 때가 많다는 점을 우리는 김한수(金限水)의 중편 「성장」(『창작과비평』 1988년 겨울호)에서도 느낄 수 있다. 여러가지로 미숙한 신인의 첫 작품이지만 가난한 노동자의 가족생활이 그 내부로부터 소상히 그려졌다는 점에서 최근 부쩍 늘어난 노동자소설 중에서도 특이한 의미를 갖는다. 이제까지 나온 노동자 소설가들의 다수가 대학생 출신인 때문인지는 몰라도, 노동현장의 첨예한 충돌을 주로 다루는 가운데 그 저변을 이루는 대다수 노동자들의 실생활은 생략되거나 매우 개괄적으로 그려지기 일쑤였다. '노동소설'의 범주에는 안 들지만 처음으로 분명한 계급적 관점과 반제국주의적 시각을 갖고 광주항쟁을 다루는 데 성공한 홍희담의 「깃발」(『창작과비평』 1988년 봄호)도 여주인공 순분을 비롯한 등장 노동자들의 구체적인 살림살이가 거의 안 보인다는 것이 가장 큰 아쉬움을 남긴다. 그런 점에서 근본적으로 착한 사람이면서 평생을 가난과 술주정과 이로 인한 가정불화에서 못 벗어난 아버지 밑에서 자라 어느덧 자신도 아버지의 전철을 밟고 있음을 주인공 창진이 실감하기 시작하기까지의 「성장」 처음 두장은 적이 신선한 대목들이다. 그런데 소설이 여기서 끝난다면 자연주의의 한계 안에 고스란히 머물렀다는 비판을 감수해야 할 터이므로, 제3장에 가서 주인공의 의식이 깨어 아버지와 같은 삶을 거부하는 과정이 제시되는 것은 당연하다면 당연하다. 그러나 공장에서 악덕 사장과의 충돌, 동네에서의 판자촌 철거 등 사건이 너무 성급하게 그려지면서, 이 작품의 저자 역시 주인공의 생활현실에 대한 그전까지의 차분한 묘사보다 자신의 결론을 앞세워버린 느낌을 준다.(쉬운 예로 우연한 주먹질도 아니고 노사분규의 뒤끝에 살기를 띠고 사장의 머리가 터지도록 몽둥이로 마구 때린 창진이, 어머니가 입주권을 팔아서 이사 갈 방을 구하고 남은 돈으로 사장과 '합의'를 보아 풀려난다는 것은 한국의 현실에서 믿기 힘든 일이다.) 이는 또한 1, 2장의 성취에도 자연주의적 단조로움이 얼마간 있을 수밖에 없었음을 확인해준다. 하지만 이런 결함에도 불구하고, 끝머리에 창진이 이사 트럭 위에서 함박눈을 맞으면서 새 출발의 결의를 다지고 끝내는 아버지의 불행한 기억마저 웃음으로 받아들이게 되는 것이 크게 어색하지 않다. 아니, 엄연히 감동을 준다. 창진 일가의 너무나 길었던 '억압의 세월'이 충실하게 재현된 바 있기 때문이며, 이 마지막 장면의 눈발 자체가 한가한 사람들의 감상물로서의 눈이 아니라 어디까지나 노동자 창진의 체험 속의 눈인 까닭이다.

고운 눈이었다. 옛날 흙을 주워먹으며 배고파 울던 명절날, 떡을 한다며 사람들이 빻던 그 떡가루만큼이나 고운 눈이었다. 눈은 누구에게나 곱고 깨끗한 것이다. 가난한 자에게나 부유한 자에게나 눈은 똑같이 곱고 깨끗한 것이다. 세상 모든 일들이 이 눈 같아야 한다. 그것은 혼자의 힘으로 될 일이 아니었다. 억눌린 모든 나의 나, 우리의 우리들이 하나가

되어야 가능한 일이었다.

이런 눈발이기에 창진은, "세상에 죽은 것은 없다. 죽은 것처럼 보일 뿐이다. 보아라, 저 눈 속에 아버지의 눈물이 웃음으로 온 천지를 뒤덮고 있는 것을"이라는 감격과 함께, 스스로도 "힘차게 밝게" 웃을 수 있는 것이다.

　마지막으로 최근 우리 문학의 빼놓지 못할 성과로 김향숙의 소설집『수레바퀴 속에서』(창작과비평사 1988)를 잠깐 언급해야겠다. 이 책에 실린 두 개의 중편과 다섯점의 단편은 모두 88년 한해 동안에 발표되었는데, 그 치밀한 구성이나 세심하게 다듬은 언어, 내면으로 파고드는 묘사 등이 '운동성'을 앞세우는 요즘의 소설들 틈에서 오히려 시대에 뒤떨어진 느낌을 줄 수도 있다. 그러나 계급적으로 각성한 민중의 눈이야말로 고도의 예술성을 요구하는 것이라면, 김향숙의 '예술적' 세련을 '운동성'의 성취라는 척도로서도 평가할 수 있어야 할 것이다. 저자의 의도 자체가 기교주의나 심리주의보다도 일정한 운동적 지평을 지닌 것임은 다섯편의 단편이 하나같이 민주화운동 과정에서의 피해자 및 피해자를 겸한 가해자와 그 주변의 삶을 다루고 있는 점에서도 짐작된다.

　이들 단편도 주로 중산층의 생활만을 그렸다거나「수레바퀴 속에서」처럼 저자 나름으로 힘을 기울인 중편에서 첨예한 시국문제가 거의 표출되지 않는다고 해서, 작가의 비판의식이 시민계급적 또는 소시민적 차원에 한정되었다고 단정할 일은 아니다. 전반적으로 김향숙의 소설은 민중적 전망이 시원스레 열린 경지에는 이르렀다고 할 수 없지만, 중산층 삶에 대한 시선이 중산층의 시야에만 한정되었을 경우에도 시종 그처럼 냉엄하게 지켜지기가 어렵다. 진짜 냉엄성은 구차한 변명도 배제하지만 비탄의 넋두리나 관념적 부정이라는 형태의 자기탐닉도 용납하지 않는 것이다. 실제로「불의 터널」에서 목숨을 던진 아들이나「가라앉는 섬」에서

'더러운 손'에 유린당하고 공장생활에 뛰어든 딸이 자유주의적 운동가들도 아니려니와, 남 보기에 모범적인 중산층 규수인 운숙씨의 딸에 대한 저자의 드러내지 않았지만 가차없는 단죄라든가(「불의 터널」) 애물 같은 딸 기옥이를 자기가 오히려 부러워하고 있다는 그 어머니의 "느닷없는 생각"(「가라앉는 섬」)이 모두 민중운동권의 시각과 무관한 것이 아니다. 게다가 김향숙의 작품세계에서 주목할 점은 여성 특유의 문제의식이 전체 운동의 문제제기와 따로 놀지 않도록 작품 속에 스며들어 있다는 것이다. 기옥이 어머니의 점진적인 각성에는 아들을 보려고 외도한 것이 폭로된 남편에 대한 환멸과 그런데도 저도 모르게 남편의 말에 동조하는 자신의 한심스러움에 대한 의식이 작용하고 있으며, 「의인(義人)의 돌」에서 가해자의 아들 종하에게 다가오는 아픈 깨달음에는 아버지와 자신만을 무조건 두둔하고 어머니·누이동생·외할머니에게는 아무 말이나 함부로 해대는 할머니가 억압자라는 뒤늦은 인식이 섞여 있다. 실제로 종하가 어머니나 어린 종혜보다 훨씬 나중에야 사태의 진상을 짐작하는 멍청이 노릇을 하는 것은 그가 전통적 남성우위 사상에 감싸인 사내자식이라는 이유도 적지 않다.

3. 넓어진 민족문학의 지평

1

앞서도 말했듯이, 88년의 국내 시단과 소설계가 눈에 띄게 활기를 더했고 연극과 영화에서도 새 기운이 움트게 되었다고는 해도 이제까지의 성과만으로는 '단계'가 바뀌었다고 말하기에 부족하지 않느냐는 반론도 얼마든지 가능하다. 도대체 얼마큼의 성과가 있어야 새 단계가 되는지의 공인된 기준치도 없으려니와, 필자 자신 그동안 상대적으로 뛰어나다고 본 작품들에 대해서도 이런저런 불만이 없지 않은 것이다. 좁은 의미의 '국내 창작계'에 한정되지 않는 다양한 진전 상황을 종합적으로 검토해야겠다고 한 것도 그 때문이었다. 민족문학의 창조에 직접적인 영향을 미치는 다른 요인들을 감안할 때 최근 우리 문학의 활기는 그 지속과 증폭이 어느정도 보장된 대세임을 수긍할 수 있으리라는 것이다.

대국적으로 가장 중요한 사항은, 이 땅의 민족민주운동이 6·29선언과 제6공화국의 선포 뒤에도 분단체제에 굴복함이 없이 그 민중주도성을 오히려 강화해가고 있다는 현실이다. 문화계의 직접 소관사항이라 할 이념 서적, 월북·재북 문인·예술인 작품의 해금, 언론매체의 일정한 민주화와 활성화, 사회주의권 및 진보적 서방 지식인·문학인과의 교류 확대, 작년 말 정치범 대거 석방의 일환으로 드디어 이루어진 김남주 시인 등의 신병 회복 등등은 모두 이러한 민중운동의 대세에 힘입은 것이다.

이 과정에서 그전에 '제도권'과 '운동권'을 엄격히 갈라놓았던 벽도 많이 허물어졌다. 물론 여기에는 항상 체제 내 편입의 위험이 따르고 실제로 그로 인한 운동 인력의 부분적 이탈을 이미 목격할 수가 있다. 그러나 민족민주운동이 전체 사회에 대한 실질적 주도권을 행사할 뜻이 없이 언제까지나 '대항문화'로만 머물 생각이 아니라면, 그러한 모험은 감수해야 한다. 사실 이제까지 '운동권'과 '제도권'의 벽이란 것은 후자의 압도적인 힘의 우위로 말미암아 강요된 장벽이었다. 그러므로 전자의 성장과 더불어 후자를 침식하여 장악하기까지 하려는 노력이 벌어지는 것은, 그에 따른 위험을 충분히 감안하더라도 당연한 일이다. 88년 5월 『한겨레신문』의 창간이나 그에 앞선 『창작과비평』 『실천문학』 등 소위 문제 계간지들의 복간은 그런 점에서 6월항쟁의 뜻깊은 문화적·정치적 열매인 셈이다. 또한 재야 문화단체 중 자유실천문인협의회가 제일 먼저 민족문학작가회의로 87년 9월에 확대 개편된 것도 문학 부문의 상대적 원숙성에 힘입은 것이 아닐까 한다. 이 판단이 당사자의 아전인수일 수도 있겠지만, 다른 분야의 예술인들도 단순히 기존의 예총을 외면하거나 비판하기보다 실질적으로 예총을 대체할 단체의 필요성을 느끼고 작년 12월 한국민족예술인총연합(민예총)의 결성에 대거 참여한 것을 보면, 앞으로의 성과는 별개 문제로 치더라도 그 기본발상에는 폭넓은 공감이 있음을 알 만하다.

그러나 본고에서는 조직이나 매체에 관한 논의는 줄이고, 국내 작가들의 신작이 아니면서도 한국인의 독서경험과 민족문학의 지평을 일거에 넓혀놓은 읽을거리들에 대해 몇마디 언급하기로 한다. 앞서 거론한 『남부군』 같은 것은 넓은 의미로는 '국내 작가의 신작'이 아니랄 것도 없지만, 어쨌든 오랫동안 금기의 대상이던 빨치산 활동의 수기가 공개됨으로써 우리 사회에서 현대사의 해당 분야뿐 아니라 학문·예술·사상의 자유가 크게 넓어지고 소설독자들의 안목에도 만만찮은 전진을 기약하게 된 것은, 필자가 지적한 바 창작계 바깥에서 이루어진 발전의 파급효과의 좋은 본보기이다. 또한 『남부군』의 출판 자체는 80년대를 통해 줄곧 판금·압수·수색·연행·투옥 등의 댓가를 무릅써온 선진적 출판운동가들의 노력이 6월항쟁 이후에 좀더 본격적인 열매를 거두기 시작한 사례의 하나이기도 하다.

월북·재북 작가들의 식민지시대 작품은 문공부의 공식 해금조치 이전부터 활발하게 출판되고 있었고, 문공당국이 유독 홍명희·이기영(李箕永)·한설야(韓雪野)·조영출(趙靈出)·백인준(白仁俊) 다섯 사람만은 계속 묶어두어야겠다든가 '해금 작가'라도 8·15 이후의 작품은 안 된다고 공표한 것은 아무 기준도 없고 실효도 없는 이야기로 끝나버린 지 오래다. 어느새 대결의 최전선은 바로 오늘의 북한에서 보급되고 있는 자료의 출판 문제로 넘어가, 89년 1월 들어서는 『민중의 바다』(한마당 1988, 원제 '피바다')

를 비롯하여『김일성 선집』『북한 현대사』등을 두고 또다시 압수와 출판인 연행이 벌어지고 있다. 그러나 어떤 의미에서 이 시대 출판문화의 마지막 벽이라고 할 북한 원자료에 대한 금압조차 사실상 무의미해졌다 해도 과언이 아니다.

이 와중에서 당시만 해도 위태롭게 느껴지던 김석범(金石範)·이회성(李恢成)·김달수(金達壽) 등 진보적 재일동포 작가들의 번역이나 김학철(金學鐵)·이근전(李根全) 같은 중국 연변 거주 작가의 작품 간행이 별다른 말썽 없이 이루어졌고, 이 또한 민족문화의 지평을 한껏 넓히는 데 공헌했다. 필자는 이 가운데 읽은 것이 몇 안 되어 긴 이야기를 삼갈밖에 없는데, 황석영이「항쟁 이후의 문학」(『창작과비평』 1988년 겨울호)에서 특유의 기세와 솜씨로 꽤 여러편의 소설을 언급해놓은 것은 다행스러운 일이다. 그중에서도 황석영이 특히 주목한 것은 김학철의『격정시대』(전3권, 풀빛 1988)로서, "바로 이것이야말로 우리가 잃어버렸던 우리의 조선문학의 전통을 그대로 이어 지니면서 안에는 알심이 은근하게 딱 버티고 들어앉아 있는 소설"이라고 반기고 있으며, 그에 앞서 신경림의 서평(「민중생활사의 복원과 혁명적 낙관주의의 뿌리」, 『창작과비평』 1988년 가을호)에서는 소설로서의 그 미덕을 좀더 자세히 열거하면서 "실로 오랜만에 소설을 읽는 기쁨을 맛볼 수 있었"다고 하였다. 필자가 보기에도『격정시대』는 곧바로 80년대 민족문학의 귀중한 수확으로 치부할 만하다. 연변에서 출간된 것이 86년이며 처음부터 우리말로 우리나라 사람들 이야기를 썼으니 형식적 요건도 나무랄 바 없지만, 물론 정말 중요한 것은 그런 형식적 요건이 아니다. 우리말로 썼을 뿐 아니라 그 우리말이『임꺽정』을 상기시키는 우리 고유의 말이요 표현들이며, 등장하는 우리나라 사람들도 1920년대, 30년대 조선의 생동하는 인물들과 중국에서 항일투쟁에 나선 동포들의 역시 생동하는 모습인 것이다. 이는 신경림이 옳게 지적하듯이 실재했던 사람들의 기억이라는 이점만으로 되는 일이 아니고 소설가로서의 솜씨와 그 바탕을 이룬 "작가의 폭넓은 사랑"이 있어 가능한 것이다. 또한 『격정시대』의 생동하는 실감에는, 저자의 후기에서 밝히듯이 "모종의 원인으로 조성되었던 역사의 공백"을 메우기 위해 "소설의 형식을 빌려서 엮어놓은 전기문학"을 집필한 작가의 사명감도 결정적으로 작용했을 터이다.

그러나 전기문학이든 소설이든 그에 대한 우리의 평가가 현단계 통일운동이 요구하는 문학이라는 기준에 따라 엄정해야 함은 물론이다. 『격정시대』가 복원한 중국에서의 항일무장투쟁의 역사와 지난날 조선 사람들의 언어 및 정서가 오늘의 운동과 문학에 소중한 자양이 되고 직접적인 자극을 주는 바도 많음은 더 말할 나위 없다. 하지만 다른 한편, 복원된 역사와 생활상이 당대 현실의 총체적 모습을 어떻게 반영하며 그 시대와 오늘날의 역사적 인과관계를 어떻게 파악할지에 대해서는 말해주는 것이 적다. 아니, 저자 스스로가 처음부터 경험한 사실만을 기록하고자 의도했음은, 후기의 발언이 아니더라도 태항산 전투가 한창 진행되는 도중에 소설이 갑작스레 끝나는 것을 보아도 알 수 있다.(김학철 자신이 이 시점에서 부상당해 의식을 잃고 포로가 되어, 일본에 끌려가 다리 절단 수술과 감옥살이를 겪게 되었던 것이다.) 그런데 소설의 무대를 굳이 더 넓혔어야 한다는 말이 아니라, 아무리 한정된 사건을 그리더라도 그 시대의 전체적 실상에 대한 저자 나름의 인식을 어떤 식으로든 담아야 한다는 것이 리얼리즘 소설에의 기본적 요구이자 책임 있는 역사가에 대한 주문이기도 하다. 이런 기준으로 보면 『격정시대』는 분명히 한계를 지닌 작품이다. 주인공 서선장이 조선땅을 떠난 뒤로는 조선의 구체적 현실이 선장의 체험에서뿐 아니라 작가의 인식에서도 사라져버린 느낌을 주며, 중국에서의 항일투쟁도 조선인 의용대의 한정된 시야에 갇혀 조국광복운동의 전체상이나 중국 민중의 움직임과 거의 무관하게 선장 주변의 삽화들로만 이어지고 있다. 물론 이들 삽화는 하나하나 생생한 실감을 주고, 그렇게 삽화와 삽화의 연속이 특별히 무슨 짜임새를 이루려는 노력도 없이 주어진다는 사실 자체가 저자와 등장인물들이 다 같이 중시하는 '혁명적 낭만주의'의 한 표현이기도 하다. 그러나 혁명적 낭만주의는 혁명가의 요건 중에서도 그 하나일 따름이듯이, 리얼리즘 소설가에게도 바람직한 하나의 미덕에 불과한 것이다. 『격정시대』가 '읽는 재미'라는 면에서도 2권, 3권으로 갈수록 1권만 못해지는 것은, 어린 시절 원산의 생활을 재현하는 작업에서 벗어난 뒤로 작가의 낙천주의가 주인공의 낭만주의를 지양한 진정한 리얼리스트의 낙천성에 이르지 못하고 있기 때문이라 하겠다.

2

8·15 이전 또는 직후에 이미 명성을 얻은 '월북문인 작품'들은 그사이 적잖은 독자들이 계속 읽어왔던 만큼 독서계에 아주 낯선 품목은 아니다. 하지만 대대적인 공개간행을 통해 이제야 아무나 읽고 자유롭게 그 평가에 동참할 수 있는, 건전한 비평적 논의의 기본조건이 마련된 셈이다. 다만 지면 사정으로 보나 필자 자신의 준비 상태로 보나 아무래도 그러한 논의에 참여하는 일은 딴 기회로 미루어야겠다.

『꽃파는 처녀』『피바다』『한 자위단원의 운명』등 오늘날 북한에서 '불후의 고전적 명작'으로 규정된 작품을 비롯한 최근 북한문학의 소개는 또다른 차원의 사건이다. 여기서는 『피바다』에 관한 몇마디 논평을 적음으로써 이 의미심장한 상황 진전을 수용하는 민족문학의 자세를 생각해보기로 한다.

먼저 밝혀둘 것은, 『피바다』는 원래 항일무장투쟁의 과정에서 연극으로 창작, 공연되었다가 훨씬 뒤에야 가극과 영화 및 소설로 만들어졌는데 필자는 『피바다』의 국내판 소설본 『민중의 바다』만을 고려의 대상으로 삼고 있다는 점이다. 박종원·류만 공저 『조선문학개관』 제2권(인동 1988)에 따르면 "불후의 고전적 명작 『피바다』는 무송현성 전투를 승리적으로 진행한 조선인민혁명군 주력부대가 1936년 8월 하순경 위대한 수령님의 친솔하에 장백지구에로 진출하는 그 간고한 시기에 창작되어 무송현 만강부락에서 연극으로 공연된 작품"(59면)이라고 하며, 최근의 한 국내 연구자는 북한문학에서 "70년대 초 커다란 의의를 갖는 사업은 항일혁명투쟁기에 김일성이 창작한 「피바다」「한 자위단원의 운명」「꽃파는 처녀」 등을 현대적 작품인 소설·영화·문학·가극문학으로 옮긴 것이었다. 이들 작품들은 북한문학사에서 고전적 명작으로서 혁명적 문예전통의 중요한 내용을 이루는 것이며, 사회주의적 사실주의 문학예술의 참다운 본보기로 평가받고 있는 것들이다"(『사회와 사상』 1989년 2월호 375면)라고 소개했다. 이런 작품에 대해 지금 시점에서 어떤 평가를 내리는 일이, 현실적인 여러가지 고려를 떠나서라도, 저쪽 사회의 실상과 문예풍토에 어두운 논자에게 극히 조심스러운 작업임은 더 말할 나위 없다. 그러나 극히 조심스러운 잠정적 평가라는 전제를 달고서라도 민중민족문학의 일관된 시각에 따른 공개적인 토론을 지금부터 시작하는 일이 필요하다고 믿는다.

실제로 이 소설은 남한 독자의 경험 속에서는 정확한 자리매김을 하기가 쉽지 않게 되어 있다. 공산주의자가 이끄는 항일무장투쟁을 다루면서 혁명만이 살길임을 거듭 강조하는 그 내용 자체가 남쪽의 많은 사람들에게 생소하고 심지어 겁나는 것이지만, 자리매김이 어려운 것은 그런 연유만도 아니다. 소설의 전체적인 느낌이나 됨됨이가 우리가 국내외의 문학에서 흔히 만나는 '본격소설'과 '통속소설' 그 어느 유형에도 잘 안 맞는 것이다. 우리에게 친숙한 예술적 세련의 기준으로 볼 때 『피바다』에는 분명 '통속적'이랄 만한 요소들이 많다. 반면에 필자가 아는 통속소설류는 『피바다』처럼 '본격문학'다운 진지함을 유지하는 예가 거의 없는 것 같다. 그 제재의 성격이나 정치적 주장이 남한사회에서의 통속성과 양립할 수 없는 것임은 물론, 순수한 우리말을 고르고 다듬은 곡진한 노력과 숙련된 솜씨부터가 이곳 남쪽의 현실에서는 만만찮은 예술적 성과로 꼽힐 만한 것이다.

물론 '본격문학' '통속문학' 따위의 구분은 그 경계선이 명확지도 않으려니와, 개념 자체가 예술성과 대중성이 분리됨으로써 이미 양자 모두의 참뜻이 왜곡된 현실에서 나온 것이다. 그러므로 『피바다』가 예의 양분법에 맞아떨어지지 않는 것을 무슨 해괴한 일로 여길 까닭은 없다. 다만 이 소설에서 받는 일차적인 인상을 기록하는 하나의 방편으로 그런 표현을 빌려본 것이다. 다시 말해서, 그 첫인상이 과연 얼마나 정확하며 예술성과 대중성의 진정한 결합이라는 이상에 『피바다』가 실제로 얼마나 접근했는가에 대한 좀더 신중한 검토의 출발점에 불과한 표현이다. 그리고 민족의 동질성 회복이라는 대의를 위해서나 생소한 사물 앞에서의 당연한 마음가짐으로서나, 그러한 검토에 임하는 우리의 자세가 겸손해야 함은 물론이다. 적어도 사상과 제도·이념의 차이를 초월하여 이 책에 담긴 대단한 민족적 긍지에 대한 경의가 있어야 할 것이며, 남쪽에서는 몇몇 유다른 작가의 노력을 빼고는 사전 속에 잠재워둔 겨레말들을 살뜰히 찾아 쓴 사실 또한 민족적 긍지의 일환으로 인정하고 들어가야 하겠다는 것이다.

예술성과 대중성의 바람직한 결합의 본보기로 우리에게 쉽사리 떠오르는 것은 똘스또이(Lev N. Tolstoy)의 『안나 까레니나』라든가 (똘스또이만큼 폭넓은 합의의 대상은 못 되지만) 발자끄(Honoré de Balzac), 디킨즈(C. Dickens) 등의 걸작들이다. 『피바다』가 주는 인상은 이런 소설들하고도 사뭇 다르다. 그렇다고 그것이 '비판적 리얼리즘' 대 '사회주의 리얼리즘'의 차이만은 아닌 듯하다. 그보다는 『피바다』의 경우 미리 주어진 연극작품을 소설화하는 데 따른 특수한 문제라든가 소설의 공동창작 내지 집체

창작이 지니는 어려움 따위가 더 큰 차별적 요인으로 작용하지 않았는가 한다.[2] 반면에 개인의 창작품이고 처음부터 소설로 씌어진 작품이지만 고리끼(Maksim Gor'kii)의 『어머니』(1907)는 훨씬 더 적절한 비교대상이다. 무엇보다도, 온갖 참혹한 꼴을 당하면서 오로지 눈물과 한탄으로 반생을 보낸 여인이 아들의 지하운동 투신을 계기로 뒤늦게 역사에 눈뜨고 그 스스로 혁명전사가 되는 줄거리의 유사성이 눈길을 끈다. 그런데 고리끼의 소설은 영역본(Maksim Gor'kii, *Mother*, Moscow: Raduga Publishers 1949)으로밖에 못 읽은 터이지만, 명성에 값하는 대작이라고는 생각되지 않는다. 고리끼 자신은 이 작품을 '중편'으로 간주했다고 하는데, 실제 작품은 중편이라기에는 너무 긴 동시에 본격적인 장편소설다운 풍부한 묘사는 부족하여 어중간하게 되었다. 그 결과 다소 공허하고 읽기에도 지루한 느낌을 주는 대목들이 많아졌다. 예컨대 아들 빠벨 블라소프와 그 동료들의 공장생활이나 그곳에서의 공작활동은 이만한 길이의 소설에서라면 좀더 구체적으

---

2 소설의 공동창작에 관해서는 그 자신 소설가이면서 문화운동의 현장에서 수많은 촌극과 마당극 대본의 공동창작에 가담한 경험이 있는 황석영의 다음과 같은 지적이 참고할 만하다. "장시라든가 연희대본 등은 공동창작에서 좋은 성과를 낼 수 있다고 생각합니다. 그러나 소설은 매우 어려운 점이 한두가지가 아닙니다. 소재와 주제를 정하고 구성을 하는 데까지는 여럿이 동참할 수가 있습니다. 그러나 여러 대목을 토막으로 나누어 분담하는 데서부터 문제가 발생합니다. 우선 사람마다 문체와 문장의 맛이 틀립니다. 연희에서는 각 등장인물이 자기에 맞게 대사를 말하고 몸짓을 하게 되지만 소설에서는 이 모든 것을 쓰는 사람이 묘사해내야 하기 때문이죠. 또한 중요한 점은 소설에서 등장인물의 내면은 복합적이지만 사건에 대응하는 성격의 일관성이 있어야 하는 법인데 이런 치밀한 것들을 여럿이 일치시키기는 불가능합니다. (…) 사실 문체라든가 문장이라든가 하는 말은 한 단어 어느 글줄에 국한된 것이 아니라 첫줄에서 마지막 구두점이 찍힐 때까지의 소설 전체가 갖는 맛을 의미하는 것입니다. (…) 소설에 한해서만은 나는 공동창작이 그리 좋은 방법이 아니라고 생각합니다. 테마가 주어진다면 아무래도 그 틀에서만 맞는 인물과 사건이 정해질 테니까요."(「항쟁 이후의 문학」 57면)

로 제시되어야 마땅하며, 어머니의 활약상도 주변인물과 상황에 대한 충분한 형상화가 안 따름으로써, 처음 한두번과 마지막의 극적인 장면을 빼면 단조로운 되풀이에 빠지는 경향이 있다. 이에 반해『피바다』제1편에서 일본군의 느닷없는 '토벌'로 남편을 잃고 마을이 온통 쑥밭이 되는 충격이라든가, 돈 없고 나라 잃은 당시의 조선 여성들이 거의 공통으로 겪은 뼈아픈 설움이 밑거름이 되어 어머니가 자식들과 함께 싸워야만 할 필요를 깨닫게 되고 드디어 이웃의 아낙들까지 일깨워 부녀회를 조직하기에 이르는 2~3편의 진행은 큰 실감과 감동을 준다. 제4편에서는 '폭동' 준비가 어려움에 부닥쳤을 때 어머니가 자진하여 광산촌에 잠입하여, 그곳에서 친일 광주의 첩을 설득하여 화약을 빼내는 임무를 수행하고, 뒤이어 일본군에 체포되어 갖은 고문을 이겨내고 풀려난다. 이 부분 역시 고리끼의 장편과는 대조적인 긴박감에 가득 차 있고, 줄거리를 따라가는 재미 이상의 감동을 전한다.『어머니』에 자주 피력되는 미래 인류의 삶에 대한 다분히 이상주의적 신념보다도, 바로 눈앞에 있는 억압자들과 싸워서 민족의 해방과 좀더 인간다운 삶을 쟁취해야 할 구체적 필요성이 절실하기 때문일 것이다. 또한 이 싸움에 나선 사람들의 조선 사람다운 덕성과 없는 사람 특유의 품성이 남달리 강조되고 있는 것도 고리끼의 소설에서 빠벨이 끝끝내 그다지 매력 있는 인간으로 되지 못하는 것과 대조적이다.

물론『어머니』에서 빠벨뿐 아니라 다른 몇몇 인물들도 인간적인 결함을 지닌 것으로 그려진 점이『피바다』와 다른 고리끼의 사실주의적 충실성을 드러낸다고도 볼 수 있다.(소설이 극적인 승리가 아니라 어머니의 체포로 끝나는 것도 같은 의미로 사줄 만한 점이다.) 실제로『피바다』의 조선인 사회에는 지독한 가난과 한숨이 있을지언정 몇몇 일제 주구들을 빼면 악인도 배신자도 없고 내부적인 갈등이나 타락상도 보이지 않는다. 이것은 일목요연한 연극적 골격을 그대로 소설로 옮겨놓음으로써 생긴 결과일 수도 있으나, 어쨌든 작품 전체에 일종의 설화적 분위기를 드리우는 데 일조한다. 아니, 『피바다』는 그 의도부터가 『격정시대』처럼 항일무장투쟁사의 어느 특정 부분을 사실 그대로 복원하려는 것이 아니라, 조국광복투쟁의 승리를 상징하는 일종의 건국설화로 설정된 것이 분명하다. 농민과 광산노동자의 봉기에다가 성시 안에서의 계획된 폭동과 유격대의 진격이 일치하여 성취된 마지막(제5편)에서의 승리는, 가령 무송현성 전투의 역사적 사실과 어느 정도 일치하느냐는 문제를 떠나서라도, 그것 자체가 백두산 일대 항일무장투쟁의 최종 승리도 아니요 조국광복운동의 성공 그 자체는 더욱 아닌 것만은 분명하다. 그런데도 멀어져가는 유격대의 대오를 바라보는 어머니가 "보라빛으로 아롱진 눈물방울을 거쳐 아득히 미래에로 뻗어 있는 드넓은 길 — 혁명에의 길을 뚜렷이 내다볼뿐이었다"라는 말로 소설이 끝나는 것은, 성시 싸움의 승리가 곧 전체 혁명 승리의 전형임을 전제하고 있기 때문일 것이다.

이렇게 설정된 전형성을 소설 『피바다』는 어느 정도로 구현하고 있는가? 실은 이와 관련된 더욱 본질적인 문제가, 그러한 설정 자체의 역사적 타당성 문제이다. 예컨대 조선민주주의인민공화국의 성립과정에서 무송현성 전투를 주도한 유격대의 활동이 실제로 어떤 역할을 했으며[3] 나아가 앞으로 이룩될 통일조국의 설계에서 그 전통이 어떤 비중을 차지해야 옳은가라는 물음을 떠나서 판단할 수 없는 문제인 것이다. 그러나 여기서는 작품 속의 승리에 일종의 건국설화 내지 건국신화의 무게를 부여한 소설 자체의 설정이 얼마나 실감 있게 구현되었는가에 초점을 두는 것이 좋

---

3 이 대목은 최근에 한 일본인 사학자가 지적했듯이 수많은 '신화'와 '반(半) 신화'의 범람으로 특히 갈피를 잡기 어렵게 되어 있다. 무엇보다 북한측의 원자료가 완벽하게 공개·유통되는 가운데, 와다 교수의 이 글과 같은 진지한 실증적 검토가 더 있어야 할 것이다. 和田春樹 「김일성과 '만주'의 항일무장투쟁」, 『사회와 사상』 1988년 11월호 및 12월호 참조.

겠다.

어쨌든 『피바다』는 제5편에 이르면 앞서 언급한 설화적 요소가 더욱 두드러지게 된다. 그리하여 또 한번의 토벌을 겪고 막내아들의 참혹한 죽음까지 목격한 어머니가 초인적으로 재기하여 이튿날의 거사에 혁혁하게 기여하는 모습을 본다. 하지만 이 장면들이야말로 연극·가극·영화 등 공연예술이라면 모를까—또는 운문의 힘을 빌려 설화적 요소에 고차원의 현실성을 부여한 서사시나 극시라면 모를까—장편소설이 감당하기에는 버거운 대목이 아니었을까 싶다. 그 사실주의적 박진성에 대한 이런저런 의문을 불식할 만큼 처음부터 소설로서 치밀하게 구상되지도 않았고 달리 형식상의 창안이 실현되지도 않았기 때문이다. 예컨대 일본측의 대응부터가 너무나 어설프다. 수비대장은 공작원 조동춘과의 교전에 대한 불완전한 정보를 듣는 순간 상동마을 전체에 대한 토벌을 즉흥적으로 단행하고도 그 뒷마무리나 폭동 정보에 따른 대비를 위해 증원군을 요청하는 일도 없고, 이미 요주의인물로 지목된 어머니가 성문을 통해 들어와 거사 전야의 비밀회의에 참석하는 데도 아무런 지장을 안 받은 모양이다. 자위단장 변장국의 희화적인 죽음 같은 것은 판소리에 근거한 김지하 담시류의 기법으로 처리하는 것이 더 어울렸을지도 모른다. 또한 조동춘의 시신에 대해, "변장국이로부터 구마모도가 죽고 진펄로 사라진 공작원은 겨우 찾아내었는데 이미 숨이 져서 아무런 단서를 잡아내지 못했다는 보고"(『민중의 바다』 하권 292면)를 받고 수비대장이 동네를 싹 쓸어버리라고 소리질렀는데, 학살이 시작될 무렵에야 마을에 도착한 갑순이가 어머니와 죽은 을남이를 붙들고 한참 울던 끝에 "공작원 조동춘은 갑순이가 와서 인차 달려가보니 이미 진펄에 쓰러진 채 숨이 져 있었다"(하권 298면)라고 하는 따위의 차질은, 예컨대 영화로 찍는 경우라면 결코 일어날 수 없었을 것이다. 이런 문제점은 제5편에서 특히 두드러지지만, 전체적으로

소설 『피바다』가 투철한 사실주의적 기율과 설화적·낭만적 요소를 융합한 리얼리즘 소설의 행복한 정점에는 도달하지 못했음을 말해주는 사례라 하겠다.

그렇더라도 우리가 출발점에서 전제했던 일정한 경의는 남는다고 해야 할 것이며, 북한 혁명문학의 다른 고전들과 더불어 민족문학의 지평을 크게 넓히는 계기가 되는 점도 부인할 수 없다. 남쪽 사회의 저질 대중소설들은 그처럼 판이한 성격의 대중성 앞에서 상당한 타격을 받게 마련이겠고, 금기로 되어온 무장투쟁 전통이나 혁명사상을 들먹이는 것만으로 민중민족문학의 큰 성과인 양 인식되던 폐단도 이제 청산될 단계에 이른 것이다. 다만 최근 우리 독서계의 사정을 크게 바꾸어놓은 다른 여러 간행물들과 마찬가지로 이 경우에도 우리의 진지한 주체적 수용이 있음으로써만 새 단계 민족문학에 기약된 가능성이 실현될 것임은 물론이다.

4. 6월 이후를 보는 시각

1987년의 6월항쟁이 우리 현대사의 중대한 사건 가운데 하나임은 누구나 인정하는 터이다. 다만 이때를 전환점으로 민족문학의 새 단계가 열린다는 가설에 대해서는 다른 견해도 많다. 필자 역시 6월항쟁 이후의 진전을 새로운 '국면'이라 부를지 '단계'라 부를지, 새로운 성과의 달성을 정확히 87년 6월부터 따질지 아니면 88년 또는 89년으로 늦출지에 대한 논란에 너무 깊이 빠져들 생각은 없다. 중요한 것은 실제 이루어진 구체적인 성과를 얼마나 정확히 평가하고 그 역사적인 의미를 어떻게 이해하여 앞으로의 실천을 어떻게 최선으로 이끄는가 하는 것이지, 분류 자체의 현학적 정밀성이 아니기 때문이다. 그러므로 이제까지 문학적 성과에 치중했던 논의의 시야를 약간 넓혀, 항쟁 이후의 정세 전반을 보는 몇가지 시각 — 크게 나누어 세개의 상이한 시각 — 을 검토함으로써 '새 단계'설의 본뜻을 좀더 명확히 해볼까 한다.

먼저 87년 6월을 결정적인 전환점으로 보는 '중산층적' 시각이 있겠다. 이 경우에도 정부·여당의 입장과 제도권 야당들이 대변하는 입장이 서로 다른데, 전자는 6·29선언의 획기적 의의를 강조하면서도 5공화국과 6공화국의 실질적 차별성을 극소화하는 데 몰두하고 있는 만큼 그들의 신단계론은 기만적 말놀음에 불과하다고 하겠다. 특히 그들은 광주 5월항쟁의 장기적 결실로서의 6월 및 6월 이후라는 기본인식을 배척하고 있기 때문에, 80년 당시 5·18을 덮어둔 채 5·17로 '새 시대'가 열렸다고 떠들어대던 작태를 또 한번 되풀이하고 있는 꼴이다. 이 점에서는 보수야당들도 본질적으로 얼마나 다른지 논란의 여지가 있지만, 적어도 6월항쟁에 직접 기여한 두 야당의 경우는 6월 이후 민주화의 결정적인 새 단계가 열렸다는 대다수 중산층의 인식을 좀더 정직하게 대변하고 있다 할 것이다.

이것이 중산층만이 아니고 상당수 국민들이 피부로 느끼는 — 틀렸을 수도 있지만 어쨌든 환각만은 아닌 — 어떤 실감과도 일치한다는 점에서 이는 민족문학론이나 통일운동론에서도 결코 무시해서는 안 될 시각이다. 그런데 이런 시각의 근본적인 문제점은, 민주주의에 대한 그 나름의 진지한 열망을 담았으나 이를 실현할 대중적 기반을 결하고 있다는 점이다. 그들이 지향하는 자유민주주의는 우리 사회에서 가장 수도 많고 독재로 인한 피해도 가장 큰 기층민중의 생활상의 욕구와 거리를 두고 있으며, 우리 민족 대다수의 통일 염원을 충족하려는 의지에도 뚜렷한 한계가 있다. 민중과 민족의 욕구가 '자유민주주의'의 정해진 틀을 넘어서려 할 때, '자유민주체제 수호'를 빌미로 민주주의 자체를 압살하려는 세력 말고 정말 그들의 자유를 위해 피 흘리고 싸워줄 세력이 거의 없는 것이다.

자유민주주의의 옹호자로 자처하는 보수야당들이 광주의 진상규명을 촉구하면서도 언제나 타협할 태세를 보이고, 5월항쟁을 지역문제로 왜곡하려는 집권층의 전술에 말려들기 일쑤인 까닭도 거기에 있다.

이런 한계 때문에 6월 이후에 대한 중산층의 시각은 그것이 현정세의 일면을 정확하게 인식한 것임에도 불구하고 그보다 '급진적'인 입장들로부터 도전을 받을 수밖에 없다. 이 가운데 하나는 민족의 통일 염원을 적극적으로 반영하여 민족해방과 조국통일을 지상과제로 삼는 입장이다. 이 경우에도 6월 이후를 보는 시각은 반드시 일치하지 않는다. 88년 들어 각계에서 드높아진 통일 열망과 특히 6·10남북학생회담 계획을 중심으로 번진 전국적인 운동으로 보아 88년을 완연히 새로운 단계로 파악하는 시각도 있겠고, 단독 올림픽의 성공과 한반도의 양국체제에 대한 사회주의권의 점진적 수용태세 등 분단세력에게도 즐거운 일이 많았던 해인 만큼 아직껏 조국통일운동의 결정적 전환을 이루었다고는 보지 않는 관점도 있을 것이다. 89년에 들어와 정부의 이른바 북방정책이 더욱 활기를 띠고 재벌 총수의 북한 방문과 관광개발계획이 요란한 화제가 된 시점에서 평가한다면, '민족해방'이라는 단일 기준에서는 아직도 새 단계가 안 왔다는 회의론이 좀더 정확하지 않을까 싶다.

세가지로 대별했던 시각 중 나머지 하나는 남한사회 내부의 계급모순을 무엇보다 중시하는 입장이다. 이에 따르면 중산층 중심의 신단계설은 '민주주의'를 '자유민주주의'로 축소해석한 오류이며 시민계급의 헤게모니를 강화하는 이데올로기 공세의 일환일 따름이고, 민족해방·조국통일을 절대시하는 것 역시 계급적 관점이 결여된 소시민적 성향의 발로가 된다. 그런데 이때도 6월 이후의 정세에 대한 인식에는 내부적인 견해 차이가 있을 수 있다. 6·29 직후의 7·8월 노동투쟁이 전기가 되어 새로운 단계가 열렸다는 시각과, 그러한 발전에도 불구하고 '노동계급의 주도성 확립'이라는 기준으로 보면 아직껏 질적인 비약이랄 것이 없었다는 시각이 모두 가능하겠다. 그리고 필자의 생각으로는 이 경우 역시 '노동계급의 헤게모니'라는 단일 기준을 고집하는 한, 뒤쪽의 좀더 회의적인 평가가 진실에 가까울 듯하다.

그러면 87~88년을 거치며 우리 문학이 새 단계에 진입했다고 보는 민족문학론은 6월 이후의 정세 전반에 대해서 어떤 관점을 취하는가? 앞에 세가지 다른 입장을 소개하면서 표면적으로 신단계설을 지지하는 시각보다 차라리 회의적인 시각들이 진실에 가까움을 지적했다. 그러고도 여전히 새 단계의 도래를 내세우려 한다는 것은, 기존의 그 어떤 입장도 답습하지 않으면서 각기의 타당한 면을 변증법적으로 종합고자 하는 자세임을 암시한 꼴이다. 사실 6월 이후 정세의 가장 큰 새로움은, 그전부터 병존해온 세가지 시각이 6월의 승리로 확장된 역사공간 속에서 제가끔의 근거와 문제점을 한층 뚜렷이 드러내면서 새로운 종합의 필요성을 제기했다는 점이라 하겠다. 아니, 새로운 종합의 현실적 가능성을 비로소 열어놓았다고도 할 수 있다. 이러한 종합에 다소나마 기여하는 뜻에서 민족문학론의 관점을 몇가지로 부연할까 한다.

첫째, 민족문학론은 노동계급이 중심이 된 민중세력이 통일운동의 주체라고 믿는 민중문학론이기도 하기 때문에, 남한사회 내부의 계급모순을 제기하고 이에 대한 과학적 인식을 토대로 민주화운동·통일운동의 담당세력을 설정하려는 태도 자체를 탓할 까닭이 없다.[4] 그러나 우리의 민중문학론은 구체적으로 분단사회의 민중문학론이요 분단시대를 끝장내려는 민족문학론이기도 하므로, 분단체제가 개입되지 않은 사회나 사회

---

4 이러한 기본적 입장의 대강을 필자의 경우 비록 어줍은 글이나마 1973년의 「문학적인 것과 인간적인 것」(『민족문학과 세계문학 1』)에서 제시한 바 있다.

이론을 표준으로 노동계급의 주도성 문제를 가늠하는 것은 관념적인 태도라 믿는다. 현단계 노동운동의 한계 자체가 일차적으로 군부독재에 의한 탄압의 결과지만, 더 근원적으로는 일제의 식민지·파쇼통치 아래에서조차 면면히 이어져서 8·15 이후 만만찮은 수준에 올랐던 노동계급의 역량이 6·25를 통한 분단체제의 확립으로 인위적인 단절을 겪었기 때문이다. 분단사회의 이러한 특성들을 인식하지 못하고 마치 계급모순에 대한 원론적 지식의 부족이 민중적 영도성을 제약하는 주된 원인인 것처럼 생각하는 것은 잘못된 발상이며, 분단이 유지되는 상태에서 민중권력의 상대적 성장만이 아닌 결정적 승리까지를 기대하는 태도는 자유주의적 선민주·후통일론을 내용만 바꾸어 재생할 위험이 있다. 요컨대 체제의 반민중성에 대한 과학적 인식은 그것이 분단체제라는 구체적 인식에까지 나아가지 못한다면 충분히 과학적일 수 없는 것이다. 따라서 현시국을 새 단계로 볼 것인가에 대한 논란도 그처럼 구체성이 미흡한 현실인식이 기준이 되는 한 찬반 양쪽이 모두 충분한 설득력을 못 갖게 마련이다.

둘째로, 민족해방과 자주화 문제를 절대적인 기준으로 삼는 입장도 분단체제의 과학적 인식에 입각했다고는 볼 수 없다. 이 경우 다른 두 흐름에서 상대적으로 경시되는 분단의 문제를 표출시키는 점은 더없이 높이 평가할 일이나, 그것이 한반도 전역에 대한 분단체제라는 인식이 부족한 것이다. 그 결과 북한사회의 성취나 문제점을 분단체제의 규정성과 연관시켜 이해하려는 과학적 노력이 모자람은 물론이고 ─ 하기야 이 대목에서는 모두들 오십보백보의 상태지만 ─ 남한사회를 논할 때도 신구 식민지의 차별성을 아예 무시하기가 일쑤다. 아니, 신식민지론을 전제한 자주화 논의에서도 분단체제의 일부가 된 신식민지 사회의 특수성 ─ 그 남다른 성취와 남다른 예속성의 독특한 결합 ─ 을 정확히 짚어내지 못한다. 그리하여 분단이 안 된 여타 식민지·종속국의 척도를 그대로 적용하는 비과학적 논의가 너무나 많다. 예컨대 분단체제가 강요하는 예속성에만 주목하고 그것이 허용하는 일정한 자율성과 그 자율성의 상대적인 증대가능성을 간과하기도 하고, 자주화의 상대적 신장이 아닌 결정적인 쟁취가 분단체제극복에 선행할 수 있는 것처럼 생각하는 일종의 선자주화·후통일론을 부추기기도 한다. 이에 반해 민족문학에서 작품과 비평적 논의를 통해 부각시켜온 분단문제의 인식은 어디까지나 우리 내부의 민주화가 일차적 과제로 되는 반민중적 분단체제에 대한 인식이며, 이 분단체제를 허물어가는 싸움의 일환으로 반외세·자주화의 진전을 평가하는 자세이다. 6월 이후에 아직껏 자주화의 결정적 진전이 없다는 사실이 곧 새로운 단계의 설정을 뒤엎을 근거가 못 된다고 보는 것도 그 때문이다.

동시에 6월 이후의 표면적 변화를 과장하는 중산층적 시각에 본질적인 문제점이 있음은 이미 지적한 대로다. 다만 이제까지 비판한 바 계급모순 또는 민족모순에 대한 각기 편향된 인식이 6월 이후 새롭게 열린 공간 속의 분단극복운동을 중심으로 종합·정리될 필요가 있는데, 이 과정에서 이러한 공간을 창출하는 남한사회 내부의 일련의 한정된 민주화조치에 대해서도 좀더 적극적인 인식을 가져야 옳겠다. 흔히 '자유주의적 개혁'이라 일컬어지는 이 변화는 정권측의 전술적 후퇴라거나 특정 정당의 차원을 넘어선 좀더 광범위한 집권세력의 개량주의적 전략이라는 성격이 없는 것은 아니다. 하지만 87년 선거에서의 정권교체 실패에도 불구하고 민중의 힘에 계속 밀려 (군사정권이 문민정권으로 일단 교체된 필리핀이나 아르헨띠나, 브라질 들보다 여러 면에서 더욱) 도도하게 진행되고 있는 작금의 변화는, 기본적으로 분단체제의 특수성과 직결된 현상이다. 다시 말해 분단국임으로 해서 반민주세력의 집권과 자기안보가 남달리 용이한 면도 있지만, 끝끝내 그것이 진정한 계급적 헤게모니로 정착될 수 없는 취약점을 안고 있기도 하다는 것이다.

분단체제가 심상한 양국관계가 아닌 반민족적·반민중적 분단의 체제로 기능하고 인식되는 한, 통일의 명분을 떠나서 정권유지가 불가능하다. 말하자면 '통일지향적(적어도 통일지향성을 표방한) 분단체제'라는 자가당착의 체제인 것이다. 그렇기 때문에 체제의 실상에 대한 토론의 자유가 조금만 허용되기 시작해도 걷잡기 어려운 '혼란'이 일어나게 된다. 사실 제3세계 국가에서 내용 있는 자유주의적 개혁은 초기 자본주의 사회에서 자유주의가 지녔던 반봉건적 혁명성에 못지않은 폭발력을 지니는 것이 일반적인 현상이지만, 분단사회에서는 더욱이나 그렇다. 물론 통일의 열망이 대단치 않은 민족이거나 민주역량이 태부족한 국민이라면, 이들 개혁조치가 미구에 자유의 실속을 다시 빼앗아갈 방편으로 작용할 수 있다. 우리에게도 그런 위험이 아주 없는 것은 아니나, 6월 이후의 변화를 세계사에 유례없는 한반도 통일운동의 진행과정으로 정확히 가늠하는 과학적 인식이 주어진다면, 일반 민중의 통일 염원이나 민주적 저력에 대해서는 크게 염려하지 않아도 될 줄 안다. 오히려 현실의 진행이 기존의 어떤 틀에 안 맞는다고 해서 전술적인 차원에서의 대응만이 가장 투철한 변혁논리의 표현인 것처럼 생각하는 일부 지식인과 운동가들의 타성이야말로 우리가 시급히 극복해야 할 점이겠다.

　지식층의 이러한 자기정비를 위해서나 민중역량의 활성화를 위해서나 문학의 창조적 역할은 절대적이다. 물론 그것은 문학만의 몫은 아니고 유독 지금 이곳의 문학에만 주어진 몫도 아니다. 그러나 유례없이 경직되고 살벌한 분단이면서 남북 각각에서 세계가 놀라는 저 나름의 실적을 올리기도 한 이 전대미문의 분단체제를 극복하려는 우리의 통일운동은 남달리 창조적인 운동이 아니고서는 성공하기 어렵게 되어 있다. 말하자면 통일운동은 하나의 창조적 예술이어야 하고 통일운동가는 누구나 예술가로, 역사의 예술가로 되어야 한다는 것이다. 이런 예술의 일부로서만 우리

의 문학도 한껏 꽃필 수 있는 것이지만, 민족언어의 예술이 응분의 몫을
해내지 못하는 곳에서 역사행위의 예술가들만이 어김없이 대령해주기를
기대하는 것도 부질없는 일일 터이다.

—『창작과비평』 1989년 봄호

지혜의 시대를 위하여

　1980년대의 마지막해를 민주화나 자주화의 획기적인 성취 없이 넘기면서 우리에게 힘이 모자라고 지혜가 모자란다는 생각이 절실했다. 동시에 우리 사회 내부에서 이루어져온 변화를 보나 동유럽을 비롯한 바깥세상의 엄청난 바뀜을 보나 앞으로는 점점 힘 가운데도 지혜의 힘이 지배하는 시대가 될 것이라는 믿음이 굳어지기도 했다. '지혜'는 꽤나 막연한 말이고 어찌 보면 낡은 말이다. 그러나 지금 이 상황에서 온고지신(溫故知新)의 본뜻을 살려 이해하는 '지혜의 시대'라면, '경제 외적 강제'라고도 일컫는 좀더 공공연한 강압이든 '최대한의 이익을 위해 자유롭게 사고파는 개인'이라는 허상을 앞세운 음성화된 강압이든 강압이 안 통하고 또 불필요해진 시대가 아닐까 싶다.

　이런 시대를 좀더 과학적인 용어로 말하지 않고 '지혜'라는 알 듯 말 듯 한 표현을 쓰는 것은 과학의 중요성을 부정해서가 아니다. 과학을 떠난 지혜가 있을 수 없게 된 것이야말로 지혜의 시대 도래의 한 징표다. 지혜는 이제 강압의 시대 틈바구니에서 숨쉬며 먼 훗날을 기약하는 단편적 지혜가 아니라, 전인류의 삶을 슬기롭게 이끌고 갈 실력의 지혜가 될 때인 것이다. 그러므로 과학기술도 필수적이고 과학적인 세계관도 당연히 필요하다. 다만 그것이 '세계관'의 문제로 되는 순간—더욱이 '실천과 합일된' 세계관의 문제로 되는 순간—무엇이 과학적이고 무엇이 비과학적인지는 이미 어떤 명백하게 과학적인 실증의 영역에서 벗어난다. 지혜를 알아보는 지혜만이 검증자가 될 수 있다. 실천과 하나인 과학은 그 자체가 지혜이기 때문이다.

전세계적으로도 그렇지만 오늘날 우리 사회 안에서 과학적 세계관을 표방하는 사람들 사이에 심각한 의견대립이 있는 것이 사실이다. 더구나 그러한 세계관을 실천에 옮기는 방도에 이르면 사태는 중구난방에 가깝다. 그럴수록 자신의 과학성을 더 고집하는 사람들도 많고 그중 어느 한 가닥이 옳을 가능성도 물론 있겠다. 그러나 어쨌든 과학성을 표방하는 세력들이 여러갈래로 나뉘었다는 사실 자체가 그들 모두의 과학성에 대해 재고하게 만든다. 실천을 통한 검증이라는 것도 '누가 이기나 두고 보자'는 식의 별러대기가 아니라면, 어차피 상대적일 수밖에 없는 그때그때의 인식이 지금 이곳의 구체적인 정세와 얼마나 슬기롭게 결합되었느냐는 '지혜'의 기준과 별개일 수 없을 터이다.

이러한 지혜를 찾는 데에 예술과 문학이 갖는 의미는 남다르다. 필자가 이미 여러곳에서 주장했듯이, 체계화된 지식으로서의 과학은 창조적 실천과 동떨어져서도 성립하지만 예술은 그 자체가 창조적 실천이 아니고서는—달리 말해 제대로 변증법적이 못 되고서는—거짓 예술로 전락하고 만다. 그런 의미에서 예술은 (그것이 참 예술인 한) 과학보다 원칙적으로 한 차원 높은 곳에 자리 잡은 창조적 정치행위의 일종인 것이다.

그러나 예술에서도 지혜의 시대가 다가오면서 과학의 몫이 한층 뚜렷해진다. 과학적인 사실인식 그 자체가 예술은 아니지만, 지혜가 현실세계를 다스릴 수 있는 시대로 근접할수록 현실세계에 대한 지식을 결하고서 창조적일 수 있는 여지가 점점 줄어드는 것이다. 이른바 리얼리즘 문제의 까다로움이 여기서 나온다. 사실주의(또는 루카치의 '자연주의')와 진정한 리얼리즘을 원칙적으로 구별하는 것이 중요하기는 한데, 양자가 혼동되기 일쑤임에도 불구하고 아예 다른 이름을 내걸기가 힘든 사정이 있는 것이다. 「리얼리즘에 관하여」라는 졸고에서도 지적했듯이, 이러한 리얼리즘은 자연주의와는 달리 많은 면에서 아리스토텔레스의 고전적 명제를 계승하고 있지만 굳이 '리얼리즘'이라는 새 이름이 필요할 정도의 중대한 변화가 개입하기도 한다. "즉 문학은 실제로 일어났기보다 일어남직한 일을 말해준다는 대원칙만은 그대로 남는다 해도, '일어남직한 일'의 정립에 있어서 실제로 일어났던 일, 일어나고 있는 일, 일어날 수밖에 없거나 일어나야 마땅한 일 들에 대한 사실적(事實的) 인식 ─ 아리스토텔레스의 표현을 빌린다면 '역사가'의 인식 ─ 이 전혀 새로운 비중을 차지하게 되는 것이다. 사실주의의 사실성(寫實性)이 갖는 본질적 의의는 바로 이러한 역사인식·세계인식의 전환에서 찾아야 할 것이다."(졸저 『민족문학의 현단계』 401~02면)

이러한 예술의 성취야말로 지혜의 시대로 다가가는 데 필수적인 과정이자 그 다가옴의 가장 확실한 증거 가운데 하나이다. 게다가 예술작품, 특히 문학작품은 아직도 지혜의 부족에 시달리는 상황에서 안성맞춤인 훈련 교재가 되기도 한다. 체계적인 지식을 습득하는 과학과는 달리 구체적인 정세에 대한 구체적인 분석을 실천과 직결시키는 것이 지혜라고 한다면, 작품에 대한 구체적인 이해가 삶과 역사에 대한 즐거운 공부가 되기도 하는 경험이야말로 긴요한 지혜 공부일 터이다. 그런 의미에서 문학비평 역시 (그것이 충실한 문학비평인 한) '과학적 미학'을 포함한 일체의 과학보다 원칙적으로 한 차원 높은 창조적 과업이라는 것이 나의 지론이다.

그런데 이러한 지론에 비추어 너무나 부끄럽게도 본고에서는 구체적 작품에 대한 분석보다 그 서론에 해당하는 이야기가 대부분이 될 것 같다. 그 나름으로 필요한 이야기다 싶어서 지면을 채우는 터이지만, 뒤이어 충분한 작품 논의를 보태주기에는 지면뿐 아니라 나 자신의 준비가 너무 부족한 것이 사실이다. 머지않아 보완의 기회를 만들리라 기약하면서 '지혜의 시대'에 관해 떠오르는 생각들을 정리해본다.

강압이 사라진 시대를 인류가 꿈꾸어온 지는 오래다. 그러나 '목구멍이 포도청'이라는 말처럼, 물질적 궁핍이 있는 데서 자유가 온전할 수 없다. 모든 사람들의 기본적인 의식주 문제를 해결할 물질적 생산량을 확보하는 일은 자본주의의 발달로써 비로소 가능해졌고, 그제서야 공상이 아닌 과학을 표방하는 사회주의 이념이 19세기 서구에서 형성되었던 것이다.

평등사회의 실현과정은 처음부터 험난할 것으로 설정되었다. 그러나 현실사회의 운동법칙에 대한 인식과 더불어 그 험난을 이겨낼 의지를 갖춘 주체가 머잖아 대두하리라 보았다. 오늘의 시점에서 분명한 것은, 적어도 생산력의 발전은 평등사회를 이룩하고 남을 만큼 더욱 발전했다는 점과, 궁핍과 강압이 사라진 세상을 만드는 데 필요한 과학적 인식과 실천적 의지의 결합이 여간한 지혜의 경지가 아니어서는 안 되겠다는 점이다. 더구나 그것은 전인류가 동참하는 지혜라야 될 모양이다. 세계의 어느 한쪽에서 일어나는 제도변혁이 충분히 성과적이기 위해서도 그렇거니와, 오늘날 또 한가지 분명해진 사실은, 현대세계의 엄청난 생산력을 평등한 분배 속에서 유지하는 일도 희한한 지혜를 요하지만 그러한 생산력의 유지 자체가 자연환경을 파괴하고 인류의 멸망을 가져올지 모른다는 것이다. 결국 모자람이 없이 생산해서 나눠쓰는 지혜와 더불어 알맞은 선에서 충족을 느끼는 지혜가 요구되고 있다.

다시 말해서, 사람이면 누구나 궁핍에서 벗어나는 일이 물리적으로 가능해진 시대, 그리하여 좋든 싫든 점점 많은 사람들이 자기도 남부럽지 않게 살겠다고 주장하고 나오게 마련인 이 시대는, 지혜의 다스림이 없는 한 모두가 함께 파멸할 운명에 놓인 시대이기도 하다. 다가오는 세상이 민중의 시대이자 곧 지혜의 시대라는 명제는 그러한 현실에 근거한 것이다.

최근에 이른바 현실주의 나라들에서 일어난 격변의 실상에 대해서는 의논이 분분하지만, 적어도 그러한 명제와 그것이 근거한 현실을 바꾸는 것이 아님은 분명하다. 가령 일부의 주장대로 사회주의에 대한 자본주의의 승리가 왔다 하더라도, 이렇게 '승리'한 자본주의의 생산력이 민중이 슬기롭기만 하다면 고루 잘살기에 충분한 생산력이라는 점은 더욱더 명백해지는 것이며, 지혜롭지 못한 민중의 손에서 인류의 공도동망(共倒同亡)을 기약하는 생산력이라는 사실 또한 점점 더 뚜렷해지는 것이다.

다른 한편 최근의 변화가 이른바 사회주의권 국가들이 충분히 사회주의적이지 못했기 때문이라거나 아예 사회주의가 아니었기 때문이라는 학설들을 따르더라도 마찬가지다. 불평등 속의 자유경쟁이라는 제도화된 폭력을 일단 제거했던 이들 사회가 우여곡절 끝에 궁핍으로 인한, 그리고 차라리 자유경쟁 이전의 온갖 폭압적 유산을 미처 청산하지 못한 데서 오는 다른 종류의 강압마저 제거하는 작업에 다소나마 성공한다면, 그것이 지혜의 시대 실현에 큰 몫을 할 것은 더 말할 나위 없다. 그러나 설혹 거기까지 못 가고 말더라도 장차 다른 곳에서 지혜의 다스림을 이룩할 이들에게 타산지석이 될 것은 분명하다. 그뿐 아니라 동독 민중의 평화적인 항거가 베를린의 장벽을 열고 냉전체제라는 강압구조를 허무는 직접적인 계기가 되었다는 사실만으로도, 민중의 시대이자 지혜의 시대에 우리가 들어서고 있음을 실감케 한다.

그런데 민중의 시대를 실제로 앞당기는 확실한 지혜가 되려면 민중에 관한 우리의 인식도 훨씬 구체적이고 과학적일 필요가 있다. 특히 그 계급적 성격을 빼놓을 수 없으며, 고전적 사회주의에서 인간해방의 주역으로 설정한 노동자계급 내지 프롤레타리아트와의 관계도 정확하게 밝혀야 할 것이다.

돌이켜보건대 60년대나 70년대에는 '민중'이란 말만 써도 프롤레타리아혁명의 주창자로 몰리기가 십상이었는데, 80년대(특히 그 중반 이후)로 오면서는 '민중' 운운이 오히려 소시민적 무계급성의 증거로 책잡히는 풍조가 문단 안팎에 자욱하였다. 이제 90년대에는 그 어느 쪽의 강압도 없어지기를 누구나 바라는 마음일 터인데, 어쨌든 민중을 이야기하면서 계급문제를 말하지도 생각지도 않는다면 그것은 소시민적 민중주의라는 비난을 면할 수 없겠다. 또한 계급을 말하더라도 당자의 용기의 부족이나 과학적 인식의 미흡이 그대로 그 낱말 사용의 빈도에 반영되는 경우도 적지 않다. 다른 한편 전투적인 정열로써 빈번히 '계급'을 들먹이는 일이 계급에 대한 과학적 사고를 방해할 우려 또한 없지 않을 것이다.

예컨대 가장 초보적이면서도 기본적인 문제로 노동자계급이 구체적으로 누구누구냐는 물음이 있다. 자본주의 사회에서 민중의 중심세력이 노동자계급이고 이 계급의 기본구성이 산업노동자들이라는 점에는 대체적인 합의가 되어 있다고 본다. 그러나 그들 말고 어디까지를 노동자계급의 범주에 넣을지에 대해서는 국내외의 학자·이론가들 사이에 논란이 엄청나다. 특히 현대사회에서 점점 그 비중이 커지는 구성인자인 사무직 근로자와 기술자·지식노동자들의 경우, 그들 모두를 제외해서도 안 되고 그렇다고 월급 받고 일하면 모두 노동자라고 말해서도 안 된다는 원칙 이외에는 정설이랄 것이 없는 듯하다. 물론 이러한 토론이 현학적인 공론이 되고, 노동자계급이 민중의 중심세력이며 산업노동자 대중의 각성이 무엇보다 시급하다는 명백한 사실을 얼버무리는 핑계가 되어서는 안 된다. 그러나 가령 노동자계급의 상한선을 어디다 그을 것인가라는 문제는, 민중의 누구누구를 동맹자로 규합할까라는 전술의 문제이기 전에, 노동자계급을 거론하는 숱한 언설의 몸말이 도대체 무엇인가라는 본질적인 문제인 것이다.

따지고 들자면 '자본주의 사회에서의 노동자계급'이라고 할 때 그 사회의 단위를 어떻게 설정하느냐는 것 자체도 결코 자명하지 않다. 월러스틴(Immanuel Wallerstein) 등의 이른바 세계체제론에서는 자본주의 세계경제에 망라된 전역을 기본단위로 설정하고 개별 국민국가는 그 하부단위로 이해하는데, 우리의 집단적 정치행위가 아직도 일차적으로 개별 국가기구에서 그 성패가 드러난다는 점을 생각할 때는 실천적인 발상이 못 되기 쉽다. 그러나 이는 어디까지나 실천적 요구를 기준으로 삼은 비판이고, 도대체 '일국사회'가 어떤 것인지는 가령 영국 같은 선발 국민국가의 예를 보더라도 그 범위가 고정불변하게 주어진 것은 아니며(이에 관해 『창비 1987』의 권두좌담 「현단계 한국사회의 성격과 민족운동의 과제」 중 45~46면; 〈『백낙청 회화록 2』, 창비 2007, 197~98면〉의 필자 발언 참조), 더욱이 실천적 요구를 존중하는 한 일국사회적 단위설정과 세계체제적 설정의 타당성은 언제나 상대적이고 그 상대적 비중은 가변적인 것이다. 또 식민지일 경우나 복합국가일 경우 '사회'의 기본단위 설정에 각기 그 나름의 애매성이 추가되기 마련이다.

다른 한편 노동자계급을 프롤레타리아트 즉 '무산자계급'으로 이해하는 데서도 여러가지 복잡한 문제에 부딪힌다. 얼마 전 방한했던 동독의 쿠친스키(Jürgen Kuczynski)는 '프롤레타리아트'와 '노동계급'을 구별해야 한다고 말했는데(김흥명 교수와의 대담, 『창작과비평』 1989년 겨울호 264~68면), 이는 앞서 거론한 노동자계급의 외연을 확정짓는 문제에 주로 관련된 발언이었다. 그러나 여기에는 도대체 자기 재산이 얼마나 없어야 '무산자'

가 되는 것이며 지식이나 기술 따위 정신적 자산이 어느 만큼 쌓였을 때 '생산수단'의 범주에 들어갈 수 있는 것이냐는 물음도 불가피하게 끼어든다.

게다가 필자는 기본모순과 관련하여 "기본모순을 생산수단의 소유 여부에 연결짓는 것은 고도로 추상적인 개념을 도입하는 일이며, 나아가서 이처럼 소유 문제에 집착하는 것이 소유 그 자체를 중시함인지 아니면 '무소유'의 경지를 지향함인지라는 더욱 근원적인 물음을 떠올릴 수조차 있다"(「오늘의 민족문학과 민족운동」, 『창작과비평』 1988년 봄호 236면; 〈본서 100면〉)라는 지적을 덧붙인 일도 있다. 이는 논의를 일거에 과학에서 비과학의 영역으로 비약(또는 전락)시켰다는 인상을 줄 수도 있었고, 어쨌든 따옴표만 붙였을 뿐 '무소유'의 경지가 무엇인지 설명이 없는 상태에서 일부 독자의 의아심을 사기에 충분하였다. 나 자신의 의도는 물론 비과학으로의 전락이 아니라, 계급에 관한 사유가 과학이 본디 뜻하는 바 지혜의 경지에까지 이를 필요를 제시하려는 것이다. 절대적 궁핍의 시대에는 불교에서 강조하는 '무소유'가 어쩔 수 없이 금욕을 전제한 해탈만을 뜻하기도 했고, 불평등한 소유에서 오는 강압에 순종하며 살라고 민중을 달래는 수작으로 되기도 했던 것이 사실이다. 그러나 승단의 규범에 드러난 그 참뜻은 기본적인 의식주가 해결된 상태에서 욕심의 굴레로부터 해방된다는 것이며, 집단적 소유를 통한 상당 수준의 물질적 실력을 행사하는 일과 넉넉히 양립할 수 있는 것이었다. 그런데 앞서도 말했듯이 민중의 시대란, 이미 기술적으로 충분히 생산 가능한 재화를 고르게 나누고도 풍요롭게 사는 지혜가 움직이는 세상일뿐더러 생산 가능하고 소유 가능하다고 해서 무턱대고 생산·소유하지 않을 '욕망의 교육'이 보편화된 세상이다. 가진 것이 없어서 고르지 못한 사회의 모순을 온몸으로 체험하는 사람들 가운데서 평등사회를 만들려는 움직임이 가장 힘차게 나오는 것은 당연하고도 바람직한 일이지만, 그것이 성공하기 위해서는 불평등구조에 대한 지식과 평등에의 열의만으로 되지 않는다. 사람답게 사는 데 필요한 만큼 가질 것을 가지면서 — 특히 지식과 기술을 최대한 가지면서 — 그 '가짐'에 얽매이지 않는 훈련이 지금부터 진행되어야 한다. 경제적 소유 문제만 해결되면 나머지는 뒤따라오게 마련이라는 주장은 각 개인의 정신수양만 완성되면 사회문제가 모두 해결되리라는 말과 마찬가지로, 형식논리상 흠잡을 데 없는 진술인 동시에 실제로는 극도로 무책임한 주장인 것이다.

이런 여러가지 어려운 문제들이 우리의 경우 남북분단으로 더욱 복잡해진다는 점은 누구나 동의하지 싶다. 그러나 구체적으로 어떻게 복잡해지며 어떤 대응이 필요한지에 대해서는 합의가 훨씬 적은 것도 당연한 사실이다.

우선 '사회'의 단위를 정하는 문제도 우리의 경우 유례없는 난관에 부딪힌다. 이는 경제적 사회구성체라는 차원에서 현재의 남북한이 도저히 하나의 사회일 수 없다는 현실을 부인하는 것이 아니다. 그러나 '조국은 하나다'라는 명제가 단순히 감상적인 구호가 아니라면, 엄연히 별개의 사회구성체이면서 동시에 아직도 하나의 민족사회라는 풀이가 따라야 할 것이다. 그리고 이는 또, 단순히 하나의 사회구성체로 재결합하고 싶다는 주관적 바람이 민족성원 다수의 마음속에 아직껏 살아 있다는 것만이 아니고, 그러한 바람을 끊임없이 재생산하는 모순구조가 남북한 각기와 남북한 상호관계 속에 자리 잡고 있다는 뜻이라야 한다. 게다가 재결합이 점진적·단계적으로 이루어지는 경우 과연 어느 지점에서 — 다시 말해 복합국가의 어떤 형태가 성취될 때 — 하나의 민족사회가 하나의 사회구성체로 되느냐는 문제도 있다. 이는 순전히 이론적인 관심사만도 아닌 것이, 말을 바꾸면 그 지점이 곧, 비록 점진적인 재결합이지만 역전불능의 단계에 들어서는 지점이 될 것이기 때문이다.

분단사회라고 해서 '민중'이나 '노동자계급'이라는 개념의 내포가 달라지는 바는 없을 것이다. 그러나 그 외연을 구체적인 현실 속에서 확정하는 일이 적어도 분단 안 된 사회와의 평면적 비교가 위태로운 만큼은 더 힘들고 외로운 작업이 될 수밖에 없다. 더구나 민중운동의 세력 배치라는 문제에 이르면, 분단극복운동을 겸한 우리의 민족민주운동은 여타 제3세계의 민민운동과도 다르고 제3세계적 민족모순이 개입되지 않은 분단독일의 민주화운동이나 동서화해운동과도 판이한 독특한 양상을 띠게 마련이다.

사회 또는 사회구성체의 기본단위를 일국사회에 두는 입장의 실천적 타당성 역시 우리의 경우 훨씬 복잡한 문제가 된다. 대외종속이 심각할수록 외국과 자국의 구별이 뚜렷해지는 일면이 있는 동시에, 범세계적 질서 속의 정확한 자기 위치를 인식할 필요도 그만큼 커지는 것이다. 더구나 분단사회의 경우 '일국적 시각'이라는 것이 '반쪽만이 아닌 양쪽 모두'라는 뜻으로 해석될 수 있고 실제로 그렇게 쓰이기도 한다. 이것이 단순히 용어상의 혼란이 아니라 '하나의 조국에 두개의 사회구성체'라는 민족사적 비극의 반영임은 이미 지적한 대로다. 그리고 '일국적 시각'을 '한반도 전체의 시각'으로 이해하는 순간, 우리는 '일국'에 대한 구체적 분석은 곧바로 자본주의·사회주의 양 진영을 망라한 문자 그대로의 범세계적 질서 속에서 우리 위치를 인식하는 작업을 겸하게 됨을 깨닫는다.

이렇게 볼 때 한반도의 분단은 동서냉전체제의 일환인 동시에 제1세계의 제3세계 지배라는 이른바 남북문제의 산물이기도 함이 일층 분명해진다. 베를린장벽의 개방이 바로 우리 일처럼 감격스러우면서 현실적으로 우리의 국내정치나 남북한관계를 바꿔놓은 바가 너무도 작은 이유도 그것이다. 물론 길게 보면 많은 것이 영향을 받고 바뀌게 마련이지만, 어쨌든 동서냉전의 종식이 제3세계 문제의 해결을 뜻하지 않음은 미국의 빠나마 침공에서 가장 극적으로 입증되었다. 동구 자유화 물결 앞에서의 북한의 '폐쇄성'이라는 것도, 북한정권의 성립에는 헝가리나 체코슬로바키아의 공산화에서와는 달리 식민지 민족해방투쟁이라는 요인이 개입했기 때문이며 미국의 제3세계 전략의 중압이 계속 작용하는 탓도 있는 것이다. 게르만민족은 잘났는데 우리는 못나서 남북이 다 이 모양이라는 개탄은 쓸데없는 소리다.

이는 또한, '진영 테제'라는 것이 동서 간 대립의 비중을 과대평가하고 제3세계 문제 및 현실사회주의 내부의 문제를 과소평가하며 어떤 의미로는 서방측 냉전주의자들의 단순논리에 부응하는 바 없지 않았다는 이야기가 된다. 우리가 한반도 분단체제를 논할 때도 남북한 체제대립 내지 국가 간 대립을 분단모순의 전부라거나 심지어 그 주된 요소로 파악해서는 안 된다고 주장하는 것(『창작과비평』 1988년 가을호 좌담 「민족통일운동과 민주화운동」 48면의 필자 발언; 〈『백낙청 회화록 2』 363면〉 참조) 역시 비슷한 논리다. 반면에 동서냉전체제의 직접적인 개입이 덜한 중남미나 아프리카 나라들에 비해 동구 변혁의 여진이 머잖아 우리에게 훨씬 깊은 충격으로 닥칠 것을 짐작할 수 있다.

이런 여러가지 근거로 나는 우리의 과학이 분단사회의 특수성에 유의하며 그것을 이론화할 것을 틈틈이 강조해왔다. 이론화한다는 것은 그 특수성의 보편적 의의를 이해한다는 뜻이기도 하다. 나 자신이 그러한 이해가 아직 부실함은 더 말할 나위가 없지만, 가령 '계급'을 둘러싼 이론적·실천적 난제들이나 정세의 복잡성이 분단으로 가중된 난제요 복잡성이지 현대사회의 일반적 과제와 동떨어진 것이 아님은 어느정도 밝혀졌다고 믿는다. 좀 우습게 들릴지 모르나, 실은 한결 단순한 형태의 민족모순보다 그것이 분단모순으로 복합화된 형태를 당면 역사의 해결과제로 안고 있는 사회가 오히려 선진적이라 할 수 있으며, 민족모순이 별로 절실치 않은 선진사회들에 비해도 신식민지 시대의 민족모순과 자본주의 사회·현실사회주의 사회 각기의 내부 모순, 냉전체제의 모순 들을 동시에 해결하는 실마리를 찾을 수 있다는 점에서 — 이미 더 선진적이랄 수야 없지만 — 일거에 더욱 선진적이 될 가능성을 안은 사회라고는 말해도 좋을 것이다.

80년대 한국 문단의 논쟁과 논의들도 많은 부분 이러한 과제의 해결을 위해 중지를 모아오는 과정이었다. 솔직히 말해 논의 자체가 특별히 슬기롭게 진행되었다고는 생각지 않는다. 한때 '민족문학주체논쟁'이라는 빗나간 이름이 붙여졌던 것도 그렇고, '(소)시민적 민족문학, 민중적 민족문학, 민주주의 민족문학, 민족해방문학, 노동해방문학' 하는 식으로 분류하면서 유독 그중 첫번째 항목에 대해서만은 당자보다 비판자의 주장을 수용하고 들어가는 명명법도 지혜는 아니었다. 하지만 좀더 진지한 비판들에 대해서도 나 자신 응분의 반응을 못 했고 특히나 구체적인 작품에 대한 평론이 도대체 부족했던 터라 무슨 큰소리를 칠 형편이 못 된다. 이번에도 극히 단편적인 언급에 그치고 말겠지만 어쨌든 중지의 결집에 일조하는 뜻에서 그간에 나온 한두가지 발언을 잠시 살펴보고자 한다.

작년〈1989년〉여름호『창작과비평』지가 마련한 소장 평론가들의 '지상토론'에서 본고의 주제와 직결된 내 입장에 비판을 해준 것은 임규찬(林奎燦)과 조만영(趙萬英)이었다. 먼저 임규찬은 "백낙청의 민족문학론의 경우 변혁주체관이 '막연한 민중'에 기반함으로써 각 계급의 지위와 역할의 차이를 무시하고 이를 무화시켜버린다. 이러한 무화의 구체적 표현이 바로 분단모순의 극복을 주요한 과제로 설정하는 데서 나타난다. 즉 기본모순과의 연관 속에서 파악지 않음으로써 소시민적 민족주의로 귀착되고 만다"(26면)라고 하여, 80년대 내내 많은 사람들이 제기해온 비판을 일목요연하게 요약해주었다. 그러나 나로서는 이것이 70년대 이래 내 나름으로 발전시키며 활자화해온 실제 입장에 근거했다기보다 아무개는 '소시민적 민족문학론'의 대변자다라는 예단에 근거한 것이 아니냐는 의문을 떨칠 수 없다. 본고에서 내놓는 보완의 노력조차도 "각 계급의 위치와 역할의 차이"에 대한 **충분한** 해명을 담고 있지는 못하다는 비판이라면 겸허하게 받아들이겠지만, 아예 무시하고 무화했다는 주장은 독자들의 판단에 맡기는 길밖에 없다. 또한 필자의 분단체제론에 관해 "그 문제의식은 한반도 전체를 틀로 보고자 하는 것이다"(47면)라는 지적은 정확한 것이지만, 뒤이어 "사회구성체론의 기본관점"을 설명하는 어느 논자를 인용한 다음, "이런 관점에서 백낙청 교수의 분단모순관은 확실히 신비화된 형태이다"라고 결론한 것도, 많이 들어본 이야기긴 하지만 납득하기 어렵다. 필자가 '사회구성체론의 기본관점'에 대해 아예 무지하거나 남북한을 단일한 사회구성체로 규정하고 있다는 말이라 짐작되는데, 설마 그렇기까지야 하겠는가.

조만영의 경우도 분단모순론이 "외관상 '신식민지 사회'의 본질적인 성격을 인정하는 데로 발전하는 측면도 없진 않지만, 실제로는 한국 현실이 '분단체제의 일부'로서 간주되는 것처럼, 분단이라는 '특수성'은 신식민지 사회의 한 규정성이 아니라, 거꾸로 신식민지라는 것이 분단체제의 한 규정성으로 설정되고 만다. 이러한 전도된 인식은 결국 '민족'을 사회에 우선시하고 그것을 역사적 실체로 신비화시키는 소시민적 민족주의에 지나지 않는다"(18면)고 하여, 결론은 매한가지다. 그런데 필자의 분단모순론은 남북한 사회 각기의 내적 모순에 의해 매개되어 각기 다른 방식으로 작동하며 신식민지적 규정성도 포함한 분단체제를 설정한 것이므로 민족을 사회에 우선하여 신비화했다는 주장은 아무래도 성립하기 어렵거니와, 분단과 신식민지체제의 관계는 조만영이 말하는 것처럼 단순하지는 않다. 애당초 한반도의 분단이 조선사회의 내부 모순과 미국의 신식민지 정책의 결합으로 이루어진 것은 틀림없지만, 그것이 '분단'의 형태를 띠었다는 사실 자체가 신식민지주의의 **부분적** 관철에 불과했음을 말해준다. 그리고 그것이 부분적일 수밖에 없었던 것은, 민족역량의 배치라든가 동서 진영모순의 개입방식 등 "신식민지 사회의 한 규정성"의 범주에 포함되지 않는 요인들이 분단체제의 성립 자체에 이미 중요하게 가세했기 때문이다. 이렇게 성립된 분단체제의 존속과 재생산이 "신식민지 사회의 한 규정성"으로 충분히 설명되기 어려움은 능히 짐작되는데, 심지어 남한사회만 보더라도 신식민지적 규정성이라는 것만으로써는 분석의 적확성을 기할 수 없다는 것이 나의 소견이다(좌담 「민주주의의 이념과 민족민주운동의 성격」, 『창작과비평』 1989년 겨울호 55~56면; 〈『백낙청 회화록 2』 443~44면〉 참조). 여기서 한마디 덧붙이자면, 흔히 '자유주의적 개혁'이라고 일컬어지는 6월항쟁 이래 일반민주주의의 진전에 대한 필자의 의미부여를 두고, "더구나 자유주의가 제3세계에서 '반봉건적 혁명성에 못지않은 폭발력'을 지닌다고 하는 발언에 이르러서는 이러한 태도〔즉 소시민적 민족주의―인용자〕는 (환상적인 형태일 수밖에 없는) 부르주아 자유주의에로의 경사를 의미하게 된다"(앞의 '지상토론' 18면)고 비판한 것도 부정확한 독법이며 인용법이다.[1]

---

1 참고로, 졸고 「통일운동과 문학」에서 "흔히 '자유주의적 개혁'이라 일컬어지는 이 변화는" 운운한 뒤 개혁의 폭발력을 이야기한 대목을 여기 옮겨본다. "사실 제3세계 국가에서 내용 있는 자유주의적 개혁은 초기 자본주의 사회에서 자유주의가 지녔던 반봉건적 혁명성에 못지않은 폭발력을 지니는 것이 일반적인 현상이지만, 분단사회에서는 더욱이나 그렇다. 물론 통일의 열망이 대단치 않은 민족이거나 민주역량이 태부족한 국민이라면, 이들 개혁조치가 미구에 자유의 실속을 다시 빼앗아갈 방편으로 작용할 수 있다. 우리에게도 그런 위험이 아주 없는 것은 아니나, 6월 이후의 변화를 세계사에서 유례없는 한반도 통일운동의 진

이 두 사람에 앞서 필자의 글에 대해 누구보다 열성적이고 줄기찬 비판을 해온 이가 조정환(曺貞煥)이다. 진지한 비판에는 일일이 답하는 것이 대접이겠지만, 체력의 한계도 있고, 또 그가 제기한 의문 중 상당 부분은 필자가 이미 발표한 글들을 통해 풀릴 수 있는 성질이 아닌가라는 생각도 든다. 어쨌든 여기서는「'민족문학주체논쟁'의 종식과 노동해방문학운동의 출발점」(『노동해방문학』1989년 6·7월 합병호)이라는 글에서 그가 제기한 문제 중 한두가지만 짚어보려 한다.

조정환은 분명 분단모순론의 문제의식 자체를 우습게 보는 논자는 아니다. 그런데 이번 글에서도 "사회구성체적 접근을 기피하고 우리가 사는 분단시대, 분단사회의 구체적 현실에 아무런 과학적 무장 없이 '직접' 접근함으로써 백낙청은 우리 사회에 내재해 있는 온갖 복잡다단한 모순들 간의 상호관계와 주요·부차를 인식할 수 없었다"(473면)라고 주장하고 있는 것은, 내가 그런 것들을 빼놓고 생각한다기보다 분단된 두 사회 내부의 온갖 모순들까지 동시에 생각하자면서도 아직 그 실상과 주요·부차를 제대로 밝혀내지는 못했다고 표현하는 것이 옳을 듯하다. "사회구성체적 접근을 기피" 운운도 내가 추구해온 사구체적 논의에는 동의 안 한다고 말했더라면 차라리 모를 일이다. 필자가 조정환의 많은 비판에 대한 답변이 이미 활자화되어 있는 셈이라고 말하는 것이 ─ 이 경우는 가령 『창작과비평』1988년 가을호에 나온 좌담의 해당 부분(45~49면)을 참조할 수 있겠는데 ─ 이런 까닭이다. 조정환이 필자의 사구체적 접근 기피의 결과를

행과정으로 정확히 가늠하는 과학적 인식이 주어진다면, 일반 민중의 통일 염원이나 민주적 저력에 대해서는 크게 염려하지 않아도 될 줄 안다. 오히려 현실의 진행이 기존의 어떤 틀에 안 맞는다고 해서 전술적인 차원에서의 대응만이 가장 투철한 변혁논리의 표현인 것처럼 생각하는 일부 지식인과 운동가들의 타성이야말로 우리가 시급히 극복해야 할 점이겠다."(『창작과비평』1989년 봄호 91~92면'; 〈본서 156면〉)

네개 항목으로 정리·요약한 대목(473~74면)에도 이 말은 해당된다고 본다. 다만 "남한 민중 가운데서 노동자계급과 여타 민중이 변혁과정에서 어떤 역할차이를 갖는가 하는 것을 분명히 할 수가 없다"라는 넷째 항목 같은 것은, 명료성과 강도의 상대적 차이를 지적한 비판이라면 승복할 수 있는 이야기다.

실상은 조정환의 주장 가운데 나 같으면 표현을 좀 달리하겠지만 그 대략의 취지에 동의할 수 있는 것들이 많다. 예컨대 이런 단락.

'분단을 극복한다'는 목적의 관점에서 보더라도 분단문제는 계급적 관점을 떠날 수 없다. 대체 누가 분단현실과 가장 철저히 투쟁하여 통일사회를 실현할 것인가? 광범한 민중의 참여가 필요하다는 것은 당연한 것이지만 분단으로 인하여 가장 큰 고통을 받고 있는 노동자계급의 변혁전망과 실천적 투쟁이 없이는 분단극복이 철저하게 이루어질 수 없다. 왜냐하면 우리의 통일은 노동자계급의 지도하에 이루어지는 전민중의 사상적·정치적 통일을 간절히 요구하고 있기 때문이다. 이 사실은 오늘날 전개되고 있는 통일운동의 약점이 무엇인지를 분명히 밝혀보여준다. 지금의 통일운동은 노동자계급의 대중투쟁과 굳게 결합하지 못하고 있다는 점에서 한계를 갖고 있다. (477면)

그러나 곧이어 "87년 대파업 이후 성장하고 있는 노동자계급이 열망하는 문학은 계급관계에 의해 매개되지 않은 민족문학이 아니라 자신에게 계급해방의 전망을 불어넣어줄 계급문학이다"(478면)라고 말한 것을 보면, 필자와의 차이가 단순히 표현의 문제만은 아님을 알게 된다. 어째서 그는 이런 양분법을 고수하는 것일까? '계급관계에 의해 매개된 민족문학'이라는 제3의 가능성은 어째서 처음부터 배제하는 그런 표현을 쓰는가? 내가 언젠가 '편협한 계급문학론'의 재현을 염려했던 발언(본서 70면)에 대해서도 그는 일체의 계급문학론을 내가 매도한 것으로 이해하고 있는데, 이런 논리의 비약에 근거하여, "결국 백낙청은 분단이 되어 있건 아니건 계급문학론은 편협한 것이라고 주장하는 것이 된다"라거나 "분단사회에서 계급문학은 성립할 수 없다는 주장은 터무니없는 주장"(476면)이라고 다소 터무니없이 분개하고 있다. 내 생각으로는, 식민지시대든 분단시대든 민족모순이 심각한 상황인 한은 "민족문학론에서의 일탈 여부"(476면)가 계급문학론의 편협성을 가리는 기준이 될 수 있고 또 되어야 한다. 다만 이때의 '민족문학'은 조정환의 양분법에 따른 민족문학이 아니라 효과적인 민중적 당파성에 근거한 민중적 민족문학이며 민주주의적 민족문학인 것이다.

최근에 고은에게 보낸 그의 공개서한 「고은 시인의 '신세대' 비판에 대한 답신」(『노동해방문학』 1989년 12월호)을 보아도 온당한 발언과 무리한 주장이 뒤섞여 있다. "우리가 70년대 민족문학론의 한계로서 문학론의 소시민적 한계를 지적했던 것은 기존의 민족문학론의 민중적 기반이 취약할 뿐만 아니라, 더욱 결정적으로는 민주주의와 민족통일을 일관되게 이끌어나갈 수 있으며 또 동시에 민족민주변혁을 근본적 변혁으로 이끌어나갈 노동자계급과의 연대가 너무나 취약했기 때문입니다"(346면)라는 지적은 사실상의 취약한 기반과 연대에 대한 비판으로 경청해 마땅하다. 그러나 바로 다음에, "87년 이후 대파업투쟁을 거치면서 계급적·정치적으로 각성해 나가는 남한 노동자계급은 민족문학론과 민족문학 속에서 자신에게 힘을 주는 정서를 맛보지 못하며 자신을 '노동해방' 혁명투쟁으로까지 이끌어갈 이념을 얻지 못합니다"라고 한 것은 비슷한 말 같지만 앞서 지적한 양분법에 근거한 지나친 단정이다. 민족문학론에는 계급적 관점이 결여되었다는 대전제가 깔려 있고, 가령 고은의 시에서도 "남한 노동자계급"이 "자신에게 힘을 주는 정서를 맛보지 못"한다는 진술이 아무런 단서도 없고 그렇다고 실증도 없이 제출되어 있으며, 조정환이 중시하고 나 자신도 애독하는 박노해·백무산 시인 등은 '민족문학'과는 별개의 '노동해방문학'으로 은연중 설정하고 있다. 이러한 일방적인 태도는 "87년 이후 민주주의 민족문학론 속에서 노동자계급 당파성의 이념이 이론적으로 대두되고 노동해방문학론으로의 발전 속에서 노동자계급 문예창작의 총괄적 지침이 주어짐으로써 이제 노동해방의 이념과 열망으로 창작에 임하는 노동해방문학가들의 창작활동은 큰 힘을 얻게 되었습니다"(358면)라는 자체평가에서도 드러난다.

이런 태도는 민족문학론과 노동해방문학론의 차이에 대한 분명한 주장에 근거한 것이 사실이다.

노동해방운동은 신식민지국가독점자본주의 사회의 근저에 놓인 인간에 의한 인간의 착취관계까지 근본적으로 해결하고자 하는 운동인바, 이 운동은 통일운동을 필요로 하면서도 그 속에 해소될 수 없는 독자성을 갖는 운동입니다. 노동해방운동의 완성은 통일을 완성할 수 있지만 통일운동이 노동해방을 완성한다는 필연성은 없습니다. 즉 민족문학론과 노동해방문학론은 적어도 지금까지의 표현에 따른다면 그 궁극목적에 차이가 나는 것입니다. (352면)

여기서 노동해방운동에 독자성이 있다는 지적은 타당하다. 그러나 "노동해방운동의 완성은 통일을 완성할 수 있지만 통일운동이 노동해방을 완성한다는 필연성은 없습니다"라는 다음 문장은, 바로 『노동해방문학』의 지면을 통해서도 비판의 표적이 된 통일문제에 대한 관념적 견해(1989년 10월호의 이정로 「"노동해방"의 전망에 선 '통일운동'의 진로」 참조)를 상기시키는 형식논리다. "노동해방운동의 완성은 통일을 완성할 수 있"다는 진술은 분단 상태에서도 "노동해방운동의 완성"이 가능하다는 전제가 없이는 무의미하며, "통일운동이 노동해방을 완성한다"는 명제의 경우도 그 "필연성"에 얽매일 것이 아니라 얼마만 한 현실적 개연성을 갖느냐를 따지는 것이 실천적인 자세이다. 혹시 조정환도 "노동자계급의 목표만을 강조할 뿐, 객관적으로 여러가지 경로가 발생할 가능성은 아예 염두에도 두지 않는 주관주의에 빠져 있는 것"(이정로, 앞의 글 235면)은 아닌지?

고은 시인이 "민족통일이야말로 이 땅의 모순 일반 ── 필자는 모순을 민족모순이나 계급모순 등, 어느 한가지로만 보지 않고 그 모든 것이 복합된 모순으로 봄 ── 을 일차적으로 소멸시킨다는 인식"[2]을 말한 데 대해 "선생님의 '복합모순론'으로는 어떤 모순이 선차적으로 해결되어야 하고 무엇이 그 뒤에 해결되어야 하는지(모순해결의 단계), 어떤 모순을 핵심적 고리로 하여 그와 얽혀 있는 다른 모순을 한꺼번에 해결할 것인지(모순해결에 있어 주요와 부차) 등을 찾아낼 수가 없습니다"(조정환 「고은 시인의 '신세대' 비판에 대한 답신」 352면)라고 비판한 것은 분단극복운동의 논리를 좀더 구체화하라는 정당한 주문이다. 그러나 여기서도 시인 자신이 "일차적으로 소멸시킨다"고 하여 모순해결의 순차성을 그 나름으로 명시한 점을 유의할 필요가 있거니와, 더 중요한 문제는 신식민지국가독점자본주의론이라는 것 자체가 일종의 복합모순론이요 ── 아니, 애당초 기본모순과 구별되는 주요모순의 개념 자체가 '복합모순'의 개념이다 ── 그 이론적 정합성이나 구체적 실천강령에 대해 신식국독자론의 명칭을 공유하는 논자들 사이에도 합의가 없다는 사실이다.

---

2 「문학은 무엇을 위해 존재하는가」, 『신동아』 1990년 1월호 524면. 조정환이 비판의 대상으로 삼은 것은 1989년 11월 18일자 민족문학작가회의 심포지엄을 위한 준비자료이나, 독자들은 발제 후에 고은이 새로 정리해낸 앞의 문건을 참조하는 것이 편리할 것이다.

이런저런 이유로, 80년대 문학논쟁의 본질이 결코 세대 간의 대립이 아니라는 조정환의 올바른 지적(341면)에도 불구하고, 정작 더 핵심적인 '분파주의' 문제에 대한 해명은 석연하지가 못하다. "노동해방문학론은 '자신 이외의 모든 이론'을 적으로 돌리는 것이 아니라 '그릇된 관념에 기초한 모든 이론', 노동자계급의 해방을 가로막아 지체시키거나 좌절케 할 나약한 이론들 모두에 대해 가차없는 투쟁선언을 하며 비타협적인 싸움을 전개해나갈 것입니다. 왜냐하면 모든 이론은 첨예한 계급대립의 사회에서 부르주아계급의 이익을 대변하느냐 노동자계급의 이익을 대변하느냐 하는 양자 중의 하나이기 때문입니다. 이런 의미에서 노동해방문학론은 옳지 못한 모든 이론을 적대시한다고 해야 할 것입니다"(353면)라고 한 것은 매우 명쾌하게 들리지만, "그릇된 관념에 기초한 모든 이론"과 조정환의 문학론의 경계선이 실제로 그렇게 또렷하지 않다면 "옳지 못한 모든 이론을 적대시한다"는 그 명쾌함은 '자신 이외의 모든 이론'을 성급히 배격하는 자세와 과연 얼마나 다르다 할 것인가. 나 자신은 '정통'이 무엇인지 확정되지 않은 상태에서 누구를 '종파주의'로 규정한 일이 없고 민중의 시대를 향해 지혜를 모으는 과정에서 조정환의 진지한 노력을 적극 평가하는 입장이지만, "우리 사회의 시인이 번뜩이는 영감에 목을 매고 문학적 신비주의를 숭앙하다가 과학의 위력을 느끼기 시작한 것은 그다지 오래되지 않았습니다. 젊은 문학지망생일수록 영감보다는 과학에, 술기운보다는 투쟁의 정열에 더 많이 의존하게 되어가는 것은 참으로 바람직한 일이 아닐 수 없습니다"(359면)라는 말 같은 데서는 좀 다른 의미의 술기운이 느껴지는 것도 사실이다.

끝으로 「'민족문학주체논쟁'의 종식과 노동해방문학운동의 출발점」이라는 먼젓번 글로 돌아와, 여기서 그토록 강조하는 '노동자계급문예의 독자성'이라는 개념이 제대로 정의되지 않았음을 지적해야겠다. 때로는 '노동자계급의 당파성'과 거의 동의어로 쓰이는 듯도 한데, 물론 양자의 관련은 밀접할 터이다. 그러나 앞서 지적했듯이 '노동자계급' 자체의 구체적 외연에 대한 논란이 지금 전세계적으로 한창이다. 그 계급적 당파성의 표현이자 구현수단인 노동자계급의 문예가 과연 어떤 의미, 어떤 정도의 '독자성'을 지녀야 할지에 대해서는 더욱 깊은 지혜가 필요할 것이며, 어쨌든 확정된 정답을 누가 보유하고 있다는 자세로는 '정답'이 나오기 어려울 것이다. 그렇다고 노동자계급 개념의 규정과 그 당파성의 실상이 먼저 확정되고 나서 '독자성'에 대한 답이 순차적으로 나오는 것도 아니고, 그때그때의 정세가 요구하는 만큼 —— 그리고 그만큼만 —— 의 문예적 독자성을 실현하려는 끊임없는 노력 자체가 역사 속에서 노동자계급의 자기인식과 자기형성, 그리고 전체 민중의 지혜로워짐을 이룩하는 과정의 유기적 일부인 것이다.

'노동자계급문예'라는 말 대신에 이념적 지향뿐 아니라 작품 소재의 기준까지 보탠 '노동문학'이라는 말을 쓰는 경우, 그 독자성에 대한 요구와 지나친 독자성에 대한 경계의 필요성이 반드시 이율배반적인 것은 아니다. 이는 노동자계급의 정치적·문화적 진출이 불충분한 상황일수록 특히 그렇다. 노동자들의 각성과 진출을 서두르기 위해서도 노동문학을 특별히 육성하고 부각시키려는 비평적·조직적 노력들이 필요한 반면, 전체 민중에 대한 주도력을 행사하기에 미흡한 문학을 인위적으로 격리시켜 문학의 빈곤화와 운동의 고립화를 자초할 위험도 큰 것이다.

지금 우리의 현실도, 노동현실을 직접 다룬 작품들에 각별한 관심을 기울이면서 동시에 그와 무관한 듯한 작품들로부터 받는 감동을 끊임없이 비교하고 일관된 눈으로 정리하는 노력이 각별히 요청되는 시점이라 믿는다. 물론 가장 바람직한 것은, 노동자계급의 사상을 이야기할지언정 노동문학이라는 구분을 따로 둘 필요가 없을 만큼 노동자의 삶과 여타 현실들을 두루 밝혀주는 작품들이 많이 나오는 일이다. 80년대를 넘기면서 박노해가 시인으로서나 논객으로서의 활동범위를 크게 넓혀온 일이라든가, 현기영이 장편 『바람 타는 섬』에 이르러 — 노동해방 또는 여성해방 사상의 기준으로 결코 흡족할 수는 없지만 — 제주도 잠녀들의 생생한 노동과정과 민족적·인간적 각성의 과정을 그려냈다는 사실은 90년대 들어 한층 풍성한 열매가 곳곳에서 맺어지리라는 기대를 굳혀준다.

그러나 여기서 좀더 자세히 살펴보려는 안재성(安載成)의 『파업』(세계 1989)은 아직도 다소 제한적인 의미의 노동문학을 벗어나지 못했다. 하지만 80년대의 노동현실을 노동자의 관점에서 다룬 장편소설이 처음으로 나왔다는 사실 자체가 우선 뜻깊다. 게다가 그동안 노동문학의 중·단편들이 — 바로 중·단편이기 때문이기도 했지만 — 노사의 갈등이나 그 굴절된 반영으로서의 '노·노 갈등'은 그렸어도 노동운동가들 간의 노선갈등 같은 것은 다루지 않았는데, 『파업』은 운동 내부의 다양한 노선들을 제시하면서 상당 부분 형상화에도 성공하고 있다. 이런 다양한 시각의 도입은 사건전개의 긴장과 재미를 더해줄 뿐 아니라 독자들 스스로가 작중 사건과 인물들을 주체적으로 평가하는 데 도움을 준다. 즉 그것은 단순히 양적인 요소가 아니고 리얼리즘 문학의 총체성을 향한 진일보가 되는 것이다.

그런데 『파업』이 다소 제한적인 의미의 노동문학에 머문다고 한 것은 역시 리얼리즘의 경지와는 거리가 있다는 말이기도 하다. 현실의 한 단면으로서의 특정 노동현실을 제시하는 데 그쳤다는 말인데, 부분적인 현실일지라도 노동투쟁처럼 당대의 핵심문제를 이루고 또 일반독자의 의식에서 은폐된 현실을 자연주의적(또는 사실주의적)으로 정확히 그려냈을 때 리얼리즘과 자연주의를 구별하기란 그리 간단치가 않다(이에 대해서는 『민족문학의 현단계』에 실린 졸고 「민족문학의 새로운 고비를 맞아」 중 '3. 분단극복의 문학과 리얼리즘의 과제' 참조). 『파업』의 경우도 리얼리즘의 실패와 자연주의의 실패는 밀접히 연결된다. 즉 당연히 제시되어야 할 더 많은 것의 부재는 그나마 제시된 것의 부정확성과 직결되며 이 모든 것은 또한 작가적 시각의 문제로 이어진다.

먼저 눈에 띄는 아쉬움은, 이제까지의 많은 노동소설들이 그러했듯이 『파업』에도 노동자들의 생활이 별로 담겨 있지 않다는 사실이다. 그런 만큼 제2장 6절의 가족 동반 야유회 장면이나 왕년에 노조관계로 해고된 경험이 있는 고참 노동자로서 소설 내에서 가장 큰 진폭의 흔들림을 보이는 이상섭과 그 아내 고씨의 묘사는 더욱 값지다. 하지만 전체적으로 식구들의 모습은 운동이나 사건과의 관련에서 비쳐지며, 나중에 분신을 감행하는 김진영의 부모는 ── 야유회 가면서 진영이 자기 부모가 원래 못살아서 창피했지만 "이제는 오히려 자랑스런 노동자의 자식"(86면)이라고 말했음에도 불구하고 ── 내내 잊혀 있다가 사건이 터진 후에야 넋을 잃은 어머니와 회사 간부·형사들에게 농락당해 만취한 아버지라는 상투적인 모습을 잠시 드러낼 뿐이다.

이러한 사실은 『파업』이 단순히 소재 면에서 노조결성과 파업 등 투쟁에 집중되었기 때문이 아니고 작가의 시각 자체가 생활과 다분히 유리된 투쟁가의 그것에 치우쳐 있음을 말해준다. 속칭 '위장취업자'로서 투쟁의 주도적 역할을 하는 인물인 홍기에 대해서는, 대중과 유리된 투쟁을 일방적으로 지시한다며 기준이라는 또다른 (소위 '주사'측 조직과 연결이 있는 것으로 알려진) 운동가가 비판하는 대목들이 나오는데, 홍기 자신은 그 비판을 일부 수용하는 자세를 보이지만 작가의 기본적인 시각이 홍기의 그것보다 본질적으로 더 넓은 것은 못 되는 것 같다. 대중역량의 미비를 핑계로 현실에 안주할 수는 없고 70년대 민주노조의 조합주의로 되돌아갈 수 없다는 홍기의 관점이 옳은 한에서는, 그리고 홍기의 역할이 실제로 투쟁에 필요 적절한 대목인 준비기간과 초기 단계에서는 사건과 인물에 대한 작가의 장악이 대체로 견실하다. 그러나 사태가 확산되어 실제로 대중들이 움직이고 일찌감치 해고된 지도자들의 역할이 상대적으로 감소된 4, 5장에 가서도 작가의 시선은 주로 해고자들의 활동에 집중되며 그 과정에서 사실주의에 어긋나는 무리가 빚어진다. 예컨대 제4장에서 어용노조 대신 새 노조를 만들기로 약속된 날 '구사대'가 들이닥쳐 난장판이 벌어지고, 위원장 내정자 김동연은 겁에 질려 달아났다가 나중에 집으로까지 찾아온 놈들에게 끔찍한 몰매를 맞은 뒤 일주일을 악몽에 시달리며 방 안에 누워 있다. 지식인 출신도 아니고 스스로 깨우쳐 노조의 중책을 맡기로 했던 노동자로서는 (학생 출신 해고자의 깡다구에 비할 때 더욱이나) 뜻밖의 나약한 모습인데, 그것은 인간적으로 그럴 수도 있을지 모른다. 하지만 더 심각한 문제는 만행 당일 오후 동석의 자취방에 모인 홍기 등 해고자 네명은 분개도 하고 앞일을 궁리하며 논란도 벌이지만, 아무도 현장노동자요 민주노조의 위원장인 김동연을 떠올리지 않는 것이다(4장 3절). 그들이 동연과 다시 접촉하는 것은 일주일 뒤 진영이 그의 집을 찾아가서다. 그런데 여기서도 초점은 진영이 동연의 흔들리는 모습을 보면서 분신할 생각을 굳힌다는 데에 있는 것 같다.

동연에 대한 망각이 지엽적인 실수만은 아니라고 느껴지는 것은, 작가가 동연뿐 아니라 현장노동자 대중 일반을 충분한 존중심과 그에 따른 실감을 갖고 그리지 못하기 때문이다. 진영의 분신자살 다음날 다시 투쟁에 나선 동연이 제강과 노동자들 앞에서 연설하고 있을 때 과장과 고용 깡패들이 또 몰려온다. 분신 바로 다음날 노동자들이 그처럼 온순하게 일을 시작했었다는 것도 그렇고, 마침내 격앙된 노동자들 틈에 다섯명의 깡패만 데리고 뛰어드는 과장의 용기도 놀랍다. 게다가 동연이 그들에게 대항하려는 순간, "그런데 그때 놀라운 일이 일어났다. 사방에서 노동자들이 튀어 일어나며 소리지르기 시작한 것이었다."(253면) 동료가 분신자살한 직후인데 이 정도의 기백을 보이는 것도 "놀라운 일"일 만큼 노동자들은 못난이란 말인가. 사태가 확대되어 사무실 점거농성이 벌어지고 "8백명 노동자가 뭉친" 위력이 발휘되어 드디어 회장과 노동자들 간의 담판이 본관 앞마당에서 이루어지는데, 이런 획기적인 승리를 쟁취하는 과정에서 농성장 바깥의 훨씬 더 많은 수의 대중이 어떻게 움직이고 싸워주었는지도 별로 언급되지 않는다.

실은 진영의 분신 자체가 한건의 사건으로 끝나는 감이 짙다. 그의 가족이 작가의 안중에 거의 없음은 이미 지적했는데, 이는 가족들에 대한 무관심만이 아니고 한 인간으로서의 진영에 대한 애정의 부족인 셈이다. 게다가 노동자들 자신이 진영의 죽음을 곧 잊어버린 것으로 부각된다면 그것은 노동자들의 인간성마저 폄하하는 결과가 되지 않을 수 없다. 경찰과 구사대의 돌격을 물리친 뒤 동연은 "오로지 홍기만이 믿어 의심치 않던 노동자의 혁명성이 현실로 나타난 것이었다"고 놀라워하면서,

> 그뿐 아니라 노동자들의 다정한 모습은 더욱 놀라웠다. 노동자들은 서로서로를 친형제나 가족처럼 돌봐주고 기운을 북돋아주고 있었다. 수십년의 불알친구들마냥 다정히 농담을 주고받으며 웃고 장난치기도 했다. 다가올 어떤 위험도 그들의 기쁨을 깨지는 못하였다. (…) 진정, 불의의 세상을 뒤집어 엎어버리고 새로운 세상을 건설할 역사의 주인들이 바로 거기에 있었다. (277면)

라고 그들의 혁명적 낙천성을 예찬하고 있는데, 여기에 바로 엊그제 죽은 진영을 "친형제나 가족처럼" 슬퍼하는 모습도 더러 끼어들었다면 훨씬

여실한 장면이 되고 좀더 확실한 예찬이 되었을 것이다. 사람 목숨이 소중하기는, 작가가 진정한 리얼리스트인 한, 작품 속에서도 매한가지다. 다만 작중에서는 죽을 목숨을 반드시 살리려는 노력보다 죽음의 동기와 과정에 대한 서술의 냉엄성에서 작가의 애정과 인명존중 사상이 관철된다. 그런데 『파업』에서 진영의 최후를 그린 제4장 마지막 절은 — 물론 저자 개인의 인명관보다 기법을 통해 구현된 작품의 사상을 두고 하는 말이지만 — 사실주의 차원에서도 허점이 너무나 많다. 경찰의 면전에서 사건이 발생했는데도 "회사와 경찰에서는 처음엔 병원에 한 명도 따라오지 않았다"(243면)라고 그들의 비정함을 탓하면서 경찰의 대응력을 무시하는 것도 그렇고, 분신에다가 3층 건물 옥상에서 투신까지 하여 머리를 다쳤다는 진영이 의식을 되찾아 한동안 연명하는 것도 그렇고, 노동자들과 민주단체들이 나서서 일단 유해를 확보했는데도 삽시간에 모두 격파되고 어머니만 벽제 화장터로 연행되는 것은 당국의 대응력을 오히려 과장한 느낌이며, 이 모든 것이 하루 사이에 이루어지고 "황혼이 유달리 아름다웠던 그날 저녁, 진영의 유골은 황혼으로 붉게 물든 한강 하구에 쓸쓸하게 뿌려졌다"(250면)고 한 것은 아무래도 믿어지지 않는 일이다.

그밖에 회사의 회장과 상무 등도 퍽이나 어설픈 인물로 그려져 있어 현실사회를 주름잡는 계급의 전형과는 거리가 멀며, 농성진압 실패 후 "노동부 사무소에서"(281면) 열렸다는 장회장과 경찰 간부, 그리고 노동부 관리와 안기부 담당관의 대책회의도 — 6·29 이전인 이 모임에서 안기부 요원의 제의로 "노동조합을 조합주의로 유도"한다는 방침이 정해지는데 — 가공적인 느낌이 짙다. 상대방에 대한 이같은 부정확하고 다분히 희화적인 파악은 진정한 의미로 각성한 노동자의 의식이기보다는 아무래도 학출 운동가의 협애한 시야와 체험을 반영하는 것이 아닌가 한다.

『파업』의 이런저런 결함을 다소 장황하게 늘어놓은 것은, 소설 전반부가 독자에게 안겨주는 기대가 그만큼 컸기 때문이다. 적어도 방현석의 「새벽 출정」 같은 빼어난 자연주의적 성과가 장편의 규모에도 관철되는가 싶었던 것이다. 하지만 그 장단점에 대한 격의 없는 토론이 이루어질 때, 『파업』의 출현은 그사이 금압되었던 노동소설들의 복원과 더불어 90년대 노동문학 및 민족문학을 위한 귀중한 디딤돌이 될 것이 분명하다.

1990년대 벽두의 제일 큰 소식은 국제적으로는 여전히 동구권의 격동이요 국내에서는 그러한 세계정세 변화에 대응하고 통일을 완수한다는 명분의 3당 합당선언이다. 동구의 변화가 곧바로 우리 현실에 작용하기 힘든 연유는 앞서 언급했지만, 냉전체제의 종식이라는 당장의 효과를 넘어 그 인류사적 의미는 막중하다. 제2세계 특유의 사슬을 벗어던지려는 동구 민중들의 노력이 금력의 지배라는 더욱 낯익은 — 그리고 결코 쇠사슬과 총칼이 배제되지도 않는 — 강압의 사회로 나가느냐, 아니면 지혜의 다스림을 향한 새로운 출발을 성취하느냐의 윤곽이 90년대가 끝나기 전에 드러날 것이다. 만약에 그들 나라 중 어느 한곳에서라도 그러한 새 출발이 이루어진다면 전세계적인 민중시대는 크게 앞당겨지는 셈이다.

획기적인 새 출발의 또 하나의 가능한 현장인 이곳에서 터져나온 정계소식 따위는 그런 척도로 보면 졸렬한 토막극에 불과하다. 선거에서 3분지 1의 득표밖에 못 한 여당이 밀실거래로 하루아침에 3분의 2가 넘는 의석을 차지했으니 '쿠데타'요 '제2의 유신'이라는 말이 나올 법하긴 하다. 그러나 어김없는 정변이고 '보수대연합'이라는 명칭이 부끄러운 야합이지만 총칼을 앞세우지 않은 밀실의 야합이라는 차이가 전혀 무의미한 것은 아니다. 크게 보면 총칼의 힘과 돈의 힘을 배합한 강압구조 중 무게중심이 후자 쪽으로 옮겨지는 그 나름의 역사적 진보의 일환으로서, 지혜의 시대를 위한 또다른 기회를 열어주는 바 없지 않다. 물론 '광주'에 대한 실질적인 적대선언이나 전노협에 대한 폭압적 대응에서 보듯이 총칼의 위력은 아직도 엄연하고, 민족민주세력의 대응이 얼마나 슬기롭게 진행될지도 현재로서는 미지수다. 그러나 10월유신과 5·17유혈정변을 이겨내고 오늘에 이른 우리 민중이 90년대에 더욱 큰 힘과 지혜를 발휘하리라는 것만은 믿어 의심치 않는다.

—『창작과비평』 1990년 봄호

민족문학론과 분단문제

글머리에

이 글은 원래 '분단시대의 국가와 민족문제'라는 큰 주제 아래 1987년 10월 30일 대구에서 열린 지방사회연구회 제2회 심포지엄을 위해 '발제 요지'의 형식으로 미리 써 보냈던 것이다. 약 두배 분량의 발제문을 뒤이어 제출하고 발표 후에 나올 '지사연' 무크 2호에 싣겠다는 것이 원래의 약속이었다. 그런데 끝내 그 약속을 지키지 못한 채, 심포지엄 자료로 배포됐던 요지문을 거의 그대로 여기 싣게 되었다.

발표 당일까지 더 긴 글을 만들지도 못했지만, 대회의 시간 제약도 있어 '요지'만으로 발표를 마치고 토론에 들어간 것이 그날의 행사에는 큰 지장이 없었다. 무크지가 당장에 나올 것도 아니므로 토론 내용까지 참작해서 천천히 원고를 만드는 것이 차라리 잘된 일이라는 생각도 들었다. 그런데 나 자신 원고 약속을 지키지도 못하고 계획된 무크 또한 간행이 미뤄지는 동안에, 비슷한 주제를 다룰 계제가 자꾸만 생겼다. '민족문학론'과 '분단문제'가 둘다 나 개인의 지속적인 관심사이자 주변의 계속된 논란거리였기 때문이다.

처음 한동안은 지사연 무크에 낼 원고를 염두에 두고 내용의 중복을 피해서 쓰려고 적잖은 배려를 했다. 그러나 어느덧 회지 계획 자체가 흐지부지되기에 이르렀고, 요지문은 그대로 발표하기도 전면 개고하기도 난처한 물건이 되고 말았다. 그렇다고 아예 묻어두자니 본서 제1부에 담긴 나 자신의 논의 전개에서 그것이 맡은 몫도 있으려니와, 그동안 심포지엄 자료의 형태로 알려져 몇몇 논자들의 말밥에 오른 만큼의 '자료적 가치'도 생겼다면 생겼던 것이다. 결국 본서 간행을 계기로 원래의 문건을 약간의 잔손질만 더해 그대로 싣고, 뒤에 '덧글'을 붙임으로써 개고의 임무를 면하기로 했다. 말하자면 그후에 더 논의되었거나 필자 스스로 보완의 필요가 있다고 생각하는 몇가지 항목에 대한 주석을 단 셈이다. 본문에서 *표는 '덧글'에 어떤 식으로든 부연될 대목들을 가리키는 것인데, 그렇다고 그런 대목마다 별개의 주를 달지는 않았고 크게 세 토막으로 나누어 일괄 논의했음을 밝힌다.

발제: 민족문학론과 분단문제

1. 민족문학론의 기본시각

1

70년대 한국문학의 민족문학론은 4·19 이후 고조된 문학인들의 현실적 관심이 일정한 성숙에 도달한 결과였다. 참여문학론·시민문학론·농민문학론·민중문학론·리얼리즘 문학론 등 다양한 이름으로 벌어져온 문학적 현실참여의 논의가 민족문학론을 중심으로 일단 수렴되었다. 여기에는 70년대 벽두 전태일 사건으로 상징되는 민중의식의 전진과 7·4공동성명으로 집약된 민족통일의 의지가 크게 작용하였다. 동시에 문학인의 현실참여가 결코 문학을 버리는 참여일 수 없다는 인식에서 문학의 예술성에 대한 집념 또한 오히려 강화된, 결코 단순치 않은 논의로 전개되었다. 나 자신은 이를 70년대 민족문학론이 획득한 어느정도 변증법적인 성과로 평가하고 있지만, 다른 한편 '70년대 세대의 문학주의' 운운하는 논란의 불씨가 심어진 것도 사실이다.

2

민족문학론이 지닌 현실적 관심을 간략히 특징짓는다면, ① 현실을 민중의 입장에서 대하려는 것과 ② 당면한 민족현실에서 분단극복의 과제를 초점에 둔다는 점이다. 이 두가지 특징은 근본적으로 동일한 것이면서 그 구체적인 양상에는 다소 차이가 있다. 예컨대 궁극적으로는 분단으로부터 가장 큰 생활상의 불이익을 받는 것이 기층민중이지만, 분단과 직접 연결된 개인의 아픔이라는 면에서는 민중계층의 일원이 아닌 이산가족의 고통이 그 누구 못지않게 생생하고 비극적일 수 있다. 또한 소수층의 특수한 요구와 달리 다수 민중의 생활상의 욕구는 분단체제 아래서 끝내 만족스런 해결이 불가능하다 할지라도, 그러한 욕구해결을 향한 민중운동의 과정에서는 통일문제를 굳이 끌어들이는 것이 도리어 바람직하지 못한 경우가 얼마든지 있을 수 있는 것이다. 그러므로 앞에 말한 양대 관심사의 현실적 차별성에 유의하면서 그 본질적 동일성을 현실 속에 확보해나가는 일 역시 민족문학론이 설정한 우리 문학 및 역사의 변증법적 과제였다.

2. 80년대 민족문학론의 몇가지 쟁점

1

이렇게 설정된 민족문학의 과제가 1970년대의 한국문학에서 제대로 달성된 것은 아니다. 또한 그러한 과제에 대한 민족문학론의 해명도 여러가지로 부족한 점이 많았다. 논자들 스스로가 이에 대한 냉혹한 자기비판이 없다면 그들이 80년대가 거의 다 가도록 새로 발전한 바가 없다는 말밖에 안 될 것이다. 그러나 무턱대고 자기비판을 거듭하는 것은 남들의 정당한 비판을 예방하려는 몸짓일 수도 있으려니와, 부정확한 독서와 성급한 비판이라는 우리 학계·독서계의 병폐를 조장하는 데 일조할 수도 있다. 그러므로 여기서는 70년대 민족문학론이 처음부터 민중적 시각을 설정하고 분단극복의 과제를 부각시킨 것은 80년대에 들어와서도 여전히 유효한 변증법적인 성취임을 강조하면서, 이를 둘러싼 근년의 몇가지 논란을 검토하고자 한다.

2

1979년과 80년 사이에 폭발적으로 드러난 민중의 힘, 특히 5월 광주항쟁의 위업과, 그 무자비한 탄압에도 불구하고 제5공화국 아래서 끊일 줄을 모르던 민중적 저항운동은 문학에서도 민중문학에 대한 관심을 한층 드높였다. 그러나 민중성이 애초부터 진정한 민족문학의 본질적 속성으로 설정되었던 만큼, 민중현실에 대한 인식의 진전이나 민중 자신에 의한 작품생산의 증대가 그 자체로서 민족문학론의 기본방향을 수정할 이유는 못 되었다. 반면에 이러한 민족문학론자의 주장이 전문 문학인의 기득권을 옹호하려는 시도라거나 기성세대의 권위의식에서 나온 아집이라는 비판이 곳곳에서 나왔고 지금도 심심찮게 들려오고 있다. 그러나 적어도 작품의 민중성 여부를 집필자의 신원에 따라 판가름하려는 단순논리는 이제 찾아보기 어렵게 되었다. 그뿐 아니라 80년대 초 이래의 많은 민중문학론·노동문학론이 진정한 의미에서 노동계급의 주도성 확립이라는 과제와도 상당한 거리가 있는 일종의 노동자주의적 편향을 드러낸 논의라는 인식이 자리를 잡아가고 있다고 판단된다.(이런 식의 노동문학에 대한 젊은 세대 내부의 날카로운 비판의 한 예로 조정환 「80년대 문학운동의 새로운 전망—민주주의 민족문학론의 제기」, 『서강』 17호, 1987 참조.)

3

70년대 민족문학론과 80년대 민중문학론 사이의 단절을 주장하는 논리가 최근에는 다소 수정·발전되어 나타나고 있다. 즉 70년대의 '시민적' 내지 '소시민적'(또는 '지식인적') 민족문학론에 대해 80년대의 '민중적 민족문학론' 또는 '민주주의 민족문학론'을 내세우는 입장이 그것이다.* 이 경우 70년대 이래 전문 문인들이 이룩해온 성과와 80년대의 박노해 같은 노동자시인의 작품 사이의 질적 차이를 강조하면서 기존의 민족문학론이 이러한 새 단계에 대응하지 못했다고 비판하는 입장이 있는가 하면(예컨대 김명인 「지식인문학의 위기와 새로운 민족문학의 구상」, 무크지 『전환기의 민족문학』, 풀빛 1987), 앞에서 말했듯이 기존의 민족문학론이나 최근의 노동자문학론이 모두 진정한 민주주의 민족문학론에 이르지 못했다는 주장도 있다.

내가 보기에도 전자의 경우는 '민족문학'의 개념 자체를 청산하고자 했던 소박한 민중문학론 내지 노동자문학론과의 구별이 명확지가 못하다. 대부분 소시민적 지식계층 출신인 논자들의 출신성분을 거론하는 것이 무의미한 일은 아니나 그것으로 그들 입론의 소시민성을 규정할 수는 없는 일이며, 70년대 한국사회는 소시민계급이 주도했는데 80년대에는 이 계급이 몰락 내지 거의 소멸했다는 사회사적 진단도 근거가 박약하다고 본다. 또한 이제까지 전문 문인들이 이룩한 구체적 성과에 대한 비판에 경청할 점이 많다고 하더라도 이것이 기존의 민족문학론을 뒤엎지는 못한다. 민족문학론은 처음부터 동시대 문인들의 성과를 비판하면서 다음 단계의 성취를 내다보고자 하는 논의였기 때문이다. 그러므로 좀더 결정적인 쟁점은 민족문학의 새 단계가 이미 다가왔는데도 기존의 논자들이 이를 제대로 알아보지 못하고 있느냐는 물음이다. 이에 대해 나 자신은, 6월항쟁 이후의 새 국면에 큰 기대를 걸고 있는 터이지만 2년 전의 시점에서 "우리 문학은 아직 그러한 새 단계에 제대로 올라서지는 못했고 바로 그 목전에까지 이르렀다"(「민중·민족문학의 새 단계」, 『창작과비평』 57호, 1985; 〈본서 21면〉)는 판단을 대체로 견지하고 있다.*

4

어쨌든 70년대의 민족문학론에 대한 비판이 다시 '민족문학'의 이름으로 제기되고 있는 것은 반가운 일이다. 그런데 종전의 민족문학론이 처음부터 민중성을 내세웠던 사실 자체는 인정하면서도 이제는 민중적 내지 민주주의적 민족문학론과 분명히 구별되어야 한다는 주장이 나오는 데는 또다른 원인이 있는 듯하다. 즉 민족문학론에서 줄기차게 강조해온 분단극복의 의지가 민중에 대한 과학적 인식을 몰각한 소박한 민족해방론으로 잘못 받아들여지는 경향이다. 현대 한국의 기본적으로 식민지·반봉건 사회적인 성격을 강조하는 민족해방론의 내용을 나 자신 깊이 알고 있지 못하나, 내가 주장해온 민족문학론의 입장이 그것이 아닌 것만은 확실하다. 또한 한국사회의 성격과 그 민중구성에 대한 과학적 논의로 말할 것 같으면, 분단문제조차도 사회구성체론의 차원에서 해명되어야 옳다는 나의 주장은(『창비 1987』의 좌담 「현단계 한국사회의 성격과 민족운동의 과제」 참조) 지금 시점에서(즉 연구의 현수준에서) 지나친 욕심일 수는 있을지언정 민족해방의 이름으로 우리 사회의 사회구성체적 성격을 소홀히 하는 감성적·'문인적' 발상은 아닌 것이다.* 오히려 현수준의 사회구성체론에서 분단문제를 끌어들이는 것이 무리이므로 그 문제는 별도로 따지자는 입장이야말로 연구자의 편의주의요 현실의 절박한 문제를 총체적·과학적으로 해명할 이론가의 임무를 저버리는 태도가 아닌가 한다.

3. 민족문학론이 제기한 몇가지 이론적 과제

1

서두에 민족문학론의 현실적 관점이 예술에 대한 집념과 결합되어 있음으로써 '문학주의' 운운하는 비판을 받게 되었음을 지적하였다. 그러나 80년대의 새 현실에도 본질적으로 어긋나지 않는 민중성을 지닌 것이 민족문학론이고 또 분단문제에 대한 우리의 각별한 관심이 민중문제의 과학적 인식을 소홀히 하지 않는 것이라면, 문학의 예술성 내지 '작품 자체'에 대한 강조 역시 단순한 문학주의로 낙인찍기 힘들 것이다. 오히려 그것은 평단이나 사회과학계 또는 철학계에서조차 '변증법'의 이름을 포함하여 여러가지 이름으로 진행되는 비변증법적 사고에 맞서서 참다운 변증법적 사고를 옹호하려는 노력의 표현이다. 진정한 문학, 진정한 예술이 어떤 의미에서 본디 변증법적인가를 밝히고자 한 나 자신의 시도로는 「작품·실천·진리」(리영희·강만길 편 『한국의 민족주의운동과 민중』, 두레 1987; 〈본서 4부〉)에서의 이론적인 탐구나 영문학 관계의 몇몇 논문들을 주로 들 수 있겠다. 그러나 이 문제는 이번 대회의 주된 관심영역에서 벗어나는 것이므로, 민족 및 국가의 주제와 직결된 문제제기에 치중하기로 한다.

2

민족문학론에서 강조하는 분단문제는 사회과학적 논의에서 흔히 '민족모순'이라는 범주로 다루어진다. 그리고 요즘 진보적인 사회과학도들 사이에서는 기본모순은 노자 간의 계급모순이고 주요모순은 민족모순이다라는 명제가 상당히 폭넓은 합의를 얻고 있는 것으로 안다. 물론 민족모순이 곧 기본모순이라거나, 남한사회를 그 자체의 독자적인 기본모순을 지닌 별개의 사회구성체로 보는 것 자체가 무의미하다는 주장도 있는 모양이나, 이는 민족문학론의 입장도 아니요 민족문학론자가 존중하는 과학적 인식도 아니라고 판단된다.

그런데 '주요모순으로서의 민족모순'이라는 것이 정확히 무엇이며 분단문제와 어떤 관련이 있는지는 제대로 해명되지 않은 것 같다. 제국주의 시대에는 심각한 민족문제가 있게 마련임을 누구나 인정하는 터이지만, 제국주의로 인해 야기되는 ① 식민지와 점령국의 모순 ② 소위 신식민지와 제국주의 자본의 모순 ③ 제국주의 국가들 간의 모순을 일괄해서 '민족모순'으로 지칭하기는 힘들 것이다. ③의 경우 설혹 민족모순이라 부른다 해도 그것이 주요모순일 수 없음은 분명하며, ②의 경우도 특정한 국가 또는 민족이 ①의 경우와 비슷할 정도로 전체 제국주의 자본을 대표하지 않는 한 민족모순이란 명칭이 혼란을 낳을 우려가 있고, 더구나 그것이 주요모순인지 부차적인 모순인지는 경우마다 다를 것이다.

더구나 한국처럼 분단된 상황일 경우 민족모순이라는 개념은 더욱 엄밀한 정의가 필요하다. 분단이 민족문제임은 틀림없지만 그것이 '외적 모순'인 민족모순의 내용에 해당한다고 하면 단선적인 민족해방론으로 귀착될 수밖에 없다. 그러지 않으려면 분단은 모순은 모순이되 민족 내부에 자리 잡은 모순이거나(물론 외압과 무관한 것은 아니지만), 아니면 진영모순의 일익을 맡았기는 하지만 '주요모순으로서의 민족모순'과는 일단 거리가 있는 양국관계로 설정하는 길이 남는다.

분단문제가 끼어듦으로써 발생하는 이론적 복잡성은 '주요모순' 개념 자체의 정립에도 상당한 혼란을 낳고 있는 것으로 보인다. 예컨대 우리 사회는 계급모순과 민족모순이 중첩된 특수한 상황이라는 식으로 문제의 복잡성을 규정하기도 하는데, 이는 민족모순이 주요모순이다라는 명제에 비해서도 오히려 후퇴한 이야기다. 우리에게 계급문제와 민족문제가 중첩되어 있는 것은 틀림없지만, 기본모순이란 본래 그 사회의 온갖 모순들의 근본 원인이 되어 그 발현을 매개하는 것이기 때문에, 기본모순 자체는 아니면서도 주어진 상황에서 가장 우선적으로 해결되어야 할 모순으로서의 주요모순이 기본모순과 '중첩'되어 있다는 말은 무의미한 동어반복이거나, 아니면 "민족해방의 과제와 계급문제의 도전이 (⋯) 지난날 어느 '사회구성체'에서와도 다른 형태로 중첩·착종된"(졸고「민족문학의 민중성과 예술성」, 본서 71면 참조) 분단한국의 현실을 부정확하게 표현한 것밖에 안된다. 그런가 하면 분단한국의 경우 주요모순인 민족모순이 제국주의와의 대외적 모순과 더불어 분단모순이라는 '이중성'을 띤다는 설명도 혼란스럽기는 마찬가지다. '주요모순'을 군이 지목하는 이유가 수많은 모순들 가운데 비록 가장 기본적인 것은 아닐지라도 전략적으로 가장 중요한 과제 하나를 우선 가려내자는 것인데, 이 과제 자체의 이중적·삼중적 구성을 말하면서 당면과제들을 나열하는 것은 '주요모순' 개념의 실천적 의의에도 어긋나는 일이다.

거듭 말하지만 민족문학론에서 분단문제를 특별히 중시하는 것은 민중적이고도 과학적인 세계관을 외면하는 태도이기는커녕, 오히려 민족문학론의 민중성과 과학성을 높이는 동시에 사회과학자의 작업도 좀더 실천적이고 참된 의미에서 과학적이기를 촉구하는 자세이다. 가까운 예로 '주요모순으로서의 민족모순'이라는 기초적인 개념부터도 최소한 분단현실에 대한 민족문학의 증언과 민족문학론자의 문제제기를 감당할 수 있을 만큼 좀더 엄밀하게 정의되어야 할 것이다.

3

분단문제의 이론적 해명을 요구할 때 사회과학도들로부터 흔히 듣는 답변은, 적어도 1953년 이후로는 한반도의 남북에 두개의 국가가 확립되었으므로 분단문제를 대외적 여건이 아닌 사회구성체 자체의 문제로 이론화하는 일은 무리라는 것이다. 그러나 민족문학론에서는 '민족문학'이라는 개념 자체가 남북한을 망라한 한민족 전체의 문학이요 남북 어느 한쪽의 국민문학이 아니라는 대전제로부터 출발하고 있다. 즉 1945년의 삼팔선 확정, 48년의 단정 수립, 50~53년의 전쟁과 휴전, 그밖의 무슨 일이 있었든 간에 남북은 아직도 하나의 민족이며 결국 하나의 민족국가를 갖게 되어야 한다는 주장이다. 이것이 과연 현실을 무시한 일개 당위론이거나 사구체론 또는 국가론의 전문적 식견이 부족한 문학도의 감성적 발상에 불과한 것인가?

이 대목에서도 역시 분명히 그렇다고 대답하기 위해서는 사회과학도들 자신이 쓰는 개념부터 좀더 엄밀히 정의할 필요가 있지 않을까 한다. 가령 남북한을 '분단국가'로 규정하는 일이 흔한데, 분단국가의 개념은 도대체 무엇인가를 물어볼 필요가 있다. 단순히 한 국가(또는 두개의 국가)의 발생 경위가 기존 민족 또는 국가가 갈라지는 과정을 거쳤다는 뜻이라면, 무릇 지구상 수많은 국가들이 발생한 수많은 경위들과 마찬가지로 굳이 따로 개념화할 필요가 없는 것이다. 반면에 분단을 통해 형성된 국가이므로 비록 국가기구를 갖추었으나 통상적인 국가와 현재까지도 본질적인 차이점이 있는 것이라면, '분단국가의 성립'이라는 말은 분단의 결과로 생긴 사회 및 국가기구가 정상적인 국가로 형성되어가는 과정을 시작했다는 뜻이지 제대로 '국가의 성립'을 완수했다고 볼 수는 없다. 동시에 그 과정이 완결되기까지는 일국의 분단이 두 국가의 성립으로 끝날지 일국의 복원으로 끝날지는 미정으로 남는 것이다.

이 문제와 관련하여 민족문학운동의 경험에서 흥미로운 점을 하나 소개하기로 한다. 알다시피 우리의 민족문학운동은 문단 주류의 낡은 순수주의와 관변측의 관념적이고 복고주의적인 민족문학관에 아울러 맞서는 대항적 자세를 취해왔다. 그렇다고 우리의 문학운동·문화운동이 선진국에서 흔히 말하는 '대항문화'(counter-culture)운동이냐 하면, 이는 전혀 우리의 실감에 맞지 않는 이야기다. 대항문화란 기존의 주도문화·정통문화가 자리 잡은 곳에서 그에 대항하거나, 실제로는 적극적으로 대항한다기보다 자신의 별도 영역을 확보하는 것으로 만족하는 경우를 말한다. 그러나 우리의 민족문학은 식민지시대나 지금이나 스스로 민족의 유일한 정통임을 자처하는 것이 특징이다. 반면, 그것을 대항문화가 아닌 주도적 문화라고 하기에는 실제로 사회에서 확보하고 행사하는 힘이 너무나 작다. 정부권력에 늘 괄시당하고 대량매체에의 접근 기회도 봉쇄되거나 제약되는 처지이며 현실독자 내지 수용자의 수도 사회 내의 헤게모니를 행사하기에는 크게 부족한 것이다. 그런데도 이쪽의 정통성 주장은 단순히 일방적인 부르짖음이 아니고 심지어 지배권력 자체 내에서도 이를 뒤엎을 명분을 못 내놓는 상황이다.

식민지시대의 경우 이런 현상의 존재를 설명하기란 어려운 일이 아니다. 지배민족의 문화가 비록 우월한 경우라도 그것이 피지배민족의 민족문화로서 주도성을 확립한다는 것은 거의 불가능하다. 피지배민족이 어지간한 수준의 독립운동을 전개하고 그에 상응하는 민족문화운동을 벌이기만 해도 명분에서는 식민당국이 밀리기 마련이다. 동시에 식민세력의 정치적·경제적·군사적 지배가 계속되는 한 이러한 민족문화운동의 실세는 그 명분에 비해 너무나 미미할 수밖에 없는 것이다. 그런데 일제의 식민지통치가 종료된 오늘의 한국에서도 비슷한 현상이 발견된다면 그것을 어떻게 설명할까? 이 문제를 식민지와 신식민지의 유사성과 차별성이라는 일반론으로만 다루어서는 큰 보람이 없으리라는 점은 앞서 '민족모순'에 관한 논의를 통해서도 어느정도 제시되었다고 믿는다. 어디까지나 식민지시대에 뒤따른 시대가 분단시대라는 사실에 초점을 두고 신식민지의 문제, 진영모순의 문제 등 여러 관련된 문제들이 그 사실을 중심으로 이해되어야 할 것이다. 적어도 이것이 민족문학론의 제언이다. 한국사회에서 실질적인 지배력을 행사하는 외래문화가 아무리 막강한 것이고 이에 영합한 관변 주도의 문화가 아무리 그럴듯한 명분을 내세울지라도 그들이 분단된 반쪽의 국민문화를 지향하는 한에는 전체 한민족의 민족문화로서의 주도성을 확립하는 일은 불가능하리라는 것이다. 그런 의미에서 '분단국가'는 문화적 헤게모니의 형성에 치명적인 한계를 안고 출발하는 일종의 '불구 국가'이며, 그 불구성을 극복하고 옹근 국가로서 성립할 전망이 결코 밝지가 못하다. 그보다는 민족문학운동을 포함한 통일국가건설운동이 성공함으로써 분단을 넘어선 옹근 나라가 탄생하거나, 아니면 민족문화다운 주도문화조차 못 가진 부분국가들끼리 끊임없이 다투면서 대외종속만 심화되고 내부적 모순의 척결이 천연되는 딱한 운명으로 떨어지기 쉽다. 혹자는 동·서독의 예를 들면서 분단된 독일민족의 운명이 반드시 딱하기만 한 것이냐고 반문할지 모르지만, 독일의 분단은 비록 패전의 산물이되 식민지·종속 상태의 연장은 아니었으며 동서 양쪽에서 모두 일단 파시즘의 청산을 의미하는 것이었다. 한반도의 분단도 그전의 식민지 상태에 비할 때 모든 면에서 퇴보라고만 볼 사건은 아니다. 그러나 독일의 분단보다 그 자체로서도 퇴행적 요소가 많았거니와, 분단이 영속화된다고 할 경우의 상황은, 굳이 유럽 국가의 예를 든다면 동·서독보다 오늘날 북아일랜드의 현실이 더 적절한 비유일 것이다.*

—1987년

덧글

1

발제문에서 나의 민족문학론에 대한 비판자로 거명한 김명인(金明仁), 조정환 두 사람은 지금 돌이켜보면 그 당시 포문을 갓 연 데 지나지 않았다. 조정환의 왕성한 활약은 지난해 초에 이미 『민주주의민족문학론과 자기비판』(연구사 1989)이라는 평론집으로 결실했고 그후 주로 『노동해방문학』지를 통해 진행되었으며, 김명인 역시 정력적인 활동 끝에 최근 『희망의 문학』(풀빛 1990)이라는 평론집을 묶어내기에 이르렀다. 그중 기왕의 민족문학론에 대한 비판의 줄기차고 단호하기로 치자면 조정환이 단연 앞서는데, 그에 대해서는 미흡하나마 졸고 「지혜의 시대를 위하여」에서 언급한 바 있으므로 여기서는 그 이상의 논평을 줄인다.

김명인은 마침 발제 현장에 약정토론자의 한 사람으로 초빙되어 있기도 했다. 그 자리에서 이미 그는 「지식인문학의 위기와 새로운 민족문학의 구상」에서 제기한 비판을 일부 수정했지만, 이후 좌담 「민족문학과 민중문학」(『창작과비평』 1988년 봄호)을 비롯한 일련의 후속작업에서도 상당한 변화와 다소의 흔들림을 보여주었다. (특히 조정환 등과의 논쟁과정에서는 구체적인 반박과 솔직한 자기비판으로 평단의 논쟁풍토에 좋은 기여를 했다고 하겠는데, 다만 자기비판이 너무 자주 되풀이되는 것은 생각해볼 문제이며, 가령 리얼리즘에 대한 파악에서도 거듭된 자기비판 끝에 다

다른 최근의 「먼저 전형에 대해서 고민하자 — 리얼리즘 문제의 재인식 (2)」의 입론조차 여전히 비판 또는 자기비판의 소지를 남긴 것 같다.) 어쨌든 예의 「위기와 구상」은 그때까지 대부분 젊은이들의 뒷공론 수준을 크게 넘지 못했던 민족문학론 비판을 처음으로 조리 있게 정리하면서 구체적인 작품비평으로 뒷받침하려는 노력을 보여주기도 했다는 점에서 주목을 끌기에 충분한 것이었지만, 이제 와서 일일이 반박할 필요는 없겠다는 것이 (그 글을 거듭 읽고 난) 필자의 솔직한 생각이다. 다만 발제문에서 명시적으로 지적한 바 한두가지를 부연하고 김명인이 현재까지도 견지하는 기본입장에 대해 간단히 논평하기로 한다.

발제문 중 "대부분 소시민적 지식계층 출신인 논자들의 출신성분을 거론하는 것이 무의미한 일은 아니나 그것으로 그들 입론의 소시민성을 규정할 수는 없는 일이며, 70년대 한국사회는 소시민계급이 주도했는데 80년대에는 이 계급이 몰락 내지 거의 소멸했다는 사회사적 진단도 근거가 박약하다고 본다"라는 문장에 대해, 그 전반부는 발제 당시에도 오해를 없애기 위해 "김명인씨가 개인의 신원 문제를 그렇게 기계적으로 적용하고 있다는 말은 아니다"라고 토를 달았고, 후반부에 관해서는 김명인 스스로가 다소 성급한 진단이었음을 해명하였다. 또 이듬해의 좌담 「민족문학과 민중문학」에서 그는, "우선 제가 소시민계급을 규정할 때 역사적으로 규정을 했다는 사실이 상기돼야 할 것 같습니다. 조선후기 이래의 소생산자계급과 민족자본가층은 해방 이후 50년대, 60년대에 이른바 민족·민주혁명의 주체로서 자기형성을 해나오다가 60년대에 소위 경제개발계획으로 대표되는 국내 독점자본의 신식민지적 재편성 과정과 충돌하면서 계속적으로 좌절해왔습니다. 그들을 일컬어 저는 혁명적 성격과 그 혁명적 성격을 관철시킬 수 있는 물적 기반을 공히 가진 계급으로서의 소시민계급으로 규정한 것인데 이제 그런 의미의 소시민계급은 70년대 중반을 지나면서 물적 토대의 면에서 거의 몰락했다, 그리고 80년대 들어와서 소위 개방체제라는 것에 의해 그 몰락 자체가 몰락으로 끝난 것이 아니라 새로운 질서로의 재편성, 편입으로 완결됐다는 것이 제 논지거든요"라고 부연 설명했다(13~14면). 하지만 이런 해명이 원래의 발언보다 얼마나 나아진 것인지는 의문이다. "혁명적 성격과 그 혁명적 성격을 관철시킬 수 있는 물적 기반을 공히 가진 계급으로서의 소시민계급"이 60년대건 70년대건 남한사회의 어디에 존재했었는지 알 수 없는 일이다. 그런데 우리가 김명인의 사회사적 진단을 문제 삼는 것은, 무슨 전문적인 사회과학 논의를 하자는 것도 아니요, 일부에서 오해하듯이 본래 우리의 민족문학론이 '시민적 민족문학론'이므로 소시민계급 소멸론에 반발할 수밖에 없기 때문은 더욱이나 아니다. 도대체 '시민적 민족문학론' 운운하는 입론 자체가 너무도 허술한 논리임을 보여주는 하나의 예를 들었을 따름인 것이다.

출신성분 문제도 그렇다. 물론 김명인이 어느 개인의 소시민적 신원을 들춰 그 문학의 소시민성을 단정하지는 않는다. 그러나 어떤 점에서는 그보다 훨씬 과감하게, 한 시대 전체에 대한 '소시민계급의 주도성'이라는 것을 설정하고서 그 기간의 온갖 논의들을 결국은 "부차적인 차별성"(『전환기의 민족문학』 85면; 『희망의 문학』 36면)밖에 못 가진 소시민적인 것들로 치부해버린다. 이런 주장에 좀더 근거 있는 사회사적 진단이 따르고 그가 비판대상으로 잡은 개별 논자(들)에 대한 좀더 정확한 글읽기가 따르지 않는 한, 도식적이고 자의적인 재단이라는 비판을 면하기 어려울 것이다.

그런데 김명인은 최근에 발표한 「시민문학론에서 민족해방론까지 ── 1970~80년대 민족문학비평사」(『사상문예운동』 1990년 봄호)에서도 "1960년대 후반에서 1980년대 초반에 이르는 앞시기는 소시민계급의 주도성이 두드러지는 소시민적 민족문학론의 시기"(194면)라는 전제 아래 2절 '소시민적 민족문학론의 흐름'의 틀 안에서 '1970년대 민족문학론의 전개'를 다루었고, 나의 입장에 대해서는 (개괄적인 비평사에서 무슨 세세한 논의를 기대하는 것은 아니지만) "'건전한 부르주아가 주도하는 시민사회'를 지향하는 문학론인 시민문학론"(195면)이라거나 "제3세계적 차원의 획득은 이후 구중서, 김종철 그리고 백낙청 자신에 의해 보다 더 진전된 형태로 이루어져 마침내는 우리의 민족문학이 인간해방운동의 이름 아래 세계문학의 장래를 다 짊어질 것처럼 지나치게 강조되기에 이른다"(196~97면)는 등, 납득하기 힘든 판단을 거듭 내놓고 있다. 뒤이어 80년대 후반을 개관한 4절 '민중적 민족문학론을 둘러싼 논쟁'에서는 '(1) 소시민적 민족문학론과『문학과 사회』그룹의 대응'이라는 항목에 한페이지 남짓 할애했는데, 그중 전자의 '대응'에 대한 언급은 '민중적 민족문학론'에 대한 "기왕의 소시민적 민족문학론 측에서 보인 대응은 생각처럼 적극적인 것은 아니었다"고 하면서 다음과 같이 부연하는 문장이 전부다.

백낙청은 김명인의 「지식인문학의 위기와 새로운 민족문학의 구상」이 나온 이후의 첫 글인 「오늘의 민족문학과 민족운동」에서 '민중문학·민중운동의 예비적 조짐들을 곧바로 그 본격적 전개와 혼동하는 조급성과 불철저성'을 넌지시 비판하고 7, 8월 노동자대투쟁을 겪었으니 이제는 민족문학·민족운동이 새 단계에 진입했다고 볼 수 있다는 정도로 그가 보기엔 섣부른 '호들갑'일 뿐인 민중적 민족문학론자들의 공격에 대응하고 있을 뿐이며, 그 다음에 거의 1년 만에 발표한 글(「통일운동과 문학」, 『창작과비평』 1989년 봄호—원주 44)에서도 예의 분단모순에 대한 관심을 집중적으로 표명하는 가운데 '민족문학론은 노동계급이 중심이 된 민중세력이 통일운동의 주체라고 믿는 민중문학론'이라는 포괄주의적 견해를 반복하는 데에 그칠 뿐 별달리 곡진한 대응은 보이지 않고 있다. (210면)

여기서도 나는 더 많은 지면을 나에 관한 논의에 할애해달라는 투정을 하려는 것이 아니다. 짤막한 언급일수록 정곡을 찌르고 심금을 울리는 바가 있어야 할 터인데 너무나 그렇지 못하다는 것이다. 그리고 김명인뿐 아니라 다른 여러 동학들에게서도 흔히 만나는 편의적이고 그야말로 곡진치 못한 대응방식이 안타까운 것이다. 사소한 점 같지만, 앞의 인용문 안에 따옴표가 붙은 대목 세개 중 마지막 것은 나의 글에 대한 무리 없는 인용이지만 나머지는 좀 다르다. '호들갑'은 김명인 자신의 표현인 모양이고, 첫번째 것은 직접인용은 직접인용인데 "새로운 민중문학·민중운동의 예비적 조짐들" 운운한 데서 "새로운"을 생략하고 따왔다. 따옴표를 어떻게 쓰든 글 쓰는 이의 자유랄지 모른다. 그러나 서로 다른 기능을 하는 따옴표들이 뒤섞여 나오면서 알게 모르게 묘한 왜곡이 일어나는 것만은 분명하다. 물론 나는 일부 민중문학론자들의 조급성과 불철저성을 비판하는 입장이고 그 뜻을 딱히 '넌지시'만 내보인 것도 아니다. 하지만 "새로운 민중문학·민중운동의 예비적 조짐들"을 말할 때 나는, 우리의 민족문학운동은 70년대부터 이미 남한사회 민중운동의 일부로 자리 잡았고 나 자신이 그에 일조해왔다는 동지의식을 전제하고 있다. 다만 아직도 남은 과제가 이 운동에서 '각성된 노동자의 눈'이 주도성을 확보하는 일이라는 것이 민족문학론의 입장인 것이다. 따라서 김명인에 대한 나의 비판은, '소시민적 민족문학론자'의 본색을 드러내는 듯싶은 인용구절보다 훨씬 곡진한 동지적 비판인 동시에, 완전한 착오가 아닌 한 그가 훨씬 뼈아프게 받아들여야 할 비판이기도 하다. 광주 5월항쟁 이래 민중운동의 커다란 비약이 있었고 특히 87년 7·8월 이래 남한 노동자계급의 영웅적 투쟁들이 잇달았음에도 불구하고 아직껏 '각성된 노동자의 눈'이 현실적으로 우리 문학을 주도하고 있지 못한 데에는, '계급적 당파성'의 이름으로 부정확한 비평적 논의를 감행해온 상당수 논자들의 청년적 조급성과 소시민적 불철저성이 책임져야 할 몫도 적지 않은 것이다.

김명인이 내 글을 너무나 데면데면하게 읽고 편의적으로 이용하고 있음은 예의 7·8월 노동자대투쟁에 대한 언급에서도 드러난다. 「오늘의 민족문학과 민족운동」에서 나 자신이 "우리의 민족문학·민족운동이 바야흐로 새로운 단계로 진입하고 있다"는 희망적 관측을 했는데, 다만 일부 '민중적 민족문학론자'가 그전에 내린 속단에 대해서는 "7·8월 투쟁 역시 그 조직성이나 정치의식에 있어 전체 민중·민족운동을 주도할 만한 수준에는 현저히 미달"(『창작과비평』 1988년 봄호 222면; 본서 81~82면)했으니 하물며 85년의 시점에서야 더 말할 나위가 있었겠느냐는 비판을 제기했던 것이다. 당시에 이미 구로지역 연대파업 등 노동자들의 계급의식적 진출이 있었고 훌륭한 노동자시인이 나왔다고는 하지만 "우리 문학은 아직 그러한 새 단계에 제대로 올라서지는 못했고 바로 그 목전에까지 이르렀다"(「민중·민족문학의 새 단계」)는 정도의 평가가 훨씬 온당했다는 것이 발제 당시의 판단이었고 복간호에 집필할 때의 판단이었으며 지금의 생각이기도 하다. 그러나 87년 6월 이후 새 단계를 이룩하는 데에 7·8월 투쟁이 차지한 몫에 관해서는, 김명인이 다음으로 언급하는 「통일운동과 문학」에서 따로 거론했지만, '새 단계'에 대한 나의 논의가 맞냐 틀리냐를 떠나서 그 내용은 좀더 자상한 변별을 기다리고 있음을 지적하고 싶다.

「통일운동과 문학」에서 "포괄주의적 견해를 반복"하는 데 그쳤다는 비판에 대해서도, 나는 '포괄주의'가 민중운동론에서 합의된 엄밀한 개념으로서 엄밀하게 적용되고 있는지, 아니면 '소시민적' 운운하는 식의 꼬리표 달기 습성이 또 한번 되풀이되고 있는지 의문스럽다. 나로서는 80년대 후반 들어 김명인을 비롯한 수많은 논자들의 비판에 좀더 곡진한 대응을 못 한 아쉬움이 없는 바는 아니지만, 명시적인 답변을 안 한 것과 대응을 회피하거나 불성실하게 대응한 것은 다르다고 믿는다. 더 자상한 반응을 못 보인 아쉬움은 있는 대로, 원래 부족한 힘을 진정으로 민중적인 민족문학의 진전을 위해 내 식으로 쓰는 것이 경제라고 나는 판단했던 것이다. 그러나 90년대에는 좀더 직접적인 생산적 대화가 벌어지기를 바라며, 그런 충정에서 군소리 비슷한 몇마디를 여기 늘어놓았다.

2

민족모순, 분단모순 등에 대해서는 발제 이후 너무나 여러곳에서 부연한 만큼 아예 그 문제만으로 별도의 논문을 쓰지 않는 한 여기서 덧붙일 말이 거의 없다. 관심 있는 독자들은 본서 제1부에 거듭 나오는 논의들과 함께 발제문이 참조를 요망한 좌담 「현단계 한국사회의 성격과 민족운동의 과제」를 비롯하여, 그후의 「민족통일운동과 민주화운동」(『창작과비평』 1988년 가을호) 「민주주의의 이념과 민족민주운동의 성격」(『창작과비평』 1989년 겨울호)〈모두 『백낙청 회화록 2』에 수록〉 등 좌담도 함께 읽어주기를 부탁드린다. 대다수 독자들은 "분단문제조차도 사회구성체론의 차원에서 해명되어야 옳다는" 주장이 그중 어느 대목에서도 분단모순을 '기본모순'으로 지닌 사회구성체를 설정한 바 없었으며 간헐적인 논의를 통해서나마 그 나름의 체계를 갖춰왔음을 인정하지 않을까 싶다. 그러나 체계화된 논문을 써내는 것이 나의 임무라는 생각은 아직도 없다. 이는 '전문 분야'에 대한 기성 학계의 구분을 추종해서가 아니라, 아무튼 비평가의 가장 책임 있는 발언은 '이론비평'과 '실제비평'의 확연한 구별이 안 먹히는 비평행위를 통해 성립하며 그 과정에서야 발언의 엄밀성이 보장된다는 것이 나의 소신이기 때문이다. 또 단편적일 수밖에 없었던 그러한 논의 가운데 우리 사회의 성격에 대한 체계적 이론화 작업에 도움이 될 말이 조금이라도 나왔다면, 이를 나보다 훨씬 더 잘 활용해줄 사람이 반드시 나타나리라는 믿음을 갖고 있기 때문이기도 하다. 다만 여기서 지적해 두고 싶은 점은, 나의 분단모순론은 우리가 떠맡은 자주화와 민주화의 과제를 동시에 포용하는 개념으로서, 나 자신은 '주요모순의 주요측면'이 민주화라고 믿고 있지만 개념 자체는 자주화와 민주화 과제의 상대적 우위에 대한 견해 차이를 '주요모순'을 둘러싼 대립이 아닌 '주요측면'에 관한 대립으로 자리매겨주는 실천적 이점을 지녔다는 것이다.

3

분단국가의 '불구성' 문제 역시 그후 단편적으로밖에 논하지 못했다. 동·서독 및 아일랜드 상황과의 비교는 『샘이깊은물』 1988년 5월호에 실린 「분단시대의 민족감정」에서 좀더 발전시켜보았는데, 근래 독일을 비롯 소련과 동구 일대에서 일어나는 변화에 비추어 이 문제는 여러모로 다시 논의될 필요가 생겼다.

먼저 독일의 경우 한반도와 달리 통일이 거의 불가능하고 그래서 그들 스스로 평화공존의 길을 택했다는 상식은, 동·서독의 조속한 합병이 예상되는 현시점에서 수정이 불가피해졌다. 그러나 식민지시대의 유산과 신식민지적 종속이 개입되지 않은 독일의 분단이 한반도 분단과 근본적으로 다르다는 주장 자체가 뒤집힌 것은 아니다. 독일의 변화를 한반도가 못 따라가는 데서 제3세계 문제가 동서대립 문제에 중첩된 우리 상황이 오히려 재확인되는 것이다. 게다가 분단국가의 불구성 명제도 '선진사회주의'를 자랑하던 독일민주공화국(동독)의 운명이 오히려 극적으로 입증한 바 있다. 이는 물론 사회주의권 전체의 문제점, 그리고 특히 점령하에서 사회주의혁명을 겪은 대다수 동구 국가의 일반적 문제점과도 연결되지만, 동·서 유럽의 분리가 지켜지는 동안 동독의 발전이 가장 앞섰던 만큼이나 베를린장벽이 무너진 이후의 그 주권상실이 허무하리만큼 급속한 것 또한 사실이다. 여기서 우리는 분단국가의 '불구성'이 독특한 성장능력을 배제하는 개념이 아니며, 오히려 극도로 모순된 요소들을 포괄하는 '예외적' 경우로서 좀더 보편적인 모순들을 집약하는 '전형성'을 띤다는 가설이 뜻밖의 예증을 얻었다고 보는 것이다.

그러나 현실적으로는 동구권의 변화가 우리 사회에서 분단국가의 불구성 문제를 외면해온 사람들을 더욱 북돋워주고 있다. 그리고 이런 추세가 단지 동구권의 변화만을 근거로 삼고 있지 않다는 점도 우리는 인정해야 한다. 6월항쟁 이후 남한사회는 불구 국가의 특별히 추악한 몰골을 적잖이 덜어낸데다, 80년대 중반 이후의 괄목할 경제성장과 최근 북방정책이 거둔 성과로 정상 국가의 체모를 한결 갖추게 된 것이 사실이다. '중진자본주의론'이 다시 고개를 드는 것도 무리가 아니며, 남북분단의 영구화만으로도 감지덕지하려던 사람들 중에는 이제 바야흐로 '독일식 통일방안'을 분단고착론의 가명으로서가 아니라 실명 그대로 적용할 꿈에 부푼 통일론자들이 갑자기 늘어나는 현상도 보인다.

먼저 분명히 해둘 것은, 무력통일론자가 아닌 통일론자가 늘어나는 일은 어쨌든 환영할 일이라는 점이다. 분단고착론자들이 대거 서독식 흡수통일론자로 전향하고 있다고 해서 기왕의 통일론자들이 자기식의 민주주의가 보장되기 전에는 통일 자체를 반대한다는 '선민주·후통일'론자로 변신한다면 그야말로 기막힌 역설이 아니겠는가. 서독식 통일론자에게는 '서독식'의 민주화 작업·복지정책·긴장완화 사업을 그들대로 진지하게 실천하라고 촉구하면서, 그 결과가 독일식이 될지 아니면 한반도 특유의 한층 창조적인 무엇이 될지는 역사에 맡길 만한 자신감을 가져야 할 것이다. 그 어느 쪽이 되든 전쟁의 참화보다 낫고 분단의 영속화보다 낫다고 말하는 것은 민족지상주의도 아니요 터무니없는 낙관론도 아니다. 민족의 저력에 대한 당연한 신뢰요 민중사관의 구체적 표현일 따름이다.

끝으로 북아일랜드의 교훈 또한 여전히 유효하고 절실함을 상기할 필요가 있다. 무엇보다도 한반도가 독일이 아님으로 해서 '남한의 서독화' 시도에는 중진자본론주의자들이 생각하는 것보다 훨씬 높은 장벽이 가로놓여 있기 때문이며, 통일 후의 독일 자체가 과연 서독의 기득권자들이 꿈꾸는 모습 그대로가 될는지도 자못 의심스럽기 때문이다. 상황이 이러할수록 우리는 '서독식' 통일론자들이 적극적으로 분단주의자로 복귀 내지 퇴행하지 않도록 '서독식'의 내부 민주화와 대북교류 확대 노력에 일단 힘을 합칠 것은 합쳐야 하며, 동시에 남한이 서독일 수 없고 한반도가 중부유럽일 수 없음에서 닥쳐오게 마련인 냉엄한 시련을 이겨내기 위한 우리 나름의 창조적 대안을 제시할 수 있어야 할 것이다. 이를 위해 민족문학 및 분단문제에 대한 논의도 90년대에는 문단 안팎을 통틀어 한층 활발하고 진지해지기를 기대한다.

—1990년 5월

제2부

민족문학과 외국문학 연구*

　주최측에서 내주신 '민족문학과 외국문학 연구'라는 제목은 저에게는 하나의 개인적 도전인 셈입니다. 저는 벌써 10여년째 '민족문학'이란 것을 이야기해왔고, '외국문학 연구'로 말하자면 대학 시절에 전공으로 선택했을뿐더러 지금도 그걸로 밥을 먹고 있는 처지입니다. 그러니 '외국문학자'라는 이름을 들을 자격이 있는지 어떤지는 몰라도, '외국문학 연구업자'인 것만은 틀림없는 거지요.

　오늘 이 자리에는, 이런 자리를 마련해주신 영남대 독문과 여러분들 외에도 영문학, 불문학 등 서구의 문학을 공부하시는 분들이 상당히 계시리라 믿습니다. 이분들이 공부하는 도중에 느끼시는 여러가지 고민들을 제가 여기서 해결해드릴 수 있다고는 애당초 생각지 않습니다. 함께 공부하고 고민하는 사람으로서 몇가지 생각을 나눠보았으면 할 따름이지요. 다른 한편 도대체 민족문학이니 외국문학 연구니 하는 것에 냉담한 분들도

---

* 〔1986년 10월 영남대학교 독문학과 주최로 행한 문학강연 내용이 이 글의 바탕이 되었다.〕

계시리라 믿습니다. 우리가 처한 것과 같은 어려운 현실에서, 더구나 요즘처럼 급박한 시국에, 문학은 다 뭐며 외국문학 연구는 또 무슨 한가한 이야기냐라고 생각하실 분도 있으리라 봅니다. 사실은 이런 생각을 하시는 분들께도, 반드시 그렇지만은 않다, '민족문학과 외국문학 연구'라는 문제가 우리 모두의 관심사가 되어 마땅하다라는 점을 상기시켜드리고 싶은 것이 저의 욕심이기도 합니다.

그러면 먼저 '민족문학'에 대해 몇가지 기본적인 말씀을 드리고, 뒤이어 이러한 민족문학의 관점에서 볼 때 우리의 외국문학 연구에서 어떤 문제점을 발견할 수 있을지를 생각해본 다음, 끝으로 민족문학의 입장에서 바람직한 외국문학 연구의 방향이랄까 그 가능성에 대해 생각해보기로 하겠습니다.

1

70년대 이래로 우리 문단에서 펼쳐져온 민족문학 논의를 지켜보신 분들에게는 새삼스런 이야기가 되겠습니다만, 민족문학이라는 개념 자체가 생소한 분들도 계실지 모르겠고, 어쨌든 한두가지 기초적인 이야기를 해볼까 합니다. 먼저, '민족문학'이라는 특수한 낱말을 쓴다는 것 자체가 특정한 역사인식·역사의식의 산물이라는 점입니다. 우리 민족의 성원이 우리말로 써낸 문학작품들을 그냥 '한국문학'이라고 평범하게 얘기하면서 뭐가 좋으냐 나쁘냐를 따지는 것으로 족할 만큼 편안하고 한가한 처지가 아니라, 한국 사람들이 써낸 문학 중에도 무엇이 정말 민족이 처한 위기 상황에서 진정으로 민족적인 것이고 민족의 역사가 요구하는 것인가를 구별해서 얘기할 필요를 느꼈기 때문에 그러한 낱말이 따로 사용되는 것입니다. 좀더 모난 표현을 쓰자면 우리 민족의 역사적 현실에서 거기에 무비판적·반역사적으로 대처하는 문학과, 그것을 의식하고 이에 대한 깊은 책임감을 가지고 정당하게 대처하려는 문학을 우리가 일부러 구별해서 보자는 취지이겠습니다.

그렇기 때문에 '민족문학'이라는 낱말 자체가 여러가지로 쓰일 수가 있지만, 우리가 말하는 민족문학이라는 것은 이러한 현재 역사에 대한 위기의식의 소산이고, 따라서 그것은 철저히 역사적인 개념이라고 볼 수 있습니다. 가령 '민족'이라는 영원불변의 실체가 있다, 또 한국민족에게는 한국민족의 '얼'이라는 초시간적 실체가 따로 있어가지고 그것이 표현돼 나오는 것이 민족문학이다라는 식의 발상이 아니고, 우리 시대의 매판적이고 반민족적이고 반민중적인 현실에 적극적으로 대응하는 문학, 그러니까 이 민족문학은 자연히 반매판적이고 민중적인 민족문학이 될 수밖에 없겠습니다. 가령 일제시대에도 이른바 민족진영의 민족문학론이 있었고 또 국민문학이라는 것도 논의된 바가 있고, 또 요즘 민족문학이라는 낱말을 정부측에서도 사용하고 있고 관변측에 가까운 문인들도 즐겨 쓰는 낱말이지만, 우리가 말하는 민족문학은 그 역사적이고 민중적인 성격에서 구별된다고 하겠습니다.

둘째로, 우리가 민족문학을 이야기할 때, 가령 참여문학이라든가 그전의 다른 여러가지 논의들에 비해 특히 강조하고자 했던 것은 민족문학의 예술성, 더 나아가서 세계 어느 나라 문학에도 떨어지지 않는 예술성, 그런 의미에서의 세계성입니다. 민족문학을 관념적으로 이해하고 우리 민족 특유의 어떤 얼이 따로 있어가지고 그것을 표현하는 것이라고 얘기할 때는 국수주의적이고 배타적인 성격을 띠게 됩니다. 그러니까 우리 것만이 최고고 남의 것은 볼 것이 없다는 식으로 논의가 나갈 염려가 있습니다. 그런가 하면 참여문학을 얘기할 경우 그야말로 현실참여에만 치중해서 그것이 민족적인 현실을 문학작품으로서 얼마나 제대로 다루고 있는가 하는 문제를 빼버리게 되면, 그것은 문학으로서의 값어치랄까 예술을 소홀히 할 염려가 있습니다. 또한 우리의 문학이 민족적인 현실에 투철해진다고 할 때, 그것이 일시적인 어떤 필요를 충족하는 데 그치는 것이 아니라 세계 어디에 내놓아도 모자랄 게 없는 작품이 될 수 있다는 자신감을 갖는 일이 중요한데, 그런 점이 아쉬웠던 것도 있습니다. 그래서 우리의 민족문학론에서는 제3세계의 민족문학·민중문학으로서 우리가 우리자신의 문제뿐만 아니라 현단계 세계사의 핵심적인 문제와 대결하고 있다는 인식을 내세웠고, 그러기에 그것을 문학으로 제대로 다루어낼 때는 현단계 세계문학의 떳떳한 일원으로 참여할 수 있다는 점을 강조했던 것입니다. 그래서 흔히 민족문학이라면 배타적·국수적인 문학이 아니냐고 반박하기도 하는데, 우리의 민족문학은 예술성을 강조하면서 한국 이외의 다른 제3세계문학과의 연대를 강조하고, 제3세계뿐 아니라 전세계의 문학을 향해 개방되어 구미의 문학과도 줄 것을 주고 받을 것을 받는 새로운 관계를 정립할 수 있는 문학이라고 했던 것입니다. 물론 이 개념에 얼마나 어울리는 작품이 나왔느냐, 또 이론 자체의 만족도에 대해서도 지금 계속 논의되고 있고, 정당한 평가는 장차 세월이 흐른 다음에나 가능할지 모릅니다. 어쨌든 민족문학을 들먹이는 의의 자체는 민족적 위기에 대응하는 역사적인 개념으로서의 민족문학을 얘기하면서 다른 한편으로는 우리 민족문학의 세계성과 예술성을 강조하는 입장이었다고 하겠습니다.

80년대에 들어와서는 민중에 대한 관심이 고조되고 민중운동이 한층 치열하고 활발하게 벌어지고 있습니다. 문단에서도 70년대처럼 단순히 민중적인 민족문학을 얘기하는 차원이 아니라 곧바로 민중문학을 얘기하고 또 일부에서는 이제는 민족문학이라는 개념을 과거지사로 돌리고 그야말로 본격적인 민중문학 또는 노동문학을 논해야 하는 시기가 됐다는 주장도 들려오고 있습니다. 여기에 대해 이 자리에서 자세히 말씀드릴 수는 없겠습니다만, 제 생각으로는 본래부터 '민족문학'이 민족이 처한 어떤 반민중적 현실에 대응하는 문학으로 설정됐던 만큼 처음부터 민중문학의 성격을 겸하고 있는 것이었고, 따라서 민족문학과 민중문학의 개념은 서로가 주고받으면서 발전·심화되어야 마땅한 것이라고 생각합니다. 우리 시대에 와서 민중문제에 대한 관심과 열기가 높아진다고 해서 민족문제가 70년대와 본질적으로 달라지지는 않았다고 보겠습니다. 그런 한에는 민족문학의 개념이 여전히 유효하고, 따라서 민족문학의 개념을 완전히 제쳐놓고 민중문학에 대해 이야기하는 것은 민중문제에 대해서도 충분한 대응이 못 되는 것입니다. 오히려 70년대의 한계 속에서도 그나마 힘겹게 쟁취했던 변증법적인 인식이라 할까, 민족·민중문제를 복합적으로 생각하면서 거기에 문학 하는 사람들이 문학의 예술성과 세계성을 존중하면서 대응하는 고차원의 태도를 단순화할 염려가 있지 않은가 합니다. 그래서 오늘날도 계속 민족문제를 민중문학의 핵심적 위치에 놓고 논의할 필요가 있고 민중문학과 민족문학의 문제를 상호연관시켜서 생각할 필요가 있다고 보는 입장입니다.

민족문학에 관해서는 대충 이런 정도로 말씀드리고 오늘 주제의 다음 항목인 외국문학의 연구로 넘어가겠습니다.

2

외국문학 연구를 어떻게 하면 제대로 할 것인가, 여기에 대해 뚜렷한 방안이 있다면 제가 하나 둘 셋 넷 죽 불러드리고 여러분이 필기해서 실천에 옮기면 될 텐데, 그게 그렇지가 않기 때문에 이리저리 이모저모로

굴리면서 생각을 해보는 수밖에 없겠습니다. 그래서 어떻게 제대로 할 것인가를 모색하는 하나의 방편으로 외국문학을 하는 어떠한 태도가 우리 주변에 많이 있는가, 민족문학의 관점에서 볼 때는 어떤 문제점이 발견되는가를 살펴보고자 합니다.

우선, '외국문학'이라면 문자 그대로 우리나라의 문학이 아닌 다른 모든 문학을 말합니다. 그런데 독문과에서 이런 모임을 주최하면서 영문학도인 저를 초청했을 때는 외국문학 쪽에서 주로 서양문학을 얘기하는 것을 기대하고 있고, 또 그렇게밖에는 하기가 어려운 상태입니다. 그런데도 우리가 서양문학이라고 하지 않고 대개 외국문학이라고 말해버리는데, 편의상 그런 면도 있지만 실제로 외국문학이라 하면 중국문학이나 일본문학이라든가 또는 다른 아시아의 문학보다도 서양의 문학, 유럽과 미국의 문학을 생각을 하는 경향이 있습니다. 다시 말해서 '외국문학 즉 구미의 문학'이라는 통념이 상당히 지배적인 것 같아요. 어떻게 보면 이것부터가 문제인 겁니다. 어째서 외국문학이라면 우리가 서양문학만을 생각하게 되느냐, 왜 영국문학을 생각하고 독문학을 생각하고 불문학·러시아문학을 생각하고, 대개 그런 식으로 유럽과 아메리카, 아메리카도 북아메리카에서 우리 생각이 맴돌게 되는가. 이것 자체가 어떻게 보면 하나의 신식민지적 풍토랄지, 서양 것을 위주로 생각하고 서양의 기준에 의존해서 생각하는 습성에 젖어 있는 셈입니다. 우리가 외국문학을 연구한다고 할 때 비록 개인으로서는 영문학을 한다든가 독문학을 한다든가 그런 서양문학을 하더라도, 외국이라면 자동적으로 구미 열강을 생각하는 사고방식에서는 벗어나야겠다는 점을 첫번째로 지적해야 하겠습니다.

두번째는 사실은 첫번째 이야기의 연장인데요, 외국문학을 연구한다는 사람들은 대개 서양의 문학이 훌륭하니까 우리가 열심히 배워 전파하는 것이 의무라고 단순히 생각하는 경향이 많습니다. 비교문학을 연구할 때도 서양 것이 어떻게 한국에 전파돼왔는가, 어떻게 제대로 소화를 했는가 하는 차원에서만 생각하는 경향이 많은데, 이런 태도를 흔히 전파론적인 태도라 하기도 합니다. 문학 이외의 분야, 가령 경제발전을 한다든가 산업화를 한다 할 때는 확산론이라는 말도 쓰지요. 서양의 어떤 모델이 지구 전체로 확산되면서 나머지도 근대화되고 다 잘살게 될 것이다, 우리도 열심히 선진국 따라가서 중진국이 되고 선진조국이 되고…… 이런 사고방식입니다. 이것이 잘못된 사고방식임을 문학의 분야에서 강조해온 것이 바로 민족문학론이고, 경제학이나 기타 사회과학 분야에서도 이런 확산론적 오류는 충분히 지적되었다고 봅니다. 그런데 이런 그릇된 태도를 극복하려면 그 뿌리를 생각해봐야 하는데, 이게 어제오늘의 일이 아니에요. 우선 일제시대부터 남의 식민지 노릇을 하면서 일본 것을 열심히 배워 따라가고, 또 안 따라가다가는 혼이 나기도 하고, 이러다보니 그런 습성이 배었지요. 그런데 사실은 일본을 따라간다고 했을 때 일본 것을 따라간 데 그친 것이 아니라 그때 이미 서양 것을 따라가는 방향으로 길들여져왔다는 점도 우리가 알아야 합니다. 일본 사람들이 나중에 2차대전이 가까워오면서 영국이나 미국하고 사이가 벌어져서 귀축미영(鬼畜米英) 어쩌고 하면서 서양의 선진자본주의 국가들을 적성국가로 취급을 했습니다만, 또 대동아공영권 어쩌고 했지만, 사실은 일본이 한국을 식민지화할 때 어떻게 보면 서양제국주의의 하수인 노릇을 했다고 볼 수 있습니다. 서양 사람이 직접 경영하기에는 조선이라는 땅이 너무 멀리 떨어져 있고 실제로 서양 사람이 직접 다스리기에 힘들 만큼 우리의 문화 정도가 높았던 것도 사실입니다. 서양 사람들이 와서 한문 배우고 한글 배워서 우리나라를 통치하려고 했으면 힘들었을 거예요. 그렇다고 그런 것 안 배우고도 다스릴 만큼 그렇게 간단한 민족도 아니었지요. 그래서 일본 사람을 시켜서 식민지로 만들어놓고, 이를 통해 서양제국주의의 판도에 편입을 시켰다고 볼 수도 있는 겁니다. 그때 일본이 영국의 후원과 미국의 양해 없이도 한국을 삼킬 수 있을 만큼 강한 나라가 결코 아니었거든요. 나중에 물론 자기들끼리 싸움이 나서 드디어는 2차대전까지 벌어졌습니다만, 어쨌든 일제식민지의 경험이 단순히 일제 식민지통치에 순응하고 일본 것을 추종하는 훈련일 뿐만 아니라 기본적으로는 그때 이미 서양제국주의에 편입되고 그것을 추종하는 훈련을 강요받고 길들여졌다고 볼 수 있습니다.

더 거슬러 올라가면 우리 조선왕조 시대에도 문제가 있기는 있지요. 흔히 사대주의라고 해서 중국 것을 무조건 따르고 배우려 했다는 문제점이 지적되곤 하는데, 그래도 저는 식민지시대와는 달랐다고 봅니다. 그야말로 사대주의적이고 중국추종적인 폐습이 많긴 했지만 그러나 한문을 쓰면서도, 중국의 문물을 받아들이면서도, 그것을 주체적인 자세로 수용하고 적용하려는 노력이 — 충분치는 않았지만 — 일제시대나 지금보다는 더 있지 않았겠느냐는 생각입니다. 그 시대가 근대적 민족주의의 기준이 그대로 통할 수 없는 시대였다는 점을 감안한다면 말이지요. 이처럼 조선시대부터 문제가 있긴 했으나 일제가 침략하기 전부터 늘 그런 것밖에 없었다고 말하는 것은 지나친 자기비하이고, 오히려 그런 사고방식이야말로 일제가 조장한 사고방식이라고 생각합니다. 어쨌든 일제시대를 지나고 8·15, 6·25를 거치는 과정에서 주체적인 자세를 확립하려는 세력이나 기풍이 많이 제거되고 탄압을 받고 약화된 것이 사실입니다. 그러다 60년대부터 근대화 바람이 불었는데, 이 '근대화'라는 말의 뜻이 무엇입니까. 바로 아까 얘기한 서양의 모델을 전지구에 확산시키는 것이 전인류가 잘 사는 길이고, 그런 과정에서 우리 한국이 어떻게든 우등생 노릇을 해보겠다는 뜻이었고, 이 과정에서 미국과 일본에 대한 의존이 심화돼온 것이 사실입니다. 요즘은 '선진조국'을 얘기하는데, '조국 근대화'나 '선진조국 건설'이나 다 비슷한 얘기지요. 선진화가 이룩된 면이 전혀 없지는 않지만, 미국 상품에 대한 시장개방에서부터 문화적 침탈 등 모든 면에서 결국은 확산론적인 입장이 관철되고 있는 것이라고 볼 수 있습니다. 그래서 우리가 서양문학을 공부하면서 서양문학의 좋은 점을 아는 것은 물론 중요하지만, 서양 것이 무조건 우월한 거니까 서양문학도 배워야 한다, 열심히 열심히 배워서 하나라도 더 이 땅에 전파하는 것만이 우리 외국문학도의 사명이다라고 생각하는 태도는 우리 역사에 나름의 뿌리를 가진, 마땅히 극복되어야 할 비주체적 태도라 하겠습니다.

반면에 이처럼 빗나간 사명감을 갖는 것과는 대조적인 또 한가지 태도를 생각해볼 수가 있습니다. 외국문학을 연구해서 뭘 전파한다든가 큰 역사적 과업을 해낸다는 것은 너무 거창한 일이고 외국문학을 가르치는 교수의 입장에서 앞으로 교수 될 후진이나 열심히 기르고, 나머지 학생들에게는 외국어나 제대로 가르치자…… 이런 태도 말입니다. 매우 겸손해서 좋아 보이기도 하지만 이런 식으로 겸손한 것이 반드시 좋은 것은 아니에요. 아무 책임 없는 자리에 앉은 사람하고 달라서, 다음 세대의 교육을 맡고 있는 교수, 더구나 서양문학처럼 여러 사람들이 거창하고 훌륭하게 생각하는 것을 이 땅에서 대표하는 입장에 있는 사람들이 덮어놓고 겸손한 것만이 미덕은 아닐 수도 있는 겁니다. 그건 일종의 패배주의죠. 난 큰일은 못 하겠으니까 그저 그렁저렁 지나겠다는 패배주의고, 또 어떻게 보면 제자들에 대한 인간차별로도 볼 수 있습니다. 나같이 되려는 학생만 따로 기르고 나머지는 모르겠다, 영어 단어나 독일어 단어 정도 배워서 나가면 된다는 태도지요. 이것 역시 외국문학을 연구하는 데에 있어서 마땅히 극복해야 할 태도가 아닌가 싶습니다.

또 한가지는, 이건 우리 영문과 학생들에게서도 가끔 듣는 이야긴데, 영문학은 해봤자 되지도 않고 우리가 영문학을 하는 것은 영문학 자체를 하자는 것보다 한국문학에 공헌하기 위해 하는 것이 아닌가라는 얘기가 있습니다. 물론 학생의 입장에서는 영문과에 들어왔다고 다 영문학자가 되는 것은 아니겠고, 한국문학에 관심이 있으면 영문과 다니면서 배운 것을 가지고 한국문학을 위해 일하는 데 활용하면 되는 거지요. 또다른 분야에서 활동할 때는 또 그 나름으로 활용하는 것이고요. 학생들의 입장에서는 얼마든지 나올 수 있는 이야깁니다. 그러나 영문학 연구의 본래 목적, 외국문학 연구의 목적을 처음부터 한국문학에 뭔가 보탬이 되는 것으로 설정한다는 것은 문제를 너무 간단히 봤다고 할까, 또는 왜곡했다고 할까, 어쨌든 좀 석연치 않은 데가 있어요. 한편으로는 외국문학 연구를 너무 간단히 생각하는 태도이고, 또 한국문학에의 공헌이라는 것을 너무 우습게 아는 태도일 수도 있는 겁니다.

60년대쯤까지만 해도 영문학을 공부했다는 것, 더구나 영문과 교수쯤 되면 우리 사회에서는 삼라만상에 대해 발언할 권리가 있는 것처럼 통했습니다. 뭐에 대해서도 영문학 교수에게 가서 써달라고 하면 종합잡지에 정치 얘기도 하고 무슨 얘기도 하고 국문학 얘기도 물론 하고 이런 적이 있었는데, 그것은 그때 그만큼 우리나라가 자리가 잡히지 않고 사회 각 분야가 터가 안 잡혀 그런 일이 통했던 것이지요. 당장 문학 분야에만 한정하더라도, 영문학 조금 했다고 해서 어떻게 한국문학에 쉽사리 공헌할 수 있는 건 아니지요. 그런 일을 하려는 사람이 있으면, 영문학뿐만 아니라 한국문학도 공부하고 더 나아가서는 영문학에서 공부한 것을 한국문학 공부에 어떻게 적용할 것인가 하는 공부까지 더 해야 되지, 영문학 좀 배웠다고 간단히 한국문학에 공헌이 되는 게 아니지요. 처음부터 그런 식으로 서양문학 연구에 임했을 때 과연 국문학을 위해서도 얼마나 제대로 활용할 만한 성과가 있을지 의문입니다.

거듭 얘기하지만 외국문학 연구에 직업적으로 종사하지 않으려는 학생의 입장에서 대학 시절에 배운 것을 활용하겠다는 것은 별개의 문제고,

그건 얼마든지 좋습니다. 다만 외국문학 연구의 목적이 그런 데에 있는 것처럼 얘기하는 것은 한국문학도 너무 쉽게 보는 태도이고 외국문학도 너무 쉽게 보는 태도라는 것입니다. 어쩌면 이것도 아까 얘기한 전파론적인 자세의 한 변형이라고 할 수 있겠습니다. 서양문학 자체를 전파하는 데 자기 일생을 바치겠다는 이야기는 아니지만, 역시 서양문학은 워낙 우월한 문학이기 때문에 대강만 배워도 한국문학에 큰 기여를 할 수 있다는 식으로 쉽게 생각하는 태도라 볼 수 있습니다.

3

지금까지 얘기한 관점에서 외국문학을 연구한다 할 때, 한편으로는 외국문학이 곧 서양문학이고 서양문학이 곧 세계문학이라고 이해하는 태도에 대해서도 비판적인 입장을 취하게 되고, 따라서 서양문학은 열심히 배워서 전파하기만 하면 된다는 태도에 대해 못마땅하게 보는 것입니다. 동시에 적당히 외국어나 가르친다거나 한국문학에 약간의 보탬만 주면 된다는 태도도 민족문학의 관점에서는 못마땅한 겁니다. 말하자면 민족문학을 한다는 것은 처음부터 매사에 좀 삐딱하게 나가는 태도올시다. 그런데 우리 시대에 서양문학을 연구하겠다는 사람에게는 이런 삐딱한 태도도 좀 필요하다고 봐요. 원래 우리가 남을 연구할 때, 공부할 때는 그 대상과의 공감이 있어야 한다는 얘기를 합니다. 서양문학의 경우에도 그것은 물론 마찬가집니다. 서양문학을 제대로 공부하려면 그 나라의 문화라든가 문학과 공감을 지녀야 하는 것은 사실입니다. 그러나 민족문학론적 입장에서 외국문학을 공부할 때는 공감도 있어야 하지만 동시에 일종의 적개심도 지니고 나가야 된다는 이야깁니다. 우리의 서양문학 연구는 어떻게 적개심과 공감을 절묘하게 배합하느냐에 따라 그 성패가 갈린다고 볼 수도 있는 것이지요.

적개심을 갖고 본다고 할 때에 쉽게 떠오르는 문자가 지피지기(知彼知 己)면 백전불태(百戰不殆)라는 옛말이지요. 서양의 문화가 결국 오늘의 시점에서 우리의 민족문화를 위협하는 제국주의적 성격, 신식민지주의적 인 성격을 띠었다는 인식을 갖고 나서더라도, 그럴수록 저들의 문화가 어 떤 것이냐, 그 문학이 어떤 것인가를 우리가 알아야 된다는 얘기가 하 나의 원칙론으로 정립될 수 있을 것입니다. 그런데 '지피지기'라고 병법 문자를 썼습니다만, 사실은 우리 입장에서는 어떻게 보면 그런 문자를 쓰 고 있는 것 자체가 꽤나 한가한 태도라고 볼 수도 있어요. 병법에서 '지피 지기'라면 대개 싸우는 두 진영이 어떻게 적을 무찌를 것인가를 궁리할 때 저쪽을 알고 나를 알면 전투에서 위태로울 일이 없다는 얘긴데, 우리 상황은 그렇게 일대일로 대치하고 있다기보다는 상대방이 이미 우리 속 의 구석구석에까지 들어와서 정신과 몸뚱이를 마비시키고 있는 상태라고 봐야 하니까 '지피지기' 운운은 오히려 한가한 얘기일 수가 있다는 겁니 다. 그렇다면 더더군다나 무엇에 의해 우리가 마비되어 있고 노예화되었 는가를 알아야지, 그것을 모른다고 마비가 덜 된다거나 해방되는 것은 절 대로 아닐 테니까요. 그러니 '지피지기'라고 하든지 아니면 '지피지기'가 아니라 그야말로 '기사회생'의 어떤 길을 찾기로 하든지 간에 우리가 서 양의 문화·문학을 철저히 알 필요는 있을 것입니다.

중국의 역사에서 배우는 또 하나의 문자로 '이이제이(以夷制夷)'라는 것이 있습니다. 오랑캐를 써서 오랑캐를 제어한다란 말이 있는데, 이것 도 우리 처지에서 쓰기에는 다소 자기도취적인 느낌이 없지 않지만, 여하 튼 서양의 문학·문화 전통을 살펴보면 전부가 제국주의를 합리화하는 문 화나 문학은 아닙니다. 서양의 가장 훌륭한 작가들 ── 괴테, 똘스또이, 셰익스피어 —— 이런 사람들이 자기네 동포들에게 제국주의 하고 남을 억압하라고 가르친 건 아니란 말이에요. 물론 그들의 이름이 제3세계 사람들에 대한 제국주의 나라들의 우월성을 입증하는 데 악용되고 있는 것은 사실입니다. 식민지를 다스리는 사람들이 처음부터 나는 강도니까 돈 내놔라 하는 것이 아니라, 말로는 항상 우리가 더 우월한 문명을 가지고 왔으니까 그것을 당신들에게 전파하고 당신들 자신을 개화시키고 발전시키겠다고 하고, 그 과정에서 자기들이 낳은 훌륭한 작가나 예술가의 이름을 자기네의 우월성을 입증하는 데 동원하곤 합니다. 그러나 그 사람들이 들먹이는 이름들, 그 내용을 들여다보면 그이들이 후손들보고 나가서 강도짓 하라고, 도둑질하고 사기꾼 노릇 하고 타민족을 마구 짓밟으라고 가르치지는 않았단 말입니다. 물론 그들의 작품 속에는 그때그때의 어떤 시대적 한계 때문에 그런 취지로 해석될 수 있는 끈터귀가 있는 수도 있습니다. 그들의 작품에 제국주의·식민지주의와 연결되는 어떤 측면이 있지만, 작품의 정수를 제대로 꿰뚫어보면 그런 짓 하라고 가르친 것이 아니라 그런 짓을 하려는 후손들이 부끄러울 이야기를 담아놨어요. 그렇기 때문에 오히려 현대에 오면 서양의 이론가들이 자기들의 고전을 정당히 해석하려 하기보다는 고전이 따로 있는 것이 아니다, 무어가 고전이라고 정하려는 태도 자체가 낡아빠진 태도다라느니, 어떤 책에 대해 '정당한 해석'을 주장하는 것은 촌스러운 태도다, 모두가 해석하기 나름이고 일종의 장난이다, 이런 이론들을 극도로 정교하게 만들어내고 있습니다. 독문학·불문학·영문학을 전공하시는 분들은, 현대 비평이론 같은 것을 공부하신 분들은 다 아시리라고 믿는데, 말하자면 이게 자기들의 훌륭한 조상의 이름들을 들먹이고 써먹기는 써먹으면서 그들이 실제로 남긴 말에는 따르지 않으려는 하나의 기술이라 볼 수 있어요. 가령 우리 집에 어느 훌륭한 조상이 남긴 가훈이 있어서 너는 나가서 도둑질하지 말고 나쁜 짓 하지 말라는 가훈을 남겼는데, 내가 나가서 도둑질도 해야겠고 사기도 좀 쳐야겠으면 어떻게 하겠습니까. 그까짓 가훈이고 조상이고 다 내팽개치고 하는 수도 있지만, 그게 오히려 정직한 방법이기도 하지만, 그런 식으로는 큰 도둑질이나 사기가 잘 통하지 않지요. 그러니까 조상의 이름을 계속 들먹이고 위하는 체하면서 그가 남긴 가훈을 묘하게 왜곡한다든가, 그것을 달리 해석해서 유야무야로 만들어버리는 거예요. 그렇기 때문에 제국주의 문화와 싸우기 위해서라도 그 문화 내부에 있는 반제국주의적인 요소를 정확히 알아서 들이대는 것이 순전히 싸움의 한 방편으로서도 훨씬 더 효과적인 것이고, 이런 것을 우리 동양에서는 옛날부터 '이이제이'라는 멋있는 표현으로 이야기해왔던 것입니다.

사실은 이게 하나의 전술적인 문제라고만 생각지는 않습니다. '이이제이'라는 전술이나 전략의 문제가 아니라, 사실은 한국의 민족문학과 다른 제3세계문학의 연대만 가능한 것이 아니라 심지어는 미국이나 유럽 자체의 진보적이고 양심적인 세력과 진정한 국제적 유대를 이룰 수 있는 터전이 그들의 최고의 문화적 유산 속에서 발견된다는 것이 저의 개인적 신념이기도 합니다. 어쨌든 '이이제이'라고 부르든 '진정한 국제적 유대'라고 부르든 여기서 외국문학 연구의 또 한가지 중요한 측면을 찾아볼 수 있겠습니다.

이제까지 이야기한 것은 비단 문학에만 해당하는 얘기가 아니라 역사·철학 등 모든 분야에 해당하는 얘기가 되겠는데, 남은 시간은 특히 문학 연구의 의의에 치중해서 말해볼까 합니다.

우리가 민족사의 위기를 타개하기 위해서도 서양의 역사와 문화 전반에 대해 지피지기하고 이이제이하는 연구가 중요하다고 할 때, 그중에서도 문학이 특별히 중요한 측면이 있지 않은가 하는 것입니다. 제가 문학을 하는 사람이기 때문에 아전인수로 그러는지 모르겠습니다만, 우선 남의 문화를 이해하는 데 있어 가장 핵심적인 것이 문학인 것 같아요. 역사를 공부하더라도 문학작품처럼 지난날의 생생한 모습을 전해주는 자료가 없다고 합니다만, 정말 훌륭한 작품은 단순히 역사연구의 자료로서 중요한 것이 아니고 나아가서는 역사가 무엇인가, 역사 속에 사람이 사는 것이 어떤 것인가까지 우리에게 말해주는 것입니다. 이걸 무슨 일반론으로 펼치는 게 아니라 그 시대 그 고장에서의 구체적인 삶과 밀착시켜 보여주기 때문에 진정한 문학은 그 어떤 자료도 대신할 수 없는 사료적 가치를 지니기도 하는 것입니다.

요즘은 민중운동을 이야기하는 과정에서 문학에 대한 관심이 70년대보다는 많이 줄었다는 느낌이 듭니다. 사회과학에 대한 관심이 높아지고 또 직접적인 실천과 행동에 대한 요구가 더 급박해졌기 때문에 문학에 대한 관심이 많이 줄어든 것이 사실입니다. 그래서 어떤 문학인들은 좀 기가 죽어 지내는 것도 눈에 띕니다. 그러나 역사적으로 보면 사회과학에서든 철학에서든 또는 실천적인 면에서든 사실은 문학적인 소양을 바탕으로 사고하고 저술하고 행동한 사람들이 항상 선구적인 역할을 해왔어요. 서양에서 새로운 사회과학의 이론을 냈다든가 변증법의 이론을 냈다는 철학자 또는 경제학자, 이런 사람들이 지금 우리가 말하는 의미에서의 분과과학을 전공하는 그런 경제학자나 철학자가 아닙니다. 그들은 다 인문적인 교양을 바탕으로 넓은 의미의 인문학에 속하는 철학·역사학·경제학 등등을 하고 실천활동을 했던 사람으로서, 개중에는 실제로 문학창작을 하기도 했고 문학비평은 당연히 하는 사람들로서 역사의 새로운 길을 열어왔습니다. 우리나라의 경우도 마찬가지였다고 봅니다. 이조 때의 실학자라는 사람들도 다 문인들이죠. 물론 옛날 선비라는 것은 원래 문인을 겸하니까 딱히 실학자들만 문사인 것은 아닙니다만, 선비들 중에서도 문학에는 특별한 관심이 없이 학문을 주로 한다는 사람, 정치를 한다는 사람들은 그들 나름의 학통·계보·연분에 얽매여 늘 파당적 사고에서 벗어나지 못했고, 기성 체제적인 입장과 거리를 두고 생각하고 발언하고 실천하는 사람이 없었다고 합니다. 그래서 연암(燕巖) 박지원(朴趾源)도 그렇고 다산(茶山) 정약용(丁若鏞)도 그렇고, 문학을 하면서 공부도 하는 사람들이 현실을 개혁하는 데에서도 새로운 철학을 자유분방하게 내놓고 방안을 내놓았다고 얘기가 되는데, 이것은 동서고금을 통해 역사가 입증하는 사실입니다. 그런 점에서 서양문화를 연구하고 그것을 이용한다고 할 때에도 문학이 특별히 중요하고 문학 연구자의 몫도 특별한 것이 있다고 생각합니다.

저는 이것이 문학 자체가 지닌 변증법적 성격에서 오는 것이라고 생각합니다. 물론 '문학'이라고 불리는 게 다 그런 건 아니고 무엇을 가장 문학다운 문학으로 보느냐 하는 문학관에 달린 문제인데, 어쨌든 요즘 사회과학 하는 사람들이 변증법 얘길 많이 하는 것을 듣습니다만, 사회과학 자체는 변증법적일 수도 있고 아닐 수도 있다고 봅니다. 변증법적이 아닌 사회과학을 우리가 주위에서 너무나 많이 보고 있으니까 그것은 새삼 설명할 필요가 없겠지요. 그에 반해 제대로 된 문학은 본래가 변증법적이라고 생각합니다. '변증법적'인 것이 딱히 무엇이냐고 물으면 사실 말하기가 어려운데, 어떤 사태를 평면적으로 보지 않고 종합적·역동적으로 보고 또 항상 실천과 관련해서 본다는 몇가지 막연한 기준을 얘기할 수는 있겠지요. 그런데 예술작품의 성격이 원래 그런 것 같아요. 예술작품이 작품다운 작품이 못 되어서 변증법적이 못 되는 경우는 얼마든지 있지만 작품이 됐을 때, 그것을 제대로 이해하고 거기서 받는 감동·영향을 우리 것으로 만들었을 때는 우리 스스로도 변증법적인 태도를 몸에 익히는 체험이 된다고 생각합니다. 그런 데 반해서 사회과학은 그것이 변증법적인 인식의 일환으로 사회과학적 지식을 획득하고 적용할 때에는 변증법적이 되지만 그렇지 않으면 아닌 것이 되고, 이런 게 아닌가 하는 생각이 듭니다. 따라서 문학연구가 중요하다는 또 하나의 이유는 문학 자체가 갖는 변증법적인 성격, 또 거기서 오는 문학연구의 변증법적인 성격이 문학뿐 아니라 우리 삶의 모든 면에서 필요한 것이기 때문이라고 생각됩니다. 그리고 아까 말씀드렸듯이, 과거의 역사가 어떤 어려운 대목에 걸렸을 때 이를 타개하는 새로운 움직임이 늘 문학인에게서 나오거나 적어도 문학적 소양을 지닌 학자·사상가·실천가에게서 나왔다는 것이 결국은 문학의 변증법적인 성격과 관련되지 않는가 하는 것입니다.

서양문학의 중요성을 더 자세히 얘기하자면 좀더 충분한 시간을 갖고 구체적인 작가를 예로 든다든가 또는 서양문학에 대한 연구논문을 놓고서 이러저러한 것을 얼마나 배울 수 있는지 따지고 들어가야 될 텐데, 오늘은 그럴 자리는 못 되는 것 같고, 다만 아까 외국문학을 공부해서 한국문학에 공헌하겠다는 태도에 대해 비판적인 얘기를 했는데 여기에 한두마디 덧붙일까 합니다. 그런 공헌은 물론 여러가지로 가능하지요. 그러나 가장 중요한 공헌은 지식의 차원에서 서양문학에서 배운 것을 한국문학에 직접 적용한다기보다, 서양문학을 연구하는 사람이 서양문학의 훌륭한 작품들을 부닥치고 체험해봄으로써, 말에 대한 인식을 새로이 하고 말을 존중하고 아끼는 마음을 갖게 되는 것이 더 근본적으로 공헌하는 길이 아니겠느냐 하는 생각입니다. 말을 아낀다는 것은 당연히 일차적으로는 자기가 쓰는 말을 아끼는 것이지요. 자기 모국어·민족어에 대한 애착과 존중심을 갖게 되는 것이지요. 우리가 사람을 사귀더라도 자존심이 없는 사람하고는 상종하기가 어렵고 그런 사람이 일다운 일을 할 수 없듯이, 민족도 마찬가지예요. 긍지가 없는 민족에게는 희망이 없습니다. 그런데 민족의 긍지는 첫째로 자기네 말에 대한 사랑과 그 말을 함부로 쓰기를 삼가고 두려워하는 마음에서 나온다고 봅니다. 그것이 없으면 옛날에 우리에게 첨성대가 있었든 팔만대장경이 있었든 또는 고구려의 판도가 얼마나 넓었든 다 소용이 없어요. 오늘날 살아 있는 사람이 자기가 살면서 하는 말을 아끼고 존중하는 마음이 없으면 민족에 대한 사랑과 긍지가 없다고 봅니다. 사랑이 있더라도 그 사랑이 깊지가 못하지요.

서양문학을 연구하는 사람이 서양의 작품과 깊이 접해봄으로써 자기 나라 말도 더욱 존중하는 태도를 익히고 이러한 자세로써 한국문학을 읽고 연구하고 창작하기도 한다면, 그런 사람이야말로 한국문학에도 가장 확실한 공헌을 할 수 있으리라고 봅니다. 이것은 물론 서양문학 연구를 안 하고 국문학을 연구하면서도 배울 수 있는 태도이고 문학 이외의 것을 연구하면서도 어느정도 터득할 수 있는 것이겠지요. 그러나 실제로 서양문학 하는 입장에서 판단하건대는 첫째, 이제까지 인류가 낳은 훌륭한 문학 가운데 상당히 큰 몫이 서양에서 이루어졌다는 것은 엄연한 사실이라고 보기 때문에, 그것을 우리가 노예적으로 추종하여 덮어놓고 전파만 하겠다는 태도가 아니고 정말 우리의 현실과 삶을 생각하고 우리의 민족적 긍지를 지켜내는 태도로 접한다면, 다른 문학에서 얻지 못하는 것을 서양문학에서 얻을 수가 있다고 봅니다. 둘째로, 그것이 우리 문학이 아니고 외국의 문학이라는 사실 자체가 어떤 의미에서는 우리말에 대한 각성을 새롭게 해주는 측면이 있습니다. 그런 면에서는 국문학의 아무리 좋은 작품을 읽어도 얻지 못하는 면이 외국문학에는 있다고 말할 수가 있을 것 같습니다. 외국문학의 아무리 위대한 걸작이라도 우리나라의 문학이 주는 것을 결코 못 주는 면이 있는 것처럼 말이지요.

4

그런데, 이제까지 말씀드린 식으로 서양문학 연구가 중요하다거나 필요하다는 점에는 대체로 동의하더라도, 정작 독문학·영문학·불문학들을 연구하려고 들면 막막한 생각이 앞서는 게 사실입니다. 배우는 것부터가 워낙 힘들고, 겨우겨우 좀 배워서 작품 몇개 읽다보면 세월은 다 가버리고, 그래서 작품을 읽은 뒤에 내놓을 수 있는 업적이라는 것이 영국 또는 미국의 영문학계, 독일의 독문학계하고의 차이가 너무나 엄청나게 벌어집니다. 그래서 실의와 좌절을 하고 또 소위 '본고장' 연구자들에 대한 열등감밖에 남는 게 없는 수도 있지요. 그럴 바에야 아예 집어치우자는 생각도 나게 되는데, 그러나 이제까지 말씀드린 방향에서 영문학·독문학을 전공하게 되면 그것은 같은 영문학이나 독문학이지만 또 어떻게 보면 서양의 그것과는 전혀 다른 학문이라고 볼 수도 있습니다. 그것은 어디까지나 우리 역사의 현시점에서 우리 역사가 요구하는 민족문화운동의 일환이고 민족문학 논의 전개의 일환으로서의 영문학 연구이고 독문학 연구이기 때문에, 그런 점에서는 세계문학계에서 독보적인 위치에 있다고 볼 수 있는 거예요. 실제로 그런 식의 영문학, 독문학을 하는 것은 우리 시대에 우리 아니면 할 수 없는 희귀한 지적 모험이라는 이야깁니다. 서양 사람들이 그걸 할 까닭도 없는 거고, 또 하려고 한들 우리만큼은 잘할 수가 있는 것도 아니에요. 말하자면 같은 책을 읽더라도 책을 읽은 분량은 우리가 못 따라갈지 모르지만, 우리가 한국 사람으로서 이 현실을 충분히 살면서 한국의 역사도 알고 한국의 정치와 경제에 대해서도 정당한 관심을 갖고 정당한 실천을 하는 그런 사람이 그런 의식을 온몸에 담은 채로 서양의 작품을 읽었다고 하면, 그것 자체가 그 사람들이 책 열권 읽은 이상의 원대한 지적인 모험을 하는 것이죠. 흔히 독서를 정신적 여행이라고도 하는데, 서양문학의 동일한 작품을 하나 읽더라도 그 사람들이 읽은 것은 그냥 책 하나 읽은 정도로 끝나지만 우리는, 정말 그런 식으로 읽는다면 — 외국어 실력이나 배경지식이 그들보다 모자란다고 해서 주체성까지 포기하진 않고 정말 이 땅의 삶에 뿌리박은 인간으로서 그 책을 읽어낸다면 ─ 그 자리에 앉은 채로 우리의 정신은 세계를 한바퀴 다 돌고 제자리까지 다시 돌아오는 셈입니다. 서양의 독자들보다 훨씬 장거리 여행을 해내는 게 되는 거예요.

물론 이것도 아무나 되는 것은 아니겠지요. 그렇게 하기 위해서도 기본적인 어학능력은 갖춰야 하고 또 기본적으로 최소한 어느정도의 독서량은 갖춰야 하니까 전문 연구자 중에서도 탁월한 몇몇 사람에게나 해당되는 얘기가 아닐까, 학부 학생은 물론이고 대학원생에게도 꿈같은 이야기가 아닌가라는 생각이 들지도 모르겠습니다. 여기서 우리가 우선 분명히 해둬야 할 점은 이런 지적인 모험을 모든 독문과나 영문과 학생들에게 전문적으로 수행하라고 요구할 일은 아니라는 겁니다. 독문과, 영문과 졸업하고도 다른 분야로 나갈 사람들이 얼마든지 있는 거니까, 그 사람들이 독문학자나 영문학자가 안 됐다고 해서 인간적으로 열등감을 갖거나 기가 죽을 필요는 전혀 없는 일이고 우리의 교육이 그래서도 안 될 것입니다. 그런데 그 점에서는 전문 연구자들도 마찬가지입니다. 전문적으로 공부하는 사람이라고 해서 반드시 우리나라 굴지의 영문학자가 되고 독문학자가 되어야 하는 건 아니지요. 학문이란 건 그렇게 하는 게 아니니까요. 그런 의미에서 가장 중요한 것은 욕심을 버리는 일입니다. 서양문학 연구에서도, 요즘 흔히 쓰는 말로 마음을 비우고 임할 필요가 있습니다. 학문에 있어서도 영웅주의나 엘리트주의를 배제해야지요. 내가 학문을 하겠다, 독문학을 하겠다고 할 때, 우리나라에서 몇째 가는 독문학자가 되어야겠다는 욕심이나 착심으로 하는 것은 애당초 공부하는 태도가 아닙니다. 내가 처한 위치에서 내 나름의 최선을 다해서 이 의의 있는 작업, 누가 하든 이 시대, 이 사회에서 하기는 해야 할 작업에 내가 보탤 수 있을 만큼 보태는 것으로 만족하겠다는 허심탄회한 생각이 있으면 ─ 모든 고민이 그렇다고 종식되는 것은 아니지만 ─ 훨씬 마음 편하게, 훨씬 능률적으로 공부할 수가 있으리라고 봅니다. 또 그런 허심탄회한 마음으로써만 제가 말씀드린 것과 같은 지적 여행, 지적 모험이 가능해지는 거지요.

여기서 중요한 또 한가지는 협동에 대한 생각입니다. 협동이라는 게 꼭 그룹 스터디를 해가지고 공부를 해야 한다는 뜻이 아니라, 그야말로 지금 이 역사의 시점에서 민족문학을 이야기하는 문학인들과 문학계 바깥 사람들의 소통이 필요하듯이, 민족문학 내부에서는 시를 쓰고 소설을 쓰고 하는 사람들과 읽는 사람, 그 읽는 사람들을 자기 나름대로 대변해서 발언하고자 하는 평론가들의 협동이 필요하고, 또 국문학자들의 역할도 중요하고 동양문학을 연구하는 일도 중요한 것이고, 마찬가지로 그중의 일부이면서 결국 없어도 좋은 일부가 아니라 막중한 의의를 가진 일부로서 서양문학 연구의 작업이 있다, 그런 협동작업에 나도 다소나마 보태고 있다는 생각을 함으로써 우리가 훨씬 더 보람 있는 학구생활을 할 수 있으리라는 것입니다. 적어도 저 자신은 그런 생각입니다. 지금까지 여러가지 혜택을 받으면서 영문학 공부를 했는데도 이루어놓은 성과는 별로 없습니다만, 그런 식으로 스스로를 달래기도 하고 또 채찍질하기도 합니다. 따라서 여러분들 가운데 앞으로 영문학이든 독문학이든 불문학이든, 그런 분야에서 전문적으로 연구하겠다는 분이 있으면 저 자신으로서는 긴밀한 협동자를 만나는 반가움과 기대를 갖는 것이고, 그렇지 않은 분들은 그렇지 않은 대로 민족사의 같은 고비를 넘는 사람들로서 민족문학과 외국문학 연구의 중요성에 대한 인식을 어느정도 공유하면서 각기 그 나름의 협동을 하고 협력·협심해서 이 어려운 시대를 함께 헤쳐나갈 수 있기를 빕니다.

─『우리문학』 1집, 물레 1986

외국문학을 어떻게 이해할 것인가[*]

원래 강의 제목을 '세계문학의 올바른 이해'로 지정받았는데, 나와보니까 '외국문학을 어떻게 이해할 것인가'로 바뀌어 있습니다. 아무려나 큰 차이는 없는 일이지만 두가지 점에서 잘 바뀐 것 같습니다. 첫째, 세계문학이라고 하면 우리 문학도 당연히 포함되는 것이고 우리 입장에서는 우리 문학이 중심이 되어야 하는 것인데, 제가 오늘 얘기하려는 것은 외국문학에 관한 것입니다. 외국문학 중에서도 제가 전공하는 서양문학 얘기를 주로 하려는 것이니까 '세계문학'보다는 '외국문학'이 더 정확한 제목이 되겠습니다. 또 하나는, 원래의 제목에서 '올바른'이란 말이 꽤나 신경이 쓰였습니다. 그야말로 올바른 이해를 제시해야 될 것 같은 부담감에 시달렸었는데, '어떻게 이해할 것인가'라고 상의조로 되어 있어서 훨씬 마음이 편합니다.

---

* 〔민족문학작가회의의 전신인 자유실천문인협의회가 주최한 1987년도 봄철 '민족문학교실'에서 행한 강의 내용을 수정·보완한 것이다.〕

지난주에 주최측에서 제가 작년에 어디 가서 강연한 내용을 복사해서 나눠드린 걸로 알고 있습니다. 그 글은 대구의 '물레'라는 출판사에서 내는 『우리문학』이라는 무크 제1호에 실렸던 글입니다. 그것을 여러분에게 미리 나눠드리고 읽어오시도록 부탁을 했었습니다. 그 글을 미리 읽어봐 달라고 부탁드린 것은, 그 글 제목이 '민족문학과 외국문학 연구'인데요, 오늘 하려는 얘기하고 비슷한 얘기가 많아섭니다. 사실은 뻔한 얘기가 대부분이지요. 그러나 외국문학을 우리 입장에서 이해하기 위해서는 어쩐지 안 하고 넘어가기도 힘든 그런 얘기도 있어서, 그걸 전부 되풀이하기보다는 이미 나온 글을 미리 읽고 오시면 특히 앞부분의 이야기는 길게 되풀이하지 않고도 넘어갈 수 있지 않을까 하는 생각이 들었던 것이지요.

그 글은, 읽으신 분은 다 아시겠지만, 외국문학을 하되 우리 민족문학의 관점에서 하자는 것으로, 처음에는 민족문학에 대해서 간단히 이야기를 했고, 둘째 절에서는 민족문학의 관점에서 기존 외국문학 연구의 자세를 비판하는 얘기를 했지요. 그리고 세번째로 민족문학의 관점에서 바람직한 외국문학 연구의 방향을 제 나름대로 얘기해보려고 했는데, 거기서는 너무 일반론에 그쳤고 또 그때는 외국문학 연구자의 입장에서 이야기했었습니다. 청중들은 꽤 다양한 편이었지만 주최하는 측이 대학의 외국문학과이고 해서 외국문학의 전문적인 연구를 염두에 두고 이야기했는데, 오늘 '민족문학교실'의 수강자 여러분은 일차적으로는 외국문학 연구자라고 볼 수 없겠지요. 그래서 여러분들의 관심에 좀더 부합하는 방향으로 부연 설명하는 일이 우선 필요하리라 생각합니다. 그러고 나서 그동안에 저 자신이 이런저런 서양문학의 작가들·작품들 또는 거기 나오는 문제들을 다루는 작업을 어떻게 해왔는가 하는 이야기를 좀 하겠습니다. 사실 이건 좀 떳떳지 못한 편법입니다. 강의해달라고 불렀더니 와서 자기광고를 하겠다는 꼴인데, 원래는 새로 어떤 작가나 작품에 대해 연구를 해서 말씀드려야겠다는 생각도 했었으나, 저 자신의 힘도 미치지 않았고 또 강의 듣는 여러분의 입장에서 오히려 부담스러운 면도 있을 듯하여 이런 편법을 생각해본 겁니다.

그러면 우선은 「민족문학과 외국문학 연구」라는 저번의 글을 간단히 짚고 나갈까 합니다. 읽어보신 분들을 위해서도 한번 정리를 해보는 것이 해롭지 않을 것이고 읽어보지 않으신 분들도 계실 테니까 잠깐 얘기하고 넘어가지요.

먼저 민족문학에 관해서는, 여기 계신 분들은 '민족문학교실'에 나올 정도니까 민족문학의 개념이라든가 기본적 입장에 대해서 어느정도 아시리라 봅니다. 저번 글에서도 그 대목은 간단히 짚고 넘어갔는데, 민족문학이라는 개념이 어디까지나 구체적인 민족적 위기를 맞아서 여기에 대응하는 하나의 역사적인 개념이다, 이런 점을 지적했지요. 그러면서 동시에 그것은 민족문학의 세계성과 예술성을 강조하는 입장이라는 점을 얘기했습니다. 이것이 제가 민족문학을 생각하는 기본입장이고, 이어서 민중문학론하고의 관계를 잠깐 이야기했습니다. 이에 관한 저의 입장은, 가령 제 평론집(『민족문학의 현단계』)에 실려 있는 「민족문학과 민중문학」이라든가 다른 글에서도 얘기하고 있습니다만, 70년대에 주로 민족문학을 얘기하다가 80년대 초에 들어와서는 초점이 민중문학론 쪽으로 옮아간 것이 사실인데, 이것은 단절이라기보다 민족문학론이 민족문학론으로서 더 구체화되고 심화되기 위해서 민중문학을 얘기해야 한다는 입장인 것입니다. 그런데 이 문제에 대해서는 실제로 자유실천문인협의회의 회원들 가운데도 다소 의견 차이가 있고 논란이 있습니다. 아마 '민족문학교실' 강의를 들으시는 동안에 그런 논의는 다시 접하실 기회가 있으리라고 생각합니다. 오늘은 그 문제에 대해 더이상 언급을 안 하겠습니다.

두번째로, 그 글의 제2절이지요, 거기서는 기존 외국문학 연구의 자세를 비판했는데요. 거기서 제가 전파론 내지 확산론적 연구라는 것을 비판했습니다. 전파론이란 것은 서구 내지 서양의 문학이 세계문학의 표본이니까 이것을 우리가 열심히 배워서 널리 퍼뜨리기만 하면 된다는 것입니다. 우리나라에도 전파하고 이식하면 된다는 이러한 생각이지요. 확산론도 기본적으로 똑같은 말입니다. 특히 이 확산론이란 말은, 소위 근대화이론에서 서양의 선진자본주의 사회를 모델로 삼아서 그 모델이 전세계로 확산되면서 모든 나라도 뒤따라 발전되어 잘살게 된다는 식의 입장인데, 문학에 있어 전파론이나 같은 입장입니다. 이것이 기본적으로 민족문학의 관점과는 심하게 어긋나는 제국주의적이고 매판적인 태도라고 비판을 했던 것입니다. 그리고 이런 식으로 서양 사람을 위해서 적극적으로 총대를 멘 것은 아닐지라도, 겸허하게 영어나 가르치겠다든가 하는 태도에 대해서도 비판을 했는데, 그런 실용주의적인 태도가 기본적으로는 패배주의적이고 무책임한 것이라는 말입니다. 외국문학 연구자가 실제로 우리나라에서 더 할 일이 많고 중요하며 그것이 민족문학 연구에서도 중대한 몫을 차지하고 있는데, 이런 식으로 회피하는 것은 부당하다는 비판을 했던 것입니다.

그다음 3절에 가서 바람직한 자세를 얘기하는데, 이 부분은 저 스스로 보더라도 일반론적인 요구를 한 것에 지나지 않습니다. 일반론적인 요구이기는 한데 저 나름으로는 고심을 해서, 외국문학과 관련해서 우리 학계에서는 잘 안 쓰는 문자를 몇개 쓰기도 했지요. 그 문자가 뭐 새로운 것은 아닙니다. 그중 하나가 '지피지기'라는 것이지요. 지피지기면 백전불태라는 말은 전쟁할 때, 누구하고 싸울 때 쓰는 말이지요. 외국문학, 특히 서양문학을 연구하는 학자들은 그야말로 서양문학을 전파하기 위해서 봉사하겠다는 사명감에 불타고 있기까지는 않은 경우에도 자신이 연구하는 대상작품이나 대상되는 문학에 대해서 적대적인 생각을 가지고 연구하는 일은 아직까지 많지가 않습니다. 또 공부를 한다고 할 때는 어떤 공감이 있어야지, 완전히 적대감만으로야 공부가 안 되는 것도 사실이지요. 그러나 적어도 서양문학 연구의 경우에는 공감도 있어야 하지만 일종의 적개심도 있어야 한다는 것이 저의 주장입니다. 어떻게 생각하면 뻔한 이야기지만, 우리 주변에서는 외국문학 연구에 정식으로 적개심을 도입한 것이 저의 공로라고 알아주시면 좋겠습니다.

적개심을 도입하다보니까 그다음에 나오는 문자가 '이이제이'라는 문자지요. 오랑캐를 시켜서 오랑캐를 막는다는 말인데, 옛날에 중국 사람들이 천하의 한가운데에 중국이 있고 중국만이 문화민족이고 그 주변은 오랑캐인데, 마지못할 경우에는 자기네들이 오랑캐들과 직접 싸우지만 되도록이면 다른 오랑캐들을 시켜가지고 그 오랑캐들을 물리치는 고도의 전략을 쓰고자 했던 거지요. 우리도 이왕 서양문화의 침탈에 맞서 싸우려 할 때, 어차피 힘도 모자라고 하니까 '이이제이' 수법을 동원하면 좋겠지요. 이것을 좀더 구체적으로 얘기하면, 제 글을 읽어보신 분들은 아시겠지만, 서양문화 내부에도 오늘날 서양의 선진적인 사회들이 이른바 후진 지역에 대해서 자행하고 있는 비인간적이고 반역사적인 행위에 대해서 반대하고 비판하는 이야기들이 많이 있다는 것으로, 사실 부분적으로 있는 정도가 아니라 위대한 작품일수록 비판적인 이야기가 더 핵심에 들어 있다는 것입니다. 그렇기 때문에 우리가 서양의 제국주의적인 침략을 물리쳐야 한다고 해서 서양문학을 무조건 배격할 것이 아니라 오히려 그중에서, 그들 스스로의 내부에서 그들의 행태를 비판하고 단죄하는 이런 요소를 끌어다가 활용하는 것이 우리 스스로의 수고를 덜면서 '이이제이'하는 효과가 있는 것이지요. 여기에 좀더 적극적이고 긍정적인 의미를 부여한다면 단순히 이이제이적 전략·전술의 문제가 아니라, 그야말로 진정한 국제적 유대를 건설하는 길이라는 얘기가 되겠습니다. 또 이때 진정한 국제적 유대를 건설한다는 것은, 아까 말씀드린 적개심과 모순되는 것도 아닙니다. 왜냐하면 서양 내부에서도 그들 스스로 하고 있는 부당한 행위에 대해 적개심을 갖고 있는 사람만이 우리하고 동지가 될 수 있는 것이니까, 우리의 적개심은 적개심대로 유지하면서 공감의 폭을 넓혀나가는 결과가 되는 셈이겠지요.

다음으로 서양문화 가운데서 문학이 특별히 중요한 이유가 있을까 하는 문제가 있었습니다. 물론 저 자신이 문학을 전공하고 또 여러분들이 특별히 문학에 관심을 갖고 이런 자리에 나오셨으니까 그런 개인적인 이유에서 문학을 중요시할 수도 있지만, 그것이 아니라 문학 자체가 중요해서 문학 전공자가 아니더라도 그것을 공부해서 소중히 알아야 할 그런 특별한 이유가 있는가 하는 문제를 잠깐 살펴보았습니다. 이것을 저는 문학이 갖고 있는 변증법적 성격이라고 표현했는데, 다시 말해 우리가 민족문학을 얘기할 때 한편으로 우리의 문학이 민족적 위기에서 이에 주체적으로 대응하는 데 기여하는 그러한 문학이 되어야 한다는 점을 문학에 대해 요구하지만, 다른 한편으로 민족운동 쪽에 대해서는 민족운동에는 문학이 반드시 끼어야 한다는 주장이 성립한다는 것입니다. 무슨 구색이나 장식으로 끼는 것이 아니라 오늘날 민중운동·민족운동과 같은 어려운 과업을 하기 위해서는 우리가 흔히 말하는 변증법적 인식이 필요하고 변증법적인 대응의 자세가 필요한데, 문학은 본래부터 변증법적인 성격을 가지고 있으므로 문학을 제대로 한다는 것은 바로 우리가 그런 태도를 몸에 익히고 실천하는 것이 된다, 그런 의미에서 그것은 민족운동에서 불가결한 부분이고 또 서양을 공부하는 데 있어서도 서양의 문학을 특히 공부하는 것이 중요하다라는 점을 얘기했던 겁니다.

그다음에, 3절에서 마지막으로 간단히 얘기하고 넘어간 것입니다만 사실은 좀 복잡한 문제인데요, 문학의 변증법적 성격하고 다 관련된 이야깁니다. 다시 말해 우리가 민족운동을 제대로 하려면 민족에 대한 사랑이, 어떤 당위론에 의해서 짜내는 의무감이 아니라 참으로 가슴속에서 우러나는 사랑이 있어야 하는데, 그것은 우리의 말, 모국어에 대한 깊은 사랑과 이 말을 아끼는 마음 없이는 불가능하다는 이야기였습니다. 그런 점에서도 서양문학을 공부하는 것이 아주 중요한 일인데, 첫째로 서양문학에는 그 나름대로 훌륭한 작품이 많으니까 그것을 통해서 말을 존중하는 것을 배울 수가 있고, 또 하나는 그것이 우리에게 낯선 문학이라는 사실이 우리 자신의 말을 다시 한번 생각하게 하는 데 특별한 도움이 되는 것입니다. 우리에게 너무 친숙한 우리 글을 읽을 때는 당연한 것으로 알고 넘어갈 것도, 우리가 생소한 문학을 연구하는 과정에서 더욱 깊이 깨달을 수 있을 것이라는 주장입니다. 이런 일반론이 제대로 설득력 있는 얘기가 되려면 구체적인 사례가 나오고 그래야 하는데, 그 대목에 이르러 강연 시간도 거의 다 됐고 해서 연구하는 사람에게 격려하는 말을 하는 것으로 마무리를 짓고 말았지요. 그런데 사실은 제가 그런 격려하는 말을 반드시 하고 끝내야겠다고 생각한 이유가 있습니다. 저 자신 서양문학을 연구하는 사람이면서도 민족문학이라든가 제3세계문학 이야기를 많이 하고 서양에 대해서는 비판적인 얘기를 주로 하니까, 가령 제가 가르치는 영문학과 학생들 중에는 "저 선생 말을 듣다보면 영문학을 하는 게 의미가 없고 주체성을 상실하기에나 좋은 일이 아닌가?"라는 회의를 느끼는 예도 있는 것 같습니다. 그런 얘기를 실제로 듣기도 했고요. 게다가 저의 평론집에도 실린 어느 글에서는, 영문학을 공부하다보면 어떻게 주체성을 상실하기 쉬운가 하는 이유를 여러가지로 열거한 일도 있습니다. 「영문학 연구에서의 주체성 문제」(『민족문학의 현단계』)라는 이 글은 제가 70년대 후반에 해직되어 있다가 80년도에, 10·26 이후에 교직에 돌아가게 되었을 때 복직을 앞두고 영문학 교수로서 자기반성을 하는 의미로 썼던 것입니다.

그런 글이기 때문에, 영문학 교수도 아니고 영문학 공부를 처음 시작하면서 도대체 이걸 해서 무엇을 할까 고민하는 학생들에게는 오히려 지나치게 부담을 줬던 것도 같습니다. 그래서 간접적으로 보상도 할 겸 해서 격려의 말을 하는 것으로 「민족문학과 외국문학 연구」의 강연을 끝맺었던 거지요. 그런데 아까 말씀드렸듯이 오늘 여기 모인 분들은 대부분 외국문학을 연구하는 분은 아니라고 보고, 이제 좀더 일반적인 얘기를 덧붙이면서 지난번 강연에서 제대로 하지 못한 구체적인 이야기도 조금은 더 해볼까 합니다.

우선, 서양문학을 우리는 제국주의 문학이다 뭐다 하지만 실제로 우리 현실에서 보면 '외국문학' 하면 아직도 서양의 문학을 주로 생각하는 수가 많고, 가령 어느 출판사에서 세계문학전집을 만든다 할 때도 대부분 서양문학의 작품들로 채워지고 있지요. 동양의 고전들이 조금 들어가고 어쩌다 제3세계문학이 들어가는 수도 있지만요. 이것은 그 출판업자나 편집자들이 주체적인 자각이 부족해서 그런 것도 있지만, 그렇게 해야 많이 팔리니까 그리하는 장삿속도 있습니다. 자꾸 그렇게밖에 만들지 않으니까 독자들이 자꾸 그런 작품만 읽지 않느냐? 이렇게도 말할 수 있지만, 이유야 어떻든 오늘날 우리나라의 독자들이 가장 많이 읽는 책 가운데 서양의 번역된 문학작품들이 들어가는 건 틀림없습니다. 그런 면에서 우리의 문학생활·문학작품·독서생활에서 큰 비중을 차지하고 있는데, 여기서 우리가 민족문학의 관점을 말하기 전에 우선 짚고 넘어가야 할 문제가, 서양문학이 압도적인 위세를 떨치고 인기를 누리고 있으면서도 실제 읽을거리는 많지 않다는 역설적인 상황입니다. 다시 말해서 대부분의 한국 독자들은 번역을 통해 서양 작품들을 읽는데, 읽을 만한 번역이 그리 많지가 않은 것입니다. 이런 식으로 말하는 건 사실 좀 무책임한 얘기이긴 하죠. 제가 시중에 나와 있는 번역작품들을 다 읽어본 것은 아니니까 이런 말을 하는 것이 무책임할지 모르겠지만, 저는 전공자의 한 사람으로서 우리나라의 연구자나 번역자가 절대 부족하다는 사실을 얼마간 알고 있습니다. 게다가 출판사측이나 번역하는 사람들의 대다수가 번역을 엉터리로 하면서도 별로 부끄럽다거나 잘못됐다고 생각하는 풍조가 많지 않은 것도 사실입니다. 또 독자들도 어떤 면에서는 책을 읽다가, 유명한 작품인데 번역책을 사서 읽다가 잘 모르겠으면, 역시 너무나 위대한 작품이기 때문에 나는 모를 수밖에 없는 것이겠지 하고 체념하는 경우가 많은 것 같아요. 그런데 실제로는 너무 좋은 작품이라서 처음 읽을 때 잘 모르는 수도 있지만, 또 조금만 어려우면 번역이 잘못되었다느니 아니면 작품이 엉터리라느니 하는 비난부터 하는 태도도 곤란하지만, 결국은 정치에서와 마찬가지로 문학의 세계에서도 국민 한 사람 한 사람이 자기의 권리주장을 해야 하는 것입니다. 엉터리 번역이 있으면 문제를 제기하고 항의도 하고 서로 얘기하면서 엉터리 번역은 안 팔리게 만드는 식으로 우리의 풍토를 바꿔나가는 길밖에 없습니다.

번역 문제는 외국문학에 있어 결정적으로 중요한 것인 만큼 극히 상식적인 이야기지만 한두마디 더 해보기로 하겠습니다. 먼저 시를 번역한다고 할 때는 그대로 번역만 한다기보다는 원문에서 암시를 받아가지고, 아니면 원문의 내용을 토대로 해서 한국어로서도 한편의 시가 될 수 있도록, 하나의 창작품이 될 수 있도록 번역을 해야 한다는 말을 더러 하지요. 그렇게 하려면 번역하는 사람이 외국어만 잘하는 게 아니라 우리말도, 시적인 능력도 있어야 하니까 여간 어려운 일이 아니지요. 이런 모든 것을 염두에 두고 시를 번역한다고 하면 아무리 '선진조국'이라 해도 오늘날 우리나라에서처럼 많은 외국시의 번역이 나올 수가 없는 거지요. 희곡도 사실은 마찬가집니다. 영문학의 예를 든다면 셰익스피어 같은 사람이 훌륭한 희곡작가인 동시에 최대의 시인이라고 얘기하는데, 무대에 올릴 경우에는 우리 무대 실정에 맞게 각색을 하고 연출을 하면 번역 자체가 좀 잘못되었어도 어느정도 먹혀들어갑니다. 그것은 셰익스피어가 그만큼 탁월한 극작가이고 흥행사이기 때문인데, 일단 무대에 올려놓았을 때 관객들을 사로잡기는 하지만 그 시적인 진가가 전달되었다고 보기는 힘들고 번역된 대본을 읽는다 해도 그렇지요. 어떤 의미에서는 보통 시를 번역하기보다 더 힘들기도 합니다. 공연대본으로도 효과적이고 읽는 시로도 훌륭한 작품이라야 셰익스피어라는 작가의 제값이 드러나는 것일 테니까요.

소설의 경우는 물론 번역하기가 한층 쉽습니다. 또 번역이 다소 잘못되었다고 하더라도 이야기 줄거리를 따라가는 재미로 읽게 되는데, 사실은 이 경우에도 문제는 마찬가지입니다. 제가 아까 우리에게 좋은 번역이 별로 없다는 얘기를 했는데, 사실은 소설 분야에서는 제가 비교적 여러가지 번역들을 검토해본 셈입니다. 영문학 관계 논문을 쓸 때에도 저는 되도록이면 우리말로 번역이 잘된 작품을 논하는 게 좋다고 생각하는데, 그래야 관심을 갖고 읽을 사람이 하나라도 더 많아질 것이고 거기에 대해 토론을 할 여지가 넓어질 테니까요. 그러나 이런 생각으로 번역본들을 몇가지 읽어보면 참 마음에 드는 것이 드물어요. 제가 까다로워서라기보다는 그만큼 소설에서조차도 좋은 번역이 없는 듯합니다. 그리고 소설의 경우 줄거리만 따라가도 재미가 있으니까 그냥 넘어가기도 하는데, 서양의 위대한 소설들이 위대하다는 말을 듣는 것은 그 나름의 오랜 발전을 거쳐 시나 희곡의 걸작 못지않게 고도로 집약된 언어예술의 경지에 이르렀기 때문입니다. 물론 그러기 전의 단계에서도, 당시 본격문학이라고 인정받던 시나 희곡이 못 가진 민중문학적인 미덕을 갖춘 바가 많았습니다. 그러나 서양의 소설문학이 정말 훌륭한 업적을 이루게 된 것은, 익히 알려져 있는 똘스또이라든가 도스또옙스끼, 영국의 디킨즈, 조지 엘리엇, 프랑스의 스땅달이나 발자끄 같은 작가들의 작품에 이르러, 본래의 민중적 미덕은 미덕대로 간직한 채, 그냥 재미있는 이야기만 들려주는 것이 아니라 이야기는 이야기대로 들려주면서 그것이 한편의 시라든가 희곡이 갖는 짜임새를 갖추고 말 하나하나가 그만큼 집약적으로 밀도 있게 쓰인 예술품을 이루었기 때문에, 셰익스피어나 단떼와 같은 시인의 업적과 함께 거론되기에 이르는 것입니다. 그렇기 때문에 그것을 제대로 옮기자면 이것도 시를 옮기는 것에 못지않은 어려운 일입니다. 물론 율격이라든가 기타 운문 특유의 문제가 있는 건 아니니까 시를 옮기는 것보다는 쉬운 건 사실이지만, 요는 단순히 이야기를 옮기는 것이 아니라 작품에 어울리는 밀도 있는 언어구사를 하면서 그 효과를 그대로 전달하는 작업이라는 인식을 가진 번역자가 우선 드문 것 같습니다. 실제로 훌륭한 소설일수록 번역이 나온 것을 보면 시원치 않은 것을 많이 봤습니다.

그런데 좋은 번역이란 것은 번역하는 사람이나 전문 연구자가 독자들에게 일방적으로 시혜를 베푸는 것으로 생각해서는 안 됩니다. 즉 내가 영어를 하니 영어를 읽지 못하는 사람들을 위해 번역을 해서 뭘 베풀기만 한다고 생각할 일이 아니라, 내가 영어를 읽고 연구하고 논문을 쓰는 일이 진실로 우리의 민족문화를 살찌우고 나 자신에게 보람 있는 그러한 작업이 되게끔 하려면 반드시 필요한 조건이기도 하다는 겁니다. 영문학의 작품을 제대로 이해하고 연구하려면 영어를 읽을 줄 아는 소수의 한국인들뿐 아니라 번역을 통해서 작품을 읽을 수밖에 없는 더 많은 수의 동포들과도 그 작품에 대해서 대화를 나눌 수가 있어야 하는 것입니다. 반드시 독자 하나하나를 만나서 대화해야 한다는 것보다도, 가령 제가 『테스』(Tess of the d'Urbervilles)라는 작품에 대해서 글을 쓴 적도 있습니다만〈「소설 『테스』의 현재성」〉, 많은 일반독자들이 이런 책을 읽고 서로 토론을 하는 풍토가 되어야 전문적인 연구도 건강성을 잃지 않고 훌륭한 연구가 계속 나올 수 있다고 믿습니다. 즉 외국문학을 일반독자들이 이해하기 위해서도 번역이 필요하지만, 연구자가 정말 책임 있는 연구, 민족 앞에서 책임질 수 있는 연구를 하기 위해서도 원문을 읽은 전문가들뿐 아니라 번역으로 그 작품의 실상을 어느정도 정확하게 파악한 다수의 동포들이 있어 구체적인 격려와 감시를 해줄 필요가 있다는 것입니다. 그런 의미에서도 여러분 한분 한분이 이 땅에서 출판되는 번역작품들을 비판적이고 주체적인 자세로 읽어주시기 바랍니다.

번역 이야기가 너무 길어졌군요. 그러나 너무도 중요한 문제라 생각돼서, 이야기 나온 김에 극히 상식적인 말씀이나마 드렸습니다. 서양문학을 이해하고 연구하는 데 있어 이이제이적 태도를 갖자고 했는데, 그 구체적인 방법으로 크게 두가지를 생각해볼 수 있겠습니다. 하나는 서양 사람들 자신의 문학연구에서 소외되어 있는, 거기서는 제대로 평가받지 못한 부분을 찾아내서 우리의 입장에서 새로 이해하고 활용하는 방식이 있겠고, 또 하나는 그들 스스로 명작이다, 걸작이다라고 공인하고 있는 그런 작품들을, 우리도 똑같이 인정은 하되 우리의 관점에서 좀 달리 재해석하는 방법이 있을 수 있겠습니다. 이 두가지 중에서 저 자신은 대학에서 교편을 잡고 있다는 사정도 있고 해서 주로 두번째 방식에 치중해온 셈입니다. 이 방식에 대해서는 조금 후에 더 자세히 말씀드리기로 하지요. 우선 서양문학 내부에서 가려져온 민중적·제3세계적 유산을 우리가 발굴해낸다든가 재조명하는 작업에 대해서 잠깐 말씀드리겠습니다.

발굴이라 했지만 사실 우리 처지에서 완전한 발굴은 어렵습니다. 그야말로 역사 속에 묻혀 있는 노동자의 수기라든가 과거에 전혀 인정받지 못한 서양의 시나 소설 작품을 찾아낸다는 것은 현실적으로 어려운 이야기지요. 일단 출간이 되었다든가 우리가 힘을 쓰면 구해볼 수 있게끔 어느정도 드러난 자료 가운데서, 그들이 제대로 인정하지 않은 것인데 우리의 입장에서 더 높이 평가할 수 있는 것을 찾아내는 식의 작업이 되겠지요. 하나의 예를 들면, 이것은 사실 '발굴'과는 아예 거리가 멀지만, 최근 몇 십년 전까지만 해도 미국에서 미국문학을 가르칠 때 흑인들이 쓴 문학은 거의 가르치지 않았습니다. 특별히 흑인문학이라 해서 따로 가르치는 경우도 흔하지 않았거니와, '미국문학'이라는 이름의 강의 같은 데서는 흑인들이 쓴 작품은 거의 소외되는 것이 상례였습니다. 요즘은 미국 대학에서도 흑인문학을 많이 다루고 있는데, 그러나 그 경우에도 그것을 평가함에 있어, 우리가 볼 때는 흑인의 입장에서 진실로 주체적으로 미국 흑인의 불행한 운명을 만들어내는 사회에 항의하고 그 기본적 구조를 문제시하는 작품들이 훌륭한 작품인 것 같은데, 미국의 대다수 연구자들은 오히려 달리 이야기하는 경향입니다. 문학에는 보편성이 있어야 하는데 매사를 흑인들의 입장에서만 봐서는 곤란하지 않느냐는 식이지요. 사실은 우리의 민족문학을 두고 일부에서 하는 얘기와 똑같습니다. 흑인의 문제에서 출발하더라도 그것을 '인간 보편적 문제'로 승화시켜야 한다는 거지요. 우리의 민족문학에서도 세계성·예술성이 중요하다는 점은 저 자신 처음부터 강조했습니다만, 요는 흑인의 현실을 흑인의 입장에서 철저히 보는 것이야말로 인간의 문제를 가장 보편성 있게 제기하는 길일 텐데, 이걸 도리어 비판하는 겁니다. 그 좋은 예로 리처드 라이트(Richard Wright)의 『토박이』(*Native Son*)라는 작품이 있습니다. 마침 번역도 괜찮은 편이니까 못 읽어보신 분들은 한번 읽어보시기 바랍니다. 거기 보면 내용도 끔찍한 게 많고 그야말로 흑인의 입장에서 처절하게 백인사회를 고발했는데, 미국 학계에서 이 작품과 흔히 대조적으로 얘기하는 것이 랠프 엘리슨(Ralph Ellison)이 쓴 『보이지 않는 인간』(*Invisible Man*)이란 작품이지요. 제가 볼 때는 그 둘은 전혀 다른 수준입니다. 『토박이』는 비록 완벽한 작품은 아닐지라도 분명히 훌륭한 고전적인 업적이고, 엘리슨의 것은 그야말로 흑인들이 처한 현실에 투철하지 못하고 어물쩡 넘어간 면이 많은 작품인데, 이게 더 보편적인 문학이라는 평가가 자자합니다. 그러니 라이트처럼 공인되지도 못한 흑인작가들의 경우는 부당하게 경시된 훌륭한 글이 더 많겠지요. 이렇게 기왕에 공개된 작품 가운데서도 부당하게 소홀히 된 작품에 대해 우리가 새롭게 인식할 수가 있는 것입니다.

그다음에, 미국의 흑인이라든가 유럽 내에서도 아일랜드처럼 약소민족의 입장에서 쓴 문학 이외에, 영국이면 영국, 프랑스면 프랑스의 본고장에서 백인이 써낸 문학 가운데서도 노동자들이 쓴 수기나 소설로서 이제까지 문학작품으로 제대로 대접받지 못한 것들이 많습니다. 그중에는 실제로 작품으로 인정하기 어려운 것도 있겠지만, 사실 훌륭한 문학작품임에도 불구하고 그것이 노동자의 문제를 노동자의 관점에서 다루었기 때문에 문학적인 세련이 부족하다는 식으로 트집을 잡히고 작품으로 인정하기 어렵다는 비판을 들어온 예가 많이 있습니다. 이런 작품에 대한 재평가가 요즘 서양의 학계 일각에서도 활발해진 셈입니다만, 민족문학·민중문학을 이야기하다가 그건 문학도 아니다라는 트집을 많이 잡혀온 경험이 있는 우리의 눈에 남달리 잘 보이는 것이 있게 마련이지요. 다만 이런 작품들은 번역도 거의 안 된 상태이고 솔직히 말씀드려서 저 자신이 많이 알지도 못하기 때문에 여기서는 더이상 길게 얘기하지 않겠습니다. 사실 우리나라의 서양문학도가 이런 작품을 새로 발굴해서 재평가하는 것은 여러 면에서 너무 힘들고 빛도 안 나는 작업이지요. 그래서 저 자신은 이런 것을 하기보다는 이미 승인된 명작들을 우리의 관점에서 재해석해보는 쪽으로 더 많은 힘을 기울여왔습니다.

그것은 물론 대학에서 가르치면서 직업적으로 당연히 해야 하는 일하고 직결돼서 손쉽기 때문이기도 합니다. 그러나 순전히 그런 개인적인 사정만은 아닙니다. 실제로 우리나라 독자들이 많이 읽고 있고 대학에서 전공으로 택한 학생들은 안 읽으면 안 되는 작품이 그런 명작들이니까 우선 그 작품들이 어떤 점에서 잘못되었고 어떤 점에서 잘되어 있는가를 다소라도 가려주는 것이 연구자의 의무라고 생각합니다. 또 하나는, 아까 말씀드린 대로 위대한 작품일수록 사실은 서양의 오늘날 잘못된 풍토를 아프게 찌르는 내용을 담고 있기 때문에 실제로 이런 작품들이 이이제이용으로 안성맞춤이라고 저는 믿고 있기도 합니다.

시간이 얼마 안 남아서 원래 계획했던 저 자신의 광고 시간을 많이 줄여야 할 것 같습니다. 한두가지만 얘기하지요. 우선 저 자신은 되도록 여러 사람들이 많이 읽는 명작들을 거론하자는 생각에서 19세기의 서양 명작소설들에 특별히 관심을 기울여왔습니다. 그리고 이것은 아마도 우리나라의 많은 독자들의 관심과 일치하는 것이라 생각됩니다. 제가 다룬 작품 중의 하나는 똘스또이의 『부활』(Voskresenie)인데 평론집 『민족문학의 현단계』에 '서양 명작소설의 주체적 이해를 위해'라는 제목으로 실려 있습니다. 또 하나, 토머스 하디(Thomas Hardy)의 『테스』에 관한 글은 저의 개인 평론집에는 안 실렸지만 제가 편집한 『서구 리얼리즘소설 연구』(창작과비평사 1982)라는 논문모음에 들어 있습니다. 이런 작품을 다루게 된 동기는, 어느 잡지에서 앙케트 조사를 했는데, 베스트셀러 작품들을 설문조사하였더니 1위가 도스또옙스끼의 『죄와 벌』이고 2위가 『부활』, 그다음이 『테스』였던가, 대략 그랬던 걸로 기억합니다. 그중에 앙드레 지드의 『좁은 문』도 있었고요. 한데 가만히 생각해보니 어떤 공통점이 있었습니다. 『죄와 벌』『좁은 문』『테스』『부활』 모두 얼핏 보아 가련청순한 여주인공이 등장하고 애틋한 사랑 이야기가 있어요. 물론 내용을 잘 보면 반드시 그런 것은 아니지만 얼핏 보아 그렇다는 거지요. 그래서 대개 우리나라에서 인기를 끄는 외국소설이 이래서 인기를 끄는 것이 아닌가 하는 생각에서 이런 작품의 실상을 한번 살펴볼 필요를 느끼게 되었습니다.

그런데『테스』의 경우건『부활』의 경우건, 정작 그 작품들이 지닌 문학적 의미를 제대로 논의한 평론이 우리 학계나 평단에는 거의 없었던 것 같습니다. 그중『테스』에 관해서는 영문학 작품이니까 서양 학계의 논문들도 더러 찾아 읽었는데 거기서도 마음에 드는 해석이 너무도 드문 거예요.『테스』의 줄거리는 여러분이 대충 아시리라 믿고 그냥 넘어갑니다만, 그 이야기를 보면 여러가지 우연스럽고 기막힌 곡절들이 많이 나옵니다. 이것이 바로 독자들의 감상적 취향을 자극하기도 하지만 다른 한편 그 플롯이 너무 조작되었다는 비판도 받습니다. 그런데 그것을 반드시 작품의 결함이 아니라고 인정하는 서양의 많은 비평가들이 주로 어떻게 해석하냐 하면, 이것을 바로 리얼리즘 소설로 보아서는 안 된다는 증거로 받아들이는 거예요. 리얼리즘으로 보아서는 안 되고 순전히 상징적인 이야기로, 또는 20세기의 모더니즘 문학을 앞지른 선구적인 사례로 해석해야 옳다는 식이지요. 이것은 감상적으로 줄거리만 따라서 읽는 것과는 동떨어진 것이지만, 우리가 민족문학에서 얘기하는 정말 훌륭한 문학과도 아주 다른 것이지요. 그 당대의 사회에 대해서 중요한 진실을 얘기해줌으로써 오늘날 우리의 삶에 대해서까지 얘기해주는 바가 있는 문학, 그것이 지난날 서양의 작품임에도 불구하고 우리에게 감동을 줄 뿐만 아니라 나아가서 우리가 서양의 제국주의에 맞서서 싸우는 데도 우리에게 구체적인 도움을 줄 수 있는 문학과는 거리가 먼 작품이 되어버리는 것입니다.

그에 반해 서양에서도 이런 작품을 리얼리즘의 정신에 입각해서 해석하려는 비평가들이 있기는 있습니다.『테스』의 이야기를 단순히 가난한 시골 처녀의 개인사로 보는 것이 아니라 지배계급에 의해 유린되는, 당대 부르주아 사회에서 파멸을 겪는 영국 농민의 상황을 그린 이야기로, 혹은 농민의 저항정신을 형상화한 작품이라는 식의 해석도 있습니다. 나중에 가면 테스가 알렉이라는 맨 처음 자기를 유혹했던 남자를 찔러 죽이는 데, 그것도 그런 저항의 상징으로 해석하는 평론가가 있습니다. 이러한 얘기는 서양의 유명 작품들을 우리의 현실문제하고 연관시켜 이해하려는 우리의 입장에 더 가까운 건 사실입니다만, 실제로 작품을 읽어보면 그런 식의 해석에 무리도 많아요. 그 당시 영국사회에서 농민문제가 과연 그 시대의 기본적인 모순을 얼마나 대표하는지도 논란의 여지가 있고, 테스가 과연 농민계층을 대표하는 인물이냐는 문제도 있고, 여러가지 무리가 따르는 것 같습니다. 그래서 저 자신은 당대의 현실문제와 분명히 연관은 시키되 작품을 좀더 자상하게 읽고 영국의 농촌문제도 좀더 정밀하게 파악하는 것이 오히려 우리 제3세계의 현실에 더 가까운 문제들을 부각시키는 결과가 되지 않겠느냐라는 생각에서 변변치 않으나마 「소설 『테스』의 현재성」이라는 글을 썼던 것입니다. 다시 말해서 우리가 제3세계 민중의 입장에서, 우리 민족문학의 관점에서 서양문학을 읽는다는 것이 덮어놓고 아전인수로 우리 문제에다 막 끌어대어다가 억지를 쓰는 것이 아니라, 오히려 우리의 입장에서 읽었을 때 서양의 소위 모더니스트들의 해석보다도 더 타당한 해석이 나오는 것은 물론이고 나아가서는 판에 박힌 사회경제적 해석이나 맑시즘 입장에서의 기왕의 어떤 해석들보다도 더욱 작품에 충실한 해석이 나오지 않겠느냐, 저는 그런 생각입니다. 저의 『테스』론이나 『부활』론 또는 다른 글들에서 그것이 과연 실현이 되었는지 안되었는지는 독자들이 판단해주셔야 할 문제지요. 다만 저의 한가지 고충은, 영어를 잘 읽고 영문학에 밝은 사람일수록 저와 같은 민족문학적 해석을 두고 무식해서 그런다거나 아니면 민중문학이나 민족문학에 쏠려서 어거지를 쓴다고 생각하는 경향이고, 반면에 저의 기본적인 관점에 더 공감을 가질 만한 우리나라의 많은 독자들은 작품 자체를 직접 마주해서 저와 함께 자상히 따져볼 여건이 안 되어 있다는 것입니다. 말하자면 영어가 부족해서 원문을 읽기도 힘들고 그렇다고 훌륭한 번역이 있는 것도 아니라는 곤란한 상태인 것입니다.

조금 아까 리얼리즘과 모더니즘에 대한 이야기도 잠깐 나왔는데 사실은 이것도 제대로 하자면 제법 긴 이야기가 되겠습니다. 저는 이것이 현단계의 세계문학에서나 우리의 민족문학에서 매우 중요한 쟁점이라 보아 여기저기서 이 문제를 언급해왔고, 특히 『민족문학의 현단계』의 제4부에 실린 일련의 논문에서는 다소 집중적인 이론적 탐구를 시도했었습니다. '외국문학의 이해'라는 문제와 관련해서는 제4부와 그 책의 제2부에 실린 글들을 관심 있는 분들이 읽어주셨으면 합니다.

하디 외에 다른 작가 이야기도 할 생각이었습니다만 시간이 너무 많이 지났으니까 이만 그치겠습니다. 혹시 여러분이 질문하시는 과정에서 기회가 생기면 더 이야기하기로 하지요. 감사합니다.

—1987년

신식민지 시대와 서양문학 읽기

서양문학이 우리나라에 소개된 지가 오래지만 아직도 많은 독자들이 '서양문학을 어떻게 읽을 것인가'라는 의문에 시달리는 것 같다. 대학에서 영문학을 가르친다고 하는 필자에게 직접 그 질문을 던지는 이도 있고 그런 제목의 강연 부탁도 더러 받는다.[1] 하지만 이런 경우 질문자나 청중을 시원하게 해줄 답이 내게는 없다. 서양문학 전체를 논할 만큼 해박하지 못한 것도 못한 거지만, 서양문학이든 동양문학이든 작품을 즐거운 마음으로 지혜롭게 읽는 것 이외에 무슨 '방법'이 따로 있는 게 아니라고 믿기 때문이다.

이런 답변이 곧잘 듣는 이를 실망시키고 더욱 곤혹스럽게 만드는 것은 사실이다. 모든 작품에 두루 적용되는 어떤 비법이나 서양문학에 따로 적용할 무슨 특별한 독서기술을 알아내려던 기대가 어긋남은 물론, '즐거운

---

[1] 이 글도 원래 민족문학작가회의가 주최한 '민족문학교실'에서 '서양문학을 어떻게 읽을 것인가'라는 제목으로 1989년 7월 19일에 행한 강의 내용을 바탕 삼아 새로 정리한 것이다.

마음으로' 읽는다는 일견 뻔한 소리도 따지고 들면 모호하기 그지없다. 즐거움도 여러 질일 터이며 무언가 더 나은 것, 새로운 것을 찾아 읽으려 할 때의 당연한 '각고'와는 어떻게 양립시킬 것인가? 더구나 '지혜롭게' 읽는 것이 어떤 것이냐는 문제에 이르면 그야말로 막막한 느낌이 아닐 수 없다.

그렇더라도 '어떻게 읽을 것인가'라는 물음에 고정된 대답이 없음을 아는 것은 중요하다. 그것이야말로 지혜의 출발이며, 적어도 어떤 '방법'에 얽매여 좋은 작품을 즐겁게 못 읽는다거나 안 좋은 작품을 읽고서 즐겁지 않은 것이 자기가 '방법'을 몰라서라고 낙심하는 허망한 꼴은 면할 수 있는 것이다.

다른 한편, '방법'을 부정하고 그것과는 다른 '지혜'를 찾는 독자일수록 방법에 대한 성찰을 생략할 수 없다. 고정된 방법이 따로 없다는 입장이, 문학작품은 너무나 신비스러운 것이어서 그냥 읽고 심취하는 길밖에 없다거나 정반대로 다른 일상적 경험과 마찬가지로 경험으로서 수용하고 정리하면 그만이라고 주장하는 태도로 되어서는 지혜와 동떨어진다. 아니, 문학신비주의라든가 경험주의라는 그 나름의 '방법'으로 귀착된다 하겠다.

이처럼 기존의 방법에 저도 모르는 사이에 말려들지 않기 위해서도 방법에 관한 성찰은 필요한 것이다. 실제로 오늘날 우리 주변에서뿐 아니라 전세계적으로 문학작품을 어떻게 읽을지에 대한 처방이나 이론들이 정신없을 만큼 쏟아져나오고 있다. 이런 상황에서 방법에 관한 논의는 우선 불가피한 자구책이다. 동시에 그것은 애당초 지혜를 찾는 큰길이기도 하다. 고정된 방법에의 집착은 잘못일지라도, 각각의 방법론은 그 나름의 근거가 있어 나온 것일 테니만큼 그 주장이 어디까지 옳고 어디부터가 그른지를 헤아리려는 노력은 지혜를 향한 수련의 당연한 일부인 것이다.

어쨌든, 자연과학에서 '과학적 방법'이 어떤 것인가에 대해 성립하는 식의 폭넓은 합의가 — 궁극적인 철학적 합의는 아니더라도 초심자의 공부에 길잡이가 될 만큼의 합의가 — 문학 분야에 없다는 것은 엄연한 사실이다. 또 바로 그렇기 때문에 수학이나 자연과학보다 인문학이나 문학·예술 분야에서 엉터리가 행세하기 쉽다. 하지만 뒤집어 생각하면, 문학처럼 분명한 '과학적 기준'이 없고 '방법'이 있을 수 없는 분야에서 엉터리가 발붙이기 힘든 풍토를 만드는 일이 그만큼 어렵고 중요한 일이 된다. 고정된 방법 없이도 좋은 작품을 즐겁게 읽는 지혜를 터득한 독자들이 상당수 있어야 하고 그런 독자층을 길러내는 건강한 사회가 있어야 하는 것이다. 엉터리가 행세하기가 그토록 용이하게 되어 있는 문학에서도 엉터리가 행세하지 못하는 사회, 이것이야말로 좋은 세상의 한 표상일 터이다. 반면에 작품 읽기의 이런저런 방법을 제가끔 내세우는 소리들로 들끓는 현대사회는 그만큼 불건강한 사회요 한마디로 난세라는 이름에 값할지도 모른다.

서양문학 읽기에 대해 좀더 구체적으로 살펴보는 일에 앞서, 문학연구 방법에 관한 기존 논의 가운데 몇가지 중요한 것을 일별하기로 하자. 첫째, 동서양을 막론하고 특히 대학 강단에서 큰 비중을 차지하는 '방법'의 하나로, 문학작품 자체보다도 작품에 관한 사실들을 연구하는 실증적 문헌연구 방법이 있다. 이는 그 나름으로 중요한 연구일뿐더러, 작품 자체의 읽기가 주 업무가 아닌 한에서 상당히 엄밀한 과학적 기준이 적용된다는 이점이 있다. 그러나 작품의 지혜로운 읽기가 따르지 않을 때 무의미한 자료조사로 시간을 낭비하기 쉬움은 물론이고, 자신의 작업이 곧 문학연구 그 자체는 아니라는 사실을 망각하는 순간 엉터리가 행세하는 문학풍토 조성에 직접적으로 거들게 된다.

따라서 20세기 초의 영미 문학계에서는 문학에 관한 사실의 연구보다 작품 자체의 꼼꼼한 읽기에 주력하는 '새로운 비평' 내지 '신비평'(New Criticism)이 대두했다. 사실연구를 아무리 많이 하고 과학적으로 해도 그것이 문학연구는 아니며 문학연구는 어디까지나 작품에 대한 실제비평이 주가 되어야 한다는 것이었다. 이 자체는 어쨌든 지혜를 향한 올바른 첫 걸음이었음이 분명하다. 그러나 얼마 안 가 '신비평' 스스로가 하나의 새로운 '방법'으로 굳어짐을 보게 되는데, 그렇게 되는 원인은 여러가지가 있겠지만 어쨌든 '작품 자체'를 지혜롭게 읽는다는 것이 얼마나 힘든 일인지를 실감케 하는 좋은 예이다. 작품을 제대로 읽으려면 우선 그 씌어진 작품 자체에 주목해야 하지만, 동시에 수많은 다른 것들도 배우고 생각하며 그밖의 온갖 수련을 쌓아야 한다. 작품이 씌어진 배경이나 저자가 처했던 상황 등 문학에 '관한' 사실들도 알 것은 알아야 하며 읽는 이 자신이 살고 있는 시대와 그 속에서 자기가 취할 길에 대해서도 끊임없이 고민하면서 읽어야 하는 것이다. 그런데 신비평을 하는 많은 사람들이 '작품 자체'를 빌미로 작품 읽기에 의당 따르는 그런 수고를 생략하는 길로 나아갔고, 남들은 이데올로기라든가 기타 '문학 이외의' 문제들을 작품 읽기에 끌어넣지만 나는 문학을 문학으로 취급한다는 자랑까지 하게 되었다. 다시 말해 '작품 자체'라는 새로운 이데올로기가 되고 신비평 나름의 '방법'과 작품분석 기술이 고정된 것이다.

20세기 중엽 이후로는 이러한 신비평에 대한 비판이 구미 학계에서 주류를 이루게 되는데, 그중에서 구조주의나 탈구조주의는 영미 신비평의 소박한 문학관, 그 이데올로기적 성격을 명시적으로 비판하는 중요한 예들이다. 이 가운데 구조주의에 의한 비판은 어떤 의미에서 신비평의 무방법적 성격, 즉 신비평(및 종전의 온갖 연구)에 있어서 구조주의적 **방법**의 부재에 관한 비판이므로〔구조주의적 방법에 대해서는 본서 제4부에 실린 「언어학적 모형과 문학비평」 참조〕 이 글의 대전제와 어긋남은 두말할 것도 없다. 그런데 탈구조주의는 구조주의의 이런 방법론적 집착을 비판할뿐더러 종전의 온갖 연구를 알게 모르게 지배해온 고정관념을 '해체'(deconstruct)하고자 하는 만큼 본고의 입장에 더 가까운 면이 있다. 그러나 중요한 것은 나 자신이 지혜에 도달하는 일이고 남의 불민함을 적발하는 일은 그 방편일 뿐이다. 대다수 탈구조주의자들의 작업이 남의 고정된 방법이나 해석이 어떤 식으로 구성된 이념인지를 밝혀내는 일에만 자족하고 있는 한, 그 또한 그 나름의 뻔한 방법일 뿐 지혜로운 읽기가 못 된다고 보아야 할 것이다.

한편 맑스주의자들의 경우는 처음부터 전통적 문헌연구와 신비평의 방법을 통틀어 비판해왔고 구조주의·탈구조주의와도 기본입장을 달리해왔다. 그런데 고정된 방법에서 벗어나 작품을 지혜롭게 읽는다는 차원에서는 맑스주의 문학연구 또한 수상쩍은 해답을 내놓는 경우가 적지 않았다. 가장 쉽게 떠오르는 예는 맑스주의 내부에서도 '속류 맑스주의'라고 비판받는 방법인데, '토대와 상부구조'라는 도식을 기계적으로 적용하여 모든 문학작품을 그것이 생산된 사회의 경제적 토대의 반영으로 재단하는 방식이다. 또한 경제적 결정론을 그대로 적용하지 않더라도, 선진적인 생산 양식을 채택한 사회나 이를 대변하는 당이 정해준 지침에 따랐느냐 안 따랐느냐로 작품의 평가를 좌우하는 방식도 있다. 문제가 이런 지나치게 단순화된 방법에 한정되는 것은 아니다. '변증법적 방법'의 이름 아래 다소 더 복잡할 뿐이지 여전히 특정한 방법을 정식화하는 경향도 있으며, 최근에는 구조주의 또는 탈구조주의를 비판적으로 수용한다면서 저들의 문제점을 고스란히 재생하는 경우도 있다. 나 자신은 진정한 '변증법적' 방법이야말로 '방법'에의 집착에서 벗어난 지혜로운 글읽기의 다른 이름이라고 믿는 터이지만, 다수 맑스주의자들이 추구하는 '과학적 미학'에는 빗나간 '방법화'의 유혹이 따르기 십상이며 현실적으로 지혜로운 읽기의 경지에 도달한 예는 맑스주의 비평에서도 그다지 많지 않았다고 본다.

여기서는 맑스주의 비평의 여러 흐름이라든가 기타 서양에서의 방법론적 논의를 자세히 따져보는 일이 목적이 아니다. 우리가 사는 지금 이곳의 삶 속에서 서양의 문학을 읽는 문제를 좀더 구체적으로 생각해보려는 것이다. 그럴 경우 우리는 제국주의 시대에 살면서 제국주의 본국의 문학들을 읽는 문제에 부닥쳐 있음을 기억하게 된다. 지혜로운 글읽기를 방해하는 이런저런 사정들을 올바로 알고 그에 대응한다고 할 때 먼저 다루어야 할 문제가 바로 그 문제인 것이다. 그러므로 본고에서는 우선 서양문학 읽기가 제국주의와의 관련에서 갖는 일반적 특성을 살펴보고, 이어서 그중에서도 신식민지주의가 지배적으로 된 시대의 특이한 면과 그에 걸맞은 우리의 대응자세를 생각해보고자 한다.

'서양문학을 어떻게 읽을 것인가'라는 물음이 우리 사회의 많은 사람들에게 그토록 절실한 관심사가 된 것은 결코 우연이 아니다. 서양문학은 제국주의가 팽창하던 시기에 우리나라에 처음 소개되었고, 우리가 일본의 식민지가 되어 제국주의 세계질서에 편입되는 과정에서 마치 '세계문학' 그 자체인 듯한 권위를 갖게 되었다. 다시 말해 우리가 곧잘 '서양문학을 어떻게 읽을 것인가'라는 질문에 정답을 못 얻어 조바심하는 데에는, 서양의 문학작품들이 그 자체로서 갖는 높은 가치만이 아니라 제국주의적 문화침략의 효력이 작용하고 있는 것이다.

그런데 '제국주의'를 로마제국, 몽고제국 들에서부터 현대의 제국주의에 이르는 온갖 제국 경영을 통칭하는 낱말이 아니고 근대 특유의 현상을 가리키는 개념으로 쓴다면, 그것은 자본주의가 발달한 결과로 생겨나는 현상이라고 볼 수밖에 없다. '자본주의의 최고 단계로서의 제국주의'라는 규정은 그러한 인식의 고전적 표현이다. 제국주의를 이렇게 파악할 경우, 그것은 과거의 정복주의적 제국 건설과 달라서 무력이 강하다는 것만으로는 성립되지 않고 어디까지나 우월한 생산력, 고도로 발전된 자본주의의 생산력을 전제하고 있다. 그리고 이러한 생산력은 사회 전체의 복잡한 조직화, 그런 의미에서의 문명화를 뜻하는 것이고, 고정된 비례관계가 있는 것은 아닐지라도 얼마만큼은 그런 우월한 생산력에 걸맞은 문화능력을 수반하는 것이다.

그렇기 때문에 지난날의 정복주의와는 달리 근대 제국주의에는 정치적·경제적 침략과 더불어 문화침략이 따르게 마련이며 자본수출과 함께 문화수출이 중요한 몫을 차지하는 법이다. 서양제국주의의 확장에 그리스도교 선교사들이 큰 역할을 했다는 지적이 나오는 것도 그 때문인데, 이는 개별 선교사가 제국주의 당국과 직접 손을 잡는 경우가 얼마나 많았느냐는 문제가 아니라, 정신문화의 수출 자체가 제국주의 사업의 긴요한 일부임을 말해주는 것이다. 대영제국의 한창 시절에 시인 키플링(R. Kipling)의 '백인의 짐'(the white man's burden)이라는 표현이 영국인들 사이에 유행한 것이나 프랑스 제국주의가 프랑스에 의한 '문명화의 사명'(la mission civilisatrice)을 내세운 것도, 그들이 칭기즈칸 시대의 몽골인들보다 더 위선적인 국민이어서만이 아니고, 근대 제국주의 특유의 현실에 근거한 이데올로기가 작용한 결과였던 것이다.

독일이나 일본 같은 후발 제국주의의 경우는 전근대적 정복주의의 냄새를 좀더 풍기는 것이 사실이다. 그러나 1차대전 당시 독일 국민들 사이에 영국·프랑스 등 선발 자본주의국의 천박한 문명에 대한 독일문화의 우월성이 강조되었던 것은 토마스 만(Thomas Mann) 같은 작가에게서도 볼 수 있는 일이다. 나치스로 대표되는 파시즘의 단계에 이르면 '아리안족의 우수성' 운운하여 적나라한 정복주의에 훨씬 가까워지는데, 이는 말하자면 제국주의로서는 정도를 벗어난 것이고 그처럼 문화수출의 품목이 빈약했다는 점이 히틀러식 제국주의의 큰 약점이기도 하였다.

조선을 침략한 일본제국주의의 경우 역시 문화능력의 부족으로 정복주의적 성격이 강했던 편이다. 그러나 이 경우에도 가령 임진왜란 때의 침공과 약탈에 비하면 훨씬 의식적으로, 또 자신만만하게 '문명개화'의 사명을 자임하고 나왔다. 그리고 일제 문화침략의 특징은, 일본의 고유한 문화로 조선의 문화를 압도하고 조선을 노예화하기에는 너무나 부족하므로 서양의 문화를 동원했다는 점이다. 근대적 식민지 경영에 반드시 필요한 문화침략을 원활히 수행하기 위해서는 자기 나라 것이 없으면 다른 제국주의 국가의 문화라도 끌어대야 했던 것이다.

여담 같지만 식민통치에서 해방된 민족들이 대부분 자기네 고유의 의상을 되찾아 입는 데 반해 우리는 일제의 통치를 겪으면서 보급된 양복 즉 서양식 복장을 해방 후에 벗어던질 생각을 않은 것도, 일제에 의한 문화침략의 독특한 성격과 무관하지 않다. 문화 면에서 일본제국주의는 자국 문화에 대한 우월감보다 서양의 선진문물을 먼저 잘 배웠다는 우월감을 내세웠고, 그 상징적인 표현으로서 천황 자신이 서양식 연미복을 예복으로 착용하고 궁중행사에 프랑스 요리를 채택했다. 만약에 일본인들이 조선에 와서 일식 복장을 강요했다면(다소 그러기도 했지만), 또는 서양인들이 직접 조선을 병합해서 그들의 양복을 강요했더라면, 조선민족의 반발이 훨씬 컸을 것이고 해방 후 민족의상으로 회귀하려는 욕구도 더욱 강했을 것이다. 어쨌든 문학의 영역에서도『만요오슈우(萬葉集)』나『겐지모노가따리(源氏物語)』보다는 셰익스피어, 괴테, 똘스또이 등 '세계명작'에 더 의존했던 일본의 제국주의가 오늘날까지도 '서양문학을 어떻게 읽을 것인가'라는 우리의 조바심을 부추기는 데 일조했음을 짐작할 수 있다.

이렇듯 제국주의 침략에서 문학과 예술의 수출은 중요한 몫을 한다. 그런데 우월한 생산력과 이에 상응하는 문화능력에 의존한다는 근대 제국주의의 바로 그 속성 때문에 문학작품은 이 과정에서 묘한 양면성을 띠게 된다. 즉 한편으로는 위대한 작품일수록 그것은 식민주의자들에게 '문명화의 사명'을 수행한다는 자신감을 주고 피압박민족의 자주의식을 마비시키는 데 유리한 면이 있다. 그러나 진정한 예술은 인류 공통의 유산이라고 우리가 흔히 말하듯이, 작품이 좋으면 좋을수록 그것은 원래의 국적에 관계없이 인간해방에 기여하고 구체적으로 식민지적 상황에서는 식민지의 민족해방에 기여할 수 있는 잠재력을 지니게 마련이다. 그런데 거듭 말하지만 근대적 제국 경영은 이런 위험부담이 따르는 문학유산이지만 그것이 없어서는 안 되고, 자기 것이 부족하면 다른 나라 고전이라도 끌어와야 하는 형편인 것이다.

따라서 제국주의측의 대응방식도 복잡해질 수밖에 없다. 훌륭한 작품을 동원하기는 하되 그에 따른 이점을 극대화하고 불이익을 극소화하기 위한 세심한 배려가 필요한 것이다. 여기서 나타나는 몇가지 작태 또는 방법을 살펴보자.

첫째는 위대한 작품의 존재만 알리고 그에 대한 진정한 이해는 못 하도록 교육하는 방법이다. 무식한 도깨비가 부적을 못 읽는다는 속담처럼, 셰익스피어나 괴테의 이름조차 모르는 사람에게 세계명작 어쩌고 해봤자 무슨 효과가 없는데, 그렇다고 셰익스피어나 괴테를 제대로 읽게 내버려두면 어떤 결과가 날지 장담하기 어렵다. 그러므로 이해 이전의 주입에 치중하는 것이 식민지 교육의 기본정석이다. 이는 딱히 식민지에 한정된 것도 아니고 인간해방이 이룩되지 않은 어느 사회에서나 다소간에 발견되는 현상이지만, 제국주의 모국보다 식민지에서 훨씬 두드러짐은 더 말할 나위 없다. 그런 의미에서 오늘의 우리 사회에서도 대학입시에 붙으려면 셰익스피어의 '4대 비극'쯤은 즉각 알아맞힐 수 있어야 하지만 정작 그중 하나라도 제대로 읽으려다가는 낙방하기 십상이라는 현실은, 이 땅에 일제의 잔재가 청산 안 되었고 독립국가의 건설 후에도 신식민지적 지배가 실현되고 있다는 단적인 증거라 하겠다. 어쨌든 작품의 이해는 없이 그에 대한 지식을 주입하고 그런 지식이 없는 사람에게 열등감을 심어주는 일이 제국주의적 문학교육의 첫번째 요령이다. 그리고 열등감으로 말하자면 지식을 주입받은 사람들이 오히려 더 심하게 마련인데, 그들은 이런 지식조차 없는 사람들 즉 대다수 자기 동포들에 대해서 우월감을 느끼는 것만큼이나 자신보다 더 많은 지식을 가졌고 더 충실한 이해를 가진 (또는 가졌다고 믿어지는) 종주국 국민들 앞에서 열등감이 깊어지는 것이다.

둘째로는 작품을 읽히기는 읽히되 보수적이고 체제순응적인 작품을 선별해서 보급하는 방법이다. 이것 역시 선진국 내에서도 어느정도 쓰이는 방법으로서, 예컨대 미국 대학에서 널리 채택되고 한국에서는 영문학도의 필수교재나 다름없는 『노턴 영문학 작품집』(*The Norton Anthology of English Literature*)에 19세기 후반 윌리엄 모리스(William Morris)의 낭만주의적 시들은 수록되어 있으나 후기에 사회주의자가 된 그의 한결 중요한 산문들이 단 한편도 없는 것이 좋은 예이다. 식민지에서는 유형·무형의 검열이 더 심할 것은 당연한데, 19세기 영국의 가장 유명한 소설가 디킨즈의 많은 작품 중에서 일제시대의 세계문학전집 같은 데 으레 끼는 것은 『크리스마스 캐럴』(*A Christmas Carol*)과 『두 도시 이야기』(*A Tale of Two Cities*)였다. 전자는 크리스마스 명절 기분에 맞춘 소품으로 읽으면 그 나름의 즐거움과 교훈을 주지만, '대문호' 디킨즈의 대표작이니 '세계명작' 운운하는 맥락에서는 가당치가 않다. 현실문제를 개인적 온정 차원으로 돌리고 가진 자의 극적인 회심에 기대를 걸게 만드는 반민중적 통속문학이 되기에 알맞다. 『두 도시 이야기』 역시 디킨즈 특유의 미덕을 지닌 작품이기는 하다. 예리한 심리적 통찰뿐 아니라, 혁명 전 프랑스 지배계급의 야만성을 고발하면서 저자 당대의 영국 지배계급에 대해 경종을 울리는 급진주의자다운 면모도 찾아볼 수 있다. 그러나 프랑스혁명을 보는 시각 자체는 프랑스 귀족계급이 자초한 전면적인 재앙이라는 인식으로 일관하고 있으며, 민중봉기에 대한 영국 시민계급의 공포감에 영합하는 선정적인 묘사로 채워져 있다. 위대한 리얼리스트로서의 디킨즈에 대한 인식은 영국에서도 아직껏 충분하달 수 없지만, 예의 두 작품이 그의 대표작이된 것은 아무래도 식민지적 현상이라 보아야겠다.

세번째는 실제로 명작의 이름에 값하는 작품을 소개하기는 하되 엉뚱한 해석으로 그 해방적 기능을 봉쇄하는 방법이다. 이것 역시 식민지에 국한된 현상은 아니고 여기서 구체적인 예를 들어가며 자세히 설명할 겨를도 없다. 다만 토머스 하디의 『테스』 같은 작품이 결코 일부 독자들이 생각하는 가련청순한 여인의 애달픈 수난담이 아니라는 점이나, 똘스또이의 『부활』이 그의 최고 걸작이 아닐뿐더러 그나마 잘못 이해되어왔다는 점은 필자가 다른 자리에서 논한 바 있으므로 관심 있는 독자가 참조해주면 될 것이다.[2]

개별 작가나 작품에 대한 왜곡된 평가와 해석을 제시하는 수법이 한걸음 더 나가면, 도대체 문학작품을 구체적인 역사현실·사회현실과 연관시켜 해석하려는 생각 자체가 잘못된 것이라는 이론의 형태로 전면화된다. 이제는 작품 하나하나를 따로 왜곡할 필요도 없고, 사회적인 관심이 두드러진 작가들 전부가 일거에 진정한 문학에서 제외되든가 심미주의적 내지 형식주의적으로 그들의 작품이 재해석되는 조건하에서만 구제받게 된다. 이런 문학관은 19세기 또는 그 이전에도 없지 않았지만, 그것이 서양 문단에서 우리가 흔히 모더니즘이라고 부르는 큰 흐름을 이루는 것은 제

---

2 졸고 「소설 『테스』의 현재성」, 졸편 『서구 리얼리즘소설 연구』, 창작과비평사 1982 및 「서양 명작소설의 주체적 이해를 위해 — 똘스또이의 『부활』을 중심으로」, 졸저 『민족문학의 현단계』.

국주의가 첫번째 큰 위기를 맞이하는 1차대전 안팎의 일이다. 앞서 언급한 신비평의 몰역사적·형식주의적 성향도 크게 보면 이런 모더니즘의 이념을 대변하고 있다(좀더 자상한 논의는 『민족문학의 현단계』 수록 「모더니즘에 관하여」를 참조).

모더니즘이 제국주의 시대의 정확히 어떤 단계에 상응하는지에 대해서는 일치된 견해가 없다. 20세기 전반의 '모더니즘'(또는 '본격 모더니즘')을 후반의 '포스트모더니즘'과 구별하여 전자가 레닌이 분석한 고전적 제국주의(즉 구식민지주의) 단계의 문화현상이라고 보는 프레드릭 제임슨(Fredric Jameson) 같은 관점이 있는가 하면, 루카치처럼 모더니즘을 제국주의 시대 전체에 해당하는 예술이념으로 보고 그런 의미에서 19세기 후반의 자연주의도 이미 모더니즘의 한 형태였다고 주장하는 경우도 있다. 나 자신은 개별 작가들의 업적에 대한 평가에서는 루카치와 견해를 달리하는 바 많지만, 자연주의·본격 모더니즘·포스트모더니즘 모두가 그 이념에서는 시민계급이 민중적 대의를 대변하던 초기 자본주의 시대가 끝난 제국주의 시대의 산물이라고 보는 입장이다(같은 책 수록 「모더니즘 논의에 덧붙여」 참조). 그렇게 볼 때 20세기 초반의 '본격 모더니즘' 시기는 전형적인 구식민지 시대라기보다 자연주의 시기에 이미 출범한 구식민지주의가 위기를 맞아 신식민지주의로의 이행을 시작하는 대목이라고 보아야 할 것이며, 자국 문학전통의 선별적 교육과 일방적 해석으로 식민지 경영을 족히 감당할 수 있었던 초기의 제국주의가 문학관 자체의 좀더 근본적 변경을 요할 만큼 자신감을 상실케 되는 시점이라 할 수 있을 것이다.

'신식민지 시대'라 일컬어지는 제국주의의 새로운 단계가 정확히 언제 시작되는지에 대해서도 분명한 합의가 없는 것으로 안다. 1917년의 러시아혁명을 결정적인 분기점으로 잡는 견해도 있고, 이 무렵 또는 1930년대에 성립한다고 이해되는 '국가독점자본주의' 단계의 제국주의가 바로 신식민주의라는 해석도 있다. 그러나 현상적으로 식민지들이 대거 독립하는 것은 2차대전 후의 일이며, 국가독점자본주의와 신식민지주의의 논리적 연관을 인정하더라도 그 논리가 폭넓게 관철되는 것은 2차대전을 거친 뒤라고 보아서 무리가 없을 듯하다. 덧붙이자면 제임슨이 원용하는 만델(E. Mandel)의 '후기자본주의'론에서도 2차대전이 중요한 분기점이 되며 신식민지적 간접지배가 이 단계의 특징 가운데 하나로 설정된다.

어쨌든 러시아혁명 이후 사회주의권의 성립과 점차 거세지는 식민지 민중의 민족해방운동, 그리고 (이와 밀접한 관련이 있지만 보는 사람에 따라서는 그보다 더욱 핵심적 요소로서) 선진자본주의 자체의 축적위기의 진행에 따라, 종전처럼 식민지를 직접 통치하는 일은 더이상 가능하지도 바람직하지도 않게 되었다. 그리하여 형식적인 독립은 허용하면서 자본수출이라는 제국주의 본래의 목적을 새로운 방식으로 달성하는 것이 신식민지적 지배인 것이다.

이와 함께 제국주의적 문화침략의 양상도 종전과는 달라진다. 한편으로 정치적·군사적 지배가 훨씬 느슨해진 상태에서 경제적 지배를 계속하기 위해 이를 뒷받침할 문화수출과 문화적 지배의 필요성이 오히려 커지는가 하면, 다른 한편 구식민지 시대의 문화침략 방식이 그대로 통할 수 없게 되기도 한다. 예컨대 식민주의 모국의 문학작품을 제대로 읽히지는 않고 그에 관한 지식만을 주입한다든가 읽히더라도 식민당국의 의도에 따라서만 읽히는 방식은, 국가기구와 교육기관을 직접 장악하지 않게 되는 순간 그대로 관철하기가 힘들어진다. 물론 우리의 교육풍토에서 보듯이 이런저런 수단으로 계속 관철해가기도 하지만, 어쨌든 옛날처럼 만전을 기할 수는 없다. 셰익스피어나 괴테, 라씬(J. Racine)과 더불어 신생국 자체의 고전에도 다소간 자리를 내주어야 하고, 서양문학을 읽을지 말지,

또 읽더라도 어떻게 읽을지를 자기식으로 결정하겠다고 나서는 지식인들을 다스리는 일도 전 같지 않은 것이다.

이러한 상황에 직면하여 제국주의측에서도 새로운 대응전략이 개발된다. 문학작품의 경우 이제까지는 서양 고전의 '보편적 가치'를 일방적으로 정해놓고 이에 대한 추종을 얻어내는 여러 방법들을 구사했는데, 그러한 추종을 확보하기가 힘들어지고 오히려 신식민지 민중의 민족해방·인간해방이라는 그야말로 '보편성' 높은 의미를 피지배자 스스로 읽어낼 위험이 커졌을 때, 제국주의가 요구하는 문화수출을 계속하려면 이러한 위험에 대비하는 새로운 안전장치가 필요한 것이다. 여기서 나오는 것이, 심미주의적·형식주의적 비평이 작품의 정치적·사회적 의미를 외면하던 데서 또 한걸음 나아가, 고전이니 명작이니 하는 특정 작품들을 선정하여 모셔놓는 태도 자체가 비민주적이며, 애당초 문학작품과 여타의 글들을 본질적으로 구별할 수 있다는 생각이 순진한 발상이요 편협한 문학주의라고 몰아세우는 이론들이다. 말하자면 제3세계의 독자가 셰익스피어, 괴테 등을 읽고 이들 고전의 위대성이 제국주의 지배를 정당화하지 않고 오히려 그 부당성을 일깨워주는 데 있음을 애써 밝혀냈을 때, 도대체 셰익스피어나 괴테가 무슨 특별한 존재인 양 생각하는 것부터가 비민주적이고 촌스러운 짓이며 심지어는 유럽중심적인 사고임을 지적함으로써 '김을 빼는' 것이다.

실제로 이런 주장은 기성 전통의 권위를 신성시하고 그에 대한 일방적인 해석을 보편적 진리로 강요하던 태도에 비해 확실히 민주화된 일면이 있다. 나아가 도대체 무엇이 문학이고 무엇이 아닌가에 대한 사람들의 인식 자체가 역사 속에서 만들어진 것이고 따라서 가변적이며, 이제까지 '문학'의 반열에 못 끼던 문화적 산물 가운데 민중의 창조성이 구현된 훌륭한 작품이 얼마든지 있을 수 있음을 일깨워주기도 한다. 예컨대 구조주의적 문학연구에서는 신비평이 '작품 자체'를 신비화하고 자신의 구미에 맞는 문학만을 예술적 구조를 갖춘 원숙한 문학으로 지정하는 데 반대하여, 이른바 본격문학의 작품뿐 아니라 대중예술, 미개사회의 신화나 결혼 풍습, 현대사회의 각종 패션 등 온갖 것들이 모두 일종의 언어체계에 해당하는 '구조'의 산물에 불과하다고 탈신비화한다. 그리고 앞에서 잠깐 언급했듯이 탈구조주의자들은 구조주의자들이 말하는 구조 자체가 또 하나의 신비화된 관념이며 서양의 고질적인 형이상학적 사고에 의해 구성된 하나의 구성물에 불과함을 밝혀내고 그런 의미에서 '해체' 또는 '탈구성'한다. 따라서 이제는 '전통'이건 '작품 자체'건 또는 '구조'이건 그 어떤 중심도 인정하지 않는 탈중심화된(decentered) 사고가 요구되며, 글쓰기의 결과물이 '작품'이냐 아니냐를 가리려는 것 자체가 빗나간 발상이 된다. 어떤 특정한 의미를 거기서 찾으려는, 그리하여 억압을 자초하고 이에 가세하는 우리의 고질적 타성을 주어진 읽을거리가 얼마나 효과적으로 헝클어뜨리고 '유희'의 상태를 유발하느냐가 중요하다는 것이다. 이렇게 탈구조주의는 문학작품을 읽는 기존의 모든 '방법'들을 불신하는 우리의 입장에 가장 근접하는 일면을 보이면서, 신식민지적 상황에서 서양 문학을 지혜롭게 읽으려는 노력을 가장 교묘하게 원칙적으로 허구화하는 효과를 갖기도 하는 것이다. 누가 무슨 말을 해도 거기서 어떤 고정된 방법을 적발해서 '해체'하고 '유희'의 계기를 찾는 탈구조주의는 그런 의미에서 가장 세련되고 직시하기 힘든 그 나름의 '방법'이라 하겠다.(탈구조주의의 이론작업은 크게 보면 흔히 '포스트모더니즘' 또는 '탈근대주의'로 일컬어지는 20세기 후반의 문화현상의 일부인데, 포스트모더니즘에 대해서는 나중에 짤막하게나마 다시 언급하기로 한다.)

그러면 이러한 신식민지적 문화수출에 우리는 어떻게 대응할 것인가? 외국의 문물이라고 해서 무조건 배척하는 태도는 구식민지 시대에도 이미 지혜가 아니었다. 본디부터 양면성을 지니는 문학 및 문화 유산을 동원하지 않을 수 없는 것이 근대 제국주의의 속성인 만큼, 제국주의자들의 주입식 교육과 일방적 해석을 배척하되 인류 공통의 유산에 담긴 해방적 의미는 내 것으로 만드는 적극적인 대응이 요청되는 것이었다. 그렇다면 제국주의가 직접지배를 포기함으로써 문화침략에의 의존이 한층 높아지고 피압박 민중의 문화적 응전력도 한결 증대된 신식민지 시대에 이르러, 배타주의적 자세가 지혜가 아닐 것은 더 말할 나위도 없다.

무엇보다도 제국주의 중심부의 문학예술관에 일어난 앞서 말한 변화가 배타적 민족주의를 그 어느 때보다 우스꽝스럽게 만든다. 종전에는 서양인들 자신의 우월한 국민적 전통을 자랑하고 그것을 타민족 지배의 명분으로 삼았지만, 이제는 도대체 우수한 전통이라든가 불후의 명작이라는 개념 자체를 스스로 부정하고 나오며, 제3세계의 문화나 제1·2세계의 문화가 본질적으로 똑같이 해체 가능하고 또 해체를 요하는 '떽스뜨'(texte)요 '담론'(discours, 언술행위)임을 선선히 인정해버린 것이다. 이렇게 되면 서양인의 민족주의·인종주의를 대표하는 저들의 고전 따위는 읽지도 말자고 목청을 높이는 일이 촌스러워짐은 물론, 고전 속에서 '보수적'인 요소를 비판하고 '진보적'인 의미를 찾아서 우리 것으로 활용하겠다는 전략도 '억압적 담론'에 본의 아니게 동참하고 있다는 지적 앞에서 멋쩍은 꼴을 당하기 쉽다. 게다가 이것이 아주 틀린 지적도 아니다. 역사에 어떤 커다란 흐름이 있고 그 흐름에 거스르거나 동참하는 인간의 주체적 행동이 가능함을 믿는다는 점에서 탈구조주의자들과 근본적으로 입장을 달리한다더라도, 구체적인 많은 경우에 '진보'를 부르짖는 일이 반드시 역사의 진보에 올바른 공헌이 못 될 위험은 얼마든지 있는 것이다.

식민지 또는 신식민지의 독자가 서양문학에서 진보적 내용을 읽어내고자 할 때 이런 위험은 더욱 커진다. 우선 진보 대 반동의 기준을 서양 사회 내부에 표출된 쟁점을 위주로 생각하기 쉬운데, 선진국의 진보주의자들이 식민지 민중과의 연대에 등을 돌린 사례는 너무나 흔하며, 설혹 그렇지 않은 경우에도 진보의 기준은 때와 곳에 따라 새롭게 해석되어야지 전혀 다른 선진국적 상황에서의 진보주의를 그대로 따르는 일은 그 보수주의를 추종하는 일 못지않게 불행한 결과가 될 수 있다. 더욱이나 예술작품의 경우 훌륭한 작품일수록 보수나 진보의 딱지를 붙이기가 힘들게 마련이며, 그런데도 작품의 '진보성'에 너무 집착하다보면 작품의 참뜻을 읽어내기보다 그 소재나 작가 개인의 정견에 치중한 분류작업을 서양문학 읽기의 '방법'으로 삼는 사태가 곧잘 벌어지게 된다.

오늘의 우리 사회에서도 이런저런 미흡한 대응태세가 결코 충분히 극복되었다고 말할 수 없다. 서양 것을 무조건 배격하자는 주장이 문자 그대로 제시되는 일은 드물지만, 전통유산 평가에서의 국수주의적 편향이라든가 외국 중에서 유독 '제3세계'를 신비화하는 일종의 제3세계주의, 또는 북한문학에 대한 무비판적 숭상 등 여러가지 형태로 적잖은 힘을 지니고 있다. 그런가 하면 진보주의적 '방법'의 폐해 또한 곳곳에서 발견된다. 진보적 노선을 강조하는 독자와 비평가들이 다 그렇다는 것은 물론 아니지만, 작품해석에서의 소재주의적 편향이라든가 민족문화·동양전통에 대한 경시와 사회주의권 문예이론 및 작품들에 대한 과도한 평가 등은 우리에게 낯익은 현상들이다. 바로 이러한 여러 문제점들이 아직도 남았기 때문에 신비평적인 치밀한 형식분석만 들이대도 민중적·민족적 대응이라는 것이 초라해지는 수가 많으려니와, 신비평 등이 문학주의적이고 반민주적이며 서양중심적이라고 아낌없이 '자아비판'을 해낸 서양의 새로운 이론들 앞에서는 더욱 힘을 못 쓰기가 십상인 것이다.

그러므로 기존의 어떠한 방법에 얽매이지 않고 작품을 지혜롭게 읽는 일은 언제 어디서나 중요하지만, 신식민지적 상황에서 서양문학을 읽는 작업은 특별한 지혜를 요구한다고 하지 않을 수 없다. 가령 셰익스피어 작품의 경우 제국주의자들이 멋대로 설정한 그 '보편적 의미'를 거부하는 것은 올바른 대응의 출발에 불과하다. 셰익스피어의 어느 일면을 근거로 그가 반동적인 작가였다고 배척한다거나 다른 어느 일면을 확대하여 진보 이념의 대변자인 양 내세우는 것도 좀더 세련된 제국주의적 문화침략에 대한 방비책이 못 된다. 진보에 대한 일체의 안이한 사고를 뒤흔들어 놓기에 충분한 그 작품의 전체적 의미에서 제국주의에 대한 타격과 역사 진보에의 기여를 찾아야 할 것이며, 이러한 의미를 읽어내는 작업은 신비평이나 구조주의의 치밀한 분석을 견뎌낼 만큼 탄탄해야 할 것이다. 그뿐 아니라 아직도 셰익스피어를 들먹이는 것이 문학주의이자 식민지시대 서양숭배의 잔재이며 도대체 '작품의 전체적 의미'를 들먹이는 것부터가 형이상학적이고 체제순응적인 발상이라는 이론들 앞에서 스스로를 지켜낼 식견과 용기와 문학적 수련이 필요한 것이다.

끝으로 신식민지 시대의 중심부 문화를 특징짓는 포스트모더니즘에 관해 한마디 덧붙이기로 한다. 필자는 앞에 언급한 졸고 「모더니즘에 관하여」와 「모더니즘 논의에 덧붙여」에서 포스트모더니즘에 대해 단편적인 견해를 밝혔을 뿐 좀더 본격적인 논의는 숙제로 남겨둔 상태인데, 여기서도 그 숙제를 해내려는 것은 아니다. 다만 포스트모더니즘의 한 특징이 민족문화들의 독자성이나 차별성을 부정하는 '국적 없는' 문화라는 점이지만, 동시에 그것이야말로 가장 미국적인 문화이기도 하다는 점을 상기시키고자 한다. 이 점은 미국이 신식민지 시대의 전세계적 맹주일뿐더러 우리 경우에 직접 해당되는 제국주의 국가임에 비추어 특별한 관심사가 되겠기 때문이다.

제임슨이 '본격 모더니즘'이라고 분류한 20세기 초반의 모더니즘도 이미 세계주의적인 성격이 강했고 피압박 민족의 해방투쟁에는 대체로 냉담했다. (영국의 로런스D. H. Lawrence나 독일의 브레히트B. Brecht 같은 이들은 정치노선의 좌우를 달리하면서도 둘 다 자국의 민중적 전통과의 연관이나 제3세계와의 공감이라는 면에서 모더니즘의 대세를 거스르고 있었는데, 실제로 이들은 리얼리스트로 보는 것이 더 타당하다는 것이 필자의 생각이므로 20세기 초반 모더니즘의 성격을 논할 때 그들의 예외적 존재에 크게 구애받을 필요가 없다.) 그러나 이 시기 모더니즘 문화의 세계성이란 빠리, 런던, 뮌헨, 뉴욕 등 몇몇 대도시에 산재한 소수 예술가들의 엘리트문화였고 일반 사회에 대한 그 파급력은 미미하였다. 그런데 20세기 후반에 이르면, 첫째, 전세계의 도시화와 산업화가 크게 진전되어 제3세계의 농촌조차도 중심부 대도시의 영향권에 들게 되며, 둘째, 애당초 철저히 소외되었던 앞시대의 모더니즘 문화가 대학 강단 등의 중개작업을 거쳐 점차 지배문화의 일부로 정착되고, 셋째로, 포스트모더니즘을 표방하는 새로운 예술가들이 선배 세대의 엘리트주의와 불철저한 현대성을 비판하면서 좀더 대중적이고 전지구적인 문화를 만들어내는 일에 착수한다. 그 결과 문학에서도 조이스(J. Joyce)나 프루스뜨(M. Proust) 같은 대작을 산출하려는 시도를 처음부터 외면하고 공상과학소설 같은 '통속적' 장르가 새로운 활기를 띠기도 하려니와, 건축에서도 지난 세대의 프랭크 로이드 라이트(Frank Lloyd Wright)나 르꼬르뷔지에(Le Corbusier)의 거대한 조각품 같은 건축이 아니라 훨씬 기능적이고 도시의 주변환경에 자연스럽게 편입된 작품이 나오고 있다. 대체로 건축뿐 아니라 비디오·사진 등 시각예술이 이 시기에는 문학을 제치고 중심적인 위치에 오는데, 이 분야에서 이루어진 새로운 진전은 그것대로 평가해야 할 것이며, 앞세대 모더니스트들의 엘리트주의와 예술지상주의 등에 대한 비판도 하나의 진보라 보아야 옳겠다.

그러나 포스트모더니즘 문화의 대중성이 그 본고장에서도 대중의 주체적 참여를 얼마나 북돋워주고 그들의 인간해방에 얼마만큼의 이바지를 하는지 의문이지만, 신식민지적 상황에서는 제국주의의 문화침략에 맞서 민족의 주체성을 지키고 세계사 발전의 전위적 대열에 동참하려는 민중의 노력을 전보다 더욱 교묘하게 방해하는 반민중적인 외래문화라는 성격이 무엇보다 두드러질 수밖에 없다. 물론 여기서도 기존의 억압적 문화를 무너뜨리고 특히 구식민지 시대 외래문화의 반대중성을 앞질러 폭로하며 그밖에 우리 자신의 민중적 민족문화를 창조하는 데 활용 가능한 많은 기법과 통찰을 제공하는 해방적 기능이 없는 것은 아니다. 그러나 탈구조주의적 읽기의 경우에서 보았듯이 ― 그리고 매우 대조적인 또 하나의 예를 든다면 오늘날 마이클 잭슨(Michael Jackson)이나 마돈나(Madonna)의 노래가 엄청난 청중을 동원할뿐더러 율동·음향·전자조명 등이 종합된 높은 수준의 대중예술이기도 하지만 대중 각자가 부담 없이 따라 부르기에는 구시대의 유행가보다 훨씬 비대중적이고 대중의 능동적 참여를 억제한다는 의미에서 반대중적이듯이 ― 포스트모더니즘의 무국적성이라는 것도 진정한 국제적 연대와는 거리가 먼 것이다.

포스트모더니즘 문화의 본거지가 북아메리카라는 점은 미국이 신식민지 시대의 패권국임에 비추어 당연한 사실이다. 요는 제임슨도 지적하듯이[3] 이 전지구적인 문화가 동시에 매우 미국적인 문화라는 점을 좀더 깊이 새겨볼 일이다. 다른 나라들의 민족적·국민적 차별성을 말살하는 것이 세계자본주의에 의한 전지구적 지배를 주도하는 집단에 유리한 것은 쉽게 짐작되는 점이지만, 문제는 그러한 작업이 미국 자체로서는 어떤 점에서 오히려 자기 사회의 고유한 역사적 성향을 관철하는 과정이라는 점까

---

3 "Postmodernism, or the Cultural Logic of Late Capitalism," *New Left Review* 146 (1984년 7·8월호) 57면 참조.

지 천착할 필요가 있을 것이다. 말하자면 미국사회의 미국적 특성과 포스트모더니즘의 무국적성은 어느 면에서 천생연분인 셈이다.

'어느 면에서'라고 토를 단 것은, 나 자신 포스트모더니즘적 무국적성을 극복한 진정으로 미국적이고 세계적인 문화창조의 임무가 미국 민중에게 여전히 주어져 있으며 19세기 미국문학의 몇몇 고전에서 그 단초가 열린 바도 있다는 믿음을 버리고 싶지 않기 때문이다.[4] 그러나 어쨌든 미국사회는 처음부터 다민족국가로 출발해서만이 아니라 다른 사정들도 겹쳐 국적 없는 문화를 자기 것으로 삼기에 남달리 적합한 체질을 키워왔다. 우선 생각할 수 있는 것은, 적나라한 정복주의의 시대가 가고 영국의 자본주의 발달이 이미 진행되던 시기에 신대륙을 정복하고 원주민을 몰아내며 건국을 했던 까닭에, 영국이면 영국의 국가이익이나 민족적 전통을 내세우기보다 '신앙의 자유'라든가 '야만인의 퇴치' 등 국적을 초월한 명분을 내세웠던 사실이다. 또한 납치된 아프리카 원주민을 매입하여 신사회 건설에 필요한 노동력을 확보하는 과정에서도 백인들 간에 출신국적과 상당 정도까지는 계급조차 초월한 연대감이 성립하기도 했다. 게다가 역사도 짧고 문화적 유산도 한정된 상태에서 식민지 경영에 나섰을 때, 아메리카 제국주의는 영국 등 유럽 각국의 작품들을 그 국적에 구애됨이 없이 원용해야 했고 또 일본이 조선통치에 서양 것을 동원할 때보다 훨씬 자연스럽게 '탈국적화'를 수행할 수 있었다.

바로 이러한 여러 요인들이, 일찍부터 라틴아메리카에 대한 간접지배의 경험과 더불어, 미국으로 하여금 그 누구보다도 신식민지 시대의 맹주로서 적합한 체질을 갖도록 만들었다. 그 체질이 형성되고 발전되는 과

---

4 이에 관해서는 졸저 『민족문학의 현단계』에 실린 「미국의 꿈과 미국문학의 짐」 참조. 〈2022년 개정판에서는 이 글이 빠지고 그 수정본이 『서양의 개벽사상가 D. H. 로런스』, 창비 2020에 실림.〉

정에서 이 특이한 미국역사의 전개에 대한 깊은 고뇌의 산물로 호손(N. Hawthorne)이나 멜빌(H. Melville) 같은 작가의 걸작들이 나왔는데, 이들 작품이 리얼리즘과 모더니즘 그 어느 쪽에도 놓기 어려운 애매성을 띠게 된 것은 우연이 아니며, 20세기에 들어와서는 단순히 모더니즘적 애매성을 선취한 작품들로 정리되어버린 것 또한 우연이 아니다. 그러다가 포스트모더니즘의 시기에 오면 호손, 멜빌에게서 유별난 의미를 찾으려는 것 자체가 촌스러워짐은 앞에서 살펴본 바와 같다. 이제 미국문화 특유의 세계주의적인 성향은 — 미국과 다른 나라들을 동렬에 두는 진정한 국제주의가 아니라 미국 이외 나라들의 독자성은 미국적 보편성에 미달한 낙후성으로 간주하는 독특한 무국적 사상이라는 점에서 그것은 세계주의적 편향이요 허위의식인데 — 다국적 자본에 의한 세계지배라는 물적 토대를 확보함으로써 '포스트모더니즘' 시대의 국적 없는 대중문화로 드디어 한창때를 만나기에 이른 것이다.

그렇다면 신식민지 시대에 걸맞은 지혜로운 서양문학 읽기는 당장 우리 민족에게 부과된 자주화운동의 구체적인 일부일 뿐 아니라 미국적 대중문화의 전지구적 범람을 염려하는 수많은 민족과 민중들이 요구하는 과업이며, 나아가 미국인의 진정한 자기회복과 자기발견에도 직접적인 도움이 될 작업이다. 민중·민족문학운동의 일환으로 수행되는 서양문학에 대한 주체적인 독서와 연구에는 이토록 엄청난 사명이 안겨 있는 것이다. 그러나 사명감에 짓눌린 나머지 '즐거운 마음으로' 읽자는 애초의 주문에서 벗어나면 그것은 지혜로운 읽기가 못 된다. 어려운 일감을 즐겁게 해내는 것이야말로 지혜의 몫이요 어쩌면 지혜 그 자체일는지도 모른다.

—『리영희 선생 화갑기념문집』, 두레 1989

영미문학 연구와 이데올로기[*]

   '영미문학 연구와 이데올로기'는 제가 감당하기에 너무 거창한 주제인데도 불구하고 한번 해보기로 마음먹은 데에는 이유가 있습니다. 요즘 학생들 간에는 이데올로기 문제야말로 최대의 관심사라고 할 수 있습니다. 또 학생들만이 아니고 사회 일반에서도 이데올로기 문제에 대한 첨예한 관심을 갖고 있고 많은 논의가 진행되고 있습니다. 그런데 이런 실정에 비추어 우리 기성 영문학계 혹은 영문학을 강의하는 교수 대다수 사이에

* 이 심포지엄은 1989년 10월 21일 충북대학교에서 열린 '한국영어영문학회 가을총회' 때 진행된 것으로, 사회는 서숙 교수(이화여대)가 맡았고 토론은 도정일 교수(경희대), 정정호 교수(중앙대), 이종숙 교수(서울대)가 맡았다. 지면사정상 토론자들의 질의와 일반질의자의 질의가 생략된 점 양해를 구한다. 토론을 녹음테이프로부터 초교지로 옮기는 과정에서 김현숙양(서울대 대학원·영문학)이 수고해주었다. 〔『외국문학』 편집자 주〕

   〔내용에서 보듯이 원래 제목이 '영미문학 연구와 이데올로기'였는데 잡지사측에서 '영미문학과 이데올로기'로 고쳤던 것을 바로잡는다. 본문은 『외국문학』지의 처리를 그대로 따랐는데, 생략된 다른 참여자들의 발언 및 청중 질문에 대한 답변은 그후 『영어영문학』 제36권 1호(1990)에 전문 수록되어 관심 있는 독자들이 참조할 수 있게 되었다 ── 저자.〕

는 이런 이념문제에 대한 관심이 극히 희박하다고 할 수 있습니다. 어떤 의미에서는 그 무관심한 정도가 좀 심각한 것이 아닌가 하는 생각도 듭니다. 이것에 대한 반성을 겸해서 영미문학 연구와 이데올로기 문제를 한번 살펴볼까 했던 것입니다. 원래 학회측에서 제안한 제목은 '영미문학과 이데올로기'였는데, 조금이라도 범위를 축소해볼까 해서 '연구'란 말을 더 넣었습니다. 제목의 '이데올로기'라는 말은 우리말로 '이념'이라고 옮기기도 합니다. '영미문학 연구와 이념문제'라고 하는 것이 더 부드러운 느낌도 없지 않지만, 오늘 저는 이데올로기라는 것이 어디까지나 우리가 비판하고 극복하는 노력의 대상이어야 한다는 뜻에서, 그리고 영미문학 연구에서도 그러한 노력이 수행되어야 한다는 것을 강조하는 뜻에서, 그냥 이념이라고 하기보다는 다소 부정적인 어감이 따르는 이데올로기라는 낱말을 그대로 제목에 남겨놓기로 했습니다. 오늘 제가 얘기하려는 것을 크게 나누면, 전통적 문학연구 자세에서의 탈이데올로기 주장, 즉 문학연구는 이데올로기와 무관하다든가 또는 기존의 이데올로기를 문학연구를 통해서 쉽게 극복하고 있는 것처럼 주장하는 그런 자세에 대해 먼저 말씀을 드리고, 다음에 그런 전통적 자세에 대해서 비판적 입장을 취하는 두가지 큰 흐름, 즉 구조주의와 탈구조주의로 대표되는 이데올로기 비판과 또 하나의 흐름으로 맑스주의 비평을 살펴보고, 마지막으로 결론을 대신하여 제 나름의 입장을 골자만 말씀드리도록 하겠습니다.

먼저 전통적 문학연구 자세 가운데서 우선 쉽게 생각할 수 있는 것은 실증적인 문헌연구입니다. 본문비평이라든가 여러가지 자료조사를 중심으로 한 문학연구인데, 사실 우리나라 영문학계에서는 이 방면에 그다지 많은 업적이 이루어지고 있다고 보기 힘듭니다. 가령 '본문비평' 또는 '원전고증비평'을 하려고 해도 국내에 영문학의 옛날 원고들이 소장되어 있는 것도 아니고, 여러가지 현실적인 제약으로 실증적인 문헌연구가 왕성할 수가 없습니다. 그러나 대학에서의 문학연구 일반으로 볼 때는 그런 흐름이 분명히 있고, 외국문학이 아닌 국문학계에서는 이것이 큰 비중을 차지하고 있다고 봅니다. 그런데 이런 실증적 문헌연구에서는 '탈이데올로기'라기보다는 차라리 '이데올로기 이전'의 단계라고 말하는 게 적절하겠습니다. 관계자료들을 확정하는 데는 어디까지나 엄밀한 실증 기준만이 중요하지 이념문제가 개입하면 개입할수록 혼란만 초래한다는 생각이 일반적이지요. 아예 이념문제하고는 담을 쌓고 있고 이념문제가 개입하는 것은 학문적인 진실성을 훼손하는 것으로 설정되어 있는 것입니다. 물론 실증적 연구를 하는 데에 쓸데없이 이념을 끌어들이는 것이 혼란을 자초하는 일인 것은 분명합니다. 그러나 이런 문헌연구를 하는 태도에 그 나름의 이념이나 이데올로기가 없는 것은 아니라고 봅니다. 문헌연구를 하는 개개인의 사상이나 신념이 어떻다는 것을 떠나서, 이런 연구가 문학연구에 필요한 기초적인 자료조사만이 아니고 문학연구의 핵심적인 부분이라고 주장한다거나, 단순히 실증연구를 위한 편의상 이념문제를 잠시 제쳐놓는 것이 아니고 아예 그런 문제와 담을 쌓는 것을 정당한 문학 연구자의 태도라고 주장하는 데에 이르면, 그것은 그 나름의 이데올로기라고 볼 수밖에 없습니다. 쉽게 말해 그것은 '실증주의'라는 하나의 이데올로기가 되고, 우리가 상식적으로 알듯이 '실증주의'는 영미문화권에서 특히 강한 전통이며, 시민계급의 대표적인 이데올로기라고 할 수 있습니다. 실증주의 이데올로기는 한편으로 과학의 발달에 기여하는 면도 있겠지만, 크게 볼 때 기존 사회의 정치·경제·문화 체제에 대한 이념적 도전을 포기하는 자세라고 할 수 있겠습니다.

전통적 문헌연구는 문학작품 자체에 대한 연구나 평가가 아니고 그 주변 사실에 대한 연구다라는 점을 지적하면서 20세기 초반에 영미문학에서 주로 '뉴크리티시즘'(신비평)이라는 이름으로 새로운 문학연구 방법이 나타납니다. 이것은 문학작품 그 자체를 정확하게 읽고 정당하게 객관적으로 평가하자는 태도라고 하겠습니다. 여기서도 이데올로기의 개입을 배격하고 있습니다만, 그냥 의식하지 않고 있다기보다는 좀더 적극적으로 이데올로기를 비판하고 탈이데올로기를 지향하는 태도가 아닌가 싶습니다. 긴 설명은 생략하고 간단히 제 의견을 말하고 넘어가겠습니다. 뉴크리티시즘의 주장에서, 문학에 관한 여러가지 사실만을 연구할 것이 아니라 문학작품 자체에 주목해야 된다거나 그것을 어떤 특정 이념에 입각해 왜곡해서 읽어서는 안 된다는 데에는 전적으로 공감합니다. 하지만 그것은 또 그것 나름대로 또 하나의 이데올로기를 형성하지 않았는가 하는 혐의가 있다는 것이 제 생각입니다. 뉴크리티시즘의 태도는 거슬러 올라가면 매슈 아널드(Matthew Arnold) 같은 사람이 작품에 대해서 그 작품 자체로서 평가해야지 '역사적인 평가'나 '개인적인 평가'는 바람직하지 않다고 한 주장이라든가, 비평의 정신은 어디까지나 이해관계를 초월한 것이라 하여 초연함(disinterestedness)을 표방한 것과 통합니다만, 아널드 자신은 뉴크리티시즘보다 이데올로기 문제에 대해 훨씬 솔직한 면이 있었다고 봅니다. 아널드는 처음부터 문학작품을 그 자체로 읽는 것이 바로 인생을 논하는 것이라고 보았고 문학은 '인생의 비평'이라는 말도 했습니다. 문학과 인생 간의 문제를 처음부터 공공연하게 인정하고 나온 것입니다. 실생활의 편협한 이해관계에서 초연함을 주장한 이유도, 그러한 비평의 정신 내지 문화의 정신을 보급함으로써 당시 새로 진출하고 있던 노동자계급을 비롯한 대중들을 교화하는 역할을 문학에 맡기고자 했던 것입니다. 문학연구의 이데올로기적 기능, 더 노골적으로 말해 그것이 갖는 계급적 목표에 대해서 아널드는 매우 솔직하게 시인하고 나왔던 것입니다.

그런데 뉴크리티시즘에 오면 기본적으로 아널드의 그런 태도를 이어받으면서 훨씬 덜 솔직해진 것이 아닌가 싶어요. 이렇게 스스로에 대해 덜 솔직한 것이 이데올로기의 한 특징이라고 볼 수 있는데, 바로 그런 부정적인 의미에서의 이데올로기적 성격이 강화되지 않았는가 하는 생각입니다. 그래서, 작품 자체에 대한 뉴크리티시즘의 강조가 타당하고 시의적절한 면도 있었지만, 작품이 무슨 신비한 실체로서 따로 있는 것처럼 설정하기도 하고, 그것이 작품을 우리가 제대로 정확하게 읽다보면 인생의 복잡함을 깨닫게 되어 이데올로기의 함정에서 벗어난다는 주장으로 이어지기도 하는데, 물론 저 자신도 우리가 문학을 제대로 읽고 제대로 연구할 때 이데올로기의 함정에서 얼마간 벗어날 수 있는 그런 이득이 있다고 믿고는 있습니다. 그러나 뉴크리티시즘에서 흔히 들먹이는 '전체주의적 이데올로기 대 탈이데올로기적 다원주의'라는 설정은 그 자체가 심히 이데올로기적인 설정입니다. 이때 전체주의란 개념의 전개에는 몇가지 비약이 개입합니다. 우선 그것은 원래 히틀러의 나치즘과 스딸린의 공산주의를 일치시키는 데서부터 시작합니다. 둘 다 '전체주의'의 이름에 값하는 면이 있는 것은 분명합니다만, 양자 간에 엄연히 존재하는 역사적·사회구조적 차이를 무시하는 결과가 되는 것입니다. 이렇게 둘 모두 전체주의라고 시작한 다음, 스딸린주의를 모든 공산주의, 모든 사회주의에 일치시키는 데로 나아갑니다. 사회주의가 곧 전체주의라는 등식으로 비약을 하고, 그러다보면 정작 자기네 유럽문명의 한복판에서 나치즘이 나왔고 자본주의가 고도로 발달하는 가운데서 나왔다는 사실은 어느새 잊혀져버리고, 사회주의는 곧 전체주의이고 거기에 반대하는 것이 다원성을 옹호하고 인간성을 옹호하는 것이라는 반공이데올로기로 낙착되는 것입니다. 그 과정의 논리적 비약을 보나 그것이 발휘하는 사회적 용도를 보나 이런 것이야말로 이데올로기라 아니할 수 없습니다. 이와 관련된 또 하나의 낯익은 표현은 '이데올로기의 종말'이라는 것입니다. 즉 어떤 종류의 이데올로기든 이념을 들고나오는 것은 전체주의로 흐를 위험이 있는 것이고, 아직도 이념이 무슨 긍정적인 기능을 발휘한다고 주장하는 것은 이전 시대의 낡은 유산이다, 이제는 사회가 너무 변하고 역사가 발전하여 이데올로기는 통용되지 않는 사회가 됐다는 식의 주장입니다. 그러나 제가 볼 때 이것은 다원주의 대 전체주의라는 공식과 내용상 동일한 이데올로기입니다. 이런 의미에서 문학연구를 통해 탈이데올로기적 다원주의에 도달한다는 뉴크리티시즘은 한편으로 문학연구에 커다란 진전을 가져왔고 작품 자체를 정확하게 읽고 진지하게 분석하라는 소중한 교훈을 주었으면서도, 그 자체로서는 또 하나의 이데올로기를 형성했다고 생각됩니다.

요즘은 한국에도 신비평 이후의 여러가지 조류가 들어와 있습니다만 제가 강단생활을 시작하던 시기만 해도 뉴크리티시즘이 우리 영문학계의 지배적인 흐름이었고 지금도 은연중에 막강한 영향력을 행사하고 있다고 생각됩니다. 그런데 한국의 현실에서는 미국이나 영국의 학계에서 그것이 갖는 문제점에 가중돼서 새로운 여러가지 부정적 요인들이 작용하게 됩니다. 가령 다원주의 대 전체주의라는 공식이 반공이데올로기가 되기 십상이라고 했는데, 한국에서는 분단 상황으로 인해 단순히 반공이념이라기보다 반공콤플렉스라고 일컬음직한 극단적 냉전사상이 팽배해 있는 상황에 그대로 접목이 됩니다. 또 우리가 식민지통치를 경험하고 해방 후에도 이런저런 형태의 독재정치 밑에 살면서 학자들의 몸에 밴 순응주의적 자세와 합쳐져서 더욱 무반성적인 상태로 재생되고 있다고 하겠습니다. 바로 그렇기 때문에 오늘날 학생들이나 일반 사회에서 이념적 관심이 그토록 고조되고 있는데도 기성 학계에서는 그에 대한 충분한 관심도 표명하지 못하고 적절한 대응책도 내놓지 못하고 있다고 생각합니다.

대개 뉴크리티시즘까지를 전통적인 문학연구라고 치고, 다음에는 뉴크리티시즘 이후에 관해 잠깐 살펴보겠습니다. 20세기 전반에도 물론 뉴크리티시즘 이외의 많은 갈래들이 있었습니다만 최근에 오면 문학이론·비평이론들의 전개가 더욱 복잡다단해집니다. 그러나 여기서는 크게 구조주의·탈구조주의와 맑스주의 둘에 국한시킬까 합니다. 아무래도 이 둘이 제일 굵직한 흐름이 아닌가 싶고, 또 이데올로기 문제에 대해 각기 나름의 확고한 비판의식을 보여준 흐름들이라고 생각되기 때문입니다. 먼저 구조주의와 탈구조주의에 대해 살펴보겠습니다.

뉴크리티시즘에서도 작품의 언어에 대해서 특별한 관심을 갖지만, 이 '언어'의 문제가 구조주의나 탈구조주의에 와서 매우 강조되는 것은 다 아는 사실입니다. 그런데 신비평과 구조주의가 다 같이 언어문제에 관심이 크면서도 실제로 그 언어관은 근본적으로 다른 바가 있습니다. 물론 구조주의와 탈구조주의 사이에도 큰 차이가 있습니다만, 기본적으로 출발점이 언어학자 쏘쒸르(F. de Saussure)가 제기한 언어의 모형이라는 점에서 공통된다고 생각됩니다. 뉴크리티시즘에서 언어에 대해 갖는 관심은 구조주의자들이 볼 때는 작품에 씌어진 언어를 신비화하는 결과가 됩니다. 가령 한 낱말이 있을 때 그 낱말과 그것이 가리키는 대상 사이에 자연스러운 어떤 본연의 관계가 있는 것처럼 생각하고 그렇기 때문에 예술의 언어 자체를 정독하는 것이 곧 현실을 정확하고 원숙하게 이해하는 것처럼 생각하는 것은 언어라는 기호의 성격을 잘못 설정하고 있다는 것입니다. 구조주의가 출발점으로 삼는 쏘쒸르에게 있어서 언어는, 언어라는 하나의 기호와 그 지시대상으로서의 '현실' 간의 관계는 일단 모르는 것으로 — 과학적인 언어연구에 전혀 도움이 안 되는 것으로 — 제쳐놓고 언어라는 기호 내부의 두 구성요소, 즉 낱말의 소리나 글자의 모양 같은 시니피앙(signifiant)과 그것이 가리키는 개념인 시니피에(signifié)가 결합된 것으로 봅니다. 이때 그 둘 사이의 관계는 필연성이 없고 자의적이라는 것이 쏘쒸르의 유명한 명제입니다. 소위 언어의 의미라는 것은 각각의 낱말하고 낱말이 가리키는 대상 사이의 자연스럽고 필연적인 관계가 있어서가 아니라, 하나의 언어라는 기호체계를 구성하는 전체 속에서 음운이면 음운, 낱말이면 낱말이라는 기호들끼리 갖는 내부적인 상호관계 또는 상호간의 차이에 의해 결정된다는 것입니다. 그렇기 때문에 어떤 낱말이 갖는 의미는 자연스럽다거나 그런 점에서 신비스럽다기보다는 하나의 사회적 관습에 따라 규정된 것이고 그런 점에서 사회적인 것이라고 볼 수가 있습니다. 구조주의가 이렇게 전혀 다른 언어관으로부터 출발하기 때문에 신비평가들은 그들 스스로는 탈이데올로기를 선언하고 있지만 그들이야말로 문학작품의 언어를 신비화하고 있고 자신들의 언어에 대해 반성적인 사고를 못 하고 있다는 비판이 가능하게 됩니다. 즉 신비평 자체가 이데올로기라는 것이지요. 좀더 구체적으로 말해, 신비평가들이 스스로 이데올로기에서 벗어났다고 주장할 때 그들이 빠져 있는 이데올로기는 부르주아계급의 자유주의라든가 자유주의적 휴머니즘이라는 기성의 이데올로기라는 것입니다. 그런 점에서, 매슈 아널드는 그 자신이 하는 작업의 이데올로기적 성격에 대해서 적어도 솔직하기나 했는데 신비평에 오면 그런 솔직성이 줄어들고 이데올로기적 성격이 강화되었다는 앞서의 제 지적과 구조주의자들의 비판은 일맥상통한다고 하겠습니다.

이렇게 신비평뿐 아니라 탈이데올로기를 표방한 기존의 여러 비평에 대해 구조주의는 예리한 비판을 합니다. 하지만 구조주의는 또 그것대로 알게 모르게, 그들이 설정한 언어구조 내지 언어체계를 또 하나의 신비스런 대상으로 전제하고 있는 것이 아닌가 하는 의문을 품어봄직합니다. 그래서 구조주의자들과 처음부터 입장을 달리하는 사람들이 그 점을 지적해서 비판하는 것은 물론이고, 심지어는 구조주의와 출발을 같이했던 사람들 가운데서 구조주의의 그러한 문제점에 대한 비판이 나오는 것으로 압니다. 그것이 바로 탈구조주의라는 이름으로 나타나게 되는데, 영어에서 *post-structuralism*이라고 할 때는 물론 시기적으로 '구조주의 이후'라는 뜻입니다만, 우리말로 그것을 '후기 구조주의'라고 번역하는 것은 적합지 않다는 생각입니다. 구조주의 내부에 전기·중기·후기가 있는데 그중 후기에 해당하는 것이라고 오해될 소지도 있기 때문입니다. *post-structuralism*을 지지하는 사람들이 그 명칭을 쓸 때는 단순히 시간적으로 뒤에 왔다는 것뿐 아니라 *structuralism*에 대해서 자기들 나름대로 유효한 비판을 가함으로써 그 한계에서 벗어났다는 입장일 테니까, 그런 의미에서는 '탈'구조주의라는 명칭이 더 적합하겠습니다. 탈구조주의는, 그 이전의 구조주의에서 어떤 중심을 가진 '구조'라는 것을 신비화시켰는데 그것이 어떤 경로로 구성되어서 그런 안정된 구조인 것처럼 인식되고 있는가를 밝혀내면서 그것이 어디까지나 인위적인 구성물이라는 것을 보여주고자 합니다. 그래서 구조주의뿐 아니라 이전의 신비평 또는 그와 전혀 다른 흐름에 속하는 맑스주의 비평 등 모든 기존의 정신적·문학적 작업에 대해 철저하고 전면적인 탈구조적 해체작업을 수행합니다. 이 점에서 구조주의와 신비평 모두가 이데올로기적 성격을 띠고 있음을 주장하는 저 같은 사람도 많은 공감을 느끼는 바입니다. 다른 한편, 누가 무슨 말을 하든 그것이 이데올로기적 구성물이라는 것을 밝혀주고 '중심'이 따로 없음을 강조하며 글쓰기와 읽기가 모두 일종의 '유희'로서 여하한 이데올로기적 주장과도 양립할 수 없음을 되뇌는 것이 또다른 환원주의가 되는 것이 아닌가, 이런 식의 전면적인 이데올로기 비판이란 것이 이전에 뉴크리티시즘 시대부터 '이데올로기의 종말' 운운하던 것과 결국 똑같은 것이 아닌가 하는 의심이 듭니다. 바로 『이데올로기의 종말』(*The End of Ideology*)이라는 책을 1950년대에 냈던 대니얼 벨(Daniel Bell)이라는 사람이 요즘에는 탈근대주의(postmodernism)를 주장하고 탈산업사회(post-industrial society) 운운하며 종전의 산업사회를 근거로 한 일체의 사회이론이 낡아 버린 듯이 주장하는 것이 결코 우연이 아니라는 생각입니다. 그래서 탈구 조주의에 의한 전면적인 이데올로기 비판이란 것도, 결국 무슨 이념이든 지 이념을 내세우면 그것은 다원주의를 거부하고 전체주의로 흐르는 것 이다, 이데올로기가 끝장나고 이념이 낡아버리고 불필요해진 시대에 이 념을 들고나오는 시대착오적인 행태다라고 비판했던 신비평 시대의 입장 과 크게 달라진 것이 없지 않느냐는 것입니다.

맑스주의 비평의 경우는 구조주의나 탈구조주의, 또는 신비평이나 실 증주의와 조금 다른 차원이 있는 것 같습니다. 아시다시피 맑스주의는 처 음부터 이데올로기 비판을, 특히 부르주아 이데올로기 비판을 목적으로 하고 나온 이념인데, 그 경우 맑스주의는 모든 이념을 전면적으로 부정하 는 것이 아니고 기존의 이념들에 대한 비판을 하면서 사회주의라는 새로 운 이념을 제창합니다. 그리고 이때 '과학적 사회주의'라는 말을 쓰는 것 은, 자신의 입장도 이념은 이념이지만 단순히 부정적인 의미에서 이데올 로기라고 할 수 있는 기존의 이념들과는 차원이 다른 무엇이 있다, 즉 그 것은 과학성을 지닌 이념이다라고 주장하는 것입니다. 따라서 기존의 여 러 이데올로기에 대해 구체적 비판을 하지만 동시에 삼라만상이 다 이념 이니까 그중 어느 것이 옳다고 주장하는 것 자체가 허위의식일 뿐이다라 고 주장하는 그런 이데올로기적 작태(한마디로 '상대주의'라 할 수 있겠 지요) 즉 이런 상대주의 이데올로기를 원칙적으로 부정하는 이점이 있다 고 생각합니다. 그러나 다른 한편 여기서 발생하는 문제는, 정말 과학적인 이념이 어떻게 가능하며 그것의 과학성을 보장해주는 것은 무엇인가라는 것입니다. 말하자면 남이 하는 이야기는 전부 이데올로기이고 자기가 하 는 이야기는 과학이라는 주장인 셈인데, 그것이 실제로 그렇다면 다행이 지만 만약에 그것이 진실이 아니라면 이야말로 지독한 독단주의가 되는 것이고, 과학을 표방하는 독단이기 때문에 특히 무서운 독단주의가 될 것입니다. 맑스주의에서 여러 사람들이 이 문제를 갖고 씨름해왔는데 어느 정도 만족스런 결론이 나왔는지 저는 깊이 알지 못합니다만, 어쨌든 맑스주의에는 처음부터 그런 문제의식이 있기 때문에 무언가 다른 차원의 성찰을 가능케 하는 측면이 분명히 있기는 있다고 생각합니다. 그러면 이러한 문제의식에서 대강 어떤 해답이 나왔는가 하는 것을 제가 아는 범위 내에서 몇가지만 말씀드리겠습니다.

우리에게 익숙하고 또 매우 분명한 하나의 대답은, 자신의 어떠어떠한 맑스주의 공식에 입각해서 거기에 맞는 것은 과학이고 나머지는 전부 허위의식이라고 단정하는 입장인데, 이것은 명쾌한 맛은 있을지 모르지만 맑스주의 내부에서도 속류 맑스주의(Vulgar Marxism)라 해서 비판의 대상이 되고 있는 것입니다. '토대와 상부구조'라는 공식을 도식적으로 적용해서 부르주아적 토대에서 나온 것은 부르주아적 이데올로기이고 거기에 대한 맑스주의자의 비판만이 과학이며, 토대가 변경되어 사회주의적 생산양식이 채택되면 거기서 나오는 작품은 사회주의적·과학적 작품이라는 이런 입장은, 방금 말씀드린 대로 너무나 맑스의 사상을 속화한 것이고 진실과 먼 것이라는 비판을 맑스주의 진영 내부에서조차 받고 있습니다. 그리고 이런 속류를 극복하려는 노력이 맑스주의자 자신들에 의해 여러모로 진행되고 있는 것으로 압니다. 이에 대한 더 자세한 이야기는 이 방면을 저보다 깊이 공부하신 분들에게 맡기기로 하고, 저는 여기서 두 사람의 예만을 잠깐 들기로 하겠습니다. 하나는 헝가리의 철학자요 문학비평가인 루카치인데, 널리 알려진 대로 그는 속류 맑스주의에 대한 많은 비판을 했고, 작품이 현실을 반영하는 것이지만 그것은 예술작품 특유의 예술적 반영이라고 하면서 예술작품의 고유성을 존중하려고 합니다. 이것은 고전적 미학에 더 가깝다고 할 수도 있고 그렇기 때문에 루카치가 헤겔 같은 사람의 수준에서 벗어나지 못했다는 비판을 도리어 받기도 합니다. 루카치는 다른 사람들의 이데올로기에 대해 맑시즘이 수행하는 비판에 동조하면서도, 기존의 이데올로기적 산물이라 해서 부르주아 시대 작품을 전면적으로 거부하지 않습니다. 거기에는 그 나름으로 예술 특유의 반영을 통해 담긴 진실이 있으니까 그것을 계승해야 한다는 점을 강조하면서 다른 한편으로 사회주의 사회가 산출한 작품이 무조건 높은 수준의 사회주의 예술이 될 수 있다는 듯이 말하는 일부 사회주의 사실주의자들에 대해서도 비판적입니다. 또한 당파성을 떠난 객관성이 없음을 주장하면서도 맑스주의가 대표하는 진정한 당파성은 최고의 객관성을 통해 구현됨을 강조하기도 합니다. 그러나 이것이 과연 이데올로기와 과학성의 관계에 대한 충분한 해명이 되었는지는 저로서도 의문을 갖고 있고 맑스주의자 가운데 알뛰세르(L. Althusser) 같은 사람은 루카치가 헤겔미학의 수준에서 벗어나지 못했다거나 기본적으로 부르주아계급의 이념인 휴머니즘의 이데올로기에 아직도 젖어 있다는 비판을 하는 것으로 압니다.

알뛰세르의 경우는 어떤 면에선 모든 것을 이데올로기로 치부하는 듯이 보이기도 하는데 사실은 두가지 중요한 예외를 두고 있습니다. 하나는 그가 말하는 '과학'이라는 것인데, 이것은 자연과학 고유의 분야를 벗어날 경우 맑스의 학문적 발견을 통해서만 가능해진 것이라고 봅니다. 그러니까 단순한 사실인식의 정확성과는 다른 개념이지요. 그는 이 '과학'을 제외한 모든 것은 이데올로기라고 하는 만큼, 이데올로기를 부정적으로만 보지는 않고 인간 생활에 필수적인 그 긍정적 기능도 인정합니다. 동시에 이것저것 다 이데올로기라고 하면서 거기에 또 한가지 예외, 완전한 예외는 아니지만 부분적인 예외로 설정하는 것이 '예술'입니다. 예술도 이데올로기의 일종이지만 작품 속에는 그것이 이데올로기임을 알려주는 요소가 내재하기 마련이기 때문에 예술은 이데올로기적 산물이면서도 이데올로기의 극복을 유도해주는 힘을 담고 있다는 것입니다. 이런 점에서 기존의 이데올로기에 대해 비판하면서 동시에 과학성에 대한 배려도 하고 또 예술작품의 독특성에 대한 배려도 있다고 보는데, 알뛰세르에 대해 공부한 것이 적어 확실한 평가는 여기서 못 내리겠습니다. 예컨대 과학에 대한 그의 설정에는 어떻게 보면 속류 맑스주의에서 자신만의 과학성을 내세우는 것과 상당히 비슷한 면이 있지 않은가 합니다. 저 자신은 몇가지 글을 통해서도 이미 밝혔습니다만, 알뛰세르가 예술 특유의 이데올로기 비판적 성격이라고 말한 것이 바로 정말 훌륭한 예술인 경우에 '진리'의 경지에까지 도달하는 예술의 힘이라는 생각이고 과학은 오히려 이런 진리구현의 과정에서 추상되어 나온 것이 아닌가, 그래서 과학적 지식 자체는 예술의 진리성보다 한 차원 낮은 것이 아닌가 생각하고 싶습니다. 어쨌든 루카치, 알뛰세르 등 여러 사람이 속류 맑스주의를 비판하려는 노력을 각기 다른 관점에서 전개해왔는데, 저 개인으로서는 아직 전폭적으로 동감하는 맑스주의자의 미학이론을 못 만나봤습니다. 물론 과문한 탓일 수도 있겠지요. 어쨌든 진지한 문제제기가 이루어지고 있는 것은 분명합니다.

영국에서는 더구나 맑스주의 문학비평의 전통이 미약한 편인데 우리에게 비교적 알려진 경우로 레이먼드 윌리엄즈(Raymond Williams)와 테리 이글턴(Terry Eagleton)이 있습니다. 그들은 원래의 전통적 연구와 F. R. 리비스(Leavis) 등이 시도한 좀더 혁신적인 영문학 연구를 동시에 비판했습니다. 리비스도 크게 보아 전통적인 문학연구에 넣고 있지만, 리비스와 그가 주도한 계간지 *Scrutiny* 주변의 독자적 성격과 리비스의 탁월성에 대해서는 오히려 이들 맑시스트들이 더 알아주는 편이지요. 어쨌든 기존의 온갖 영문학 연구가 지닌 이데올로기적 성격을 비판하면서 이제는 영문학

연구라기보다 유물론적인 '문화연구'(cultural studies)의 차원으로 발전시켜야 한다는 입장인 것 같습니다. 특히 후기의 윌리엄즈가 그랬고, 이글턴은 처음에는 알뛰세르의 영향 아래 '텍스트의 과학'이라는 것을 시도하다가 그것이 불가능하다면서 과학성에 대한 고집을 버리고 오히려 모든 비평은 정치적인 것이니까 좀더 솔직한 정치적 비평, 올바른 역사발전을 지향하는 정치적 비평을 하는 것이 비평가의 임무이고 문학 연구자의 임무라고 주장하게 됩니다. 여기서도 간략히 결론만 말씀드리자면, 제가 볼 때 구체적인 문학연구의 영역에서 윌리엄즈와 이글턴이 모두 리비스나 루카치의 수준에서 오히려 후퇴한 면이 많은 것 같고, 이론적인 차원에서도 맑시즘의 이데올로기 비판에 처음부터 들어 있던 기본적인 문제점, 다시 말해서 전면적인 이데올로기 비판이 필요한데 그러면서도 자기들이 수행하는 이데올로기 비판의 과학성을 어디서 찾을 것인가라는 문제를 제대로 해결하지 못했다고 생각됩니다. 그래서 이글턴의 정치적 비평이나 윌리엄즈의 문화연구 또는 문화적 유물론이란 것도 어떻게 보면 모든 것이 다 이데올로기다라는 입장에 오히려 비슷해진 느낌입니다.

마지막으로 결론을 대신해서 두가지만, 입증이 따르지 않은 명제의 형식으로 제시하겠습니다. 저 자신은 20세기의 영미문학에서 비평이나 영문학 연구에 있어 이제까지 리비스의 성취를 능가할 만한 것은 없다고 믿고 있습니다. 리비스의 업적은 물론 리비스 한 사람만의 것이 아니고 그의 부인 Q. D. 리비스를 위시해 주변 여러 사람들의 집단적 노력의 산물이기도 합니다만, 그중에서도 리비스 고유의 공헌과 탁월성이 있는 것은 분명합니다. 어쨌든 리비스로 대표되는 그 독보적인 성취가 맑스주의라든가 탈구조주의에서 제기된 문제의식과 좀더 올바르게, 좀더 원만하게 만남으로써만 영미문학 연구에서의 이데올로기 문제도 만족스럽게 해결되고, 문학 연구자가 자기가 하고 있는 문학연구의 이데올로기적 성격에 대한 자각을 더 깊이 하는 동시에 상대주의나 허무주의에 빠지지 않고 이데올로기의 일정한 극복에까지 도달할 수 있으리라고 생각합니다. 이것이 제가 아무런 설명 없이 내던지는 첫번째 명제입니다.

두번째는 서양의 학계에서 이제까지 진행된 성과를 볼 때, 물론 그중에 극히 일부만을 보고서 하는 이야기기긴 합니다만, 앞서와 같은 방향으로의 성과가 너무나 미흡하다는 것입니다. 다시 말해서 구조주의나 탈구조주의로 대표되는 새로운 흐름은 처음부터 분명한 한계를 안고 있고 맑스주의 비평 역시 아직까지 충분한 성과를 거두었다고 보기 어려우며, 특히 영국에서 리비스의 업적에 대해 맑스주의자가 아닌 연구자들에 비하면 오히려 높은 평가를 하고 진지한 비판을 시도하고 있지만, 리비스로부터 출발하여 한걸음 더 진전했다고 자처하는 윌리엄즈나 이글턴의 성과를 볼 때 너무나 미흡한 점이 많다는 것입니다. 리비스의 업적과 새로운 사상들의 원만한 만남이 이루어졌다고 보기가 힘든데, 우선 리비스에 대한 이해 자체가 제대로 이루어지지 않고 있는 것입니다. 이제까지의 이런 미흡한 성과를 고려할 때, 우리가 요구하는 흡족한 만남이란 것은 역시 그들에게만 맡겨서는 어렵겠다는 것이 저의 두번째 명제입니다. 따라서 이제까지 영문학 연구에서 소외되었던 새로운 흐름들이 가세함으로써만 이런 만남이 가능해지리라는 생각입니다. 그리고 그러한 소외되었던 흐름으로는, 여성해방운동 쪽에서의 공헌과 한국에서와 같은 제3세계의 민족해방·민중해방운동 내부에서 나오는 영문학 혹은 외국문학에 대한 주체적 인식이 맡아야 할 몫, 이 두가지를 들 수 있겠습니다. 그런데 리비스의 독보적 성취를 계승한다는 일차적 요구를 기준으로 본다면, 여성해방론 비평(feminist criticism)도 영미 본고장의 성과만으로는 아직 멀었다는 생각입니다. 제3세계의 여성해방론자들이 좀 거들어주어야 할 것 같습니다.

미진한 이야기는 질의응답과 토론 과정에서 다소나마 보충하기로 하고 이만 그치겠습니다. 감사합니다.

—『외국문학』 1989년 겨울호

제3부

80년대 소설의 분단극복의식

송기숙 소설집 『개는 왜 짖는가』를 중심으로

1

통일을 대놓고 반대하는 사람을 찾아보기 어려운데 아직껏 통일이 안 되는 것을 보면 남북통일이 어지간히 힘든 과업인 모양이다. 그러면서도 통일이란 낱말은 더욱더 귀에 익은 말이 되어가고 있다. 사실 70년대에는 이런 유행어로서의 '통일'보다 좀더 구체적인 내용을 담은 표현으로 '분단극복'이란 말이 나왔고 우리 시대를 '분단시대'로 인식하려는 노력이 국사학계를 필두로 여기저기서 전개되었다. 그러나 요즘은 '분단' 운운하는 것 자체가 또 하나의 유행이 된 느낌이다. 80년대의 문단에서도 흔히 '분단문학'이라 불리는 것이 전에 없던 인기 품목이 되어 있다.

이것이 과연 통일운동이 성숙되어가는 하나의 조짐인지 아니면 우리가 분단시대에 면역되어가는 방식의 하나인지 의혹스러울 때가 많다. 실은 '분단문학'이라는 용어부터가 애매한 것이다. 분단극복을 지향하며 이에 실질적으로 공헌하는 문학을 뜻할 수도 있고 분단시대를 수용하면서 스스로 분단체제에 알게 모르게 수렴되는 문학을 가리킬 수도 있다. 통일을 외쳐대는 것이 반드시 통일운동에 보탬이 되는 게 아니고 때로는 오히려 방해가 될 수도 있는 것처럼, 작가가 남북의 분단이나 민족의 분열, 상잔 등의 소재를 다루었다고 해서 반드시 분단극복에 이바지하는 것이 아니다. 차라리 그런 현실을 말끔히 잊고 있는 작품 못지않게, 또는 그 이상으로 분단체제의 효과적인 정착에 공헌할 수도 있는 것이다.

필자는 몇해 전 「민족문학의 새로운 고비를 맞아」(백낙청·염무웅 편『한국문학의 현단계 2』, 창작과비평사 1983;『민족문학의 현단계』)라는 글에서 비슷한 문제를 다룰 때에도 충분한 자료 섭렵을 바탕으로 확실한 결론을 내릴 처지가 못 되었지만 그뒤에 나온 작품들 역시 극히 일부밖에 읽어보지 못했다. 그러나 읽은 범위 안에서 판단컨대 이른바 분단문학 — 좀더 정확히 말해서 분단을 소재로 하는 문학 — 가운데 분단극복의식이 구체화된 사례는 떠들썩한 논의에 비해 한결 적다. 시에서는 그것이 아무래도 단편적인 성과인 대신 꼽을 만한 작품 수는 더 많은 셈이다. 그러나 소설로서 얼핏 떠오르는 것은 박완서의 장편『그해 겨울은 따뜻했네』(1983)와 「재이산」(再離散,『여성문학』 1집, 1984) 「어느 이야기꾼의 수렁」(『문예중앙』 1984년 여름호) 같은 단편들, 이호철(李浩哲)의 「남(南)에서 온 사람들」과 김향숙의 「부르는 소리」(둘 다 염무웅·최원식 편『지 알고 내 알고 하늘이 알건만』, 창작과비평사 1984에 수록), 이은식의 「땅거미」(『삶의 문학』 6집, 1984), 그밖에 송기원(宋基元), 현기영, 김성동(金聖東) 들의 몇몇 단편과 이 글에서 주로 다루고자 하는 송기숙(宋基淑)의 작업이 있는 정도다. 물론 이것이 읽어봄직한 작품의 전부라는 말은 아니다. 하지만 대부분의 분단소설이라는 것이 해묵은 상처를 괜스레 덧들여 동족 간의 적개심을 고취하는 공공연한 냉전문학까지는 아니더라도 6·25 때 또는 그 앞뒤로 자신의 일가족이 얼마나 고생을 했는가 하는 소박한 무용담이거나, 그때는 참 끔찍이도 고생을 했지만 이제는 그래도 살 만하게 되었노라는 분단체제와의 화해선언이거나, 고생을 좀 해보니까 사상이고 이념이고 다 쓸데없더라는 식의 허무주의 또는 '휴머니즘'을 내세운 실질적 냉전문학 따위의 차원을 못 넘어서고 있는 것이 사실이다.

그러므로 이제 '분단문학'에 관한 비평적 논의는 그 분단주의적 측면과 실제로 분단극복적인 측면을 가려내야 하겠다. 물론 이 두 측면 중 어느 하나만이 어떤 작품 속에 고스란히 들어 있을 리는 없고, 한 작가의 작품 세계 전체로 말한다면 더욱이나 그 양면이 뒤섞여 있기 십상이다. 그러나 이는 분단극복문학과 그에 미달하는 문학의 정연한 분류를 어렵게 할 뿐, 분단극복문학의 특성을 가려내는 작업 자체의 긴요함을 덜지는 않는다.

여기서 한가지 강조할 점은 한편의 소설이 어떤 분단문학인지를 가려내는 작업은 어디까지나 그것이 **문학작품**으로서 분단문제를 얼마나 제대로 다루었느냐 하는 문학비평적 논의라는 것이다. 물론 '작품 자체'가 곧 '심미적 대상'이다라는 등식은 심미주의자의 독자적 견해에 불과하므로, 문학비평적 논의라고 해서 분단현실의 객관적 실태나 문학 외적 통일 논의들을 외면할 필요는 없다. 단지 작품 속의 한두 대목이나 작가의 개인적 입장을 따로 떼어내어 작품 외적 사실과 뒤섞어서 판단하지 말자는 것이다. 그리고 이때 분단문학이 제대로 분단극복문학이 못 되는 것은 항상 작품 내의 어떤 문학적 실패를 뜻한다는 인식은, 통일운동에 몸담은 문학인들의 직업적 긍지와 자신감을 확보해주는 사실이기도 하다.

그런데 분단문제를 제기하면서도 분단극복에 역행하는 문학이 있듯이 국토의 양단이나 민족의 이념적 분열을 정면으로 안 다루고도 분단극복에 공헌하는 소설이 가능함은 물론이다. 분단이란 그것만 따로 말할 수 있는 일시적 화제가 아니라 올 들어 40년이 차도록 지속되는 역사이다. 우리가 흔히 '분단고착'을 경계하곤 하지만 이것도 어디까지나 지금보다 더 굳어져서 항구화할 위험을 경계하는 것이지, '고착'으로 말하자면 1945년에 비교적 허술하게 그어졌던 삼팔선은 48년의 단독정부 수립으로 어지간히 굳어졌고, 6·25전쟁을 거쳐 휴전선으로 바뀌면서 세계사에 유례가 드물 만큼 굳건한 분리선이 되었으며, 그뒤 4·19혁명이나 7·4공동성명 때 그리고 70년대 말 이래로 약간의 흔들림을 겪으면서도 아직껏 자위도 안 뜨고 있는 실정이다. 이런 상황에서 좋든 싫든 분단문학이 아닌 한국문학이 있을 수 없으며, 작품의 소재가 분단문제를 명시적으로 제기하느냐 않느냐는 것은 문학의 논리로 보나 역사의 논리로 보나 다분히 지엽적인 사실이라 하겠다.

그러나 이러한 원칙론이 그대로 통하는 것은 짧은 시나 희곡 또는 중·단편 소설에서가 아닐까 싶다. 즉 삶의 한 단면을 그려내는 것으로 족한 장르에서는 분단문제를 직접 거론 않고도 분단현실의 진면모를 함축할 수가 있고, 분단 이야기에만 초점을 맞추면서도 분단이 굳어질 대로 굳어져 이를 들먹이기조차 새삼스러워진 다수인의 일상생활을 짐작게 해줄 수도 있다. 하지만 당대 삶의 양상을 '총체적'으로 다루려는 장편소설(또는 장막극)의 경우는 좀 다르다. 분단과 일견 무관한 소재로 출발했더라도 그것이 분단의 역사와 현실에 대한 구체적인 인식을 표면화하는 데까지 가지 않는다면 그 작품의 작품으로서의 폭이나 깊이 또는 옹글기에 어떤 결함이 있다는 뜻일 터이며, 분단현실을 소재 삼은 장편이 '분단문학'이라는 특수 장르를 이룬다는 느낌을 줄 만큼 관심의 폭이 좁은 경우도 마찬가지일 것이다.

이처럼 분단문학에 관한 논의는 통일에 관한 논의이자 작품의 문학적 우열에 대한 논의임은 물론, 작품 외적 현실과 작품의 예술적 성과의 상관관계라든가 단편소설과 장편소설 각기의 장르적 특성 등의 이론적 문제와 직결되기도 한다. 이 글에서는 이러한 다각도의 관심을 바탕으로 송기숙의 최근 소설집 『개는 왜 짖는가』(한진출판사 1984)를 주로 살펴보고자한다. 특히 그중에서 80년대 분단문학의 중요한 성과로 꼽아야 할 「당제(堂祭)」와 「어머니의 깃발」은 둘 다 '중편소설'에 해당하는 길이로서, 단편과 장편의 속성을 비교 검토하는 데도 매우 흥미로운 작품들이다.

2

『개는 왜 짖는가』는 저자가 후기에서 말하듯이 "나름대로 분단문제에 기울였던 문학적 관심을 한번 정리해본다는 생각에서" 오래전에 발표했던 몇몇 작품까지 끼워 분단 주제의 작품 위주로 엮은 소설집이다. 그중 막상 표제작은 "분단 주제가 아니지만 현실문제를 다룬 최근작으로 다소 화제를 모았던 것이기도 하여 분량을 채울 겸 같이 묶기로" 한 것이고, 나머지를 연대순으로 꼽으면 「어떤 완충지대」(1968) 「백의민족·1968년」(1969) 「휴전선 소식」(1971) 「전설의 시대」와 「흰구름 저 멀리」(둘 다 1973) 「당제」(1983) 그리고 「어머니의 깃발」(1984), 이렇게 일곱편이다. 이 가운데 처음 세편이 실린 저자의 첫 단편집 『백의민족』(형설출판사 1972)이 절판된 지 오래고 보면 분단문제를 다룬 중·단편을 이처럼 한자리에 모은 일은 더욱 뜻깊다 하겠다.

60년대 말과 70년대 초에 씌어져 (필자가 아는 한) 큰 각광도 받지 못한 그 단편들을 읽으면, 분단문학이 유행이기는커녕 금기에 가까웠던 7·4성명 이전의 상황에서 이런 작품들이 씌어졌음에 놀라지 않을 수 없다. 물론 이는 저자의 능력과 선각적 인식에 힘입은 것이지만, 작가들은 작가들대로 몸을 사리고 평론가들은 또 정치적 금기에의 도전을 '소재주의'라느니 '도식주의'라느니 하며 곧잘 나무라던 시기에 소재주의적인 분단문학이 오히려 적었음을 상기시켜준다. 또한 80년대에 들어 송기숙이 써내는 통일지향의 문학이 하루이틀에 이룩된 것이 아님을 말해주기도 한다.

시기적으로 가장 앞선 「어떤 완충지대」의 상황설정에는 다소 공상적인 면도 없지 않다. 이남에 있는 남편을 포섭하여 월북할 임무를 띠고 내려왔던 여간첩이 군 방첩대에 체포됐다가 이번에는 이쪽의 밀령을 받고 다시 월북하려고 한다. 여러모로 남편을 닮은 강대위를 남편으로 위장하여 둘이서 역침투를 하려는 것이다. 무대는 두 사람이 밤중에 북의 호송선을 기다리는 어느 해안의 동굴 속이다. 이렇듯 간첩영화 방불한 설정에다 이야기의 진행도 예의 '손에 땀을 쥐는' 긴장감을 극대화하도록 만들어졌다. 그런데 이 모든 것이 통속적인 재미로 끝나지 않는 것은 마지막 순간에 여자가 호송선에 신호를 못 보내게 하고 '우리 둘만의 시간'을 가져보자고 했을 적에 획득되는 그 시간과 공간의 역사적·인간적 무게 때문이다.

"하루쯤 우리 둘이만의 시간을 가져본대서 크게 죄될 것은 없지 않습니까?"

여인의 침착한 목소리는 아무리 안달을 해도 움직이지 않을 것 같은 확고한 결의에 차 있었다.

'우리 둘이만의', 이제야 마음의 문을 열고 얼싸안아주는, 한아름의 뜨끈한 감동이 안겨오는 소리였다.

"염려할 것 없습니다. 이것은 이쪽의 시간도, 저쪽의 시간도 아닌 우리들 두 사람의 시간입니다. 이 때문에 혹 다른 일이 생긴다 하더라도 그 책임은 모두 저한테 있으니 염려할 것 없습니다."

이어서 여인이 토로하는 자신의 처지에 대한 인식은 강대위가 "뜨끈한 감동"으로 쉽사리 기대했던 것보다 훨씬 냉엄하다. 그녀로서 가능한 세가지 선택 어느 것이나 "제 생명만이라면 모르겠는데 모두가 다른 사람의 생명이 줄래줄래 매달려" 있어 분단의 비극을 실감케 해줄 뿐이다. "하여간 지금 제 솔직한 심경은 어느 쪽에도 협조하고 싶지 않습니다. 아니, 모든 것을 거부하고 그것을 소리 높이 어디다 외치고라도 싶습니다." 이런 상황에서 단 하나 남은 길, 그녀가 기독교 신자이기 때문에 더욱 괴로운 자살의 길을 여인은 선택하고 마는 것이다.

작품의 규모는 다르지만 주인공 나름의 중립주의나 자살로 끝맺는 그 결말에 있어 「어떤 완충지대」는 최인훈(崔仁勳)의 장편 『광장』을 연상시키기도 한다. 완벽하게 사실주의적이라기보다 다분히 우의적인 상황설정도 비슷하다. 그러나 일단 설정된 작중상황을 받아들였을 때 독자가 만나는 공간의 성격은 자못 다르다. 송기숙의 '어떤 완충지대'는 끝까지 한반도의 땅 위에 자리 잡고 남과 북의 두 사람이 처음으로 사람답게 만난 공간이며, 여인의 자살은 개인주의자의 허무감이나 도피의식과 무관하고 어디까지나 "줄래줄래 매달려" 있는 다른 생명들에 대한 연대의식의 표현이자 기적처럼 얻어진 '우리 둘만의 시간'에 대한 책임의 이행이다. 분단문제를 일찌감치 소설로 — 그것도 장편소설로 — 다룬 공로는 의당 『광장』의 저자에게 돌아가야겠지만 분단극복의식이라는 점에서는 60년대 말의 이 단편이 이미 전혀 다른 차원에 올라 있었던 것이다.

「백의민족·1968년」과 「휴전선 소식」에 오면 작가는 분단시대 우리 주변의 현실로 눈을 돌려 훨씬 사실적이면서도 다양한 각도에서 분단으로 말미암은 인간성 및 인간관계의 왜곡과 사회현실의 타락을 그려낸다. 기찻간에서의 우연한 어울림과 이야기자랑으로 출발하여 뜻밖에 왕년에 지리산에서 활약한 전력이 있는 양선생의 수난으로 이어지는 「백의민족」이나, 어린이의 작문 내용과 작가의 서술을 번갈아가며 어떤 외딴섬 파견교사와 주민들 간의 불행한 경험을 이야기한 「휴전선 소식」이나, 모두 그 우회적 기법이 현실적으로 이런 주제를 다루는 까다로움을 상기시킨다. 동시에 바로 그런 제약을 딛고 탁월하게 성공한 작품들임이 분명하다. 분단의 비극이란 「어떤 완충지대」에서와 같은 극적인 사건을 통해서만이 아니라 자자분한 일상의 섬세한 조명을 통해서도 밝혀져야 할 현실이기 때문이다. 특히 휴전선 따위와는 무관할 듯싶은 남해 낙도의 어린이들에게까지 미치는 분단의 아픔을, 그것도 일제시대나 오늘이나 발동선과 양복쟁이가 두려울 수밖에 없는 현실의 일부로 보여준 「휴전선 소식」은 '분단문학'을 말할 때 빼놓을 수 없는 명작이다.

이보다 두어해 뒤에 발표된 「전설의 시대」도 「백의민족」처럼 좌우대립으로 일그러진 인간성을 그려낸다. 하지만 기법도 비교적 단조롭거니와 전체적으로 실감이 덜하다. 그보다는 실향민의 고향 그리움과 이산가족의 안타까움을 가벼운 필치로 건드린 소품 「흰구름 저 멀리」가 좀더 성공적인 것 같다.

「개는 왜 짖는가」를 이 책에 포함시킨 작가의 변은 앞서 들어보았다. 굳이 그런 설명이 아니더라도, '분단문학'을 독립된 장르로 설정하지 않는 입장에서는 현실문제를 비판적인 자세로 다룬 소설이 훌륭한 분단극복의식을 담은 작품들 틈에 낄 권리는 얼마든지 인정해줄 일이다. 「개는 왜 짖는가」는 이른바 언론창달을 위한 개혁입법 이후 세태의 일면을 꼬집은 소설인데, 바로 그러한 세태에 따른 현실적 제약을 저자 스스로 상당히 의식한 흔적이 보인다. 그 점에서 한 세월 전에 분단 주제를 다룰 때의 조심성이 연상되고, 뜻있는 독자의 쓴웃음을 자아내기도 한다. 어쨌든 저자가 의식하며 풍자의 대상으로 삼는 상황은 작중의 한 노인의 다음과 같은 말이 잘 꼬집어준다. "개는 짖으라고 있고 신문은 나팔을 불라고 있는 것인데, 개도 못 봐 짖는 일을 신문기자가 보고 가만있으란 말이여? 신문기자가 개만도 못한 줄 아나?" 그런데 실제로 개만도 못하다는 말을 노인들로부터 들어 마땅하게 되어 있는 게 주인공 박기자의 처지인 것이다.

이러한 현실에 대한 풍자가 때로는 해학적인 사건을 통해, 때로는 재치 있는 비유를 동원하여 펼쳐지는 것이 이 작품의 매력이다. 그러나 소설로서의 성과를 따진다면 분단문학의 현실적 제약을 교묘히 이겨낸 단편들의 긴장에는 못 미치는 것 같다. 아마도 그것은 80년대 초의 언론 상황이 아무리 참담할지라도 그 자체로는 분단문제에 비할 때 그야말로 '세태'의 차원에 머문다는 사실과도 관련될 것이다. 이러한 세태에 너무 집착한 나머지 이 소설에는 가령 '충효'와 '정의'에 관한 민영감의 설교조 발언 (203~06면)이라든가 오동나무와 분재한 소나무를 대비시킨 너무 뻔한 비유(208면) 같은 것이 끼어들어 작품의 긴장을 풀어놓곤 한다. 80년대 초의 세태가 실은 분단시대의 또 하나의 새로운 양상이요 국면이라는 뚜렷한 의식으로 박기자의 이야기를 접근했다면 작중의 안이한 대목들은 저절로 도태되었기 쉽다. 소설마다 분단을 들먹이라는 말이 아니라, 이 작가의 최고 수준에 값하는 분단극복의식으로써 같은 소재를 다루었다면 「개는 왜 짖는가」는 지금보다 훨씬 압축된 단편이 되었거나, 지금처럼 긴 단편 또는 아예 중편으로서 「휴전선 소식」같이 우회적으로 분단의 아픔을 그려 내는 탁월한 분단문학이 안 되고 못 배겼으리라는 것이다.

3

「당제」는 꽤 긴 단편인 「개는 왜 짖는가」보다 10페이지가량 더 길고 「어머니의 깃발」은 거의 곱절이나 되는 분량이다. 즉 둘 다 '중편'이라 불러 모자람이 없는 소설들이다. 그리고 이러한 규모의 이야기에서 당연히 그래야 하듯이 분단 주제는 다른 여러 주제들과 뒤얽혀 분단시대의 이 시점에서 분단의 아픔이란 우리 삶의 구석구석에 스며 있는 것임을 실감시켜 준다.

「당제」는 표면상 오히려 수몰민의 설움을 그린 여러 소설의 하나로 분류됨직도 하다. 수몰지구 고시가 나붙은 감내골의 풍속과 인정, 당나무의 처리를 둘러싼 갈등과 백중날 풀베기대회의 땅벌 소동, 양봉업자의 틈입에 따른 또 한차례의 벌 소동, 그리고 이 마을 최후의 당제 풍경, 이런 식으로 구수하고 넉넉하게 이야기가 펼쳐져나간다. 그런데 이러한 농촌정경 및 수몰지구 세태의 묘사에 전혀 다른 차원의 역사적 의의와 비장미를 더해주는 것이 바로 올해의 당주 한몰영감 내외가 아무도 모르는 '이산가족'이라는 사실이다. 즉 6·25 때 의용군 갔다가 지리산에서 죽은 것으로 전해진 아들이 지금 살아서 필시 이북에 있으리라고 그들은 철석같이 믿고 있다. 그래서 자실영감 딸과의 사혼(死婚) 제의를 끝내 거절하여 사이가 벌어지기도 했었고, 마을 도로를 넓힐 때 끝까지 자리를 안 내주어 인심을 잃은 것도 혹시 아들이 남파되어 왔을 경우 집으로 곧장 찾아와야 체포 전에 자수를 설득할 수 있겠기 때문이었다. 이제 마을이 온통 물에 잠기면서 그들을 가장 괴롭히는 걱정거리도 바로 그것이다. 이 답답한 사연을 한몰영감은 당제 끝에 도깨비 밥을 주는 이 마을 풍속에 따라 홀로 다리 밑의 도깨비들을 찾아 하소연하는 것이다.

"저 아래 공사하고 있는 것을 봤을 것인께 알 것이네마는, 오는 봄부텀 여그 물이 찬다니, 자네들도 여그서 밥 얻어묵기는 이것이 마지막인 성부르네. 오다가다 하룻밤 자고 가는 여각도 떠나려면 섭섭한 것인디, 오래 살던 데를 떠나자니 섭섭한 마음이사 자네들이라고 해서 사람들하고 다를 것이 있을라던가? 엊저녁에 자네들이 여그 불을 썼더라는디, 근자에 없는 일을 하는 것을 보면 자네들도 자리가 불편해진께 그런 것이 아닌가 싶어. 그런디, 시방 내가 여그 온 것은 달래 온 것이 아니고 자네들한테 한가지 긴한 부탁이 있어 왔네."

영감은 고개를 한껏 다리 밑으로 처박으며 말을 계속했다.

"이런 소리는 사람의 종자들하고는 입도 짝을 할 수 없는 소리라 우리 내외만 벙어리 냉가슴 앓대끼 끙끙 앓고 있다가 아무리 생각을 해도 달리는 길이 없어 지금 이로크롬 자네들한테 부탁하는 것인께 귀냉개 듣지 말고 깊이들 쪼깐 새겨들어주게."

남들은 다 멀리 떠나더라도 영감 내외는 근처에 움막을 짓고 아들을 기다릴 터이니 혹시 그가 딴 길로 오더라도 도깨비들이 훌쩍 떠메고 자기 집 토방에 내던져달라는 것이다. 마지막으로 영감은 다음과 같은 한마디를 덧붙이다가 인기척에 말을 중단하기도 한다.

"자네들한테 이런 말이라도 하고 난께 속이 쪼깐 터진 것 같네. 사상이 뭣인가는 모르제마는 그 사상이라는 것도 사람이 살자는 사상이제 죽자는 사상은 아닐 것인디, 피붙이들이 이로크롬 생나무가지 찢어지듯 찢어져 삼십년을 소식 한장 모르고 지낸대서야 그것이 지대로 된 사상이여, 삼십년을 내리 이감시롱 총 저누고 있어도 이 꼴이라면 이제는 피차에 쪼깐……"

"사람의 종자들하고는 입도 짝을 할 수 없는 소리"를 도깨비들에게나 터놓는 한몰영감의 이 독백은 체호프(Anton P. Chekhov)의 단편에서 아들 잃은 마부가 결국 말을 붙들고서야 신세타령이 가능해지는 결말에 견줄 만한 빛나는 착상이다. 그동안 한몰영감 내외의 처신과 심경에 대한 독자의 궁금증이 완전히 풀리는 것도 이 대목에 와서이며, 여기서 '사상'

에 대한 노인의 반발에 독자가 공감하는 것도 그것이 좌절한 지식인의 자기변명과는 전혀 다른 것이기 때문이다. 그리하여 일종의 후일담처럼 달린 짤막한 제4절에서 드디어 물이 찬 뒤 오두막 하나가 서고 그 앞에 이따금 낚시꾼들이나 읽고 지나가는 안내판의 내용을 전하며 작품이 끝날 때,

이 재 너매 잇뜬 감내골 동내는 한 집도 업씨 전부 저수지 땜을 마거 업써저 불고 거그 살든 부님이 어매 한몰댁하고 아배 한몰영감은 이 집 산다. 부님이 아배 이름은 김진구다.

라는 서툰 글발은 그대로 한편의 향기 높은 시에 필적할 감동을 안겨준다. 「당제」가 이와 같은 경지에 도달할 수 있었던 것이 작가가 단순한 이산가족의 비애에 동정하는 게 아니라 한몰영감과 더불어 분단사상을 거부하고 또한 그전의 젊은 도깨비 당주와 더불어(112~13면) 분단시대 농촌의 세세한 문제에까지 깊이 관심하며 분노하고 있기 때문임은 더 말할 나위 없다. 그러나 이러한 여러갈래의 관심이 작품 속에 완벽하게 융합되어 있다고는 보기 어렵다. 예컨대 양봉업자의 삽화(127~31면)는 그 자체로서 일장의 마당극 감이고 소설의 줄거리와도 무관하지는 않지만, 바로 그 마당극다운 특징이 지문의 객관적 서술체와 잘 안 어울리며 어딘가 그야말로 삽입된 이야기라는 느낌을 준다. 따라서 양봉업자의 궤변에 맞서, "그런 께 벌들이 경제협력하고 기술제휴할려고 한 봉통에 들어간다, 지금 이 말씀이구먼. 남북통일이 왜 안 되는가 했더니 이런 개새끼 때문에 여태 남북통일이 안 되고 있었구나. 야, 강도질도 기술제휴냐?"라는 동네 청년의 의미심장한 발언에도 다소 작위적인 울림이 끼어든다.

양봉업자 사건에서뿐 아니라 「당제」 전반에 걸쳐 우리는 작중 사건 및 대화의 희극적이고 토속성 짙은 활력과 저자의 대체로 간결하며 다소 딱

딱한 데도 없지 않은 문체 사이에 일정한 괴리를 느낄 때가 많다. 아마도 이것은 민중적 내용에 걸맞은 민중적 문체의 개발이라는 한국소설 일반의 숙제에 해당하는 일일 것이다. 어쨌든 「당제」의 경우에도 지금 같은 문체를 바탕으로 한결 긴장감이 고조되도록 더러 이야기의 곁가지를 쳐내고 예컨대 젊었을 적 한돌영감이 도깨비를 만난 일화(106~08면)도 지문의 객관정신을 손상하지 않도록 한돌영감 개인의 기억으로 처리하는 등의 기법적 배려를 더 하든가, 아니면 좀더 느긋하고 신축자재한 문장으로 잡다한 요소들을 무리 없이 포용하든가 했어야 정말 나무랄 데 없는 걸작이 되었으리라는 생각이 든다.

「어머니의 깃발」은 재작년 여름 KBS 텔레비전에 의한 이산가족찾기에서 소재를 취한 중편이다. 박완서의 「재이산」이나 송기원의 「김매기」가 그렇듯이 이 소설의 경우도 이산가족의 만남이란 문제가 한바탕 울고 웃고 감격하는 것으로 끝날 간단한 일이 아님을 보여준다는 미덕을 우선 지적할 수 있다. 사실 가족찾기 캠페인의 과정에서 우리가 확인했던 것은 대부분의 해당자들이 못사는 사람들이라는 사실이었다. 웬만큼 사는 사람들끼리라면 8·15 이후 거의 70년, 6·25 후 30여년이 되도록 남한땅에 있으면서 상봉할 길을 못 찾았을 리가 없을 터이다. 그러므로 가난하고 못배운 사람들끼리의 뒤늦은 만남이 가장 많았고 또 그런 만남일수록 거리낌 없이 감격스러웠다. 그다음으로 한쪽이 기우는 만남이 간간이 있었는데, 기울기 때문에 일부러 피해버린 경우가 아니었더라면 이들의 수효도 더 되었을 것이다.

「어머니의 깃발」은 바로 이렇게 불발로 끝난 — 적어도 작품 끝머리에서 미완으로 남겨진 — 만남의 이야기다. 한쪽의 김개만은 고물상 주인이자 왕년의 곡마단원이며 소설 서두에 폭력범으로 구속 중인 인물이요, 6·25 때 군인들에게 끌려가 생이별이 된 그의 어머니는 전력을 숨기고 사는 재벌 부인이자 교육계 인사로서 개만이 재판받는 법정에도 색안경을 끼고야 나타나는 여자다. 재판정에는 개만이 아들이리라 믿고 찾아온 또 다른 여인도 있지만 개만 자신은 직감적으로 친어머니를 알아차린다. 그리고 그녀의 신원을 추적하는 이야기가 진도 도깨비굿의 현장으로까지 이어지면서 흥미진진하게 전개된다.

「어머니의 깃발」의 좀더 희귀한 미덕은 이러한 이산가족 찾기 이야기가 도깨비굿 장면뿐 아니라 고물상의 세태와 그곳에 모인 잡다한 인생들, 폭행 사건의 재판을 거치면서 밝혀지는 개만 자신의 과거와 이 지방도시의 현실의 일면, 게다가 미륵불 반출을 둘러싼 진도 사람들의 움직임 등, 실로 다양한 주제들을 동시에 수용하고 있다는 점이다. 분단극복의 의지를 제대로 담은 작품은 이른바 '분단 주제'가 일견 분단과 무관해 보이는 우리 시대의 온갖 세태와 갈등에 어떻게 직결되는지를 보여줌으로써 제 몫을 다한다는 사실을 다시금 깨우쳐주는 작품이 「어머니의 깃발」인 것이다. 그런데 바로 이 점에서 저자가 이 소설을 본격적인 장편으로 만들어주었더라면 하고 말하는 것은 공연한 투정일까?

완벽한 중편을 읽고 왜 장편을 안 썼느냐고 추궁한다면 그야말로 투정이거나, 중편을 잘 썼다는 칭찬을 좀 색다르게 하는 교언(巧言)이 될 것이다. 그러나 「어머니의 깃발」은 80년대 한국소설의 드문 성과지만 결코 완벽한 작품은 아니며 그 몇몇 허점에서 장편으로서의 가능성과 더불어 장편적 총체성에의 요구가 부각됨을 우리는 인식할 필요가 있는 것이다. 예컨대 평화고물상에 모인 "고물 같은 허름한 인생들"의 이야기는 본 줄거리의 '배경'이라기에는 너무 길고 독자적인 관심거리가 많아 반지빠른 상태다. "깡깡 철대문 닫히는 소리"를 못 참아 인걸과의 느닷없는 충돌을 일으키는 호도장 같은 인물도 장편소설의 부주인공 정도로까지 키워봄직한 재목이며, '대문 닫히는 소리'의 상징적 의미는 분단시대의 사회상을 총괄하는 한편의 장편을 통해 두고두고 우려낼 값어치가 있는 재료다. 그밖에 개만의 옛 애인 인실이라든가 대전서 왔다가 개만이 자기 아들이 아닌 걸 알고도 어머니 행세를 하며 개만의 석방을 돕는 여인이라든가 특히 개만의 친어머니 주변의 생활상, 물론 이런 것들이 중편이나 단편에서는 독자의 궁금증을 돋울 만큼의 암시로 끝나는 게 정석이긴 하다. 그러나 이들도 모두 장편으로의 발전가능성을 보여줄뿐더러, 무엇보다도 현상태에서 충분히 요리되고 소화되지 못했다고 느껴지는 것은 바로 소설 제목에서도 일컫는 '어머니의 깃발'이다. 진도 도깨비굿에 관해 저자는 후기에서 이렇게 말한다.

사내들은 얼씬도 못 하게 방구석에다 몰아넣어 놓고, 어머니들이 피속곳을 간짓대에 매달아 깃발로 앞세우고 다니며 치는 이 도깨비굿은 여러가지 의미를 함축하고 있는 민속인 것 같다. 그 깃발로 내세운 피는 총칼의 피가 아니고 바로 생명의 피다. 그리고 그것은 여자들이 감추고 감추는 최후의 수치이기도 하다. 그런데, 이 최후의 수치를 뒤엎어 그것을 깃발로 내세우며 외치는 그 절박한 최후의 절규는 무엇일까? 사내놈들아, 네놈들이 이끌어온 역사란 게 뭐냐? 잔인한 탄압과 이 가는 저항, 무지막지한 살육과 보복이 아니더냐? 네놈들은 이제 뒷전으로 물러서라. 그 깃발을 휘두르며 내지른 어머니들의 절규는 이런 소리들이 아니었을까 싶다.

하지만 작품 자체에서는 도깨비굿에 대한 저자의 이런 설득력 있는 해석이 온전히 구체화되어 있지 않다. 도깨비굿의 개입은 어디까지나 김개만의 가족 찾기라는 줄거리의 진행에 알맞게 일어나고 있지, 미륵불 반출을 둘러싼 현지의 싸움이 어머니들의 마지막 깃발이 나와야 할 만큼 절박해졌다거나 남자들의 온갖 노력이 탕진된 상태임을 실감시켜주지는 못한다. 따라서 '어머니의 깃발'은 색다른 민속적 소재의 일시적 이용으로 그친 감이 들고, 저자 후기에서 뒤이어 말하는 "나는 이 깃발의 의미를 여러가지로 되새겨보며 통일에 임하는 우리 민족 전부의 깃발은 바로 이 깃발이어야 하지 않을까 싶은 생각"도 작품에 유감없이 드러났다고 보기 어렵다.

4

여러가지 면에서 이산가족 이야기는 분단시대의 장편문학에 안성맞춤인 소재라 할 수 있다. 흩어진 인물들은 각기 이 사회의 다른 구석에 살고 있게 마련이며 그중 적어도 한쪽은 사회의 응달에 자리하기 십상이다. 그들 서로가 피붙이를 찾아내려는 노력을 기울이면 기울이는 대로, 달갑지 않은 만남을 피하려 들면 드는 대로, 작가가 사회의 이곳저곳을 보여줄 기회가 자연스럽게 늘어난다. 게다가 처음 갈라진 사연에는 남북분단이나 6·25 같은 민족 공통의 수난이 으레 얽혀 있을 터이며 그렇다고 시종일관 통일문제나 사상적 대립을 정면으로 들먹이는 까다로움을 감수해야 하는 것도 아니다. 한국의 독자라면 거의 누구나 쉽게 공감할 인간적인 사연을 펼쳐주면서 민족적인 비극에 얼마든지 도전해볼 신축성을 지닌 소재가 곧 이산가족의 이야기인 것이다.

하지만 국토의 분단과 민족의 분열을 극복하려는 강력한 의지를 이러한 소재를 통해 충분히 구현한 장편소설은 아직껏 송기숙에게도 없고 다른 어느 작가에게도 없는 것으로 보인다. 필자가 알기에 이산가족 이야기를 다룬 그중 훌륭한 장편인 박완서의 『그해 겨울은 따뜻했네』조차도 본격적으로 분단극복의 의식을 담은 작품은 못 된다. 이 소설은 우리 사회에서 이루어지지 못하는 사람 사이의 만남들이 무슨 불가항력적인 운명 때문이라기보다 우리들 스스로의 다분히 의도적인 회피 때문이라는 아픈 진실을 꼬집어주었고, 뒤이어 벌어진 KBS의 이산가족찾기 운동은 (저자 후기의 말대로) 이런 진실을 오히려 확인해준 것이기도 했다. 어쨌든 우리 사회에서 빈부 간의 등돌림이나 좀 사노라는 생활의 위선과 허망함을 이처럼 끈덕지고 앙칼지게 추궁한 소설도 드물 터이다. 그런데 애초에 수지와 오목이 자매의 이산이 6·25 당시 반동분자로 몰린 그들 아버지의 죽음과 '천구백오십일년 겨울의 추위와 이상한 허기'에서 비롯된 것임에도 불구하고 이산가족 문제를 분단과 연결시켜 생각하려는 노력은 별로 안 보인다. 물론 섣불리 분단문제를 끌어들여 혼란만 자초하는 것보다는 백번 낫지만, 주어진 소재 자체도 좀더 폭넓은 민족사적 시각에서 보았더라면 하는 아쉬움이 남는다. 가령 인물들 간의 기이한 인연을 꾸며나가고 그들의 미세한 심리적 기복을 헤집어내는 일에 저자가 너무 집착하고 있다는 느낌은 『그해 겨울은 따뜻했네』를 끝까지 읽는 동안 누구나 다소간에 품게 되는 불만이 아닐까 싶은데, 때로는 좀더 넉넉하고도 간편한 처리가 작품 전체의 통렬함을 오히려 더해줄 수도 있었으리라고 생각되는 것이다.

따지고 보면 우리 시대의 통일운동에 실질적인 공헌이 될 분단극복의식을 충분히 구현한 장편소설이 아직 없다는 것은 결코 놀라운 사실이 아니다. 한 시대의 총체적 진실을 제시한다는 장편은 우선 길이도 어느 정도 이상이 아니고는 안 되지만 덮어놓고 길다고 되는 것도 아니다. 아무리 길어봤자 결국은 유한하게 마련인 지면에 '전체'를 담자면, 역사와 사회를 보는 그럴 만한 안목이 있어야 하고 소설을 만드는 그만한 솜씨가 있어야 한다. 분단시대의 구석구석에 미친 분단현실의 면모를 정확히 포착하면서 이를 다수 독자들과 흥미롭게 나눌 이야깃거리로 만들어야 하는데, 이는 한 개인의 재능만으로 될 일이 아니고 상당 기간 알게 모르게 축적된 여러 사람의 협동작업을 전제하는 것이다. 즉 위대한 분단극복문학의 출현이 통일운동에 획기적인 공헌을 할 것에 못지않게 통일운동 자체의 일정한 성숙에서만 그러한 문학의 출현이 가능해지는 것이다. 이렇게 볼 때 우리의 분단극복운동은 시나 중·단편소설에서 빛나는 작품들을 낳고 장편 분야에서도 만만찮은 시도를 내놓을 만큼은 되었으나 안팎의 여러 제약으로 아직껏 최고 수준의 장편소설을 지닐 만큼 성숙하지는 못했다는 이야기가 된다.

그러므로 우리 주변에서 분단 주제를 탁월하게 다룬 장편소설이 이미 나왔다는 듯이 자축하는 모든 논의들은 해당 작품의 참값에 대한 과대평가일 뿐 아니라 분단극복운동의 정확한 성격에 대한 오해 내지 왜곡을 뜻하기 쉽다. 운동의 전진을 위해서는 통일을 부르짖는 많은 목소리가 오히려 분단체제를 옹호하는 음성임을 알아차리는 일이 중요하며 문학에서도 이는 마찬가지다. 사실 우리 사회에서 대부분의 분단옹호론이 분단극복론의 허울을 쓰고 있는 것은 그만큼 통일을 바라는 일반 국민의 열망이 크기 때문이기도 하지만, 분단을 정면으로 옹호해야 할 만큼 분단주의자들이 다급해지지 않았다는 증거이기도 하다. 통일운동이 성숙하노라면 그 허울이 벗겨질 때가 오게 마련이고 제목만 바꾸면 훌륭한 분단옹호론이 될 논의가 이미 도처에 준비되어 있다. 그리고 필자는 이를 반드시 나쁘게만 생각하고 싶지는 않다. 통일은 어디까지나 겨레의 대다수가 어째서 분단보다 통일이 나은지를 깊이 깨우치면서 순리대로 이룰 일이니만큼 정직한 분단옹호론의 출현은 그것대로 필요한 하나의 과정이겠기 때문이다. 하지만 이것 자체도 분단의 현실을 정직하게 다룬 작품과 이에 대한 정직한 논의가 좀더 많이 나옴으로써 가능해질 것이다.

—『분단시대와 한국사회』, 까치 1985

『만인보』에 관하여

1

고은 시인이 연작시 『만인보』의 기획을 계간 『세계의 문학』을 통해 처음 공개했을 때 나는 다소 어리벙벙한 느낌이 들었던 게 사실이다. '저자의 말'부터 읽었는데, 문자 그대로 1만명에 관한 1만편을 쓰려고 하다가 한껏 줄여서 3천여편만 쓰기로 했다는 것이었다. 그러나 이미 『조국의 별』에 이어 『전원시편』과 『백두산』의 서두와 그밖의 수많은 시들이 쏟아져나오는 광경에 몇번 놀라고 난 뒤라, 전혀 못 믿는 마음은 아니었다. 정작 첫회분 51편을 읽은 것은 한참 뒤였는데, 과연! 앞으로 어찌될갑세 이만한 시가 쉰한편이면 어쨌든 멋진 출발이다 싶었다. 다음 호에는 60편이 실렸다. 읽어보니 역시 과연이었다. 그런데 시인의 넘치는 생산력은 그 정도의 대량 연재도 성에 차지 않은 듯, 아예 전작 간행으로 방침을 바꾸어 여기 300여편을 묶어내게 되었다. 시작이 반이라는 셈법을 제쳐두고도 어느덧 먼 길의 10분의 1을 넘어선 것이다.

그러나 후세의 독자들에게는 『만인보』가 얼마나 단기간에 씌어졌는지는 문학사의 뒷이야기쯤밖에 안 될 것이다. 아니, 우리들 자신에게도 정말 중요한 것은 씌어져 나온 작품들 자체이다. "우선 내 어린 시절의 기초환경으로부터 나아간다"고 한 작자의 말대로, 이번 세권은 주로 어릴 때 알던 고향 사람들을 노래하고 있다. 시인 스스로 '황토의 아들'이라 이름지어 어린 시절을 회상한 책을 내기도 했지만 『만인보』 1~3권에서 노래하는 인물들이야말로 황토의 아들이요 딸이며 대개는 벌써 흙으로 돌아간 사람들이기도 하다. 이 시들을 제대로 논하려면 마땅히 따로 자리를 마련해야 할 것이요, 앞으로 속편이 한참 더 나오기까지는 확실한 평가가 어려울지도 모른다. 그러나 지금 나로서 독자들과 함께 나누고 싶은 당장의 뿌듯한 감회는, 어떠한 가난이나 고난 속에서도 끊길 줄 모르고 이어져온 이 땅 위 삶의 기쁨과 보람이다. 또한 이 기쁨과 보람을 담은 시인의 말, 겨레의 말에 대한 자랑스러움이며, 작자 자신도 이야기한 바 그 말 앞에서 삼가는 마음이다.

이 땅에 대대로 살아온 사람들의 넉넉한 심성을 간직하고 민족어의 원형을 지키는 작품이 전에도 물론 없지 않았다. 박재삼(朴在森)의 시에서 우리를 끄는 것도 그런 것이며, 신경림은 그보다 눈물을 아끼고 매서움을 더하여 70년대 초 이미 밀도 높은 서사성의 노래들을 써낸 바 있다. 하지만 『만인보』의 서사적 풍요는 차라리 소설문학의 성취를 떠올린다. 그런데 이문구의 『관촌수필』과 견주더라도 『만인보』의 삶이 훨씬 든든히 황토에 뿌리박고 있으며 읽기에도 한결 수나로운 느낌이다. 아니, 고은 자신의 『전원시편』에 비해서도 "첫가을 백리가 트인다"는 그의 시구대로 무언가 툭 트였다. 더러 장황하던 대목이 크게 가셨고 농사꾼의 일하는 기쁨을 자기 것으로 삼으려는 어떤 착심 같은 것도 자취를 감추었다.

『만인보』의 고향 사람들 이야기 사이사이에는 고구려와 백제, 신라 또는 조선조나 현대사에서 기억된 인물들에 관한 시가 끼어들어 전체 작품에 변화를 주면서 독자의 역사의식을 돕기도 한다. 그러나 '황토의 사람들'이라 일컬어 마땅한 촌사람들도 결코 역사와 무관하게 산 인간상으로 부각되지 않는다. 그들이 당시의 우리 역사였을뿐더러 어떤 면에서 아직도 우리의 역사임을 실감케 해주는 것이 『만인보』의 역사의식이자 시적 성취인 것이다. 이와 관련해서는 저자가 그의 자전적 산문『황토의 아들』을 놓고 독자들과 대화하는 자리에서 했던 말보다 더 적절한 설명이 없다. "좀 전에 황토는 관념이고 아스팔트는 현실이라고 했죠? 그러나 우리는 아스팔트가 관념일지도 몰라요. 아스팔트를 두 삽만 캐어보면 거기에는 황토가 있어요. 그걸 해보지도 않고 아스팔트가 현실이며 황토는 관념이라 한다는 것은 잘못된 것이죠." 그렇다. 아스팔트가 현실이 아닌 것도 아니지만 그렇다고 반드시 현실도 아니다. 이게 말이 안 되는 소리라면 변증법도 말짱 헛소리일 따름이다. 삶이 그렇고 시가 그렇듯이, 변증법이란 것도 사람끼리의 만남을 믿고 그런 만남 속의 제 마음을 믿고서야 가능한 것이리라.

어쨌든『만인보』연작이 순조롭게 진행되어 시인의 입산·환속·방황의 시기를 거쳐 80년대의 아스팔트로까지 진출하는 장면을 그려보면 실로 가슴 두근거려지는 바 있다. 이는 결코 남의 일에 두근거림도 아닌 것이, 한 대작의 완성이 문학 하는 누구에게나 남의 일일 수 없다는 단순한 뜻에서만이 아니라, 아무리 뛰어난 재능의 시인일지라도 남들이 함께 살아주고 싸워주고 읽어줌으로써만 그런 위업을 달성할 수 있는 것이며 이런 겹겹의 만남 가운데서는 우리 각각의 몫으로도 전보다 훨씬 일다운 일이 반드시 돌아오는 것임을 알기 때문이다. 그러므로 독자로서『만인보』의 완성을 돕는 과정도 우리 모두에게 남다른 보람을 지닐 것이 분명하다. 역사 앞에서 시인의 운명이 엄연하듯이 시 앞에서 독자의 책임 또한 가없는 것이다.

—『만인보』1권 발문, 1986년

2

잠깐씩 따로 읽어도 맛이 있는 짧은 시들을 열권 스무권 또는 서른권
까지도 소설처럼 읽어나갈 수 있다면 정녕 꿈같은 일이 아닐까. 바로 그
런 꿈같은 일이 지금 우리 당대에 이루어지고 있다. 스무권 서른권은 아
직 기다려봐야겠지만 이번에 간행된 9권까지로써 이미 연작시『만인보』
는 1천편을 넘어섰다. 몇해 전 고은 시인이 구상을 처음 공개하면서 문자
그대로 1만명은 너무 많으니 3천명 정도만 노래하겠다고 했을 때, 적잖은
독자들과 더불어 나 자신도 3천명이라는 것 역시 말이 그렇지 문자 그대
로 3천편이 씌어지랴 싶은 생각이 없지 않았다. 그러나 이제는 하늘이 특
별히 무심치 않은 한 그만한 편수가 90년대 안에 채워지는 것은 누구나
예견함직하게 되었다. 또한 몇천편이라는 숫자를 꼭 채우는 것이 성패의
관건은 아니지만『만인보』의 작업에서는 질에 못지않게 양도 중요하다는
사실, 아니, 그 양이 질의 일부를 이루고 있다는 사실이 점차 명백해진다.
1천여편의 시들이 하나같이 팽팽한 긴장감을 유지하기란 바랄 수 없는
일이다. 그러나 이렇게 모여서 도도한 하나의 흐름을 형성하는 데 성공하
고 나면, 더러 묘미가 덜한 시도 큰 흐름의 높낮이를 타면서 무리 없이 어
울려 들고 '소설처럼' 부담 없이 읽히는 데 기여하기도 한다.
물론 그렇게 될 수 있는 주된 원인은 그 수많은 시편들 중 압도적인 다
수가 '시'의 눈부심을 어느 한구석에라도 각기 나름으로 담고 있기 때문

이다. 그리고 바로 이런 눈부심의 성취가 『만인보』의 양적인 부피와 무관하지 않다. 부피 자체가 사실은 시인이 이 땅에 태어나 살아오면서 직간접으로 알게 된 모든 사람을 각기 한편의 시에 담겠다는 — 다시 말해 만인을 시의 주제로 대접하고 시인의 눈으로 직시하여 역사 속에 살리겠다는 — 엄숙한 다짐의 소산인 것이다.

그러한 다짐에 따라 『만인보』는 1권에서 고향의 어린 시절에 안 가족, 친척, 이웃들로 출발하여 점차 군산(群山) 일대의 다양한 얼굴들을 되살리면서 대체로 시간의 흐름과 발맞추어 진행된다. 7권에 이르면 소년기 고향의 기억이 일단 마무리되는데, 8~9권에서 금강(錦江) 건너 장항(長項)·대천(大川) 어름의 삶들을 기록하는 것도 크게 보면 고향 사람들에 대한 마무리의 일부인 셈이다. 10권부터는 1950년대의 방랑과 편력 기간에 만난 사람들을 그리기 시작해서 언젠가는 80년대, 아니 90년대 동시대인들로까지 내려올 것이다.

하지만 이제까지는 주로 일정 지역에 한정된 삶들이었다. 게다가 대부분 엇비슷하기조차 한 이들의 삶이 지루하지 않게 읽히도록 하려는 저자의 기술적 배려도 눈에 뜨인다. 책에서 읽은 역사 속 인물을 이따금씩 곁들여 노래하기도 하고, 한집안 식구들을 연달아 그림으로써 전체 연작 속에 한층 더 긴밀히 연결된 소규모의 연작들을 끼워넣기도 한다. 시편의 배열도 가만히 살펴보면 해학과 연민, 분노와 찬탄 등 감정의 기복을 조절하며 나아간다. 그러나 결국은 이 수많은 인물 하나하나에 대한 시인다운 사랑이 없다면 기술적인 배려는 헛수고에 그칠 것이다.

「질경이」라는 시에서 정거장의 처녀 거지를 보며 "신작로 질경이 억세어라/정거장 거지 억세어라/정거장 처녀 거지 억세어라/약한 것들만/사는 세상/기운찬 소리/한푼 주시유 한푼 주시유/그 어디 내놔도 떳떳한 소리/한푼 주시유"(전문) 하는 뜻밖의 음악을 들을 줄도 알고, 불행의 극에 이른 「득순 어미」를 그리면서는 "그러나 단 한번도 슬퍼보지 않았다/어디에 슬플 만한 하늘이 있는가//슬픔도 혹이로다/사람 이하에는/슬픔도 괜히 풍류로다"라는 범상한 연민과는 또다른 깨우침에 도달하는 것도 시인의 사랑이다.

그리하여 겉보기에 엇비슷하고 주로 엇비슷하게 못난 인생들이 제가끔의 할 말이 있고 때로는 기막힌 보람을 지닌 인생임이 확인되며, 일제식민지 시대와 해방 직후 및 6·25전란기의 고난에 찬 민중사가 어느덧 겨레의 한판 잔치마당으로 바뀌기에 이른다.

사실 바로 이런 결과에 대해 오히려 불만을 느낀 독자도 그사이 없지 않았다. 넉넉함이 지나쳐 시대의 모순을 충분히 드러내지 못하고 있다는 것이다. 내가 보건대 일제하의 민족적 모순에 관한 한『만인보』1~9권의 인식은 결코 남에게 뒤지지 않으며, 봉건사회의 지배계급에 반대하고 민중의 편에 선 시인의 자세 또한 확고하다.

다만 민족해방투쟁과 계급투쟁의 전면에 나선 민중들의 모습이, 주어진 소재 탓도 있어 덜 부각된 것은 사실이며, 좀더 직접적으로 그 문제를 다루는 서사시『백두산』이 앞으로『만인보』만큼의 성공을 거둘지는 미지수다. 또한『만인보』자체도 점점 각박해지는 세월의 바뀜에 어떻게 충실하면서 그 푸근한 잔치마당을 유지할는지 궁금한 바 있다.

그러나 이제까지 성취된『만인보』의 넉넉함이 민중의 삶에 실제로 내재하는 넉넉함이요 세상의 변천이 심각하게 위협하는 민족의 덕성인 한, 그리고 시인의 애정이 불의와 억압뿐 아니라 비열과 타협과 무능에 대해서도 가차없는 질타를 퍼부을 줄 아는 한, 그 넉넉함은 우리에게 정말 있어야 할 매서움의 다른 일면일 것이다.

『만인보』라는 문학작품의 경우 그 확실한 담보는, 이제 1천명 이상을 모은 이 잔치마당이 그대로 우리말의 향연이기도 하다는 사실이다. 그 점에서도『만인보』는 소설 가운데 민족의 정서와 민족어의 특성을 남달리 알뜰하게 살리면서 한 시대의 사실주의적 기록에도 충실했던 홍벽초의 『임꺽정』이나 김학철의『격정시대』에 방불한 맛이 있다. 그러나 3천편 또는 그 이상의 시로써 오늘의 인물들까지 잔치마당에 끌어넣는 데 성공한다면, 그에 필적할 소설의 고전은 누가 새로 써내야 할 것이다. 그리고 그런 소설도 머지않아 나올 것이며 그보다 더한 작품이 나오기도 한결 쉬워질 것이다.

—『조선일보』1990. 1. 10.

살아 있는 김수영

김수영 시인이 세상을 뜬 지 스무해가 꽉 차간다. 비록 마지막 이태쯤에 불과했지만 그 무렵 누구 못지않게 자주 어울리고 마음으로부터 그를 따랐던 나의 기억에는 살았을 때 그의 모습이 지금도 생생하다. 아니, 죽음으로써 그는, 워낙이 노티가 없는데다가 실제로 지금의 내 나이에 못 미쳤던 20년 전의 젊음을 그대로 간직하는 동시에, 당시 30대 초의 나에게 아득한 선배이던 무게를 그대로 지니고 있기도 하는 기묘한 특권마저 누리고 있다. 기억 속에 살아남은 그 젊음, 그 권위를 언젠가는 세상에 전하는 것도 나의 구실이겠다. 그러나 김수영의 '살아 있음'은 무엇보다 그의 시가 살아 있음에서 찾을 일이요, 나의 작은 힘도 먼저 그 일에 쏟아야 옳다는 생각을 이번에 김수영의 시와 산문을 통독하며 새삼 느끼게 되었다.

무릇 어느 누구의 시건, 또 시 아닌 어떤 작품이건, 살아남은 자들의 지성스런 되살림을 통해서만 그 생명이 존속된다. 그런데 김수영의 경우에는 그러한 뒷사람들의 노력이 특별히 필요한 까닭이 있다. 첫째는 뭐니뭐니 해도 그의 시가 어렵다는 점이다. 이른바 '난해시'라는 것이다. 또 하나는, 김수영의 시세계가 60년대의 시점에서 이룩된 '참여시'와 '현대시'의 독특한 결합인 반면 그런 형태로는 두번 다시 되풀이되지 않은 —될 까닭도 없는 — 결합이기 때문에, 모더니즘과 반모더니즘 쌍방에서 오해되기 십상이라는 점이다.

나 자신은 김수영 사후의 정말 살아 있는 시의 흐름이, 김수영의 모더니스트적 체질에 친숙하기 때문에 그의 문학을 한결 거침없이 칭송하고 얼핏 보기에 그와 닮은 시를 써온 사람들보다, '민족문학'의 이름으로 모더니즘을 극복한 작품을 쓰고자 한 사람들에 의해 이어져왔다고 믿는다. 그중에는 김수영 자신이 알아보고 촉망했던 후배도 있고 새 사람들도 있다. 신동엽의 경우는 김수영으로부터 뜻깊은 북돋움을 받았으나 그 역시 60년대를 못 넘기고 타계했지만, 김수영이 말년의 월평에서 거듭 주목했던 조태일이라든가, 그의 시야에는 안 들어왔으나 그로부터 많은 것을 배운 신경림, 김지하 등이 70년대 한국시의 진정한 주역들이었다. 또한 그가 편지에서 "대성하라"고 부탁했던 고은은 — 동시대의 현역을 두고 대성 운운하기는 조심스럽지만 — 70년대, 80년대를 거치면서 김수영이 대망했던 "한국의 장 쥬네"와도 또다른 우뚝한 성과를 이룩했다.

민족문학운동을 전개해온 이들 및 그밖의 여러 시인들에 비하면, '현대적 지성'의 소유자로 김수영의 기대를 모았던 쪽에서는 김수영 자신이나 고은·신경림 들의 최고작처럼 치열하게 살아 있는 시를 낸 바가 없다는 생각이다. 그리고 이는 (김수영의 어느 시에 나온 표현을 빌리면) 제대로 '피를 흘리지' 않았기 때문일 것이다. 실제로 수영 자신이 그들 중 몇몇을 두고, "나는 그들에게 감히 말한다. 고통이 모자란다고! '언어'에 대한 고통이 아닌 그 이전의 고통이 모자란다고"(『김수영 전집』 2, 민음사 1981, 389면)라고 썼던 그대로가 아닌가 싶은 것이다.

그런데 김수영은 참여시를 주장했으나 '민족시'라든가 '민중시'를 제창한 바는 없고 실제로 오늘의 민중·민족문학운동과는 적잖은 거리가 있었으므로, 운동의 구체화 과정에서는 그에 대한 비판이 많이 나왔다. 하지만 진정으로 살아 있는 시는 비판을 통해서만 그 생명이 단련되며, 정말 본때 있는 극복의 대상이 될 때 그 목숨이 다하기보다 오히려 새 차원의 삶을 시작하는 것이다. 그런 의미에서, 모더니즘 극복의 의지가 결여된 시인과 비평가들로부터 단순한 '현대시의 옹호자'로 칭송된다든가 '참여시인'이라 해도 단순한 자유주의자 또는 전위주의 예술가의 현실참여를 수행한 인물로 추앙되는 것보다는, 다소 투박한 비판의 표적이 되는 것이 김수영 시의 살아 있음에는 차라리 이롭다. 물론 김수영은 언론의 자유를 비롯한 기본적인 정치적 자유의 결여를 무엇보다도 개탄했고 "모든 전위문학은 불온하다"는 일반론을 내놓기도 했지만, 부르주아 자유주의의 자유에 안주하거나 구체적인 현실이 빠져버린 '실존적' 내지 형이상학적 자유를 외쳐대는 자세와는 사뭇 다른 태도였음이 분명하다.

그런데 '민족문학' 쪽의 비판도 정확하고 타당한 비판이라야 살아 있는 시의 삶을 제대로 간직할 것은 더 말할 나위도 없다. 나 자신은 민족문학 논의가 한참 무르익던 70년대 후반에 「역사적 인간과 시적 인간」(1977)이라는 글을 쓰면서, 김수영이 죽은 직후와 그 이듬해의 평가(「김수영의 시세계」 및 「시민문학론」)에 이른 재론을 꾀한 적이 있다. 그 글의 제4절 ''참여시'와 민족문제'가 『김수영 전집』 별권(황동규 엮음, 민음사 1983)에 실리기도 했는데, 민족문학의 주요관심사로 부각된 분단극복의 문제에 대한 김수영의 인식에 한계가 있었음을 비판하는 내용이 거기 담긴 것은 사실이다. 그러나 이 글이 "1968년에 씌어진 조사(弔辭)와는 전혀 다른 존재로 변모된" 필자의 모습을 보여준다는 별권 편자의 판단은 수긍하기 힘들다. 나로서는 시에 대한 김수영의 생각이 "모더니즘과는 다른 차원의 사고의 소산"(졸저 『민족문학과 세계문학 1』 212~13면)이라는 전제를 내건 비판이었고,

"폐쇄적인 예술관과 역사관·사물관을 강요하는 모더니즘의 이념이 그의 문학에서 본질적으로 — 비록 몇몇 절정의 순간에 한정되더라도 단순한 반발만이 아닌 전혀 다른 무엇으로써 — 극복되었는가"(같은 책 228~29면; 별권 167면)라는 물음에 일단 긍정적인 답변을 내리면서 그 극복의 실적을 재어보자는 것이었다. 그런 점에서 68년 당시보다 일층 확고한 평가였다 하겠으며, 다시 10여년이 지난 이번의 재독을 통해 김수영 시의 살아 있음 — 모더니즘 시의 한 표본으로서의 흥미 있음이 아니라 시 자체로서의 살아 있음 — 에 대한 확신이 새로워진 바 있다.

하지만 이런 확신을 어떻게 설명하며 이럴 때의 '살아 있음'을 어떻게 규정할까? 독자들을 위해서나 나 자신을 위해서나 앞서 언급한 난해성의 문제를 생각해보는 것이 가장 알맞은 방법일 듯하다.

어려운 이야기가 불가피한 때일수록 쉽고 뻔한 사실부터 짚고 들어가는 것이 도움이 된다. 그 점에서 김수영의 시 대부분이 어렵다는 사실을 인정하는 것 자체가 하나의 출발이겠다. 시가 어렵다느니 쉽다느니 하는 게 과연 무슨 뜻인지, 김수영 시 중에 어디까지가 어려운 시들인지, 이런 복잡하고 '난해한' 이야기는 일단 제쳐놓고, 김수영의 시가 난해하게 느껴지는 것이 나 하나의 경우만이 아니고 — 나 하나가 못나서만이 아니고 — 대부분의 독자에게 공통된 경험이라는 안심을 하는 일부터가 필요하다는 것이다.

다음으로 분명히 해둘 일은 — 쓸데없는 근심을 덜고 보면 이 역시 분명한 사실이라고 나는 믿는데 — 김수영의 시가 당대에 씌어진 숱한 이른바 난해시들이나 김수영을 닮은 훗날의 어떠한 시들과 비교해도 확연히 다른 바가 있음이 읽는 이에게 대번 느껴진다는 점이다. 그 다른 바가 무어냐를 꼬집어 설명하는 것은 별문제이고 전혀 쉽지 않은 일이다. 하지만 예컨대 김수영의 생전에 그의 시가, 특히 그의 후기시가 실린 문예지들의 시란을 지금 들춰보는 사람은, 좋고 나쁘고를 떠나 수영의 시가 다른 누구의 시와도 너무나 다른 것만은 단박 느끼지 않을 수 없을 것이다. 실제로 그때 기준으로는 이것이 도대체 시인지 의심스러울 만큼, 당시의 서정시들뿐만 아니라 소위 현대시들도 어느정도 공유하고 있던 가락에서 깨끗이 벗어난 독특한 리듬과 어법을 구사하고 있는 것이다.

김수영이 개발한 가락을 알게 모르게 답습한 그후의 수많은 시들과 구별하는 일은 좀더 까다롭다면 까다롭다. 그러나 이런 노력 역시 정작 허심탄회하게 수행해보면 생각처럼 힘든 일이 아니다. 김수영의 리듬만 빌린 '쉽게 읽히는 시'든 그의 알 듯 모를 듯한 어법까지 닮은 '난해시'든, 뜻이 제대로 통하기 전에 이미 독자를 사로잡고 마는 김수영 시 특유의 힘이 결코 느껴지지 않는 것이다. 그러한 것은 오로지 김수영에게서 얻을 만큼 얻으면서도 자기만의 새 가락을 이룬 득음의 경지에서만 나오는 힘이요 기상이기 때문이다.

따라서 김수영 같은 난해시는 작품의 내용을 산문으로 설명하기가 상대적으로 덜 어려운 시들보다 그 진품 여부를 가리기가 오히려 쉬운 면조차 있다. 물론 설명의 상대적 난이도가 작품의 값어치를 좌우하는 열쇠 자체는 아니다. 다만 좀더 그런 설명이 용이한 시가 독자에게 더 친절한 작품인 것은 분명하고 이러한 친절이 진품의 시와 결합했을 때 난해시보다 훨씬 큰 힘을 발휘할 터이다. 반면에 독자에 대한 친절 자체가 시의 호소력으로 오인될 위험도 그만큼 더 크다. 그런 의미에서, 역설처럼 들리지만 김수영의 난해시야말로 바로 시 읽기의 초심자들이 진품에 대한 안목을 기르기에 안성맞춤인 교본이라고 말할 수 있다.

'난해시'에 관해서는 김수영 자신도 결코 간단히 생각하지 않았고 여러 가지 언급을 남겼다. 무엇보다도 그는 우리 문단에 모더니즘이라는 것이 들어온 이래로 너무나도 낯익어진, 까닭 없이 어려운 시와 시론들을 맹렬히 공격했다. 어렵기는 해도 뜻이 담긴 '난해시'와 도저히 이해할 길이 없는 '불가해시'를 구별하기도 했으며, "난해시가 나쁘다는 것이 아니라 난해시처럼 꾸며 쓰는 시가 나쁘다는 것이다. 말을 바꾸어 하자면, 좀 시니컬하게 들릴지 모르지만 우리 시단에 가장 필요한 것이 진정한 난해시이다"(2권 380면)라고 난해시를 정면으로 옹호하기도 했다. 사실 도저히 이해할 길 없는 불가해시나, 어려운 것 같아도 푸는 요령만 찾아내면 수수께끼처럼 간단히 풀리는 사이비 난해시가 결국은 마찬가지이기 때문이다.

어쨌든 김수영이 오늘날 일체의 난해시를 배격하는 민중·민족문학운동 일각의 논리와 다른 입장이었음은 분명하다. 그러나 민족적 정서 자체에 그가 냉담했던 것은 아니며 민중의 역동적 정서와 무연한 논리를 폈던 것도 아니다. 「한국인의 애수(哀愁)」라는 글에서 알 수 있듯이 그는 마치 한국적인 것의 대명사처럼 된 "애수의 매너리즘"을 싫어했는데, 정작 민중의 애환을 대변한다는 그 이후의 시들 가운데 이런 매너리즘에 빠진 경우가 많았던 것도 사실이다. 이에 비하면 김수영 자신의 다음과 같은 말은 훨씬 민중시의 본뜻에 가깝다. "엄격한 의미에서 볼 것 같으면 예술의 본질에는 애수가 있을 수 없다. 진정한 예술작품은 애수를 넘어선 힘의 세계다."(2권 268면) 그렇기 때문에 자신의 첫 시집에 담긴 빼어난 서정시의 세계에서조차 그는 애써 벗어나려 했다. 동시에 그는 애수가 소재로 되는 것 자체를 부인하지 않기 때문에, 김소월(金素月) 같은 전형적인 한국적 애수의 시인이 남긴 작품 가운데서도 「산유화」 「진달래꽃」 「초혼」 등이 이룩한 '승화된 애수'를 평가할 수 있었던 것이다.

그러므로 김수영의 참여시가 오늘날 비판받는 것이 그의 '60년대적' 또는 '모더니스트적' 한계 탓만은 아니다. 그는 오늘의 시가 '참여시'이기 전에 먼저 '현대시'이기를 강조했고 '현대시' 이전에 '양심이 있는 시' '거짓말이 없는 시'를 요구했다. "거짓말이 없다는 것은 현대성보다도 사상보다도 백배나 더 중요한 일이다."(2권 364면) 이것은 너무나 당연한 상식이면서도 그때나 지금이나 변함없이 그 실행이 미흡한 상식이다. 김수영은 흔히 이를 우리 문단과 사회의 후진성·낙후성으로 표현했지만, 사실그의 시론에서 '거짓말이 없는 시'라는 최소한의 요구는 곧바로 거짓 없이 오늘을 사는 '현대시'의 요구로, 이는 다시 지금 이곳의 낙후된 현실을 거짓 없이 사는 결코 낙후되지 않은 '참여시'에의 요구, "죽음의 보증"을 통과한 진정한 참여시(「참여시의 정리」, 『창작과비평』 1967년 겨울호)라는 최대한의 요구로 자연스럽게 이어지는 것이었다. 그리하여 그는 1967년의 시점에서 우리에게는 "참여시가 없는 사회에 대항하는 참여시가 있을 뿐이다"라고 쓸쓰레하게 내뱉었지만, 바로 같은 글에서 신동엽의 「아니오」와「껍데기는 가라」가 들려준 "세계적 발언"과 "죽음의 음악"을 격찬하기도 했다. 이로 미루어서도, 그가 살았다면 70년대 이래 민족문학이 그 최고의 수준에서 도달한 경지도 정확히 알아주었으리라 짐작하기 어렵지 않다. 동시에 애수가 힘으로 승화되지 못해 실패한 민중시, 50년대의 어느 노시인처럼 "들지 않는 칼"을 현실에 들이대는(같은 글) 낡은 저항시에 대한 그의 경고도 여전히 유효하다고 믿는다.

김수영 자신의 시가 과연 어떤 의미, 어떤 수준의 현대시이며 참여시인지는 작품을 정성 모아 읽은 사람들끼리 실물을 놓고 격의 없이 토론함으로써만 어느정도 객관적인 합의가 나올 수 있을 것이다. 그런 토론에 적극적으로 동참할 사람 수가 아무래도 한정되기 마련이라는 점에서 '난해시'이고, 진지하고 지혜로운 토론자를 만나면 그 토론이 대다수의 사심 없는 독자들에게 '객관성'의 이름에 값하는 설득력을 행사할 수 있으리라는 점에서 진짜 시인 것이다. 이 발문이 그러한 본격적인 토론의 자리일 수는 없다. 다만 이 시선집이 단지 가까웠던 선배의 20주기를 기념하기 위해서만이 아니라 그 시의 살아 있음을 좀더 많은 독자들과 더불어 확인하기 위해 엮였음을 밝히면서, 약간의 설명을 덧붙이고자 한다.

먼저 여기 실린 여든네편의 선정은 어디까지나 편자의 주관에 따른 것이지만, 1950년대 이래 김수영의 활동을 되도록 고르게 반영하려는 의도도 작용했다. 40년대의 작품들을 제외한 것은 「달나라의 장난」(1953) 이후 개성 있는 서정의 세계를 발견했다가 그것마저 뛰어넘은 시인의 수준에 비출 때 아무래도 자료적인 흥미 이상을 갖기 힘든 습작들이라 생각되었기 때문이다. 다른 한편, 작품 자체의 비중으로 친다면 1, 2부와 3, 4부가 비슷한 편수를 담은 것이 형평에 어긋난다고도 할 수 있다. 그러나 본격적인 연구자는 결국 『전집』으로 찾아가게끔 하는 것이 이 책의 한계이자임무이니만큼, 일반독자들이 접근하기 쉬운 초기의 서정시에 그만한 지면을 할애해서 나쁠 것이 없다고 보았다.

한마디로 '초기의 서정시'라고 했지만 제1부에서도 어디까지나 현대인의 감수성에 충실한 언어를 향한 노력이 이미 다양한 형태로 표출되고 있거니와, 제2부에 들어와 50년대의 끝머리로 다가갈수록 서정에 새로운 힘이 깃들고 한결 활달한 가락을 띠게 됨을 볼 수 있다. 4·19를 눈앞에 둔 한국사회의 기운이 여기서도 느껴지며, 김수영 자신이 4·19 뒤에 일련의 정치시를 쓴 것이 어느날 갑자기 시류에 영합한 결과가 아님을 말해준다.(실제로 제3부의 첫머리에 수록된 「하…… 그림자가 없다」는 4·19 전에 씌어졌다.) 어쨌든 「우선 그놈의 사진을 떼어서 밑씻개로 하자」 「육법전서와 혁명」, 그리고 미군철수를 요구한 「가다오 나가다오」 등은 근년의 저항시 독자들에게도 제법 친숙한 느낌을 줄 것이다. 그러나 김수영의 시적 발전과정에서 이들 작품은 아직도 자기극복의 과제가 남은 단계이며, 「푸른 하늘을」 같은 작품에서 그 나름의 절창을 이룩했을 때 그 의미는 다분히 '난해'한 것이 되고 만다. 4·19혁명의 경험에서 나온 시임이 분명하지만 혁명의 위대한 승리를 노래한 것도, 그렇다고 그 좌절을 개탄한 것도 아니며 혁명적 민중의 구체적 모습이 담겨 있지도 않다. 단지 '자유'를 말하고 혁명의 '고독'을 말할 뿐인데, 바로 그렇기 때문에 김수영을 어디까지나 소시민적·자유주의적 지식인으로 보려는 독자들에게 편리한 자료가 되기도 한다. 그러나 제2연에서

> 자유를 위해서
> 비상하여본 일이 있는
> 사람이면 알지
> 노고지리가
> 무엇을 보고
> 노래하는가를

이라고 한 대목을 두고 과연 노고지리가 무엇을 보고 노래하느냐고 딱 부러지게 물으면, 정답이 '자유'가 아니라는 것 말고는 도무지 확실한 것이 없다. 이어서,

> 어째서 자유에는
> 피의 냄새가 섞여 있는가를
> 혁명은
> 왜 고독한 것인가를

에서 우리는 혁명의 '고독'이 자유에 섞인 '피의 냄새'와 직결되었음을 깨닫는다. 그러나 이는 혁명의 방관자가 아닌 '자유를 위해서 비상하여본 일이 있는 사람'의 깨달음이다. 게다가, 깨달음으로써 혁명에 환멸을 느

끼고 돌아선 나약한 지식인의 고독도 아님을 그 담담하고 명쾌한 시행의 흐름이 알려준다. 그리고 바로 이 점을 최종적으로 확인하는 것이, 앞의 "혁명은/왜 고독한 것인가를"이라는 말을 받아서 "혁명은/왜 고독해야 하는 것인가를"(강조는 인용자)이라고 끝맺는 단 두줄의 제3연이다.

정작 이런 식의 해설은 3부와 4부의 후기시로 가면서 훨씬 더 요긴해진다. 나로서는 이미 쓴 글에서 그중 몇편을 다룬 바도 있고 이번 선집을 엮으면서 새롭게 풀이해볼 생각이 떠오른 시들도 있다. 그러나 아직도 '해설'이나 '해석'의 엄두조차 안 나는 작품이 허다한 것이 사실이다. 동시에 비슷한 처지에 있는 독자들에게 그 때문에 너무 조바심할 필요가 없음을 알리는 것도 해설자의 한 임무라 생각된다. 중요한 것은 시 자체와 두려움 없이 만나는 일이다. 아니, 시를 아끼고 어려워하는 마음은 갖되 다른 모든 두려움과 집착은 버리는 일이다.

실제로, 그럴듯한 언사를 농함으로써 시 자체와의 만남을 회피하고 심지어 시를 죽이기까지 하는 작태는 오늘날 그 어느 때 못지않게 극성스럽다. 혹은 '민중시' 혹은 '순수시'에 관한 논의들뿐 아니라 이런저런 이름이 붙는 작품들 자체에도 그러한 혐의를 걸게 되는 일이 흔하다. 이런 상황일수록 김수영의 살아 있음을 올바로 증언하는 산 자의 책무가 막중해진다. 그것은 김수영을 위해서라기보다 우리 자신의 삶을 삶답게 만들려는 노력의 일부인 것이다.

그런 취지에서, 나 또한 시의 생명을 죽이는 언설에 본의 아니게 가세할 위험을 무릅쓰면서, 김수영의 마지막 작품이자 가장 유명한 시 가운데 하나인 「풀」에 대해 한두마디 덧붙이기로 한다. "바람보다도 더 빨리 울고/바람보다 먼저 일어난다"는 이 작품 속의 풀은 민중의 상징으로 곧잘 이야기되고, 김수영의 모더니스트적 한계를 엄중히 추궁하는 쪽에서조차 유독 이 시만은 민중시의 영내에 진입한 작품으로 평가받는 일이 흔하다. 그런데 여기서도 중요한 것은, '풀=민중'의 손쉬운 등식은 성립하지 않으며 「풀」 역시 일종의 난해시의 형태로 민중에 대한 읽는 이의 상념을 촉발하고 있다는 점이다. 그리고 이것이 김수영 이후 너무도 흔해진 풀을 비유한 시들, 그리하여 "이제 노래하려거든/반외세보다/반독재보다/앞서 풀로써 비유하지 말라/우리나라 민중 1억 비유 때문에 노예이리라"는 고은의 때맞춘 질타(고은 시집 『네 눈동자』 1부에 실린 「풀」 부분)를 불러일으킨 시들과 다른 점이다. 그렇다고 김수영의 「풀」에서 민중의 모습을 연상하는 것 자체가 민중문학론자의 억측이라 보아서는 안 된다. '풀'과 '민초'는 말뜻에서부터 이미 연결되거니와, 「풀」에 앞선 김수영의 작업에서도 「풀의 영상」이라든가 「꽃잎 3」 등의 풀 이미지는 모두 가냘프면서도 더없이 질기고 강한 어떤 것을 암시해온 터이다. 그리고 이 마지막 작품에 가서 민중의 존재가 이러한 비유 아닌 비유를 통해서나마 떠오르게 된 것은, 시인이 「말」에서와 같은 "죽음을 위한 말 죽음에 섬기는 말/고지식한 것을 제일 싫어하는 말"의 연습을 거듭해왔고 「사랑의 변주곡」 같은 "잘못된 시간의/그릇된 명상"도 마다하지 않았으며 「여름밤」에 이르러 그가 제일 못 참아하던 '소음'도 달리 볼 줄 알게 됨으로써 가능해진 것이다. 그러므로 「풀」 자체는 역시 하나의 소품이지만, 김수영이 그때 죽지 않았더라면, 결코 산문적인 의미로 환원될 수 없다는 점에서는 끝까지 '난해시'와 통할지라도 좀더 독자에게 친절하고 민족적·민중적 정서에 친근한 걸작들을 쓰게 되었으리라는 심증을 굳혀준다.

마지막으로 이 선집 본문의 특성에 대해 한마디. 책머리에 일러두었듯이 제목 이외의 한자는 최대한으로 줄였다. 원래 김수영은 쉼표 하나 빼고 넣는 일에도 범연치 않았던 만큼, 어떤 낱말을 한자로 쓸지 한글로 쓸지도 그 나름의 진지한 운산을 거친 선택이었음은 물론이다. 하지만 오늘날의 독자에게는 한자를 잘 몰라서 불편한 것은 차치하고도, 한자/한글 표기에 대한 감각 자체가 김수영 자신이나 그가 알던 독자들의 그것과 판이하다. 물론 전문적인 연구자라면 김수영의 감각에 최대한으로 돌아가 그의 원문을 읽어보는 과정을 거쳐야 옳지만, 대다수의 독자들에게는 이것이 지나친 요구이기 쉽다. 그렇다고 원문의 한자를 괄호 속에 넣어주는 것은, 원래의 표기에 손을 대기는 마찬가지이면서 얻는 바는 훨씬 적다. 아니, 무엇보다도 김수영 시의 특징인 속도감을 상실하는 치명상을 남긴다.(김수영의 시와 다른 성격의 시에서도 그 흐름의 완급이 중요하기는 마찬가지일 터이다.) 그런데 의미의 혼란을 일으키지 않는 한에서 모든 한자를 없앴을 경우, 이점은 한글세대가 읽기 편하다는 것으로 끝나지 않는다. 사실 김수영의 시 중에 얼마나 많은 수가 한글만으로 써도 그대로 뜻이 통하며(한글에 음의 길고 짧음을 표시하는 장치까지 있다면 이 수효는 더 늘어났을 것이다), 또 그렇게 표기된 시의 산뜻하고 경쾌한 맛이 김수영 시의 본성과 얼마나 자연스럽게 어울리는지는 나 자신도 이번의 실험을 통해 처음 발견한 셈이다. 이것이 한자가 혼용된 원문을 미리 알고 있는 나의 착각인지 아니면 김수영 시의 살아 있음의 또 하나의 증거인지는 독자들의 판단에 맡기고자 한다.

—김수영 시선집 『사랑의 변주곡』 발문, 창작과비평사 1988

살아 있는 신동엽[*]

　오늘은 신동엽 시인의 20주기를 맞아 그를 추모하는 자립니다. 추모한다는 것은 돌아가신 분을 다시금 생각해보는 일입니다. 고인을 생각할 때에 생전에 가깝게 지냈던 분들은 그만큼 슬픔이 더하겠지요. 그런데 직접적인 관계가 없는 사람들에게는 추모의 밤이란 것이 슬프다기보다 오히려 하나의 즐거운 행사가 될 수도 있습니다. 저는 신동엽 시인과 아주 가까웠던 사람은 아니지만 생전에 친분도 있었기 때문에, 한편으로 슬픈 마음이 우러나면서, 다른 한편으로는 이렇게 모여 신동엽 시인을 추모하면서 그에 대한 이야기를 나누게 된 기쁨을 상쇄해버릴 만큼 개인적인 슬픔이 크다고는 할 수 없겠습니다. 그런데 누구의 경우나 시간이 오래갈수록 슬픔이 절실한 사람의 수효가 줄어들지만, 모든 사람의 경우에 세월이 흐를수록 추모하는 행사가 즐거워지는 것은 아닙니다. 그가 살아 있는 동안에 뭔가 뜻있는 일을 하였을 경우에만 해를 거듭할수록 추모하는 마음

---

* 이 글은 신동엽 20주기 기념강연 내용에 약간의 첨삭을 한 것이다.

이 더해지고 추모행사가 하나의 축제처럼 되는 것입니다. 오늘 이 자리에 오신 분들의 대다수는 신동엽 시인이 20년 전에 돌아가셨다고 해서 애통한 마음을 가지고 오셨다기보다는 훌륭한 시인을 추모하는 뜻있는 행사에 동참한다는 즐거운 마음을 가지고 오셨으리라 믿습니다. 제가 볼 때 이것이야말로 신동엽 시인이 이 땅에 지금 살아 있다는 증거라고 봅니다. 그의 육신의 죽음과 더불어 그가 아주 가버린 것이라면 가족과 친구들에게는 추모와 애통의 정이 두고두고 남을는지 몰라도, 추모의 밤이 오늘과 같이 많은 생면부지의 사람들에게 축제가 될 수는 없을 것입니다.

신동엽 시인이 살아 있다는 증거는 그밖에도 많이 있습니다. 오늘날 우리의 민족문학이 여전히 여러가지 어려움을 겪고 있습니다만 신동엽 시인이 살아 있을 때와 같은, 남정현(南廷賢) 선생과 두분이서 다방에 앉아서 속닥거려야 하는 그런 답답한 상태하고는 아주 판이한 수준에 이르러 있습니다.[1] 뭐니뭐니 해도 민족문학이 우리 문학의 큰 물줄기를 이루고 있고 거기서 신동엽 시인이 하나의 주된 원천으로 자리 잡고 있습니다. 시인에 따라서는 신동엽 시인의 영향을 직접 많이 받은 사람도 있고 덜 받은 사람도 있습니다. 또 그것을 의식하는 사람도 있고 의식하지 못하는 사람도 있습니다만, 신동엽 시인이 돌아간 후에 우리 민족문학에 큰 공적을 남긴 시인들의 경우에는 다소간에 신동엽 선생의 영향을 받지 않은 시인이 없다고 생각됩니다. 그 예로 70년대의 김지하 시인이 있습니다. 김지하는 김수영과 신동엽의 유산을 자기 나름으로 종합하려고 의식적으로 노력했던 시인입니다. 그 증거는 그의 시에서도 여기저기 눈에 뜨입니다만, 이런 작업의 일환으로 그는 '풍자냐 자살이냐'라는 제목으로 김수영론을 하나 썼습니다. 그런데 사실은 김수영론의 자매편으로 신동엽론을

---

1 〔『창작과비평』 1989년 여름호에 실린 남정현의 기념강연 「어두운 시대 시인의 꿈」 참조.〕

쓰려다가 못 쓴 일이 있습니다. 「오적」 사건이 나고 이런저런 이유로 쫓기다보니까 결국 못 쓰고 말았습니다만, 김지하 시인이 신동엽론을 쓸 생각을 했던 것 자체가 단순히 평론 한편을 써보겠다는 것이 아니라 자신의 창작에 직접적인 의미를 갖는 선배 시인으로서 김수영과 신동엽을 자기식으로 소화할 필요를 느꼈던 것입니다.

또 최근 터무니없는 이유로 구속되어 오늘 이 자리에 못 나오신 고은 선생도, 사실 시인적인 체질이나 시를 써온 과정이 신동엽 선생과는 매우 다른 편이고 직접적인 영향을 덜 받은 셈이라고도 말할 수 있겠습니다마는, 70년대 이래 그분이 민족·민중문학의 빛나는 시인으로 발전하는 과정에서 신동엽 시인의 영향은 적지 않았고 그 스스로가 신동엽의 선구적 공로를 높이 평가하는 말을 여러번 한 것은 알려진 사실입니다. 그밖에 신경림 시인이라든가 양성우(梁性佑) 시인, 또 지금 한창 방북문제로 유명한 문익환(文益煥) 목사 같은 분도 있습니다. 아시다시피 문목사는 훌륭한 시인이기도 하고 그의 「꿈을 비는 마음」이라는 시는 널리 알려진 빛나는 작품입니다. 그런데 저는 이 시가 신동엽의 「술을 많이 먹고 잔 어젯밤은」이란 시를 모방했다고 주장하는 것은 아닙니다만, 두 시의 발상이 비슷하다는 것은 누구나 쉽게 알아볼 수 있는 일이고 신동엽 시인의 선구적 작업을 통해 「꿈을 비는 마음」과 같은 시가 나올 터전이 닦였다고 말하는 건 무리가 없을 것입니다. 또 문목사의 민중사상이 도달한 '발바닥'의 비유에 앞서 신동엽의 「발」이라는 시가 있었던 것도 기억납니다.

이렇게 직간접의 영향들이 많습니다만, 그러나 시인이 살아 있다는 것은 무엇보다도 그의 작품이 독자에게 살아 있는 시로서 지금도 생생하게 읽힌다는 뜻이겠습니다. 신동엽 시인의 시는 그 시가 담고 있는 내용이랄까 이념적인 주장에 있어서도 매우 선구적이었고 지금도 그것은 우리 사회의 선진적인 인사들에 의해서나 거리낌 없이 받아들여질 수 있는 그런 내용을 담고 있습니다. 하지만 단지 이념적으로 앞서 있다는 것만 가지고서 좋은 시가 되는 것은 아닙니다. 만약 이념적인 선진성뿐이라고 한다면 이것은 시대가 발전하면서 선진적인 이념이 더 널리 퍼졌을 때 그 현재적인 의미가 없어지게 됩니다. 물론 남보다 앞서 그런 주장을 했다는 공적이야 길이 남겠지만 작품 자체가 시로서 살아 있다고 말하기는 어렵겠지요. 그러므로 단순한 이념적 선진성만이 아니라 시로서 구현되어서 지금도 힘을 발휘하고 있는, 이러한 작품일 때 우리가 살아 있는 시라고 말할 수 있을 것입니다. 그리고 일단 그렇게 살아 있는 시가 되고 나면 그것이 담고 있는 이념적 주장이 널리 알려져서 더이상 새롭지 않아졌을 때, 심지어 그런 주장의 어느 부분은 낡아버렸다든가 오늘날의 소재로서는 충분치 못하다고 느껴지는 면이 있을지라도 여전히, 어떠한 새로운 선진적인 이념이나 주장으로도 대신할 수 없는 힘을 발휘한다고 봅니다.

그러면 신동엽 시인이 정말로 살아 있다고 할 때는 이러한 훌륭한 시가 된 작품을 그가 많이 썼다는 이야기가 되겠는데, 오늘은 시간제한도 있고 하니 그가 남긴 걸작들 중에 여러분이 익히 아시는 유명한 시 「껍데기는 가라」라는 시를 가지고 그의 '살아 있음'을 이야기해보도록 하겠습니다. 이 시는 여러분이 잘 아실뿐더러 아주 짧은 시이기 때문에 이런 자리에서 거론하기에 알맞으리라 믿습니다.

저 자신 1975년도에 「민족문학의 현단계」란 글을 쓰면서 이 시를 가지고 좀 길게 논의했던 일이 있습니다. 그때가 75년 봄이었는데, 소위 긴급조치라는 것이 74년도에 나왔다가 74년 후반에 해제됐고 다시 75년도에 들어와서 '긴급조치 9호'가 선포돼서 유신시대가 끝날 때까지 계속됩니다. 어쨌든 긴급조치가 발동되었다가 해제되고 다시 발동되는 이런 와중에서 '민주회복운동'이 진행되고 있었습니다. 유신 이전 수준의 민주주의나마 우선 되찾아보자는 운동이었지요. 그때 저로서는 "사월도 알맹이만 남고/껍데기는 가라"라고 한 이 시가 그 시점에서 어떤 현재적 의미를 갖는가를 살펴보고자 했던 것입니다. 일차적인 목표로 '민주주의'의 이념을 내세웠던 4월혁명이 70년대 민주회복운동의 입장에서 우리에게 말해주는 것이 무엇인가를 생각해봤을 때, 4월혁명을 단순히 부정선거에 항의하는 의미로나 또는 학원사찰에 반대하는 학생들의 저항의 차원으로 볼 것이 아니라, 이것을 우리 민족사의 큰 흐름 속에서 보고 이 미완성의 작업을 70년대 중반에 우리의 민주회복운동이 추구하고 있다는 관점이 필요하다는 것이 제 생각이었고, 바로 그런 관점이 60년대에 씌어진 「껍데기는 가라」에 이미 구현되어 있다는 것을 발견했던 것입니다. 그래서 10년 가까이 지난 뒤에도 그 시가 바로 75년 현재의 시점에서 우리에게 필요한 이야기를 하고 있다는, 생생히 살아 있는 시라는 취지의 논의였습니다.

75년 이후에도 우리 역사에는 많은 변화가 있었습니다. 역사적인 대사건을 둘만 들더라도 80년 5월에 광주민주항쟁이 있었고 87년 6월에는 전국적인 시민봉기를 통해 일단 5공화국의 종말을 고하는 집권층의 양보를 얻어냈습니다. 그만큼 신동엽 시인으로서는 예측할 수 없었던 큰 변화가 일어난 것입니다. 그의 죽음으로부터 20년이란 세월이 흘렀고 「껍데기는 가라」가 씌어진 때로부터는 20년도 넘게 흐른 현재의 시점에서 다시 한번 이 시를 읽어볼 때, 과연 오늘도 이 시가 현재적인 의미를 담고 있는가? 또는 한걸음 더 나아가서, 75년도에 읽었을 때보다 89년 시점에서 더 많은 것을 담고 있는 것은 아닌가, 그야말로 지금 이 순간에 더욱 생생하게 살아 있는 것이 아닌가 하는 물음을 던져보려는 것입니다. 길지 않은 시니까 우선 한번 낭독해보겠습니다.

껍데기는 가라.
사월도 알맹이만 남고

껍데기는 가라.

껍데기는 가라.
동학년 곰나루의, 그 아우성만 살고
껍데기는 가라.

그리하여, 다시
껍데기는 가라.
이곳에선, 두 가슴과 그곳까지 내논
아사달 아사녀가
중립의 초례청 앞에 서서
부끄럼 빛내며
맞절할지니

껍데기는 가라.
한라에서 백두까지
향그러운 흙가슴만 남고
그, 모오든 쇠붙이는 가라.

우선 첫째 연을 보면, "사월도 알맹이만 남고/껍데기는 가라"라고 했습니다. 60년대의 그 시점에서 '4월도'라고 한 것은, 4월혁명이 시인이 직접 겪은 사건이고 가장 최근의 커다란 사건인데 이렇게 큰 역사적 사건일지라도 우리가 그것을 그대로 수용할 것이 아니고 알맹이만 남기고 비본질적인 껍데기는 버려야 한다는 주장이겠습니다. 이것은 특히 5·16을 통한 반동기의 탄압을 겪으면서 4월마저도 우리가 중요한 것을 골라내고 필요한 것을 추려냄으로써만 4월을 왜곡하고 묻어버리려는 그 당시의 어두운 역사를 이겨낼 수 있다는 뼈저린 각성을 담은 것입니다.

그런데 오늘의 시점에서 읽어보면 이 '4월도'라는 구절이 신동엽 시인이 알았던 최근의 역사적 대사건으로서의 4·19, 그런 커다란 역사로서의 4월도 알맹이만 남고 껍데기는 가라라는 일차적인 의미가 있는 동시에, 이에 덧붙여 4월뿐 아니라 '5월도' 알맹이만 남고 껍데기는 가라, '6월도' 알맹이만 남고 껍데기는 가라라는 문제제기를 연상하지 않을 수 없습니다. 요는 그런 연상을 함으로써 이 시가 말하는 바가 더욱 시의적절하게 들리느냐, 아니면 5월이나 6월이 있기 전의 발언으로서 그 시대적 한계를 드러내느냐 하는 것입니다.

사실 역사의 큰 사건이란 그것이 큰 사건일수록 비본질적인 요소들이 더 많이 끼어들기도 합니다. 큰 역사적인 사건이 일어나면 평소에는 별로 움직이지 않았고 사건이 지나고 나면 다시 원래의 타성으로 돌아갈 사람들도 끼어들게 되고, 또 거기에 기회주의적으로 편승하는 사람들도 생기게 됩니다. 또 처음에는 순수하게 참가했다가도 나중에 가서 사사로운 이익을 위해 4월이나 5월 또는 6월의 명성을 이용해먹으려는 사람들이 많이 생겨나게 됩니다. 그래서 4월뿐 아니라 5월, 6월을 겪은 지금 우리들로서도 우리가 5월의 의미를 제대로 살리고 또 6월항쟁을 제대로 계승하고 완수하기 위해서는, 무엇이 그 본질이고 무엇이 허상인지에 대한 냉철한 논의가 필요하다고 하겠습니다. 이러한 절실한 문제를 "사월도 알맹이만 남고/껍데기는 가라"라는 제1연이 일단 제기하고 있다고 하겠습니다.

그런데 이 4월의 알맹이를 무엇으로 보고 있는가 하는 것, 4월의 껍데기를 어디서 찾고 4월의 알맹이를 어디서 찾는가에 따라서, 신동엽의 발언이 60년대 또는 70년대의 시점에서 얼마나 현재성이 있었고 80년대 말의 시점에서는 또 얼마큼의 현재성이 있는지가 판가름날 것입니다. 그에 관한 이야기가 다음 연에 나옵니다. 4월을 얘기한 다음에 그는 이것을 곧바로 1894년의 갑오농민전쟁으로 연결시키고 있습니다. "동학년 곰나루의, 그 아우성만 살고/껍데기는 가라." 다시 말해서 4·19혁명 가운데서도 동학년 곰나루의 그 아우성과도 통하고 그 민중의 함성 앞에서도 부끄럽지 않은 것만 남고 나머지는 가라는 것입니다. 이것은 4·19의 경우 아까도 말씀드렸듯이 일차적으로는 3·15부정선거에 대한 규탄이고 또 학생들이 학원사찰을 반대해서 나왔기 때문에, 4·19 자체가 단순히 자유민주주의적인 절차를 위해서 싸운 것이다, 입헌정치를 위해서 싸운 것이다, 의회민주주의를 위해서 싸운 것이다라는 식으로 한정해서 평가하려는 사람들이 있고, 다른 한편에서는 4·19 때는 순수한 학생들이 아무런 정치적 욕심도 없이 비폭력으로 나서서 싸웠는데 그 이후의 민중운동을 보면 점점 불온해지고 계급을 얘기하고 민족해방을 얘기하고 한다면서 민중운동을 매도하는 일에 4·19까지 동원하는 경향이 있는데, 거기에 대해서 신동엽은 그렇지 않다——이것은 그렇게 그가 직접 얘기했다는 것이 아니라 제가 풀이하건대——가령 학생들이 정치권력에 대한 설계가 없이 그야말로 순수한 열정으로만 일어섰다는 것은 어디까지나 그들의 한계이고 4·19의 한계이며 서구식 의회민주주의에 대한 주장도 4·19의 본질은 아니다, 이렇게 말했던 것입니다. 4·19에서 진짜 알맹이에 해당하는 것은 민중들이 외세를 배격하고 민중의 해방을 위해서 심지어 무기까지 들고 일어섰던 동학년 곰나루의 그 아우성, 이것이 4·19에서 우리가 진정으로 살려야 할 알맹이와 통하는 것이라는 점을 신동엽은 60년대 중반의 시점에서 이미 밝혔던 것입니다.

이 점은 70년대 중반 민주회복운동에서도 절실한 교훈이었습니다. 유신 이전의 비교적 자유민주주의에 가까운 헌법을 회복하는 것만이 운동의 목표라고 생각하는 사람들도 다수 있었으니까요. 더구나 80년 광주를 겪은 오늘의 시점에서 볼 때, 광주에서 무기를 들었으니까 폭도가 아니냐라든가 또는 무기를 빨리 반납했더라면 희생을 줄였을 텐데 무모하게 반항하다가 희생을 늘렸다느니 하는 식으로 광주민주항쟁을 왜곡하고 그 의의를 폄하하는 태도에 대해서도 신동엽의 이 제2연이 그대로 반박이 될 수 있을 것입니다. 여기서 한가지 주목할 점은, 4·19 이전의 민족사적 대사건을 이야기하는 데서 3·1운동이 빠져 있습니다. 왜 빠져 있느냐? 짧은 시니까 중요한 것이라고 일일이 다 넣을 수는 없는 것이 사실입니다. 그러니까 서두에 "사월도 알맹이만 남고/껍데기는 가라"라고 한 다음에 과거에 있었던 사건을 하나만 들고 그다음에는 아사달·아사녀 이야기로 넘어갑니다. 그런데 이때 들 수 있는 과거의 큰 사건으로 3·1운동과 갑오농민전쟁 둘이 있겠는데, 둘 다 넣을 수 없고 하나만 넣는다고 했을 때 동학년을 넣는 것이 훨씬 더 이 시의 성격에 맞는 것이 분명합니다. 그렇다고 해서 신동엽이 3·1운동을 과소평가한 것이 아니라는 점은 『금강』의 「후화 2」에서도 잘 나타납니다. 거기서는 1894년, 1919년, 1960년을 차례차례 얘기하는데, 짧은 시를 위해서 생략을 한다고 할 때는 3·1운동을 생략하는 것이 이 맥락에서는 적절합니다. 단순히 그것이 시기적으로 중간에 끼어들기 때문이 아니라, 3·1운동의 경우는 '폭력'의 문제라든가 또는 밑바닥 민중의 봉기라는 성격이 동학혁명에 비해서 그다지 분명하지 않습니다. 그렇기 때문에 3·1운동을 집어넣으면 시가 길어질 뿐 아니라 신동엽이 여기서 말하고자 하는 초점이 흐려질 우려가 있는 것입니다. 그래서 바로 동학년으로 갔던 것이 시인의 적절한 판단이었고, 광주를 겪고 난 우리에게 그만큼 더 생생하게 살아 있는 시가 되는 데 기여하고 있다고 생각합니다.

그런데 1, 2연만 본다면 이 시는 단순히 하나의 정치시에 불과할 수 있습니다. 정치시가 나쁘다는 말이 아니라 다분히 한정된 의미의 정치시에 머물러서 그 정치적인 주장 자체가 호소력이 덜해질 수 있다는 것이지요. 그런데 이 시에서는 4월과 동학농민전쟁을 연결시킨 다음에 어떻게 보면 그 앞의 농민전쟁을 얘기하던 데서 엉뚱하다면 엉뚱하다고 할 비약이 이루어집니다. "그리하여, 다시/껍데기는 가라./이곳에선, 두 가슴과 그곳까지 내논"—그러니까 완전히 벌거벗었다는 얘기죠—"아사달 아사녀가/중립의 초례청 앞에 서서/부끄럼 빛내며/맞절할지니." 아무리 삼국시대나 상고시대라 할지라도 완전히 벌거벗고 혼례하는 일은 없었을 것입니다. 이것은 사실적인 묘사가 아니라 신동엽의 어떤 사상을 과감하게, 대담한 심상을 통해 드러낸 것이지요. 평론가 구중서가 강조한 바 있는 '알몸의 사상'이라는 것이겠습니다. "이곳에선, 두 가슴과 그곳까지 내논"이라고 한 것은 알몸이란 말인데, 사실 '알몸'이라는 말도 점잖은 편이고, "두 가슴과 그곳까지 내논" 하면 더 노골적인 이야기죠. 아사달과 아사녀는 석가탑·다보탑을 만든 백제의 석공과 그 아내입니다만, 단군조선의 왕도가 아사달이었다는 사실도 시인에게 적잖은 의미를 가졌으리라 생각됩니다. 어쨌든 그것은 먼 옛날 우리 조상들의 뜨겁고 순결한 삶을 상기시켜주는 이름들입니다. 그런데 이번〈1989년〉『창작과비평』봄호에 김종철(金鍾哲) 교수가 적절한 지적을 했습니다만, 흔히 신동엽의 복고주의를 얘기하는데 그것은 정당한 얘기가 아니라는 거지요. 신동엽은 이조 봉건사회라든가 고려의 귀족사회를 찬미한 적이 한번도 없습니다. 항상 그보다 훨씬 더 멀리 올라가서 후고구려라든가 고구려, 백제, 또는 더 옛날인 삼한시대, 이런 것을 이야기했고 그것도 "두 가슴과 그곳까지 내논/아사달 아사녀"에서 보듯이 역사적 사실로서 얘기한 것이 아니라 인류의 원초적인 순결성과 우리 민족 고유의 덕성이 제대로 살아 있는 삶의 표상으로서 이야기하는 것입니다.

"중립의 초례청 앞에 서서", 여기서 중립이란 말도 대단히 중요한 말입니다. 이것이 단순히 국제정치학적인 개념이 아니라는 점은 이미 여러 사람들이 지적했고, 75년의 글에서 저도 그렇게 말했습니다. 또 무대가 아사달·아사녀의 초례청인 만큼 그것은 당연한 이야깁니다. 다시 말해 여기서는 '중립'이 '중도' '중용' 등 어떤 궁극적인 덕성과 진리의 길을 뜻하고 있다고 보겠습니다. 그러나 신동엽 자신이 이 땅은 중립이 되어야 한다, 그래서 어느 강대국과도 연결되지 않고 우리들대로 평화롭게 살아가야 한다는 신념을 가졌던 것이 사실입니다. 또 그렇기 때문에 '중도'나 '진리'라는 말보다도 중립이란 말을 굳이 썼을 것입니다. 그래서 오늘의 독자들로서는 일차적으로 한반도의 중립, 통일된 조국의 중립화를 연상하지 않을 수 없고 지금처럼 냉전체제의 최전방국으로 편입된 우리의 처지에서는 자주화의 과제를 떠안는 것이 됩니다. 사실은 아까 얘기한 「술을 많이 먹고 잔 어젯밤은」이란 시에도 "중립의 분수는/나부끼데"라는 구절이 나옵니다. 바로 이 구절이 그 시가 『창작과비평』(1968년 여름호)에 처음 실릴 때 "합창의 분수"로 바뀌어 나온 일이 있습니다. 부끄러운 고백입니다만, 그때 이미 '창비'에 대해 불온하다느니 어쩌느니 하는 이야기가 하도 많았고 중립화 이야기를 했다가 잡혀간 사람도 있던 시절이라 제가 겁을 먹고 고치자고 했던 겁니다. 지금 젊은이들이 들으면 비웃을 일이고 신동엽 선생도 제가 공연히 겁을 먹는다고 느끼셨을 테지만, 저를 생각해서 한참 궁리하던 끝에 '중립'을 '합창'으로 바꾸었던 거지요. 나중에 『신동엽 전집』(1975)을 낼 때 도로 고쳤습니다만, 어쨌든 국제정치적인 의미의 중립도 신동엽 시인에게 절실한 문제였고 그것이 민족의 화해라는 사상, 반전·자주의 사상과 직결된 것이었음을 알 수 있습니다. 그러나 이 시에서는 그것이 직접적인 정치적 주장으로서가 아니라 벌거벗은 삶의 아름다움과 소중함을 말하는 과정에서 암시된다는 점이 중요합니다.

"중립의 초례청 앞에 서서/부끄럼 빛내며 맞절할지니"——그렇지요, 벌거벗었으니 부끄러움도 있어야지요. 그렇지 않으면 현대의 나체주의자들과 다를 바가 없겠지요. 당당하게 벗고 있으면서도, 알몸으로 있으면서도 부끄러움이 — 여기서는 수줍음이죠, 치욕감이 아니라. 신랑 신부로서, 그리고 알몸을 내논 사람으로서 당연한 수줍음을 품고 있는데, 그것은 어디까지나 빛나는 부끄러움인 것입니다. 이런 제3연을 통해 '알맹이'란 것이 4·19의 알맹이, 동학혁명의 알맹이뿐만 아니라 우리 삶 자체의 그야말로 벌거벗은 알맹이, 적나라한 모습 그대로인 것이 드러납니다. 그랬다가 제4연으로 가면 다시 현재의 상황으로 돌아와서, 제가 말할 필요도 없이 지금 이 시점에서도 여전히 절실한 통일의 염원, 진정한 평화의 염원을 발음합니다. "껍데기는 가라./한라에서 백두까지/향그러운 흙가슴만 남고/그, 모오든 쇠붙이는 가라."

이 당당하고 간절한 주장은 5월과 6월을 겪고 통일운동이 새로운 차원에 다다른 오늘의 시점에서, 특히 이 땅에서 핵무기를 철거하고 군사독재와 군사문화를 청산하며 모든 폭력기구, 쇠붙이를 추방해야 할 이 시점에서, 원래 이 시가 씌어졌던 60년대 중반이나 또는 저 자신이 이 시를 한번 다시 살펴봤던 70년대 중반의 시점에서보다 훨씬 현실성이 있고 호소력이 큽니다. 그런 점에서도 지금 이 순간에 살아 있는 시라는 뜻이 되겠지요. 그런데 이렇게 살아 있는 것은 단순히 마지막 연의 주장이 오늘의 상황과 일치해서가 아니라, 1, 2연에서 4·19에 대한 반성과 동학년의 전통에 대한 인식이 간결하게 제기된 뒤 그것을 아사달·아사녀의 알몸의 중립으로까지 끌고 갔던 시적 작업의 결론으로 그 주장이 나오기 때문입니다. 예컨대 "향그러운 흙가슴"이란 표현은 그 자체로도 사람의 마음을 파고드는 힘이 있습니다만, 3연의 "두 가슴과 그곳까지 내논" 아사달·아사녀, 그리고 2연의 동학농민들이 지녔던 농토에 대한 간절한 사랑, 이런 것과 연결됨으로써 더욱 그 울림이 깊어집니다. 그리고 2연에서 동학년의 무장항쟁을 인정한 것과 4연에서 "모오든 쇠붙이는 가라"라고 한 것이 제3연이 있음으로써 아무런 모순 없이 양립합니다. 오히려 신동엽의 사상이 덮어놓고 무장투쟁을 찬미하는 태도도 아니려니와 절대적 비폭력주의·평화주의도 아닌, 독특한 깊이를 지닌 사상임을 이 짧은 몇마디에 담고 있습니다.

이 시가 바로 이렇게 짧은 시라는 형식이 갖는 중요성에 대해 한마디 부연하겠습니다. 이렇게 짧지 않고 좀더 긴 시였다면 아마 틀림없이 여러가지 질문이 나왔을 것이고 그중 어떤 것은 신동엽이 감당하기 어려웠을지 모릅니다. 가령 길게 썼는데 3·1운동에 대한 언급이 없다 하면 왜 3·1운동이 빠졌느냐 하는 의문이 나올 수 있을 것이고, 3·1운동을 넣는다면 이 사건과 동학농민전쟁 그리고 4·19의 차별성을 정확히 짚어내야 할 것입니다. 그리고 마지막 연에서 "모오든 쇠붙이는 가라" 했는데 쇠붙이란 쇠붙이는 전부 다 가라는 거냐, 다 보내놓고 나면 정말 무사하겠느냐라든가 이런저런 여러가지 질문이 가능한 것입니다. 또 우리가 현실에서 이 시가 주장하는 바를 실천하고자 할 때는 그런 것들은 당연히 우리가 물어야 할 질문이기도 합니다. 3·1운동은 어떻게 보고 동학혁명은 어떻게 봐야 할 것이냐. 그 상관관계는 정확히 어떻게 설정하며 차별성은 어디에서 찾을 것인가. 또 쇠붙이를 보내야 할 텐데 어디서부터 어디까지가 '쇠붙이'인가. 중립국이 된다 해도 무장 중립도 있고 비무장 중립도 있습니다. 또 비무장한다고 하더라도 현실적으로는 치안유지를 위한 최소한의 쇠붙이는 있게 마련이지요. 예컨대 파출소에 M16을 둘 필요는 없을지 몰라도 아무런 무기도 안 두느냐, 이런 기타 등등의 많은 문제를 우리가 현실에 실천하는 과정에서 만날 수밖에 없는 만큼, 긴 시를 쓰면서 그 점을 언급 안 했다면 당연히 독자의 추궁을 받을 수가 있겠지요. 그러나 본질만 쓰려는 짧은 시를 두고 우리가 그러한 질문을 제기하는 것은 생트집에 불과하지요. 여기서는 본질을, 알맹이를 제대로 짚었는가가 중요할 따름입니다.

　신동엽 시인의 시세계 전체를 보면,「껍데기는 가라」는 짧으니까 이렇게만 얘기하고 넘어갔지만 다른 시들을 함께 읽을 때, 특히『금강』같은 장시를 볼 때 시인의 현실인식이 얼마나 구체적이고 적절했는가를 어느 정도 알아볼 수가 있습니다. 이 자리에서 자세히 분석할 겨를은 없겠습니다만, 제가 이번에『금강』을 20주기 추모행사의 하나로 별도 단행본을 내기 위해 새로 대본을 만들어봤습니다. 그 과정에서 교정쇄를 포함해서 이 작품을 새로 두어번 읽을 기회가 있었습니다.『금강』을 다시 읽을 때, 한편으로는「껍데기는 가라」에서 나온 목소리가 우연한 영감으로 한번 이렇게 멋있는 시가 나온 것이 아니라 동학농민전쟁에 대해서, 4·19, 3·1운동에 대해서, 그리고 오늘 우리 민중의 삶, 민족의 삶에 대해서 신동엽 시인이 평소부터 고민하고 사색하고 많은 검토를 한 결과로 나온 것이라는 점을 확인할 수 있었습니다. 여러분들도『금강』을 읽어보시면 가령 동학년의 현재성에 대한 생생한 실감이라든가 또는 4·19와 3·1운동과 동학혁명이 어떻게 연결되어 있다든가 이런 데 대한 구체적인 성찰을 확인할 수 있으리라고 봅니다.「서시 2」에서도 그렇고 아까 이야기한「후화」에서도 그렇습니다. 또 신동엽이 민족의 대단결, 민족의 자주성, 민중해방의 사상을 실제로 지녔던 시인이라는 점을 구체적으로 확인할 수 있습니다. 예컨대 동학군이 마지막으로 패퇴하는 우금치 싸움을 다룬 제20장을 보더라도, 싸움에 지고 이기고를 떠나 민중의 힘과 민중의 꿈에 대한 신뢰를 먼저 노래합니다.

　오 무서운
　힘이여

신이 나는 모임이여,

내일은 공주
모레면 수원
글피면 한양성

천추에
한 못다 풀
양반城의
점령이여

조국의 해방이여
백성의 해방이여

농민의,
노동하는 사람들의 하늘과 땅이여

오, 벌거벗고 싶은 감격이여
오, 위대한 반란이여,

꿀과 젖이 흐르는 땅,
꽃과 과일이 만발하는 강산이여,

눈빛과 웃음이
어우러지는 땅,

배불리 먹고살 수 있는 나라여.
아버지와 아들이
사랑할 수 있는 세상이여.

이런 데서도 신동엽 시인이 4·19의 알맹이를 찾으면서 그것을 동학년 곰나루의 아우성에서 찾았던 것이 결코 우연이 아님을 알 수 있을 것이고, 이것은 오늘날 우리가 이야기하는 민족의 자주화, 민중해방 사상에 그대로 이어진다는 것을 확인할 수 있습니다.

다른 한편, 오늘날 우리는 이것을 우리 현실에서 어떻게 실천해서 싸움에 이길 것인가 하는 문제에 부닥쳐 있고, 그러기 위해서는 민족의 자주성이라든가 또는 민중해방이라는 문제를 어떻게 과학적으로 파악해서, 예컨대 민중이라고 해도 그냥 막연하게 민중이 아니라 오늘 이 땅의 민중은 어떻게 구성되어 있으며 또 민중의 각 구성요인은 어떠한 역사적 역할을 맡으며 어떠한 일을 해야 하는가에 대해서 과학적으로 인식하여 운동을 성공시킬 수 있는 올바른 세계관과 노선을 요구하고 있고, 또 그런 논의가 진행되고 있습니다. 그런 관점에서 보면 『금강』에는 더러 추상적이고 부족한 부분도 나타납니다. 「껍데기는 가라」에서는 그 시의 짧은 형식에 불필요한 모든 것을 과감하게 빼버렸기 때문에 신동엽의 사상에서 가장 정수에 해당하는 부분만이 시로 승화되어 날이 갈수록 더욱 생생하게 살아 있습니다만, 『금강』에서는 길게 쓰는 과정에서 「껍데기는 가라」에서 미처 하지 못한 중요한 얘기를 구체적으로 더 해준 부분도 있는 동시에 신동엽이 자기 시대를 살면서 그 나름으로 지녔던 한계를 보여주는 부분도 있다고 생각됩니다.

그런데 그런 한계를 말할 때 과학적인 인식이라든가 구체적인 분석, 이런 것과 연관짓는 것은 당연합니다만, 과학적이란 것을 일방적으로 내세워서 신동엽 시인이 가진 정말 귀중한 부분을 과학의 이름으로 우리가 제쳐놓는 일이 생겨서는 안 되겠습니다. 가령 「껍데기는 가라」에서는 제1연과 제2연의 연결 같은 것은 요즘 강조되는 과학적인 시각에서도 크게 문제될 바 없지만 제3연으로 이어지는 데 대해서 어떤 사람은 고개를 갸우뚱하는 일도 있을 것입니다. 그러나 앞서 그 시를 읽으면서도 강조했지만 다른 시에서도 이런 면모는 신동엽 시인의 개인적인 하나의 특성이고 관심사일 뿐 아니라, 제가 보기에는 진정한 민족자주와 민중해방의 관점에서 우리가 반드시 간직해야 할 부분이고, 이것은 신동엽의 한계에 해당하는 사항이 아니라 오히려 우리 모두가 배우고 수호해야 하는 그의 귀중한 유산이라고 봅니다.

이런 유산을 특히 감명 깊게 담은 시의 하나로 「아니오」라는 시를 잠깐 살펴보겠습니다. 이 시는 『금강』의 어떤 대목에서 만나는 시인과 정반대입니다. 『금강』에서 신동엽은 분노했고 민중에 대한 연민을 이야기했는데 여기서는 미워한 적도 없고 눈물 흘린 적도 없다고 부정하고 나옵니다.

아니오
미워한 적 없어요,
산마루
투명한 햇빛 쏟아지는데
차마 어둔 생각 했을 리야.

아니오
괴로운 적 없어요,
능선 위

바람 같은 음악 흘러가는데
뉘라, 색동 눈물 밖으로 쏟았을 리야.

아니오
사랑한 적 없어요,
세계의
지붕 혼자 바람 마시며
차마, 옷 입은 도시계집 사랑했을 리야.

  미워한 일 없다, 괴로워한 일 없다, 일종의 역설이라면 역설입니다. 『금강』보다 먼저 씌어진 작품이긴 합니다만, 어쨌든 미워할 대상은 미워하기도 했고 많은 괴로움을 겪은 사람이니까 할 수 있는 말일 것입니다. 그러나 그 미움과 괴로움의 바닥에 깔린 것은 다른 것이라는 확인입니다. "산마루 투명한 햇빛" "능선 위 바람 같은 음악", 이런 것에 대한 고마움과 기쁨이 어떤 미움이나 괴로움의 바닥에도 있어야 한다는 얘기입니다. 『금강』에서도 분노와 연민만이 아니라 그보다 근원적인 삶의 기쁨과 고마움에 대한 인식이 있습니다만 그 양면이 완벽하게 결합되어 있다고는 보기 어렵습니다. 그에 비해 「아니오」라는 시에서는 현실의 어두운 면, 현실에 대한 "어둔 생각"을 전제하면서도 분노와 연민에 그치지 않고 그것을 다시 부정하고 나오는 한층 더 본질적이고 건강한 모습을 보여줍니다. 말하자면 '부정의 부정'이지요.
  마지막으로, 신동엽의 현재성을 다시 한번 구체적으로 확인하면서 이제 말한, 비본질적인 왜곡된 역사진행에 흔들릴 줄 모르는 우리 민족과 민중의 삶을 상기하게 되는 「조국」이란 시를 읽어보고 마치겠습니다. 이 시는 『누가 하늘을 보았다 하는가』라는 시선집에도 들어 있습니다. 그 선집은 10주기 때 나왔습니다. 10주기 때까지도 전집이 긴급조치로 묶여 있어가지고 신동엽 시인의 작품이 독자들에게 읽힐 수 없었기 때문에 그때 창작과비평사를 맡고 있던 염무웅 선생이 『금강』 등 특별히 말썽이 났던 시를 더러 빼고 당국에서도 이번에는 문제 삼지 않을 책을 한권 만들어보자고 냈었는데, 그래도 말썽이 됐어요. 이때 말썽이 된 것이 「조국」이라는 시였습니다. 그런데 이 사람들의 단속이 무슨 원칙이 있는 것도 못 되었습니다만, 「조국」을 가지고 트집을 잡은 것은 꽤 정확한 판단이 아니었는가 하는 생각이 듭니다. 그러나 10년 전에 작고한 고인의 시집이고 『금강』 같은 시를 제외한 '성의'도 인정을 받아, 한동안 실랑이를 한 끝에 겨우 판매금지를 면할 수 있었습니다.

「조국」을 보면, 실제로 한국의 역사에서 일어난 일들, 대한민국의 이름으로 또는 한국민의 이름으로 행해진 부끄러운 일들, 남북분단이라든가 외세에 대한 아부, 베트남 파병, 이런 것들을 한 것은 우리가 아니다, 조국아 그건 우리가 아니다라는 겁니다. 그때 우리라는 것은 지배계급이 아닌 민중입니다. 이것은 한국인으로서 책임회피를 하는 것이 아니고 역사에서 지배계급과 민중의 역할을 갈라서 볼 줄 아는 자세이며, 삶의 알맹이와 껍데기를 가려낼 줄 아는 "슬기로운 심장"인 것입니다. 이 「조국」이라는 시를 읽어드리는 것으로 오늘의 제 강연을 마칠까 합니다.

화창한
가을, 코스모스 아스팔트가에 몰려나와
눈먼 깃발 흔든 건
우리가 아니다
조국아, 우리는 여기 이렇게 금강 연변
무를 다듬고 있지 않은가.

신록 피는 오월
서부사람들의 은행 소리에 홀려
조국의 이름 들고 진주코걸이 얻으러 다닌 건
우리가 아니다
조국아, 우리는 여기 이렇게
꿋꿋한 설악처럼 하늘을 보며 누워 있지 않은가.

무더운 여름
불쌍한 원주민에게 총 쏘러 간 건
우리가 아니다
조국아, 우리는 여기 이렇게
쓸쓸한 간이역 신문을 들추며
비통 삼키고 있지 않은가.

그 멀고 어두운 겨울날
이방인들이 대포 끌고 와
강산의 이마 금그어 놓았을 때도
그 벽 핑계삼아 딴 나라 차렸던 건
우리가 아니다
조국아, 우리는 꽃피는 남북평야에서
주림 참으며 말없이
밭을 갈고 있지 않은가.

조국아

한번도 우리는 우리의 심장
남의 발톱에 주어본 적
없었나니

슬기로운 심장이여,
돌 속 흐르는 맑은 강물이여.
한번도 우리는 저 높은 탑 위 왕래하는
아우성소리에 휩쓸려본 적
없었나니.

껍질은,
껍질끼리 싸우다 저희끼리
춤추며 흘러간다.

비 오는 오후
버스 속서 마주쳤던
서러운 눈동자여, 우리들의 가슴 깊은 자리 흐르고 있는
맑은 강물, 조국이여.
돌 속의 하늘이여.
우리는 역사의 그늘
소리없이 뜨개질하며 그날을 기다리고 있나니.

조국아,
강산의 돌 속 쪼개고 흐르는 깊은 강물, 조국아.
우리는 임진강변에서도 기다리고 있나니, 말없이

총기로 더럽혀진 땅을 빨래질하며
샘물 같은 동방의 눈빛을 키우고 있나니.

—『창작과비평』1989년 여름호

서사시 『푸른 겨울』의 성취

언제부턴가 우리 주변에는 장편서사시가 무척이나 많아졌다. 80년대 초 어둡고 답답하던 세월에 주로 짧은 시의 기동성에 의지해서나 가슴속에 맺힌 이야기를 내뱉다가, 점차 그것만으로 부족하여 긴 시를 써내는 경우가 늘어났던 것 같다. 그것이 어느덧 하나의 유행이 되다시피 하였다. 유행이라고 말하는 것은, 산문소설을 통한 전력투구가 아직도 현실의 벽에 막히던 상황에서 장시 쓰기가 소설 쓰기보다 쉬워서 시가 길어진 경우도 많았기 때문이다. 그러다보니 자연 긴 시 쓰기가 짧은 시 쓰기보다도 쉬워지고 너무 쉽게 씌어진 장시의 범람에 식상한 독자도 적잖이 생기게 되었다.

나 자신은 장시를 많이 읽고 식상했다고 내세울 만큼 부지런한 축도 못되지만, 어쨌든 요즘 들어 장편서사시라고 하면 다소 회의감이 앞서는 게 사실이다. 그러던 중 어떤 인연으로 최형(崔炯) 시인의 『푸른 겨울』을 읽게 되었다. 두툼한 원고더미가 약간은 부담스러웠는데, 한번 시작하니 술술 읽히는 것이 반갑고 즐거웠다. 그러면서 어째서 이렇게 읽히는지 좀

신기스럽기도 했던 것이다.

　독자들도 비슷한 느낌이 아닐까 싶어 한두마디 풀이해보건대, 요즘처럼 매일매일 놀랍고 자극적인 자료들이 터져나오는 때에 『푸른 겨울』이 특별히 흥미를 끌 남다른 이야깃거리를 지닌 것은 아니다. 신경림의 『남한강』이나 고은의 『백두산』처럼 번뜩이는 재능과 기세로 독자를 사로잡는 바도 없다. 그런데도 이 작품은 어딘가 그 나름으로 독자를 끌어당겨 기나긴 이야기를 끝까지 읽도록 만드는 힘을 지닌 것이다.

　나는 그 힘의 근원이 무엇보다도 저자가 오랫동안 묵히고 삭혀온 자신의 절실한 체험을 아무 덧보탬 없이 전달하려는 그 성실성이라고 믿는다. 요즘에는 6·25 당시 좌익활동을 그리는 일쯤이야 새로울 것도 겁날 것도 없게 되어버렸지만, 저자가 이 작품을 구상하고 준비하며 드디어 교직에서 미리 물러나 집필을 결심하던 때만 해도 그것은 남다른 각오와 정성을 요하는 일이었다. 그런데 지리산 유격대원들의 피어린 기록마저 공개된 이제 『푸른 겨울』의 강준이나 정지만의 이야기쯤은 다 낡아버린 것일까? 나는 그렇지 않다고 본다. 좌우로 갈린 이들 두 친구는 어느 한쪽에서도 걸출하다거나 유다르게 특출한 인물은 못 된다. 둘 사이에 얽힌 곡절이 많다면 많지만 전쟁의 소용돌이 속에서 그만한 사연이 그다지 드문 것은 아니었다. 하지만 오히려 평범에 가까운 인물들이기에 그들이 겪은 사연을 진실되고 자상하게 기록하는 일이 뜻있고 어떤 점에서는 더 힘들기도 한 것이다.

　실제로 이런 이야기를 줄곧 읽히는 시로 만들기 위해 저자는 많은 배려를 했음이 눈에 뜨인다. 머리글에서 밝힌 대로 운문과 산문을 섞어나가면서 산문으로 된 대화 부분을 건너뛰어도 큰 줄거리는 이어지도록 썼다는 것도 그 한가지다.(다만 시간이 바쁜 독자는 운문만 읽어도 좋겠다고 한 것은 과도한 친절이다. 운문과 산문을 적절히 배합한 것이야말로 이 작품

의 은근한 묘수였던 셈이며, 실제로 제6장의 두어군데를 빼고는 산문 대목
이 장황해지는 일도 없다.) 장이 바뀌면서 강준과 정지만의 시점을 갈마
들게 만든 것 또한 단조로움을 피하고 경험의 영역을 넓혀놓았다. 토막마
다 소제목을 달고 그 나름의 완결을 추구한 것도 읽는 흥미를 돕는다. 그
러나 일견 덜 드러나지만 무엇보다 중요한 것은, 운문 자체가 거의 산문
과 다름없이 평이함과 차분함을 유지하게끔 철저히 객기를 씻어낸 그 정
성이다. 그렇기 때문에 평범한 가운데도 운문다운 격조를 잃지는 않으며,

> 구름빛도 새로이 펄럭여 오르던 깃발은
> 한 계절 회오리에 쓸리어 나가고
> 우리네 창문이 닫긴다. 춥다.

로 시작되는 '서시'의 의젓함이나,

> 한낮, 일꾼들의 낮잠에
> 들이 저 혼자 푸르러 있을 무렵이다.

라는 제5장의 한 구절(239면)의 생생함 같은 시적 효과를 거듭 이루곤 한다.
『푸른 겨울』은 이처럼 두 주인공과 그 주변 사람들의 6·25 체험을 생생
하고 차분하게 그려놓았지만, 이로써 6·25전쟁이라는 민족사적 대사건의
의미가 제대로 드러났는지는 의문이다. 강준을 포함한 주요인물들이 흔
히 말하는 '소시민적 한계'를 지녔다는 것만이 아니라, 시인 자신의 시선
도 주로 분단국 약소민족으로서의 통한과 동족상잔의 비애에 맞춰져 있
다. 그러나 소시민적 한계를 지닌 채 고뇌하고 갈등하며 무수히 죽어가기
도 했던 것이 수많은 그 시대 한국인들의 삶이었음 또한 사실이라면, 이

를 외면한 채 거창한 역사해석에 몰두하는 것은 그야말로 객기요 6·25의 초보적 교훈마저 못 삭인 꼴이다.『푸른 겨울』의 시인은 6·25의 전부는 아니더라도 자기가 몸소 겪고 깊이 생각한 만큼의 진실을 전달하는바, 그것이 쉽지 않은 성취임은 동족상잔을 그린 우리 주변의 허다한 작품들과 비교해도 드러난다. 영웅적인 주인공이 없는 대신, 강준이 내면의 갈등을 느끼지만 이념에 대한 전면적 회의를 설교하는 인물로 등장하지는 않으며, 마지막까지 준과 지만의 관계는 어정쩡한 상태로 남겨진다. 두 사람의 개인적 화해가 민족사의 새 장을 열 듯한 과장된 기대도 없으려니와, 어쨌든 그 나름으로는 하나의 뜻깊은 '새로운 만남'일 것임에 틀림없는 이 조그만 화해조차도 이번에 완성된 제1부에서는 장래의 가능성으로 비칠 뿐이다.

그 화해의 가능성, 호적에서마저 지워졌지만 실은 처형장에서 기적같이 살아나서 새로운 '일'을 꿈꾸고 있는 사촌누이 강수경과 다시 만날 기대, 그리고 제2부에 가서 더 큰 역할을 하게 되리라고 넌지시 암시된 꼬마머슴 오칠석의 앞날, 이런 데 대한 궁금증을 잔뜩 돋우면서 끝날 만큼『푸른 겨울』의 성취는 이미 든든하다. 다음권에 가서 더욱 탄탄하고 힘찬 결과가 나오기 바란다.

—『푸른 겨울』 1권 발문, 창작과비평사 1989

제4부

학문의 과학성과 민족적 실천*

'인문과학'의 문제와 관련하여

1. 머리말

모든 운동이 그렇듯이 이 시대의 민족운동과 민족문화운동도 과학적인 인식을 바탕 삼지 않고서는 긴 날의 성공을 바랄 수 없다. 그런데 우리의 운동은 과학과 얼마나 알차게 맺어져 있으며 맺어질 수 있는 것인가? 모든 운동이 다소간에 그래야 하는 것처럼 우리도 과학적 인식을 활용해야 한다는 정도인가, 아니면 이 운동이야말로 과학의 참뜻에 합치하고 과학적 인식을 탁월하게 창출하는 어떤 본질적 성격을 지니고 있는 것인가? 이것은 민족문화운동의 성격에 관한 핵심적인 물음인 동시에 이 시대 인류 전체의 관심사인 과학에 대한 물음이기도 하다.

과학과 민족문화운동의 친화성을 찾는다는 것이 민족주의 또는 국수주

---

*〈원제는 '학문의 과학성과 민족주의적 실천'이었으나 그사이 '민족주의'의 함의가 다소 변화하여 너무 한정적인 의미로 들릴 수 있기에 '학문의 과학성과 민족적 실천'으로 바꿨다.〉

의의 이데올로기에 학문을 종속시키는 결과가 된다면 이는 민족운동의 반과학성을 드러내는 꼴밖에 안 된다. 일찍이 나치 독일이 내세우던 '독일적' 학문이라는 것이 말하자면 그런 것이었다. 그렇다고 과학이란 한마디로 보편적인 것이므로 각자가 그것을 어떻게 이용하느냐가 중요할 따름이지 어느 특정 운동과의 '친화성' 여부를 문제 삼는 일 자체가 무의미하다고 말하는 것도 민족문화운동의 실천적 관점에서는 경계하지 않을 수 없다. 그것은 자칫하면 오늘날 과학과 기술의 이용에서 단연코 앞서 있는 강대국들에 대한 정신적 예속을 받아들이라는 말이 되기 쉬우며, 실제로 강대국의 이익을 대변하는 그들 나름의 이데올로기가 '보편과학'의 이름으로 행세하는 현실이 제3세계의 나라들에는 결코 낯선 것이 아니다. 따라서 학문과 민족적 실천의 관계를 묻는 일은 우리의 실천운동에서 부닥치는 절박한 과제의 하나이다. 그리고 우리의 운동이 단순히 우리 자신의 특별한 이해관계에만 집착하는 것이 아니라 우리 시대 최고의 세계관을 지향하고 진리 자체에 대한 최상의 관심을 실현하는 것이 되려면, 이렇게 현실적으로 주어진 과제를 풀어나가는 데서도 우리의 실천적 관심이 진리에의 관심과 멀어짐이 없어야 할 것이다.

여기서 이 문제를 먼저 '인문과학'의 개념을 중심으로 논의해보려는 것은 흔히 쓰이는 자연과학·사회과학·인문과학의 분류에 동의해서가 아니다. 실상 필자 자신은 그러한 삼분법에 대해 깊은 의문을 품고 있다. 하지만 어쨌든 현실적으로 통용되는 그러한 분류에 따라 필자의 전공이 '인문과학' 분야에 속해 있다는 개인적 사정을 떠나서라도, 이 분야는 우리의 논의대상으로 특히 알맞은 면이 많은 것 같다. 우선 전통적으로 인문 분야의 학문은 동서양을 막론하고 실천의 문제와 직결되어온 것이 사실이고, 바로 그 때문인지는 몰라도 그 과학성에 대한 합의가 제일 부족한 분야이기도 하다. 아니, 학문 전반에 걸친 방법론적 혼란의 중요한 진원지가 곧 '인문과학'의 개념이라고도 하겠다.

'인문과학도'이자 민족문화운동의 일원임을 자처하는 필자로서 이 문제에 관심을 갖는 것은 이런 상황에서 당연한 일이겠으나, 문제의 이론적 규명을 위해서는 역시 본격적인 철학적 소양을 지닌 전공자의 기여가 필요하다. 그런 생각으로 필자는 인문·사회과학의 방법론에 관한, 철학자들이라든가 적어도 필자보다 이 문제를 전문적으로 공부한 학자들의 글을 더러 읽어보기도 하였다. 또 거기서 많은 배움을 얻기도 했다. 그러나 민족문화운동의 실천적 요구와 관련되는 한에서는 어디 한군데서도 시원한 답을 얻지 못한 것 또한 사실이다. 해박한 논의를 대할 때일수록 언제 나도 이 많은 책들을 다 읽고 이 문제를 한번 제대로 이야기해보나 하는 절망감에 시달리기는 했을지언정, 그들의 해박함 덕분에 나 자신은 어려운 책 좀 덜 읽고 딴 일에 전념할 수 있게 되었구나라는 고마움을 느끼기는 어려웠다. 이것이 과연 공부의 부족 때문만인가? 물론 필자 자신으로서야 공부의 모자람을 먼저 부끄러워할 일이지만, 공부가 많음으로써 오히려 민족문화운동의 실천적 관심사와는 멀어지고 심지어 이런 관심을 학문적으로 더 발전시켜보려는 사람의 예기마저 꺾어놓기 십상이라면 이것도 누군가가 따져볼 일이 아닌가? 차라리 책을 덜 읽었더라도 민족문화운동의 실천적 요구를 좀더 존중하는 논의를 한번 펴보는 것이 뜻있는 일이 아니겠는가?

필자가 이 글을 쓰게 된 것은 대략 이런 생각에서다.

2. 인문학과 인문과학

1

인문과학의 개념과 방법에 관한 국내의 논의는 최근에 와서 얼마간 활발해진 느낌이다. 집단적인 행사로서 1981년 10월 서울대학교 인문과학연구소가 주관한 학술심포지엄 '인문과학 연구의 방향'이 있었고 올 들어 유네스코 한국위원회에서 『인문과학연구방법론』이라는 연구보고서를 간행했다. 이 가운데 김여수(金麗壽) 교수의 철학 부분 보고서 「인문과학에 있어서의 과학적 설명」은 앞의 심포지엄에서 「인문과학의 이념」에 관해 자신이 발표했던 내용을 출발점으로 하여 훨씬 상세한 논의를 전개하고 있다. 필자가 보건대 이 글은 인문과학의 개념을 둘러싼 기왕의 많은 논의를 극히 명석하게 정리하고 있을뿐더러 바로 그런 만큼 이들 논의가 갖는 문제점을 한층 선명하게 드러내주고 있기도 하다. 그러므로 여기서 김교수의 보고서를 좀 자세히 검토하는 것이 편리한 시발점이 되리라 믿는다.

보고서는 '인문과학이란 무엇인가'라는 당연한 물음으로 시작한다. 그리고 이에 대한 가장 간편한 대답을 우선 제시해본다.

위 물음에 대하여 아주 간단하면서도 손쉽게 대답하는 방법이 있다. 즉 대학의 교과과정에서 일반적으로 자연과학 또는 사회과학에 속하지 않는 기타의 학문들이 곧 인문과학이라는 것이다. 대학은 지식의 구분과 조직을 제도적으로 표현하고 있으며, 전통적으로 학문세계의 중핵으로 인정되는 문리과대학(*Liberal Arts and Sciences*)은 잘 알려져 있듯이 자연과학(Natural Sciences), 사회과학(Social Sciences), 그리고 인문과학(The Humanities 또는 Human Sciences) 등 세 부분으로 나뉘어진다. 자연과학이 자연의 제영역을 실증적 방법으로 탐구하는 학문들로 구성되고, 사회과학이 인간 및 사회의 제측면에 대한 경험과학적 접근을 시도하는 학문들로 구성되어 있듯이, 인문과학도 일정한 종류의 지식을 구성하는 일련의 학문분야로 구성된다.[1]

엄밀한 철학적 규명을 꾀한 대목은 아니지만 '인문과학'이라는 용어부터가 도무지 확실치가 않다는 점이 눈에 띈다. '자연과학' '사회과학'의 경우와는 달리 유독 '인문과학'에 오면 괄호 속의 영문 명칭이 *The Humanities 또는 Human Sciences*'로 복수 추천이 되어 있는데, 영어의 원뜻에 충실하자면 전자는 '인문학'이 좀더 정확한 번역일 것이다. 물론 인문학 또는 인문과학을 보는 각자의 입장에 따라 그 둘을 구별할 필요가 없다고 생각할 수도 있고, 실제로 보고자의 입장도 그런 것 같다. 하지만 '인문학'과 '인문과학'은 동일한 낱말이 아니고 설혹 똑같이 정의된다 하더라도 그 어감에는 차이가 있게 마련이다. 그러므로 '인문과학'은 어디까지나 *human sciences*에 해당하는 개념이요 그것도 불어의 *les sciences de l'homme*(사회과학을 포함하는 제반 인간과학)과는 또다른 개념임을 먼저 분명히 하면서 전통적인 '인문학'과의 일치 여부를 별도로 검증하는 것이 좀더 엄밀한 논의를 위한 선행조건일 게다. 그러지 않고서 가령 영어의 *humanities*라는 표현이 고대 로마의 키케로가 제시한 *humanitas*의 개념에서 나왔음을 지적하며 '키케로의 인문과학'을 이야기한다고 할 때[2] 우리는 어딘가 시대착오적인 느낌을 맛보게 된다. 그리고 이것은 단순한 어감상의 문제가 아니다. 김교수 자신이 잘 설명하고 있듯이 원래의 '인문학'은 오늘날의 자연·사회과학에 해당하는 여러 분야까지 망라한 광범위하고 포괄적인 교육과정이었던 데 반해 오늘날 '인문과학'이라고 하면 먼저 자연과학을 잃고 뒤이어 사회과학마저 떠나가버린 뒤 남은 분야를 가리키는 것이 보통이다. 다시 말해 그것은 어떤 의미로든 '자연과학' 및 '사회과학'의 독립이라는 역사적 현상을 전제한 개념인 것이다.

---

1 김여수 「인문과학에 있어서의 과학적 설명」, 유네스코 한국위원회 연구보고서 『인문과학연구방법론』(유인물 책자), 1983, 3면.
2 같은 글 6면.

'인문학'과 '인문과학'이라는 낱말의 혼용은 바로 이러한 역사적 현상에 대한 진지한 검토를 어렵게 만든다. 앞서 인용한 대목에서 "사회과학이 인간 및 사회의 제측면에 대한 경험과학적 접근을 시도하는 학문들로 구성되어" 있다는 표현도 실상 사회과학자들 틈에서는 얼마든지 논란의 대상이 될 수 있으며 또 되어 마땅한 것이다. 인문과학의 범위는 자연과학과 사회과학이 먼저 자기 영역을 차지하고 난 뒤의 "기타의 학문들"로 설정되어 있는데, 저들 선도적인 과학들의 개념조차 확실치 않다면 인문과학의 몫으로 남겨지는 분야가 무엇인지 모호해지는 것은 당연한 일이다.

　인문과학을 구성하는 개별 학문분야는 주로 언어학, 철학, 역사학 및 예술에 대한 이론과 비평, 그리고 역사 등의 개별학문들이 인문과학을 구성하는 것으로 인정되고 있다. 그러나 역사학이나 예술의 경우와 같이 인문과학에로의 귀속문제가 실제로 제기되었을 때 기준이 될 수 있는 만족스러운 정의를 내린다는 것은 그리 쉬운 일이 아니다.[3]

　물론 엄격한 범위설정의 어려움은 '인문과학'의 개념을 포기하고 '인

---

3 같은 글 3~4면. 이러한 어려움은 박이문 교수의 다음과 같은 글에서도 실감된다. "인문과학은 흔히 철학·문학·언어학·예술·역사학을 포함한다. 이러한 사실은 많은 대학에서 실행되고 있는 과목분류로부터 입증할 수 있다. 그런데 한때 인문과학에 포함되었었던 심리학이 이젠 자연과학에 소속되어 있듯이, 역사학도 경우에 따라 혹은 어떤 이론적 입장에 따라 인문과학에서 이탈시키려는 경우가 있다. 이러한 사실은 인문과학의 대상 자체가 아직도 분명치 않다는 사실을 입증한다. 생각을 더 밀고 나가면 비단 역사학뿐만 아니라 예술 그리고 철학까지도 문제의 대상이 될 수 있다. 회화·연극·음악이 어째서 인문과학인가? 철학이 자연과학은 물론 문학연구와 같은 성질의 학문일 수 있는 것인가? 이와 같이 생각해갈 때 인문과학의 분야를 엄격히 규정한다는 것은 극히 어려운 문제이고 그러한 문제 자체는 철학적 해명을 별도로 요구한다."(「인문과학과 해석학」, 『인식과 실존』, 문학과지성사 1982, 26~27면)

문학'으로 만족한다고 해서 없어지지 않는다. 다만 이 경우에는 인문 분야가 어째서 자연과학 및 사회과학과 나란히 서는 '과학'인가를 입증할 부담이 덜어진다. 원래는 학문 그 자체의 동의어나 다름없었지만 과학의 발달로 차츰 그 영역이 축소되어가는 역사적 과정에 맞춰 그때그때 인문학의 범위를 조정하기만 하면 되고, 새로운 철학적 해명을 제시할 필요는 없어지는 셈이다. 같은 책자의 역사학 분야 보고자가 '인문과학'이란 표현을 안 쓰는 것도 그런 까닭이라 생각된다.[4]

2

'인문학'이라는 표현이 한층 무난한 것은 사실이지만 그로 인해 학문의 과학성에 대한 탐구를 회피하는 결과가 되어서는 안 될 것이다. 김여수의 글이 갖는 미덕은 그가 인문과학의 독자적 성격을 규정하는 내포적 정의를 추구하면서 '인문'과 '과학' 두 낱말의 합성가능성을 정면으로 검토하고 있다는 점이다. 다만 필자의 관견으로는 그가 제시한 성격규정이 많은 문제점을 안고 있으며 인문과학의 과학성 여부에 대한 물음도 정곡을 찌르지는 못한 것 같다.

먼저 인문과학의 분야들을 "하나의 독자적 영역으로 묶어주는 적극적 특성"에 대한 그의 주장을 살펴보자.[5] 첫째, 그는 "언어와 지식, 언어와 세계, 언어와 인간 간의 관계를 보다 체계적으로 밝혀내는 일은 인문과학의 전통적 관심의 연장이고 확대"임을 지적한다. 그러나 필자가 보건대 이런

---

4 이인호 「한국의 역사학연구에서의 방법론의 문제」 참조. 이교수는 「인문과학연구 및 교육에 관한 방안」이라는 별도의 보고서에서도 제목에서만 '인문과학'이라 했을 뿐 본문에서는 '인문학'이라는 표현으로 일관하고 있다. 『인문논총』 제8집, 서울대학교 인문과학연구소 1982 참조.
5 김여수, 앞의 글 10~12면 참조. 같은 대목의 인용에 대해서는 별도의 주를 생략함.

관계에 대한 구체적 연구는 지식사회학을 포함한 여러 사회과학, 또는 심리학을 포함한 일부 자연과학의 영역일 수도 있다. 그리고 언어현상 자체를 좀더 체계적으로 연구하는 학문으로서의 현대 언어학은 — 언어학이 인지심리학(cognitive psychology)의 한 분야라는 촘스키(N. Chomsky)의 입장에 반드시 동의하지 않는다고 해도 — 전통적 인문학과는 거리가 멀다. 또한 여기서 말하는 언어에 대한 관심이 주로 분석철학의 언어적 작업일 경우에도 그것은 인문학의 전통적 관심의 극단적 축소일지언정 결코 그 "연장이고 확대"일 수는 없을 것이다.

둘째로, 김교수는 인간의 '원초적 체험의 영역'에 대한 인문과학의 관심을 꼽는다.

말의 힘이 인간을 다른 존재로부터 구분해주는 것은 사실이지만, 그 것이 인간을 인간적(humane)으로 만들어주는 것은 아니다. 인문학을 구성하는 학문으로서의 문학·역사·철학은 전통적으로 인간 생활에 있어서의 심오한 관심사들 — 삶·죽음·즐거움·고통·의무·행복·운명·정의·소외·고독 — 을 주제로 삼아왔다. 그런데 이들 관심사들은 모두가 한결같이 모든 사람에게 똑같이 체험될 수 있는 것들이며, 또한 모든 개별학문들의 밑바닥에 깔려 있으면서도 이들에 의하여 주제화되지 않은 것들이다. 그러나 모든 학문과 사유는 바로 이들 원초적 체험에서부터 시작된다. 인문과학은 전통적으로 이들 원초적 체험의 영역에 속하는 관심사들을 주제화하여 다루어왔으며 이 원초적 체험의 영역을 외면하는 인문과학은 내용 없는 빈껍데기가 아닐 수 없다.

인문과학이 '과학'으로 행세하려는 나머지 — 가령 분석철학의 언어적 작업을 그 본령으로 삼음으로써 — 빈껍데기가 될 위험을 지적한 것은 반

가운 일이다. 그러나 '원초적 체험의 영역'을 주제화함으로써 '빈껍데기'를 면하는 순간 그것이 '과학'에서 멀어질 가능성은 차치하더라도, 여기서 말하는 "한결같이 모든 사람에게 똑같이 체험될 수 있는" "삶·죽음·즐거움·고통·의무·행복·운명·정의·소외·고독" 등이 '빈껍데기'와 크게 다를 바 없는 추상적 개념의 나열로 끝날 위험 또한 적지 않다. 예컨대 어떤 문학작품이 인간의 원초적 체험을 주제화하여 만인의 공감을 얻는다고 할 때, 그것은 일단 작가의 극히 특수하고 독자적인 실감에서 출발하는 것이며 많은 경우 소재 자체를 특정한 상황 속의 특정한 체험으로 한정함으로써 가능해지는 일이다. 그리고 이때 '만인의 공감'을 얻는다는 것은 엄밀히 말하면, 작품의 그런 특수성과는 대조적으로 '폭넓은 공감'을 획득할 수 있다는 뜻일 뿐, 주제화된 체험이 실제로 누구에게나 똑같이 체험될 수 있는 것인지는 확인할 길이 없고 아마 사실상 그렇지도 않을 것이다. 문자 그대로 "한결같이 모든 사람에게 똑같이 체험될 수 있는" 삶 또는 죽음이란 차라리 자연과학이 주제화하는 생명현상이거나 계량사회학이 다루는 계수에나 해당되는 표현일 게다.

이렇듯 '원초적 체험'이라는 것 자체가 삶의 구체성과 동떨어진 관념이라는 느낌은 김교수가 세번째로 제시하는 '가치의 문제'에 이르러서도 가시지 않는다. 물론 그는 사실의 세계와 가치의 세계가 절대적으로 단절되었다는 극단적 실증주의의 세계관에는 동의하지 않는다. 그러나 다음과 같은 삼분법을 보면 실증주의적 양분법과 크게 다를 바가 없는 듯하다.

우리의 지적 전통은 넓은 의미에서의 존재의 영역을 자연, 인간과 사회, 그리고 가치의 세계로 크게 구분한다. 단순화하여 말한다면, 자연과학의 탐구영역이 자연이고 사회과학의 탐구영역이 인간과 사회라면, 인문과학의 영역은 인간의 사회 및 문화생활에 있어서의 가치의 세계라고 말할 수 있다. 물론 사회과학에서도 가치의 세계가 다루어지지 않는 것은 아니다. 그러나 인문과학에 있어서의 가치는 개인 또는 집단으로서의 행위를 인도하고 규제하고 판단할 수 있는 하나의 규범으로서의 가치라고 할 수 있겠다.

마지막의 단서가 인문과학과 사회과학의 경계선 획정이 간단치 않음을 시사해주기는 하지만, 여기 제시된 삼분법은 단순한 교육제도상의 편법이 아니고 '존재의 영역'에 대한 분류에 입각해 있다. 그런데 '자연 및 인간과 사회'로부터 구별되는 '가치의 세계'가 과연 실증주의자들이 사실의 세계로부터 단절되어 있다고 말하는 가치판단의 세계가 아니고 또 어떤 것인지 필자로서는 짐작이 안 간다. 어쨌든 인문과학이 삼라만상에 대한 '가치판단'을 남발함으로써 스스로의 과학성을 포기하지 않는 한, 자연과 인간과 사회를 고스란히 자연과학과 사회과학에 떼어주고 난 다음에 남겨진 그 독자적 탐구영역이란 것이 자못 초라하다는 인상을 피할 수 없다.

어쨌든 이러한 탐구영역을 지닌 '인문과학'이 실제로 '과학'일 수 있는가라는 문제는 그것대로 남는다. 이에 대해 김교수는 과학을 보는 '객관주의'와 '상대주의'라는 두가지 상반된 입장을 소개하며 세밀한 분석을 가한다.[6] 그런데 논의의 초점이 인문과학의 구체적인 탐구내용보다 과학철학적인 원칙론에 맞춰진 것은 보고자의 전문적 관심에 비추어 당연하달지라도, 이러한 분석 끝에 나오는 것이 인문과학에 대해서는 객관주의의 기준을 강요할 수도 없고 그렇다고 상대주의적 과학관이 정당한 것도 아니라는 결론이라면 논의가 여기서 끝나는 것은 아니다. 그는 '규제이념

---

6 같은 글 20~37면 참조.

으로서의 진리'라는 마지막 대목에서 비록 일정한 한계 안에서나마 객관주의의 입장에 더 큰 공감을 표시한다.

> 즉 우리는 객관성의 기준으로서의 진리와 허위를 말할 수 있다는 것을 세계에 대한 인식과 사유 그리고 의사소통을 가능하게 하는 하나의 전제로 받아들인다. 진리란 개념은 분명히 그렇게 명백한 개념은 아니다. 그러나 우리는 계속 진리에 대하여 말하고, 진리와 허위는 원칙적으로 구분될 수 있다고 믿는다. 이러한 진리개념은 객관적 사실의 개념을 전제로 하고 있다. 즉 진리의 객관성은 그 사실의 객관성에 의하여 보장되는 것으로 암암리에 전제하고 있다.
> (…) 인간의 인식대상이 될 수 있는 현상적인 세계와 미지의 객관적 실재는 어떤 관계에 있는지조차도 알 수 없다. 그럼에도 불구하고 객관적 실재에 대한 인식으로서의 객관적 진리는 하나의 궁극적 목표로서, 하나의 한계개념 또는 규제이념으로서 우리의 지적 행위를 규제한다.[7]

이러한 진리 개념에 따르면 자연과학조차도 주관적 신념을 나타내는 '목적론적 설명'과 '근거제시적 설명'을 포함하게 마련이고 인문·사회과학에 오면 그에 대한 의존도가 더욱 커진다. "그러나, 모든 지적 탐구가 궁극적으로 겨냥하는 것은 그 탐구대상에 관한 보편적 진술의 확립인 한, 인문·사회과학도 그 설명체계 속으로 보다 광범위하게 과학적 설명을 수용하는 것을 목표로 하지 않을 수 없다."[8] 이것이 보고서의 최종 결론이며 그 자체로서 매우 합리적인 발언이다. 그러나 애초에 자연·사회과학과 인

---

7 같은 글 38~39면.
8 같은 글 41면.

문과학의 구별을 주로 거론하기로 했던 글이 자연과학 대 인문·사회과학의 차이라는 좀더 일반적인 논의로 끝난 것은 심상치 않은 일이다. 인문과학 자체의 과학성은 아직 논의되지 않은 것이다. 다시 말해 '인문·사회과학'이 자연과학보다 주관적 설명이 많은 것은 분명하지만, 그중에서도 '인문과학'과 '사회과학'을 뚜렷이 구별해줄 어떤 함량(含量)상의 차이를 설정할 수 있는 것인지, 또 전통적인 인문학 분야가 과학적 설명의 수용에 일정한 성공을 달성하면 '사회과학'으로 되고 김교수의 표현대로 "과학화 과정에서의 낙제생"[9]들만이 남아서 과학의 이름을 도용하고 있는 것이 '인문과학'이 아닌지, 이런 핵심적인 문제는 다루어지지 않은 채 남아 있다.

3

인문과학의 방법론을 둘러싼 국내의 대부분의 논의는 아직껏 '정신과학'(Geisteswissenschaften)에 대해 19세기 말엽에 딜타이(W. Dilthey)가 제시했던 사고의 틀에서 크게 벗어나 있지 못한 것 같다. 알다시피 딜타이는 인과관계에 대한 엄밀한 실증적 '설명'(Erklären)을 수행하는 자연과학과는 달리 살아 있는 인간의 행위를 다루는 학문들은 '이해'(Verstehen)라는 독특한 인식방법에 의존하는 독자적인 과학임을 주장했었다. 물론 김여수 교수는 '설명'과 '이해'의 양분법을 지양하고 인문 분야에 있어서도 과학적 설명의 비중을 끊임없이 높여나갈 필요를 강조하는 입장이다. 그러나 그가 말하는 '네가지 유형의 설명'을 보면[10] 그중 첫번째는 딜타이적 의미의 '설명'에, 세번째와 네번째는 '이해'에 해당하는 셈이고, 두번째인

---

9 같은 글 10면.

10 같은 글 13~19면 참조. 보고자는 이 '네가지 설명'의 분류법이 Daniel M. Taylor, *Explanation and Meaning* (1970)에 의거한 것임을 밝히고 있다.

'유형 설명'은 그 자신도 다분히 시인하듯이 독자적인 범주로 보기 어렵다. 같은 유네스코 보고서의 문학 부분을 담당한 김우창(金禹昌) 교수는 더욱 명백하게 딜타이적 발상에서 출발하여 막스 베버(Max Weber)의 '이해하는 설명'(*das verstehende Erklären*)의 개념으로 나아가면서, 다만 예술작품의 경우 설명과 이해에 덧붙여 '평가', 곧 "감각적 구상에 대한 판단력, 감수성 또는 세련된 안목(*Geschmack, taste*)"도 포함되어야 한다고 주장한다.[11] 그밖에 박이문(朴異汶) 교수나 이명현(李明賢) 교수의 인문과학 또는 사회과학의 방법론 논의를 보아도 기본적인 발상은 비슷하며 다만 그 처리의 방식에 약간씩의 차이를 보이는 정도다.[12]

그런데 오늘의 '인문과학' 개념은 딜타이의 '정신과학'으로부터도 몇가지 중요한 면에서 후퇴한 느낌이 없지 않다. 딜타이가 정신과학의 고유한 영역으로 삼았던 것은 '역사적·사회적 현실'(*die geschichtlich-gesellschaftliche Wirklichkeit*)이요, 그 개별 학문으로는 역사학·정치학·법학·경제학·신학·문학·예술 등을 꼽았다.[13] 즉 그는 자연과학의 실증적 방법으로써는 제대로 이해되지 않는 모든 분야를 포용했지, '사회과학'마저 포기한 '인문과학'을 옹호하지 않았다. 그뿐 아니라 그는 인간의 의지적 행동으로 이룩되는 현실에 관한 진실을 파악한다는 적극적인 신념으로 출발했고, '설명'이 불가능한 만큼 '진리'에서 멀어짐도 불가피하다는 패배주의적 전

---

11 김우창 「문학과 문학연구의 방법에 대한 몇가지 생각」, 『인문과학연구방법론』 79~86면 참조. 그러나 그 역시 이인호 교수와 마찬가지로 '인문과학'이라는 낱말을 쓰지 않고 있다. 오히려 「문학과 과학」이라는 글에서 그는 문학과 과학의 방법이 대조적인 것으로 보고 '전통적이고 자기혁신적인 인문적 지혜'의 중요성을 강조한다. 김우창 평론집 『지상의 척도』, 민음사 1981, 183면 참조.

12 박이문, 앞의 글 38~39면 및 이명현 「사회과학의 방법론」, 김태길 외 『현대사회와 철학』, 문학과지성사 1981, 72~73면 참조.

13 Wilhelm Dilthey, *Einleitung in die Geisteswissenschaften* 제1권(1883), 1부 1장 참조.

제에서 인문과학의 특수성을 논한 것이 아니었다. 물론 필자 자신도 딜타이가 실증주의를 제대로 극복한 것은 아니고 그의 실천 개념이 관념적 차원을 넘어서지 못했다는 견해를 잠깐 비친 바 있지만,[14] 딜타이적 '이해'에 대한 아무런 실질적 대안도 없이 그 주관성·상대성을 지적하는 것으로 만족하는 많은 현대 철학자들에 비한다면 인문학 본연의 실천적 정열에서나 철학 본연의 진리에의 관심에서나 그가 한걸음 앞서 있었다고 하겠다.

머리말에서 말했던 대로 올바른 실천적 관심은 곧 진리에 대한 관심이라고 한다면, 실천적 관심의 이러한 후퇴는 진리에 대한 무관심의 전진이라고 볼 수 있다. 물론 현대의 분석철학자들은 자기네야말로 진리에 대해 가장 엄격하고 타협 없는 집념을 보여준다고 말할 것이다. 그러나 그들이 집착하는 '진리'란 매우 특수한 것이다. 이 점을 가장 명확하게 드러내주는 본보기로서도 역시 김여수 교수의 글 「진리란 무엇인가」를 들 수 있는데, 그 첫머리는 이렇게 시작한다.

모든 정직한 사람들은 진리만을 말하고자 하며, 모든 재판관은 피고의 진술 중에서 진리와 허위를 판별해냄으로써 공정한 판결을 내리고자 한다. 모든 학문은 진리의 탐구를 그 목표로 하며, 또 모든 예술은 진리를 표현하고자 한다. 진리를 위하여 어떤 사람들은 목숨까지도 아낌없이 던진다. 그런데 진리란 무엇인가?[15]

여기서 '진리'라는 낱말은 영어의 *truth*를 번역한 것임이 분명하다. 그러

---

14 졸고 「문학의 사회적 의미와 사회학적 연구」, 유종호 편 『문학과 정치』, 민음사 1980, 46~47면(및 졸저 『민족문학의 현단계』 188~89면) 참조.

15 김여수 「진리란 무엇인가」, 김태길 외, 앞의 책 11면.

나 한국어 자체의 말뜻대로 읽는다면 '진리'라는 말이 적어도 한두군데는 잘못 쓰였음을 알 수 있다. 우선 사람들은 '진리'가 아닌 '진실'만 말하고도 정직한 사람으로 인정될 수 있으며, 재판관이 판별코자 하는 것이 '사실'과 '진실'이지 '진리'가 아님 또한 분명하다. 법정에 선 증인은 '숨김이나 보탬이 없는 진실'을 밝힐 것을 약속할 뿐 '진리'를 발언할 의무를 지지는 않는 것이다.

이것은 물론 영어의 *truth*가 한국어의 '진리'와 '진실' 두가지로 모두 번역될 수 있다는 사정에서 오는 혼란이다. 그러나 이것이 단순히 두 언어 사이의 우연한 의미상의 차이는 아니다. 서양철학, 특히 영미철학의 발전과정에서 궁극적인 진리에의 관심이 어느덧 진술과 외부사실의 상응(correspondence)을 뜻하는, 또는 진술 자체의 내부적 정합성(coherence)을 뜻하는 협의의 진실성에 대한 관심으로 바뀌어버린 데 반해, 우리에게는 아직도 그러한 의미 변화가 외래지식 이상의 것이 못 되고 있다는 역사적 경험의 차이를 반영하고 있는 것이다. 따라서 인용문의 두번째 문장 "모든 학문은 진리의 탐구를 그 목표로 하며……"에서 '진리'가 첫 문장의 그것과 다른 어떤 궁극적인 의미 ─ *truth*의 직역이 아닌 우리말 고유의 의미 ─ 를 회복하지 않는 한, 적어도 '인문과학'이라는 학문은 '빈껍데기' 학문으로 끝날 확률이 크다. 더구나 "모든 예술은 진리를 표현하고자 한다"는 말은 매우 의심스러운 진술이 되고 만다.

'규제이념으로서의 진리' 개념을 옹호하는 철학자 포퍼(Karl Popper)는 어두운 굴속을 뚫고 나가는 사람이 어딘가에 있을 목적지의 실재성, 그리고 가끔씩 부딪치는 굴 벽의 실재성에 대한 신념을 가짐으로써만 굴진을 계속할 수 있다는 비유로 그 개념을 설명한 바 있다.[16] 애초에 이처럼 힘

---

16 김여수 「진리란 무엇인가」 35~36면 및 「인문과학에 있어서의 과학적 설명」 39면 참조.

든 탐구를 가능케 해주고 또 계속 바로잡아주는 것이 진리의 개념이라는 것이다. 그러나 이때의 굴진작업이 진리의 원뜻을 이미 도외시한 것이라면 이 멋진 비유는 일부 전문가들의 자기미화로 그칠 가능성이 크다. 철학이 진리 자체를 이미 문제 삼지 않고 진술명제가 맞느냐 틀리느냐만을 따지며 그것도 주로 틀린 명제를 적발하는 일에 치중한다면 영웅적인 굴진작업이라는 비유는 이미 적절한 것이 못 된다. 오히려, 원래는 모든 학문의 여왕이던 철학이 이제 학문세계의 경찰관 신세로 전락했다는 비유가 좀더 그럴듯하지 않을까? 아니, 경찰관 중에서도 정작 중대한 범법자들은 내버려두고 자자분한 교통법규 위반이나 단속하며 곧잘 서민들에게 군림하고자 하는 일부 말단 교통순경들의 모습에 견주는 것도 무리가 아닐 것 같다.

3. 과학의 과학성에 관한 물음

1

이제까지의 검토를 토대로 '인문과학'이라는 용어에 대해 잠정적 결론을 내린다면 아무래도 부정적인 면이 더 많은 듯하다. 근대과학의 도전 앞에서 전통적인 인문학이 스스로의 과학성을 새로이 점검할 것을 요구하는 효과가 있다는 점에서는 '인문과학'이 쓸모 있는 표현이라고 할 만하다. 그러나 자연과학과 사회과학이 아직 뺏어가지 않은 '여타의 학문들'을 아무 반성 없이 수렴하고 있으면서 남들이 이룩한 과학적 업적의 후광을 업어보려고 '인문학'에서 '인문과학'으로 이름만 바꾼 것이라면 차라리 측은하게나 보아주어야 할 일이다. 더구나 인문과학과 사회과학의 구별이 원칙적으로 무의미한 것이라고 한다면, 과학성에의 새로운 물음도 없이 '인문과학'을 이야기한다는 것은 인문대학(어떤 학교에서는

'인문과학대학')과 사회과학대학의 분리라는 — 실제로 서울대학교 문리과대학의 분할이라는 다분히 정략성이 개입된 70년대의 특정 사건과 밀접히 연관된 — 한국사회 특유의 변칙적 대학조직을 합리화하는 구실밖에 못 하기 쉽다.

그러므로 기왕에 나와 있는 인문과학 논의가 그나마 우리의 현실에 기여하고 진리의 탐구에 복무하려면 무엇보다도 진리 자체에 대한 근원적 관심에 입각하여 학문과 과학성을 새로이 문제 삼고 그 실천적 성격을 규명하는 논의로 나아가야 한다. 그런데 대다수의 '인문과학' 논의는 근원적 진리에의 관심은 더 말할 것도 없고, 학문의 과학성에 대한 논의에서도 기왕의 과학철학적 전제를 그대로 받아들인 채 '인문과학의 독자성'을 규명하는 일에 열중해온 것 같다. 이제까지의 논의가 과학성에 대한 일정한 전제에서 한결같이 출발하고 있다는 가장 실감나는 징표는, 인문·사회과학의 방법론이 이야기될 때마다 약방에 감초 끼듯 거론되는 것이 헴펠(C. G. Hempel)의 이른바 '포괄법칙 모형'(covering-law model)이라는 사실이다.[17] 물론 모든 논자가 똑같이 이 모형을 중시하고 있지는 않다. 아니, 헴펠의 포괄법칙이 그대로 인문·사회과학에 적용되기 힘들다는 데에

---

17 예컨대 유네스코 보고서의 「인문과학에 있어서의 과학적 설명」과 「한국의 역사학연구에서의 방법론의 문제」 외에도 『현대사회와 철학』에 실린 소흥렬 「과학적 방법의 논리적 구조」와 이명현 「사회과학의 방법론」, 그리고 『인식과 실존』에 실린 「인문과학의 방법론」 등 참조. 헴펠에 따르면, 설명되어야 할 현상과 유관한 일련의 다른 현상들을 포괄하는 일반법칙이 성립할 때, 그리하여 일반법칙과 일부 현상으로써 나머지 현상들을 예측할 수 있을 때 이러한 설명을 과학적이라고 말할 수 있다. "즉 설명과 예측은 다 같이 특수한 현상들을 일반법칙에 포섭시킴으로써 이루어진다. 따라서 헴펠은 이러한 설명모델을 연역법칙적 설명모형(Nomological-Deductive Model of Explanation)이라고 이름짓고 있으며, 설명과 예측에 있어서 모두 과학적 법칙과 이론을 포함하기 때문에 포괄법칙모형(Covering-Law Model)이라고 불린다."(「인문과학에 있어서의 과학적 설명」 15면)

의견이 모아져 있다. 그러나 과학성의 표준은 역시 그런 것이라는 점을 은연중 전제하고 있으며 인문 분야에서의 '이해'나 '평가'의 중요성을 강조하는 경우에도 이러한 대전제는 그대로 남는 것 같다.

그런 점에서 스스로가 자연과학자이자 과학사가인 토머스 쿤의 '포괄 법칙 모형'에 대한 단호한 발언은 새겨볼 만하다.

포괄법칙 모형이 자연과학에 있어서의 설명의 이론에서 도출되어 역사학에 적용된 것임은 분명하다. 내 생각에는, 원래 그것이 개발된 분야에서의 값어치가 무엇이든 간에, 역사학에 적용될 때 그것은 거의 완전한 무용지물이다. (…) 철학자들이 실제로 역사가의 저술에서 그러한 법칙의 사례를 따오는 경우, 그들이 도출하는 법칙이란 뻔한 동시에 수상쩍은 내용이다. 예컨대 "배고픈 사람들은 폭동을 일으키는 경향이 있다"는 식이다. 여기서 "경향이 있다"는 말을 극도로 강조한다면 아마 이 법칙은 유효할 것이다. 그러나 그렇다고 18세기 프랑스에서의 굶주림에 관한 설명이 실제로 폭동들이 일어났던 18세기의 마지막 10년을 다룬 역사서술에서보다 폭동이 없었던 처음 10년을 다룬 서술에서 덜 긴요하다는 추론이 성립하는가?

어떤 역사서술의 박진성이 이와 같은 한두개의 산발적이고 의심스러운 법칙의 힘에 의존하고 있지 않다는 것은 너무나 분명하다. 만약 그것에 의존한다면 역사는 아무것도 설명하지 않을 것이다. 역사서술의 페이지를 채우는 사실들은 극소수의 예외를 빼고는 단순한 전시용이요, 상호간의 연결이나 어떠한 대국적 목표와의 연결도 없는 사실을 위한 사실로 될 것이다. 실제로 법칙에 의해 연결되는 소수의 사실들조차도 흥미 없는 것이 될 것이다. 왜냐하면 바로 그것들이 '포괄'되는 한도 내에서 사실들은 이미 누구나 알고 있는 것에 아무것도 더해주지 못할

터이기 때문이다.[18]

물론 쿤 역시 이 글에서는 자연과학 및 사회과학의 법칙의존성을 어느 정도 전제하고 있다. 따라서 역사서술 특유의 설명력에 대한 그의 강조는 딜타이적 해석학의 차원으로 되돌아갈 위험이 크다. 그의 명저 『과학혁명의 구조』가 '상대주의'를 대표한다는 비판이 가해지는 것도 그 때문일 것이다.[19] 쿤의 입장을 둘러싼 과학철학자들의 논쟁에 끼어드는 일은 필자의 능력 밖일뿐더러 당장의 관심사도 아니다. 다만 과학의 과학성에 대한 우리의 물음에 비추어 특히 주목을 끄는 점은 '과학혁명'을 새롭게 이해하는 과정에서 얻어지는 '정상과학'(normal science)의 개념이다.[20] 과학적 발견이 이루어지는 과정이 문외한들이 흔히 생각하듯이 기계적인 사실인식의 작업만은 아니라는 점은 여러 사람들이 이야기해왔는데, 쿤은 이러한 다분히 기계적인 작업이 과학에서 차지하는 위치를 '정상과학'이라는 이름으로 좀더 명확하게 규정해주는 것이다. 곧 한편으로는 흔히들 '과학성'의 표본으로 생각하는 대다수 과학자들의 작업방식이 과학사에서 획기적인 발견을 이룩하는 위대한 탐구자들의 방식과는 거리가 먼 것이며, 후자는 '혁명'이라는 이름에 값할 만큼 과학활동의 대상과 방법에 대한 종래 과학자들 간의 합의를 바꿔놓음으로써 이룩된다는 것이 쿤의 과학혁명론이다. 그리고 과학자들 사이의 이런 합의는 완전히 묵시적인 것

---

18 Thomas S. Kuhn, "The History and the Philosophy of Science," *The Essential Tension*, University of Chicago Press 1977, 15~16면.

19 쿤을 위시한 핸슨(N. Hanson), 파이어아벤트(P. K. Feyerabend) 등의 '상대주의 과학관'에 대한 비판의 예로는 김여수 「인문과학에 있어서의 과학적 설명」 34~36면 참조.

20 Kuhn, *The Structure of Scientific Revolutions*, Second Enlarged Edition, University of Chicago Press 1970, 특히 2~4장 참조.

만은 아닐지라도 명백히 의식되고 언표화되지 않은 측면이 더 많다는 것이 그의 유명한 '패러다임'(paradigm, 範型) 개념이다. 그러나 다른 한편, 쿤은 '수수께끼 풀이'와 같은 고정된 방법으로 누적적인 성과를 쌓아가는 정상과학이 존재하느냐 않느냐는 문제야말로 어떤 패러다임 변동이 '과학'의 수준에 도달한 발견이냐 아니냐를 가름한다고 보며, 실제로 과학사에서의 혁명적인 발견은 정상과학의 누적적인 성과를 통한 새로운 문제점의 부각에 결정적으로 의존하기도 함을 강조한다. 다시 말해 그의 과학혁명론은 정상과학이 곧 과학 자체라는 입장에는 치명적인 비판이 되지만, 한정된 의미에서 정상과학이 갖는 객관성과 보편성의 가치는 십분 인정하고 있는 것이다.

그렇다고 하더라도 쿤이 결국은 과학적 지식의 객관성과 보편성을 부정함으로써 '상대주의'로 떨어진다는 반론이 나올 소지는 남는다. 그러나 과학철학자들의 과학관이 주로 '정상과학'에 근거하며 쿤이 말하는 과학혁명 구조의 실상을 충분히 인정하고 있지 않는 한, 그것이 과학의 과학성을 올바로 묻는 길이 못 되는 것 또한 분명하다. 예컨대 일종의 수정된 실증주의를 대변하는 포퍼도 정상과학에 합당한 개념을 과학의 가장 창조적인 부분에 적용함으로써 과학의 본질을 흐리고 있으며, 그의 입장이야말로 '과학적 발견의 논리'가 아니라 특정 연구자들의 이데올로기라는 점이 드러나는 것이다.[21] 따라서 쿤의 과학혁명론은 어쨌든 상대주의이며 상대주의는 근본적으로 자기부정적인 입장이라는 공박은 과학의 참뜻을 묻고자 하는 우리의 노력에는 별 도움이 되지 못한다. 상대주의의 주장대로 모든 진실이 상대적이라면 상대주의 자체도 상대적일 터이니 결국 상대적이 아닌 진실이 있을 것이고 상대주의는 자가당착에 빠지지 않느냐

---

21 Kuhn, "Logic of Discovery or Psychology of Research?" *The Essential Tension* 참조.

는 투의 반박은 더없이 명쾌하기는 하지만,[22] 그 명쾌함에 가리어 하나의 명제로서 상대주의가 옳다고 주장하고 나오는 어리석은 철학자와 상대주의냐 객관주의냐의 부질없는 논쟁에서 간과된 진실 및 진리를 사유하려는 (비철학적이라면 비철학적이랄 수도 있는) 탐구자 사이의 구분이 흐려져버린다. 이것이야말로 영어의 *truth*에서 한국어 '진리'의 뜻을 제거해버린 철학적 무관심의 단적인 본보기가 되겠다.

2

쿤 자신의 사색도 궁극적 진리를 묻는 차원에는 가 있지 않음이 분명하다. 그러나 『과학혁명의 구조』 끝머리에서 그가 제기하는 ─ 그리고 스스로 답변을 회피하는 ─ 질문은 이미 분석철학의 사고영역을 넘어선 문제이다.

이제까지 본서의 주장을 따라온 독자들은 〔과학의 ─ 인용자〕 지속적인 발전 과정이 〔영구적으로 고정된 과학적 진리라는 목표가 없이도 ─ 인용자〕 어째서 가능해지는지 물을 필요를 느낄 것이다. 과학이 도대체 가능하기 위해서는 인간을 포함해서 자연이 어떤 것이어야 하는가? 어째서 과학자의 공동체들은 다른 분야에서 다다르지 못하는 확고한 합의를 이룩할 수 있는가? 어째서 패러다임의 변화를 거치면서도 합의 자체는 유지되는가? 그리고 어째서 패러다임의 변화는 어떠한 의미에서 보나 전에 알려졌던 것보다 더 완벽한 도구를 항상 만들어내는가? 어떤 면에서 보면 이 질문들은 그중 첫번 것을 빼고는 이미 해답이 나왔다. 그러나 다른

---

22 이것은 힐러리 퍼트넘(Hilary Putnam)의 논증을 토대로 김여수 교수가 제시한 주장(앞의 보고서 36~37면)을 필자 나름대로 옮긴 것이다.

면에서 보면 이 논문이 씌어지기 전이나 마찬가지로 미해결의 상태이다. 특수할 수밖에 없는 것이 과학자사회만은 아니다. 이 과학자사회가 그 일부를 이루는 세계 자체가 매우 특수한 성질을 갖고 있음에 틀림없는데, 이 특성이 무엇인지에 관해 우리는 처음이나 마찬가지로 아는 바가 없는 것이다. 그러나 이 문제 — 인간이 세계를 알 수 있으려면 세계가 어떤 것이어야 하는가? — 는 이 책이 발명해낸 것이 아니다. 오히려 그것은 과학 자체만큼이나 오래되었고 아직껏 해답이 나오지 않은 문제이다.[23]

이어서 쿤은, 입증을 통한 과학의 성장과 양립 가능한 어떠한 자연관도 그가 전개한 과학발전의 관점과 양립 가능한 만큼 당장 그 질문에 해답을 구할 필요는 없다고 결론짓는다.[24] 그러나 학문의 참뜻에 대한 물음의 일환으로 과학의 과학성을 묻는 입장에서는 그런 식으로 가볍게 넘길 일이 못 된다. 아니, 쿤 자신의 논지를 위해서도 어느정도 추적해보아야 마땅한 문제이다. 『과학혁명의 구조』에서 눈에 띄는 것은, 책의 주 내용은 '정상과학'과 '과학혁명'의 대조를 다루었던 데 반해, 앞에 인용한 결론은 그 두가지 모두를 포괄하는 과학의 '발전'(evolution)과 이를 가능케 하는 어떤 기본적 '합의'(consensus)를 말하고 있다는 사실이다. 이것은 쿤이 설정한 일정한 '모범문제들'(exemplars)로서의 패러다임이나 그보다 한 차원 높은 어떤 '전문 분야의 모형(母型)'(disciplinary matrix)으로서의 패러다임 이전에,[25] 이러한 온갖 패러다임을 활용하여 과학의 발전을 가능케

---

23 *The Structure of Scientific Revolutions* 173면.

24 같은 곳 참조.

25 『과학혁명의 구조』에서 '패러다임'이라는 낱말이 너무 애매하게 쓰였다는 비판을 일부 시인한 저자는 그 의미를 이처럼 크게 두가지로 나눌 수 있겠다고 해명했다. "Second Thoughts

해주는 더욱 기본적인 합의 ─ 이것 역시 패러다임이라 불러도 좋을 성질의 다분히 묵시적인 합의 ─ 를 전제한다. 이 합의의 구체적인 내용이 무엇이건 그에 입각한 '과학자사회'(scientific community) 내지 과학계의 형성과 발전은 개별 과학의 성쇠를 초월한 하나의 엄연한 세계사적 사실이며, 소흥렬(蘇興烈) 교수는 결국 이 공동체의 존재가 과학적 지식의 객관성과 보편성을 지켜준다고까지 말하고 있다.[26]

그러나 엄밀한 논증의 차원에서는 이것 역시, 과학자들이 옳다고 합의했으므로 옳은 것이다라는 식의 순환논법이라는 비판을 면치 못한다.[27] 이런 입씨름에서 벗어나려면 과학자사회의 존재와 그 설득력 및 위력에 대한 사실인식에서 출발하여 인류공동체의 역사 자체에서 그러한 특수한 공동체가 갖는 의미에 대한 진지한 물음으로 진행해야 하며, 결국은 이것이 현대철학에서 거의 제외된 근원적인 진리에의 관심으로까지 도달해야 한다. 예컨대 고대 그리스의 철학과 과학의 성립이 오늘의 범세계적 과학자사회의 형성을 위해 하나의 결정적 계기를 이루었다고 할 때, 그리스 자체의 인문학은 물론 동서고금의 여러 인문적 전통이 과학의 성장에 실천적으로 기여한 작용을 감안해야 할 것이며, 이는 또 인간이 인간다워지기 위해 공부하는 인문적 실천의 한 형태로서 과학계가 인류사에서 차지하는 의미를 과학적 지식보다 더 근원적인 차원에서 묻는 작업으로 되어야 할 것이다. 그렇지 않고서 이 물음 자체가 역사적 사실의 진부(眞否), 특정 명제의 진위(眞僞)를 묻는 차원에 머문다면, 그것은 그 나름으로 유용한 과학활동일 수는 있을지언정 과학활동의 현실적 근거로서의 과학자사회가 근원적인 진리와 어떤 관계에 있는지를 묻는 작업은 되지 못한다.

───────────────

on Paradigms," *The Essential Tension*.

26 소흥렬, 앞의 글 55~56면 참조.

27 김여수, 앞의 보고서 35면 참조.

반면에 이 물음이 제대로 물어질 때, '근원적 진리'는 진리를 인식의 대상으로 삼는 철학의 사고범위를 벗어나 있다는 진리관의 일대 전환이 요구된다. 곧 진리는 과학자사회의 활동을 포함한 인간의 실천과 근원적으로 연결된, 자기실현적이고 그런 뜻에서 역사적인 본질을 지닌다는 새로운 진리관이 요구되는 것이다.

이것이 진리의 문제에 대한 필자의 '해답'이 아님은 더 말할 나위도 없다. 다만 우리가, 과학적 지식이란 뭐니뭐니 해도 자연과학의 엄밀한 방법을 통해서만 획득되는데 이 자연과학의 방법도 따져보면 그리 확실한 것만은 아니라느니, 과학의 결론이 확실성이 없을지 몰라도 그것을 안 믿는 사람만 손해를 보는 게 현실이라느니, 인문·사회과학이 자연과학만큼 과학적일 수야 없겠지만 되도록 과학적이고자 힘써야 되지 않겠느냐느니 하는 식의 판에 박힌 이야기에서 벗어나는 일이 결코 지식의 차원에서만 가능한 일이 아님을 생각해보려는 것이다. 진리 자체가 '드러나는 것'이자 '이룩되는 것'이고 그 이룩됨은 인간의 인간다운 실천과 무관하지 않다는 깨달음을 통해서만, 우리는 인문학의 바탕에서 자연과학이 형성되고 자연과학의 발달은 다시 인간사회에 대한 새로운 차원의 과학적 인식과 실천을 가능케 하는 인류역사의 실상을 '진리'와의 관련에서 대면할 수 있는 것이다.

이러한 대면의 결과가 구체적으로 어떤 것인가는 진리에의 극진한 헌신을 실현하는 그 대면의 과정에서나 밝혀질 일이요, 어느 개인이 함부로 추단할 일이 아니다. 그러나 자연과학을 가능케 하는 '과학자사회'의 성립과 발전이 인류의 진리탐구·진리구현 과정에서 하나의 획기적인 전환점으로 인정된다면, 이보다 더욱 최근에 와서야 인류역사의 과제로 그 윤곽을 드러내기 시작한 올바른 사회과학적 인식과 실천의 조직화 역시 그에 못지않은 진리의 자기구현 사업으로 받아들여져 마땅할 것이다. 아니,

이것이야말로 그전까지 자연과학자가 주축이 되었던 과학자사회의 비약적인 확산이자 한동안 그 상호관련성이 점점 희미해져오던 인문학계와의 관련을 되찾아주는 질적인 일대 전환이라 할 수 있겠다. 그리고 이런 관점에서 본다면 대다수 과학철학자를 포함한 많은 현대인들이 과학적 방법 그 자체로 간주하는 '정상과학'의 방법은 인류의 집단적 진리탐구를 위해 창출된 가장 효과적인 방편의 하나인 동시에, 그것이 과학 자체의 본질로 오인되는 한에서는 과학의 참뜻을 왜곡하는 가장 위험스런 도구가 되기도 한다.

3

여기서 우리는 학문의 성격, 특히 '인문과학'의 문제와 관련하여 일단 다음과 같은 짐작을 해볼 수 있겠다. 곧 인간의 학문활동을 인문·사회·자연과학의 이질적인 방법을 지닌 세 분야로 가르는 일은 부당하며, 자연과학·비자연과학의 두 분야로 가르는 것조차도 궁극적으로는 바람직하지 못하다. 동시에 자연과학 ── 그것도 주로 '정상과학' ── 의 방법에 의해 모든 학문분야가 과학으로 발전하기를 기대한다는 것 또한 부질없는 일이다. 모든 학문은 그 대상에 대한 정확하고 체계적인 인식을 추구한다는 점에서 '단일한 과학'이며 그런 뜻에서 정상과학의 방법이 하나의 표본을 제시하는 것은 사실이지만, 동시에 모든 학문은 인간의 인간다움을 구현하려는 실천의 한 형태라는 점에서 모두가 '하나의 인문학'이기도 하고 따라서 정상과학에서 일단 무시되는 측면을 다소간에 모두 간직하고 있는 것이다.

이것을 하나의 가설로서 '입증'하려 한다기보다 이를 방편으로 학문의 성격에 대한 우리의 물음을 좀더 진전시키기 위해, 이에 따르는 몇가지 구체적 입장을 살펴보기로 하자.

먼저, 앞서 언급했던 딜타이의 정신과학론의 성격에 대해 다음과 같은 결론이 가능하다. 곧 딜타이는 자연과학적 방법이 인간의 역사적·사회적 삶의 해명에 그대로 적용될 수 없음을 못박음으로써 꽁뜨(A. Comte)류의 사회과학을 포함한 당대의 과학주의에 일정한 제동을 건 공로는 있으나, 자연과학의 과학성 자체를 좀더 근원적으로 문제 삼지 않았기 때문에 인간의 학문활동을 두개의 완전히 다른 영역으로 갈라놓았을뿐더러 '설명'이 아닌 '이해'에 의존하는 학문영역의 점진적인 축소를 막을 길을 확보하지도 못했다. '자연현상'에 관해서든 '역사적·사회적 현실'에 관해서든 새로운 이해는 항상 새로운 설명의 가능성을 열어놓게 마련이고, 설명 가능한 것을 철저히 설명하는 일은 모든 지적 탐구의 본질적인 일부일 뿐만 아니라 다음 단계의 한층 심화된 이해를 위해서도 불가결한 작업이다. 그러므로 딜타이의 '이해'에서 베버의 '이해하는 설명'으로 나아가는 것은 당연한 귀결이며, 설명의 비중이 높아질수록 '정신과학'이 '사회과학'으로 바뀔 운명에 있다고 한다면 오늘날 '인문과학'의 초라한 모습은 딜타이의 양분법에서 이미 예고되었던 셈이다. 그러나 문학이나 예술은 물론이고 오늘날 실증성을 자랑하는 사회과학의 여러 분야가 여전히 이해와 해석의 과정에 결정적으로 의존하고 있음은 분명한 일이다.[28] 따라서 딜타이 이래의 해석학적 접근이라든가 크게 보아 이와 비슷한 흐름에 해당하는 현상학적 이해의 방법이 지니는 기본적 문제점은, 그들이 실증적 설명과는 다른 차원의 해명을 시도했다는 사실 자체보다도 '이해'와 '설

---

[28] 필자가 읽은 바로는 특정 사회과학 분야의 구체적인 사례를 들어 이 점을 가장 설득력 있게 규명한 글은 Paul Connerton, ed., *Critical Sociology* (Penguin 1976)에 실린 Charles Taylor 의 "Hermeneutics and Politics" (1971)이다. 국내의 글로는 차인석 「사회과학과 이데올로기」 (『현대사회와 철학』에 실림) 및 한상진 「생활세계의 문제의식과 사회과학」(『현상과 인식』 1983년 봄호) 등이 참고가 되리라 본다.

명' 모두가 인간적 실천의 특수한 형태로서 동일 선상의 각기 다른 두 단계를 대표한다는 사실을 간과했던 점이라고 하겠다. 여기서 문제되는 '실천'이 학문활동이라는 특수한 실천으로서 인식의 엄밀성을 추구하는 한에서는 '설명'은 '이해'보다 더 진전된 단계요 따라서 설명이 가능한 곳에서는 설명에까지 도달하는 것이 실천으로서도 좀더 철저한 실천이다. 그러나 학문적인 실천이 어디까지나 '실천'인 한에서는, '설명'은 '이해'보다 인문적 실천의 직접성에서 한 단계 멀어진 실천이다. 다시 말해 그 종사자 개개인의 인간다움에 의존하는 도가 낮을뿐더러 그러한 인간다움을 북돋는 기능 또한 좀더 한정된 것이다. 해석학(hermeneutics)은 그 대상이 실천적 주체들임을 인정하기는 하지만——그것이 해석학으로 남는 한에는——인간의 인식과 해석 행위가 인간의 역사적 실천과 어떻게 근원적으로 연관되는지를 소홀히 하기 때문에, '이해'와 '설명'의 지나친 분리로 인해 '주관주의'요 '상대주의'라는 비판을 자초하거나 '인문과학'이라는 사이비 과학의 변호에 동원되고 만다. 그런데 실천의 문제에 대한 이러한 미흡한 관심은 곧 진리에 대한 관심의 모자람 내지 빗나감이라는 것이 애초부터 이 글이 내세운 입장이다. 진리를 앎의 대상으로 설정한 이상 '설명하는 앎'과 '이해하는 앎'의 차이는 실제보다 훨씬 커 보여서 '설명'과 '이해'의 양분법으로 학문 그 자체가 모두 포괄된다는 인상을 줄 수도 있는가 하면, 실천이 아닌 앎이란 점에서 그 동질성이 오히려 과대평가될 수도 있는 것이다.

해석학의 전통을 수렴하면서 실천의 문제에 좀더 본격적인 관심을 표명하고 있는 것이 독일의 프랑크푸르트학파를 중심으로 전개되는 이른바 '비판이론'이다. 그러나 이것 역시 우리와는 다른 입장이다. 우리는 인문·사회·자연의 모든 분야에 걸친 학문이 하나의 과학이면서 하나의 인문학으로 되기를 요구하는 것이지 과학의 발달에 맞서 철학——사회철학 및 역사철학 ─ 의 비판적 기능을 확보 또는 회복하자는 것이 아니다. 예컨대 하버마스의 『이론과 실천』에 따르면 전통적인 이론이 사회현실을 단순한 관찰과 분석의 대상으로만 여기는 데 반해 참된 의미의 '비판'(Kritik)은 관찰자의 물질적 존재가 이론에 미치는 작용을 이론 자체의 일부로 통합한다. 그리고 이러한 비판의 선구자라고 할 맑스와 현대 비판이론의 관계를 하버마스는 이렇게 설명한다.

맑스에 있어서 비판이 갖는 이러한 '유물론적' 자기인식의 문제는 실증과학들의 내재적 난점에서 나온 것이 아니라 당대의 철학에서 파생하는 정치적 결과 ─ 내지는 정치적 결과의 부재 ─ 에 대한 고려에서 나온 것이다. 당시에는 사회과학이 철학의 파산으로부터 건져낸 유산의 거울을 변증법적 이론 앞에 내세울 만큼 발달되어 있지 않았다. 18세기와 19세기 초반의 경제이론에는 너무나 많은 철학적 내용이 담겨 있었기 때문에 정치경제학에 대한 비판은 자신의 과학적 토대에 입각하여, 스스로 과학이라는 철학의 그릇된 주장을 반박할 수 있었다. 정신의 현상학적 경험이 지닌 이데올로기적 자기이해는 삶의 사회적 상호연관에 대한 비판적 경험에 의해 부정되었고 철학은 **철학으로서** 극복의 대상이 되었다. 오늘에 와서는 그와 정반대로 실증과학이 그 '관념론적' 측면에서 당시의 철학과 일치하고 있으며 이러한 측면이 전통적인 이론 일체를 비판이론으로부터 구별해주고 있다. 철학과 실증주의 사이에 자리 잡은 비판이론의 고유한 위치로 말미암아, 실증주의에 대한 비판적 자각은 말하자면 맑스와 반대방향에서 출발하여 그가 도달했던 것과 동일한 차원을 지향하는 것이다.[29]

---

29 Jürgen Habermas, *Theorie und Praxis* (1971), Suhrkamp 1978, 243~44면. 강조는 원저자.

『자본론』으로 대표되는 맑스의 정치경제학 비판을 '이데올로기 비판'으로 해석하는 관점은[30] 맑스가 헴펠의 '포괄법칙 모형'에 맞을 경제학적 법칙을 제시하려다가 무참히 실패했다는 투의 일부 현대 경제학자들의 '논증'보다 훨씬 온당하게 여겨지는 것이 사실이다. 그러나 이것이 매우 일면적인 관점인 것도 부인할 수 없다. 맑스의 추종자는 물론이요 맑스의 한계를 객관적으로 규명하려는 학도의 입장에서도, 맑스의 이데올로기 비판은 그 자신이 일찍부터 설정한 자본주의시대 극복이라는 실천적 과제에 입각한 프롤레타리아혁명의 이론과 불가분의 것임을 먼저 전제하여야 하며 이러한 전제 아래 그의 온갖 사회분석·역사연구·정치활동 들이 어떤 성과에 해당하는지를 전체적으로 평가할 필요가 있다. 어쨌든 헤겔 철학의 극복·지양을 내세우며 도달했던 맑스적 '과학'의 차원이 곧 하버마스가 실증과학에 대한 비판으로서 다시 살리려는 '철학적 반성'의 지향점과 동일한 것이라는 주장은 다분히 일방적인 것이라 생각된다.

여기서 하버마스에 의한 맑스 이해의 일면성을 굳이 강조하는 것은 '비판이론'에 따르는 전반적 문제점을 살펴보기 위해서이다. 사실 호르크하이머가 제시한 '전통이론'과 '비판이론'의 대비 자체에 이미 다소의 어폐

---

30 이러한 관점을 한상진 교수는 다음과 같이 설명한다. "특수한 관점이란『자본론』을 이데올로기 비판의 관점에서 본다는 것이다. 이때, 논의의 대상이 되는 이데올로기는 노동과 자본이 시장 메커니즘을 통해 공평한 교환관계에 선다는 이데올로기이다. 마르크스의 눈에는 이것이야말로 진정한 계급관계를 은폐시키고 정당화시키는 전형적인 이데올로기처럼 보였을 것이다. 따라서 그는 노동자들의 생활세계를 왜곡시키는 이 해석체계를 극복하기 위해, 정치경제학과의 본격적인 대결을 통해 잉여가치가 어떻게 창출되며 이것이 어떻게 자본에 의해 점유되고 그 기반 위에서 자본의 확대재생산이 어떻게 일어나는가를 보여주려 했을 것이다. 만일 마르크스의 분석이 타당한 것으로 인정된다면, 이것은 이데올로기 비판의 탁월한 예임에 틀림없다."(「생활세계의 문제의식과 사회과학」112면)

가 있다.[31] 그는 데까르뜨 이래의 순수이론적 자세를 '전통이론'이라 부르고 있으나 정말 전통적인 이론 즉 플라톤과 아리스토텔레스 등의 '테오리아'(theoria)는 실천과 직결된 것이었고[32] 헤겔에 이르러 독일의 고전철학이 절정에 달한 순간에도 그것은 이미 데까르뜨나 칸트에서와 같은 의미의 '전통이론'은 아니었다. 이러한 헤겔철학에 뒤이어 맑스류의 '비판이론'과 실증주의적 사회과학의 대립이 어떻게 진전되어왔는지에 대한 경위 설명은 마르쿠제(Herbert Marcuse)의 『이성과 혁명』(*Reason and Revolution*, 1941)에 탁월하게 정리되어 있다. 그런데 마르쿠제 자신이 맑스의 실천적 관심을 직접 계승한 이론가들을 소홀히 함으로써 '비판이론'을 '혁명이론'으로부터 분리하는 경향을 드러내는 것이 사실이지만, 그는 『일차원적 인간』(*One-Dimensional Man*, 1964)에서도 혁명이 불가능한 현실을 말할 뿐 혁명의 필요성은 여전히 강조하고 있는 데 반해, 하버마스는 어느덧 혁명불필요론으로까지 발전해버린다. 여기서 '비판이론'은 혁명이론이 아닌 '비판만'의 이론이라는 성격을 띠는 동시에 헤겔적 '변증법이론'에도 사실상 미달하는 칸트류의 비판과 오히려 흡사해지고 마는 것이다.[33]

---

31 Max Horkheimer, "Traditional and Critical Theory" (1937), Connerton, ed., 앞의 책 참조.

32 박순영 「비판 개념의 비판적 고찰」, 『현상과 인식』 1983년 봄호 11면 참조.

33 이 점에 대해서는 『이론과 실천』의 역자가 누구보다 신랄하다. "반성이 자기귀환하는 자의식에 폐쇄되어버림으로써 야기된 가장 큰 철학적 손실은 변증법이, 전체를 파악하여 모순의 원인과 결과가 충분히 인식되는 데 필요한 해결영역의 확보라는 운동성을 상실하고 그 대신에 자기 사회에서 발생한 문제를 의식 속에서 해소하려는 조정의 성격을 띠게 되었다는 점이다. (…) 기술과 실천은 어느 이론에서보다도 더욱 사이좋게(=합리적으로) 공존하여 서로를 보장한다. 기술의 이데올로기를 기술과 실천의식으로 양분시킴으로써 기술의 폐해는 사면되고 사회적 실천의식은 토의에 골몰한 채 변명과 불신을 되풀이하고 있다. 변증법은 인식의 근원에 침입하는 대신 해석학의 방법론으로 수용되어 편견이나 선행이해가 빚는 마찰을 토의에서 무마시키는 본연의 임무, 즉 수사학으로 위축되어버린다. 오해를 불식하고 나타난 이해의 모습이 어떤 내용을 가질지는 모르겠지만 그것이 기술의 메커니즘을

필자는 「인간해방과 민족문화운동」이라는 글을 쓸 때에도 하버마스에 관한 어설픈 지식을 무릅쓰고 '무기력한 대화주의'를 비판할 필요를 느꼈었다.[34] 물론 그것은 하버마스 철학의 이러한 측면이 그 자신만이 아니라 '비판이론' 전반에 해당되는 문제점이라고 생각했기 때문이다. 프랑크푸르트학파에 대한 필자의 지식이 어설프기는 지금도 매일반이지만 과학의 과학성에 대한 이제까지의 검토는 그러한 문제점을 더욱 뚜렷이 해주는 것 같다. 자연과학 자체가 인간적 실천의 일부요 그런 의미에서 '인문학'이기도 하다면, 과학이 아닌 어떤 철학이나 '비판이론'을 통해 과학기술을 다스리겠다는 것은 현실적으로 가망 없는 시도일뿐더러 과학의 인간해방에의 임무를 오히려 망각하는 태도이다. 아니, 과학기술의 참뜻을 묻지 않은 채 대상을 합리적으로 조정하려는 매우 기술주의적인 발상으로서, 스스로 극복하겠다고 하는 과학주의의 닮은꼴에 해당하는 것이다. 흔히 말하는 '이론과 실천의 통일'은 실천을 강조하는 또 하나의 이론을 내놓는 것으로써 달성되지 않는다. 역사적으로 요청되는 구체적인 실천을 가능케 하며 이에 의해 가능해지기도 하는 그런 이론이어야 하는 동시에 주어진 실천의 마당에서 인간으로 하여금 진리에 가까워지게 해주는 방편이어야 하는 것이다.

4

그런데 자연과학조차도 인문학의 일부라는 것은 무슨 말인가? 자연과

거의 건드리지 않으리라는 것만은 분명하다. 즉 노동과 상호행동은 서로의 영역을 침범하지 않는 한(사실 그렇게 될 수 있다고 하버마스는 믿는다) 주체의 생존과 자기실현에 공헌하며 사회적 통합을 유지시킨다."(홍윤기 「세계구조의 변증법: 하버마스 이론의 해명과 비판」, 하버마스, 홍윤기·이정원 옮김 『이론과 실천』, 종로서적 1982, 부록 1, 452면)
34 졸저 『인간해방의 논리를 찾아서』 546~48면 참조.

학이 인문학적 전통의 모태에서 발생한 것은 두루 알려진 사실이다. 또 근대과학이 일단 성립된 뒤에도 그 가장 획기적인 '발견'들은 단순한 실증의 양적 확대를 통해서보다 기본적인 '이해'의 전환에 의한 것임을 쿤을 비롯한 여러 사람들이 지적해왔다. 그러나 이것만으로써 자연과학 자체가 곧 인문학이라고까지 말할 수 있을 것인가?

사실 이 글에서 말하는 '단일한 인문학'이란 '단일한 과학'의 개념과 떼어 생각할 수 없는 것이다. 따라서 그것은 자연과학의 발생 이전인 옛날의 인문학, 아니 단일과학이 채 완성되기 전인 오늘날의 인문학 개념과도 근본적으로 다른 면이 있게 마련이다. 다만 현재 성립 중이라 믿어지는 인문·사회·자연 등의 모든 분야를 망라하는 하나의 과학이 전통적 인문학의 포괄성과 실천성을 지닌다는 점을 강조하는 뜻에서 편의상 '인문학'의 이름을 빌린 것이다. 그러므로 이러한 입장의 타당성을 가늠하기 위해서는 어떻게 전통적 인문학으로부터 자연과학이 발생하였는가의 문제뿐 아니라 자연과학과 근대인문학의 상호작용 속에서 어떻게 인간사회에 대한 인식이 새로이 과학화되었고 그로 인해 과학 자체에 대한 우리의 인식이 바뀌게 되었는가의 문제가 결정적인 중요성을 띤다. 그리고 이러한 역사적 전개를 현상으로서 인식하는 데 그치지 않고 인간과 근원적 진리 간의 관계 변화이자 진리의 자기구현 과정이라는 차원에서 이를 생각할 수 있어야 할 것이다.

필자는 역사지식에서나 근원적 물음의 수련에 있어서나 이 엄청난 작업에 정면으로 대들 입장이 못 된다. 다만 그러한 목표를 향한 필자 나름의 노력을 지속하는 뜻에서 이와 관련된 한두가지 문제를 검토해보려는 것뿐이다.

예컨대 과학과 인문학의 일치점 내지 상보관계를 너무 쉽게 인정하는 것은 우리의 작업에 오히려 장애가 된다. 앞서 필자는 김우창 교수가 전

통적인 '인문적 지혜'를 강조함으로써 '인문과학'이라는 용어에 따르는
혼란을 피하고 있다고 했지만,「문학과 과학」이라는 글에서 과학과 문학
이 근본적으로 같은 것을 추구한다는 결론은 그것 나름의 상당한 혼란을
일으킨다.

　사실 삶의 전체적인 테두리를 잊어버리지 않는 한, 과학과 문학이 추
구하는 것은 근본적으로 같은 것이다. 그것은 진실이다. 과학은 세계를
이해하고 그것을 삶에 필요한 범위 안에서 통제하기 위하여 진실을 추
구하고, 문학은 세계 안에서의 각 개인과 모든 사람의 행복하고 평화
로운 거주를 위하여 진실을 추구한다. 또 이러한 목적을 떠나서 단순히
진실 그것을 그것으로서 추구하고자 하는 그 기묘하게 공격적이면서
또 수용적인 정열에 있어서도 과학과 문학은 하나이다. 또 이 정열의
의미는 플라톤이 철학에 관하여 말한 것을 빌려, '존재 앞에 선 인간의
경이감' 이외의 다른 것이 아니다. 과학과 문학은 신비스럽고 경이스러
운 존재의 축복을 망각에서 지키며 가장 넓고 가장 깊게 간직하려고 하
는 인간의 위대한 노력의 두 표현이다. 우리는 어느 쪽을 통해서도 삶
과 전체성에 이를 수 있다. 그러면서 두 대조적인 전체성은 상보관계
속에 있을 수도 있다.[35]

이 대목의 첫머리에 "삶의 전체적인 테두리를 잊어버리지 않는 한"이라
는 단서가 붙어 있기는 하다. 그러나 과학의 '보편성'이 바로 그러한 '전
체성'을 희생하고 얻어진다는 점은 김교수 자신도 강조했던 터인데,[36] 이

---

35 『지상의 척도』 184~85면.
36 "과학의 진리는 문학이 서식하는 삶의 세계에 대한 가장 중요한 인식의 수단이 되고 또 그
　것을 개조하는 가장 중요한 기술을 제공하여 준다. 다만 우리가 알아야 할 것은 과학의 보

점이 앞의 인용문에서는 무시된 느낌이다. 사실 여기서 이야기되는 '과학'이 과학적 지식 자체를 뜻하는지 과학자 개개인의 학문활동을 뜻하는지—후자의 경우에도 '정상과학'에 종사하는 대다수 과학자들과 '과학혁명'을 이룩하는 예외적 인물들의 작업 사이에 질적인 차이가 있다는 것이 쿤의 주장이다—아니면 역사를 통한 인류의 집단적 실천으로서의 과학에 어떤 다른 차원의 의미를 두고 있는지가 분명치 않다. 어쨌든 정상과학의 활동이나 거기서 얻어지는 지식을 문학작품이 (그것이 진정으로 창조적인 작품일 때) 구현하는 삶의 진실과 결코 동렬에 세울 수는 없을 것이다. 예외적인 과학자의 세계이해 역시 그것이 대상에 대한 지식인 한에는 참된 예술의 창조성과는 차원을 달리한다는 것이 필자의 생각인데, 실제로 김우창이 이러한 예외적인 경우를 염두에 두고 있는 것 같지는 않다. 오히려 그는 과학의 의미를 새로이 정리하려기보다, "과학은 대상적 관심에 무반성적으로 몰입하기 쉽기 때문에 그것 스스로가 입각해 있는 선험적 기초를 망각"하게 되고 "이것은 철학적 반성을 통하여 회복될 필요가 있다"[37]는 하버마스적 관점을 보여준다. 그리고 앞서 지적한 혼란은 이러한 관점과 무관하지 않다. '철학적 반성'을 통해 과학 자체가 예의 '전체성'을 회복할 것인지 아니면 과학 스스로는 끝내 생각지 못하는 전체성을 인문적 지혜가 보완해줄 것인지를 분명히 가려낼 만큼 과학에 대한 물음이 진행되어 있지 않기 때문이다.

특출한 인물이 아니더라도 연구의 과정에서 '존재 앞에 선 인간의 경이감'을 맛보는 과학자는 적지 않을 것이다. 그러나 중요한 것은 연구자 개

편성은 삶의 세계의 부분적인 추상화로 성립하고 이 추상화의 밑받침이 되는 이해가 삶의 세계라는 사실이다. 문학의 진실은 이 세계의 진실이다."(「문학의 보편성과 과학의 보편성」, 같은 책 190면)

37 「문학과 과학」 183면.

인이 그러한 경이감을 맛보고 얻은 지식과 그렇지 않은 지식 사이에 지식으로서는 아무런 차이를 인정하지 않는 것이 바로 과학의 특징이라는 점이다. 물론 연구활동의 생산성에 있어 앞쪽의 학자가 훨씬 나을 가능성은 크다. 그러나 이 경우에도 그는 자신의 감정이 연구성과의 객관성에 아무런 영향을 미치지 않도록 하는 자제력을 통해서만 생산성을 발휘하며, 어쨌든 산출된 지식 자체는 누가 어떻게 산출했든 매일반이라야 과학적 지식으로 인정된다. 우리가 '과학적 지식'과 '과학자의 진리탐구 행위'를 구별해야 할 필요가 여기서 나오는 것이다.

그러나 개별 과학자의 진리탐구 행위보다 더욱 중요한 문제는 인간의 집단적 역사행위로서의 과학이 진리와 어떤 관계에 있느냐는 것이다. 궁극적 진리라든가 심지어 삶의 진실이라는 것도 일단 관심 밖으로 몰아냄으로써 이처럼 거대한 인식의 체계를 쌓아오고 인간의 삶을 엄청나게 변혁시켜온 이 힘의 근원은 과연 무엇인가? 과학연구의 탈실천적 측면이 오히려 과학계의 집단적 실천력을 드높이고 그리하여 탁월한 개인이 아니면서도 얼마든지 인간해방의 위업에 동참할 수 있게 해주는 어떤 숨겨진 뜻이라도 있는 것인가? 자연과학은 더 말할 것도 없고 전통적인 인문학에서부터 미래의 단일한 인문학, 단일한 과학에 이르기까지 모든 학문활동에 따르는 일정한 기계적 성격 — 말하자면 '정상과학적'인 기율 — 은 더 많은 사람들의 더욱 긴밀한 협동을 통해 진리를 구현하는 하나의 방편이란 말인가?[38]

과학의 발달에 견주어 '철학적 반성'이 모자란다는 것이 아니라 과학

---

38 필자는 이 문제를 종전의 과학철학적 시각과는 다른 각도에서 살펴보려는 뜻에서 「인간해방과 민족문화운동」 542면 이하에서 유식학(唯識學)의 용어를 빌려 과학은 표면상 의타기성(依他起性)의 지식과 분별을 무한히 축적·체계화하는 작업이지만 이것이 곧 일법중도(一法中道)의 원리에 따른 보살행의 방편일지도 모른다는 생각을 피력해본 바 있다.

자체가 아직껏 '하나의 과학'으로서 그 온전한 모습을 드러내지 않았다는 입장에서는 앞의 물음에 대한 단정적인 답변 역시 있을 수 없다. 그러나 자연과학의 성립으로 과학 자체가 완성된 것이 아니라 과학성의 일면이 구현되었을 따름이고 뒤이어 과학이 인간의 실천적 삶까지 그 대상으로 포용하면서 자연과학의 방법에 국한되지 않는 과학의 본성이 좀더 드러났다는 인식은, 앞으로 인간의 지식과 기술이 한층 늘어나는 가운데 과학 자체의 실천적 성격 ─ 인간을 인간답게 만드는 역사행위로서의 성격 ─ 이 더욱 뚜렷해질 가능성을 숙고하게 만든다. 그런 의미에서 과학의 '인문학적' 성격이 점점 부각되리라고 말할 수도 있을 것이다.

4. 민족적 주체성과 학문적 보편성

1

과학의 인문적 성격에 대한 이제까지의 고찰이 과학주의를 정면으로 부정하는 것임은 더 말할 나위도 없다. 동시에 '인문주의'로의 복귀도 결코 아니다. 하나의 인문학을 겸하는 하나의 과학이라는 생각은 과학관의 일대 전환을 뜻할 뿐 아니라 진리관의 전환을 뜻하는 것이며 예컨대 인간의 본성을 키케로의 '후마니타스'로 설정하는 식의 인문주의·인간주의 자체의 극복을 요구하는 것이다. 근원적인 진리를 앎의 대상, 있느냐 없느냐의 분별의 대상으로 생각하는 것이 진리에의 관심을 제약하고 끝내는 그 망각을 낳게 한다면, 인간의 인간다움을 아무리 드높이 설정하더라도 그것을 유무를 초월한 근원과의 연관에서 살피지 않는 한 진정한 인간다움의 제약을 낳는다. 그리고 이처럼 제약된 인간다움의 계발에 집착하는 '휴머니즘'이 인간다움의 명백한 부정과 통하는 과학주의의 뿌리에 놓여 있다는 해석도 가능한 것이다.

「'휴머니즘'에 관한 편지」(Brief über den 'Humanismus')에서 바로 이러한 해석을 제시한 하이데거(M. Heidegger)는 자신의 사상적 과제를 자주 '형이상학의 극복'이라는 말로 표현하고 있다. 그런데 여기서 '형이상학'이란 단순히 철학 내의 한 분야이거나 실증적인 과학이 못 된 학문으로서의 철학을 뜻하는 것이 아니라 고대 그리스의 초기에서부터 오늘날에 이르는 서양의 철학·신학·과학의 온갖 탐구를 규정하는 사고방식을 말하기 때문에, 그 무책임한 '부정'이 아닌 진정한 '극복'은 결코 쉬운 일이 아니다. 더구나 하이데거의 '형이상학 극복'의 시도 자체를 서양철학 내부의 또 하나의 새로운 흐름으로 수용한 결과 오히려 극단적인 관념론과 주관주의로 떨어지는 현실적 폐단도 만만치 않다. 하이데거를 실존주의의 원조로 보든 현상학의 대가로 보든 또는 최근의 유행처럼 탈구조주의적 해석학의 선구자로 모시든 결국 그는 루카치가 통박한 '이성파괴'의 원흉임을 면치 못하는 것이다.[39]

형이상학의 극복이라는 하이데거적 시도는 형이상학의 전통 바깥에서 사유해온 동양인에게 오히려 쉽게 이해되는 면이 없지 않다. 단순히 서

---

[39] 이에 비해 신오현 교수는 「철학과 형이상학」이라는 글에서 하이데거의 사상이 형이상학의 '비판'이나 '부정'이 아닌 '극복'에 해당함을 강조한다. "만약 아직 대상으로 규정되고 응고되지 않는 이 생생한 삶과 행위가, 이 체험이 주관의 인식 대상으로 전락하지 않은 채로 이해될 수 있다면 이러한 이해야말로 실증과학적인 인식도, 형이상학적인 인식도 아닌 제3의 인식이 가능함을 입증하게 될 것이다. 하이데거는 이러한 인식의 가능함을 증명하고 이러한 인식을 일러 철학적 인식이라 부른다. 이제야 철학은 형이상학을 완전히 극복하게 된 셈이다."(『세계의 문학』 1982년 가을호 28면) 그러나 '형이상학을 완전히 극복' 운운은 하이데거 자신이 결코 내세운 바 없는 엄청난 업적을 속단한 것이 아닌가 한다. 또한 형이상학이 완전히 극복되었을 때의 사유(思惟)에 어떤 의미로 '철학'의 이름이 붙여질 수 있을지도 재고할 문제다.

양적 사고에 길들여지지 않았다는 것만이 아니라, 도(道)라 말할 수 없는 도, 유무를 넘어선 진여(眞如)를 사유해온 경험이 있기 때문이다. 그러나 이러한 사상적 유산에 힘입어 형이상학적 사고의 한계를 알아차리는 것과 형이상학을 극복하는 것은 다르다. 하이데거가 거듭 강조하듯이 이는 결국 과학기술과 인간의 관계 자체가 좀더 근원적으로 정립됨으로써만 가능한 일이다.[40] 다시 말해 기술시대의 현실적·역사적 과제이지 단순히 사상적인, 또는 이론상의 문제가 아닌 것이다. 그런데 과학기술과의 새로운 관계 정립이라는 차원에서도 동양사상이 값진 암시를 주는 것은 사실이다. 서양의 철학이 아직도 기술문명을 견제, 조정 내지는 보완할 방도에 골똘하고 있는 데 반해, 동양의 해탈한 자는 원래 희로애락을 노복처럼 부리는 고차원의 기술인으로 생각되어왔다.[41] 이것은 서양은 역동적이고 물질주의적인 데 반해 동양은 정태적이고 정신적이라는 식의 상투형과는 거리가 있는 이야기다. 적어도 인간 각자가 하느님이 만들어주신 불멸의

---

40 기술에 관한 이러한 언급은 하이데거의 저서 도처에서 발견된다. 필자는 이 주제를 「로런스 문학과 기술시대의 문제」(한국영어영문학회 편 『20세기 영국소설연구』, 민음사 1981)라는 글에서 다룬 바 있는데 거기서는 하이데거의 「기술에의 물음」(Die Frage nach der Technik) 및 「'휴머니즘'에 관한 편지」를 주로 원용했다.

41 이에 대해 Inge Powell Bell, "Buddhist Sociology: Some Thoughts on the Convergence of Sociology and the Eastern Paths of Liberation" (Scott G. McNall, ed., *Theoretical Perspectives in Sociology*, St. Martin's Press 1979)은 사회학에서 다루는 '역할'(role)의 문제와 관련하여 다음과 같은 흥미 있는 지적을 한다. "사회학이 간과하고 있다고 생각되는 점은, 깨달은 사람은 자기 마음대로 쓸 수 있는 한무더기의 역할들을 갖고 있으며 그중 어느 것에도 집착하지 않고 어느 것도 자신에게 어떤 정체를 부여하기 위해 사용하지 않는다는 사실이다."(58면) 이어서 그는 이것이 동양사상에서 자아의 실재성이 부인되고 '오직 일련의 사건 내지 경험들'이 있을 뿐이기 때문이라고 설명한다. 그러나 불교의 가르침을 좀더 충실히 따른다면 '일련의 사건 내지 경험들' 자체도 허상인 동시에, 이들 경험들의 덧없는 결집체인 자아가 천상천하에 홀로 존귀한 것이기도 하다. 이러한 깨달음에까지 이끌어주지 않는 한, 저자가 어떤 막연한 '동양적 신비주의'를 소개한다는 인상을 떨쳐버리기 힘들 것이다.

영혼을 가졌다는 그리스도교의 교리보다는 인간의 자아를 포함한 일체중생이 연기(緣起)에 따라 모이고 흩어지는 한갓 형상이라는 불교의 가르침이 훨씬 물질주의적이며, 따라서 이러한 현상세계의 원리에 충실한 과학기술을 방편으로서 활용하는 데에 오히려 능동적일 수 있다. 기술문명의 위기를 이겨낸다는 일이 기술주의적 사고방식에서는 탈피하되 인간의 기술능력은 더욱 고도화함을 뜻한다면, 대지의 주인이요 생물계의 우두머리로서의 인간보다 '해탈한 기술인'— 그런 의미에서 '도통한 사람'—의 모습이 과학기술과의 새로운 관계 정립에 좀더 유리한 인간상인지도 모른다.

그러나 기술문명의 낙오자요 기술시대의 피압박자로 남아 있는 몸이면서 입으로 '형이상학의 극복'이니 '기술의 참뜻'이니를 말하는 데 그치는 것은, 잘해야 형이상학의 한계에 대한 또 하나의 알음알이를 보태는 일이요, 자칫하면 선진공업국에 의한 세계지배의 계속에 보태주는 허망한 입놀림으로 끝날 우려도 많다. 인간과 과학기술 간의 새로운 관계를 찾는다는 것이 인간이 기술을 더 잘 부리겠다는 기술주의적 발상으로 안 될 일임이 사실이라 하더라도 구체적인 생산력의 문제, 생산수단의 소유 문제를 떠나서 '기술과의 관계'가 정립될 리도 만무한 것이다.

바로 여기에 '기술시대의 문제'가 '제3세계의 문제'로 구체화될 필요가 있다. 제3세계에 있어 기술시대의 문제란 우선 생존을 위한 기술 습득과 생산력 증대의 문제지만 동시에 무작정 기술문명의 선구자를 배우는 길은 항구적인 예속의 길로 운명지어진 이 세계의 됨됨이를 과학적으로 인식하는 문제이다. 그리고 문제가 이렇게 현실화되는 순간, 하버마스류의 비판이론이나 하이데거를 앞세운 신판 관념론들이 서양인들의 구태의연한 자기중심주의임이 더욱 확연히 드러난다. 아니, 동양인들이 서양에의 손쉬운 대안으로 '동양적인 것'을 제시하는 일이나 제3세계의 지역적 특성을 과장하는 일부 제3세계 지식인의 '제3세계주의'도 이미 지구를 하나의 세계로 만든 기술시대의 진실을 외면한 것임이 뚜렷해진다. 제3세계의 현실은 이제 전지구적 현실의 일부로서밖에 이해될 수도 극복될 수도 없는 것이며, 이때의 '극복'은 형이상학과 기술문명의 업적에 대한 단순한 반대도 추종도 아닌, 그것의 진리와의 관계를 새롭게 터득함을 뜻한다.

이러한 제3세계적 현실인식은 가령 미국의 사회학자 월러스틴이 제창한 '세계체제분석'(world-system's analysis)과 그대로 일치하는 것은 물론 아니지만, 여전히 서양중심주의적인 수많은 선진국의 이론이나 근대 이래 서양의 중심적 역할을 무시하는 일부 제3세계론에서보다도 더 많은 것을 거기서 얻을 수 있는 것이 사실이다.[42] 우리의 제3세계론 역시 오늘날의 전지구적 현실이 정치경제적 분석의 단위대상이라고 보며, '원래 세계는 하나다'라는 식의 관념적 원칙에 의해서가 아니라 오늘날의 제3세계를 창출하기까지 자본주의 세계경제의 성장과정에 대한 역사적 인식에서 그러한 결론에 도달한다. 따라서 '정치와 불가분하게 연결된 단일한 역사학적 사회과학'(a single historical social science integrally linked to politics)을 주장하는 월러스틴의 학문관이 우리가 모색하는 실천적 과학관에 근접하는 것도 우연이 아니다.[43] 그러나 이러한 사회과학이 진리에

---

42 이매뉴얼 월러스틴(Immanuel Wallerstein)의 주저는 현재 2권까지 나온 *The Modern World-System* (Academic Press, 1권 1974, 2권 1980)이며 논문집 *The Capitalist World-Economy* (Cambridge University Press 1979)가 있다.

43 *The Capitalist World-Economy* 서문 "Some reflections on history, the social sciences, and politics" 참조. '정치와 불가분하게 연결된 단일한 역사학적 사회과학'의 개념은 물론 월러스틴의 창안이나 전유물이 아니다. 한편으로 그것은 맑스적 학문의 전통(적어도 원리상으로는)이며 다른 한편, 특히 월러스틴의 경우에는, 인간과학(les sciences de l'homme)으로서의 사회과학은 역사학을 겸하지 않을 수 없고 역사학은 또 '장기적인 체험시간'(la longue durée)을 다룸으로써 사회구조의 분석을 수행해야 한다는, 페르낭 브로델(Fernand Braudel) 같은 비맑스

대한 좀더 근원적인 관심에 바탕하지 않는 한, 세계체제 자체의 근본적 변혁을 완수하는 실천력으로 성숙하는 데에는 한계가 있지 않을까 싶다.

2

실천은 언제나 구체적으로 주어진 현장에서의 실천이다. 따라서 과학적 현실분석의 대상이 세계 전체보다 작을 수 없다는 현대사의 일반화된 요구와 더불어, 국지화된 현장의 특별한 실천적 요구에도 부응하는 것이 학문 본연의 임무로 된다. '조직'의 문제야말로 이론과 실천을 매개하는 탁월한 형태라는 루카치의 논리도 그런 뜻으로 이해할 수 있겠다.[44]

흔히 논의되는 학문의 '보편성'과 '특수성'의 문제도 이런 각도에서 재정리함으로써 매양 같은 이야기의 되풀이를 면할 수 있을 것이다.[45] '보편'과 '특수'의 대조란 원래 형이상학적인 발상이다. 플라톤에서처럼 '이데아' 세계의 보편적 진실을 감각적인 가상세계의 사물이 반영함으로써 '특수' 속에 '보편'이 내재하며 이 보편적 진실을 추구하는 것이 학문 본연의 임무가 된다. 그런데 형이상학 자체에서도 헤겔에 이르면 '보편'과 '특수'의 대치가 역동적인 변증법적 관계로 파악되지만, 이 역동성을 제대로 계승한 과학적 작업은 그리 흔하지 않다. 오늘날의 실증적 사회연구·역사연구는 '개별 사례의 확인을 통한 보편타당한 법칙(또는 가설)의 정립'이라는 식으로, 오히려 헤겔 이전의 형이상학적 발상에 되돌아간 느

주의 사학자의 영향에 힘입은 바도 큰 것으로 보인다. 브로델 「역사와 사회과학: 장기지속」 (1958), 신용하 편 『사회사와 사회학』, 창작과비평사 1982 참조.

44 G. Lukács, "Methodisches zur Organisationsfrage," *Geschichte und Klassenbewußtsein* (1923) 참조.

45 이 문제는 최근 강만길·노명식·안병직·이광주 제씨의 좌담 「한국사학 오늘의 방향」(『한국사회연구』 1집, 한길사 1983)에서도 다시 다루어졌는데, 부분적인 논의의 진전이 있고 특히 민족사학론의 제창자들이 '특수'에 기울어져 있지 않음이 강조된 것이 중요한 수확이나, 문제제기 자체에는 큰 새로움이 없는 것 같다.

낌이다. '보편'과 '특수'라는 낡은 발상이 형이상학이 아닌 실증적이면서도 실천적인 학문에서 어떤 의미를 지니려면, 당면한 역사적 실천이 허용하며 요구하는 최대한의 거시적 분석과 함께 효과적인 조직활동(즉 이론과 매개된 실천)이 요구하며 허용하는 적절한 국지화를 동시에 감당하는 학문 본연의 팽팽한 긴장, 그 변증법적 성격으로 재정립되어야 한다. 그리고 이를 오늘날 한국의 연구자에게 주어진 현실인식의 과제와 연결지을 때, 다름 아닌 세계체제 전부의 역사 및 현재적 구조를 이론화의 대상으로 삼는 것이 학문적 '보편성'이요, 민족의 문제를 일단 초점으로 하고 경우에 따라 더욱 세부적인 문제에 집중하기도 하는 것이 그 '특수성'이 될 것이다.[46] 바로 이러한 의미에서의 일반성과 구체성을 두루 갖춘 연구야말로 오늘의 현실에서 더없이 힘든 것이면서 진리탐구의 이름에 값할 유일한 종류의 것이다. '알음알이'의 생산과 축적을 업으로 삼는 인간이 '진리'를 탐구한다는 긍지를 느끼는 길은, 오직 실천적 과학의 내적 긴장을 이겨내는 곡예 아닌 곡예를 통해서 '분별지'를 체계화하는 그의 작업을 '보살행의 방편'으로 만드는 길뿐이겠기 때문이다.

그런데 우리의 경우 '국지화'의 적정선이 하필이면 '민족'의 차원이어야 하는가라는 문제가 남는다. 물론 이것이 민족보다 더욱 작은 단위의 문제로 전문화해 들어갈 필요성을 배제하는 이야기는 아니지만, 어쨌든

---

[46] 이 점에서도 월러스틴의 세계체제론이 좋은 참고가 된다. 19세기 및 20세기 초 인간과학 연구에서의 '보편주의자' 대 '특수주의자'의 논쟁은 흔히 '과학자' 대 '인문주의자'의 대립으로 나타나기도 했는데, 사실은 양쪽이 모두 세계체제 내부의 특정 사회를 분석의 대상으로 한정하는 데에 은연중 일치하고 있었기 때문에 부질없는 논란의 되풀이로 끝난 면이 많았다는 것이다. 세계체제적 시각에 설 때 비로소 인류 전체의 운명에 대해 '과학적'이면서도 동시에 '인문적'으로 되는 일이 가능해진다는 것이 월러스틴의 주장이다. *The Capitalist World-Economy* 9장 "A world-system perspective on the social sciences" 참조. 이 글은 McNall, ed., *Theoretical Perspectives in Sociology*에도 실려 있다.

우리 현실에서의 온갖 구체적 운동들이 일단 민족운동으로 수렴되는 일이 바람직하다는 주장임에 틀림없다. 이러한 우리의 주장이 민족을 영구불변의 실체로 설정한다거나 최고의 가치로 내세우는 국수주의·민족지상주의와 전혀 다른 것임은 이미 여러 사람이 밝힌 바 있다. 따라서 이 주장의 타당성 여부는 그 자체가 앞에서 말한 의미의 구체성과 일반성을 갖춘 과학적 인식에 의해 검증되어야 할 문제이며 어떤 관념적 원리로부터 연역되지 않는다. 즉 한편으로 '한민족'이라 일컬어지는 인간집단의 생활상의 욕구가 이 집단 특유의 연대의식을 그 구성원들의 다른 대내적 또는 대외적 유대보다 월등하게 강조할 것을 요구하느냐는 문제, 그리고 다른 한편으로 오늘날의 세계체제 속에서 이러한 집단의식이 과연 어떤 뚜렷한 역사적 의의를 띠느냐는 문제가 충분한 실증적 자료를 통해 냉정·엄밀하게 검토되어야 한다.

수많은 민족들의 생성과 쟁패로 인한 현대세계의 걷잡기 어려운 혼란에도 불구하고 이것이 몇몇 민족주의자들 멋대로의 작용이 아니요, 자본주의 경제의 전지구적 확산에 따른 불가피한 현상이라는 인식은 이제 민족주의에 관한 논의에서 상당히 보편화되었다고 보겠다. 그리고 일단 그 불가피성이 인정되고 나면, 인류역사가 이로 말미암아 완전한 파국으로 치닫고 있다는 비관론을 채택하지 않는 한 민족주의의 일정한 세계사적 공헌을 긍정할 수밖에 없다.[47] 각국의 경쟁적 성장이 세계경제 자체의 불가결한 동력으로 작용한다든가, 각 지역의 '민족문화'에 대한 각성이 인류문화 자체의 다양화·풍요화에 이바지한다든가, 또는 기성 강대국의 이

---

47 졸편 『민족주의란 무엇인가』(창작과비평사 1981) 제2부에 실린 겔너, 앤서니 스미스, 톰 네언 등의 글은 이 문제에 관한 일종의 집중적 토의라고도 볼 수 있는데, 그중 겔너와 스미스는 대체로 민족주의의 긍정적 측면이 더 크다는 견해이고 네언은 그 '양면성'을 강조한다. 즉 아무도 완전히 부정적인 입장은 아니다.

념이 범세계적 타당성을 결하고 있는 마당에서 그에 대한 견제세력이 필요하다든가, 입장에 따라 특히 강조하는 면은 다르겠지만 어쨌든 민족의 중요성에 대한 우리의 주장이 전혀 세계사적 근거가 없는 것이 아님은 분명하다. 더구나 오늘날의 세계경제를 하나의 단위사회로 보면 민족 간의 차이가 좀더 기본적인 계급 간의 모순을 구현하는 측면도 없지 않은데, 이처럼 계급 같기도 하고 아니기도 한 민족의 애매한 성격이 차라리 막스 베버에 의한 '계급·신분·당'의 삼분법 중 신분집단(Stände)의 성격과 통하는 바가 많다는 관점은[48] 민족주의의 세계사적 기능에 대한 좀더 정밀한 사회과학적 검증을 가능케 해주리라 생각된다.

3

더욱 결정적인 문제는 한반도 민중의 생활상의 요구와 이에 근거한 온갖 실천운동의 현장에서 민족적 연대의식이 남다른 중요성을 실제로 차지하는지를 검증하는 일이다. 통일된 민족국가를 못 가짐으로 해서 남북한을 막론하고 대다수 민족성원이 엄청난 생활상의 불이익을 감수하고 있고 통일이 안 되는 한 앞으로 대내적·대외적인 그 불이익이 더욱 심화되게 마련인 상황에서, 우리의 모든 실천운동이 일단 민족통일운동의 성격을 띨 필요는 뚜렷하다고 생각된다. 그러나 물론 이것도 관련된 실증적 자료를 모으고 체계적으로 정리함으로써만 과학적 인식의 차원에 도달할

---

48 *The Capitalist World-Economy* 10장 "Social conflict in post-independence Black Africa: the concepts of race and status group reconsidered" 참조. 월러스틴은 베버의 '신분집단' 개념에서 '명예' 및 이와 결부된 '생활양식'이 핵심적인 위치를 차지함을 주목하면서 민족의식·인종의식에서도 같은 양상이 발견된다는 점을 지적한다. 그러나 그 자신은 베버의 삼분법을 그대로 받아들이지 않고 '신분집단'은(그리고 '당' 역시) '계급의 불분명한 집단적 표현'(blurred collective representation of classes)이라는 입장을 취한다.

것인데, 여기서는 이러한 작업 자체의 학문성 내지 과학성을 강조하는 것으로 그칠까 한다.

민족주의적 실천과 직결된 학문연구의 중요성을 주장하는 목소리가 우리 학계에도 일찍부터 없었던 것은 아니다.[49] 그러나 주장자들 자신의 역량이 일정한 수준을 넘어서지 못한 탓도 있겠지만, 학계의 주된 흐름은 민족문제에 무관심했고 민족사적 관심을 표명하는 것 자체가 학문의 과학성에 어긋나는 일로 생각되기도 했다. 이러한 태도는 이인호(李仁浩) 교수처럼 대다수 한국 역사학자의 사실고증(史實考證)에만 몰두하는 연구태도를 비판하며 서양사학도로서 드물게 한국사학계의 구체적 동향에 관심을 보인 경우에도 역시 눈에 뜨인다. 예의 유네스코 보고서에서 이교수는 한국의 역사가들에게는 서구의 많은 역사철학자·역사가들의 방법론 논의가 아직도 관심 밖의 일로 남아 있고 "이론에 관한 그들(한국의 역사가들 — 인용자)의 관심은 방법론 자체보다는 사관의 문제, 다시 말하면 서구의 철학자들이 말하는 '비판적 역사철학'(critical philosophy of history) 보다는 '사변적 역사철학'(speculative philosophy of history) 쪽으로 더 많이 기울어져" 있음을 지적하면서, 그 이유로 한국사회에서의 합리적 전통의 부재라든가 한국의 근대역사학을 특징지어온 강한 이데올로기적 성향과 그럴 수밖에 없었던 현실상황 등을 들고 있다.[50] 그러나 앞에서 살펴보았듯이 헴펠의 '포괄법칙 모형'을 둘러싼 논쟁 정도의 방법론적 논의가

---

49 송건호·강만길 편 『한국민족주의론』(창작과비평사 1982)에 실린 정윤형 「경제학에서의 민족주의적 지향」, 서중석 「민족문학과 민족주의」 및 최원식 「민족문학론의 반성과 전망」은 각기 경제학·국사학·문학평론 분야에서 그간의 논의를 정리하고 있는데, 실제로 이 세 분야가 그 방면으로 가장 활발하기도 했던 것 같다. 또한 같은 책에 실린 정창렬 교수의 「한말 변혁운동의 정치·경제적 성격」은 한국 민족주의의 발전과정을 해명함에 있어 세계자본주의체제에의 편입이라는 세계체제적 시각을 보여준다는 점에서 특히 주목에 값한다.
50 「한국의 역사학연구에서의 방법론의 문제」 45~46면, 56~63면 등 참조.

우리에게 없었다는 것이 과연 얼마나 큰 손실이었는지는 의심스러우며 오히려 그러한 논의에 지나치게 열중하는 구미의 학자들이야말로 학문의 본분을 소홀히 하고 있는지 모른다. 어쨌든 '사관의 문제'를 떠난 '방법론 논의'는 사실(史實)과 유리된 사관의 논의만큼 무의미하다. 사관을 논한 학계의 발언들이 설혹 단순한 이데올로기의 차원에 머물렀다 할지라도 — 전부가 그렇지는 않았다고 필자는 확신하는 터이지만 — 그것은 실천적 관심에서 역사를 연구하고 그 나름의 역사관을 정립하고자 했다는 사실만으로 그렇게 단정될 일은 아니다. 가령 오늘날의 한국 역사학이 민족통일운동의 일환으로 역사연구를 진행해야 한다는 주장의 경우에도, 문제는 통일운동이 과연 민족사의 으뜸가는 과제이며 세계사적 의의도 지대한 과제인가, 또 그렇다고 하더라도 연구자가 과연 이에 합당한 연구대상을 설정하였는가, 그리고 설정된 연구의 수행이 과연 통일운동에 '학문적' 기여가 될 만한 과학성을 띠었는가 등의 사항을 학구적으로 규명함으로써만 그 주장의 학문적 자격이 가려지는 것이지, 그러한 운동과 역사연구를 연결시키려는 발상 자체가 비학문적이라는 입장은 진정한 과학성과는 거리가 멀다. '과학적 역사인식'은 실천적 관심과 양립할 수 없다는 입장이야말로 현실순응적인 과학주의의 이데올로기에 다름 아닌 것이다. 이교수 자신도 "현재 우리 사회에는 아직도 사관의 문제가 자유롭게 논의될 수 없도록 만드는 압력이 보이게 안 보이게 크게 작용하고 있으므로 전문적 역사연구에 종사하는 학자들은 대체로 방법론적 논의에 별로 기대를 걸지 않고 종래의 사실고증적 차원에서의 연구에 보다 몰두하는 것"[51]임을 꼬집고 있다.

여기서 우리는 실천적 학문관에 입각하여 적절한 학문대상을 확인하

---

[51] 같은 글 76면.

는 작업이 실제 연구의 과정에서 올바른 학문관의 정립을 위해 싸우는 작업으로 곧바로 이어짐을 본다. 이것은 형식논리상으로는 순환적인 관계가 되겠지만, 실천의 마당에서는 원래 하나인 두 작업이 상호작용하면서 진실을 단계적으로 구현해나가는 변증법적 관계이다. 그러므로 이제까지의 민족사학·민족경제·민족문학 등의 논의들이 비록 흡족한 것은 아닐지라도 민족운동의 실천적 요구에 직결된 채 지속되고 확산된다면,[52] 민족문제의 이론적 규명에 공헌함은 물론 인류역사의 일대 전환에 필요한 새로운 학문의 탄생 — 아니, 이미 그 출범을 믿어도 좋을 단일한 과학의 성숙 — 에 기여할 것이다.

민족주의적 실천을 이런 맥락에서 이해할 때, 그것이 학문의 과학성과 양립할 뿐만 아니라 정말 과학적인 인식의 원동력이기도 함이 밝혀진다. 물론 우리의 민족운동에 복무하는 연구가 더욱 엄밀한 논리와 철저·정확한 사실인식을 기함으로써 그 과학성을 높여가야겠지만, 참된 의미의 과학성이란 오직 진리를 탐구·구현하는 데서 주어지며 인간에게 진리는 실천적 관심과 별개의 것으로 드러나지 않는다. 인간이 알 수 있는 — 또는 영원히 알 수 없는 — 어떤 대상이나 실체가 아니라, 있고 없음과 이것이고 저것임에 얽매이지 않음으로써 그날그날 알아야 할 것을 알고 해야 할 일을 하게 만들어주는 것이 진리인 것이다. 진리가 우리를 자유롭게 해준다는 말도 이런 뜻일 터이며, 올바른 이론이 올바른 실천을 매개한다는 말도 이런 차원에서 다시 새길 필요가 있지 않을까 싶다. 곧 정확한 인식이 적절한 행동을 위한 올바른 수단을 제공하고 그리하여 행동의 성공을

---

[52] 이런 확산의 보기로 이제까지 한두 예외를 빼고는 민족문제와 거의 무연했던 한국 사회학계의 통렬한 자기비판을 담은 글이 최근에 김진균 교수에 의해 발표된 사실을 들 수 있다(「한국 사회학, 그 몰역사성의 성격」, 『한국사회연구』 1집, 1983 참조). 그러나 '인문과학' 분야에서는 국사학계와 국문학계 일각을 빼고는 아직껏 이만한 자기비판조차 없었다고 보겠다.

보장한다기보다, 근원적 진리에의 물음에서 나온 이론은 그 자체가 이미 실천과 떼어 생각할 수 없고 실천을 통해 스스로를 드러내는 진리의 힘을 지닌다는 것이다. 그렇지 않다면 '올바른 수단'을 보유한 행동자라도 상황의 어려움을 이겨내는 '용기 있는 결단'의 과정이 새로 개입해야 한다. 그리고 상황이 어려울수록 그것이 가능한 소수의 영웅과 그럴 처지가 못되는 대다수 민중의 간격이 넓어지며, 어느덧 실천은 몇몇 뛰어난 개인의 특권으로 변하고 마는 것이다. 올바른 이론이라는 것 자체가 진리에의 실천적 관심의 산물일 때야 비로소 이론은 죽음의 공포로부터조차 인간을 자유케 하는 진리의 위력으로써 실천을 이끌고 실천에 의해 이끌린다. 그리하여 행동의 용기는 각 개인의 자질보다도 그가 몸담고 있는 운동이 얼마나 진리에 대한 관심에 충실하게 조직되었고 이러한 운동의 진실에 개인 자신은 얼마나 충실한가에 따라 더욱 결정적으로 좌우되는 것이다.

민족운동의 정의로움에 대한 인식만 갖고는 몸소 실천에 나서기가 쉽지 않은 현실을 사는 우리에게 이 문제는 새삼 음미해볼 만하다. 알 것을 뻔히 알면서도 좌절하고 포기하는 개인들의 나약함을 원망하기보다 우리의 운동 자체가 좀더 진리의 위력을 행사할 만큼 조직되도록 힘써야겠고, 이를 위해 학문하는 사람들은 흔히 일컫는 바 '진리 탐구자'로서의 본분을 다할 학문관과 자세를 갖추어야 하리라 본다.

—『한국민족주의론 2』, 창작과비평사 1983

작품·실천·진리
민족문학론의 과학성과 실천력을 높이기 위해

1. 머리말

제목에 열거한 낱말들은 그 어느 하나만으로도 사람이 충분히 주눅 들 만큼 거창하다. 이들 셋을 병렬시킴으로써 주제가 세 곱으로 거창해진다면 아예 감당할 생각을 버리는 게 상책일 것이다. 그러나 정면으로 대들기에 너무 크고 막막한 문제의 경우, 비슷한 문제들이 서로 만나는 언저리를 눈여겨봄으로써 핵심에 다가갈 틈새를 짐작하게 되는 수도 있다. '작품'과 '실천'과 '진리'라는 하나같이 어렵고도 중대한 문제에 접근하는 이 글의 계산 또한 그런 것이다.

좀더 구체적으로, 본고는 그동안 필자가 참여해온 '민족문학'의 논의에 과학성과 실천력을 더하려는 의도를 갖고 있다. 민족문학 및 그 이념에 대해 제기되는 의문들 가운데 하나는, 도대체 민족주의라는 것이 과학의 보편성과 양립할 수 없는데 어떻게 민족문학론의 과학성을 말할 수 있겠는가라는 것이다. 또한 문학에다 '민족' '민중' 따위의 접두사를 붙임으로써 그 예술성을 제약하는 게 아니냐는 의문도 있다. 그런가 하면 정반대로, '문학'이라는 뒷가지에 매달려 '작품'을 강조하는 일이 민족운동·민중운동의 실천력을 약화시킨다는 논리도 들린다.

과학성과 실천력은 다 같이 근원적인 진리에 뿌리함으로써 자연스럽게 맺어지며, 과학이 찾아낸 진리를 개인의 결단을 통해 실천에 옮기는 식의 기계적 연결로는 미흡하다는 점을 밝히려는 것이 졸고 「학문의 과학성과 민족적 실천」의 의도였다. 동시에 그러한 진리가 구현되는 현단계의 한 양상으로 '민족'의 문제가 독특한 의미를 지닐 수 있음을 살피고자 했다. 진리가 드러나며 이룩되는 방식 가운데 하나가 예술이라는 것은 필자가 여기저기서 피력해온 신념이기도 한데, 이에 따라 민족의 역사적 과제와 작품의 예술성을 똑같이 중시하는 민족문학이 과학성과 실천력을 능히 확보할 가능성이 추측된다.

그러나 이는 어디까지나 필자의 가설이요, 이런 의미의 진리에 대한 관심이나 이해가 결코 흔하다고는 할 수 없다. 물론 진리라는 말 자체를 함부로 입에 올리는 일은 바람직하지 않지만, '진리탐구'를 표방하는 학문의 세계에서도 참으로 진리를 묻는 글을 만나기는 날로 더 어려워지는 느낌이다. 분석철학에서의 부적절한 용법에 대해서는 먼젓글에서도 잠깐 언급했거니와(본서 370~72면) 요즘은 진리는커녕 진실과 사실에 대한 관심조차 우습게 보는 사조들이 최신의 매력을 자랑하기도 한다. 동시에 '작품'의 개념, 사람에 의해 만들어졌지만 일정한 독립성과 그 나름의 고유한 의미를 지니는 '창작품' 내지 '예술품'의 개념도 한물간 생각으로 치부되고는 하는데, 이 또한 우연의 일치는 아닐 것이다. 어쨌든 작품 개념에 대해 구조주의적 내지 탈구조주의적 '텍스트'의 이름으로, 때로는 '정치적 비평'의 이름까지 곁들여 제기되는 외국 이론들의 도전이 국내의 운동현장으로부터 제기되는 실천에의 급박한 요구와 겹치는 자리에서, 민족문학론은 자신의 근거를 다시금 되새길 필요에 마주친다. 그리하여 스스로가 다소나마 진리에 근거했음을 밝혀낼 수 있을 때, 민족문학론 자체의 과학성과 실천력을 높임은 물론 학문 일반, 운동 일반의 전진에도 이바지하게 될 것이다.

2. 작품과 이데올로기

'작품'의 고유성이 요즘처럼 의심받게 된 데에는 그것을 터무니없이 신비화해온 논자들의 책임도 크다. 예술작품은 시공을 초월한 보편적 진리의 구현이라는 둥 현실과는 무관한 순수한 미의 세계라는 둥, 이런 이야기가 영원히 살아본 적도 없고 만인을 다 만나본 일도 없으며 현실 바깥의 무슨 진공 속에 살지도 않는 사람들의 입에서 너무나 수월하게 나오는 것을 볼 때, 우리는 이런 것이 바로 '이데올로기'라 불러 마땅한 것이라는 점을 실감하게 된다. 그것이 멀쩡한 거짓말이라거나 완전히 틀린 의식이라는 뜻이 아니라, 현실의 핵심을 부지중에 덮어버리거나 왜곡해서 드러낸다는 뜻에서 '허위의식'이라는 것이다. 그리고 이처럼 어떤 주장을 액면 그대로 받아들이지 않고 그것을 산출하고 지탱해주는 사회현실과의 관련에서 보는 태도야말로 문화현상에 대한 과학적 탐구의 출발점이라 하겠다.

이러한 과학적 탐구의 자세는 예술작품에 대한 논의나 주장들에 관해서뿐 아니라 마땅히 작품들 자체에도 적용되어야 할 것이다. 이른바 예술사회학은 이러한 탐구를 하나의 분과과학으로 성립시킨 것이며, 작품에 대한 사회학적 이해 —— 그것을 분과과학으로 인정하느냐 마느냐를 떠나서 —— 의 가장 기본적인 도구로 경제적 '토대'에 의해 규정되는 '상부구조'로서의 문화현상이라는 도식이 활용되기도 한다. 이 도식은 일부 맑스주의자들에 의한 기계적인 적용이 (맑스주의 내부에서도) 혹독한 비판을 받고 있다. 그러나 레이먼드 윌리엄즈 같은 비평가는, 적어도 '작품'의 신비화를 결정적으로 배격한다는 점에서는 도식적인 상부구조론이 그 좀 더 세련된 형태들보다 오히려 사줄 만한 점이 있다고 주장하기까지 한다 (Raymond Williams, "Crisis in English Studies," *Writing in Society*, Verso 1983 참조). 어쨌든 이 도식이 지녔다고 주장되는 미덕을 찾아보기 위해서나 그 어설픈 적용을 피하기 위해서나, 우리는 이른바 토대(Basis)와 상부구조(Überbau)의 이론을 다시 살펴볼 필요가 있겠다.

고전적인 원전은 물론 맑스의 『정치경제학 비판 서설』(*Zur Kritik der Politischen Ökonomie*, 1859) 서문이다.

삶의 사회적 생산과정에서 사람들은 필수적이고 자기 의지와 무관한 일정한 관계들 속에 끼어들게 되는바, 이러한 생산관계들은 그 물질적 생산력들의 일정한 발전단계에 상응한다. 이들 생산관계들의 총화는 사회의 경제적 구조를 형성한다. 즉 이것이 진정한 토대이고 그 위에 법률적·정치적 상부구조가 세워지고 사회적 의식의 일정한 형태들이 그 토대에 상응하는 것이다. 물질적 삶의 생산양식이 사회적·정치적·정신적 생활과정 전반을 조건짓는다. 인간의 의식이 그들의 존재를 규정하는 것이 아니라 역으로 그들의 사회적 존재가 의식을 규정한다. (…) 경제적 기초의 변화와 더불어 거대한 전체 상부구조가 조만간 변혁된다. 이러한 변혁을 고찰함에 있어 우리는 언제나 경제적 생산조건들의 자연과학적으로 정확하게 검증할 수 있는 물질적인 변혁과 법률적·정치적·종교적·예술적 또는 철학적인, 한마디로 이데올로기적인 형태들 —— 이를 통해 사람들이 이 갈등을 의식하게 되고 그 싸움을 싸워내는 형태들 —— 을 구별해야 한다. 한 개인이 어떤 사람인가에 대해 그가 자신에 대해 생각하는 바에 따라 판단하지 않는 것과 마찬가지로, 이러한 변혁의 시대를 그 자체의 의식에 따라 판단할 수 없다. 오히려 이러한 의식을 물질생활의 모순들에 따라, 사회적 생산력과 생산관계들의 주어진 갈등에 따라 설명해야 한다.[1]

'토대와 상부구조'라는 유명한, 더러는 조명난 학설의 근원에 해당하는 이 발언에서 먼저 유의할 점은, 그 핵심이 "인간의 의식이 그들의 존재를 규정하는 것이 아니라 역으로 그들의 사회적 존재가 의식을 규정한다"는 주장에 있으며 토대와 상부구조라는 건축적 심상은 이를 설명하기 위한

---

1 허창운 『현대문예학개론』, 서울대학교 출판부 1986, 396~97면에 부록으로 발췌 수록된 원문에 따라 번역했다. 졸역에만 의존하기 힘든 중요한 대목이므로 원문을 병기한다.〈이번 개정판에서 www.mlwerke.de의 원문과 대조하여 일부 원문을 수정했다.〉"In der gesellschaftlichen Produktion ihres Lebens gehen die Menschen bestimmte, notwendige, von ihrem Willen unabhängige Verhältnisse ein, Produktionsverhältnisse, die einer bestimmten Entwicklungsstufe ihrer materiellen Produktivkräfte entsprechen. Die Gesamtheit dieser Produktionsverhältnisse bildet die ökonomische Struktur der Gesellschaft, die reale Basis, worauf sich ein juristischer und politischer Überbau erhebt, und welcher bestimmte gesellschaftliche Bewußtseinsformen entsprechen. Die Produktionsweise des materiellen Lebens bedingt den sozialen, politischen und geistigen Lebensprozeß überhaupt. Es ist nicht das Bewußtsein der Menschen, das ihr Sein, sondern umgekehrt ihr gesellschaftliches Sein, das ihr Bewußtsein bestimmt. (⋯) Mit der Veränderung der ökonomischen Grundlage wälzt sich der ganze ungeheure Überbau langsamer oder rascher um. In der Betrachtung solcher Umwälzungen muß man stets unterscheiden zwischen der materiellen, naturwissenschaftlich treu zu konstatierenden Umwälzung in den ökonomischen Produktionsbedingungen und den juristischen, politischen, religiösen, künstlerischen oder philosophischen, kurz, ideologischen Formen, worin sich die Menschen dieses Konflikts bewußt werden und ihn ausfechten. Sowenig man das, was ein Individuum ist, nach dem beurteilt, was es sich selbst dünkt, ebensowenig kann man eine solche Umwälzungsepoche aus ihrem Bewußtsein beurteilen, sondern muß vielmehr dies Bewußtsein aus den Widersprüchen des materiellen Lebens, aus dem vorhandenen Konflikt zwischen gesellschaftlichen Produktivkräften und Produktionsverhältnissen erklären."

일종의 비유라는 것이다. 더구나 여기서 '규정한다'(bestimmen)는 낱말은 영어의 *determine*으로 흔히 번역되지만 후자가 갖는 '결정한다'는 뜻과는 거리가 있다.[2] 즉 경제에 의한 정신생활의 일방적 결정이라는 공식은 적어도 이 고전적 발언에 의해서는 정당화될 수 없다. 따라서 맑스나 엥겔스 자신이 생전에 '유물론적 역사이해'를 그 추종자들이 도식적으로 적용하는 데 대해 거듭 항변했던 것은 짐작할 만한 일이다.[3]

그러나 일방적인 결정이 아닌 '상호작용'과 '상대적 자율성'을 인정한다고 해도, 예술을 포함한 인간의 정신활동이 과연 궁극적으로 경제구조에 의해 규정되는 '상부구조'에 속하는 것인지, 속한다면 그중 어느 부분에 자리매길 것인지 등의 기본적인 문제는 남는다. 또한 맑스의 서문은 단순한 상하 양층 구조라기보다 경제적 토대와 '법률적·정치적 상부구조' 및 '사회적 의식의 일정한 형태들'이라는 3개의 층위를 설정했다고도 보겠는데, 맑스의 이데올로기론에 대한 최근의 한 연구서는 상부구조론의 주된 학문적 기여가 오히려 이들 세 층위가 자본주의로 인해 각기 전문화된 영역으로 분화·발전되는 현상을 설명하는 데 있고 경제에 의한 나머지 두 영역의 규정 문제에 대해서는 구체적으로 밝혀주는 바가 적다고 주장하기도 한다.[4] 필자가 보건대 이는 토대·상부구조론의 학문적 가

---

2 어떤 영역본에서는 "물질적 생산양식이 사회적·정치적·정신적 생활과정 전반을 조건짓는다"라고 할 때의 동사도 *determines*로 옮기고 있어 더욱 오해하기 십상인데(*Karl Marx: Selected Writings in Sociology and Social Philosophy*, ed. T. B. Bottomore and M. Rubel, McGraw-Hill 1956, 51면 참조), 이 점에서는 *conditions*라고 쓴 다른 번역(Karl Marx and Friedrich Engels, *On Literature and Art*, ed. L. Baxandall and S. Morawski, International General 1973, 85면)이 한결 정확하다.

3 특히 앞의 *On literature and Art*에 실린 엥겔스의 편지 중 Paul Ernst 앞 1890년 6월 5일자, Conrad Schmidt 앞 같은 해 10월 27일자, Franz Mehring 앞 1893년 7월 14일자 등 참조.

4 Jorge Larrain, *Marxism and Ideology*, Macmillan 1983, 179면 참조.

치를 지나치게 한정짓는 견해이며, 예의 3층구조라는 것도 맑스가 (자본주의 시대에 국한해서건 아니건) 상부구조를 다시 두개의 영역으로 분명히 가르려 했다기보다 '상부구조'라 해서 결코 획일화된 하나의 구조물이 아니라는 쪽에 초점을 둔 것이 아닐까 싶다.

그러나 상부구조론의 학문적 가치에 비교적 냉담한 이 저자의 논의는 그 이론이 지닌 어떤 근본적인 문제점을 부각시킨다. 흔히 맑스의 상부구조론은 그의 이데올로기론과 동일시된다. 하지만 라라인의 입장은, 레닌과 루카치를 포함한 후대의 다수 맑스주의자들이 '이데올로기'를 그러한 넓은 의미로 쓰게 되었지만('사회주의 이데올로기' 운운), 맑스의 경우는 초기의 『독일 이데올로기』에서 제시한 부정적 개념을 끝까지 견지했고 또 우리도 그럴 필요가 있다는 것이다. 이런 관점에서 볼 때 1859년의 서문은 그야말로 흥미진진한 문헌이다. "법률적·정치적·종교적·예술적 또는 철학적인, 한마디로 이데올로기적인 형태들 — 이를 통해 사람들이 이 갈등을 의식하게 되고 그 싸움을 싸워내는 형태들"이라는 표현은 '이데올로기'와 '상부구조'를 동일시했다는 인상을 주기에 충분하다. 반면에 라라인이 강조하듯이(앞의 책 171~73면), 맑스는 "자연과학적으로 정확하게 검증할 수 있는 물질적인 변혁"이라는 말로 과학의 진실성에 대한 신념을 재확인하고 있으며 따라서 '상부구조'는 의식이 이데올로기적 형태와 비이데올로기적 형태를 아울러 수용하는 좀더 포괄적인 개념이 된다. 그렇다면 상부구조론은 의식의 발생과정에 관한 이론이지 그 타당성 내지 진실성은 취급하고 있지 않는 셈이며, 발생에 대해서도 '토대와 상부구조'라는 막연한 비유를 제시했을 뿐이라는 불만이 나오게 마련인 것이다.

발생과 진실성의 문제는 뒤에 다시 논하겠지만, 예술작품을 상부구조 속에 둔다는 것이 과연 무엇을 뜻하는지는 생각할수록 복잡해지는 느낌이다. 상부구조가 하나의 단일한 덩어리가 아닌 이상 예술이 그 속에서 어느 구석쯤에 자리하고 있는지라도 우선 밝혀야 할 텐데, 바로 이것부터가 도무지 분명치가 않은 것이다. 이런 혼란을 우리는 하우저의 경우에서 단적으로 찾아볼 수 있을 듯하다. 『예술사의 철학』 제2장에서 그는 이데올로기 개념이야말로 '사회학적 근본문제'라는 전제 아래 상부구조론을 원용하고 있는데,[5] 예술이 경제적 토대와 정확히 어떤 거리를 취하느냐에 대해 상당한 혼선을 자아낸다. 먼저 그는 종교·철학·예술 등 이데올로기가 높은 차원에 이를수록 "관념들과 그 물질적 존재조건의 관계가 더욱 복잡해지고 중개물들에 의해 더욱 모호해진다"는 엥겔스 『포이어바흐론』의 주장에 찬동한다. 그러나 뒤이어,

예술·종교·철학은 자연과학과 수학에 비해서뿐 아니라 경제적 관계들이 좀더 직접적으로 — 다시 말해 덜 승화된 방식으로 — 표현되는 법률이나 국가기구에 비하더라도, 훨씬 더 풍부하게 분화된 내용과 훨씬 불투명한 내용을 갖는다. 하지만 어떤 경제체제에 상응하는 소유관계가 동시대의 철학이나 예술의 방향에서보다 당대의 법률이나 국가제도에서 더 직접적으로 표현된다고 해서, 예술과 철학이 법률적·정치적 사고보다 현실적인 생활여건으로부터 좀더 독립적으로 발전한다는 뜻은 결코 아니다. (*Philosophie der Kunstgeschichte* 22면, 국역본 35면)

이렇게 되면 예술(또는 철학)이 토대로부터 멀리 떨어져 있다는 통설을

---

5 아르놀트 하우저(Arnold Hauser) 역시 '이데올로기'를 상부구조와 대동소이한 넓은 개념으로 쓰고 있다. 그러나 이는 레닌보다 만하임의 지식사회학적 전통에 입각한 용법이라 보아야 옳겠다. *Philosophie der Kunstgeschichte*는 2판부터 *Methoden moderner Kunstbetrachtung*으로 개제되었고 국역본(황지우 역, 돌베개 1983)도 있는데, 본고의 인용은 이를 참조하되 원문 초판본(München, 1958)에 따라 필자가 새로 시도해보았다.

따를 것인지, 아니면 법률과 정치제도보다도 오히려 토대에 가까웠으면 가까웠지 더 멀지는 않다고 보아야 옳을지 아리송해진다. 이에 대해서는 하우저 자신이 뒷날 엥겔스의 '더 높은 차원'으로서의 예술·종교·철학 개념을 통념적인 것이라고 비판하기도 했지만(*Soziologie der Kunst*, München, 1979, 215면), 토대의 변화에도 불구하고 존속되는 예술적 가치가 있는 한 토대로부터 더 멀다는 주장은 여전히 가능한 것이다. 이러한 혼란을 맞아 『예술사의 철학』은, "예술의 영역에서 이데올로기의 문제는 학문의 영역에서와 달리 제시된다. 예술에서의 진리 개념은 이론에서의 그것과 본질적으로 다른 것이기 때문이다. 예술작품은 학문의 이론과 동일한 의미에서 '맞다'거나 '틀리다'고 할 수 없으며 엄밀히 말해서 진실이냐 아니냐로 판정될 수가 없다"(22면, 국역본 35~36면)라는 상식론으로 대처하고 만다. 그러나 '학문'(die Wissenschaften)도 수학이나 자연과학에 한정하지 않는 경우 '맞고 틀림'(richtig/unrichtig)의 척도로 족할 것인지는 접어두더라도, 예술작품이 어떤 다른 차원의 진리(Wahrheit)를 내세울 수 있다는 말인지 아니면 '진리'가 아닌 '적합성'(Relevanz)에 불과하다는 것인지(같은 책 37면, 국역본 48면 참조)를 제대로 따지려는 노력은 없다. 이는 아마 예술과 과학에는 각기 그 나름의 타당성(Geltung)이 있다는 선에 안주하는 저자의 절충주의적 자세 때문일 것이다.[6]

예술작품의 생산이 사회현실과 밀접한 관련을 갖고 이루어질뿐더러 바로 이러한 '이데올로기적' 성격을 떠나서는 작품의 활력을 생각하기 어렵다는 것쯤은 차라리 새삼스러운 이야기다. 요는 루카치가 주장하듯 예술의 이러한 '당파성'이 곧 그 '객관성'을 구성하는 것인지(G. Lukács, "Art and

---

6 *Soziologie der Kunst* 제1부 4장의 'Die Geltung in Theorie und Kunst' 대목(86면 이하)이나 제2부 1장 3절 중 'Das Problem der Wahrheit in Kunst und Wissenschaft' 대목(241면)의 좀더 상세한 논의도 기본적인 자세의 변화를 보여주지 못한다고 생각된다.

Objective Truth," *Writer and Critic*, Merlin 1970, 40면), 또 그렇다면 토대의 변혁에 '조만간에' 뒤따라 변하게 마련이라는 '상부구조'의 개념 자체는 어떻게 되는 것인지가 문제이다. 이는 '유물론적 역사이해'의 핵심문제라고도 할 수 있으며 맑스 자신이『정치경제학 비판 개요』(흔히 *Grundrisse*로 약칭되는 그의 미발표 연구노트)의 서론에서 이 문제를 제기한 바 있다. 1857년에 씌어졌다고 하는 이 서론의 끝부분에서 맑스는 자신의 사관에 대한 몇가지 반박가능성을 검토한다. 제6항에서 논의가 예술 문제에 미치자 이제까지의 짤막짤막하던 언급과는 달리, 제8항에 이르러 고대 그리스 예술에 대한 본격적인 검토를 따로 시작했다가 서론의 원고 자체가 미완으로 끝나고 마는 것이다.

"물질적 생산과 예술의 발달 사이의 불균등한 관계"의 한 예로 그리스 예술을 고찰하는 이 대목은[7] 사적 유물론 및 토대·상부구조론의 기계적인 적용을 경계하는 발언으로도 널리 알려져 있다. 하지만 맑스 자신에게 가장 심각한 문제는 불균등발전이라는 현상 자체나 그리스 예술의 발생조건을 설명하는 문제가 아니다.

그러나 어려운 문제는 그리스 미술과 서사시가 특정한 사회발전 형태와 직결되어 있다는 사실에 있지 않다. 어려운 점은 그것이 아직도 우리에게 예술적 즐거움을 주고 어떤 면에서는 표준이자 도달할 수 없는 모범으로 통하고 있다는 사실이다.[8]

---

7 Karl Marx, *The Grundrisse*, ed. & tr. David McLellan, Harper & Row 1971, 44면 이하.

8 *The Grundrisse* 45면. 하우저의 *Sozialgeschichte der Kunst und Literatur*, München, 1953, 제 2권 513면(국역으로는『문학과 예술의 사회사 — 현대편』, 창작과비평사 1974, 257면)과 *Soziologie der Kunst* 224면에도 인용된 독일어 원문은 다음과 같다. "Aber die Schwierigkeit liegt nicht darin, daß griechische Kunst und Epos an gewisse gesellschaftliche Entwicklungsformen

이 난제를 풀려는 맑스의 시도는 완성되지도 않았지만, '인류의 유년기'가 성인(현대사회)에게 갖는 영원한 매력 운운하는 설명이 흡족지 못하다는 견해를 많은 논자들이 피력하기도 했다. 그런데 이것이 심리적인 차원의 설명이므로 비유물론적인 발상이기조차 하다는 비판도 있으나, 그 점은 반드시 그렇게 볼 일이 아니다. 맑스는 유년기에 대한 성인들의 일반적 향수를 말하는 것이 아니고, "버릇없이 자란 아이들도 있고 자깝스런 아이들도 있다. 고대의 많은 민족들은 이 범주에 속한다. 그리스인들은 정상적인 아이들이었다"(*The Grundrisse* 45~46면)라고 하여 그리스라는 특정 역사경험을 가려내고 있다. 이는 루카치의 주장대로("Marx and Engels on Aesthetics," *Writer and Critic* 73면) 그리스 세계가 '인류의 정상적인 유년기'로서 후대의 정신생활에 갖는 의미를 문제 삼은 역사적 발상인 것이다. 다만 이때에 '정상적'인 것의 기준을 과연 어떻게 잡을 것이냐는 문제가 남는다.

여기서 맑스가 예술작품의 발생(Genesis)과 가치 내지 타당성(Geltung)의 관계를 문제 삼고 있음은 의심할 여지가 없다. 요는 발생된 가치를 어떤 차원의 가치로 보느냐는 것인데, 이에 대해 하우저는 다음과 같이 해석한다.

맑스는 여기서 발생과 가치의 불일치라는 문제를 제기했는데, 다만 이를 올바로 정식화하지는 못했다. 그는 그의 고찰에서 문제된 것이 일체의 정신적 형태들이 갖는 하나의 특성인 동시에 이데올로기론 전체를 통틀어 가장 결정적이고 어려운 문제 ─ 상부구조가 그 나름의 고유

---

geknüpft sind. Die Schwierigkeit ist, daß sie für uns noch Kunstgenuß gewähren und in gewisser Beziehung als Norm und unerreichbare Muster gelten."

한 생명력을 지니며 정신적 산물은 그 근원으로부터 이탈하여 자체의 고유한 길을 가는 능력과 경향을 보여준다는 문제 ─ 라는 사실을 제대로 인식하지 못했던 것이다. 다시 말해서, 정신적 산물은 한편으로 어떤 내재적 법칙성에 따라 새로이 형성되는 구조물들의 출발점이 되며, 다른 한편 단순히 일시적인 타당성을 넘어서는 고유한 가치를 획득하는 것이다. 생존투쟁의 도구이자 무기로서, 자연의 정복과 사회의 조직화를 위한 수단으로서 창출된 문화적 산물들이 형식화와 중립화의 과정을 겪고 드디어는 그 스스로가 목적인 것으로 되는 현상 자체는 맑스가 발견했고 그처럼 생생하게 묘사한 물화의 과정과 매우 가깝다. 정신적 산물은 그 자족성, 그 자율성과 내재성, 그리고 형식화되고 초역사화된 가치를 지니는 점에서, 바로 맑스가 자본주의 사회체제의 산물들을 특징지은 '본질에서 소외된 자연적인 힘들'로서 우리와 맞서는 것이다.

(*Philosophie der Kunstgeschichte* 34면)

그러나 문제의 핵심이 '상부구조의 상대적 자율성' 정도라면 이에 대한 맑스의 인식이 부족했다고 말하기는 힘들 것이다. 반면에 예술작품의 특정 형식이 원래의 전체적 의미로부터 소외되어 일종의 물화(Verdinglichung) 과정을 겪으면서 전통형식으로 살아남는다는 문제라면, 이는 (하우저 자신의 저서 제6장에서 상세히 다루어진) 예술사 및 예술사회학의 중요한 문제임이 틀림없으며 맑스가 소홀히 한 바도 있다 하겠으나, 그리스 예술에 관한 그의 명상에서 우리가 생각해야 할 핵심문제가 바로 이것이라고는 보기 어렵다. 더구나 예술작품의 일정한 자족성을 원래의 의미로부터 독립되는 형식의 독자적 생명력으로 이해하는 것은, 작품의 진정한 가치 내지 타당성을 애초부터 가장 낮은 차원 ─ 바로 물화된 현실의 물질적 지속성의 차원 ─ 에 한정하려는 꼴밖에 안 된다. 그러나 맑스가 말하는 그리스 예술의 지속되는 '예술적 즐거움'은 결코 그 예술의 형식미라거나 협의의 '심리적 가치'가 아니라, '형식'과 '내용' 모두가 하나의 전체로서 아직껏 살아 있는 작품의 진실이요 창조성일 것이다.[9]

그렇다면 맑스의 명상이 "사상 및 예술작품들의 발생 대 타당성의 구별"에 관한 것이라는 지적은 탐구의 시발점에 지나지 않으며, 작품이 "실천의 다른 물질적 산물들과 똑같은 지속성을 지닌다"[10]는 말도 논란의 여지를 남긴다. 정작 중요한 것은 '발생'과 구별되는 작품의 '타당성'이 과연 어떤 것이며 진리와는 어떤 관계에 있는가, 과학의 진실과는 또 어떤 관계며 '실천의 다른 물질적 산물들'과 실제로 똑같은 차원에서 지속되는가 등의 문제이다. 이것이 애초의 문제제기대로 민족문학론의 특별한 관심사임은 물론이지만, 과학이나 실천활동 쪽에서도 마찬가지로 핵심적인 문제일 터이다. 이에 대한 진일보한 이해를 위해 우리는 토대와 상부구조라는 가설을 처음부터 다시 생각해볼 필요가 있겠다.

3. 실천과 진리

상부구조가 토대에 의해 일방적으로 결정되지 않는다는 점은 더이상 되

---

9 그런 점에서 원문의 *Kunstgenuß*를 흔히 *aesthetic enjoyment*로 옮기는 영역본도 예술을 단순히 '심미적인 것' — 나아가서는 '심미주의적인 것' — 으로 좁힐 우려가 있으며, 『문학과 예술의 사회사 — 현대편』 257면의 졸역도 수정할 점이 많다. 〈1999년에 개정번역판이, 2016년에 개정2판이 출간됨.〉

10 Larrain, 앞의 책 198면. 이 대목(198~99면)에서 저자는 카렐 코시크의 『구체성의 변증법』을 원용하고 있는데(스페인어판 Karel Kosik, *Dialéctica de lo concreto* 153, 157면 및 159면, 국역본(박정호 역, 거름 1985)의 115면 이하로 짐작됨), 뒤에 다시 논의하겠지만 코시크의 예술론·실천론은 좀더 특이한 데가 있다.

풀이할 필요도 없다. 그런데 근본문제는 상부구조의 '상대적 자율성' 내지 토대에 대한 일정한 '역작용'을 인정한다든가 상부구조 자체의 복합적 구성을 지적하는 선에서 해결될 성질이 아니라는 주장도 있다. 라라인이 토대·상부구조의 개념에 비교적 냉담함을 앞에서 보았거니와, 그에 따르면 "공간적인 그 비유가 전달하지 못하는 것은, 경제와 이론이 둘 다 인간적 실천의 산물이며 따라서 '규정'의 개념은 현실을 대상의 형태로 환원시키지 않는 발상 안에서만 말이 된다는 결정적 사실이다."(앞의 책 175면)

이는 영국의 비평가 윌리엄즈가 「맑스주의 문화이론에 있어서 토대와 상부구조」(1973)라는 논문과 그의 저서 『맑스주의와 문학』에서 강조했던 점이기도 하다.[11] 그러나 윌리엄즈는 토대·상부구조에 관한 명제가 비록 남용의 가능성이 많으나 문화이론에서 결코 포기할 수 없는 것임을 동시에 강조한다. 따라서 예컨대 '총체성'을 중시하는 여러 이론들도 ── 문화현상을 경제를 포함한 사회적 총체의 일부로 본다는 상부구조론의 원뜻에 충실한 장점이 있기는 하지만 ── 구체적인 계급관계나 실천적 대안들의 인식이 흐려지는 "무분별한 복잡성으로의 후퇴"(retreat to an indifferent complexity)[12]가 될 우려가 있다고 한다. 중요한 것은 '상부구조'는 물론 '토대'라는 것도 "상태가 아니라 과정"(같은 글 34면)임을 인식하는 데서 출발하는 일이며, "우리 시대 문화이론의 진정한 갈림길은 예술작품을 대상으로 보는 관점과 그것을 실천으로 보는 대안적 관점 사이에서 갈라진다."(47면)

---

11 Raymond Williams, "Base and Superstructure in Marxist Cultural Theory," *Problem in Materialism and Culture*, Verso 1980 및 *Marxism and Literature*, Oxford University Press 1977, 특히 II, 1~2 참조.

12 같은 글 39면. 이는 '총체성'의 이론들뿐 아니라 계급관계가 그보다는 한층 부각된 '헤게모니' 이론의 일부에도 해당된다는 것이 윌리엄즈의 주장이다.

윌리엄즈의 논지를 자세히 소개하고 분석할 겨를은 없다. 여기서 그를 거론하는 주목적은, '토대'든 '상부구조'든 그 건축적 비유에도 불구하고 실제 내용은 모두가 인간적 실천이지 대상이나 물건이 아니라는 주장에 우선 공감하면서, 동시에 '실천'이든 '대상'이든 그것이 어떤 실천이며 어떤 대상인지를 가려내는 근거가 확실하지 않으면 결국 제멋대로의 단순화를 낳거나 '무분별한 복잡성으로의 후퇴'가 다시금 이루어질 수밖에 없지 않은지를 생각해보자는 것이다. 실제로 윌리엄즈는 예의 논문에서 다양한 실천과 그 조건들에 대한 분석을 강조하면서도 실천이 진리에 근거해야 한다는 말은 전혀 않고 있으며, 『맑스주의와 문학』에 오면 '이데올로기'와 '과학'을 명백히 구분하는 발상 자체를 비판하기도 한다(*Marxism and Literature*, I. 4. 'Ideology' 참조). 이는 물론 남의 이야기는 모두 이데올로기이고 자기 말만 과학적 진리라고 주장하는, '과학적 사회주의자'들에게서 곧잘 발견되는 독단에 대한 이유 있는 반발이다. 그러나 인간 의식의 복잡한 문제를 아방의 과학과 타방의 허위의식으로 양단함으로써 처리하는 것이 윌리엄즈의 표현대로 '바보 같은 해결책'이듯이, "맑스주의가 자신의 타당성을 묵시적으로 주장하면서도 최종적인 확증을 제시하지 못하는 점을 맑스주의에 대한 원칙적인 반론으로 내세우는 것 또한 매우 어려운 문제의 바보 같은 해결책인 것이다."(Larrain, 앞의 책 211면)

어쨌든 '매우 어려운 문제'는 남아 있으며 '대상'을 '실천'으로 바꾼다고 해서 그것이 해소되지는 않는다. 오히려 실천에의 강조가, 예술작품이라는 '대상'을 그 구성부분들의 유래로써 설명하려는 기계적 상부구조론의 잘못을 피하는 댓가로, 작품적 실천과 다른 종류의 실천, 진정으로 창조적인 실천과 그렇지 못한 실천들을 뒤섞어 두루뭉수리를 만들 우려가 있다. 이것이 작품의 독자성이라는 개념에 대한 도전임은 윌리엄즈가 처음부터 의도했던 바지만, 그 자신이 의도했던 이상으로 상·하부구조의 구별마저 흐려버리는 것도 사실이 아닐까 싶다.

「의사소통수단과 생산수단」(1978)이라는 또 하나의 글에서 받는 인상도 비슷하다. 물론 컴퓨터나 전자기기의 예에서 보듯이 통신수단이 곧 생산수단인 경우는 얼마든지 있고 오늘날 물질생산의 점점 더 큰 몫을 맡아가고 있다고도 하겠지만, "일반이론의 차원에서 의사소통수단들은 그 자체가 생산수단임을 인정하는 일이 중요하다"("Means of Communication as Means of Production," *Problems in Materialism and Culture* 50면)는 대전제는 곧 상부구조 개념 자체의 허구화에 이를 수도 있다. 특정한 의사소통수단이 생산수단으로 기능하는지 어떤지는 그야말로 주어진 시대와 장소의 생산양식에 따라 판가름낼 문제다. 생산적 노동과 비생산적 노동의 구별에 대한 경제학자들의 논란을 두고 맑스는 이것이 '생산성'에 대한 막연한 통념에 의해서가 아니라 자본주의체제에서는 오로지 자본을 생산하느냐 않느냐는 기준으로 정할 일이라고 주장했는데,[13] 마찬가지로 동일한 의사소통수단이 자본 생산에 쓰이고 안 쓰임에 따라 '생산수단'이 되기도 하고 안 되기도 하는 현상은 그 시대의 '토대'에 대한 분석을 전제하는 것이다. 이 점이 간과될 때 예컨대 예술활동도 '실천'이자 '커뮤니케이션'으로서 고스란히 생산활동의 일부를 이루고 만다. 사실 윌리엄즈가 근년에 강조하는 '언어의 물질성'(*Marxism and Literature*, I. 2. 'Language' 참조)과 이에 기초한 그의 '문화적 유물론'(cultural materialism)은, 언어를 도구시하는 스딸린의 입장과 일견 정반대의 언어관임에도 불구하고, 언어는 상부구조도 토대

---

13 따라서 피아노를 만드는 것은 '생산적' 노동이지만 예술가가 연주하는 것은 '비생산적' 노동이다.(그러나 후자도 가령 공장노동자의 생산성을 높이는 데 동원된다거나 피아노 제조업의 수요를 창출한다는 간접적인 뜻에서 '생산적'일 수 있다.) 여기서 "노동은 그 반대물(즉 자본—인용자)을 생산하고 있는 한에서 생산적이다"(K. Marx, *The Grundrisse* 79면 각주)라는 명제가 성립한다.

도 아니라는 스딸린의 언어론에 근거하여 그러므로 문학과 예술도 상부구조로 볼 수 없다고 하던 1950년대 일부 사회주의권 이론들을 상기시켜주는 바가 많다.[14] 물론 예술활동이 절대로 생산활동일 수 없다는 말이 아니다. 다만 그것이 어떤 의미로 언제 생산적이 되는가를 비롯하여 이런저런 문제들을 규명하는 데 상부구조론이 공헌할 학문적 가능성을 처음부터 봉쇄할 일은 아니라는 것이다.

　토대와 상부구조라는 비유가, 원래 실천인 것을 마치 대상인 양 표현하고 있음은 사실이다. 그러나 이에 따른 오해의 위험을 경계하면서 아울러 상기할 점은, 이런 대상적 비유 자체가 원래 실천적인 의지를 담은 것이라는 사실이다. 『독일 이데올로기』 등에서 누누이 강조되었듯이 잘못된 사상과 이론에 대한 비판이 순전히 '비판'(예의 '비판적 비판'die kritische Kritik)의 차원에 머무는 한 그것이 바로잡아지지 않는다. 그러한 허위의식을 낳는 현실 자체가 변혁되어야 하는 것이다. 그렇다고 이론은 필요없고 오직 무력만이 통할 뿐이라고 말한다면, 이는 한 시대의 갈등이 그 상부구조를 통해 의식될뿐더러 거기서 싸움을 벌이기도 한다는 『정치경제학 비판』 서문의 발언에도 어긋나는 맹목적 행동주의에 불과하다. 오히려 그러한 변혁의 실천은 더욱 참된 이론과 과학적 인식을 전제하는 것이기에 원래의 실천적 발상은 토대·상부구조라는 대상적 비유를 낳는 데까지 나갔다고 보아야 할 것이다. 이는 역설이라면 역설이지만 과학에는 원래 일정한 탈실천적 측면이 있는 것이 엄연한 사실이며, 이러한 탈실천성이 오히려 과학자들의 집단적 실천력을 드높이기도 하는 현상에 대해 필자는 저번 글에서 좀 색다른 물음을 던져보기도 했었다[본서 391면].

---

14 이런 이론들에 대한 통렬한 반박이 루카치의 강연(1951) 「상부구조로서의 문학과 예술」("Literatur und Kunst als Überbau," *Probleme der Ästhetik*, Luchterhand 1969)이다.

어쨌든 1859년 서문의 상부구조론이『독일 이데올로기』에 제시된 부정적 이데올로기 개념, 그리고 이에 수반되는 과학성에의 집념을 결코 무효화하는 게 아니라는 라라인의 주장은 옳다고 보겠다. 아니, "자연과학적으로 정확하게 검증할 수 있는" 토대의 변혁에 따라 인간의 의식 일체를 이해하려고 나설 만큼 그 집념이 더 강해졌다고도 말할 수 있다. 그렇다면 여기에 또 하나의 역설적 상황이 벌어진다. 애초의 실천적 의지가 탈실천적 대상의 비유를 낳았듯이, 과학성에의 집념은 문득 과학의 진실성조차 의심케 하는 명제를 낳기에 이르는 것이다.

인간의 의식이 그 '사회적 존재'에 의해 규정된다는 명제는 생각할수록 아리송한 바가 있다. 그야말로 모든 의식은 이데올로기이고 진실과 허위의 엄격한 구별은 없다는 뜻이라면 이는 '절대적 상대주의'의 자가당착에 부딪힌다. 즉 예의 명제 자체가 믿을 게 못 되는 것이다. 그렇다고 이 명제만 —또는 그와 비슷한 특정 명제들만— 진실이고 나머지는 이데올로기라고 한다면 그 진실성의 근거는 어디에 있는가? 의식의 진실성이 의식 자체의 내재적 특성(예컨대 진술의 정합성이나 작품의 '형식미' 등)에 근거하지 않는다는 것이 본래 상부구조론의 골자인 만큼, 그러한 근거는 '토대'에서 찾거나 토대와 상부구조를 합친 '총체성'에서 찾거나 아니면 달리 어디서 찾을밖에 없다. 그도 저도 안 되면, 결국 무슨 '근거'가 따로 없고 '실천'하기 나름이라는 일종의 실천지상주의로 돌아온다. 그런데 토대에서 진리를 발견한다는 말은, 물질적 변혁현상에 관한 자연과학적 사실검증에만 머물지 않는 한, 모든 의식현상을 이렇게 검증된 사실들의 기계적 반영으로 설명하는 비과학적 독단이 될 수밖에 없다. '총체성' 운운은 좀더 방불하지만, 결국 토대와 상부구조를 합친 전체의 어디에서 진리가 나오느냐는 문제가 남는다. 덮어놓고 전체니까 진리라고 한다면 무분별한 실천론과 크게 다를 바가 없어진다. 그렇다고 '달리 어디서' 찾는다는 것, 이는 자칫하면 현실과는 다른 어떤 초월적인 영역에 있는 진리가 의식 속에 포착된다는, 토대·상부구조론이 애당초 뒤엎고자 하던 관념론을 재생시키기에 안성맞춤이 아닌가?

이렇게 볼 때, 사회적 존재가 의식을 규정한다는 맑스의 명제야말로 "두고두고 망측스러운 발견"(ever-scandalous discovery)이라는 프레드릭 제임슨의 표현은 정녕 실감나는 말이다(*The Prison-House of Language*, Princeton University Press 1972, 184면). 하지만 우리는 그 망측함에 놀라 진리에 대한 물음을 포기해서는 안 된다. 그 점에서 일체의 언설에 대한 무한정 '해체'를 일삼는 태도와 무분별한 실천주의는 결국 비슷한 자세들이다. 반면에 끝까지 진리를 묻고자 하는 이에게는 예의 망측스러움이 바로 진리탐구에 필요한 놀라움으로 될 수 있는 것이다.

어쨌든 토대와 상부구조라는 이 난처한 틀을 아예 외면하지 않는 한, "자연과학적으로 정확하게 검증할 수 있는" 진리의 개념은 크게 흔들릴 수밖에 없다. 그렇게 검증되는 것만을 '진리'라고 부르는 건 개인의 자유라면 자유지만, 그것은 적어도 한국어의 '진리'라는 낱말의 원뜻과는 거리가 멀며(심지어 '진실'이라는 말과도 약간 다른 느낌이다), 맑스 자신의 *Wahrheit*보다도 실증주의·과학주의자들의 뜻매김에 가깝다. 이런 의미의 과학적 인식은 어디까지나 실천의 한 수단이요 계기일 뿐 실천 자체의 정당성을 근거지어줄 수 없다. 이 점에서 상부구조론은 그 대상적 비유에도 불구하고 정태적 인식에 대한 실천의 우위성을 끝내 관철하고 있는 셈이다. 반면에 그것이 과학과 오류를 여전히 구별하고 객관적으로 타당한 실천의 이론이기를 겨냥하는 한, 과학의 정확성과는 다른 차원의 진리를 찾지 않을 수도 없게 마련이다.

우리가 『정치경제학 비판 개요』 서론에서의 그리스 예술에 관한 명상을 단순히 '발생과 타당성의 불일치'라는 일반적인 문제로 받아들이기보다 굳이 예술의 문제로 검토할 필요가 있는 것도 그 때문이다. 즉 시대를 넘어 지속되는 '예술적 즐거움'이 바로 예술을 통해 구현되는 진리와 유관하지 않겠는가를 묻고자 하는 것이다. 예술은 분명히 과학과 다르게 인간적 실천에 밀착되어 있고 따라서 그 이데올로기적 성격이 한층 두드러진다. 그런데도 그것이 과학과 '마찬가지로' 발생조건을 초월한 타당성 내지 진실성을 갖는다고만 말한다면 이는 오히려 혼란을 일으키는 면이 더 많으며, '진리'와는 무관한 '별개의 타당성'을 갖는다고 부연한다더라도 크게 나아지는 바 없다. 이때 별개의 타당성이란 과연 무엇이며 어째서 '여러 다른 시대 삶에의 적합성'이라든가 '실천적 가치'라는 말 대신에 과학적 지식의 타당성과 혼동되기 쉬운 표현을 굳이 쓰는지가 해명되어야 한다. 오직 예술의 실천성·존재피구속성과 직결된 어떤 진리가 있고 그것이 예술작품뿐 아니라 실천 일반의 옳고 그름을 가려주는 근거가 될 때 우리는 작품의 진실 또는 진리를 떳떳하게 말할 수 있으며, 나아가서 과학의 정확성·타당성이 올바른 실천과 어떤 관계에 있는지도 밝힐 수 있을 것이다. 하지만 그런 진리는 과연 어떤 것이며 도대체 있기나 한 것인가?

4. 진리와 작품

이러한 진리에 대한 언급이, 아니, '진리'라는 낱말 자체가 맑스의 서론에 나와 있지 않은 것은 분명한 사실이다. 또한 본고에서 우리는 어디까지나 진리를 묻고자 하는 것이지, 깊이 알지도 못하는 맑스의 사상에 대해 유권적 해석을 내리려는 것이 아님은 물론이다. 오로지 탐구의 한 방편으로 이 분야의 고전적 문헌으로 통하는 맑스의 서문 및 서론을 검토해본 것이며, 그러므로 차후의 논의도 맑스의 발언 자체에 얽매이지 않으려니와 그렇다고 매사에 맑스와 달라야만 한다는 강박관념에 쫓기지도 않고서 진행해보고자 한다.

1857년의 서론이 '진리'를 명시하고 있지는 않지만, 일찍이 「포이어바흐에 관한 명제」(1845)에서 실천을 강조하면서도 '객관적 진리'를 계속 말하고 인간적 실천뿐 아니라 '그 이해'를 중시했던 점, 또 이러한 입장이 1859년 서문의 상부구조론에서도 기본적으로 견지되고 있다는 점을 감안하면, 유물론적 역사이해의 타당성을 점검하는 『정치경제학 비판 개요』 서론의 그리스예술론에서 진리의 문제가 깨끗이 잊혀 있다고는 믿기 어렵다. 앞서 참조한 호르헤 라라인의 저서는 맑스에게서 '인식론적 진리 개념'의 중요성을 특히 강조하고 있으면서도, "실제로, 존재론적 진리 개념과 인식론적 진리 개념의 구별 자체가 맑스에게는 불만스러웠을 것이라는 논지가 가능하다"(*Marxism and Ideology* 214면)고 하여, 어떤 새로운 진리관에의 요구를 내비치고 있다.

어쨌든 이 문제는 맑스의 원전에 정통한 연구자일지라도 거기서는 단편적인 암시 이상을 얻어내기 힘들지 않을까 싶다. 루카치의 경우는 적어도 미학 분야에서는 상당히 정통한 연구자라 보아도 좋을 터인데, 예술의 '진리' 문제에 대한 그의 입장이 (루카치의 『미학』도 못 읽은 너무나 안 정통한 연구자의 해석이지만!) 우리의 관심과 일치하는 것 같지는 않다. 맑스와 엥겔스의 미학 관계 글모음에 관한 해설(1946)에서 그는 맑스주의적 체계의 두가지 주요 특징을 이렇게 설명한다.

첫째, 맑스주의적 체계는 근대 부르주아 철학과는 반대로 총체적인 역사과정의 개념으로부터 결코 이탈하지 않는다. 맑스와 엥겔스에 따르면 하나의 포괄적 과학이 있을 뿐이다. 즉 자연의 진화, 사회, 사상 등등을 하나의 통합된 역사적 과정으로 파악하고 그 일반적인 법칙과 특수적인 (다시 말해 개별 시기에 관계되는) 법칙들을 발견하고자 하는 역사과학이 그것이다. 이러한 입장은 ─ 이것이 그들의 체계의 두번째 특징인데 ─ 어떠한 경우에도 역사적 상대주의를 의미하지 않는다. 이 점에서도 맑스주의는 부르주아 사상과 구별된다. 변증법적 방법의 본질은 절대적인 것과 상대적인 것의 불가분의 통일성을 포용하는 데 있다. 절대적 진리는 그 **상대적** 요소(장소·시간·환경에 따른)를 지니며, 반면에 상대적 진리는 그것이 실제로 진리인 한, 즉 그것이 현실을 충실한 근사치로 반영하는 한, **절대적 타당성**을 갖는다. ("Marx and Engels on Aesthetics," *Writer and Critic* 62면, 강조는 원저자)

여기서 '절대적 진리' '상대적 진리' 등의 개념을 충실히 이해하려면 헤겔의 철학에까지 거슬러 올라갈 필요가 있으리라 짐작되는데, 이는 필자의 역량 밖일뿐더러 여기서 굳이 그럴 일도 아니다. 다만 "그것이 현실을 충실한 근사치로 반영하는 한"이라는 설명은 헤겔과도 다소 다른 루카치의 반영론을 시사하는바, 나중에 "진정한 예술은 이처럼 삶의 총체성을 그 운동과 발전과 전개를 통해 재현한다"(77면)는 말도 같은 논지다. 즉 루카치는 예술과 과학이 그 **방법**에 있어 대조적이나 크게 보아 동일한 목표를 지녔다고 보며,[15] 예술의 진리는 과학의 진리와 그 구체화 방식이 다르고 부르주아 과학 또는 철학의 평면적 '진리'와는 더구나 판이하지만, 과학에서의 정확성(Richtigkeit, correctness, 바로맞음)과 애당초 차원을 달리하는 개념은 아닌 것이다. '현실의 올바른 반영'(die richtige Widerspiegelung

---

15 이에 대해서는 「예술과 객관적 진리」(1954)에서도 분명히 말한다. "예술작품의 자기완결성은 그러므로 운동 중인 삶의 과정, 구체적이고 동적인 맥락 속의 삶의 과정의 반영이다. 물론 과학도 똑같은 목표를 설정한다" 운운.(*Writer and Critic* 37면)

der Wirklichkeit)이라는 표현이 루카치 저서 도처에서 발견되는 것도 우연이 아니다.

그런데 바로 이렇게 과학과 예술의 목표를 루카치가 똑같이 '정확한' — 내지 '올바른'(correct) — 현실반영에 두기 때문에, 논의를 좀더 진전시킬 경우 오히려 예술의 진리성을 부인하는 데로 기울게 된다. 고대 그리스는 인류의 '정상적인 유년기'였으므로 그 예술이 아직껏 생기를 지니는 것이리라는 맑스의 명상에서 루카치가 끌어내는 결론은,

> 이로부터 무엇보다도, 이러한 작품들에 대한 우리의 관계는 언제나 과거에 대한 현재의 관계이지 오래전에 어떻게 발견된 진리의 오늘도 불변하는 현재성이 아니라는 결론이 나온다.
> 여기서 수학 또는 자연과학의 진리가 지속되는 방식과 예술작품이 지속되는 방식의 차이가 분명해진다. ("Literatur und Kunst als Überbau" 454면)

작품의 진실이 인간의 실천과 무관한 어떤 영구불변의 초월적 진리가 아님은 물론이다. 또한 그것이 "과거에 대한 현재의 관계"라는 점, 다시 말해 한때 살아 있는 토대의 상부구조였던 작품이 오늘의 현실에서 다시금 상부구조로 됨으로써만 생동하는 문학과 예술이 된다는 점도 수긍할 만하다. "낡은 토대가 붕괴되면 대부분의 낡은 문학적·예술적 상부구조는 상부구조로서는 완전한 근절에 봉착하여, 살아 있는 문학과 예술(곧 상부구조)이기를 멈춘다."(같은 글 451면) 그리고 "문학과 예술의 진보적 전통에 대한 올바른 인식과 이러한 인식의 올바른 활용은, 문학과 예술이 어느 정도까지 새로운 (…) 토대의 능동적인 상부구조물로 세워지는가, 그것이 새로운 토대의 강화를 위해서, 그리고 낡은 토대의 잔재의 파괴와 낡은 시대의 경제적·이념적 잔재의 최종적 근절을 위해서 얼마나 능동적

으로 싸우는가에 달려 있다."(457면) 이 말 역시, 무엇이 '진보적'이고 무엇이 그 반대인지를 결정하는 문제를 뺀다면 그럴듯한 이야기다. 하지만 바로 이 결정에 수학이나 자연과학이 기여는 할지라도 결정 자체를 내려주지는 못한다고 할 때, '올바른 인식' '올바른 활용'의 '올바름'(Richtigkeit)은 과연 얼마나 올바르고 정확한 것일까? 또는, 어차피 자연과학의 정확도에 못 미칠 것이 뻔하다고 해서 참다움을 내세울 생각조차 말아야 할 것인가?

루카치와 여러모로 비슷한 발상을 보여주는 카렐 코시크는 『구체성의 변증법』 제2장 3절의 고찰에서 작품의 '진리'에 대해 좀더 적극적인 관심을 표명한다. 그는 작품이 사회적 조건에 따라 발생하지만 일단 창조된 뒤에는 완전히 자율적인 구조로 존속한다는 입장이든, 작품의 진리가 작품 속에 있지 않고 그것이 반영하는 현실 즉 '상황' 속에 있다는 입장이든, 모두가 '구체적 총체성'을 '허위적 총체성'으로 바꿔버린 것이라고 비판한다. "작품(여기에서는 단순한 저작과는 구별되는 예술이나 철학의 '진정한' 작품을 의미한다)의 진리는 시대상황이나 사회적 제약성, 혹은 상황의 역사성 속에 있는 것이 아니라, 발생과 반복성의 통일로서의 현실 속에 있는 것이며 특유의 인간적 실존으로서의 주체·객체관계의 실현과 전개 속에 있다."[16] 즉 루카치도 지적했듯이 현재의 실천에 의해 재생됨으

---

16 주10의 국역본 118면. 시와 경제의 관계에 대한 코시크의 명쾌한 주장을 여기 인용해도 좋겠다. "시는 경제보다 낮은 등급의 현실이 아니다. 시는 비록 다른 사명과 의미를 갖고 있는 다른 유형, 다른 형태의 것이기는 하지만, 똑같이 인간적 현실이다. 경제는 직접적으로도 간접적으로도 또 매개적으로도 무매개적으로도, 시를 낳지 않는다. 오히려 인간은 인간적 실천의 산물로서의 경제와 시를 모두 형성하는 것이다. 유물론적 철학은 경제를 가지고 시를 보충할 수 없다. 또한 그것은 유일한 현실로서의 경제에다 정치·예술·철학과 같은, 이것저것 구색을 갖춘 덜 현실적인 혹은 거의 허구적이기까지 한 가면을 씌울 수는 없다. 대신에 유물론적 철학은 경제 자체의 기원에 관한 일차적인 물음을 제기해야 한다. 경제를 주어진

로써만 지속되는 것이지만, 그러한 실천이 '작품 자체'의 성격과 무관하지도 않은 것이다. "작품의 생명은 그것의 자율적 존재의 결과가 아니라 **작품과 인류가 상호작용한 결과이다.** 작품은 다음과 같은 이유들 때문에 생명을 지닌다. ① 작품 자체에 현실과 진리가 침투되어 있다. ② 생산하고 지각하는 주체인 인류의 '삶'이 있다."(『구체성의 변증법』120면)

그런데 이때에 '현실'과 더불어 작품 자체에 침투되어 있다는 '진리'란 무엇인가? 먼저 인용에서 '작품의 진리'라고 한 것과 어떤 관계에 있는가? 실제로 두 인용문에서 '작품의 진리'와 '작품의 생명'은 거의 동의어라는 인상을 주는데, 그렇다면 후자를 가능케 하는 이유의 하나로 '작품 자체에 침투한 진리'는 또 무엇인지 묻지 않을 수 없다. 아마도 그냥 '현실'이 아니고 '절대적이고 보편적인 것'을 뜻하는지도 모른다. 이와 관련하여 저자는 다음과 같은 변증법의 특성을 제시한다.

역사적 상대주의(Historizismus)의 상대주의(Relativismus)와는 달리, 그리고 자연법 개념의 비역사주의와도 달리, 변증법은 어떠한 것도 절대적이고 보편적인 것으로 간주하지 않는다. 즉 그 어떤 것도 역사 이전에 그리고 역사로부터 독립하여 있다거나 혹은 절대적이고 최종적인 계획으로서 역사의 끝에 존재한다고 간주하지 않는다. 오히려 절대적인 것과 보편적인 것은 역사의 과정 속에서 형성되는 것이다. (122면)

어떤 것, 그 이상의 환원이 불가능한 것으로 간주하여 모든 것의 궁극적인 근원이며 더이상 의문이 제기될 수 없는 유일한 진짜 현실이라 보는 사람은, 경제를 하나의 결과, 하나의 사물, 하나의 자율적인 역사적 요인으로 전화시키는 것이며, 이 과정에서 경제를 물신화하게 된다. (…) 경제의 우선성은 다른 것보다 더 현실적인 어떤 창조물들의 결과가 아니라 인간적 현실의 형성과정에서 실천과 노동이 점하는 중심적 의의의 결과인 것이다."(101~02면. 강조는 원저자)

역사의 모든 단계에 공통되는 보편적으로 인간적인 것, '비역사적인' 것은 불변적이고 영원한 초역사적 실체의 형태로서 **독립적으로 존재**하는 것이 아니다. 그것은 모든 역사적 단계의 보편적 **조건**으로서 존재함과 동시에 또한 그 단계의 특수한 산물로서 존재한다. 보편적으로 인간적인 것은 모든 시대 속에서 특정한 결과로서, 특수한 어떤 것으로 재생산된다.

(123면, 강조는 원저자)

이런 의미에서 '절대적이고 보편적'인 것이 그 앞에 나온 '진리'에 해당하는지 여부는 저자가 명시하지 않고 있다. 그러나 비록 특수한 어떤 것으로 재생산되는 "보편적으로 인간적인 것"일지라도 그것이 '일회적인 사실성'이라고 일컬어지는 것보다 단순히 더 오래 지속된다는 상대적인 차이가 아니라 그야말로 '절대적이고 보편적인 것'이 되려면, '진리'라거나 그에 맞먹는 어떤 근거에 따라 형성되어야 하지 않겠는가?

　　이는 도대체 있지도 않은 것, 더구나 많은 사람들이 없어도 전혀 불편을 안 느끼는 것을 굳이 찾아내라고 생떼를 쓰는 꼴로 보일지 모른다. 인간의 역사적 실천과 독립해서 존재하는 실체로서의 진리나 보편성을 부정하는 데 동의해놓고 인간이 만들어가는 것을 진리라고 부를 별도의 근거를 대라는 건 그야말로 억지가 아닌가. 그러나 초월적인 진리가 부정되었을 때일수록 우리에게 무엇이 진리고 무엇이 아닌지는 중요한 문제로 남는다. 인간의 실천이 진리를 만든다고 할 때일수록 실천이 진리에 근거할 필요 또한 절실해진다. '변증법'도 이 곤혹스러운 처지를 정직하게 감당하는 것이라야지, 행여 '상대적인 것과 절대적인 것의 통일'이라거나 '구체적 총체성'이라는 (그 나름대로 물론 의미 있는) 언사 틈에 이 곤혹스러움이 얼버무려져서는 안 될 것이다.

여기서 우리가 부닥친 문제는 다름 아닌 진리관의 일대 전환, 좀더 엄밀히 말하면 진리와 우리의 관계를 크게 새로이 하는 문제가 아닐까 싶다. 진리에 대한 우리의 물음에 대해, 도대체 그런 진리가 어디 있느냐고 힐문하는 태도 자체가 잘못된 진리관의 소산이다. 진리를 단순히 명제의 정확성이나 정합성이 아니면, 어떤 초월적 실체라거나 실재하는 모든 것이라거나 앞으로 만들어질 무엇이라거나 하는 식으로 있고 없음·맞고 틀림의 차원에서만 끝내 생각하는 태도이다. 다시 말해 전통적인 형이상학의 테두리 안에서 '인식론적 진리' 또는 '존재론적 진리'의 수준에 진리 개념을 여전히 한정짓는 자세인 것이다.

그렇다면 이와 다른 차원의 진리란 무엇인가? 몇번째 거듭되는 이 물음을 두고 또 한차례 다짐할 일은, 무엇보다 그 물음의 곤혹스러움을 한껏 감당하면서 그로부터 비켜서지 말아야겠다는 점이다. 비켜설 수가 없는 것이, 애초에 우리가 곤혹을 탐하여 이 지경을 자초한 게 아니고, 과학적 역사이해의 널리 알려진 한 방법으로서의 상부구조론에 대한 우리 나름의 논리적 검토를 진행한 끝에, 더구나 그 도식의 학문적·실천적 가능성을 쉽게 내버리지 않으려고 애쓴 끝에 도달한 결과가 이 곤혹스러움이기 때문이다. 원점으로 되돌아가보았자 다시 올 수밖에 없는 길이 이 길인 것이다.

또한 좌우를 둘러봐도 벗어날 데가 없다. 예컨대 '진리'를 '진술의 정확성'에 한정하거나 서양철학의 유서 깊은 한 명제를 따라 '진리는 사물과 지각(인식)의 일치이다'(veritas est adaequatio rei et intellectus)라고 해버리면 한결 편하지 않을까 생각해볼 수도 있다. 그러나 서양의 중세에서처럼 인식주체인 인간이나 대상인 사물이 다 같이 유일신의 창조물로서 그 일치가능성이 사전에 보장되었다든가, 헤겔의 관념철학에서처럼 '절대관념'이 비슷한 몫을 해주는 경우가 아닐 때, '인식과 사물의 일치'가 과연 어떻게 이루어진다는 말인가? 결국 '진술과 대상의 일치' 그리고 이런 뜻에서의 '바로맞음'이라는 형태로 이루어질밖에 없겠는데, 도대체 사람의 입에서 나오는 공기의 떨림인 '진술'이 '대상'과 '일치'한다는 것은 또 무슨 말인가?[17] "이것이 순금이다"라고 말하는 사람이 가리키는 금덩어리에 불순물이 없을 경우 우리는 그 말이 옳다, 맞다고 한다. 그러나 이러한 진술 즉 말소리가 금덩어리라는 대상 내지 물체와 '일치'한다는 말은 무심히 들었을 때처럼 명명백백한 이야기는 아닌 것이다. 쏘쒸르가 낱말이라는 기호와 대상(또는 피지시물referent)의 관계를 일단 접어두고 기호 내부에서 이른바 기표(記票, signifiant)와 기의(記意, signifié)의 구별을 제기함으로써 언어과학뿐 아니라 타 분야의 연구에 획기적인 계기를 마련한 것도, 실은 기호와 대상의 '일치' 여부가 과학자는 물론 대다수의 철학자들도 도저히 감당할 수 없는 난제였기 때문이다. 그러나 단순히 과학적 지식의 축적이 아니고 '진리탐구'가 목적인 경우에는 결코 회피할 수 없는 문제의 회피였기에, 여기서 비롯되는 온갖 구조주의·탈구조주의 작업들의 주요 특징이 페리 앤더슨의 지적대로 '진리의 약화'(the attenuation of truth)로 나타나는 것 또한 당연한 귀결이다. 즉 기호와 대상의 관계는 접어두고 기호체계 내부의 상호관계에서만 정확성 내지 정합성을 문제 삼겠다는 구조주의적 발상은, 어느덧 데리다의 경우처럼 일체의 '진리' 개념을 형이상학의 잔재로 치부하고 구조적 분석의 객관성이라든가 일정한 중심을 지닌 '구조'의 개념조차 부인하는 '탈구조주의'(Post-structuralism)로 자연스럽게 넘어가는 것이다.[18]

---

17 '사물과 인식의 일치' 문제에 대한 논의로 Martin Heidegger, "Vom Wesen der Wahrheit," *Wegmarken*, Vittorio Klostermann 1967, 75면 이하(영역본 "On the Essence of Truth," *Existence and Being*, Henry Regnery 1946, 295면 이하) 참조.

18 Perry Anderson, *In the Tracks of Historical Materialism*, Verso 1983, 제2장 'Structure and Subject',

탈구조주의 또는 해체주의(Deconstructionism)의 문제를 여기서 길게 논할 수는 없다. 이런 최신의 흐름이 극단적인 '진리의 약화' 증상에 해당한다는 진단에는 필자도 동의하는 터지만, 다른 한편 애당초 '바로맞음'으로 설정된 '진리' 개념에 내재하는 문제점을 더이상 간과할 수 없게 만들어준 공로는 적지 않다고 본다. 따라서 우리는 기존의 진리관에 대한 그들의 '해체'작업에서 진리에의 물음 자체가 실종될 위험을 경계하면서도, 본래의 물음에 더욱 실답게 되돌아가는 하나의 방편으로 저들의 업적을 활용하는 데 인색할 필요는 없으리라 본다.

어쨌든 우리의 곤혹스러움은 무슨 물건을 찾아내듯 물음에의 정답을 발견함으로써 가실 게 아님이 분명하다. 오히려 물음 자체를 좀더 제대로 수행하는 길을 찾음으로써 곤혹이 문득 평안으로 바뀔지도 모를 일이다. 그리고 이렇게 말해놓고 보면, 진리에 관한 이제까지의 논의가 어느 개인의 고집이나 괴벽이 아니라 오히려 우리에게 몹시 친숙한 어떤 것이라는 점이 떠오른다. 즉 한편으로 그것은 근원적인 진리를 인식의 정확성이 아니라 우리가 끊임없이 물으며 걸어야 할 '길' — 인간이 멋대로 만드는 도로나 통로도 아니지만 동시에 '길을 닦는' 인간의 실천과 별도로 존재하지도 않는 '도(道)' — 로서 파악해온 우리의 동양적 전통에 합치하는 것이며, 다른 한편 최고의 예술에서 우리가 얻는 기쁨이 단순히 '심미적' 쾌락이라거나 개인적인 감동이 아니고 바로 '진리'를 깨닫고 '도'에 이르는 순간과도 견줄 바 있는 것임을 상기하게 되는 것이다.

특히 45면 이하 참조. 구조주의에서 탈구조주의로의 이행을 구조주의 자체의 내적 논리의 관철로 파악한 선례로는 Fredric Jameson, *The Prison-House of Language* 제3장 4절의 논의가 주목할 만하며, 레비스트로스에 대한 데리다 자신의 논의(Jacques Derrida, "Structure, Sign and Play in the Discourse of Human Sciences," *Writing and Difference*, Routledge & Kegan Paul 1978)는 그러한 이행의 논리를 확인할 수 있는 대표적 문헌이라 하겠다.

5. 작품과 실천

예술의 진리가 도대체 무엇인가라는 물음에 대해 우리는 아직껏 시원한 해답을 내놓지 못했다. 그 대신 "물음이야말로 사유의 경건성이다"[19]라는 명제 그대로 생각의 방향과 자세를 다소나마 가다듬은 것이 성과라면 성과라 하겠다. 그런데 동양의 전통사상을 들먹이는 수많은 사례나 하이데거의 이름이 연상시키는 일련의 사태들에 비추어, '진리관의 일대 전환' 운운한 우리의 논의가 너무도 낯익은 관념주의·신비주의로 떨어져버릴 위험은 아무리 경계해도 모자라지 않을 것이다. 물론 이 글에서 '도'의 사상이 거론되고 불교의 진여(眞如)처럼 유무를 초월한 진리관이 강조된 것이 어디까지나 학문의 과학성에 대한 집념의 소산인 만큼, 이는 동양전통에의 안주나 관념적 회귀와 근본적으로 다른 것임을 내세울 근거는 충분히 있다. 실제로 그것은, 예컨대 제3세계론이 우리 자신의 문화적 체질과 동떨어진 관념으로 전개될 위험을 막는 데도 필요한 작업일 터이다. 하지만 이는 좀더 자격을 갖춘 연구자에게 맡길 일이고, 여기서는 예술작품의 '진리'를 하나의 수사적 표현 이상으로 사용하고자 할 때 구체적으로 어떤 점에 유의할지를 살펴보기로 하자.

우선 작품의 '진리'는 과학의 '진리'와 다를 뿐 아니라 더 높은 차원의 진리라는 점이 명백해져야 한다. 그렇지 않고서 각기 나름대로의 진리가 있다고만 하면, 어느 한편에 치우침이 없는 무난한 태도라는 칭찬은 들을지 몰라도, 자연과학의 '설명'과는 다른 '이해'의 방법이 있다는 낯익은 '정신과학'의 수준으로 되돌아가기 쉽다. 반면에 대등한 차원이 아니라 과학

---

19 "Denn das Fragen ist die Frömmigkeit des Denkens," M. Heidegger, *Vorträge und Aufsätze*, Neske 1959, 44면.

보다 낮은 차원이라고 '겸손하게' 나간다면, 이는 작품의 진리성을 부인하는 수많은 이론에 합류할 따름이다. 그러므로 진리를 안 내세운다면 모를까, 내세우는 이상은 처음부터 과학보다 고차원의 진리를 주장할 수밖에 없다. 영어의 *truth*나 독일어의 *Wahrheit*가 모두 우리말로는 '진실'과 '진리' 두가지로 번역됨에 유의하여 말한다면, 과학은 정확성을 기준으로 '진실'을 아는 작업인 반면 예술은 영어로는 흔히 대문자 *Truth*로 표현하기도 하는 '진리' 그 자체를 구현한다고 말할 수 있을 것이다.

그런데 이것이야말로 너무나 흔해빠진 예술지상주의·신비주의를 실질적으로 재생시키는 게 아닐까? 그럴 위험을 방비하자면, 첫째, 예술의 이런 진리는 모든 창조적 실천에 공통된 진리지 예술만의 진리가 아님을 못박을 일이며,[20] 둘째, 세상에서 '예술'로 통하는 것이 모두 이런 의미의 창조적 예술이 아님을 분명히 해둘 일이다. 물론 작품의 진위와 등급을 엄격히 가리려는 태도는 예술지상주의자들에게도 강하다. 그러나 평가의 기준이 여타 인간 활동과 절연된 어떤 '미적 가치'가 아니라 **진리**이며 그것도 모든 창조적 인간 활동이 공유하는 진리라고 할 때 이야기는 크게 달라진다. 종래 최고의 예술로 여겨지던 수많은 심미적 대상들이 진리에 무관심한 특정인들의 정신적 향유물로 밝혀지는가 하면, 제대로 본격예

---

20 따라서 하이데거는 예술은 "작품에서의 진리의 창조적 보존"(die schaffende Bewahrung der Wahrheit im Werk)이라고 말함과 동시에, 진리가 구현되는 본질적인 방식 가운데는 예술작품을 통한 것 이외에도, '국가를 창립하는 행위'(die staatgründende Tat, 말하자면 혁명적인 정치적 실천) '단순한 존재자가 아니라 탁월하게 존재자다운 존재자의 가까움'(die Nähe dessen, was schlechthin nicht ein Seiendes ist, sondern das Seiendste des Seienden, 말하자면 신 또는 신들의 체험) '본질적인 희생'(das wesentliche Opfer) '사유의 물음'(das Fragen des Denkens) 등을 아울러 들고 있다. M. Heidegger, "Der Ursprung des Kunstwerkes," *Holzwege*, Klostermann 1963, 59면 및 50면; 영역본 *Poetry, Language, Thought*, tr. A. Hofstadter, Harper & Row 1971, 70면 및 61~62면.

술의 범주에 들지 못하던 민중문화의 유산에서 새로이 진정한 창조성이 인정되기도 할 것이다. 그뿐 아니라, 예컨대 셰익스피어의 희곡이 최고 수준의 작품이라는 기존의 평가 자체에는 변화가 없을 경우라도, 그 창조성의 당대 민중생활의 활력과의 관계라든가 오늘의 시점에서 이 창조성을 제대로 살리는 데 필요한 민중운동의 성격 등에 대해 전혀 새로운 시각이 요구되기도 한다. 이럴 때 비로소 작품의 차원 높은 진리성을 말하는 일이 예술지상주의로의 회귀를 방지하고 도리어 참다운 민중예술론의 근거를 제공할 수 있게 되며, 이러한 민중예술론에서는 작품의 예술성에 대한 인식과 집념이 그 누구보다도 덜할 수 없는 것이다.

그런데 온갖 인간적 실천에 진리구현의 영예를 부여하면서 유독 과학에만은 저차원의 '진실'밖에 인정하지 못하겠다는 것은 무슨 뜻인가? '민중예술' 운운하면서도 결국 비과학적이고 따라서 반역사적인 사고로 떨어져버릴 위험은 없는 것인가? 여기서 우리는 작품의 진리를 제대로 말하기 위해서는 과학적 진실과의 그 관계가 올바로 정립되어야 한다는 또 하나의 요구에 부닥친다. 이는 곧 '리얼리즘'의 문제와도 직결된다. 앞서 우리는 '현실의 정확한 반영'이라는 루카치의 표현이 작품의 본질에 대한 해명으로는 미흡한 바 있다고 했지만, 본질에 충실한 작품의 한 특징으로 '현실의 정확한 반영'이 빠질 수 있다는 이야기는 아니다. 과학의 진실보다 높은 차원의 진리를 구현한다면 의당 전자를 포용해야지, 그렇지 않다면 과학과 대등하면서 상반되는 진리 ─ 실제로는 과학적인 비진리 ─ 밖에 안 되고 말 것이다.

그러므로 과학적인 지식이 진리에 미달한다는 주장에는, 그 지식을 탐구하고 활용하는 학자의 행위가 인간적 실천의 한 형태로서 진리에 도달할 수 있다는 명제가 수반해야 한다. 이것이 바로 '지혜사랑'이라는 본래 의미의 철학과 과학 간의 구별이기도 한데,[21] 이 구별을 되새기는 의도가 철학과 과학을 분리시키는 현대 학문의 추세를 긍정하려는 것과 정반대임은 물론이다. 즉 학문하는 사람은 모름지기 기계적인 지식의 축적만으로 '진리 탐구자'가 될 수 있다는 환상을 버리고, 참다운 작품의 창작이나 진정으로 혁명적인 행위에 맞먹는 실천으로서의 '지혜사랑'을 달성해야 하리라는 것이다.

학자의 경우는 그렇다 치더라도, 본론인 작품의 진리 문제로 돌아와 그것이 과학적 진실을 포용한다는 명제를 과연 어떻게 이해할지 생각해보자. 이는 물론 작가 개인의 창작 또는 수련 과정에서 예컨대 사회과학 공부가 어느 정도 필수적이냐라든가 완성된 작품이 사회과학·역사과학에 얼마만큼 값진 '자료'를 제공하느냐는 차원의 문제가 아니다. 현실 속에서 노동하며 생활하는 인간들에 대한 정확한 인식조차도 작품의 예술성 또는 그에 맞먹는 창조성의 체험에 의존하고 있으며 후자는 전자를 필연적으로 요구하기도 한다고 할 때 비로소 성립될 명제인 것이다.

여기서 우리는 진리를 실천적으로 구현하는 것이 예술만이 아니라는 점을 상기할 필요가 있다. 창조적 실천의 형태가 그밖에도 더 있다고 할 때, 인간의 가장 보편화된 특징의 하나로 꼽는 '노동'은 그 안에 들어가는 것인가? 이 물음에 대해, 인간은 노동함으로써만 생존에 필요한 재화를 생산하니까 노동이야말로 가장 인간적이고 창조적이다라는 답변도 흔히 듣는데, 이는 진실의 일면에 지나지 않는다. 그리하여 이 답변은, 노동은

---

21 진리가 구현되는 몇가지 방식을 열거하고 나서 하이데거는 계속해서 이렇게 말한다. "반면에 과학은 진리의 근원적 일어남이 아니고 항상 이미 열린 진리 영역의 확장인바, 곧 그 범위 안에서 정확할 수 있는 것 내지 정확할 수밖에 없는 것으로 나타나는 바를 파악하고 확인함으로써 그러한 확장이 되는 것이다. 과학(학문)이 정확한 것(das Richtige)을 넘어 진리(Wahrheit)로, 즉 존재자의 본질적인 드러냄으로 나아갈 때, 그리고 그렇게 나아가는 한에서, 과학은 철학이 된다."(같은 글 50면, 영역본 62면)

궁핍이라는 필연성에 강제된 불가피한 행위로서 가치창조의 원천이 되기는 하지만 참된 자유와 행복은 노동으로부터의 면제 곧 '휴식'에 있다는 고전경제학의 노동관과 혼동되기 십상이다.[22] 이는 헤겔의 노동 개념에서 이미 극복된 관점인바, "셸링에게 있어서는 유일한 실천이었던 예술적 창조를 헤겔은 진정한 노동으로 대체시켰다. 헤겔의 관점이 인간현실에 대해 더 민주적이고 더 심오한 관점이다."(『구체성의 변증법』172면)

그런데 맑스 자신도 '진정으로 자유로운 노동'의 표본으로 음악가의 작곡행위와 같은 예술활동을 들고 있는 것은(The Grundrisse 124면), 현대사회에서 실제로 이루어지는 대부분의 노동이 소외된 노동이기 때문이다.[23] '노동'이나 '실천'의 개념은 둘 다 수많은 학자들이 논란을 거듭하고 있는 터이므로 여기서 섣불리 결론을 내리려 할 문제가 아니다. 더러 양자를 동일시하는 경향에 대해서는 코시크가 예리한 비판을 가한 바도 있지만(같은 책 166면 각주 및 185~87면), 자본제 아래 노동자계급의 소외된 노동의 경우에조차 그것이 짐승이나 기계의 움직임이 아닌 인간의 **노동**이라는 점에서, 소외되지 않은 인간 본연의 실천으로서의 노동을 이미 부분적으로 구현하고 있다고 보아야 할 것이다.[24] 민중소외의 극복도 바로 이처럼 이

---

22 이와 관련하여 The Grundrisse 123~27면('Labour as Sacrifice or Self-realization')에서의 애덤 스미스의 노동관에 대한 비판 참조.

23 "인간의 행위를 노동(필연성의 영역)과 예술(자유의 영역)로 나누는 것은 노동과 비노동의 문제를 단지 **대략적으로** 그 부분적인 측면들에서만 포착하는 것이다. 이러한 구별은 노동의 특정한 **역사적** 형태를 무비판적으로 받아들여서 검토하지 않은 채 전제로 하고 있는데, 이렇게 되면 물질적·육체적 노동과 정신적 노동이라는 역사적으로 **발생된** 특수한 노동의 분화(분업)가 화석화되어버린다. 이러한 구별은 노동의 특유성이 지니는 또다른 본질적 측면을 은폐한다. 즉 노동은 필연성의 영역을 떠나지는 않지만 그 위로 **솟아오르며**(hinausragen), 필연성의 영역 내부에서 인간 자유의 실질적인 전제를 **창출**한다."(『구체성의 변증법』173~74면. 강조는 원저자)

24 "그뿐 아니라 노동자계급의 존재양식이 소외에서 해방된 인간의 원형을 보여주고 있다는

미 구현되고 있는 창조성을 바탕으로만 가능한 것이며, 소외극복을 위해 반드시 필요한 소외의 실상에 대한 정확한 인식도 실은 그러한 창조성의 실감을 전제하는 것이다. 물론 사람에 따라 냉정한 법칙적 인식이 선행하고 이것이 개인의 도덕적 결단에 매개되어 실천에 이르는 경우도 얼마든지 있겠으나, 원칙적으로는 진리의 체험(비록 부분적일지라도)에서 파생하는 법칙적 인식이 그 체험을 확대하고 완성하는 데 이바지한다고 보는 것이 '작품의 진리성' 해명에 유리할뿐더러 운동론으로서도 한결 타당하리라는 것이다.

일찍이 필자가 박현채의 「문학과 경제」(『실천문학』 제4권, 1983; 박현채 『한국자본주의와 민족운동』, 한길사 1984에도 수록)에서 민중문학의 과제로서의 '역사적 진실'을 '법칙'의 차원으로 파악한 데에 이의를 제기하고, "아울러 경제학의 인간화를 위해 문학이 좀더 자연스럽게 기여할 가능성을 열어주기를" 주문했던 것도 그런 까닭이었다(백낙청·염무웅 편 『한국문학의 현단계 3』, 창작과비평사 1984, 41면 이하; 졸저 『민족문학의 현단계』 170면 이하). 그뒤 박현채는 필자의 이런 주문을 흔연히 받아들여 「문학과 경제 ── 보다 근원적인 상호관계에 대한 인식」이라는 두번째 글을 『실천문학』 제5권(1984)에 발표했는바, 여기서 그는 민중문학이 보여주어야 할 진실이 '법칙'의 성격을 띠는 것이 바로 인간 본연의 진실이기보다 소외의 결과임을 밝혀주었다.

────────────

것 또한 중요한 의미를 지닌다. (…) 비록 자본제적 상황에서 자기 노동의 성과에서 소외되고 있다고는 하지만 해방된 전체적인 인간은 인간의 생산적 노동과 결합되면서 미래에의 가능성과 맺어져 있다. 그것은 한 사회에 있어서 직접적 생산자는 사회적 생산력의 담당자일 뿐 아니라 노동이 있는 곳에 인간과 인간 간의 근본적인 연계가 담겨져 있기 때문이며, 곧 노동 그 자체가 인간의 전체적인 과정을 보여주기 때문이다. 그리하여 노동이 생산수단을 사유하는 자들의 이익을 위한 수단으로 되고 노동의 소외가 이루어지고 있으면서도 아직 전체적 인간은 그 노동 가운데 살아남아 있기 때문이다."(토론 「한국사회의 발전과 노동운동의 역할」, 박현채·김형기 외 『한국자본주의와 노동문제』, 돌베개 1985, 423면)

즉 경제현상이 본래는 인간들의 움직임이며 그 성과임에도 불구하고 완강한 법칙성을 지닌 객관적인 운동으로 나타나는 것이 다름 아닌 인간소외라는 것이다(425면). 따라서 그 법칙성을 추구하는 고비고비에서 인간의 모습을 떠올림으로써만 논리적 곤란이 극복되며, 이렇게 해서 도달한 학문으로서의 경제학은 소외로부터의 해방을 관념적으로 선취하면서 인간회복의 실천적 과제를 안게 된다는 것이다(427~30면). 이 말을 풀이하건대, 소외현상에 대한 법칙적 인식이 사회와 인간에 대한 그보다 한 차원 높은 변증법적 인식(최고의 예술 및 사상에서 찾아지는)의 일환으로 성립되며 그렇기 때문에 법칙적 인식에 따른 실천적 과제의 제기도 사후적인 어떤 윤리적 결단 이전에 애초의 변증법적 인식 속에 이미 주어진 것이라는 뜻이 될 듯한데, 이는 바로 본고의 주장과도 합치한다 하겠다.

뒤이어 「문학과 경제」의 저자는 '경제학에 있어서 인간복권과 문학'의 문제를 거론하면서 다음과 같은 비유를 제시한다.

곧 산등에 올라서 자연 속에서 주어지는 산들을 보는 경우 우리는 주된 산봉우리의 웅대함과 그것에 연이어지는 산줄기, 햇빛에 따라 바뀌어지는 산의 아름다운 모습을 본다. 그러나 이들 산과 산줄기를 지도 위에서 보면 산의 아름다움은 물론 산봉우리나 그것에 연이어지는 산줄기의 웅대함은 전혀 볼 수 없다. 그것은 단순한 평면 위에 오직 흑백의 선이 여러가지 형태로 서로 얽혀 그려져 있을 뿐이다. 그것으로 우리가 그전에 느꼈던 감동을 새로이 할 수는 없다. 그렇다고 지도가 틀렸다든가 무의미하다고 말할 수는 없다. 만약 그것을 다시 재현하려고 한다면 문학적 상상력이나 사진 또는 화가의 손을 빌릴 수밖에 없을 것이다. 그리고 처음부터 그런 일을 지도에서 요구하는 것은 정당한 것이 아니다. 그러나 역으로 제아무리 뛰어난 예술작품이라고 하더라도

화가가 그린 그림으로는 산에 오르는 데는 도움이 되지 않는다. 등산을 위해서는 먼저 지도가 필요하게 된다. 그리고 지도를 만드는 데는 어쩔 수 없이 현실의 산이 갖는 웅대함이나 아름다움 같은 것을 전부 사상하고 모든 것을 단순한 평면상에 그려진 흑백의 선으로 환원하지 않으면 안 되는 것이다. (…) 경제학이 인간의 움직임을 그 대상으로 하고 인간 회복을 말한다고 해서 그 속에서 고금의 뛰어난 작가가 그려내고 있는 것과 같은 인간성의 기미까지를 기대하는 것은 정당한 것은 아니다. 오히려 이런 것을 그리려고 한다면 독자적인 인식목적을 갖는 사회과학 그 자체의 성립까지도 부정하는 것으로 된다는 것이다. (431면)

따라서 어디까지나 사회과학으로서 경제학의 한계와 독자성을 인정하면서 문학과의 상호보완이 요구되게 된다.

그런데 인용문에서 경제학을 지도에 비유하여 그 한계와 용도를 논한 것은 방불하다 하겠으나, 문학 또는 예술을 "우리가 그전에 느꼈던 감동을 새로이" 하는 글이나 사진·그림 정도로 설정한 것은 불만스럽다. 이 비유에서는 논의의 편의상 산을 오르는 행위가 일단 바람직한 인간적 실천으로 설정되어 있는데, 그렇다면 최고의 예술은 등산의 '감동' — 더욱이나 산들을 구경하는 감동 — 에 국한되는 작업이 아니라 바로 등산행위 자체와도 맞먹는 별도의 창조적 실천이라는 것이 본고의 주장이기 때문이다. 또한 등산에 관한 뛰어난 작가의 문학이나 미술 작품이 지도의 정밀성과 그 특수한 용도를 대신해줄 수 없지만, 산에 오르는 데 지도 못지않게 — 어떤 면에서는 그 이상으로 — 도움이 되는 '등산소설' 따위가 없으라는 법도 없다. 발자끄의 『인간극』(La Comédie humaine)이 당대의 프랑스 역사에 대해 웬만한 지도 뺨칠 정도의 확실한 길잡이라는 말은 흔히 듣는 이야기가 아닌가.

사실은 경제학과 지도의 비유도, 과학의 탈실천적 성향과 바로 그런 성향에서 오는 특수한 효용성을 부각시키고는 있지만, 좀더 따지고 들자면 철저한 분과과학으로서의 경제학(소위 주류경제학)에나 완전히 적중하는 비유이다. 포괄적인 단일 사회과학·역사과학을 생각할 때는 그것이 엄밀한 지도작성과 독도법에 기초해야 한다고 말할 수는 있으나, 동시에 사회과학 자체가 그 나름으로 등산의 의의를 말하고 그 감동을 상기시키는 '인문적' 성격을 이미 겸하고 있다고 덧붙여야 할 것이다. 더구나 과학의 진실추구는 과학자의 실천적인 지혜사랑의 일환으로서만 진리탐구로 되는 것이라면, 사회과학의 '인문적' 성격은 곧 그것의 '철학'으로의 승화 — 동시에 종래 모든 철학들의 근본적 변화 — 를 요구하는 것이라 하겠다. 그러므로 경제학과 문학의 상호보완이란, 원칙적으로 이러한 진리탐구의 경지에 이른 학문과 진리구현의 수준에 달한 창조적 예술의 관계일 때만 대등한 상호보완이 된다. 그런 의미에서 "가장 바람직한 의미의 문학적 인식은 곧 사회과학적인 인식보다도 더욱 기본적인 인간됨의 요건"이라는 명제는, "사회과학적인 인식은 그 자체로서보다 어디까지나 변증법적 인식의 일환으로서 중요한 것이며 참된 문학의 자세야말로 본디부터 변증법적인 것이다라고 표현을 바꾸어도 좋다"(『창작과비평』 57호, 1985 '책머리에' 5면)는 단서와 더불어 여전히 유효하다 하겠고, 이는 다시 민족문학론의 과학성과 실천력을 높이는 길이 오로지 진리에의 물음을, 특히 문학인으로서는 작품의 진리와 예술성에의 물음을 온몸으로 수행하는 길이라는 주장으로 발전시킬 수 있을 것이다.

—『청암 송건호 선생 화갑기념문집』, 두레 1986

언어학적 모형과 문학비평

『언어의 감옥』에 대한 비판적 소개

1

문학이 삶에 대한 비평이라는 공식에 따르면 문학작품에 대한 평론은 '비평의 비평'인 셈이며 요즘 숱하게 나오는 비평에 관한 이론적 논저들은 '비평의 비평의 비평'이 되겠다. 이 글에서는 그러한 책 가운데 하나로서 구조주의와 러시아 형식주의를 비판적으로 소개한 프레드릭 제임슨의 『언어의 감옥』[1]을 비판적으로 소개할 터인데, 그렇다면 본고는 '비평의 비평의 비평의 비평'으로, 실인생과는 너무도 멀리 떨어져 허공에 떠버리

---

1 Fredric Jameson, *The Prison-House of Language: A Critical Account of Structuralism and Russian Formalism*, Princeton University Press 1972. 앞으로 이 책에서의 인용은 면수만 표시하며 번역은 필자의 것임. 원제의 *Prison-House*는 '감옥' 중에서도 좀더 구체적으로 감옥의 건물 즉 '옥사(獄舍)'를 뜻하나, 귀에 익고 獄死·獄事 등과 혼동될 염려도 없는 '감옥'으로 만족하기로 했다. 국역본 역시 『언어의 감옥 — 구조주의와 형식주의 비판』(윤지관 옮김, 까치 1985)으로 나와 있는데, 제목뿐 아니라 본문의 번역도 본고에 많은 참고가 되었다.

게 되는 것은 아닐까.

그러나 설혹 "문학은 결국 삶에 대한 비평이다"라는 매슈 아널드의 말이 어김없는 진실일지라도, 남의 글에 관해 쓰는 글이 반드시 '비평의 비평의 비평의……' 하는 순서를 밟아서 삶으로부터 멀어져간다는 법은 없을 것이다. 우선, 아널드가 인생의 비평으로 규정한 '문학'에는 좁은 의미의 창작뿐 아니라 평론도 포함되어 있다. 물론 남의 창작을 일차적 대상으로 삼는 비평이 인생 자체에 바로 접근하는 비평(즉 창작)에 견줄 때 어떤 한계를 갖는 것이 사실이다. 그러나 후자가 삶을 제대로 비평하지 못한 점이 전자에 의해 조금이라도 바로잡히는 경우라면, '비평의 비평'이 원래의 '비평'보다 삶 자체에 더 접근했다 할 것이다. 마찬가지로 '비평의 비평'들이 작품을 왜곡하고 삶의 진실을 흐려놓을 때, 이를 바로잡는 '비평의 비평의 비평'이 건강한 삶을 위해 필요해진다. 똑같은 논리로 '비평의 비평의 비평의 비평' 따위가 비평연구뿐 아니라 삶 자체의 유지에 필요할 경우도 있을 터이다.

그렇다고 '비평의 비평의 비평의……' 하는 식으로 무한정 번져나가는 것이야말로 비평의 본업이요 가장 창조적인 삶이다라고 생각하는 현대의 일부 비평가·이론가들의 입장에 동조하는 것은 아니다. 바로 그런 입장을 우리는 『언어의 감옥』에서 '비판적 소개'의 대상이 된 구조주의자들에게서 흔히 만나기도 하는데, 이들이 내세우는 비평 및 '메타비평'의 창조성이란 (뒤에 다시 논하겠지만) 좀 색다른 것이다. 삶 자체가 언어에 의해 구성되는 하나의 '텍스트'라는 입장에서는 삶과 문학을 구별하는 것이 차라리 무의미해질 수 있으며,[2] 이 점을 과시하는 비평작업의 끊임없는 연

---

2 영어의 *text*나 프랑스어의 *texte*는 모두가 원래는 책의 제목이나 도표 따위가 아닌 '본문', 어떤 진술의 '원문', 글로 된 '대본' 등을 의미하는 낱말이지만, 프랑스의 신비평을 비롯한 현대 비평에서는 그들이 강조하는 '언어행위'의 소산으로서의 '읽을거리' 일체를 뜻하게 된다.

장선 위에서 '비평'과 '비평의 비평'과 '비평의 비평의 비평……' 들의 구별 또한 사라지기 쉽다. 그러나 문학과 인생, 비평과 창작의 확연한 가름이 결코 쉽지 않음을 인정하더라도 그 차이들이 '언어'의 개념으로 일거에 해소된다는 주장은 전혀 다른 이야기다. 오히려 이런 주장에 따른 텍스트의 범람이야말로 오늘날 우리 삶의 심각한 문제점이요 어쩔 수 없이 주어진 삶의 일부이기도 하다는 인식에서, 우리는 비평 및 비평이론에 대해 거듭되는 비판적 논의가 삶 자체에 다소 직접적인 이바지가 될 수 있다고 보는 것이다.

어쨌든 언어 및 언어학적 방법에 관한 논의는 오늘의 지적 생활에서 피할 수 없는 과제가 되어 있다. 그런데도 삶의 문제, 현실의 문제에 진지한 관심을 갖는 연구자들일수록 언어에 대해서는 매우 소박한 생각을 넘어서지 못하는 경우가 흔하다. 예컨대 문학적 리얼리즘의 논의에서도 언어를 객관적 현실을 묘사하는 한갓 '도구'로 보거나, 언어 자체도 '상부구조'의 일부에 불과하다는 또다른 극단에 흐르기도 한다. 여기에는 물론 인간이 노동하는 존재이고 노동을 통해 자기 삶에 필요한 재화만이 아니라 자신의 삶 자체를 만들어내는 존재라는 건전한 상식이 작용하고 있다. 그 과정에서 인간의 언어생활이 '상부구조'의 성격을 띠는 것도 사실이고 언어가 노동의 '도구'가 되는 것도 사실이다. 그러나 노동하는 인간이 먼저 있고 언어가 그에 뒤따라 발생한다는 식의 소박한 사고는, 인간 노동의 본질적 특징을 꿀벌의 집짓기와 인간의 건축행위의 차이로써 설명한 『자본론』의 유명한 대목과도 어긋난다.[3] 인간은 아무리 허술한 건물을 짓더라도 그에 대한 일정한 설계를 갖고 시작한다는 점에서 가장 훌륭한 꿀

'읽거리' 같은 새말을 만들어 번역하는 것이 더 알맞은 면도 있지만, 그냥 '텍스트'로 옮긴다.
3 제1권 제3부 7장 1절 참조.

벌의 작업과도 질적으로 다르다는 것인데, 본능적인 움직임이 아닌 '노동'이 되는 까닭이 바로 거기 있으며 이는 곧 '노동하는 인간'은 처음부터 '말하는 존재'일 수밖에 없다는 뜻이 된다.

그러므로 언어에 대한 남다른 관심 자체가 노동에 대한 무관심을 낳을 이유는 없다. 다만 노동에 무관심한 많은 사람들이 언어에 대한 논의를 즐기고 있는 것이 현실이며 이 현실을 극복할 노력이 우리에게 요청되고 있을 따름이다. 실제로 이들이 언어의 참뜻에 얼마나 마음을 기울이고 있는지는 별개 문제이며, 마찬가지로 언어 문제에 무관심한 사람들이 과연 노동의 본뜻에는 충실한지도 캐물을 여지가 있을 것이다.

어쨌든 이야기가 문학 분야로 오면 언어에 대한 무관심이란 도대체 있을 수 없다. 단지 그 관심이 어떤 관심이냐의 차이가 문제될 뿐인데, 언어에 대한 새로운 이론들이 타당한 것이라면 언어예술인 문학의 연구에는 더욱이나 걸맞아야 할 터이다. 반면에 그렇지 못하다면 그 언어이론에는 적어도 일정한 한계가 그어져야 옳고, 어쩌면 더욱 뼈아픈 자기반성을 해야 할지 모른다. 언어예술을 위해서나 언어과학을 위해서나 반드시 한번 짚어볼 문제가 여기 있다고 하겠다.

문제가 그처럼 중요하다는 것과 그것을 다룰 역량이 필자에게 있느냐는 것은 전혀 딴 이야기다. 필자는 언어학 자체에 대해서는 깡무식이나 다름없으며 가령 『언어의 감옥』에서 다루어진 논저들 중 제대로 읽은 것이 몇 안 된다. 그뿐 아니라 언어학보다는 필자 나름으로 좀더 안다고 생각하며 소견을 밝혀본 문제에 관해서도, 너무 성급한 비판을 한다는 지적을 당한 경험 또한 적지 않았다. 좀더 그 분야를 공부해보면 더 배울 바가 있으리라는 꼼짝 못 할 충고로부터, 설혹 나의 비판 자체는 옳더라도 외국의 새로운 이론이나 사조를 진지하게 연구하기보다 부정하기 바쁜 세태를 부추길 가능성을 염려하는 이야기까지, 어느 하나도 경청함직하지 않은 것이 없었다. 하지만 나 자신의 무지와 섣부름이 아무리 엄청날지라도, 문제가 이에 대한 개인의 반성으로 끝날 성질이 아닌 것 또한 사실이다. 인생은 유한하고 밀어닥치는 외래사조들은 거의 무한정인데 어떻게 그 모두를 깊이 연구해서 배울 바를 다 배운 뒤에야 비판과 선택의 작업을 시작할 것인가. 더구나 우리의 지적 풍토에는 진지한 연구보다 성급한 부정을 즐기는 폐단도 분명히 있지만, 그에 못지않게—어쩌면 그 이상으로—외국의 새것이라면 덮어놓고 솔깃해하는 병폐 또한 크다. 아니, 끊임없는 '새 지식'의 양산을 통해 주체적 선택의 겨를을 앗아가는 일이야말로 왕년의 적나라한 침략주의·몽매주의와는 다른 현대 제국주의 특유의 우민화 방식일 수 있으며, 이것저것 공부한 뒤에나 발언하라는 배운 자들의 충고가 민중의 몽매화에 도리어 기여하는 식자층의 직업근성일 가능성도 배제할 수 없는 것이다.

물론 이것이 진지한 연구를 게을리하는 핑계가 되지는 못한다. 다만 문학연구에 언어학적 방법을 적용하는 문제만 하더라도, 문제의 중요성에도 불구하고 그 방면의 전문가들이 방법 자체의 의미를 처음부터 되묻는 작업은 거의 안 하고 있는 듯하기에, 필자는 다시 한번 만용을 부리기로 마음먹었다. 그렇다고 이 문제에 정면으로 대드는 것은 문자 그대로 만용밖에 안 될 터이므로, 구조주의와 러시아 형식주의에 대한 '비판적 소개의 비판적 소개'라는 편법을 쓰고자 하는 것이다.

제임슨의 『언어의 감옥』은 불과 200여 페이지의 짤막한 책이지만 그 내용을 대충 소개하는 것도 본고에서는 벅찬 일이다. 쏘쒸르의 언어학에서 러시아 형식주의, 프랑스의 구조주의, 그리고 집필 당시 아직 초창기에 있던 탈구조주의·해체주의에 이르기까지 너무나 광범위한 현상이 빽빽이 요약되어 있기도 하려니와, 그것이 단순히 '요령 있는 소개'가 아니라 본질적인 비판을 동시에 시도하고 있다는 점이 내용의 밀도를 더해준다.

'비판적인 소개'에 앞서 좀더 동조적인 소개가 필요하지 않겠느냐는 지적도 나올지 모르지만, 해당 논저들을 직접 읽고 비판 또는 동조를 각자 알아서 정하지 않는 한, 공감할 것에 공감하면서 필요한 비판에까지 나가는 소개보다 더 정확한 이해를 돕는 소개가 없다.[4] 똑같은 논리로, 제임슨의 저서도 그 내용을 평면적으로 요약하기보다 필자 나름의 공감에 입각하여 선별 소개하고 비판할 것을 비판하는 것이 옳은 방법이라 믿는다. 더구나 본고의 목적은 제임슨 소개 자체보다는 '언어학적 모형과 문학비평' 문제에 대한 제임슨의 성찰을 통해 우리 자신의 생각을 정리하는 데 일조하고자 하는 것이다.

2

제임슨이 구조주의와 러시아 형식주의를 비판적 소개의 대상으로 택한 것은 이들이 ── 그중에서도 특히 구조주의가 ── '언어학적 모형'[5]을 문화 및 사회 연구에 적용한 대표적인 움직임들이었다고 보기 때문이다. 동

---

4 '좀더 동조적인 소개서' 중 Robert Scholes, *Structuralism in Literature: An Introduction* (Yale University Press 1974)은 평판에 값하는 바 있다. 그러나 제임슨보다 반드시 더 정확하다고 장담하기는 힘들며 구조주의의 공헌에 대한 평가에서도 제임슨이 더 적극적인 면이 없지 않다.(이 점은 뒤에 다시 논하기로 한다.) 한편, 미국 근대어문학회(Modern Language Association) 수상저서인 Jonathan Culler, *Structuralist Poetics: Structuralism, Linguistics, and the Study of Literature* (Cornell University Press 1975)는 구조주의와 미국 학계의 신비평적 전통 간의 마찰을 줄이는 방향으로 구조주의의 몇가지 핵심적 논지를 희석한 것으로 평가된다. Frank Lentricchia, *After the New Criticism*, University of Chicago Press 1980, 103~12면 참조.

5 원문의 *the linguistic model*은 사실 '언어학적 모형(모델)'보다 '언어의 모형(모델)'에 가깝다. 그러나 이때의 '언어'는 결국 쏘쒸르 이래의 언어과학에서 이해하는 언어이므로, '언어학적 모형'이라 부르는 것이 더 알기 쉬운 면도 있겠다.

시에 이 새로운 모형의 등장과 더불어 서양의 사상사에 또 한번의 중대한 전환이 이루어졌다고 믿는 것이다. 『언어의 감옥』 서문은 이런 문제의식을 제시하면서 언어학적 모형에 따른 새로운 사조들에 접근하는 저자의 기본시각을 밝히고 있다.

"사고의 역사는 그 모형들의 역사이다"(v면)라는 명제로 시작되는 이 머리말에서 제임슨은 '언어' 직전에 사고를 지배하던 모형으로서, 낭만주의 철학과 19세기 과학사상을 촉발했던 '유기체'(organism)의 개념을 든다. 유기체 모델의 이점은 공시적인 것과 통시적인 것이 자연스럽게 연결되어 있었다는 점인데, 반면에 그것은 "실체주의적 사고에 너무 크게 의존"(vi면)하기 때문에 — 다시 말해 생물학에서의 유기체와는 달리 실체가 없는 문화나 역사의 경우에도 그러한 것을 설정하고 출발하는 폐단이 있기 때문에 — 이에 반발하여 '장(場)'이라든가 '관계성'을 내세우는 경향을 낳게 되었으며, 그중에서도 가장 철저한 반발에 해당하는 것이 언어 자체를 기본모형으로 삼는 사고방식이라는 것이다. 그리고 이는 놀랍다면 놀랍지만 또한 너무나 당연한 발상이라고 한다.

　모형으로서의 언어라! 모든 것을 언어학을 중심으로 새로 다시 생각해본다는 것! 어찌 보면 그전에 아무도 그런 발상을 안 했다는 사실만이 놀라운지도 모른다. 왜냐하면 의식과 사회생활의 모든 요소들 가운데 언어야말로 어떤 비할 바 없는 존재론적 우선권을 — 비록 그 우선권의 성격은 이제부터 규명할 일이지만 — 가졌다고 볼 수 있겠기 때문이다. (vii면)

이렇게 제시된 구조주의의 성격이 바로 맑스와 헤겔 이전의 수준으로 퇴행하는 것이 아니냐는 의문에 대해, 제임슨은 그것이 구조주의의 궁극적 모순들에는 해당되는 지적이지만 구조주의 작업의 구체적 내용의 새로움은 별개 문제라고 주장한다. "그러므로 이념적인 이유로 구조주의를 '거절'하는 것은 오늘날의 언어학적 발견들을 우리의 철학적 체계 안에 통합하기를 거부하는 일이 된다. 나 자신의 느낌은, 구조주의에 대한 진정한 비판을 한다고 할 때, 구조주의를 철저히 파헤치고 나감으로써 그 저편에 있는 전혀 다르고 이론적으로 훨씬 만족스러운 어떤 철학적 관점에 도달하는 일을 우리가 떠맡을 수밖에 없다는 것이다."(vii면)

이처럼 제임슨의 기본적인 자세는, 구조주의의 한계와 문제점을 가차없이 드러내되, 그 발상의 새로움과 구체적인 성과를 어디까지나 구조주의 자체의 입장에서 제대로 보아줌으로써만 비판이 더욱 철저해지고 구조주의를 넘어설 가능성도 열린다는 것이다. 이때에 비로소, 그가 즐겨 쓰는 표현으로 '변증법적 전환'(dialectical reversal)이 가능해진다. 그리고 그 자신의 관심사는 공시적(共時的, synchronic) 언어학의 방법이나 성과 자체가 아니라 "쏘쒸르 언어학의 공시적 방법과 시간 및 역사 자체의 현실 사이에 가능한 관계들을 규명하는 일"(x면)이며 오히려 통시성(通時性, diachrony)의 신비를 재확인하는 일이다.

요컨대 공시적 체계들이 시간적 현상을 충실하게 다루는 개념적 방법을 못 갖고 있다고 말하는 것이 곧 우리가 그러한 체계들을 통해 통시성 자체의 신비에 대한 더욱 고조된 인식을 갖게 됨을 부정하는 것은 아니다. 우리는 시간성을 너무도 당연한 것으로 여겨왔다. 모든 것이 역사적인 상태에서는 역사의 개념 자체가 내용을 상실하는 느낌이 있었다. 시간의 씨앗에 대한 우리의 매혹감을 새롭게 해준다는 것, 이것이야말로 언어학적 모형이 지니는 궁극적인 초보교육적 가치인지도 모른다. (xi면)

이러한 접근의 성과에 대한 전체적인 평가는 이 글의 결론 대목으로 미룬다. 서문에 관해 한가지 덧붙일 점은, 제임슨의 바로 전의 저서 『맑스주의와 형식』6에서 훨씬 상세하게 논의했던 현대 '탈산업사회'의 성격을 여기서도 전제하고 있다는 사실이다. 즉 "언어학적 모형 내지 비유의 사용을 정당화하는 더 깊은 근거"는 "오늘날 소위 선진국들의 사회생활이 갖는 구체적인 성격에 있다"는 것이다. 그것은 "자연 그 자체가 근절된 세계, 메시지와 정보의 포화 상태에 달했고 그 복잡한 상품거래망은 바로 기호체계의 원형으로 볼 수 있는 세계라는 광경을 제시한다. 따라서 방법으로서의 언어학과 오늘날 우리의 문화를 이루는 체계화되고 몸뚱이를 잃은 악몽 사이에는 깊은 일치관계가 있는 것이다."(viii~ix면) 이것이 구조주의에 대한 '내재적 비판'의 사회사적 근거인 셈인데, 제임슨이 과연 언어학 모형 사용의 명분과 그 변증법적 전환의 필요성에 다 같이 충실했는지는 역시 나중에 재론할 일이다.

그러면 제임슨이 파악한 '언어학적 모형'이란 도대체 어떤 것인가? 여기서 우선, 책의 제1장에서 쏘쒸르의 기본개념들을 해설한 내용을 간략히 소개하는 것이 필요하겠다. 그리고 소개는 어디까지나 독자적인 쏘쒸르

---

6 F. Jameson, *Marxism and Form: Twentieth-Century Dialectical Theories of Literature*, Princeton University Press 1971. 『변증법적 문학이론의 전개』라는 번역본이 나와 있음(여홍상·김영희 옮김, 창작과비평사 1984).〈2013년에 개역판 『맑스주의와 형식: 20세기의 변증법적 문학이론』이 출간됨.〉〔'탈산업사회' 개념에 대한 제임슨의 태도에는 그후 다소의 변화가 있었음을 덧붙이는 것이 마땅하겠다. 즉 한편으로 그는 '탈근대'(postmodern)라는 좀더 넓은 개념 속에 이를 흡수하며, 다른 한편 탈근대사회의 '탈산업사회적' 특징이라는 것을 문자 그대로 해석하여 고전적 정치경제학 비판이 무의미해진 사회 운운하는 데 대해서는 명백히 반대하는 입장을 밝힌다. 이 점은 『창작과비평』 1990년 봄호〈및 『백낙청 회화록 2』, 창비 2007〉에 실린 제임슨과 필자의 대담 「맑시즘, 포스트모더니즘, 민족문화운동」에서도 확인된다.〕

론이 아닌 제임슨 책의 소개이므로 그가 선정한 요점과 순서를 대체로 따르는 방식이 될 것이다.[7]

쏘쒸르 언어학의 출발점은 "통시적인 것으로부터 공시적인 것의 분리"(5면)이며 "쏘쒸르의 독창성은 전체적 체계로서의 언어는 바로 전에 거기에 어떤 변화가 있었든 간에 순간순간마다 완전하다는 사실을 강조했다는 데 있다."(5~6면) 이것은 19세기에 성행하던 역사주의적 언어학 연구가 그 나름의 혁혁한 업적에도 불구하고 체계적인 언어과학에는 멀리 못 미치던 상태에서 획기적인 전환이었다. 그러나 거듭 말하지만 제임슨의 주된 관심은 이에 따른 언어과학 자체의 성과가 아니라 이러한 전환과 더불어 열린 변증법적 사고의 가능성이다. 시간을 통해 일어나는 온갖 구체적인 변화를 배제함으로써 언어학이 얻는 것은 "체계의 개념"(7면, 강조는 원저자)이며, 그것도 실재하는 사물들이 이룩하는 체계가 아니라 체계를 통해서만 성립하는 관계들인 것이다.

쏘쒸르의 '체계' 개념은, 새롭고 길도 없는 이 비물질적 현실 속에서는 내용이 곧 형식이며 우리는 우리의 모형이 볼 수 있게 해주는 만큼만 볼 수 있고 방법론적 출발점은 연구대상을 단순히 드러낼 뿐 아니라 실제로 창조하기까지 한다는 것을 뜻한다. (14면)

---

7 예컨대, 쏘쒸르 자신의 체계적 서술은 '언어'의 정의, 즉 랑그/빠롤의 구분에서 시작하는데 제임슨은 공시성/통시성의 구분을 먼저 제기하며, 언어기호의 성격에 관한 양대 원칙 중 두번째(선형적 성격)에 관해 제임슨은 언급을 않고 넘어간다. Ferdinand de Saussure, *Cours de linguistique générale* (1916), édition critique par Tullio de Mauro, Payo 1972 참조. 필자는 이 책의 새 영역본 *Course in General Linguistics* (tr. Roy Harris, Duckworth 1983)를 주로 참고했으나 인용할 경우는 관례에 따라 프랑스어 제2판 이래의 면수로 표시한다.

이에 관해 쏘쒸르 자신은 다음과 같은 유명한 발언을 남겼다. "언어에는 차이들만이 있을 뿐이다. 이보다도 더욱 중요한 것은, 일반적으로 차이라고 하면 서로 차이가 나는 실재하는 항목들을 전제하는데, 언어에는 실재하는 항목 없이 차이만 있다는 점이다."[8] 이 짧막한 말 속에 구조주의뿐 아니라 이른바 탈구조주의의 씨앗까지 담겨 있음은 뒤에 살펴보게 될 것이다.

과학적인 언어연구는 언어의 공시적 체계에 관한 연구라는 전제에서 쏘쒸르가 먼저 제기하는 것은 이른바 '랑그'(langue)와 '빠롤'(parole)의 구분이다. 후자는 개개인이 실제로 발언하는 언어이며 전자는 이런 발언을 알아듣는 사람의 머릿속에 담겨 있기 마련인 영어면 영어, 불어면 불어의 전체적 체계 내지 구조로서의 언어이다.[9] 여기서도 제임슨의 관심은 이러한 구별 또는 대립이 갖는 변증법적 성격이다.

쏘쒸르의 대립은 부분과 전체 중 어느 한쪽이 없어도 다른 한쪽을 상상할 수 없는 그 둘 사이의 긴장을 내포한다는 점에서 변증법적이다. 이 대립은 실체론적이라기보다 관계적임으로 해서 경험론적 사고가 예견하는 식의 일견 자립적인 단일 요소(예컨대 하나의 '진술'이라든가)를 격리시키는 태도에 직접적인 타격을 가한다. 그러나 쏘쒸르의 '가상

---

8 Saussure, 166면(Jameson, 15면). 강조는 원저자.

9 이때에 양자를 모두 포괄하는 일반적인 의미에서의 언어에 대해 쏘쒸르가 *langage*라는 별도의 낱말을 쓰고 있음을 기억하는 것이 차후의 논의를 위해 중요하다. 영어에는 *langage/langue*의 구별에 해당하는 어휘가 없는데다가 최초의 영역본(*Course in General Linguistics*, tr. W. Baskin, Philosophical Library 1959)은 그 점에 유의하지 않음으로써 많은 혼란을 낳았다고 신역본의 역자는 지적한다. 해리스 자신은 *le langage*는 관사 없이 language로, *la langue*는 대부분의 경우 a language로, 그리고 때로는 linguistic system 또는 linguistic structure로 옮기고 있다. 본고에서도 '언어체계' '언어구조' 등을 필요에 따라 쓰며, 더러 '랑그' '빠롤'을 원어대로 사용하기도 할 것이다.

적 구조물'에 대한 우리의 옹호 역시 변증법적이어야 하는데, 이는 처음부터 논리적으로 문제가 되는 점이 쏘쒸르의 용어에 말미암은 것이 아니라 사물 자체에 말미암은 것인 까닭이다. 언어[즉 '랑그'—인용자]라는 낱말이 물리적 대상을 표시하는 명사들처럼 깔끔하게 기능하지 못하는 것은, 바로 언어 자체가 실제로 그런 야릇한 실체, 그 어디에도 일시에 현존하지 않고 어디서도 대상이나 실체의 형태를 띠지 않지만 동시에 우리 사고의 매순간과 우리 발언 하나하나에 그 존재가 실감되는 그러한 것이기 때문이다. (24면)

그러므로 언어체계와 개별 발언의 관계는 상식적인 의미의 '전체 대 부분' 관계와 본질적으로 다르다. 랑그라는 전체의 일부로 빠롤이 있는 것도 아니며, 그렇다고 경험론자들의 사고방식에 맞게—예컨대 고전 물리학에서처럼—빠롤이라는 구체적인 현상들로부터 귀납된 법칙으로서 랑그가 존재하는 것도 아니다. 엄밀히 말해 랑그는 발언의 체계가 아니라 이해의 체계이며, 따라서 예컨대 촘스키의 '심층구조'처럼 발언자가 문장을 생산하는 능력의 일반원리를 탐구하는 것이 아니라 빠롤 부분을 처음부터 언어학(즉 공시언어학)의 대상에서 제외하고 있다. 말하자면 랑그는 언어 전체(랑가주)와의 관계에서는 빠롤이나 마찬가지로 '부분'에 불과하지만, 그 자체로서는 구체성을 두루 갖춘 '전체' 겸 '부분'인 것이다. 바로 그렇기 때문에 쏘쒸르의 언어학은 뒤르껨(E. Durkheim)의 사회학처럼 일종의 '집단의식'을 설정하는 바가 없다. 영국 경험론의 전통 속에서 의미론과 심리학을 문학연구에 도입한 옥던(C. K. Ogden)과 리처즈(I. A. Richards)는 마치 쏘쒸르가 랑그라는 선험적 대상을 발명한 것처럼 비판했으나, 이는 뒤르껨적인 발상에나 해당될 비판이다. 쏘쒸르의 랑그 개념은 재래식의 경험주의나 선험주의 그 어느 것과도 다른 방향의 사고를 요구하고 있으며, "이런 이유로도 쏘쒸르의 모형이 뒤르껨의 모형보다 더 쓸모 있는 것이었다"라고 제임슨은 주장한다.[10]

그러면 랑그는 실제로 어떤 식으로 하나의 체계를 이루고 있는가? 여기서 일차로 대두되는 유명한 구분이 '언어적 기호'(signe linguistique)를 말소리 내지는 표지물 자체(signifiant)와 이에 따라오는 개념 내지는 표지내용(signifié)으로 나누는 일이다.[11] 즉 하나의 언어적 기호(예컨대 하나의 낱말)는 실재하는 하나의 사물과 그 이름을 연결시키는 것이 아니라 하나의 개념과 하나의 '청각적 심상'(image acoustique)을 연결시킨다는 것이다. 그리고 가령 '나무'의 개념이 '아르브르'(불어)라는 말소리와 연결되기도 하고 '트리'(영어)와 연결되기도 하듯이 그 연관은 필연적이 아니라 자의적이라는 것이다.[12]

---

10 이 단락은 직접인용이 아닌 부분도 제임슨의 해설(24~28면)에 의거하고 있으나, 더러 표현을 바꾸기도 했다.

11 프랑스어에서는 동사 *signifier*(의미하다)의 현재분사·과거분사를 명사화함으로써 단일작용의 능동·수동 측면임을 쉽게 부각시키는데, 우리말에서는 '기표/기의''능기(能記)/소기(所記)' 등의 표현이 모두 ─ 적어도 '기표' 이외의 나머지는 ─ 독자적으로 이해 가능한 번역어라기보다 원어를 아는 사람들 사이에나 통용되는 부호에 가깝다. 영어에서는 대체로 signifier/signified로 옮기고 있고 제임슨도 마찬가지지만, 해리스의 새 번역에서는 전자를 signal(신호), 후자를 signification(의미)으로 의역해놓았다. 부호의 사용이 아닌 개념 전달에 치중한 번역이라 하겠는데, 그렇다고 이를 우리말로 중역하는 것은 위험한 일이다. 예컨대 기호의 일부분인 *signifié*의 번역으로서의 signification과 기호 자체의 의미로서의 meaning이 모두 '의미'가 되는 혼란이 있는데, 특히 제임슨을 소개하는 마당에서는 그가 나중에 기호의 '기호작용' 내지 '의미작용'으로서의 signification을 따로 논하게 되므로 해리스의 영역 자체가 부적절한 면도 있다. 본고에서는 이들 용어 역시 '시니피앙/시니피에'로 원음대로 쓰기도 하고 '기표/기의'로 옮기기도 하며 내용을 풀어서 쓰기도 하는 등, 무원칙을 원칙으로 삼는다.

12 이 대목에서 제임슨은 "더 나아가서 기호는 전적으로 자의적이라는 점이 지적된다"(30면)고 소개하고 넘어가지만, 좀더 엄밀히 말하면 쏘쒸르는 기호와 대상의 관계를 일단 배제한 상태에서 기호 내부의 시니피앙·시니피에 관계를 자의적이라고 본 것이다. 이에 대해서는,

기호의 자의성에 대한 이러한 학설은 낭만파 시인들과 언어철학자들이 즐겨 내세우는 '자연언어'의 개념을 부정할 뿐 아니라, "이제 인간을 특징 짓는 것은 말하는 능력이라는 상대적으로 특수화된 기술 내지 재능이 아니라 좀더 일반적인 기호창조 능력이며, 이로써 언어학에서 인류학으로 가는 큰길이 활짝 열리는 것이다."(31면) 이는 또한 영미 비평에서 중시하는 '상징'의 개념과 전혀 다른 방향의 사고를 낳는다. '상징'이 무언가 낱말과 사물 사이의 필연적인 연관성을 뜻하는 데 반해, '기호'는 기호체계 자체의 완결성과 자의성(사회적 관습의 산물이라는 뜻에서의)에 눈을 돌리게 하며, 의미론보다 기호론으로 나가게 만든다(31~32면).

여기서 개별 기호들이 어떻게 하나의 체계로 연결되어 있느냐는 물음이 나온다. 이제까지의 설명에서 이미 분명해졌듯이, 그것은 기호들이 외부의 어떤 사물들의 체계를 반영하기 때문이 아니고 기호를 이루는 물리적 음향 자체가 하나의 체계를 구성하는 것도 아니다. 하나의 물리적인 소리가 언어로서 의미를 갖는 '청각적 심상'[13]이 되는 것은 그것이 특정한 체계 안에서 다른 말소리들과 변별되는 관계에 놓임으로써다. "쏘쒸르적 사고의 움직임을 우리는 이렇게 표현할 수 있을지 모르겠다. 즉 언어는 대상이나 실체가 아니고 가치이며, 따라서 언어는 동일성의 지각(a perception of identity)이다라고. 그런데 언어에서는 동일성의 지각이 차이의 지각과

기호와 대상의 관계가 자의적일 뿐 기표와 기의의 관계는 필연적이라는 뱅베니스뜨의 비판이 있었고(Emile Benveniste, *Problems in General Linguistics*, tr. M. E. Meek, University of Miami Press 1971, 제4장 참조), 제임슨도 그 점을 부인하지 않는다(30면 주26). 이 문제는 뒤에 다시 논하게 될 것이다.

13 쏘쒸르의 *l'image acoustique*(직역하면 음향적 심상)는 오해되기 쉽다면 쉬운 표현이다. 본고에서는 더러 '말소리'라는 용어로 대치하기도 했는데, 단순한 '소리'가 아닌 '말소리' 가운데서도, 엄밀히 구별하자면 그것이 말하는 사람이 내는 말소리(빠롤)가 아니라 알아듣는 사람이 이해한 말소리(즉 랑그의 일부)임을 덧붙일 필요가 있다.

마찬가지며, 따라서 모든 언어적 지각은 머릿속에 그 자체의 반대에 대한 의식을 동시에 갖고 있다."(35면) 다시 말해, 쏘쒸르(및 이후 구조주의자들)의 '체계'란 일련의 이항대립(binary opposition)들로 구성되며 그 밑바닥에는 '동일성과 차이'라는 기본적인 대립이 놓여 있는 것이다.

제임슨 자신은 이런 식의 '이항대립'이 변증법에서 말하는 대립 내지 모순과는 달리 정태적인 성격임을 간과하지 않는다. 그렇기 때문에 쏘쒸르의 이론이 구체적인 작업으로 옮겨질 때 그가 강조한 언어라는 현상의 통일성 대신에 수많은 이항대립들의 나열로 빠질 위험이 있다고 한다. 이 점은 훗날 구조주의의 본질적 문제점으로 다시 대두되는데, 이 대목에서 제임슨은 그러한 정태적 성격이, 공시성·통시성을 대립시킨 쏘쒸르의 출발점이 공시적 체계 내부에 재생된 것임을 지적하는 선에서 넘어간다(36면).

마지막으로 그는 쏘쒸르가 제기한 또 하나의 구분을 소개한다. 즉 기호들이 결합하는 '통합적'(syntagmatic) 관계와 '연합적'(associative) 관계가 그것이다. 전자는 여러 말소리들이 시간상의 전후관계로 수평적으로 합쳐져서 예컨대 하나의 문장을 만드는 경우요, 후자는 주어진 기호들이 그것이 아닌 다른 기호들과의 관계(즉 차이)를 암암리에 수직적으로 설정함으로써 그 기호행위를 가능케 한다. 이에 대해 제임슨은, 전자와 후자가 각기 '통시적인 것'과 '공시적인 것'에 해당하고 쏘쒸르의 편향이 '연합관계' 즉 공시성 쪽에 있음은 분명하다고 한다. 결국, 시간을 통해 이루어지는 '통합관계'조차 공시적인 '연합관계'의 일부로 만드는 방편으로 작용하며, 이는 곧 통시성/공시성의 이항대립이라는 쏘쒸르의 출발점을 공시적 체계 내부의 문제로 끌어들이는 수상쩍은 사태가 벌어진다는 것이다.[14]

---

14 제임슨 자신은 언급하지 않았지만 '기표의 선형적 성격'(caractère linéaire du signifiant)이라는 쏘쒸르의 원칙(Saussure, 103면)도 마찬가지로 통시적 측면을 처음부터 공시언어학의 체계 속에 편입하는 방편이라 하겠다.

"이렇게 되면 연구의 대상이 어디까지가 언어 자체의 사고패턴이고 어디까지가 언어학자 개인의 사고패턴인지가 의심스러워지며, 여기서 우리는 쏘쒸르의 출발점이 그의 결과를 도리어 제약하기에 이르는 순간을 좀더 명확히 알아보게 된다. 다시 말해, 처음부터 변화라는 것을 무의미하고 우연적인 자료로서밖에는 체계 속에 흡수할 수 없도록 만든 그 시발점에서의 역사의 배제는, 이제 체계 자체의 한복판에서 통사(統辭)를 통사로 다룰 능력의 결핍으로 재생되는 것이다."(39면)

3

지금까지 제임슨 저서의 제1장 '언어학적 모형'의 내용을 다소 장황하게 소개하였다. 그러나 정작 쏘쒸르 언어학의 기본개념에 생소한 독자들에게는 아직도 충분한 설명이 못 되었을 것이고, 반면에 일정한 사전지식을 가진 이에게는 불필요한 장광설로 느껴졌을 수도 있겠다. 전자의 경우는 지면의 제약과 나 자신의 부족한 솜씨로 변명할 뿐이지만, 후자의 경우에 관해서는 한마디 덧붙일 바가 없지 않다. 쏘쒸르 『일반언어학 강의』의 두가지 영역본 사이에 그처럼 큰 차이가 나타나는 데서도 짐작되듯이, 그의 기본개념에 대한 기초적인 이해에 있어서조차 전문가들 사이에 아직껏 논란이 많다. 개념들의 이론적 분석이나 적용에 이르면 더욱이나 그렇다. 이는 쏘쒸르의 책 자체가 그의 강의를 들은 제자들의 필기를 토대로 사후에 편집된 불완전한 상태인 탓도 있으나, 고전적이고 독창적인 저작일수록 각자가 직접 체험을 통해 확인할 때 막연한 '사전지식'이 수정될 가능성이 많다는 진실을 다시 한번 확인해주는 예이기도 하다. 그러므로 쏘쒸르에 대한 별도의 지식을 이미 가진 독자들과의 생산적인 만남을 위해서도 제임슨이 쏘쒸르를 어떻게 읽었고 그 내용을 또 나 자신은 어떻게 읽었는지를 어느정도 밝혀두고 시작할 필요가 있는 것이다.

제2장 '형식주의의 전개'[15]에 대해서는 한결 간략하게 언급하기로 한다. 제임슨의 책에서도 이 부분은, 제1장보다는 길지만 3장 '구조주의의 전개'에 비하면 절반쯤밖에 안 되는 분량이다. 아무래도 언어 모형의 본격적인 적용은 구조주의에 와서라는 것이 저자의 인식이고, 실상 그것이 정설이기도 한 것이다.

러시아 형식주의자들은 자신의 연구대상을 다른 어떤 분야와의 관련에서 찾지 않고 문학작품 고유의 '문학성'(literaturnost, literariness)을 규명하고자 했다는 점에서, 언어학 고유의 대상인 언어(랑그) 자체를 찾아낸 쏘쒸르의 출발점과 일치한다. 그리하여 그들은 문학이 문학 이외의 현실을 어떻게 '반영'한다거나 또는 선험적으로 설정된 '미적 본질' 따위를 함유함으로써 문학이 되는 것이 아니고, 주어진 텍스트들을 경험적으로 비교하는 가운데서 '낯설게 하는' 작용을 수행하는 것으로 확인되는 것들을 '문학적'인 텍스트로 부르기로 하는 것이다.

이런 절차는 이미 변증법적인데, 미리 지정된 여하한 특정 유형의 내용도 예견하지 않고 오히려 개별 예술작품이 제시하는 특정한 지배적 요소들이 무엇이건 이를 경험적으로 확인한다는 점에서, 즉 이것이 작

---

15 원문의 'The Formalist Projection'은 언어의 '모형'을 투영 또는 투사한다는 뜻을 함축하고 있으나 이미 국역본에 나온 대로 '형식주의의 전개' 정도가 무난하다고 본다. 영미문학권에 러시아 형식주의를 처음 소개한 고전적인 문헌은 Victor Erlich, *Russian Formalism: History—Doctrine* (The Hague: Mouton 1955; 3rd rev. ed. 1969)이며 이에 근거한 국내의 소개문으로는 이상섭 「러시아 형식주의 문학이론」, 『언어와 상상』, 문학과지성사 1980 참조. 또한 『러시아 형식주의』 역서에 대한 서평으로서 김영희 「러시아 형식주의의 해독(解讀)」, 백낙청·염무웅 편 『한국문학의 현단계 3』, 창작과비평사 1984 참조.

품 내의 다른 요소들은 물론 그 시기 자체의 다른 요소들과의 상관관계에서만 성공적으로 완수될 수 있는 과정이라는 점에서, 변증법적인 것이다. 따라서 작품의 핵심요소에 대한 이같은 정의는 관계적 내지 기능적인 것이며, 핵심요소가 무엇이냐는 인식에 못지않게 그것이 무엇이 아니냐는 인식, 작품에서 생략된 것이 무엇인가에 대한 인식에 의존한다. (43면)

이러한 러시아 형식주의의 접근법은 문학 외적인 요소로써 문학을 설명하려는 일체의 기존 연구방식을 배제했다는 점에서 20세기 미국 신비평의 자세와도 통한다. 시적 언어의 독특성을 작품의 언어 자체를 통해 규명하려 했다는 점에서도 양자는 일치한다. 그러나 역사적 변화에 대한 한층 개방적인 태도도 그렇고, 미국의 신비평이 흔히 한편의 짧은 시를 놓고 그것의 시적 특성을 직관적으로 파악하곤 하는 것과 달리 온갖 종류의 글들을 경험적으로 비교하는 과학적인 자세 등 여러 면에서, "형식주의자들은 미국 신비평가들보다 훨씬 적극적이고 변증법적인 태도를 지녔음을 볼 수 있다"는 것이 제임슨의 해석이다(44~47면).

그밖에 시끌롭스끼(V. Shklovsky)의 '낯설게하기' 개념이 지닌 독특한 이점이라든가 여러 형식주의자들이 거둔 성과에 대해 제임슨은 적극적인 평가를 아끼지 않는다. 그러나 결국에는 그들 역시 쏘쒸르 언어학의 모형 자체가 지닌 한계를 드러내고 만다는 것이 그의 주장이기도 하다. 이러한 그의 비판을 몇가지 소개하기에 앞서, 형식주의자들이 추구한 시학이 어떻게 언어학의 방법을 채용하게 되는지를 밝힌 대목을 살펴볼 필요가 있겠다. '문학성' 내지 '낯설게하기'의 개념은 각종 문헌을 상대적으로 비교하는 방식을 취하고 있지만, 그 종착점은 '일상언어'와 '시적 언어'의 절대적 분리이다. 그런데 시어가 그처럼 특별하다면 어떻게 보통 언어를 연구대상으로 삼는 언어학의 방법이 시학에 적용될 수 있을까? 제임슨의 지적은, 바로 이처럼 '시어'가 보통 언어와 확연히 구별되는 일종의 방언으로 설정될 때 "좀더 심층적으로 전제된 입장은 시가 단순히 일상언어의 특수화된 일부가 아니라 그 자체로서 하나의 총체적 언어체계를 구성하는 것"(49면)이 되며, 이런 출발점이 끝내는 "시어의 연구를 언어학 자체에 다시 통합시킨다"(같은 곳 주5)는 것이다. 이러한 통합의 상징적 인물이 프라하를 거쳐 미국에 정착한 언어학자 로만 야꿉손(Roman Jakobson)이라 하겠다.

그런데 바로 쏘쒸르의 언어학이 개별 '기호'의 차원을 벗어나 '통사'의 영역을 설명하는 데서 한계를 보였듯이, 낯설게 하는 여러가지 장치에 대한 형식주의자의 분석은 '서술'과 '서사문학'의 문제에서 한계를 드러낸다. 이 점은 제임슨 자신이 시끌롭스끼 등의 산문문학론을 미국 신비평가들에게서 못 보는 미덕으로 꼽고 있음을 기억할 때 다소 뜻밖으로 여겨질지 모른다. 그러나 주어진 어떤 낡은 사고나 지각과의 동일성과 차이성이 동시에 인식되는 긴장된 '낯선' 순간이 하나의 '기호'에 해당된다고 한다면, 이러한 기호들이 어떻게 조직되어 하나의 '이야기'를 구성하느냐라는 궁극적인 문제가 남는다. 이때 이야기문학의 이러저러한 장치들을 나열하는 것만으로는 안 되고, "어떠한 플롯 이론에서건 그 기본요건의 하나는 플롯이 아닌 것, 완성되지 못한 것, 플롯 구실을 못 하는 것을 변별하는 방식을 포함해야 한다는 것이다."(62면) 그리고 쁘로쁘(V. Propp)에 의한 민담의 '형태론적' 분석이 이 문제를 해결했다기보다, 마치 쏘쒸르의 통합관계/연합관계 대립에서처럼, 기본적으로 통시적인 성격을 띠는 서사내용을 공시적 구조 속에 옮겨놓은 결과에 이르렀을 따름이라고 제임슨은 지적한다(64~70면). '낯설게하기' 자체가 이미 주어진 대상을 갖고서만 가능한 작업이며, 진정한 의미에서 생성·발전하는 과정 자체를 서술하는 작업은 다른 차원의 것이다. 그러므로 예컨대 똘스또이의 어떤 소설이 무엇을 낯설게 한다는 식의 분석은 그 소설을 이미 시간과 무관한 하나의 대상으로 생각하는 방식이다. 즉 "공시적 사고가 통시성의 연구 속에 남몰래 다시 기어들어온다. 바로 그렇기 때문에 내 생각으로는 시끌롭스끼의 방법이 장편소설을 그 자체로서는 다루지 못하고 단편소설에 해당될 뿐이다."(71면) 제임슨이 이해하는 장편소설이란 — 이 점에서 그는 루카치나 바흐찐(M. M. Bakhtin)과 같은 생각인데 — 미리 주어진 법칙들이 통하지 않는 형식이요 한편의 장편소설은 언제나 "형식의 발명과 동시에 내용의 발명"인 것이다(73면).

공시적 개념으로서의 한계 말고도 '낯설게하기'에는 본질적인 애매성이 감춰져 있다. 즉 그것은 인식의 과정에 적용될 수도 있고 그러한 인식의 예술적 제시방법에 적용될 수도 있는데, 시끌롭스끼의 저술 자체에서는 내용과 형식 중 어느 것을 낯설게 한다는 것인지가 명시되지 않은 가운데 스스로의 낯섦에 주의를 끄는 형식을 위주로 생각하는 경향이 뚜렷하다. "다시 말해서 모든 예술은 어떤 식으로든 지각의 쇄신을 포함하는 것으로 보이지만, 모든 예술형식들이 자신의 특정한 기법에 주의를 환기하고 고의적으로 자신의 '장치'들을 '벗겨내'거나 드러낸다는 것은 사실이 아니다. 더구나 이 대목에서 현상묘사가 당위론으로 슬그머니 바뀐다. 즉, 지각을 낯설게하기에 연결시키면서 동기부여는 습관화나 타성에 연결시킨 시끌롭스끼의 출발점을 이룬 인식 모형을 감안할 때, 어째서 그가 '동기부여'가 철저히 배척된 예술, 자체를 소재로 삼고 자체의 기법을 스스로의 내용으로 제시하는 예술 쪽으로 기울어지는가를 알기는 어려운 일이 아니다."(75~76면) 여기서 (작품의 서술과정 자체에 대한 자의식적 서술로 채워진) 스턴(L. Sterne)의 『트리스트럼 샌디』(*Tristram Shandy*)야말로 "세계문학에서 가장 전형적인 소설이다"라는 시끌롭스끼의 발언이 성립하는 것이다.

그런데 이처럼 '장치의 노출'에 모든 관심이 집중되다보면 극히 역설적인 결과에 도달한다. 원래 러시아 형식주의자들은 (비록 『트리스트럼 샌디』 등 과거의 몇몇 예외가 있으나) '장치의 노출'을 현대문학의 특징으로 제시했는데, 어느덧 그것이 모든 문학의 특징으로 되고, "문학적 모더니즘의 특수하고 독특한 구조가 문학 일반의 기본구조와 다를 바 없는 것으로 판명된다."(89면) 이를 다른 각도에서 보면, 낯설게하기란 본래 어떤 기존의 것에 대한 부정과 반대를 통해서만 성립하는데 모든 예술이 낯설게하기와 장치벗기기에 열중하게 되면 부정의 긴장이 사라지고 만다.[16] 그렇다고 다른 데서 예술의 긴장과 동력을 찾을 수도 없다. 형식주의자들에게 '장치벗기기'는 여러 기법 중의 하나가 아니라 낯설게하기로서의 예술이 자기인식에 도달한 경지에 다름 아니었던 것이다(89~91면).

그러나 제임슨이 추적하는 러시아 형식주의의 전개는 여기서 끝나지 않는다. 뜨이냐노프(Yurii Tynyanov)에 이르러 형식주의는 좀더 쏘쒸르의 '체계' 개념에 투철한 문학이론을 낳는다. 그는 기법이 내용을 위해서 있느냐 내용이 기법의 자기실현을 위해 있느냐는 식의 논란에서 벗어나, 작품 속의 여러 잡다한 요소들 중 어느 것이 어떤 식으로 '지배적'(dominant)이 되고 ― 훗날 유행이 된 표현에 따르면 '전면에 나서'고 (foregrounding) ― 어느 것이 부차적으로 되느냐에 따라 낯설게하기가 달성되는 것으로 보는 것이다. 즉 새로운 것과 비교되는 낡은 것이 자체 내에 포함되며 시간의 흐름과 더불어 지배적/부차적 요소들이 이리저리 자

---

16 형식주의적인 자기과시의 마지막 단계로서 "남다른 재주를 부려서 남과 전혀 다르지 않게 구는 것이 진짜 재주"라는 포스트모더니즘의 양상이 남아 있음에 대해서는 졸고 「모더니즘에 관하여」, 『민족문학의 현단계』 447~48면 참조. 이는 고전주의에서 말하는 '예술을 감추는 예술'과는 질적으로 다른 것이다.

리를 바꾸면서 새로운 낯설게하기가 달성된다. 지나간 시대의 지배적 양식이 새로운 양식 내부에 지양된 형태로 포함되어 새 양식의 새로움에 기여하고 있다는 점에서, 작품의 공시적 구조가 통시성을 수용하게 된 셈이다(91~93면).

이처럼 높은 수용능력을 지닌 문학적 체계의 개념이 성립함으로써 비로소 문학의 체계와 여타의 체계들을 망라하는 어떤 "궁극적인 체계들의 체계"(93면)에 대한 모색이 가능해진다고 제임슨은 말한다. 예컨대 변증법적 사고에서는 역사 자체가 그런 궁극적 체계가 될 것이고 구조주의에서는 언어가 그에 해당하게 된다. 하지만 뜨이냐노프 자신은 문학적 체계가 자생적인 힘으로 다른 체계들을 흡수하는 경우와 외부로부터의 어떤 강제에 의해 그것이 체계로 흡수당하는 경우를 구별하는 선에서 그쳤고, 두 가지 현상을 총체적으로 이해하려는 진정한 문학사회학적 시도는 다른 어느 형식주의자에게서도 찾아볼 수 없다.[17] 바로 이 점이 형식주의 모형과 예컨대 루카치의 이론과 같은 본격적인 문학적 내용 이론의 차이점이기도 하다. 양자 모두가 예술작품의 성립을 위해 선행작품이나 언어습관 등 적절한 원료가 필요함을 인정하고 결정론적·사회학주의적 작품분석을 배격하고 있으나, 예술적 원료의 부존 상태 자체가 "사회의 경제적·사회적 발전과 함수관계에 있고 그에 따라 연구될 수 있다"는 사실이 형식주의적 모형에서는 충분히 감안되어 있지 않은 것이다. 그리하여, "실제 문학사, 실제 변화에 대한 설명은 형식주의에서 문제점으로 남는다. 뜨이냐노프조차도 변화에 관한 쏘쒸르의 기본모형을 견지하는데, 여기서 작용하는 본질적 메커니즘은 동일성(Identity)과 차이(Difference)라는 궁극

---

17 러시아 형식주의운동의 영향 아래 출발하여 형식주의에 대한 비판적 극복으로 나아간 바흐쩬의 경우는 별도의 논의를 요한다.

적인 추상들인 것이다. 그러나 모든 역사가 단 한가지 메커니즘의 작용으로 이해될 때 역사는 공시성으로 되바뀌어버리고 시간 자체가 일종의 비역사적이고 다분히 기계적인 반복이 되어버린다."(96면)

4

제임슨이 구조주의에 이르러서야 언어 모형의 본격적인 적용이 이루어진다고 보고 있음은 앞에서 지적했다. 실제로 그는 '구조주의'라는 낱말을 "언어체계의 모형 내지 비유에 근거한 작업"(서문 xi면)으로 한정하여 쓰는 만큼, 그것은 일종의 동어반복이기도 하다. 어쨌든 '구조'라는 낱말의 일반적인 의미로부터 출발하는 구조주의론과는 다른 점이 우선 특기할 만하다.[18] 그 결과 삐아제(J. Piaget)라든가 골드만(L. Goldmann)처럼 별도의 체계 속에 구조주의 작업을 수용한 경우는 제외되며, 많은 사람들이 지적한 바 프라이(N. Frye)에 의한 총체적 문학체계의 추구가 갖는 구조주의와의 유사성도 이 책에서는 언급되지 않는다. 하지만 이처럼 범위를 한정하고도, 제3장 '구조주의의 전개'에서 비교적 상세하게 다룬 이론가들은 레비스트로스(C. Lévi-Strauss), 그레마스(A. J. Greimas), 라깡(J. Lacan),

---

18 예컨대 Terence Hawkes, *Structuralism and Semiotics* (University of California Press 1977)의 경우와 비교. 이런 식의 해석에서는 '구조'에 관한 상식에서 '구조주의'라는 특수한 입장으로의 논리적 비약이 있기 쉬운데, 호크스의 논술에서도 그런 혐의가 짙다. 그는 일찍이 18세기에 비꼬(G. Vico)가 말한 인간에 내재하는 '시적 지혜'(sapienza poetica)를 원용하여, 그것이 인간이면 누구나 갖는 바 구조들을 만들어내고 이들 구조의 요구에 맞게 자신의 본성을 구성하는 능력으로 나타난다고 주장하면서, 이것이 곧 "천부의 구조주의적 능력"으로 규정될 수 있고 "인간이 된다는 것은 곧 구조주의자가 된다는 주장"에 다름 아니라는 결론을 내린다(15면).

바르뜨(R. Barthes), 데리다(J. Derrida), 푸꼬(M. Foucault) 그리고 약간의 이질성을 인정하는 알뛰세르 등 적지 않은 숫자요 그 압축된 내용은 실로 엄청난 바 있다.[19] 본고에서 일일이 소개할 지면도 없거니와 그들 각자에 대한 지식이 태부족한 필자로서는 힘에 부치는 일이다. 그러므로 제임슨이 구조주의를 대체로 어떻게 이해하고 어떤 식으로 비판하느냐는 큰 윤곽에 치중하면서, 몇몇 구체적인 사례를 선별적으로 언급하고자 한다.

먼저 러시아 형식주의와 구조주의를 비교할 때, 양자 모두 쏘쉬르의 언어학 모형에서 출발하는 점은 같으나, 전자가 이를테면 전체 문학체계라는 '랑그'를 배경으로 개별 문학작품이라는 '빠롤'을 알아보는 작업이었다면, 후자는 개별 단위를 '랑그' 속에 용해시키면서 "전체적인 기호체계 자체의 조직을 묘사하는 작업"(101면)에 나선 셈이다. 이러한 구조주의의 작업은 달리 말해 상부구조에 대한 연구라고 할 수 있는데, 본래의 토대·상부구조 이론이 상부구조에 해당하는 영역의 부차성을 전제하는 것이었음을 기억할 때, 이 영역의 분석·묘사에 거의 전적으로 몰두하는 구조주의적 작업의 독창성과 더불어 그 관념주의적 성향을 짐작할 수 있다(101면~03면). 공시언어학의 방법을 인류학 연구에 도입함으로써 본격적인 구조주의 작업의 효시를 띄웠다고 할 레비스트로스 자신은 이에 대해 엥겔스의 편지 한 구절을 인용하여 자기변호를 한다. 즉 원시사회의 경우는 근대 경제학에서 말하는 것과 같은 하부구조를 따로 설정하기 힘들기 때문

---

19 다루어진 인물 중 라깡에 대해서는 저자가 훗날(1977) "Imaginary and Symbolic in Lacan: Marxism, Psychoanalytic Criticism, and the Problem of the Subject" (*Yale French Studies* 55/56)를 발표하여 『언어의 감옥』에서의 라깡에 대한 비판이 성급한 것이었다고 밝히고, 라깡의 프로이트 재해석을 통해 오히려 주체(subject) 문제에 관한 새로운 맑스주의적 이론을 정립할 가능성이 열린다고 말한다. 그러나 다른 이론가들에 대한 자신의 입장은 그대로 견지하겠다고 한다(같은 글 364면 주33).

에 혈연관계나 결혼을 통한 여자의 교환관계에 대한 '상부구조'의 연구가 반드시 관념주의가 될 까닭이 없다는 것이다.

제임슨 자신은 이러한 변론을 일단 수긍하면서 동시에 근본적 비판을 거두지는 않는다. 즉 종래의 토대·상부구조 구별에 은연중 작용한 것이 실재하는 대상으로서의 '정신'과 '육체'의 구별이었던 데 반해, 구조주의가 쏘쒸르적 발상의 전환을 통해 연구대상이 독립된 사물로 미리 주어진 것이 아니라 연구 방법 내지 모형의 성립과 동시에 정립되는 체계로 이해하는 자세는 정당하다고 본다. 또한 학문상의 이런 전환은, "자본주의의 독점자본기와 더불어 1차산업과 2차산업의 구별이 흐려지고 진정한 필요를 충족하는 생산물과 이제 그 소비가 광고활동을 통해 인위적으로 자극되는 사치품 사이의 구별도 흐려지는, 사회생활 자체의 전환에 상응"(105면)하기도 한다는 것이다. 그러나 구조주의가 이데올로기 분야에 한정될 수밖에 없는 내면적인 필연성이 있는바, 원래 쏘쒸르의 기본발상이 낱말과 그것이 지시하는 피지시물(지시대상) 이외의 낱말(또는 기호) 내부에 '시니피앙'과 '시니피에'의 관계를 설정한 것이기 때문에, 구조주의는 그 연구대상의 성격에서 오는 관념적 경향이 더욱 강화되는 것이다. "이것은 외부에서의 판단만이 아니고 구조주의 내부의 모순이기도 하다. 왜냐하면 구조주의의 기호 개념은 '시니피에'를 무엇에 대한 개념으로 간주함으로써 기호 너머의 현실이라는 상념을 살려두면서도, 그러한 현실에 대한 연구를 금하고 있기 때문이다."(106면, 원저자 강조)

이러한 모순에 대한 구조주의자들의 대응방식은 물론 사람마다 조금씩 다르다. 제임슨의 총론적 평가는 뒤에 다시 논하겠지만, 구조주의 작업의 구체상을 제시하는 방편으로 그가 채택하는 세가지 유형으로의 분류에 잠시 주목할 필요가 있다. 곧, 종요로운 관심을 기표(시니피앙)의 조직에 두는 연구, 기의(시니피에)를 주 대상으로 삼는 연구, 그리고 "기호작용

(signification)의 과정 자체, 기표와 기의 사이의 단초적 관계의 출현 자체를 격리시키려는 연구"(111면)가 그것이다. 여기서 제3단계는 이후에 '탈구조주의'(Post-structuralism)라는 호칭이 더 흔히 쓰이게 된 작업인데, 제임슨 자신도 『정치적 무의식』(*The Political Unconscious*, 1981) 같은 근년의 저서에서는 이 호칭을 그대로 사용하고 있다. 그러므로 『언어의 감옥』에서 탈구조주의라는 표현이 안 나오는 것은 집필 당시 그런 이름이 아직 정착되지 않았던 것이 주된 이유라 하겠지만, 탈구조주의를 구조주의 전개의 제3단계로 인식한 논리 자체는 그것대로 유효한 면이 있으며 탁월한 것이라고도 하겠다.

이제 그 세 유형을 제임슨이 구체적으로 어떻게 파악하고 있는지 간략히 살펴보고자 한다.

"구조주의의 독창성은 기표에 대한 강조에 있다"(111면)는 제임슨 자신의 말처럼 '제1유형'이야말로 여러 면에서 구조주의의 가장 전형적인 모습이며 그 대표적인 인물은 레비스트로스이다. 언어학의 모델을 언어 이외의 영역에 적용하는 일은 쏘쒸르 자신의 생각과는 거리가 멀지만 바로 그렇기 때문에 레비스트로스의 작업이 독창성을 띠기도 한다는 점은 필자가 다른 자리에서도 지적했던 바다.[20] 어쨌든 레비스트로스는 쏘쒸르 언어학에서의 기호 및 기호체계 개념을 인류학의 영역에 그대로 적용하고자 한다. 예컨대 혈연관계나 신화에 관한 종전의 연구가 단순히 자료의 수집과 분류 아니면 그 '내용'이 갖는 현실적 또는 상징적 의미의 탐구를 꾀했던 데 반해, 레비스트로스에게 있어 그것은 어디까지나 하나의 '체계'이며, 그 체계는 그것이 어떤 현실을 전체적으로 반영한다거나 그 구성요소 하나하나가 어떤 대상을 반영함으로써 성립하는 것이 아니라 표

---

20 졸고 「모더니즘 논의에 덧붙여」, 『민족문학의 현단계』 495면 참조.

면에 드러난 요소들 ― 즉 '개념'과는 일단 분리된 '기표' 자체 ― 의 상호관계를 통해서만 성립하는 것이다. 유명한 예로 오이디포스 신화에 대한 그의 분석이 있다. 이 경우 그는 고대 그리스 문명의 맥락에서 그것이 생성된 배경이라거나 이야기의 줄거리가 우주나 인간 심리에 대해 말해주는 바라든가 근친상간, 스핑크스의 수수께끼 따위 특정 주제로부터 출발하지 않는다. 마치 전혀 모르는 언어를 들으면서 내용과 관계없이 말소리의 동일성과 차이를 분별하기 시작하듯이, 신화의 '기표' 자체에서 눈에 띄는 대립항의 짝(예의 이항대립)을 찾아서 전체의 구조를 정리하는 것이다. 오이디포스 신화에서 그가 먼저 찾아내는 것은 '혈연관계의 과대평가'(근친상간, 또는 안티고네의 경우는 국법을 어기고 오빠의 장례를 치르는 행위)와 그 '과소평가'(부친 시해)라는 대립이다. 이와 더불어 중요한 또 하나의 대립은 한편으로 오이디포스가 스핑크스를 죽이는 것과 같은 '괴물적인 것에 대한 인간의 승리'와 다른 한편으로 오이디포스('부은 발')라는 이름이나 그의 눈멂에서 보는 바 '괴물적인 것이 인간에 대해 갖는 힘'의 이항대립이다. 이런 식의 이항대립들을 통해 특정 신화 내에서 상식적으로 전혀무관한 디테일로 여겨지던 것들이 하나의 구조로 연결될 뿐 아니라, 전혀다른 사회의 겉보기에 전혀 다른 내용의 신화들과도 하나의 큰 체계 속에통합되어 있음이 밝혀진다는 것이다. 그리고 이런 신화의 체계에서 레비스트로스가 발견하는 것은 "원시사회의 신화 창작자가 수행한 일종의 과학 이전의 명상, 즉 혈연관계라든가 자연이라든가 대지로부터의 인간의발생 등 한층 일반적인 범주들에 대한 명상이다."(117면)

레비스트로스의 오이디포스 신화 분석 자체가 전혀 무리가 없다고 제임슨이 보고 있는 것은 아니다.[21] 또한 그가 원시인의 사고에서 발견했다

---

[21] 『언어의 감옥』에서 오이디포스 신화의 분석에 대해 직접 언급한 대목들(115~17면, 161~62면,

는 것이 과연 원시인들 자신의 사고인가 아니면 신화 연구자의 사고방식이 투영된 결과인가라는 한층 본질적인 의문도 일단 제기하고 넘어간다.[22] 그러나 중요한 것은, 상식적인 독자에게 전혀 엉뚱하고 자의적이라고 느껴지는 '기표들의 조직'을 찾아내는 것이 구조주의 분석의 특징이라는 점이다. 그리고 실제로 레비스트로스가 이런 방식으로 인류학 분야의 실증적 연구에서도 지대한 성과를 올린 것이 대체로 공인된 사실인 듯하다.

언어체계(랑그)에 대한 연구가 최소 구성단위인 음운의 연구와 기호들의 좀더 복잡한 결합인 문장 차원의 연구로 나뉨을 기억할 때, 레비스트로스의 연구는 신화·음식 맛·친족관계 등의 원소적 요소를 규명하는 "음운론적 내지 미시적 차원"(112면)의 연구라 할 수 있다. 그와 달리 '통사론적' 차원의 연구에 해당하는 그레마스, 또도로프, 라깡 등의 작업도 꽤 상세히 소개되고 있지만(120면 이하), 여기서는 편의상 생략한다. 다만 제2단계에 대한 논의로 넘어가기 전에 레비스트로스의 '이항대립'이 지닌 변증법적 성격과 한계 문제는 잠시 살펴볼 필요가 있겠다. 제임슨이 보기에 그것은 '일종의 되다 만 변증법'이다. 진정한 변증법이란 똑같이 눈에 보이는 두 대립물을 찾아내는 식의 현상분석이 아니라, 대립항 중의 하나는 언제나 눈앞에 없는 것임으로 해서 평면적 인식과는 다른 차원의 인식을

196~98면) 참조. 구조주의의 기본적 접근법에 대해서는 좀더 호의적이면서도 이 특정 분석의 논리적 의문점을 더욱 날카롭게 비판한 예로는 Scholes, 앞의 책 68~74면이 주목할 만하다. 문제의 원전은 Claude Levi-Strauss, "La structure des mythes," *Anthropologie structurale* (Paris: Plon 1958)인데, 영역문은 H. Adams & L. Searle, eds., *Critical Theory Since 1965* (University Presses of Florida 1986)에도 실려 있다.

22 119면. 이 점에 대해 스콜즈는 더욱 단호하다. 레비스트로스의 신화연구를 따라가다보면 "탐험로의 끝머리에 가서 발견하는 것이 '인간의 정신' 자체가 아니라 단지 끌로드 레비스트로스의 창의성 넘치는 두뇌가 아닐까 하는 의심이 생긴다. 물론 그 자신은 그 둘이 똑같은 것이라고 말할 터이고, 실제로 그런 말을 한 바 있다."(*Structuralism in Literature* 74면)

요구한다. 그런데 레비스트로스의 경우는 그가 예컨대 신화를 장편소설 같은 서사물과의 대비를 통해 정의할 때, 즉 실재하는 사항으로서의 신화를 그것이 아닌 다른 것과의 대립관계에서 이해하고자 할 때 진정한 변증법에 접근하지만, 소련의 기호학에서처럼 이항대립을 현존과 부재의 변증법 속에 수렴하지는 못한다는 것이다(119~20면). 그뿐 아니라 '기의에 대한 기표의 우위'를 공공연히 강조하는 레비스트로스의 작업은, "애초에 하나의 방법(구조분석이라는 목표를 위한 기표의 격리)이던 것이 기표 자체의 우선성에 대한 형이상학적 전제나 다름없는 것으로 서서히 바뀌는"(131면) 양상을 보인다. 그리하여 흔히 '언어'라고 일컬어지는 어떤 선험적인 체계나 구조 또는 '모형'이 인간의 사고를 좌우한다는 극도로 관념론적인 입장에 빠지게 된다. 프랭크 렌트리키아가 레비스트로스를 두고 "쏘쒸르는 결코 아니었던 플라톤적 공시주의자"[23]라고 단정한 것도 그 때문인데, 제임슨의 최종적인 비판 역시 크게 다르달 수는 없다. 그는 알뛰세르의 '문제틀'(problématique) 개념이 구조주의의 '모형' 이론을 훨씬 세련화한 것임을 인정하면서, 이 개념조차 본질적으로는 관념론적 성격을 간직하고 있다고 비판하는 것이다(135~37면).

구조주의 작업의 두번째 형태는 기표보다 그것이 지시하는 개념 즉 기의를 대상으로 삼는 연구인데, '언어학' 자체와는 일단 구별하여 '구조주의적 의미론' 또는 '기호학적 의미론'이라 불린다. 그런데 기호의 구성요인 중 기의는 모른 채 기표만을 지각하는 수는 있지만 과연 기표와 분리된 기의만을 격리시키는 일이 가능한지는 의문이다. 그러므로 '시니피에 차원의 연구'라는 유형을 설정한 제임슨 자신도 그것이 "근본적으로 역설적인 작업"(144면)임을 처음부터 못박고 있다.

---

23 *After the New Criticism* 128면.

동시에 이 역설적 작업이 지닌 그 나름의 논리를 우선 이해하려는 것이 제임슨의 일관된 접근법이기도 하다. 기표로부터 분리된 기의를 설정한다는 것이 실제로 뜻하는 바는, 일정한 차원에서 어떤 특정 기표에 대해 기의의 위치에 있는 것이 다른 차원에서는 그보다 낮은 차원의 어떤 기의에 대해 기표 역할을 벌써 하고 있다는 것이다(145면). 즉 어쩔 수 없이 기의 자체가 하나의 기호체계로 변하는 것이며, "기의에 대해 이야기하는 것이 가능한 일이라면 그것은 기표에 의해 조직된 흔적을 아직도 지니고 있거나, 아니면 분석가 스스로가 그것을 우리 눈에 보이게 만들기 위해서 이를 잠정적으로 새로운 기호체계로 조직한 것이라고 결론 내릴 수 있다."(149면)

이것이 과연 이론적으로 인정될 수 있는 작업인가라는 질문은 제임슨 자신도 일단 유보해둔다. 어쨌든 이 역설적인 형태의 구조주의 활동에 가장 걸맞은 인물이 롤랑 바르뜨이다. 그는 문학비평가인 동시에 현대사회의 제반 현상에 대한 사회학적 탐구에 열중했다는 점에서도 레비스트로스와 대조적이다. 즉 문학작품이나 현대사회의 현상들은 신화나 원시사회처럼 레비스트로스식의 단순화된 구조로 환원하기가 쉽지 않은 것이다. 그런데 문학 및 사회학 분야에서도 바르뜨가 특히 주목하는 점은 "기호가 의미하는 사항에 담긴 한쌍의 이중 표지, 즉 전혀 다른 두 차원에서 작용하며 어느 한쪽으로 환원될 수도 없고 서로 비교할 수도 없는 이중의 기능들로 된 구조"(147면)이다. 쉽게 말해서, 예컨대 유행에 따른 어떤 옷가지는 한편으로 구체적인 유행의 내용을 보여주는 동시에 다른 한편으로는 그 옷을 입은 사람이 상류사회에 속해 있음을 알려주며, 이들 다른 차원의 의미작용을 동시에 수행할 수도 있다. 문학작품의 언어도 마찬가지다. 바르뜨가 예로 드는 라틴어 교본의 *quia ego nominor leo*라는 문장이 '내 이름은 사자이기 때문이다'라는 뜻을 가짐과 동시에 '나는 라틴어 문법의 이러저러한 대목을 보여주는 예문이다'라고도 말하고 있듯이, 작품의 언어는 일정한 내용을 전달함과 동시에 이것은 '문학'입니다라는 기호 노릇을 하고 있는 것이다(154~55면).

이런 양면성은 러시아 형식주의자들도 이미 주목했던 것으로서 그 자체가 새로운 이야기는 못 된다. 그러나 기호의 구조 내부에서 기의가 새롭게 기표의 역할을 하게 된다는 구조주의 특유의 발상 말고도, 바르뜨의 실제 작업에서 제임슨이 따로 주목하는 면들이 있다. 그중 하나는 "기의의 수직적 깊이"(152면)에 해당하는 어떤 것인데, 언어로 표현되지 않는—즉 기표로써 기호화되지 않은—육체 그 자체가 이를테면 문체적인 특징이나 질감을 통해, 언어의 표면상의 의미(기의)의 또다른 차원의 의미(앞의 기의가 은연중 기표로 변했을 때의 기의)로 전달되는 것이다. 바르뜨 자신의 문체가 지니는 독특한 밀도도 바로 여기서 나온다고 한다. "왜냐하면 그의 문체는 기의에 제2의 음성을 부여하여 그 기의가 일차적인 기표 자체 즉 텍스트 속에 최종적이고 공식적인 형태로 정착되기 이전의 그 조직을 표현하려는 노력이기 때문이다."(152면) 다시 말해 바르뜨의 언어는, 주어진 기표들의 정연한 체계를 드러내는 제1유형의 구조주의 작업과 대조적으로, 기표들에 직접 상응하는 기의가 전부가 아님을 그 자신의 인공적인 문체를 통해 끊임없이 상기시켜주는 '상위언어'(metalanguage)이고자 하는 것이다.

필자가 보건대 이것은 구조주의 작업의 영역을 크게 확대한 것임은 분명하지만, 진정한 의미로 육체에 밀착된 언어라기보다 심지어 육체조차도 쏘쒸르적 언어체계로 환원시켜 머릿속에 집어넣으려는 시도라는 것이 더 정확할 듯하다. 그러나 "어떤 의미에서는 감관을 통한 모든 지각이 이미 일종의 언어로의 조직화를 구성한다고 볼 수 있다"(151면)는 제임슨의 해설 자체는 중요한 진실을 담은 것이며, 이를 구조주의적 '육체의 담론'에 대한 정확한 비판과 결합시키려면 '언어'의 본질에 대한 좀더 깊이 있는 논의가 필요할 것이다. 어쨌든 제임슨 자신은 이 문제를 끝까지 파고들기보다는 바르뜨의 실제 작업이 지니는 일정한 정치적 급진성에 눈을 돌린다(158면 이하). 앞서도 말했듯이 문학작품의 언어는 내용 전달과 더불어 스스로 '문학'임을 선포하는 이중의 기능을 하는데 ― 즉 바르뜨가 『글쓰기의 0도』(Le degré zéro de l'écriture)에서 '문학적 기호'라고 일컫는 것이 되는데 ― 그것은 계급차이와 폭력이 지배하는 세계에서 어느 특정 사회집단의 문학 개념에 부응하는 기호이며 그것을 사용한다는 사실 자체가 쓰는 이로 하여금 특정 집단에 가담하고 나머지를 제외하게 만드는 결과를 낳는다. 이 점은 싸르트르(J. P. Sartre)의 『문학이란 무엇인가』(Qu'est-ce que la littérature)에서 이미 지적되었던 것이지만, 싸르트르가 계급사회의 철폐를 통해 사회의 모든 성원이 독자층이 되고 현실독자와 잠재독자가 일치하는 진정한 문학을 꿈꾸었던 데 반해, 초기의 바르뜨는 모든 '문학적 기호'가 제거된 '무색의 글' 내지는 '도수 없는' 글쓰기를 목표로 삼았다. 이것 자체도 실현 가능한 목표였는지 의문이지만, '문학적 기호'에 관한 바르뜨의 이론은 '메타언어'의 이론으로 확대되면서 그나마의 정치적 긴장을 상실하게 된다. 즉 일차적인 언어체계는 항상 그 정규적인 의미와 그 체계 전체의 형식이 함축하는 어떤 다른 체계라는 두가지 기의를 갖는데, 이렇게 되면 '기호의 0도'라는 개념 자체가 배제되고 그 개념의 정치적 긴장이 식으면서 "구태의연한 과학적 객관성"으로 귀결된다는 것이다. "애초에는 변별 요인으로서의 결핍 상태였고 또 그렇게 느껴지던 것이 이제 조금씩 조금씩 아무 기별도 없고 기능도 없는 부재 상태로 바뀌는 것이다."(161면)

5

구조주의 작업의 세번째 유형은 시기적으로도 다른 두 유형과 일정한 격차를 두고 (대략 1960년대 후반을 전환점으로) 진행된 새로운 '단계' 또는 '계기'에 해당한다. 오늘날 많은 사람들이 이를 전형적인 구조주의로부터 다소간 벗어난 '탈구조주의' 내지 '구조주의 이후'(Post-structuralism)라 부르고 있으며 제임슨도 나중에 이 호칭을 쓰게 되었음은 앞서 언급하였다. 그러나 실재하는 대상보다 기호의 분석에 치중한다는 구조주의의 작업 자체가 간단치 않음은 '제2유형'에 대한 논의에서 이미 드러났었다. 기표 위주의 분석이라는 첫번째 유형이 그런대로 개념상의 혼란이 적었던 데 비해, '기의 차원의 분석'이라는 것을 상정했을 때 과연 기표와 기의의 분리가 이론적으로도 가능한 것이냐는 의문이 떠오르게 되었던 것이다. 그러므로 제2유형에 내재하는 역설적 성격은 제1유형의 이론적 근거마저 소급하여 흔들어놓은 셈이며, 기표와 기의 사이의 뗄 수도 없고 완전히 붙여지지도 않는 미묘한 관계를 강조하는 '제3단계'의 단초가 이미 주어졌던 셈이다. 제임슨이 2단계의 대표적인 인물로 지목한 롤랑 바르뜨의 저술세계가 구조주의로부터 탈구조주의로의 이행을 그 자체 내에 포섭하고 있다고 흔히 이야기되는 것도 결코 우연이 아니다.[24]

어쨌든 제임슨이 "구조주의의 세번째 계기"(the third moment of Structuralism)라고 부르는 작업에서는 기표와 기의로 구성된 기호 전체의 성격에 대한 좀더 면밀한 검토가 수행된다. 이 작업은

---

24 예컨대 Terry Eagleton, *Literary Theory: An Introduction*, Blackwell 1983, 134~38면(김명환 외 옮김 『문학이론입문』, 창작과비평사 1986, 166~71면) 참조.

눈길을 전체 기호 그 자체로, 아니 그보다도 기호를 창조하는 과정 — 기표와 기의는 둘 다 이 과정의 계기들에 불과한 그 과정 — 으로 옮긴다. 즉 기호작용(signification)의 과정으로 주의를 돌리는 것이다. 이렇게 되면 실제로, 기표와 기의를 개념적으로 오래 떼어놓기 힘들다는 점이 오히려 방법론적인 이점이 된다. 왜냐하면 기호작용 자체가 하나의 출현물로서 눈에 뜨이는 것은 바로 그 분리의 순간, 바로 우리가 응시하고 있는 그 도중에 사라져버리는 기표와 기의 사이의 순간적인 빈틈이기 때문이다. 그런데 주목의 대상이 외면적 방식으로 연구될 수 있는 정태적인 것이 이미 아니고 지각의 한 형태요 동일성과 차이의 상호작용의 전개에 대한 인식인 만큼, 기호작용에 대한 강조는 신비의 형태 즉 언어 속에 의미가 구현되는 신비의 형태를 띠게 되며, 이러한 신비임으로 해서 그에 대한 연구는 일종의 명상이 된다. 이 문제를 다룬 글들이 지니는 밀교적 성격은 거기서 나온다. (168~69면)

그중에서도 자끄 데리다의 경우는 그의 주장하는 바로나 표현방식으로나 밀교적 분위기가 두드러진 것이 사실이다. 제임슨이 말하는 '제3단계'의 대표적 인물의 하나임이 분명한 그에 관한 논의를 여기서 잠깐 소개하기로 한다. 제임슨에 따르면 "구조주의에서 데리다가 차지하는 특별한 위치는 앞의 절(제2단계에 관한 논의 — 인용자)에서 제기된 애초의 문제, 즉 기표와의 관계에서 기의가 갖는 궁극적인 지위 문제, 또는 좀더 일반적인 용어로 말해 사고와 언어의 관계 문제를 배격하는 데에 근거하고 있다."(173면) 그런데 이 문제는 비록 잘못 제기된 문제지만 서양 형이상학의 뿌리 깊은 병폐를 드러내는 역할을 한다는 것이 데리다의 입장이다. 즉 "사고와 언어의 관계라는 문제 자체가 '현존'(presence)의 형이상학을 은연중에 드러내며 단순명료한 실체들이 존재한다는 환상, 순수한 현재가 있어 바로 그 현재의 순간에만 우리가 대상과 정면으로 마주친다는 환상을 암시한다. 또한 의미라는 것들이 있어서 그것이 원래 언어적인지 아닌지를 '결정'할 수 있어야 한다는 생각, 그리고 우리가 어떤 구체적이고 항구적인 방식으로 획득할 수 있는 지식이 있다는 생각이 깔려 있는 것이다."(같은 곳) 데리다 자신이 이러한 전통의 일부이면서 그러한 서양 형이상학의 용어로써 이 전통을 극복하려는 데에 그의 딜레마가 있다.[25] 하지만 우선은 데리다가 사용하는 몇몇 기본용어를 살펴보는 것이 좋겠다.

그중의 하나가 '차이' 또는 '차연(差延)'이라고 번역되는 낱말인데 불어의 *différence*에서 e자 하나를 a로 바꿔서 *différance*로 쓰는 점이 특이하다.(이 경우 불어의 발음에는 변화가 없다.) 이렇게 쓰는 이유는 불어의 *différer*가 '다르다, 차이나다'(영어의 differ)와 '뒤로 미루다'(영어의 defer) 두가지 뜻이 있음에 유의하여, 그 둘을 동시에 갖는 독특한 용어임을 강조하려는 것이다. 둘을 동시에 뜻할 수 있는 것은, 데리다에게 양자가 근본적으로 동일한 의미를 지니기 때문이다. 쏘쒸르가 이미 지적했듯이 기호의 기호작용은 전체 체계 안에서의 차이에 의해 성립되고 그 이상의 어떤 실재성을 갖는 것이 아닌데, 그런 만큼 그것은 언제나 간발의 시차를 안고 일어나는 작용이요 과정이지 고정된 구조가 아닌 것이다. 다시 말해서 기호작용을 성립시키는 '차이'는 "그 본질적인 시간성에 있어, 정지된 현존으로 고정할 수 없는 철두철미하게 과정이라는 그 구조에 있어, 뒤로 미루기(deferring)이다. 그리고 이 과정은 우리가 그것을 의식하는 순간 어느

---

25 이 점을 포함하여 데리다가 하이데거와 많은 공통점을 지닌 것은 데리다 자신도 인정하고 제임슨도 지적한다. 다만 하이데거가 '존재의 역사'를 말하는 것이 데리다가 볼 때 아직도 전통 형이상학에서 나온 '역사'라는 개념에 집착하는 태도일 터임에 반해, 하이데거의 입장에서는 역사를 새롭게 사유하려는 자신의 노력을 부정하는 데리다의 태도가 오히려 예의 '딜레마'에서 벗어날 길을 스스로 차단하고 있는 것으로 보일 것이다.

덧 우리가 시간 속에서 포착할 수 없게끔 **빠져나가고**, 그 부재를 겸하고 있는 것이다."(174면) 앞서 우리가 기의를 기표로부터 분리하는 것이 과연 가능한가라는 의문에서 기표만을 그대로 연구한다는 작업의 이론적 근거까지 의심하게 되었던 것은, 결국 기표와 기의가 따로 떨어질 수도 없고 그렇다고 단순하게 일치하지도 않으면서 털끝만 한 시차를 머금은 채로 연결됨으로써만 기호 자체가 성립하기 때문이었다. 이러한 보일락 말락 한 미묘한 현상을 일컫는 말이 데리다의 '디페랑스'인 것이다.[26]

이러한 '차이 겸 지연'의 또다른 이름이 '흔적'(trace)이다. 보통은 언어가 하나의 흔적이라고 하면 언어 이외의 어떤 사물이 언어에 남긴 흔적이거나 특정 낱말이나 발언이 있기 전에 이미 온전하게 있었던 다른 낱말 또는 발언의 흔적이라는 뜻이 된다. 하지만 그렇게 이해하는 것은 언어와 분리된 어떤 실체라든가 그 자체로서 완결된 어떤 기호가 지금은 없지만 전에는 있었다는 듯이 생각하는 '기원의 신화'(myth of origins)에 말려드는 일이다. 반면에 데리다의 주장은 **모든** 언어가 흔적이라는 것으로서, 기호작용은 이미 일어난 사건으로서만 의식될 수 있다는 역설을 부각시킨다.

이 개념의 귀결은 기호는 항상 어떤 식으로든 불순하다는 것이다. 우리가 기호 앞에서 느끼는 불확실한 느낌, 그것이 혹은 투명성으로 혹은 장애물로 나타나고 우리는 머릿속에서 순수한 소리와 순수한 의미를

---

26 이에 대한 제임슨의 소개는 극히 소략하다. 데리다 자신의 글 중에서는 "La Différance" (1968)가 비교적 간결하면서도 집중적으로 이 문제를 다루고 있다(영역본 J. Derrida, *Speech and Phenomena and Other Essays on Husserl's Theory of Signs*, Northwestern University Press 1973에 "Differance"로 번역 수록). 그리고 이때에 데리다가 특히 중시하는 전거가 "언어에는 **실재하는** 항목 없이 차이만 있다"라는 쏘쒸르의 발언(앞의 주8 참조)임은 주목할 만하다.

번갈아 설정할 수 있게 되는 애매성, 이 모든 것이 문제의 현상에 대한 우리의 불완전한 지식 때문이 아니라 바로 언어 자체의 구조에서 비롯된 것이다. 기호가 필연적으로 하나의 흔적이라고 말하는 것은, 어떤 기호이든 물질적인 면에 초점을 두고 볼 수도 있고 정신적인 면에 초점을 둘 수도 있으며, 기호는 물질이기도 하고 아니기도 하며 그 내면에 일종의 필연적인 외재성을 지니고 있다는 점을 시인하는 것이 된다. 이런 의미에서 현존의 신화는 순수 발언의 신화, 즉 입으로 하는 말이 글로 쓴 말보다 우선한다는 신화와 일치한다. (175면)

여기서 우리는 데리다의 또 한가지 유명한 주장, 즉 말보다 글이 먼저라는 주장과 만난다. 이는 '글'이라고 하면 항상 이미 주어진 '말'을 가급적 정확하게 표기하는 수단으로 이해하는 일반 상식에 대한 정면 도전이다. 그렇다고 데리다가 인류역사에서 입으로 하는 말이 있기 전에 문자가 먼저 발명되었다는 터무니없는 주장을 하는 것은 아니다. 일반 상식에서 '글'의 본질로 이해하는 불완전성, 어떤 '원형'과는 거리를 둔 이차적·외재적 성격이 바로 말 자체의 성격이라는 것이다. 따라서 데리다는 언어의 근본적 특성을 *archi-écriture*(으뜸글 또는 원글)라 일컫는데, 이는 "모든 언어가 그 자체 내에 간직하고 있고 그리하여 훗날의 모든 경험적인 문자체계가 거기에 근거하여 발생하는 이러한 본질적 외재성 내지 그 자체와의 거리를 강조"하기 위한 것이다.

이것이 뜻하는 바 중의 하나는 텍스트와 그 의미 사이에는 항상 어떤 간극이 있으며 주석이나 해석들은 텍스트 자체의 어떤 존재론적 결핍에서 발생한다는 것이다. 그러나 그것은 또한, 텍스트는 어떠한 궁극적 의미도 갖지 못하며 해석의 과정 ── 기의의 여러 층들을 하나씩 펼쳐나가면서 그때마다 기의가 그것 나름의 새로운 기표 내지는 기표체계로 변하는 과정 —— 이 엄밀히 말해 끝이 없는 과정임을 뜻하기도 한다. (176면)

비교적 정돈된 기표의 체계를 확정하려고 하는 레비스트로스 같은 구조주의자의 작업에 비한다면 여기서 엄연한 하나의 전환이 이루어진 셈이다. 언어학이 밝혀주는 언어체계에 상응하는 객관적 기호체계를 언어 이외의 제반 현상에서도 찾아내는 것이 구조주의라고 한다면, 데리다 등이 이룩한 '제3단계'는 이미 구조주의를 벗어난 '탈구조주의'라 일컬음직도 하다. 그러나 이때의 전환이 여전히 쏘쒸르의 언어관에 근거하고 있다는 점에서, 그리고 기표·기의 관계의 불안정성이 '제2단계'에서도 이미 의식되고 있었다는 점에서, 데리다의 작업을 구조주의라는 큰 틀 안에서 고찰하는 제임슨의 접근법은 여전히 사줄 만하다는 것이 필자의 생각이다.

제임슨 역시 이 제3단계가 갖는 여러가지 새로운 가능성을 지적하면서도 —— 예컨대 '흔적' 개념이 인간의 의식이 사회적 존재에 의해 규정된다는 맑스의 명제와 상통하는 점이라든가(184면) 데리다 및 『뗄 껠』(Tel Quel)지 그룹의 정치적 급진성에 대한 평가(181~82면)[27] 등 —— 결국은 그것이 구조주의 특유의 한계에 부딪치고 만다는 사실을 간과하지 않는다. "여하한 궁극적·초월적 기의, 실재의 궁극적·근본적 내용을 결정하려 드는 여하한 개념도 거부하는 바로 그 행위에서 데리다는 '글'이라는 새로운 궁극적 기의를 만들어내고 말았"으며, 데리다의 '흔적'은 "그것이 애

---

27 '뗄 껠 그룹'의 급진성은 일시적이고 피상적인 것이었음이 1970년대를 거치면서, 특히 80년대에 들어와 명백해졌다. 이글턴은 그의 최근 평론집 서문에서 80년대 프랑스 지성계의 형편없는 정치적 우경화의 사례로 "알뛰쎄르의 지난날의 제자 미셸 푸꼬에 의한 NATO와 '자유세계'의 옹호, 『뗄 껠』 주변의 한때 마오쩌둥주의자들의 어리둥절한 신비주의" 등을 들고 있다. T. Eagleton, *Against the Grain*, Verso 1986, 4면 참조.

당초 배척하고자 했던 것과 같은 종류의 또 하나의 존재론적 이론을 수상쩍게도 닮은" 결과가 된다는 것이다(182~83면).

그러므로 제임슨은 데리다의 작업을 "구조주의의 마지막 계기"이자 "구조주의에 대한 구조주의적 비판"이라고 부른다.

구조주의의 이 마지막 계기 ― 또는 구조주의에 대한 구조주의적 비판이라는 이 계기 ― 는 기호라는 정태적 개념 내부에서 시간성 자체의 사실과 체험이 행사하는 파괴적 효과를 지켜볼 수 있게 해주었다. 시간성의 사실과 체험은 종전 체계의 껍질을 조금씩 벌어지게 하여 드디어는 육안에 보일 만큼 꼼지락거리게 된 것이다. 여기서 우리는 역사의 구조주의적 재발명을 운위할 유혹마저 느끼며, 실제로 내게는 *différance*라는 낱말이 최소 규모의 변별적 사건을 이름지으려는, 시간의 신비를 그 가장 작은 씨앗 내부에서 찾아내려는 노력으로 보인다. (187면)

이리하여 시간에 대한 새롭고 철저히 역사적인 의식이 쏘쒀르가 말한 '동일성'과 '차이'의 어른거림이 궁극적으로 취하게 되는 형태이다. 즉 순간 자체 속의 현존과 부재이며, 바로 우리 눈앞의 고요에서 시간이 발생하는 일이다.

이와 더불어 구조주의는 그 최종적인 한계에 달한다. 그리고 시간성이 여기서 구조주의의 용어로 가시화된 것은 어디까지나 그것이 기호 자체 내에 잠재된 시간성이며 대상의 시간성이 아니기 때문 ― 한편으로 체험된 실존의 시간성이거나 다른 한편 역사의 시간성이 아니기 때문 ― 이라는 점을 지적해둘 필요가 있다. (187~88면)

제임슨의 이 지적은 구조주의의 제3단계 내지 탈구조주의에 의한 시간성의 재발견에 관해 두가지 대조적인 평가를 함축하고 있는 셈이다. 곧, 한편으로 그것이 "기호 자체 내에 잠재된 시간성"의 발견이기 때문에 그만큼 더 움직일 수 없는 증거가 된다는 해석이 가능하다. 언어학적 모형은 처음부터 통시성을 배제한 공시언어학의 모형이었는데 바로 그 공시적 체계의 기본단위인 기호가 어쩔 수 없이 시간성을 내포하고 있음이 밝혀지고 만 것이다. 이는 처음부터 통시적인 개념을 고수해온 논리와도 또다른 설득력을 지니지 않을 수 없다.

다른 한편 그것이 "어디까지나 기호 자체 내에 잠재된 시간성이며 대상의 시간성이 아니"라는 한계는 여전히 남는다. 공시언어학의 기본단위에서조차 시간성이 완전히 추방될 수 없다는 인식은 당연히 언어학적 모형 자체에 대한 근본적 반성을 낳고 '기호'와 그 '지시대상'의 관계에 대한 새로운 성찰에까지 이르러야 옳건만, 어떤 지시대상을 설정하는 것 자체가 '현존의 형이상학'에 되돌아가는 일이라고 비판하는 것만으로는 이 좀더 본질적인 작업이 수행되지 않는 것이다. 데리다가 '흔적'으로 이해한 '언어' 역시 또다른 '초월적 기의'로 되고 말았다고 제임슨이 비판한 것도 그 때문이다. 또한 이 점에서 맑스주의자로 자처하는 알뛰세르나, 혹자는 데리다의 한계를 극복한 인물로 평가하는[28] 푸꼬의 경우도 기본적으로 다를 바 없다고 제임슨은 본다(188~94면). 푸꼬가 온갖 실증적 자료를 동원하여 역사의 여러 시기들의 차이를 설명하면서도 한 시기에서 다른 시기로 전환하는 아무런 내적 논리도 제시하지 못함을 지적한 다음과 같은 대목은 구조주의와 탈구조주의 모두에 대한 제임슨의 비판을 요약한 것이라 하겠다.

---

28 예컨대 Edward Said, "Criticism between Culture and System," *The World, the Text, and the Critic,* Harvard University Press 1983 참조.

우리는 이제, '동일성'과 '차이'의 학설이 순수한 차이들을 기록하는 것 이상의 일을 못 한다는 점이 여기서 어떤 식으로든 표면화되는 현상을 목격하게 된 것이다. 이때 우리가 만나는 것은 돌연변이 개념의 한 극단적 형태, 즉 내적으로 일관된 하나의 공시적 계기가 다른 하나의 공시적 계기로 갑작스럽고 무의미하게 바뀐다는 개념인 것이다. 그런데 이제 푸꼬의 논의틀은 사태가 어째서 이럴 수밖에 없는가를 우리로 하여금 이해할 수 있게 해준다. 다시 말해서 역사를 이해의 여러 형태 가운데 하나로 환원시켜놓고 나서 그들 여러 형태들 간의 연관을 역사적으로 이해하기를 기대할 수 없다는 것이다. (…) 초월적 기의로서의 '언어'가 할 수 있는 전부는 역사를 담론의 한 특정 양식으로 이해하는 일뿐이고, 역사 자체는 중상주의 단계에서 탈산업사회 단계에 이른 자본주의의 생활사를 간단히 이해하는 일련의 행태들을 보면서 놀란 입을 다물지 못하고 있는 것이다. (194면)

사실 이것은 애당초 제1장에서 쏘쒸르 언어학의 모형을 소개하면서 "일단 공시적인 것과 통시적인 것을 분리함으로써 출발하고 나면 양자를 진정으로 다시 합쳐놓을 수가 없는 법이다"(18면)라고 했던 말의 되풀이에 불과하다. "장기적으로 양자의 대립이 잘못되었다거나 혼란을 일으키는 것으로 판명된다면, 이를 시정하는 유일한 방법은 논의 전체를 한층 높은 변증법적 차원으로 끌어올리고 새로운 출발점을 찾아내며 이들〔쏘쒸르의―인용자〕 새로운 용어에 얽힌 문제들을 달리 상정하는 길이다."(같은 곳) 하지만 통시성의 배제라는 발상이 갖는 문제점이 공시적 기호의 개념에 근거한 구조주의 작업의 계기적 발전을 통해 가장 결정적으로 드러나버린 것도 사실이다.

6

이로써 『언어의 감옥』 마지막 장 가운데 제5절까지의 내용이 어느정도 소개된 셈이다. 남은 두 절(195~216면)에서 저자는 구조주의 전반에 관한 논평을 몇가지 덧붙이는데, 여기서는 그중 한두가지 문제를 제임슨의 서술 순서에 구애됨이 없이 고려하면서 더러 필자 자신의 소견을 보탤까 한다.

먼저 기호의 '지시대상'(referent) 문제는 리얼리즘에서 강조하는 '객관적 현실'의 실재 문제와 직결된 것으로서, 일단 리얼리즘론을 자처하는 한 그것이 실재를 어떤 식으로든 전제하고 출발하기 마련임은 주지의 사실이다. 그런데 쏘쒸르 자신도 지시대상의 존재 자체를 부인한 것은 아니었다. 단지 그는 기호와 지시대상의 관계라는 철학적 문제를 잠시 제쳐놓고 기호 자체의 내적 구성에 유의함으로써 언어기호의 과학적 탐구에 몰두하고자 했다. 여기서 제시된 유명한 명제의 하나가 기표·기의 관계의 자의성이라는 것이었는데, 이에 대해 정작 자의적인 것은 기호와 대상의 관계이지 기표와 기의의 관계는 필연적이다라는 에밀 뱅베니스뜨의 반론이 있었음은 앞에 언급했었다.[29] 제임슨은 이런 반론이 어떤 면에서 너무나 뻔한 사실의 지적으로서 쏘쒸르의 '자의성' 학설이 구조주의 전반에 대해 행사한 결정적 공헌을 흐리게 한다고 가볍게 응수하고 넘어갔지만 (39면 주), 구조주의 전반의 문제점을 제임슨 스스로가 밝혀놓은 대목에서는 다시금 되새겨볼 가치가 있다. 비록 이때의 '자의성'이 실은 사회적·문화적 차원의 '필연성'과 다름없다는 점에 쏘쒸르와 뱅베니스뜨가 일치하고 있으나,[30] 기표와 기의의 연결이 어떤 의미로 자의적이고 어떤 의미

---

29 주12 참조.

30 *After the New Criticism* 119면 참조. 렌트리키아 역시 뱅베니스뜨의 반론이 지엽적인 문제의 확대해석이라는 견지에서 쏘쒸르와의 기본적 공통점을 주로 부각시킨다. 사실은 뱅베

로 필연적인가에 대한 논의조차 자의성의 '원리'에 묻혀버리는 상황에서 기호와 대상의 관계에 대한 논의는 더욱이나 까맣게 잊힐 수밖에 없다. 리얼리즘론에서는 객관적 실재를 '어떤 식으로든' 전제하고 출발하기 때문에 우리가 그것을 과연 어떤 식으로 전제해야 관념론과 기계적 유물론의 함정을 동시에 피할 수 있는가라는 논의가 처음부터 절실해지는 데 반해, 대상의 문제를 '일단 보류'하는 방법은 객관적 현실의 존재를 아예 부인하거나 현실에 대한 가장 무반성적인 고정관념 ── 십중팔구는 실증주의적이고 과학주의적인 관념 ── 을 알게 모르게 전제하는 결과를 낳는 것이다.

그러므로 제임슨이 구조주의의 메타언어 이론이 결국은 "상대주의적 역사주의의 비애"(208면)로 전락한다고 비판하는 한편, 애초에는 옥던, 리처즈 등의 경험주의적 방식과 다른 길로 나가는 듯하던 구조주의가 끝내는 그들과 대동소이한 문제점을 드러낸다고 지적한 것은(211면) 전혀 모순되지 않는다. 물론 '지시대상'의 문제가 구조주의자들에 의해 아주 무시된 것은 아니다. 그러나 대다수는 언어 및 기호체계의 개념 속에 그것이 충분히 수렴된다는 입장이고, 그밖에 이 문제를 독자적으로 해결하려는 노력도 없지 않다. 먼저 전자에 대해 제임슨은 이렇게 비판한다.

가장 무게 있는 구조주의 이론가들이 그러하듯이 지시대상의 문제가

니스뜨 자신도 기호와 지시대상의 관계 문제를 쏘쒸르와 전혀 다른 차원에서 제기하려는 노력이 따로 없기는 마찬가지다. 그러나 예의 「언어기호의 성격」 외에도 『일반언어학의 문제들』에 실린 또다른 논문 「언어학적 분석의 차원들」이라든가 『일반언어학의 문제들 II』(*Problèmes de linguistique générale* II, Gallimard 1974)에 수록된 「언어의 기호론」 등이 언어학적 모형 전체에 대해 제기하는 도전의 심각성은 Geoffrey Strickland, *Structuralism or Criticism?* (Cambridge University Press 1981) 제2장 및 4장에 매우 설득력 있게 제시된다.

없다고 ─ 지시대상은 새로운 기호체계의 형식으로 끊임없이 언어 속으로 다시 흡수된다는 이유로 ─ 말하는 것은 고스란히 남는 문제를 제쳐두는 것에 불과하다. 하부구조 자체가 그 나름의 기호체계 내지는 기호체계들의 복합체라는 점은 얼마든지 인정해줄 수 있다. 그러나 정작 결정되어야 할 사항은, 이런 체계들과 맑스주의에서 상부구조를 형성한다고 간주하는 좀더 명백하게 언어적인 체계들의 관계인 것이다. 공시성과 통시성이 모두 여기 개입된다. 왜냐하면 둘 또는 그 이상의 체계들을 '동시에' 조정하는 문제만이 아니고, 각각의 체계 안에서 따로따로 일어나기도 하고 동시적으로 일어나기도 하는 변화들을 조정하는 문제를 겸하고 있기 때문이다. (212면)

한편 이 문제를 적극적으로 해결하려는 구조주의적 전략에는 대략 두가지가 있다고 한다. 하나는 "신화나 원시예술을 어떤 실재하는 사회적 모순의 상상적 해결로 파악한 레비스트로스의 개념"(212면)이 그러하듯이, 말하자면 싸르트르적 의미의 '상황'으로서 하부구조가 따로 있고 그에 대한 반응으로서 문화적 차원의 사건들이 있다는 발상이다. 제임슨이 보기에 이런 발상 자체는 맑스주의의 토대·상부구조 이론과 양립 못할 이유가 없으나, "레비스트로스가 '모순'이라 부르는 것은 좀더 정확하게는 '이율배반'이라 일컬어야 마땅한 것 즉 인간 정신이 마주친 딜레마이며, 후자가 사회생활의 좀더 근본적인 모순을 어떤 식으로든 '반영'하고 있다는 점을 상기할 때, 레비스트로스 역시 이 문제를 제대로 해결하고 있지 않다는 사실을 우리는 이해하게 된다"(213면)는 것이다. 또 한가지 해결책은 뤼시앵 골드만의 '상동성'(相同性, homology) 개념에서처럼 각기 다른 차원의 현상들 간에 구조적 동일성을 예증하려는 시도이다. 이에 대한 제임슨의 태도는 훨씬 단호하다. "하지만 이러한 여러 차원들의 구조가 '동일'하다는 추상적인 다짐으로 아무것도 이루어지지 않음은 확실하다. 실제 작업에서는 경제적 영역 자체에서보다도, 언어적인 성격을 이미 띠고 있는 문화적 대상으로부터 언어적 구조들을 추출하는 것이 훨씬 용이하다. 그리하여 이들 상동성들은 알고 보면 문화영역에서 추출된 구조를 경제영역에 성급하게 투영한 것에 불과한 경우가 많고 그 결과 양자간의 '동일성'이 별로 놀라운 일이 못 되고 마는 것이다. 또 비록 그렇지 않은 경우에도, 동일성이 구체적 현실들 사이에 성립되는 것이 아니라 이들로부터 추출한 개념적 추상물들 간에만 성립할 위험이 남는다."(214면)

이처럼 '지시대상'의 문제는 구조주의에서 아무런 만족스런 해결에 도달하지 못했다는 것이 제임슨의 결론이며, 이는 그가 구조주의 전반에 대해 ─ 그리고 러시아 형식주의를 포함한 현대의 "철학적 형식주의"(195면) 일반에 대해 ─ 가하는 최종적 비판의 하나이기도 하다. 동시에 그는, '물자체'(Ding-an-sich)를 둘러싼 칸트 철학의 딜레마가 헤겔의 변증법으로 지양되었듯이 구조주의의 범주들이 새롭게 진정한 해석학으로 올라설 가능성에 기대를 건다. 책의 끝머리에서 그는 그레마스의 최근 작업에 주목하면서, 메타언어의 끊임없는 연속을 낳는다는 구조주의·탈구조주의의 딜레마 자체를 도리어 의미 또는 기호작용의 본모습으로 ─ 즉 한가지 언어를 다른 언어로 바꾸는 '약호변환'(transcoding)의 가능성 자체를 '진실'의 징표로 ─ 설정하는 접근법이 "구조주의적 분석을 구조 자체의 신화, 즉 대상의 어떤 항구적이고 공간성을 띤 조직이라는 신화로부터 해방해주는" 이점을 지닌다고 한다. 그리고 이때에 기대되는 새로운 해석학은 "사전에 이미 주어진 약호와 모형들의 존재를 노출시키고 분석자 자신의 자리를 다시 강조함으로써 텍스트와 분석과정 모두를 역사의 온갖 바람 앞에 다시 열어놓으리라"(216면)는 것이다.

유감스럽게도 필자는 제임슨의 이 결론을 그레마스에 대한 정확한 지식을 토대로 점검할 능력이 없다. 그러나 새로운 차원의 해석학에 대한 포부는 『맑스주의와 형식』에서 『정치적 무의식』에 이르기까지 제임슨이 일관되게 피력하는 것이며, 특히 뒤의 저서는 구조주의적·탈구조주의적 텍스트분석의 다양한 성과를 그 나름의 '맑스주의적 해석학'으로 수렴·지양하려는 본격적인 노력에 해당한다. 따라서 여기서 중요한 것은 『언어의 감옥』 끝머리에 그레마스의 이론이 얼마나 적절·정확히 원용되었느냐는 것 자체보다도, 구조주의에 대한 제임슨의 전체적 접근을 우리가 어떻게 볼 것이냐는 문제일 터이다. 그런 취지에서 한두가지 논평을 덧붙이기로 한다.

먼저, 언어학적 모형에 따른 연구의 근본적 문제점과 한계를 알면서도 그것을 처음부터 '거절'하기보다 이를 철저히 통과하여 그 너머의 다른 차원에 도달하겠다는 제임슨의 시도는 변증법의 바른 길임이 분명하다. 실제로 문제점과 한계를 아는 일 자체가 이런 과정을 통해서만 충실한 앎이 되는 것이기도 하다. 그러나 진정한 '변증법적 전환'이 현대사회에서 무수히 생산되는 이론들을 하나같이 자상하게 "자체의 입장에서 제대로 보아줌으로써만"(x면) 이루어질 수 있다고 한다면 이는 자못 심각한 문제가 아닐 수 없다. 그러다가 변증법적인 전환을 영영 못 하고 말지 않을까 하는 염려조차 생긴다. 바둑에서 '손 따라 두면 진다'는 말이 있거니와, 내내 후수만 놓다보면 아무리 정석과 행마법에 밝다 해도 바둑을 이기기는 힘든 것이다. 그런데 『언어의 감옥』은 애당초 '비판적 소개'가 목표니까 그렇다 쳐도, 『정치적 무의식』 같은 독자적인 해석을 시도한 책에서도 줄곧 선수는 상대방에게 있다는 느낌이 짙다. 본질적으로 반역사적인 너무나 많은 이론들을 수용하여 '전환'시키려는 작업에 치우친 나머지 정작 제임슨 자신의 '맑스주의적 해석학'의 구체적 성과는 부진한 느낌이 드는 것이다. 물론 이것은 『정치적 무의식』 등의 실제비평에 대한 면밀한 검토를 통해서만 판가름할 수 있는 문제다. 여기서는 『언어의 감옥』에서 그레마스의 '의미론적 사각형'을 원용한 디킨즈의 『어려운 시절』(*Hard Times*) 분석도 뻔한 이야기를 어렵게 풀어낸 인상임을 지적하는 정도로 넘어가고자 하는데,[31] 요는 이것이 몇몇 특정 사례에 관한 견해 차이가 아닌 어떤 기본적인 자세의 문제냐는 것이다.

바둑에서 손 따라 두다가 지는 것은 남의 선수를 과대평가하기 때문이기도 하고 손을 빼서 자신이 달려가야 할 곳이 뚜렷이 떠오르지 못했기 때문이기도 하다. '언어학적 모형'과의 관련에서 볼 때 제임슨에게는 그 두가지 문제점이 다 있는 것이 아닌가 한다. 물론 모형의 본질적 한계와 그에 따른 온갖 실행상의 무리에 대한 제임슨의 비판이 신랄함은 본고에서도 거듭 확인된 바 있다. 심지어 그는 사회생활 속에서의 언어의 위치를 둘러싼 논쟁과 관련하여, 이런 식으로 일반화된 '언어'(대문자로 쓴 Language)를 설정하는 것 자체가 잘못인데 그렇다면 구조주의의 출발점과 기본전제들을 깡그리 부인하는 것이 아닐까 하는 의문을 제기하기도 한다.

그러나 지금의 맥락에서는 이런(앞에 말한 논쟁에서의―인용자) 문제가 언어(Language)라는 것을 실체화하는 결과가 되는 만큼 문제 자체를 배격해야 한다. 왜냐하면 실재하는 것은 단지 특정한 언어들과 언어체계들이기 때문이다. 아니, 더욱 정확하게는 특정한 언어적 대상들과 언어행위들, 우리 둘레의 세계 속에 경험적으로 이미 존재하며 역사적 총체의 다른 구성물들과 극도로 다양한 관계를 누리고 있는 여러 종류의 기호들이기 때문이다. 그러나 이처럼 '언어'(또는 '의미'Meaning)의 개념

---

31 『정치적 무의식』에서 에밀리 브런티의 『폭풍의 언덕』을 다룬 대목도 결국은 비슷한 결과가 되고 만 점은 졸고 「『폭풍의 언덕』의 소설적 성과」(『외국문학』 1987년 봄호, 특히 257~58면; 〈『문학이 무엇인지 다시 묻는 일』, 창비 2011, 297~99면〉)에서 지적한 바 있다.

자체를 거부하는 것이 구조주의적 연구 자체의 출발점과 기본적 전제
들을 깡그리 배격하는 것이 아닌가? (211~12면)

이는 그야말로 구조주의의 전제 자체를 뒤엎는 극단적인 논리 같지만
두가지 점에서 그렇지 못하다. 첫째는 '언어의 실체화'라는 것이 쏘쒸르
자신의 언어관에 대한 정확한 표현은 못 된다는 점이요, 둘째는 그 대안
으로서의 "실재하는 (…) 특정한 언어적 대상들과 언어행위들"에 대한 제
임슨의 생각이 분명치 않다는 점이다.

앞서도 지적했듯이 쏘쒸르는 언어를 '랑그'와 '빠롤'로 가를 뿐 아니라
양자를 포괄하는 전체로서의 '랑가주'(langage)를 따로 설정하고 있다. 그
러므로 그가 언어과학의 연구대상으로 잡은 '랑그'는 전체 언어에서 개별
발언을 뺀 일종의 추상물인데, 그러면서도 '역사적 사실'이 아닌 이 체계
가 엄연한 '사회적 실재'라는 데에 인간 언어 고유의 특징이 있다는 것이
다.[32] 그러므로 쏘쒸르의 '랑그'는 전체 언어 중에서 체계적인 과학의 대
상이 될 수 있는 부분만을 의도적으로 분리한 것이고 "언어 전체"(le tout
global du langage)는 과학의 대상이 아니라고 못박는다.[33] 그뿐 아니라 '랑
그'는 이런 의미에서는 추상물이지만 막연히 '언어'라는 추상명사와는 다
르며 어디까지나 특정 언어의 특정한 공시적 구조이고, 따라서 물리학에
서처럼 언제 어디서나 통하는 '범시적(汎時的) 설명'이란 없다고 한다.[34]

이처럼 관념이면서도 '추상화된 언어의 실체화'라는 명백한 관념론적
오류와는 구별되는 '랑그'의 개념이 쏘쒸르 자신의 반대에도 불구하고 언
어학 이외의 영역에 적용될 때, 더구나 쏘쒸르의 엄정한 과학자적 자세에

---

32 Saussure, 112면 참조.

33 같은 책 38~39면.

34 같은 책 135면.

미달하는 이론가들에 의해 그리될 때, 뻔한 관념론과 다를 바 없는 결과가 나오기 쉬운 것은 사실이다. 그러나 이런 위험을 철저히 방지하는 길은, 쏘쒸르의 통찰은 통찰대로 충실히 살리면서 언어 전체(랑가주)를 정말 제대로 해명하는 길이다. 후자가 '랑그'와 다르며 무수한 언어적 대상과 행위의 총체라고 말하는 것만으로는 불충분한 것이다. 제임슨 자신도 이렇게 말하는 것으로 끝낸 것은 아니지만, "우리 둘레의 세계 속에 경험적으로 이미 존재하며 역사적 총체의 다른 구성물들과 극도로 다양한 관계를 누리고 있는 여러 종류의 기호들"로서의 언어가 이러한 언어를 유지하며 끊임없이 변화시키는 **민중적 창조성**의 산물이자 그 담보라는 인식은 뚜렷하지 못하다. 아니, 구조주의 문학비평의 온갖 문제점을 지적하면서도 '최초의 소박한 읽기'와 '두번째의 분석적 읽기' 사이에 ──라깡의 공식 $\frac{s}{S}$에서의 가운데 금이 상징하는── 뛰어넘을 수 없는 간극을 문제 삼지 않는데서 보듯이(143~44면 참조), 구조주의자·탈구조주의자들에게서 흔히 보는 바 일반독자의 능력에 대한 과소평가를 그 역시 공유하는 듯하다.[35]

이런 비판이 설득력을 가지려면 제임슨의 구체적 발언에 대한 더 많은 지적뿐 아니라, 무엇보다도 '민중적 창조성의 산물이자 그 담보'로서의 언어라는 거창한 명제를 필자 자신은 어떻게 이해하고 있는지를 밝히는 일이 필요할 것이다. 물론 그 일을 제대로 해낸다는 것은 처음부터 엄두도 못 냈었지만, 원래 이 글을 시작할 때는 약간의 윤곽이나마 제시해볼

---

35 구조주의 비평의 이런 병폐에 관해 스트리클런드의 다음과 같은 발언은 경청할 만하다. "심지어 최선의 '구조주의적' 저술에서조차 너무 많은 경우에 (최악의 경우는 신물이 날 정도로) 책에 관해 이야기하고 특히 글을 쓰는 것이 책에 대해 생각하는 것의 필수조건이라는 전제가 깔려 있다. 책에 관해 글쓰고 말하는 것을 과대평가하는 태도에는 어떤 종류의 무의식적이고 그런 만큼 겸허한 예지에 대한 과소평가가 따르는 법이다."(*Structuralism or Criticism?* 26~27면)

욕심이 없지 않았다. 그러나 시간과 지면과 본인의 능력 그 어느 것을 보더라도 지금은 무리한 일임이 분명하다. 다만 '창조성' 운운하는 것이 볼로시노프가 『맑스주의와 언어철학』에서 쏘쒸르의 '추상적 객관주의'와 더불어 현대 언어철학의 그릇된 양대 경향 중 다른 하나로 지목하는 '개인주의적 주관주의'로 되돌아가는 것이 아니어야 함은 더 말할 것도 없으며,[36] '비평의 비평의 비평의⋯⋯' 하는 식으로 '메타언어'의 끝없는 연속이 곧 언어적 창조성의 발현이라는 새로운 속설을 부추기는 결과가 되어도 안 될 것이다. 볼로시노프 자신은 구체적인 사회적·역사적 현실 속의 '이데올로기적 기호'의 연구에서 출발하고 언어는 그중 대표적인 이데올로기적 기호임을 이해함으로써만 예의 두가지 병폐를 동시에 극복할 수 있다고 주장하는데, 그가 말하는 '이데올로기의 과학'(ideological science)이 얼마나 그 일을 해내는지는 따로 진지한 검토가 있어야 할 문제이다. 필자로서는 쏘쒸르처럼 언어철학의 과제를 배제하고 과학만을 하려는 시도가 언어에 관한 한 결국 실패할 수밖에 없다는 볼로시노프의 주장에 공감하면서, 동시에 언어 그 자체(즉 '랑그'가 아닌 '랑가주')는 과학의 대상이 될 수 없다는 주장에 한해서는 쏘쒸르에게 동조하고 싶다. 쏘쒸르의 생각대로 실재하는 언어에 대해서는 아무런 과학적 지식도 얻을 수 없다는 뜻에서가 아니라, 민중적 창조성에 동참하는 개개인에 의한 일상적 언어이해(내지 언어적 실천)에는 아무리 포괄적인 언어과학으로도 망라하지 못하는 진실의 여분 — 이라기보다 핵심 — 이 남는다고 믿기 때문이다. 가장 넓은 의미의 '문학비평'이랄 수도 있는 그러한 일상적 언어이해는 언어학적 모형의 적용으로 대체될 수 없음은 물론, 다른 어떤 '모형'에

---

36 V. N. Voloshinov, *Marxism and the Philosophy of Language*, tr. L. Matejka and I. R. Titunik, Seminar Press 1973, 특히 제2부 참조. 이 책의 저술에는 바흐찐이 최소한 부분적으로 간여했다는 설이 유력하다.

준한 대상화에도 선행하는 것이다. 이 선행하는 존재로서의 언어가 평범한 사물도 아니고 인간의 노동이 먼저 있은 뒤에 만들어진 그 산물도 아니라는 점에서, 탈구조주의자들의 언어관에서 배울 바를 배우고자 하는 제임슨의 자세는 올바른 것이라 하겠다. 그러나 그 배움 자체도 새로운 '모형'의 이해나 비판이라는 전문적 학문행위이기 전에, 인간의 창조적 노동과 떼어 생각할 수 없는 언어능력의 실천으로서의 '삶에 대한 비평'과 이런 비평에 대한 정직한 반응으로서의 문학비평이 있음으로써만 가능할 것이다.

—『현대문학의 연구 1』, 바른글방 1989

서명·작품명

외국어 저작